C. C. BERGIUS

SAND IN GOTTES MÜHLEN

Roman

WILHELM HEYNE VERLAG
MÜNCHEN

HEYNE-BUCH Nr. 5970
im Wilhelm Heyne Verlag, München

Vom Autor bearbeitete, ungekürzte einbändige Neuausgabe der unter dem Gesamttitel »Sand in Gottes Mühlen« erschienenen Romane »Der Agent« und »Der Rebell«

Genehmigte, ungekürzte Taschenbuchausgabe

Printed in Germany 1982
Umschlagfoto: Bildagentur Mauritius, Mittenwald
Umschlaggestaltung: Atelier Heinrichs & Schütz, München
Satz: IBV Lichtsatz KG, Berlin
Druck und Bindung: Mohndruck Graphische Betriebe GmbH, Gütersloh

ISBN 3-453-01487-1

Autor über die Entstehung dieses Romans

Lee Kon-kim, der Held dieses Romans, hat wirklich gelebt. Ich wurde auf ihn aufmerksam, als mir während des Quellenstudiums zu meinem Roman *Heißer Sand* der Zufall ein ›falsches‹ Buch in die Hand spielte. Es war das ausgezeichnete Werk *Weißer Mann – böser Mann* von Rudolf Jacobs, in dem ich eine knapp drei Seiten umfassende Schilderung des Lebens Lee Kon-kims fand, welche mich in eine mir selbst unerklärliche Erregung versetzte, die sich noch steigerte, als ich am Schluß der sachlichen Darstellung las, daß der Bericht Polizeiakten entnommen sei, die vielen Militärs und Diplomaten zu denken gegeben habe.

Dieser Hinweis veranlaßte mich, den Versuch zu machen, Näheres über Lee Kon-kim zu erfahren, aber schon bald mußte ich erkennen, daß es von Europa aus unmöglich war, irgendwelche Ermittlungen anzustellen. Das Gelesene beschäftigte mich jedoch so sehr, daß ich mich entschloß, nach Malaya, China und Japan zu reisen, um eigene Nachforschungen anzustellen. Es war erforderlich, daß ich mich zunächst nach Singapore begab, um mit den Polizeiakten beginnend seinen Lebensweg rückwärts zu verfolgen.

Ein altes chinesisches Sprichwort lautet: ›Setzt man gemeinsam in einem Boot über, so ist das schon fünfhundert Jahre vorher vom Schicksal bestimmt.‹

Ich habe oft an diesen Spruch denken müssen, denn es mutet wie eine Fügung des Schicksals an, daß auf der Überfahrt nach Ostasien in Southampton ein junger und ungewöhnlich vermögender Chinese an Bord kam, der mir eines Tages erzählte, er fahre eigentlich nur aus einer Laune heraus mit dem Schiff und führe seine Reisen sonst immer mit dem Flugzeug durch. Duplizität der Fälle, dachte ich im ersten Moment, da ich als ehemaliger Flugkapitän normalerweise ebenfalls kein Schiff benützte, das ich dieses Mal gewählt hatte, um in Ruhe an die fünfzig bis sechzig Bücher über den Fernen Osten studieren zu können. Wie groß aber war mein Erstaunen, als der Chinese, nachdem ich ihm den Grund meiner Reise genannt hatte, still vor sich hinlächelnd erwiderte: »Ich kenne die Stelle, an der Lee Kon-kim im Dschungel...« Und damit begann eine Erzählung, die rückblickend als der Anfang eines erlebten Märchens anmutet. Mein Reisebegleiter nahm so regen Anteil an der Aufgabe, die ich mir gestellt hatte, daß er bereits von Bord aus telegrafisch und telefonisch Dinge einleitete, die ich mir in kühnsten Träumen nicht hätte erhoffen können. Er sorgte dafür, daß ich mit Menschen zusammenkam, die Lee Kon-kim persönlich gekannt hatten; er organisierte Dolmetscher, die mich durch den Dschungel begleiteten; er führte mich zu Plätzen, an denen Lee Kon-kim gelebt und gekämpft hatte; er öffnete mir Türen zu Familien, deren Einfluß weit über die Grenzen Ostasiens hinausreicht; er ebnete jeden Weg, den ich gehen mußte, brachte mich mit namhaften Politikern zusammen, führte mich durch Städte und Elendsviertel, stellte mir einen funkelnagelneuen Wagen und zu guter Letzt sogar ein Flugzeug zur Verfügung. Wohin ich in der Folge kam, überall war man mir behilflich, und zumeist hatte ich die aufzusuchenden Länder noch nicht einmal betreten, da meldete sich schon jemand, der mir seine Unterstützung anbot.

Als Schriftsteller war ich in ein Paradies geraten: Malaien, Inder, Indonesier, Chinesen, Japaner und im Fernen Osten lebende Amerikaner, Engländer, Holländer, Österreicher und Deutsche erzählten mir bis tief in die Nächte hinein und bemühten sich, mich mit den Lebensgewohnheiten der Völker Ostasiens bekannt zu machen.

Aber je mehr ich über Lee Kon-kim hörte, um so verwirrter wurde ich, da sich die Schilderungen in wesentlichen Teilen stark widersprachen. Die unterschiedlichsten Behauptungen wurden aufgestellt. Zweifellos hatte die ›Fama‹ sich bereits seines Lebens bemächtigt.

Nun war es nicht Ziel meiner Reise, Geschichtsforschung zu betreiben. Ich wollte – und hoffe, daß es mir gelungen ist – einen Roman über eine ungeheure Begebenheit schreiben, die sich in unseren Tagen zutrug und die den Verlauf des Lebens bestimmter Menschen entscheidend beeinflußte. Wichtiger als historische Genauigkeit erscheint mir die Rolle, die der Mensch in einem unerträglichen Geschehen zu spielen vermag, und so gesehen wurde Lee Kon-kims Leben für mich Mittel zum Zweck. Ich formte sein Schicksal in meinem Sinne, war aber immer bestrebt, seinen Lebensweg möglichst wirklichkeitsnah zu erfassen.

Erstes Buch

Der Agent

Ist die Schüssel zerbrochen,
nützt es nichts, wenn man sie aufhebt;
verschüttetes Wasser läßt sich nicht auffangen.

Tseng-kuang

Das Zur und Von der Welt Tor

Obgleich die Familie Lee in einer entlegenen Stadt der Provinz Kweitschou lebte, zählte sie zu den vermögendsten Sippen Südchinas. Sie bewohnte ein am *Kleinen Eselsweg* gelegenes gepflegtes Haus, das von einer hohen Mauer umgeben war, durch die ein im Rundbogen geformtes *Zur und Von der Welt Tor* führte, das bei eintretender Dämmerung fest verschlossen wurde. Über Tag standen die zinnoberroten und mit grünen Drachenköpfen verzierten Torflügel weit offen; es sah aus, als sollten sie Vorübergehende einladen, in den mit Kies belegten und von einer Azaleenterrasse umgebenen Vorhof einzutreten. Und es gab manchen Bauern und Handwerker, den die Not durch das Leesche Tor geführt hatte.

Seit Generationen schon sprachen die weit geöffneten Torflügel ihre eigene Sprache, und seit Generationen huldigten die Lees dem Wahlspruch: ›Aus den Zähnen einer Ratte läßt sich kein Elfenbein machen.‹

Vom Vorhof gelangte man über die Azaleenterrasse in den eigentlichen Eingangshof des Hauses, den vier schlanke Silberpappeln umstanden.

Lee Wu, das greise Oberhaupt der Familie, liebte es, von seinem Fenster in den Eingangshof zu blicken und sich vergnügt die Hände zu reiben, wenn er sah, daß ein Diener oder Gärtner etwas falsch machte. Er wußte, daß seiner kleinen und um viele Jahre jüngeren Frau Lee Wei nichts entging, und er freute sich auf die Zurechtweisung, die über kurz oder lang erfolgen mußte. Er selbst kümmerte sich um nichts mehr, da er wußte, daß er bald sterben würde und somit die Pflicht hatte, sich auf den Tod vorzubereiten. Und das tat er sehr bedacht und mit hohem Genuß seit annähernd drei Jahren, genaugenommen seit jener Nacht, da er im Traum seine Seele neben sich hatte stehen sehen.

Gleich am nächsten Morgen hatte er dem Schneider den Auftrag gegeben, ihm drei prächtige Gewänder anzufertigen, die seitdem im hinteren Teil seines Sterbezimmers lagen. Und um wirklich gut gerüstet zu sein, hatte er sich vorsorglich auch ein Reitjackett machen lassen, in das seine zielbewußte kleine Frau ihren Schmuck einnähte, damit er nicht in Verlegenheit komme, wenn das Bargeld, das er für den Weg durch die Hölle mitzunehmen hatte, nicht ausreichen sollte.

Ebenfalls bereit lagen ein von seiner jüngsten Tochter Li-tai gestickter Tabaksbeutel sowie eine von deren älterer Schwester Han genähte Decke, die ihm die Wärme der Zuneigung sicherte. Und sein dreiundzwanzigjähriger Sohn Kon-kim, der auf die Nachricht vom bevorstehenden Tod des Vaters sein Studium abgebrochen hatte und auf schnellstem Wege von England nach China zurückgekehrt war, hatte ihm eine kostbare Meerschaumpfeife geschenkt, die ihm die lange Reise zum Morgendämmern über den Bergen des ewigen Friedens verkürzen sollte.

Es war also alles glänzend vorbereitet, und am Torflügel hängende lachsrote Seidenbänder sorgten dafür, daß keine schwangere Frau in den Hof eintrat. Denn wo sich der Abschluß einer Lebenswallfahrt nähert, hat erwachendes Leben nichts zu suchen.

Das durch eine Traumerscheinung abberufene Oberhaupt der Familie Lee genoß die Zeit des Sterbens und füllte sie mit süßem Nichtstun und der Beobachtung des ihn umgebenden Lebens, in das er selbst nicht mehr eingriff. Aber er machte sich Gedanken über alles, was er sah und hörte, und er tat es mit besonderer Hingabe, wenn er, in ein dunkles Kaschmirgewand gehüllt, an seinem Fenster stand und in den Eingangshof blickte. Denn so, wie er das Leben jetzt dort sah, würde es auch nach seinem Tode weitergehen. Und darüber hatte er seinen ehrenwerten Ahnen zu berichten.

Lee Wu nahm an, daß sie zufrieden sein würden, wenngleich damit zu rechnen war, daß sie die Nachricht vom Ende des kaiserlichen Regierungssystems außerordentlich beunruhigen würde. Aber das war eine nicht zu ändernde Tatsache, und die ehrenwerten Ahnen mußten sich, wie die Lebenden, damit abfinden, daß aus dem ehemaligen Kaiserreich China eine Republik geworden war. Der Regierungswechsel war vielleicht auch gar nicht so schlimm; alles auf dieser Erde hat zwei Seiten. Erschreckend war nur, daß sich die neuen Herren nicht einigen konnten und es deshalb in China keine Ruhe mehr gab. Zwei Regierungen hatten sich gebildet, und jede bekämpfte die andere nach besten Kräften. Und die lachenden Dritten waren die sogenannten ›Kriegsherren‹, die Kommandeure würdeloser Truppen, die weder die Pekinger noch die

Nankinger Regierung anerkannten und mordend und plündernd durch die Lande zogen.

Der greise Lee Wu, der gedankenverloren am geöffneten Fenster stand und zu den rauschenden Silberpappeln des Eingangshofes emporblickte, drehte plötzlich den Kopf zur Seite und horchte. Wenn er sich nicht täuschte, hörte er den Motor des Sportwagens, den sich sein Sohn aus England mitgebracht hatte.

Und wirklich, das Motorengeräusch kam näher, und wenig später knirschte der Kies des Vorhofes unter rollenden Rädern. Kurz darauf erschien Kon-kim im Eingangshof und blickte zum Fenster des Vaters hinüber.

Er war mittelgroß und schlank, hatte lebhafte dunkle Augen und sah eigentlich nicht wie ein Chinese, sondern wie ein Eurasier aus. Sein widerspenstiges Haar stand ihm wirr über der Stirn, und sein kräftiges Kinn und die stark durchbluteten Lippen ließen eine ungewöhnliche Energie erkennen. Er trug ein blütenweißes Seidenhemd, das locker über einer dunklen Hose hing, und ging mit festen Schritten und vor der Brust zusammengelegten Händen auf den Vater zu, vor dem er sich demütig verbeugte.

Die Augen des greisen Familienoberhauptes glänzten in verhaltenem Stolz. »Nun?« fragte er väterlich und beugte sich aus dem Fenster. »Hast du die Felder inspiziert?«

Der Sohn nickte und wies auf den azurblauen Himmel, an dem nur weit im Norden einige Quellwolken standen. »Bei dem Wetter ist es eine reine Freude.«

Der Vater strich über die spärlichen Barthaare, die wie ein Seidengespinst von seinen Mundwinkeln herabhingen. »Reine Freude ist etwas Kostbares; erhalte sie dir!«

Der Sohn deutete eine Verneigung an.

»Und wie sieht es auf den Feldern aus?«

»Gut, sehr gut sogar. Lediglich dem alten Goh habe ich erklären müssen, daß er im nächsten Jahr keine rote Pachtkarte erhalten wird. Ich habe ihm jedoch angeboten, seine Jungen bei uns zu beschäftigen, damit niemand Hunger leidet, und ich versprach ihm darüber hinaus, daß er sofort eine neue Karte erhält, wenn ich sehe, daß seine Söhne sich Mühe geben und gelernt haben, wie das Land bebaut werden muß. Mehr kann und werde ich nicht tun. Und wenn die Gohs sich ihren Lebensunterhalt als Kulis verdienen müssen.«

»Eine harte, aber gerechte Sprache.«

Kon-kim erkundigte sich nach dem Befinden des Vaters.

»Ich bin zufrieden«, antwortete Lee Wu mit sichtlichem Behagen und schob seine Hände in die weiten Ärmel des Kaschmirgewandes. »Körperliches Sterben ist leicht; traurig ist es nur, wenn die Seele stirbt. Und diese Sorge habe ich nicht.«

»Das macht mich glücklich«, erwiderte der Sohn.

Lee Wu lächelte. »Der Zufriedene ist stets glücklich.«

Die letzten Worte zeigten Kon-kim, daß sein Vater die Unterredung als beendigt ansah. Er verbeugte sich deshalb und trat einige Schritte zurück, bevor er sich dem Eingang des Hauses zuwandte.

Er wird seinen Weg gehen, obwohl die Zeit sehr schwer geworden ist, dachte der greise Wu. Die ehrenwerten Ahnen hatten es leichter, und sie werden sich wundern, wenn sie hören, daß China die Oberherrschaft über Korea verloren hat.

Aber das ist noch nicht das Schlimmste von dem, was ich ihnen zu berichten habe. Ich muß auch über die ›roten Teufel‹ sprechen, über die sogenannten Abendländer, die sich in Europa in die Haare gerieten und uns zwangen, in ihren Streit einzutreten, wodurch eine noch größere Uneinigkeit im Lande entstand, die den ›Kriegsherren‹ die Möglichkeit bot, ihre Machtbereiche auszudehnen. Und sie tun es noch heute, indem sie Dörfer, Städte und Provinzen überfallen und drangsalieren. Ja, die ruhigen Zeiten sind vorbei. Man lebt wieder hinter hohen Wällen, und die Ortskommandanten wachen streng darüber, daß die Stadttore mit beginnender Dämmerung geschlossen und mit einem Siegel versehen werden. Und das im zweiten *Jahr der Ratte* der Nach-Tsin-Zeit, das der neuerdings in Mode gekommene Gregorianische Kalender das Jahr 1924 nennt!

Um sich von den auf ihn einstürmenden bedrückenden Bildern abzulenken, wandte Lee Wu seine Gedanken der Familie zu, und er war froh, daß er über sie den ehrenwerten Ahnen viel Erfreuliches berichten konnte. Seine kleine Frau Lee Wei hatte ihm zwar nur einen Sohn und zwei Töchter geschenkt, sie hielt Haus und Hof aber mustergültig zusammen. Sie war eine Persönlichkeit, deren wortkarge Anordnungen stets klar und endgültig waren. Mit den neuen Sitten wurde sie allerdings nicht fertig. Doch das war ihre Sache und ging niemanden etwas an.

Und sein Sohn Kon-kim gab keinen Anlaß zur Klage. Er hatte zunächst in Amerika und dann ein Jahr in England studiert, das Studium jedoch sofort abgebrochen, als er vom nahen Tode des Vaters hörte. Ein paar merkwürdige Ideen, ›demokratisch‹ nannte er sie, hatte er freilich mit heimgebracht. Im großen und ganzen aber war es den ›roten Teufeln‹ nicht gelungen, seinen Geist zu verwirren.

Nur in einem Punkt war er unangenehm halsstarrig: in seiner Auffassung, daß Heirat eine Privatangelegenheit und nicht Sache zweier Familien sei, die sich bemühen, ihre Kinder günstig zu verehelichen. Er meint, nur Liebe könne die rechte Voraussetzung sein, und übersieht, daß Zuneigung und Achtung erst Liebe erzeugen. Aber die Winde wehen heute stürmisch, und es mag sein, daß sie mit weisen Worten nicht mehr eingeschläfert werden können.

Als Lee Kon-kim in die nur spärlich erhellte Eingangshalle eintrat, warf er einen schnellen Blick auf die aus Sägespänen und Lehm zu einer Spirale geformte Zeitkerze des Hauses, die, dem Lauf der Sterne entsprechend, täglich um Mitternacht von einem besonders geschulten Diener entzündet wurde. Er sah, daß die Flamme in der Mitte der sechsten, durch Kerben gekennzeichneten Einteilung brannte, und wußte, daß die Hälfte der *Stunde der Schlange* vorübergegangen und es somit gerade elf Uhr war.

Den Bruchteil einer Sekunde überlegte er, ob er die Bibliothek oder den Männerhof aufsuchen sollte, doch kaum hatte er sich entschieden, da flatterten seine Schwestern Han und Li-tai wie aufgeschreckte Kolibris in den Raum.

Sie trugen pyjamaartig geschnittene Hosen und Jacken aus weinrotem und heliotropfarbenem Brokat, dazu farblich abgestimmte grüne und schwarze Samtpantoffeln, die mit Feh gefüttert waren. Ihre Wangen glühten, und ihren hinter schrägen Schlitzen liegenden dunkelglänzenden Augen war anzusehen, daß sie es nicht erwarten konnten, ihrem Bruder eine Neuigkeit anzuvertrauen.

Kon-kim lachte den ungestüm auf ihn Zueilenden entgegen. »Was ist denn mit euch los?«

Die siebzehnjährige Han konnte vor Erregung kaum sprechen. »Hast du die heutige Zeitung gelesen?«

»Nein«, erwiderte er.

»Es steht etwas über Tschiang Kai-schek darin!« fiel die fünfzehnjährige Li-tai hastig ein.

»Tschiang Kai-schek?« fragte er verwundert. »Wer ist das, und was ist mit ihm?«

»Ach, stell dich nicht so an«, antwortete Lee Han unwillig. »Du weißt doch: das ist der junge hübsche Offizier, der von den Revolutionären nach Moskau geschickt wurde, um den Aufbau der Sowjetarmee zu studieren.«

»Ja, richtig, jetzt erinnere ich mich. Aber seit wann interessiert ihr euch für Politik?«

Die Schwestern sahen ihn groß an. »Das tun wir doch gar nicht«, erwiderten sie wie aus einem Munde.

»Ihr habt aber gerade von Tschiang Kai-schek gesprochen!«

»Ja, weil er von Rußland zurückgekehrt ist«, erwiderte Große Schwester Han.

»Und weil er bildschön und sehr energisch sein soll«, fügte Kleine Schwester Li-tai hinzu.

Lee Kon-kim schüttelte den Kopf. »Und was geht euch das an?«

»Unter Umständen sehr viel«, antwortete Lee Han mit einem vorwurfsvollen Unterton in der Stimme. »Tschiang Kai-schek hat den Auftrag erhalten, in Whampoa eine Militärakademie zu gründen, in der die besten Soldaten und Offiziere der Welt erzogen werden sollen!«

»Na und?«

»Gehören wir nicht zu den angesehensten Familien Südchinas? Und wird es nicht höchste Zeit, daß ich heirate?«

Einen Augenblick lang war Kon-kim verblüfft, dann aber umarmte er die Schwester und wirbelte sie lachend im Kreise. »Den Herrn Tschiang Kai-schek möchtest du heiraten?«

Sie merkte nicht, daß er sich über sie lustig machte, und nickte mit verschämt gesenkten Lidern.

»Ja, dann werde ich mich wohl auf den Weg nach Whampoa machen müssen«, fuhr er gut gelaunt fort.

Sie legte ihre Arme um seinen Hals. »Würdest du das für mich tun?«

»Das und noch viel mehr!«

»Oh, Li-tai!« rief sie. »Wir haben den besten Bruder, den man sich wünschen kann.«

Die fünfzehnjährige Schwester strahlte und trippelte näher an Kon-kim heran. »Glaubst du, daß Tschiang Kai-schek ihr gestatten wird, ›Revolutionskleider‹ zu tragen?«

»Er wird sogar darauf bestehen!« antwortete der Bruder mit todernster Miene. »Alle Mitglieder der Kuomintang, der revolutionären Partei Doktor Sun Yat-sens, tragen westliche Kleidung und plädieren für fortschrittliche Dinge wie Demokratie und die Einführung des Gregorianischen Kalenders.«

»Oh, es wird himmlisch werden!« rief Lee Han beglückt und klatschte in die Hände. Gleich darauf aber blieb sie erschrocken stehen und verneigte sich mit vor der Brust zusammengelegten Händen vor der Mutter, die unbemerkt in die Eingangshalle getreten war.

Auch Kleine Schwester Li-tai und Lee Kon-kim verbeugten sich vor der wie die Göttin der Anklage langsam auf sie zugehenden zierlichen Mutter, die ein hochgeschlossenes Gewand aus türkisgrüner Seide trug, das bei jeder Bewegung in allen Regenbogenfarben schillerte. Ihre in der Jugend durch Bandagen künstlich kleingehaltenen ›Lilienfüße‹ steckten in winzigen, mit rotem Fuchsfell gefütterten Pantöffelchen. Ihr schmales Gesicht erinnerte an eine Elfenbeinschnitzerei, und ihre dunklen Augen schimmerten wie schwarze Perlen. Das Alter Mutter Lee Weis war schwer zu bestimmen; wer die Falten ihres schlanken Halses nicht entdeckte, den hochgeschlossene Gewänder geschickt verbargen, konnte sie kaum über vierzig schätzen.

»Junge Mädchen haben sich im Frühlingszimmer aufzuhalten«, sagte sie mit warmer, jedoch bestimmter Stimme.

Ihre Töchter verneigten sich und bewegten sich einige Schritte rückwärts.

»Und du kommst mit mir«, wandte sie sich an Kon-kim.

Er legte die Hände gegeneinander und lächelte sie an. »Gibt es etwas zu besprechen?«

Sie ließ seine Frage unbeantwortet und ging in das Orchideenzimmer, dessen zum Frauenhof führende Schiebetüren weit geöffnet waren.

»Nimm Platz«, sagte sie und begann damit, einen Stapel Wäsche zu sortieren, der auf einem Rosenholztisch lag.

Kon-kim, der seine Mutter genau kannte, trat hinter sie. »Wenn mich nicht alles täuscht, hast du die Absicht, mir auf sanfte Weise deine Meinung zu sagen.«

Sie blickte zurück. »Wie kommst du darauf?«

Er umfaßte ihre Schultern. »Wenn du dich während eines Gespräches mit anderen Dingen beschäftigst, weiß ich Bescheid. Also: wie lautet die Klage?«

Sie machte sich von seinen Händen frei, obwohl deren zärtlicher Druck ein unendliches Glücksgefühl in ihr wachrief. »Zunächst muß ich dich ernstlich bitten, mit deinen Schwestern keine Gespräche über sogenannte fortschrittliche Dinge wie Demokratie, westliche Kleidung und dergleichen zu führen.«

»Aber, Mutter...«

»Unterbrich mich nicht«, sagte sie mit einer Bewegung, als gelte es, eine Fliege fortzuscheuchen. »Ich bestehe darauf, daß deine Schwestern im chinesischen und nicht im barbarischen Sinne erzogen werden.«

»Ich hoffe, es beruhigt dich, wenn ich dir sage, daß ich nicht das geringste Interesse daran habe, die Erziehung meiner ehrenwerten Schwestern in irgendeiner Weise zu beeinflussen.«

»Aber ich habe gehört, daß ihr euch über Demokratie und westliche Kleidung unterhieltet.«

Kon-kim lachte. »Was ist schon dabei? Große Schwester Han ist heiratssüchtig und träumt von einem bildhübschen Offizier, der die Truppen der Kuomintang ausbilden soll. Und das veranläßte unseren Naseweis Li-tai, mich zu fragen, ob Han ›Revolutionskleider‹ tragen müsse, wenn sie den Offizier heiraten würde. Dummes, heiratswütiges Mädchengewäsch war das, weiter nichts.«

Die Mutter breitete ein Leinentuch aus. »Es ist nicht recht von dir, deine Schwester heiratswütig zu nennen. Einen Stamm gründen zu wollen ist immer noch besser, als einen Ast abzusägen. Und um beim Thema zu bleiben, wollen wir gleich über die von dir beabsichtigte Eheschließung sprechen, die du eine Privatangelegenheit nennst und über die ich nochmals lange nachgedacht habe.«

Auf Kon-kims Stirn bildete sich eine steile Falte. Er war nahe daran, aufzubrausen und zu erklären: Verschone mich mit weiteren Familienvorschlägen; ich heirate Süa-tü und keine andere Frau! Er beherrschte sich jedoch, da er wußte, daß man asiatische Geduld nicht mit abendländischem Zorn bekämpfen kann. Betont ruhig sagte er:

»Wenn du dir etwas davon versprichst, können wir natürlich nochmals darüber reden. Meinen Entschluß werde ich allerdings nicht ändern.«

»Das weiß ich«, erwiderte Lee Wei gepreßt. »Und ich will mich damit abfinden, wenn gewisse Formalitäten so erfüllt werden, wie es bei uns Sitte ist.«

»Mutter!« rief er, umarmte sie und hob sie wie eine Feder vom Boden.

»Bist du von allen guten Geistern verlassen?« stammelte sie erschrocken.

Er lachte wie ein großer Junge. »Nein, ich bin nur glücklich, überglücklich!«

»Werde nicht albern!« fuhr sie ihn an, doch noch während sie es sagte, sah sie sich in zurückliegende Zeiten versetzt, in denen sie gerne auf einer Wiese gelegen und den Wolken nachgeblickt hatte, die wie himmlische Boten in die Ferne zogen. In einer solchen Stunde, in der Tausende von Grillen gezirpt hatten und der Erde ein würziger Duft entstiegen war, hatte sie sich so leicht gefühlt, daß sie glaubte, von unsichtbaren Armen emporgehoben zu sein.

»Ist dir nicht gut?« hörte sie Kon-kim wie aus weiter Ferne fragen.

Sie sah ihn verwundert an. Er trug sie immer noch.

»Mir ist schwindelig«, antwortete sie verwirrt. »Aber das ist ja kein Wunder bei deinen Albernheiten. Bitte, setze mich ab.«

Kon-kim schüttelte den Kopf und trug sie auf eine mit einer gefütterten Decke überzogene Bank. »Da bleibst du jetzt und erzählst mir, welche unserer Sitte entsprechenden Formalitäten du hinsichtlicher meiner Heirat erfüllt sehen möchtest.«

Sie strich sich über die Stirn und bat um ihren Fächer.

Er holte ihn, übergab ihn jedoch nicht, sondern setzte sich auf einen mit einer Bambusmatte bedeckten Stuhl und fächelte ihr mit leichter, müheloser Drehung des Handgelenks frischen Wind zu. »So, nun erzähle, damit ich weiß, was mir droht.«

»Als erstes möchte ich, daß zwischen den Familien der übliche Vertrag abgeschlossen wird. Ich habe Onkel Hu bereits geschrieben und ihn gebeten, diese Aufgabe zu übernehmen. Er wird in den nächsten Tagen kommen und dann – selbstverständlich begleitet von einem Diener, der die vorgeschriebene rote Matte trägt – nach Szenshi fahren und den Vertrag mit den Eltern Süa-tüs abschließen.«

Kon-kim schmunzelte. »Wie schön, daß ich mich um nichts mehr zu kümmern brauche.«

Sie ließ sich nicht beirren. »Wenn Onkel Hu uns den Vertrag übergeben hat, werde ich Süa-tü das Verlobungsgeschenk senden. Sie soll einen schweren goldenen Armreif bekommen.«

Kon-kim deutete eine Verneigung an. »Dafür möchte ich dir schon jetzt danken.«

»Anschließend werden die Eltern Süa-tüs und ich den Hochzeitstag aussuchen, den...«

»...wir euch vorher nennen werden«, unterbrach er sie.

Die Mutter schwieg einen Moment, fuhr dann aber unbeeindruckt in der Aufzählung ihrer Wünsche fort, die einen bestimmenden Charakter annahmen. »Sobald die Eltern Süa-tüs die Jadeknöpfe gesandt und unsere Bemühungen mit Gaben für die Aussteuer belohnt haben, mag das Fest gefeiert werden, obgleich sich dein Vater auf den Tod vorbereitet.«

»Seit drei Jahren!« entflog es Kon-kim. Er korrigierte die respektlose Bemerkung jedoch, indem er schnell hinzufügte: »Hoffen wir, daß unser ehrenwerter Vater sich noch weitere drei Jahre auf den Tod vorbereiten kann.«

Mutter Lee Wei nahm ihm den Fächer ab und erhob sich. »Schließen wir das Thema mit der Feststellung, daß wir uns einig sind.«

Er nickte. »Es wird das beste sein.«

»Die Benachrichtigung der Bürger erfolgt selbstverständlich ebenfalls in der vorgeschriebenen Weise.«

Kon-kim verzog das Gesicht. »Du willst Diener in roter und grüner Kleidung losschicken?«

»Wie es Brauch und Sitte ist!« erwiderte sie gelassen.

Seine Lippen wurden schmal. »Gut, ich will dir auch in diesem Punkt nicht widersprechen. Aber damit muß dann Schluß sein!«

Die Mutter hob die Augenbrauen.

»Du weißt schon, was ich meine. Ich werde keine der üblichen Hochzeitsgepflogenheiten dulden. Süa-tü wird weder mit züchtig gesenktem Blick dasitzen und sich die schlimmsten Anzüglichkeiten anhören, noch wirst du die Brautnacht am Fußende unseres Bettes verbringen, um der Sippe Süa-tüs dann beim obligaten Frühstück nach der Hochzeitsnacht zu melden, daß die Familie Lee zufrieden ist.«

Lee Wei wandte sich um. Es war ihr anzusehen, daß es ihr schwerfiel zu schweigen.

»Versuch mich zu verstehen«, bat Kon-kim. »Ich kann unsere chinesische Art, über Dinge zu sprechen und zu lachen, die ausschließlich Mann und Frau angehen, nun einmal nicht ertragen.«

Sie machte eine hilflose Geste. »Glaubst du, mir hätte es an meinem Hochzeitstag Freude bereitet... Aber lassen wir das«, unterbrach sie sich. »Reich sein macht es schwer, nicht zu murren.«

Er trat an sie heran. »Was wären wir ohne dich!«

Sie drängte ihn zurück. »Erzähl mir lieber, wie es auf den Feldern aussieht.«

»Dort ist alles in Ordnung. Ich will übrigens gleich nach Szenshi fahren, um noch einige Hilfskräfte zu organisieren.«

Die Mundwinkel der Mutter bogen sich verächtlich herab. »Für wie dumm hältst du mich eigentlich? Du willst doch nur Süa-tü aufsuchen und ihr brühwarm erzählen, was ich dir gesagt habe.«

Er lachte. »Deine Klugheit ist beängstigend.«

»Willst du vorher noch etwas essen?«

»Wenn das möglich ist.«

»Ich lasse es dir bringen. Kehre aber bald zurück. Es ist so schwül, daß es bestimmt ein Gewitter geben wird. Und dann sammelt sich das Wasser in der *Kleinen Fülle*, und es dauert Stunden, bis die Straße wieder frei ist.«

Kon-kim ging in den Frauenhof, um sich den Himmel anzusehen, an dem sich nun auch im Westen stärkere Quellwolken bildeten. »Kann sein, daß du recht hast«, sagte er. »Ich werde jedenfalls aufpassen und rechtzeitig zurückkommen.«

»Gib mir dein Wort«, bat die Mutter.

Er sah sie verwundert an. »Warum so feierlich?«

Sie schaute an ihm vorbei. »Ich weiß nicht... Irgendein ungutes Gefühl... Ich kann es dir nicht erklären.«

»Mach dir keine Sorgen«, erwiderte er. »Ich verspreche dir, rechtzeitig zurückzufahren.«

Wenige Minuten später wurde ihm im Schatten eines Ginkgo-Baumes das Essen serviert. Es war ein Reisgericht mit roten Pfefferschoten, die so scharf waren, daß sie nur in Verbindung mit braunem Zucker und süßsauer zubereitetem Schweinefleisch genossen werden konnten.

Den Abschluß der Mahlzeit bildete eine Schale Suppe, und als er diese ausgelöffelt und Gesicht und Hände mit heißen Tüchern gereinigt hatte, erhob er sich und ging durch den Hof der Würden zu der im Halbdunkel liegenden Eingangshalle, in deren hinteren Ecke seine Schwestern standen, die ihn offensichtlich erwartet hatten und sich mit leisen Zischlauten bemerkbar machten.

»Was habt ihr denn jetzt schon wieder?« fragte er etwas unwillig.

»Wir haben euch belauscht!« platzte Kleine Schwester Li-tai heraus.

»Mutter und mich?«

Die Schwestern nickten eifrig.

»Pfui, das ist häßlich!«

»Ach, ist doch egal«, erwiderte Kleine Schwester Li-tai. »Hauptsache, Mutter ist damit einverstanden, daß du heiratest. Wirst du es Süa-tü gleich erzählen?«

»Natürlich!«

»Glaubst du, daß sie sehr glücklich sein wird?«

»Ich hoffe es.«

»Und das wird jetzt eine richige Liebesheirat?« fragte die ältere Schwester Han.

»Ja!«

»Das muß himmlisch sein! Bist du nicht ganz aufgeregt?«

»Wie man es nimmt«, antwortete er belustigt. »Aber nun muß ich laufen. Auf Wiedersehen!«

»Auf Wiedersehen! Und sage Süa-tü, daß wir sie sehr liebhaben werden.«

»Das werde ich ihr bestellen.«

»Wirst du uns heute abend von ihr erzählen?«

»Mal sehen«, erwiderte er und wollte schon gehen, als Lee Han ihn zurückhielt.

»Das mit dem ›heiratswütigen Mädchengewäsch‹ hast du doch nur gesagt, um dich herauszureden, oder?«

»Hätte ich etwas anderes sagen können?«

Die Schwestern verneinten und waren glücklich. Und Kon-kim lachte vor sich hin, als er über die Azaleenterrasse den Vorhof aufsuchte, in dem sein kleiner Wagen stand.

Es war ein schnittiger *Amilcar,* dem die schräg nach außen stehenden Kotflügel ein besonders sportliches Aussehen gaben. Und der Motor knatterte, daß es ein Vergnügen war; die Hupe brauchte man praktisch nie zu benutzen.

Kurz vor dem Einsteigen in den Wagen sah er zwei schneeweiße Tauben, die das Haus mehrmals umkreisten und sich schließlich darauf niederließen. Wenn er auch nicht abergläubisch war, die weißen Tauben irritierten ihn, weil sie einem alten chinesischen Sprichwort zufolge Tod und Verderben ankündigen.

Aber sosehr er sich auch bemühte, die sich ihm aufdrängenden

Gedanken beiseite zu schieben, er war irgendwie wie gelähmt. Das Gewühl der Straßen beanspruchte jedoch bald seine ganze Aufmerksamkeit, da der Gong des Stadtwächters gerade die *Stunde des Pferdes* angekündigt hatte und viele Menschen nach Hause eilten, um ihr bescheidenes Mittagsmahl einzunehmen.

Es waren durchweg arme Leute, Tagelöhner, Handwerker, Bauern und Kulis mit ausdruckslosen Gesichtern, knotigen Händen, dünnen Beinen und abgerissener Kleidung.

Am Drachentor verursachte ein in die Stadt einfahrender Ochsenkarren eine Stauung, die Kon-kim den Weg versperrte. Seitlich drängten sich krummbeinige Wasserträger vorbei, die für einen Napf Reis tagein, tagaus zu dem weit vor der Mauer liegenden Fluß hinabstiegen.

Eine junge Bäuerin, die Kon-kim geduldig warten sah, trat an ihn heran und fragte unterwürfig, ob sie eine Frage an ihn richten dürfe.

Er nickte ihr aufmunternd zu. »Warum nicht? Ich komme im Augenblick ohnehin nicht weiter.«

Ihr flaches, rundes Gesicht erhellte sich. »Wäre es möglich, daß wir eine rote Karte für das brachliegende Feld am *Oberen Mäuseweg* erhalten?«

Kon-kim legte die Stirn in Falten. »Am *Oberen Mäuseweg*? Da ist doch alles bebaut.«

»Das schon«, erwiderte sie hastig. »Aber am Ende des Weges liegt ein kleiner Zipfel, der noch nie bestellt worden ist.«

»Ach, an das Feld denkst du.«

»Ja. Und mein Mann meint, daß wir jetzt, wo unsere Jungen uns schon etwas helfen können, versuchen sollten, unser ›Heimstattland‹ zu vergrößern.«

Kon-kim schnitt eine Grimasse. »Ich glaube kaum, daß es sich lohnt, da Arbeit hineinzustecken. Der Boden ist dort viel zu schlecht.«

»Das habe ich meinem Mann auch gesagt. Er glaubt aber, daß man dort vielleicht Obstbäume setzen könnte.«

»Da hat er gar nicht so unrecht«, erwiderte Kon-kim nachdenklich. »Versuchen sollte man es auf jeden Fall. Sage ihm, daß ich euch die rote Karte geben werde. Und wegen der Bäume soll er mit mir sprechen.«

Die Bäuerin wollte sich bedanken, brachte vor Erregung aber kein Wort über die Lippen.

Kon-kim deutete auf das Stadttor, das gerade frei geworden war. »Ich muß weiter. Grüße deinen Mann. Und viel Glück am *Oberen Mäuseweg*!«

Die kurze Unterredung mit der Bäuerin stimmte ihn froh, und mit sich selbst und der Welt zufrieden durchfuhr er das Drachentor, an dessen Seiten Barbiere unter freiem Himmel einigen Reisenden die Haare schnitten. Zwischen ihnen hockten Briefsteller und Wahrsager, die geduldig auf Kundschaft warteten und hinter Garküchen herschnupperten, die fliegende Köche durch die Straßen schoben.

Die Chaussee nach Szenshi führte zunächst am Yukiang entlang, dessen trübes Wasser träge dahinfloß. Dann bog sie nach Norden ab und schlängelte sich durch künstlich angelegte Stufenfelder, in denen der Reis bereits eingesetzt war.

Kon-kim genoß die Fahrt und winkte einigen Bauern zu, die gerade Kürbisse an Stangen befestigten. Im Geiste sah er sie schon in die Stadt einfahren, um die Hälfte der Ernte abzuliefern. Denn eine Hälfte gehörte dem Aussteller der roten Pachtkarte, der dafür, daß er fünfzig Prozent der Ernte erhielt, sämtliche Steuern an die Regierung zu zahlen hatte und darüber hinaus neben Saatgut und Arbeitsgerät auch das Material zur Verfügung stellen mußte, das zur Ausbesserung der Wege und Erhaltung der Bewässerungsanlagen benötigt wurde.

Diese an sich gute Regelung, die dafür sorgte, daß die Pächter selbst in schlechten Erntejahren niemals mit ihrem Pachtzins im Rückstand sein konnten, war nach Kon-kims Meinung dringend reformbedürftig, weil etliche der privilegierten Aussteller roter Pachtkarten in Saus und Braus lebten und nicht daran dachten, ihre Verpflichtungen in der vorgeschriebenen Weise zu erfüllen. Die Folgen waren gebrochene Deiche, überschwemmte Länder und Bauern, die vor Hunger nicht mehr aus noch ein wußten.

An diesem Mittag beschäftigte sich Kon-kim jedoch nicht mit Fragen der Bodenreform. Er sah nur die sonnendurchflutete Landschaft und zählte die Minuten, die ihn noch von Süa-tü trennten, mit der er sich zweimal in der Woche kurz vor Szenshi an einem idyllisch gelegenen Steinhang traf, von dem wilde Glyzinien wie wallende Vorhänge herabhingen. Stundenlang konnten sie dort liegen und zu den Bergen Kweitschous hinüberblicken. Und wenn die Dämmerung heranrückte, begriffen sie nicht, daß die Stunden so schnell vorübergegangen waren.

Süa-tü wurde dann manchmal richtig böse und klagte: »Wie soll ich jemals vor deiner Familie bestehen können, wenn du mir nur zweimal in der Woche Unterricht erteilst.«

Sie war die überaus intelligente Tochter eines kleinen Bauern, der nicht die Mittel gehabt hätte, ihr die gewünschte Ausbildung zu ermöglichen, und in ihrem Lerneifer sah sie in jedem Treffen mit Lee Kon-kim eine Unterrichtsstunde, der sie fiebernd entgegeneilte. Sie liebte ihn mit allen Fasern ihres Seins, und eben weil sie ihn so liebte, lebte sie in der dauernden Angst, ihn eines Tages wegen ihres allzu geringen Wissens zu verlieren.

Diese Sorge war unbegründet. Auch er liebte sie von ganzem Herzen, und bei allem, was er tat, versuchte er die Welt mit ihren Augen zu sehen, mit den Augen des intelligenten Menschen, dem ›niedere‹ Herkunft es versagt hatte, seinen Wissensdurst zu stillen.

Süa-tüs lebhafte kluge Augen ließen erkennen, daß sie anders als andere Mädchen war. Sie kannte keine Hemmungen, war voller Frische und kleidete sich europäisch. Und merkwürdigerweise war es gerade die westliche Kleidung, die ihr einen besonderen Charme verlieh. Ihre Haut schimmerte wie Elfenbein, und ihr hübsches Gesicht war von einem pechschwarzen Pagenkopf umrahmt.

Kon-kim sah Süa-tü schon von weitem, als er an diesem Tage von der Chaussee abbog, um über einen schmalen Feldweg zu dem Steinhang zu gelangen, an dem er sich immer mit ihr traf. »Süa-tü!« rief er und hupte wie besessen.

Sie hob die Arme und lief ihm entgegen.

Er stoppte den Wagen, sprang hinaus und umarmte sie. »Es ist geschafft, Süa-tü! Wir können heiraten!«

Sie riß sich los und starrte ihn an. »Ist das wahr?«

»Ja! Meine Mutter hat eingewilligt, ohne daß ich nochmals mit ihr darüber gesprochen habe! Onkel Hu ist bereits beauftragt, den Vertrag mit deinen Eltern abzuschließen, und meine Schwestern haben mich gebeten, dir zu sagen, daß sie dich sehr liebhaben werden.«

Sie schloß die Augen und legte ihr Gesicht an seine Wange.

Er zog sie an sich und strich über ihr Haar. »Bist du glücklich?«

»Sehr«, erwiderte sie kaum hörbar.

Eine Weile standen sie regungslos, ganz hingegeben dem Augenblick des Glücks. Dann fragte Süa-tü zögernd und ohne den Kopf zu heben: »Ist es eigentlich wahr, daß die ›roten Teufel‹ ihre Lippen gegeneinanderpressen, wenn sie sich lieben?«

Er streichelte ihre Schultern und blickte über das vor ihnen liegende Tal hinweg. »Ja, ich habe in England des öfteren gesehen, wie ein Mann eine Frau küßte. So nennen sie es, wenn sie die Lippen aufeinanderpressen.«

»Ist das nicht komisch?«

»Wie man es nimmt.«

Erneut schwiegen sie eine Weile, bis Süa-tü fragte: »Ob das schön ist?«

»Was?«

Sie vergrub ihr Gesicht an seinem Hals. »Wenn zwei Menschen sich küssen.«

»Ich weiß es nicht«, antwortete er. »Wir können es ja mal probieren.«

Süa-tü kicherte. »Aber du mußt die Augen schließen.«

»Gut«, sagte er, nahm ihr Gesicht in die Hände und führte seine Lippen an die ihren.

Zwei, drei Sekunden standen sie so, dann flogen sie förmlich auseinander.

»Die ›roten Teufel‹ müssen verrückt sein«, sagte Süa-tü und ließ sich ins Gras fallen. »Komm, ich lege meinen Kopf auf deine Brust. Das ist viel schöner.«

Er setzte sich neben sie. »Vielleicht haben wir es falsch gemacht.«

Sie sah ihn fragend an. »Wie meinst du das?«

»Wäre es nicht möglich, daß man die Lippen beim Küssen bewegen und etwas öffnen muß?«

Süa-tü blickte erschrocken zur Seite, hob dann aber mutig ihr Gesicht. »Bitte, versuchen wir es.«

Er neigte sich über sie, und nun dauerte es recht lange, bis sie sich wieder trennten.

»Warum nennen wir die Abendländer eigentlich ›rote Teufel‹?« fragte Süa-tü.

Kon-kim zündete sich eine Zigarette an. »Weil viele von ihnen, besonders die Briten, rote Haare haben. Und weil sich die ersten Europäer, die nach China kamen, wie Teufel benahmen.«

»Was haben sie getan?«

»Ich will es dir erzählen. Es begann mit einem Schwarm herrlicher Schiffe, die eines Tages den Perl-Fluß heraufkamen und vor Kanton ankerten. Ihre weißen Segel leuchteten in der Sonne, und der Kommandant der Flotte, ein Portugiese, der für sein Land um die Handelserlaubnis nachsuchte, machte einen so vertrauenerweckenden Eindruck, daß Kaiser Wu-Tsung nicht lange zögerte und die erbetene Genehmigung erteilte. Daraufhin beluden die Portugiesen ihre Schiffe mit kostbaren Porzellanen, mit Elfenbein, Tee, Seide und was es sonst an schönen Dingen bei uns gibt. Und dann fuhren sie ab.«

»Ohne zu bezahlen?«

»Nun ja, das war so ausgemacht. Und der Kaiser wurde auch nicht enttäuscht. Die Portugiesen kehrten zurück, und ihr Kommandant meldete Wu-Tsung, daß der König von Portugal entzückt und bereit sei, mehr zu zahlen, als vereinbart worden war, wenn er einige hundert seiner Landsleute an unserer Küste ansiedeln dürfe, um weitere Geschäfte vorbereiten zu können.

Der Kaiser gab die Erlaubnis, und bald darauf segelte eine Riesenflotte den Fluß herauf. Doch nun war sie nicht mit gewöhnlichen Matrosen, sondern mit Kriegern bemannt, die rücksichtslos über uns herfielen, unsere Lagerhäuser, Geschäfte und sogar die Tempel plünderten.«

»Das ist ja furchtbar!« rief Süa-tü. »Und das haben wir uns einfach gefallen lassen?«

»Was sollten wir machen?« erwiderte Kon-kim. »Die Portugiesen schossen mit Pulver, das wir zwar auch besaßen, aber nur zur Herstellung von Raketen für Freudenfeste verwendeten, da unsere ehrenwerten Ahnen sich standhaft weigerten, das kostbare Material für militärische Zwecke zu vergeuden.«

»Unsere liebenswerten Ahnen!« klagte Süa-tü.

Kon-kim nickte. »Liebenswert waren sie schon, doch sie gingen einer furchtbaren Zeit entgegen. Denn nun kamen immer mehr Europäer. Auf den Philippinen landeten Spanier, die Tausende unserer Landsleute abschlachteten, nur weil sie ehrlichen Handel mit den Filipinos trieben. Und den Perl-Fluß herauf segelten Engländer, die unsere Tigerforts bombardierten und einnahmen.«

»Wie konnten sie das? Haben wir uns nicht verteidigt!«

Kon-kim schnippte mit dem Finger. »Du ahnst nicht, wie liebenswert unsere Ahnen waren. Sie hatten die Forts des Flusses nicht mit Kanonen bestückt, sondern mit Tigerköpfen bemalt, die jeden Angreifer abschrecken sollten. Seit jener Zeit nennen wir die Abendländer ›rote Teufel‹!«

»Und sie haben damals Kanton besetzt?«

Er schüttelte den Kopf. »Das haben sie trotz unserer harmlosen Farbtiger zunächst nicht gewagt, weil sie befürchteten, in eine Falle zu stolpern. Sie konnten sich einfach nicht vorstellen, daß ein Reich wie China über keine riesige Armeen verfügt, und richteten sich nach dem vom Kaiser gegebenen Erlaß, der es jedem Fremden untersagte, chinesisches Gebiet zu betreten. Erst viele Jahre später, als sie herausgefunden hatten, daß wir kein schlagkräftiges Heer besaßen, landeten sie in Kanton. Bis dahin ankerten sie im Fluß.«

»Schade, daß ich kein Mann bin«, sagte Süa-tü.

»Warum?«

»Dann würde ich eine Armee aufstellen, die alle ›roten Teufel‹ vertreibt.«

»Das möchten viele. Aber es leichter gesagt als getan.«

»Ach was«, empörte sich Süa-tü. »Wir kleben am Denken unserer ehrenwerten Ahnen wie Fliegen an der Leimrute. Was uns fehlt, ist ein neuer Geist, der wie ein Sturmwind durch die Lande zieht und alles vernichtet, was morsch und morbide ist.«

Kon-kim richtete sich auf und beugte sich über sie. »Du scheinst ja selber ein kleiner Teufel zu sein!«

Ihre Augen funkelten. »Vielleicht ist das die Wirkung der teuflischen Küsse, die du mir gegeben hast.«

»Möchtest du noch einen haben?«

Sie legte ihre Arme um seinen Hals und wollte ihn zu sich herabziehen, doch im selben Moment machte er sich frei und starrte in die Ferne.

»Daheim tobt ein Gewitter«, rief er erschrocken und wies auf den im Westen blauschwarz gewordenen Himmel. »Ich habe meiner Mutter versprochen...« Er unterbrach sich und umarmte Süa-tü. »Bitte, sei nicht böse, aber ich muß sofort nach Hause.«

»Das hat keinen Sinn, Kon-kim. Bei dem Unwetter wird die Chaussee in der *Kleinen Fülle* unter Wasser stehen!«

»Ich nehme den höher gelegenen Feldweg.«

»Tu das nicht!« flehte sie ihn an. »Der ist lehmig. Du könntest abrutschen.«

Er schüttelte den Kopf. »Es hilft nichts, ich muß es versuchen.

Meine Mutter war heute so merkwürdig, und als ich fortfuhr, setzten sich zwei weiße Tauben auf unser Haus!«

Ihre Augen weiteten sich. »Dann mußt du fahren.«

Er lief zu seinem Wagen hinüber. »Auf Wiedersehen, Süa-tü.«

Sie eilte hinter ihm her. »Ich zünde daheim Räucherstäbchen an!«

Sie waren moderne Menschen und unterlagen doch den Überlieferungen der Ahnen.

Kon-kim fuhr, als säße ihm ein Gespenst im Nacken. Der Motor des Wagens heulte, die Räder sprangen, und der Himmel nahm von Sekunde zu Sekunde ein bedrohlicheres Aussehen an. Schwefliggelbe und blauschwarze Wolken wälzten sich über die Berge. Blitze fuhren wie Lanzen dazwischen. Genau über der Heimatstadt tobte das Unwetter und prasselten Regen und Hagel in Kaskaden herab.

Kon-kim verlangsamte das Tempo erst, als er hinter einer Kurve einen kleinen Feldweg sah, der in die Hauptstadt einmündete. Es fiel ihm schwer, die relativ gute und wesentlich kürzere Chaussee zu verlassen; er blieb aber bei seinem Entschluß, die *Kleine Fülle* zu umfahren, und bog in den Feldweg ein, auf dem er kurz anhielt, um das Verdeck aufzuschlagen. Dann jagte er weiter.

Solange der Boden trocken war, ging alles gut. Doch kaum war die Gewitterzone erreicht, da rutschte der Wagen auf dem nassen Lehmboden, und die Windschutzscheibe beschlug unter den Regenmassen, die wie aus Wasserkübeln herabplatschten. Es half alles nichts: wenn er nicht im Graben landen wollte, mußte er langsam fahren.

Zu allem Übel wurde es bald darauf so dunkel, daß er die Scheinwerfer einschalten mußte. Ihre Lichtkegel konnten den Regenvorhang jedoch nicht durchbrechen, und Kon-kim sah sich immer wieder gezwungen, den Wagen anzuhalten, weil er nicht mehr wußte, wohin er steuern sollte.

Selten in seinem Leben war er sich so hilflos vorgekommen. Und doch waren es gerade diese Minuten, die ihm das Leben retteten. Aber das ahnte er nicht. Er sah nur den Regen, der ihm die Sicht raubte, bis plötzlich eine wild gestikulierende Gestalt vor ihm auftauchte.

Sofort trat er auf die Bremse, doch der Wagen rutschte auf die nur dürftig bekleidete Gestalt zu, der es gerade noch rechtzeitig gelang, zur Seite zu springen. Es war der Diener Lu, der den Lees seit seiner Kindheit diente.

»Feuerkopf!« rief Kon-kim. »Was machst du hier?«

»Junger Herr«, schluchzte der Diener. »Etwas Furchtbares ist geschehen! Soldaten plündern die Stadt! Sie kamen mit dem Gewitter. Die Tore waren geöffnet und...«

»Sie sind in unser Haus eingedrungen?«

»Ja. Mir gelang es, in den Hof des Jadekaninchens und von dort durch das Sperlingstor zu flüchten.«

»Und meine Eltern und Geschwister?« schrie Kon-kim.

»Ich weiß nicht... Alles ging so entsetzlich schnell. Es blitzte und regnete in Strömen, und plötzlich stürzten die Soldaten in den Eingangshof. Da bin ich auf und davon.«

Kon-kim überlegte fieberhaft, was er tun sollte. »Wo sind wir hier?«

»Direkt neben dem Zeisigwäldchen.«

Kon-kim legte augenblicklich den ersten Gang ein. »Mach Platz«, rief er. »Ich fahre den Wagen in den Wald und laß ihn hier stehen.«

»Sie wollen doch nicht...?«

»Tue, was ich gesagt habe!« fuhr Kon-kim den Diener an, gab Gas und drehte das Steuer herum.

Im Lichtkegel tauchten Büsche und Bäume auf. Die Räder mahlten im glitschigen Boden.

»Schieben!« schrie Kon-kim.

Der Diener stemmte sich gegen das hinten aufgeschnallte Reserverad, und langsam gelang es ihnen, den Wagen so weit in den Wald zu dirigieren, daß er vom Weg aus nicht mehr gesehen werden konnte.

»Du bleibst hier und wartest, bis ich wiederkomme!« rief Kon-kim und rannte davon. Regen peitschte sein Gesicht. Blitze warfen magische Lichter in die Nacht.

Kon-kim lief, so schnell er konnte. Angst und Empörung schwangen in ihm. Und eine nie gekannte Lust zu morden. Visionär sah er marodierende Horden, die wehrlose Städter überfielen: Greise, Frauen, Kinder...!

Sein Atem ging schneller. Donner rollten über ihn hinweg. Hemd und Hose klebten ihm am Leib. Das Haar hing ihm wirr in der Stirn. Er spürte sein Herz, das dumpf pochte und nach der Familie schrie.

Die Stadtmauer lag wie ein Koloß vor ihm. Er verlangsamte seine Schritte und schlich keuchend an ihr entlang, bis er das Drachentor erreichte, das im Schein sich jagender Blitze wie das aufgerissene Maul eines Ungeheuers aussah.

Eng an die Mauer gedrückt, warf er einen Blick durch das Tor. Kein Mensch war zu sehen. Aber Schreie waren zu hören, Schreie der Lust und des Schmerzes. Dazwischen Lachen und Weinen, wollüstiges Stöhnen und Wimmern, Grölen und farbloses Röcheln.

Entsetzen packte Kon-kim. Ohne an sich selbst zu denken, jagte er in die Stadt hinein. Sein Laufschritt hallte durch Straßen und Gassen, in denen Tote lagen, die man kurzerhand erstochen und durch die Fenster geworfen hatte. Über Kinder und Frauen, die kein Hemd mehr am Leibe trugen und deren Blut vom Regen in die Gosse gespült wurde, mußte er hinwegspringen.

Das Leesche *Zur und Vor der Welt Tor* stand weit offen. Die lachsroten Bänder, die ankündigten, daß im Hause eine Lebenswallfahrt ihrem Ende entgegenging, hingen schlaff im Regen.

Kon-kim blieb einen Moment stehen und holte tief Luft. Ehrwürdige Ahnen, steht mir bei, dachte er. Dann straffte er sich und eilte über die Azaleenterrasse in den Eingangshof.

Das Haus lag im Dunkeln. Kein Geräusch war zu hören. Doch vor der Eingangshalle stand Mutter Lee Wei mit einer Laterne in der Hand, die ihr schmales Gesicht von unten her erhellte und ihr das Aussehen einer Statue verlieh.

»Mutter!« rief er und eilte auf sie zu. »Wo sind Vater, Han und Li-tai?«

Die Mutter wandte sich um, ging in die Eingangshalle und wies zur Zeitkerze hinüber, neben der eine kleine Gestalt kauerte, die haltlos schluchzte. »Deine Schwester Li-tai«, sagte sie tonlos und griff nach Kon-kims Arm, als er auf die Schwester zugehen wollte. »Nicht! Sie ist verstört. Dreimal wurde sie vergewaltigt.«

Seine Hände ballten sich.

Die Mutter zog ihn fort, durchquerte die Halle und öffnete die Tür zum Frühlingszimmer, in das sie hineinleuchtete, ohne es zu betreten. »Deine Schwester Han.«

Kon-kim schlug die Hände vor das Gesicht. Han lag mit durchschnittener Kehle und vom Körper gerissener Kleidung in einer Blutlache.

Die Mutter straffte sich. »Viermal vergewaltigt. Dann ermordet.«

Kon-kim umklammerte sie. »Wäre ich doch nicht fortgefahren!«

Sie machte sich frei. »Gehen wir zu deinem Vater.«

»Was ist mit ihm?«

»Das Schicksal war gnädig: er starb als erster.«

Gnädig, dachte Kon-kim. Erst in diesem Augenblick begriff er, was seine Mutter durchgemacht haben mußte und warum sie nicht weinen konnte: sie war ausgebrannt im Feuer des Entsetzens.

Lee Wei öffnete die Tür zum Zimmer ihres Mannes und reichte ihrem Sohn die Laterne. »Denke an das, was ich sagte.«

Kon-kim verstand den Sinn ihrer Worte nicht, spürte aber, daß sie ihn auf etwas Furchtbares vorbereiten sollten.

Als er zurückkehrte, war er nicht wiederzuerkennen. Er wankte, seine Augen flackerten, auf seinen eingefallenen Wangen lagen grüne Schatten. »Wie hast du das alles nur...?«

Die Mutter nahm ihm die Laterne ab, ging in das Orchideenzimmer und von dort durch den Frauenhof zu den weiter rückwärts gelegenen Küchen- und Personalräumen, wo sie ihm zwei Mägde und einen Diener zeigte, die mit durchschnittenen Kehlen am Boden lagen.

Kon-kim wandte sich ab. »Es ist genug, Mutter.«

Sie lachte plötzlich jenes schreckliche Lachen, das Chinesen überfällt, wenn das Leid sie zu ersticken droht. »Das gleiche dachte ich vor einer Stunde. Es ist genug, sagte ich mir und bot den Mördern unser Faß Maotai-Wein an.«

»Du hast ihnen...?«

»Ja«, unterbrach ihn Mutter Lee Wei mit kalter Stimme und fügte eigenartig betont hinzu: »Sie liegen in der Bibliothek und schnarchen.«

Kon-kims Augen weiteten sich.

»Total betrunken!«

Seine Gedanken überschlugen sich. Auf dem Boden sah er ein blutbeflecktes Messer liegen. »In der Bibliothek?«

Mutter Lee Wei nickte.

Sie blickten sich an.

Draußen tobte das Gewitter mit unveränderter Gewalt. Donner krachten, und Regen peitschte gegen die Fensterläden.

Er hob das Messer auf.

Die Mutter wandte sich um und ging durch den Frauenhof in die Eingangshalle zurück.

»Gib mir die Lampe und bleibe bei Li-tai«, sagte Kon-kim.

Sie zögerte.

Er nahm ihr die Laterne ab und schritt auf die Bibliothek zu, deren Tür er behutsam öffnete und leise hinter sich schloß.

Alkoholdunst schlug ihm entgegen. Er hob das Licht, um den Raum übersehen zu können, stellte es dann auf den in der Mitte des Zimmers stehenden Schwarzholztisch, der wie ein Spiegel glänzte.

Sieben sind es, dachte er erschrocken, während er die zerlumpt und verwahrlost aussehenden Gestalten musterte, von denen drei auf der Ofenbank und vier mit gespreizten Beinen in Sesseln lagen. Ihre Gesichter sahen grausam aus, ihren noch blutbesudelten Händen war anzusehen, daß das Töten eine alltägliche Beschäftigung für sie war.

Mit einer ihm selbst unverständlichen Ruhe trat Kon-kim an einen Soldaten heran, setzte ihm das Messer an die Kehle, legte ihm die Hand auf den Mund und durchschnitt die Gurgel.

Ein Strahl blassen Blutes schäumte über den Hals des Soldaten, der nicht den geringsten Laut von sich gab.

Entschlossen trat Kon-kim an den nächsten Sessel heran, wobei er dachte: Es ist erstaunlich, wie leicht das geht. Das Töten scheint eine ganz einfache Sache zu sein.

Die nächsten kamen an die Reihe. Eisig und ohne etwas zu empfinden, tat Kon-kim, was er tun mußte. Es geschah mit ihm, er hätte nicht sagen können, was ihn trieb. Er fühlte sich nicht als Rächer, wenngleich er wußte daß die Männer, die er nun in aller Ruhe tötete, seine Schwestern vergewaltigt, Han und drei weitere Menschen umgebracht und den Vater viehisch zerstückelt hatten. Wohl hatte der Wunsch nach Vergeltung ihn das Messer aufheben lassen, geführt aber wurde es von den entsetzlichen Bildern, die auf ihn eingestürzt waren.

Auch die Kehle des letzten durchschnitt er, und erst als er die Laterne vom Tisch nahm und seine blutbefleckten Hände sah, begriff er, was er getan hatte. Im selben Moment aber wußte er auch, daß die übernommene Schuld nun unwiderruflich ihren Preis verlangen würde. Und das nicht nur von ihm!

Klar und nüchtern sah er plötzlich die Dinge. Das Töten war leicht gewesen, erstaunlich leicht sogar, aber Haus und Hof mußten jetzt verlassen werden. Nur ein Narr konnte annehmen, daß keine weiteren Soldaten durch das *Zur und Von der Welt Tor* kommen würden. Was dann geschah, war so selbstverständlich, daß man nicht darüber nachzudenken brauchte.

Du mußt schnellstens handeln, sagte er sich und kehrte in die Eingangshalle zurück, wo seine Mutter ihn erwartete.

Er wich ihrem Blick aus und forderte sie auf, ihren und Li-tais Mantel zu holen. Er selbst lief in den Eingangshof, um sich unter einer Dachrinne die blutverschmierten Hände zu waschen.

Der Regen hatte nachgelassen, und Donner rollten nur noch in weiter Ferne.

Dadurch beunruhigt, eilte er in die Halle zurück, in der Li-tai neben der Zeitkerze kauerte und haltlos schluchzte.

»Hör zu, Kleine Schwester«, sagte er und kniete sich neben sie. »Du mußt jetzt sehr stark sein und darfst nicht weinen. Wir müssen fliehen und dürfen uns durch kein Geräusch verraten. Verstehst du das?«

Sie hob den Kopf und sah ihn verständnislos an.

Er wollte über ihr Haar streichen, hielt seine Hand jedoch plötzlich zurück und legte sein Gesicht an ihre Wange. »Du hast Furchtbares durchgemacht, ich werde aber alles tun, damit du es vergißt.«

Li-tai wurde vom Schluchzen geschüttelt.

»Bitte, sei tapfer«, flehte er. »Wir kommen sonst nicht aus der Stadt heraus.«

Die Mutter trat hinter ihn. »Du willst fliehen?«

Er erhob sich. »Uns bleibt keine Wahl. Wenn jetzt Soldaten kommen, ist es aus.«

Sie blickte auf Li-tai herab. »Und was geschieht mit Vater und Han?«

»Sie sind schon bei den Ahnen«, erwiderte er gedämpft. »Wir müssen schnellstens handeln! Es regnet kaum mehr. Jede Sekunde kann jemand auftauchen. Mein Wagen steht im Zeisigwäldchen. Bis dorthin müssen wir uns durchschlagen.«

»Du vergißt, daß ich ›Lilienfüße‹ habe und nicht laufen kann. Nimm Li-tai und laß mich hier.«

Er ergriff Li-tais Überwurf. »Ich trage dich, Mutter. Komm«, wandte er sich an seine Schwester. »Zieh den Mantel an.«

Li-tai erhob sich schluchzend.

Kon-kim löschte die Laterne und Zeitkerze. Dann nahm er die

Mutter auf den Rücken und sagte der Schwester, daß sie sich an seinem Arm halten und im Falle einer Gefahr alles so tun solle, wie er es mache.

Nüchtern und sachlich waren seine Anordnungen. Mit schnellen Schritten lief er über die Azaleenterrasse dem *Zur und Von der Welt Tor* entgegen, unter dessen Bogen er einen Moment lauschend verharrte.

Auf der Straße waren Stimmen zu hören.

»Zurück!« sagte er an Li-tai gewandt. »Hinter den Torflügel!«

»Setz mich ab«, flüsterte Mutter Lee Wei, als sie sich verborgen hatten.

Kon-kim schüttelte den Kopf. Die zierliche Mutter konnte er leicht tragen.

Die Stimmen wurden lauter, waren dann unmittelbar vor ihnen und wanderten weiter.

Kon-kim atmete auf und legte seinen Arm um Li-tai.

Sie schluchzte unterdrückt.

Wenige Sekunden später liefen sie den *Kleinen Eselsweg* hinab, dann überquerten sie die Hauptstraße und eilten durch eine schmale Gasse dem Drachentor entgegen. Doch noch bevor sie dieses erreichten, sah Kon-kim eine Anzahl grölender und lachender Gestalten in die Gassen einbiegen. Sofort warf er sich mit der Mutter zu Boden und riß dabei auch seine Schwester mit sich, deren Kopf er unwillkürlich in den Arm genommen hatte.

»Stellt euch tot!« zischte er und zog Li-tai an sich.

Sie unterdrückte ein Schluchzen.

Er preßte ihr Gesicht an seine Brust.

Die lärmenden Gestalten kamen auf sie zu.

»War ein ganz schöner Fischzug«, lachte einer von ihnen. »Fürs nächste Jahr haben wir ausgesorgt.«

»General Ma hat eben Ideen«, krächzte ein rauhes Organ.

»Möchte wissen, wie es in Szenshi geklappt hat«, sagte ein anderer.

»Bestimmt genauso wie hier.«

Kon-kim glaubte, das Herz bleibe ihm stehen. Wenn auch Szenshi überfallen wurde, dann war Süa-tü...

Ein kräftiger Tritt ließ ihn zusammenfahren.

»Verdammte Leichen!« fluchte einer der Soldaten.

Kon-kim rührte sich nicht und hob den Kopf erst, als die Stimmen verklangen. Die Gasse vor ihm war frei, und bis zum Drachentor waren höchstens noch hundert *Pu* zurückzulegen. »Wir gehen weiter«, flüsterte er und gab die Schwester frei. Dann erhob er sich, nahm die Mutter auf den Rücken und griff Li-tais Hand.

Wenige Minuten später wußten sie, daß sie für das erste gerettet waren. Wohin aber sollten sie sich wenden? Kon-kim hatte geglaubt, nach Szenshi fahren zu können; der Weg dorthin war ihnen nun versperrt. Doch so furchtbar der Gedanke war, daß auch Süa-tü in höchster Gefahr schwebte, er mußte froh sein, daß ein Zufall ihn informiert und vor dem sicheren Tod bewahrt hatte.

»Es wird uns nichts anderes übrigbleiben, als uns im Zeisigwäldchen zu verstecken«, sagte er, nachdem sie eine Weile gegangen waren.

Die Mutter erwiderte nichts, und Li-tai schluchzte still vor sich hin.

»Ihr könnt euch in den Wagen setzen«, fuhr er fort, nur um etwas zu sagen und nicht an Süa-tü denken zu müssen. »Feuerkopf ist auch dort.«

Wenn er gehofft hatte, daß die Erwähnung des Dieners die Mutter veranlassen würde, eine Frage an ihn zu richten, so sah er sich getäuscht. Aber er mußte sprechen, um sich von den Gedanken zu befreien, die pausenlos auf ihn einstürmten. »Feuerkopf war es, der mir entgegeneilte und mich warnte«, fuhr er gepreßt fort. »Wenn er nicht gewesen wäre, würde ich ...« Er unterbrach sich, da er die Sinnlosigkeit seiner Worte empfand und deutlich spürte, daß sie seine Mutter quälten.

Um sich an irgend etwas zu klammern, dachte er an den Vater, der ihm noch am Morgen gesagt hatte: Körperliches Sterben ist leicht; traurig ist es nur, wenn die Seele stirbt.

Seine Seele wanderte nun zu den Ahnen, begleitet von der Seele seiner Tochter Han, die ihm eine Decke geschenkt hatte, um ihm die Wärme der Zuneigung zu sichern.

Arme kleine Han, dachte Kon-kim. Wie schnell sich alles wandelt. Vor wenigen Stunden noch träumtest du davon, den jungen Tschiang Kai-schek zu heiraten, und ich erweckte den Anschein, als sei ich bereit, ihn um deinetwillen aufzusuchen. Und nun werde ich wohl wirklich nach Whampoa fahren. Allerdings nicht, um über dich zu sprechen, sondern um mich der Armee Tschiang Kai-scheks zur Verfügung zu stellen. Denn wenn Mord und Totschlag nicht bald ein Ende nehmen, droht das Chaos, und was das in einem Land mit über fünfhundert Millionen Menschen bedeutet, kann nur ermessen, wer Stunden wie diese erlebte.

Der Widerschein eines in der Stadt aufflammenden Feuers riß Kon-kim aus seinen Gedanken. »Großer Buddha!« entflog es ihm, als er sich entsetzt umwandte.

Mutter Lee Wei, die noch immer auf seinem Rücken saß, blickte mit glasigen Augen zu den Flammen hinüber, die sich schnell ausbreiteten und die Silhouette der Stadtmauer deutlich hervorhoben.

Li-tai schluchzte und drückte ihr Gesicht an die Brust des Bruders, der voller Bitterkeit erkannte, daß es sein Elternhaus war, das da brannte. Und er ahnte auch, was geschehen war: man hatte die sieben Getöteten gefunden und das Haus zur Vergeltung angezündet.

Schwindel erfaßte ihn. Ein Würgen stieg in ihm hoch. »Das ist der Preis«, keuchte er und dachte: Ich wußte, daß er uns abverlangt werden würde. Aber nun hat ihn die ganze Stadt zu zahlen. Denn das Feuer wird sich ausbreiten und die gesamte Bevölkerung in Not und Elend stürzen.

»Blick vorwärts und nicht zurück«, sagte die Mutter heiser. »Verschüttetes Wasser läßt sich nicht auffangen.«

Es wurde eine schlaflose Nacht, die Mutter Lee Wei und Li-tai unter dem Verdeck des im Zeisigwäldchen versteckten Sportwagens verbrachten. Kon-kim und der Diener Feuerkopf hielten die Wache, und als der erste Morgendämmer über die Berge stieg, blickten sie übernächtigt zu der dunklen Rauchwolke, die wie ein sich krümmendes Gespenst über der Stadt lag.

Li-tai hatte aufgehört zu schluchzen, aber noch kein Wort gesprochen. Sie lag im Arm der Mutter und starrte unentwegt vor sich hin; es war, als hätte sie die Fähigkeit zu denken verloren.

Auch Lee Wei sagte nichts. Ihrem ständig wechselnden Gesichtsausdruck war jedoch anzusehen, wie sehr sie sich bemühte, die sich ihr immer wieder aufdrängenden Bilder des vergangenen Tages zu verbannen.

Kon-kim ging es nicht anders. Aber neben der Erinnerung an das Erlebte quälte ihn die Frage, wie es Süa-tü ergangen sein mochte. Am liebsten wäre er sofort nach Szenshi geeilt. Die Vernunft sagte ihm jedoch, daß er den Wald frühestens am Nachmittag verlassen dürfe, da die Truppen der ›Kriegsherren‹ aller Wahrscheinlichkeit nach erst im Laufe des Tages abziehen würden. Wenn er nicht Gefahr laufen wollte, ihren Weg zu kreuzen, mußte er zunächst die Richtung ermitteln, die sie einschlugen. In die Heimatstadt konnte er nicht zurückkehren.

Bereits in der Nacht, als der durch seine Tat hervorgerufene Brand noch lichterloh gen Himmel schlug, hatte er diesen Entschluß gefaßt und sich vorgenommen, als erstes Süa-tü aufzusuchen, um dann mit ihr, der Mutter, Li-tai und dem Diener Feuerkopf nach Kweiyang zu fahren, wo sich die Frauen einige Tage erholen und mit Kleidung versorgen sollten. Er selbst wollte in Kweiyang Verhandlungen mit der Bank und einem Gerichtsvertreter führen, und wenn alles zufriedenstellend geregelt war, sollte es weiter nach Kanton gehen, wo sein Onkel Hu ein großes Haus bewohnte, in dem sie bequem unterkommen konnten.

Doch so klar dieser Entschluß war, er ließ sich nur zum Teil durchführen. Süa-tü war von den drangsalierenden Truppen verschleppt worden.

Wie ein Keulenschlag traf Kon-kim diese Nachricht, als er am Abend nach Szenshi kam. Und als er sich später wie gebrochen zurückschleppte, beschwor er den Himmel, ihm die Möglichkeit zu geben, gegen die ›Kriegsherren‹ zu kämpfen.

Das Volk muß sich erheben und die Wahnsinnigen aufknüpfen, die uns niedertrampeln und mit Terror regieren, grollte er in ohnmächtigem Schmerz. Und wenn eine neue Welt daraus entsteht und wir verbrennen müssen, was wir anbeten und lieben.

Kon-kim sah müde und abgespannt aus, als er seinen Wagen am Spätnachmittag des nächsten Tages durch das Stadttor von Kweiyang steuerte. Zwischen ihm und seiner Mutter saß Li-tai, die während der zehnstündigen Fahrt nicht ein einziges Mal nach draußen geschaut hatte.

Ihre Apathie beunruhigte Kon-kim. Im Bestreben, seine Schwester abzulenken und zum Sprechen zu bringen, hatte er sie während einer kurzen Rast etwas gefragt.

Li-tai reagierte weder mit einer Antwort noch mit einer Bewegung des Kopfes. Seine Frage schien sie überhaupt nicht zu erreichen.

Besorgt hatte er sich erneut an sie wenden wollen, doch da hatte ihm die Mutter die Hand auf den Arm gelegt und ihn davon abgehalten.

Bedrückt war er weitergefahren, und als Kweiyang in Sicht kam, nahm er sich vor, einen Arzt zu konsultieren. Dies erschien ihm ohnehin notwendig, um zu klären, ob die Vergewaltigung nicht Folgen zeitigten, die unterbunden werden mußten.

Kon-kim sah sich plötzlich Aufgaben gegenübergestellt, die in wenigen Tagen all das Jungenhafte von ihm nahmen, das ihn bis dahin gekennzeichnet hatte. Gewiß, auch früher schon war er zielbewußt und energisch gewesen, über Nacht aber hatte jener Prozeß des Reifens eingesetzt, der das Wesen des Menschen und sein Antlitz verändert.

Mutter Lee Wei entging diese Wandlung nicht, und sie dankte dem Himmel dafür, daß ihr Sohn die Führung der Familie so übernahm, wie es Sitte und Brauch war: ohne ein Wort darüber zu verlieren. Sie unterstellte sich ihm und tat es gerne, weil sie ihr eigenes Wesen in ihm wiederzuerkennen glaubte. Deshalb fragte sie ihn auch nicht, wohin er fahre, als er durch Straßen steuerte, die von Rikscha ziehenden Kulis, grölenden Suppenverkäufern, überladenen Gemüsekarren und schweißglänzenden Passanten fast verstopft waren. Sie achtete nicht auf ihre Umgebung und sah nicht all die einstöckigen, mit riesigen Schriftzeichen bemalten Häuser, vor denen die Waren bis weit auf den Fahrdamm ausgebreitet lagen.

Kon-kim steuerte auf schnellstem Wege dem Hotel *Zum lachenden Fisch* entgegen, in dem er mit seinen Angehörigen und Feuerkopf für einige Tage wohnen wollte.

Als sie ihr Ziel erreichten, sprang der Diener, der während der ganzen Fahrt verkrampft auf dem hinteren Teil des spitz zulaufenden Sportwagens gesessen hatte, erleichtert auf die Straße und rieb sich die Gelenke.

Kon-kim klopfte ihm auf die Schulter. »Das Schlimmste hast du überstanden«, sagte er ihm und ging auf das Hotel zu, das einen bescheidenen, aber sauberen Eindruck machte.

Der Wirt war über sein Aussehen so erschrocken, daß er vergaß, ihm die gebührende Reverenz zu erweisen. »Oh, Mister Lee!« stammelte er verwirrt. »Ist etwas geschehen?«

Kon-kim nickte. »Unsere Stadt wurde überfallen. Kann ich ein Doppel- und zwei Einzelzimmer haben?«

»Aber selbstverständlich«, erwiderte der Hotelier. »Es ist mir...«

»Ich mache zur Bedingung, daß Sie keinerlei Fragen an meine Mutter und Schwester stellen«, unterbrach ihn Kon-kim. »Meine Angehörigen haben Furchtbares durchmachen müssen.«

Der Wirt verbeugte sich mit vor der Brust gefalteten Händen. »Ich verstehe. Darf ich das Gepäck holen lassen?«

»Wir sind geflüchtet und verfügen über kein Gepäck«, antwortete Kon-kim und ging nach draußen, um seine Mutter und Schwester zu holen, die sich sofort in ihr Zimmer zurückzogen.

Er gab den Auftrag, ihnen Tee und eine Kleinigkeit zu essen zu bringen, dann meldete er ein Gespräch nach Kanton an und lieh sich vom Hotelier etwas Geld, damit Feuerkopf als erstes die notwendigen Dinge, wie Waschutensilien und dergleichen, besorgen konnte.

Über eine Stunde mußte er warten, bis die Verbindung mit dem Onkel hergestellt war, den er mit wenigen Worten über das Vorgefallene informierte und bat, so bald wie möglich zu kommen, um die Mutter und Schwester abzuholen.

»Und du willst in Kweiyang bleiben?« fragte der Onkel bestürzt.

»Aber nein«, antwortete Kon-kim. »Ich kann nur nicht mit der Bahn fahren, weil ich meinen Wagen mit nach Kanton nehmen möchte.«

»Ja, den mußt du unbedingt mitbringen«, erwiderte Onkel Hu. »Gerade jetzt ist es dringend notwendig, beweglich zu sein.«

»Wieso gerade jetzt?«

»Auch hier ist es nicht mehr gemütlich. Es gärt an allen Ecken und Enden.«

Kon-kims Stirn legte sich in Falten. »Das klingt wenig erfreulich. Würdest du es für besser halten, Mutter und Li-tai in der Provinz unterzubringen?«

»Auf keinen Fall!« antwortete der Onkel. »Im Gegenteil. Ihr müßt schnellstens hierherkommen. Schon allein, weil man von Kanton aus jederzeit in die britische Kolonie Hongkong gelangen kann.«

Kon-kim war es, als schnürte sich ihm die Kehle zu. »Du befürchtest Unruhen?«

»Möglich, daß ich zu schwarz sehe. Aber wie dem auch sein mag: ich benütze den nächsten Zug und hoffe, morgen abend bei euch zu sein.«

Als Kon-kim später sein Zimmer aufsuchte, konnte er trotz übergroßer Müdigkeit nicht sogleich einschlafen. Wohin treibt China, fragte er sich. Wohin kommen wir, wenn neben der permanenten Unsicherheit auf dem Land jetzt auch noch Unruhen in den Städten ausbrechen?

Er fand keine Antwort auf diese Frage. Sie wurde ohnehin von Süa-tüs Gesicht verdrängt, das ihm in schmerzhafter Deutlichkeit erschien. Wie mochte es ihr ergehen? Jeder Gedanke an sie bereitete ihm Höllenqualen. Wie sollte sie mit den Widerwärtigkeiten fertig werden, denen sie jetzt ausgesetzt war? Er begriff nicht, daß das Leben so grausam sein konnte.

Nach einer Nacht voll scheußlicher Träume suchte er einige Geschäftsleute auf, die er beauftragte, eine größere Auswahl von Wäsche und Kleidung in das Hotel zu schaffen. Dann begab er sich zu der Bank, die das Vermögen der Lees verwaltete.

Der Direktor war ein flachgesichtiger Chinese, dessen habgierig wirkende Augen und überlautes Lachen ihm nie recht gefallen hatten. Kon-kim erzählte, was geschehen war, und er bedeutete ihm, daß er alle Gelder abzuheben beziehungsweise zu transferieren wünsche und deshalb um eine Endabrechnung bitte.

»Aber, Mister Lee!« erwiderte der Bankier betroffen. »Sie vergessen, daß Ihre Familie auf Grund des Privileges, Pachtkarten auszustellen, dazu verpflichtet ist, alle in Ihrem Bezirk anfallenden Steuern abzuführen.«

Kon-kims Gesichtsausdruck wurde eisig. »Habe ich erklärt, die Steuern künftighin nicht entrichten zu wollen? Halten Sie mir also keinen Vortrag über die Pflichten eines Landherrn!« fügte er mit ungewohnter Schärfe hinzu.

Der Bankier klappte wie ein Taschenmesser zusammen. »Ich bitte sehr um Entschuldigung. Es hat mir ferngelegen... Ich dachte nur, wenn Sie alle Gelder...«

»Überlassen Sie das Denken mir«, unterbrach ihn Kon-kim. »Der Regierung ist es gleichgültig, von welcher Bank die zu zahlenden Beträge überwiesen werden. Hauptsache, sie bekommt ihre Steuern. Und wenn ich es heute für richtig erachte, das von meinen Ahnen erarbeitete Vermögen auf verschiedene Banken zu verteilen, so ist das meine und nicht Ihre Sache!«

»Selbstverständlich, selbstverständlich«, beeilte sich der Bankier, ihm recht zu geben. »Es ist nur... Mir ist es peinlich, Ihnen sagen zu müssen, daß die Regierung uns neuerdings verpflichtet hat, die Konten der Landherren etwas ›im Auge zu behalten‹. In letzter Zeit ist es des öfteren vorgekommen...«

»...daß plötzlich kein Geld mehr da war«, unterbrach ihn Kon-kim erneut, nunmehr jedoch in versöhnlicherem Ton. »Und die Konteninhaber hatten sich nach Amerika abgesetzt. Das wollten Sie doch sagen, nicht wahr?«

»So ist es«, sagte der Direktor erleichtert.

Kon-kim lehnte sich zurück. »Vielleicht beruhigt es Sie, wenn ich Ihnen erkläre, daß ich beabsichtige, die anfallenden Steuern für drei Jahre im voraus zu zahlen. Und daß Sie diese Überweisung vornehmen sollen.«

Der Bankier sperrte den Mund auf.

»Mir geht es um folgendes«, fuhr Kon-kim fort. »Unsere Bauern, wie überhaupt sämtliche Bewohner meiner Heimatstadt, sind über Nacht bettelarm geworden, wir aber, die Familie Lee, sind nach wie vor überaus vermögend. Ich möchte deshalb unseren Bezirk für die nächsten Jahre von jeglicher Abgabe befreien, damit alle den Verlust überwinden können. Und da wir in einer sehr turbulenten Zeit leben und niemand weiß, was sich morgen ereignet, will ich zur Absicherung der von mir geplanten Abgabefreiheit die Steuern im voraus entrichten. Nur so habe ich die Garantie dafür, daß die Bauern und Bürger unseres Pachtbereiches drei Jahre lang ungeschoren bleiben.«

Der Direktor war entgeistert. »Das wird Sie ein Vermögen kosten.«

»Ich weiß«, erwiderte Kon-kim. »Aber wir werden darum nicht arm werden.«

Die Augen des Bankiers brannten wie glühende Kohlen. »Ich möchte gegen Ihre großherzige Absicht nichts sagen, doch wäre es nicht richtiger, den Betoffenen eine bestimmte Summe zu spenden?«

Kon-kim schüttelte den Kopf. »Das wäre sinnlos. Denn dann müßte man eine Kommission bilden, die im Nu korrumpiert wäre und einen schönen Batzen in die eigene Tasche steckte.« Er sagte dies, obgleich er wußte, daß er seinem Gegenüber damit einen Schlag ins Gesicht versetzte.

»Aber, ich bitte Sie!« empörte sich der Bankier denn auch sogleich.

Lee Kon-kim machte eine abwehrende Bewegung. Er kannte

seine Landsleute und wußte genau, daß der vor ihm sitzende ehrenwerte Herr Bankdirektor die Spende nur vorgeschlagen hatte, um sich bei der Verteilung der Gelder bereichern zu können. »Es bleibt bei meinem Plan: drei Jahre Abgabefreiheit und Steuervorauszahlung für die gleiche Zeit.«

Der Bankier verneigte sich.

»Kann ich die Endabrechnung bis morgen erhalten?«

»Selbstverständlich. Soll dabei die Steuervorauszahlung in Höhe der früher geleisteten Jahresbeträge gleich in Abzug gebracht werden?«

»Ja.«

»Und in welcher Form gedenken Sie über den Rest Ihres Guthabens zu verfügen?«

»Zehntausend Silberdollar möchte ich in bar abheben. Das übrige Geld bitte ich zu gleichen Teilen an die Kantoner Filiale der *China Banking*, der *Hongkong Shanghai Banking* und der *Chartered Bank of India, Australia & China* zu überweisen.«

»Sie haben die Absicht, sich in Kanton niederzulassen?«

»Das weiß ich noch nicht. Vorerst werde ich dort bei meinem Onkel bleiben.«

»Dann erlaube ich mir, Ihnen schon heute viel Glück zu wünschen«, erwiderte der Direktor so süffisant, daß Kon-kim aufhorchte.

Er konnte sich plötzlich nicht des Eindrucks erwehren, daß der Bankier irgend etwas gegen ihn im Schilde führte. Trug er sich womöglich mit dem Gedanken, die Überweisungen über Gebühr zu verzögern?

Um unliebsamen Überraschungen aus dem Wege zu gehen, entschloß Kon-kim sich zur Anwendung des in China einzig probaten Mittels: er bedankte sich für die geleisteten treuen Dienste und bat darum, die im Laufe der Jahre angewachsene moralische Schuld der Familie Lee mit einer Zahlung in Höhe von dreitausend Silberdollar tilgen zu dürfen.

Der Bankier gab sich einen verlegenen Anschein. »Großmut ist eine Zierde des Menschen, und ich befürchte, Sie zu beleidigen, wenn ich...«

»Machen wir es uns so leicht wie möglich«, unterbrach ihn Kon-kim, der genau wußte, was er wollte. »Schreiben Sie drei Schuldscheine über je tausend Silberdollar bezogen auf die von mir genannten Bankhäuser aus, die ich unterzeichnen und hier liegenlassen werde. Dann habe ich Ihnen nichts gegeben, und Sie können mit den Scheinen machen, was Sie wollen. Sie können sie zerreißen oder präsentieren. Letzteres allerdings erst, wenn die Gelder überwiesen sind, da ich bis heute bei den Banken noch keine Konten unterhalte«, fügte er vielsagend hinzu.

Der Direktor schürzte die Lippen. »Ist das nicht etwas kompliziert?«

»Ich finde nicht«, antwortete Kon-kim mit der größten Unschuldsmiene.

Der Bankier verneigte sich. »Auch Weisheit ist eine Zierde des Menschen.«

Über Kon-kims Gesicht glitt ein zufriedenes Lächeln. Er wußte, daß die Überweisung nun nicht verzögert werden würde. Und das war wichtig für ihn. Denn die internationalen Banken konnten jede Summe ohne Aufsehen zu erregen nach Hongkong und Singapore transferieren.

Eine halbe Stunde später besprach er sich mit einem Gerichtsvertreter, den er beauftragte und bevollmächtigte, in den nächsten Jahren bedingungslos alle roten Pachtkarten zu erneuern, die sein Vater beziehungsweise er selbst ausgestellt hatte. Er ersuchte den Staatsbeamten, die Bevölkerung seiner Heimatstadt entsprechend zu informieren und ihr gleichzeitig mitzuteilen, daß sie drei Jahre lang keine Abgaben zu leisten hätte. Dabei vergaß er auch nicht, eine Pachtkarte für das brachliegende Feld am *Oberen Mäuseweg* auszustellen, die er der jungen Bäuerin zu übergeben bat, mit der er sich kurz vor seiner letzten Fahrt zu Süa-tü unterhalten hatte.

»Werden Sie Ihre Kostenrechnung bis morgen erstellen können?« fragte er abschließend konziliant.

»Gewiß!« erwiderte der Beamte und verbeugte sich. »Ich schätze mich glücklich, Sie nochmals empfangen zu dürfen.«

Befriedigt über die reibungslose Abwicklung der Dinge, trat Kon-kim auf die Straße und dachte: Wenn Onkel Hu morgen kommt, kann ich vielleicht schon übermorgen losfahren.

Er hätte nicht sagen können, was ihn trieb, Kweiyang so schnell wie möglich zu verlassen. Er wußte nur, daß er darauf brannte, nach Kanton zu gelangen.

Die Luft war feucht und schwer, als Lee Kon-kim Mitte Juni 1924 die am Perl-Fluß gelegene *Stadt der Widder* erreichte. Das tropische Klima Kantons trieb ihm den Schweiß aus den Poren.

»Wir werden uns sehr umstellen müssen«, sagte er dem ihn begleitenden Diener, als sie durch Straßen fuhren, in denen brütende Hitze und penetranter Gestank das Atmen schwer machten.

Feuerkopf rümpfte die Nase und ahmte einige *Hakka*-Laute der Südchinesen nach. »In jeder Hinsicht, junger Herr.«

Kon-kim schaltete einen kleineren Gang ein, da die Straße anstieg. »Ja, mit unserem Mandarinchinesisch werden wir hier nicht viel anfangen können.«

»Das befürchte ich auch.«

»Dafür ist es aber eine schöne und interessante Stadt.«

Feuerkopf schnitt eine Grimasse. Wie alle Chinesen, so haßte auch er die Kantonesen, deren eigenwillige Sprache schwer zu verstehen war und darum fremd, *hak-ka*, genannt wurde. Aber was will das in einem Land besagen, in dem sich sogar die Bewohner der einzelnen Provinzen nur durch die allgemein gültigen Schriftzeichen, nicht jedoch sprachlich verständigen können. Richtig unterhalten konnte man sich lediglich in seiner Heimatstadt, und das hatte zur Folge, daß jeder in jedem, der nicht in der eigenen Mundart sprach, einen ›Gauner‹ erblickte. In einem waren sich allerdings alle Chinesen einig: Die Kantonesen waren wirkliche Gauner, und man empfand es als Strafe, mit ihnen zusammen leben zu müssen.

Verständlich, daß die über diese Auffassung erbosten Kantonesen grundsätzlich alle Chinesen haßten, die nicht aus Kanton stammten. Wer aus der Provinz kam, war für sie ein ›Fremder‹ und mußte es sich gefallen lassen, mit den ›roten Teufeln‹ in einen Topf geworfen zu werden. Es war wohl das unbeherrschte südländische Temperament, das schnell mit ihnen durchging und die nüchtern veranlagten Bewohner des Nordens erschreckte.

Dennoch hatte sich Kon-kim in der *Stadt der Widder* schon als Junge recht wohl gefühlt. Er liebte den Hauch der fernen Welt, der über den Fluß wehte und aus all den Dschunken und Sampans kroch, die dicht aneinandergedrängt am Ufer lagen. Wenn der Anlaß seiner Reise kein so trauriger gewesen wäre, würde er vor Freude darüber, wieder einmal in Kanton zu sein, gejubelt haben.

So aber steuerte er mit zwiespältigen Empfindungen dem Haus des Onkels entgegen, das hoch über dem Fluß gelegen war. Er freute sich jedoch auf das Wiedersehen mit der Mutter und Schwester, die bereits vor Tagen eingetroffen sein mußten, da er auf den ungepflasterten Wegen bei weitem nicht so schnell wie der Zug hatte fahren können.

Die Straße stieg noch einmal an. Als Kon-kim das Haus des Onkels erreichte, stellte er zu seiner Verwunderung fest, daß Bauleute damit beschäftigt waren, die Mauer, die den Vorhof umgab, um fast zwei Meter zu erhöhen. Merkwürdig, dachte er. Was mag Onkel Hu mit der Erhöhung bezwecken?

Während er noch darüber nachgrübelte, drückte der Diener auf einen Jadeknopf, der in dem scharlachroten *Zur und Von der Welt Tor* eingelassen war.

Eine melodische Glocke schlug an, und es dauerte nicht lange, bis die Torflügel von zwei Mägden geöffnet wurden. Sie verneigten sich vor Kon-kim, der sogleich in den Vorhof einfuhr. Doch noch bevor er anhalten und aussteigen konnte, hatten die Dienerinnen das Tor schon wieder geschlossen.

Unmittelbar darauf erschien der wohlbeleibte Onkel, der seinen Neffen wie einen sehnsüchtig erwarteten Sohn begrüßte. Dabei machte er den Versuch, ihn zu umarmen, was ihm angesichts seines mächtigen Bauches aber nur andeutungsweise gelang.

»Sei willkommen«, sagte er voller Rührung mit hoher, eunuchenhafter Stimme. »Du weißt gar nicht, wie froh ich bin, euch drei nun bei mir zu haben.«

»Und wir wissen nicht, wie wir dir danken sollen«, erwiderte Kon-kim.

Der Onkel legte ihm die Hand auf die Schulter. »Danken wir dem Schicksal, das uns zueinanderführte, und denken wir daran, daß es leichter ist, in Notzeiten gemeinsam zu leben, als bei gutem Leben zusammenzuhalten.«

Kon-kim nickte. »Da hast du recht. Doch wie ist eure Fahrt verlaufen?«

»Den Verhältnissen entsprechend«, antwortete der Onkel. »Li-tai ist nach wie vor völlig teilnahmslos.«

»Und Mutter?«

»Auch sie wird noch einige Zeit brauchen, um über den Schock hinwegzukommen. Sie macht sich große Sorge um Li-tai.«

»Wir müssen sofort einen Arzt konsultieren.«

»Das ist bereits geschehen. Doktor Warfield, ein sehr sympathischer Engländer, war heute morgen hier. Wir haben uns eingehend mit ihm unterhalten.«

»Und was sagte er?«

»Er will Li-tai zunächst eine Woche beobachten.«

»Und die andere Sache...? Wird die gegebenenfalls in Ordnung gebracht?«

»Selbstverständlich.«

Kon-kim folgte dem Bruder seines verstorbenen Vaters und erkundigte sich, warum er die Mauer so sehr erhöhen lasse.

Der Onkel blieb stehen und rieb sein Kinn. »Es ist eine Vorsichtsmaßnahme. Du wirst es bei der Fahrt durch die Stadt nicht bemerkt haben, aber es liegt ein Geraune in der Luft, das mich sehr beunruhigt. Jeden Tag kann es zu Auseinandersetzungen kommen. Die hiesige Kaufmannschaft weiß sich nicht mehr zu helfen und ist zum Kampf entschlossen.«

»Gegen wen?«

»Gegen die Yunnan-Regimenter, die Doktor Sun Yat-sen hierherbrachte. Sie sollten Kanton schützen, drangsalieren nun aber die Kaufleute.«

»Die Yunnan-Regimenter sind doch nationale Truppen, die unter dem Kommando Tschiang Kai-scheks auf seiten der Kuomintang stehen!«

»Das ist ja das Schlimme«, erwiderte der Onkel. »Die Kuomintang hat kein Geld, und Söldner, die ihren Lohn nicht erhalten, holen sich bekanntlich, was sie brauchen.«

Für Kon-kim stürzte eine Welt zusammen. Er hatte sich mit dem Gedanken getragen, in die Armee Tschiang Kai-scheks einzutreten, um gegen mordende und plündernde Truppen zu kämpfen, und nun mußte er hören, daß auch die Soldaten der Kuomintang, der Partei, die ein demokratisches China schaffen wollte, auf der Stufe von Plünderern standen.

»Das ist ja furchtbar«, sagte er. »Mir scheint, wir sind vom Regen in die Traufe geraten.«

Der dickleibige und gutmütige Onkel, der es seinen ehrenwerten Ahnen hoch anrechnete, daß sie ihm ein Vermögen hinterlassen hatten, das ihn in die Lage versetzte, sich zeitlebens jeden Wunsch zu erfüllen, sah ihn vorwurfsvoll an. »Du hältst es für möglich, daß ich deine ehrenwerte Mutter und Schwester vom Regen in die Traufe führen könnte?«

»Entschuldige«, entgegnete Kon-kim. »So habe ich es nicht gemeint.«

»Das will ich auch hoffen«, erwiderte der Onkel und trat in das Haus ein. »Offensichtlich hast du mich falsch verstanden, weil ich sagte, daß ich sehr beunruhigt bin und mit Straßenkämpfen rechne. Aber die gehen uns persönlich doch nichts an. Wir leben hier nicht auf dem Land und brauchen nicht zu befürchten, daß wir überfallen werden.«

»Warum läßt du dann die Mauer erhöhen?« fragte Kon-kim gereizt, da ihn der Widerspruch ärgerte.

Der Onkel hakte sich in seinen Arm ein. »Habe ich dir nicht erklärt, daß es eine Vorsichtsmaßnahme ist? Wo gekämpft wird, da fliegen Kugeln, und ich möchte nicht, daß sich eine in mein Haus verirrt.«

Kon-kim schüttelte den Kopf. »Eine bewunderswerte Philosophie.«

»Die ich noch nicht einmal zu Ende entwickelt habe«, kicherte der Onkel eunuchenhaft. »Wo gekämpft wird, fliegen Kugeln, sage ich. Und nun frage ich dich: Gibt es chinesische Soldaten, die nicht davonlaufen, wenn geschossen wird? Na, also«, fuhr er fort, ohne eine Antwort abzuwarten. »Der Kampf der Kaufmannschaft wird höchstens ein bis zwei Tage dauern, dann herrscht wieder Ruhe in der Stadt. Natürlich nur bis zum nächsten Mal. Dann werden es vielleicht die Kuomintang-Leute sein, die sich in die Haare geraten.«

»Wie kommst du darauf?«

»Das erzähle ich dir später«, antwortete der Onkel. »Ich lasse dich jetzt in dein Zimmer führen. Wenn du dich frisch gemacht hast, trinken wir im Garten des Balsams unseren Tee.«

Der Diener Feuerkopf ordnete bereits die neu erstandene Wäsche und Kleidung ein, als Kon-kim das ihm zugeteilte Zimmer betrat. Es war ein männlich eingerichteter Raum mit einem Alkoven, den schwere Brokatvorhänge verdeckten. Vor einer gemütlich anmutenden Sitzecke stand ein leuchtendblauer Lacktisch, auf dem das *Buch der Wandlungen, das J Ging,* lag.

Kon-kim nahm es beinahe ehrfürchtig in die Hand. Welchen Spruch mochte es ihm an diesem Tag schenken, der für ihn einen neuen Lebensabschnitt einleitete? Wahllos schlug er eine Seite auf und las: *Lebe in Harmonie mit dem Zeitalter, in dem du geboren bist.*

Immer wieder las Kon-kim die Worte, bis er begriff, daß es keine höhere Kunst gibt, als den Menschen zur Harmonie mit seiner Zeit zu führen.

Erfüllt von dem Spruch, suchte er die vor seinem Zimmer liegende überdachte Veranda auf, die einen herrlichen Ausblick auf den unterhalb der Stadt gelegen Perl-Fluß und dessen Insel Shameen bot.

In der Mitte des Flusses lagen englische, französische, portugiesische, italienische und amerikanische Kriegsschiffe vor Anker, die zu sagen schienen: Ängstigt euch nicht. Wenn etwas geschieht, greifen wir ein.

Wenn sie es nur tun würden, dachte Kon-kim. Aber sie wollen es ja gar nicht. Ihnen geht es nur um die Sicherung ihrer auf Shameen lebenden Landsleute. Wäre es anders, dann hätten sie Dr. Sun Yat-sens Bitte entsprochen und die Kuomintang in ihrem Kampf um die Befreiung Chinas unterstützt. Daran haben sie jedoch kein Interesse, weil sie befürchten, daß sich in einem ruhigen und aufwärtsstrebenden China eine starke Regierung bilden könnte, die ihnen ihre Kolonien streitig macht. Ob ihre Rechnung aufgeht, steht noch dahin. Denn nun hat sich Sun Yat-sen mit Rußland verbündet, das sich verpflichtete, Offiziere auszubilden und die Mittel zur Niederwerfung der mordenden Banden zur Verfügung zu stellen.

Der Blick auf die malerische Insel Shameen ließ Kon-kim an Süa-tü denken, der er von den Portugiesen und Engländern erzählt hatte, die den Perl-Fluß heraufgesegelt waren, sich jedoch in der Annahme, China verfüge über riesige Armeen, dem kaiserlichen Befehl unterworfen und das Land nicht betreten hatten. Erst Jahre später entsprach der weise Sohn des Himmels ihren vielfachen Gesuchen, ihnen wenigstens ein kleines Stückchen Land zuzuteilen, auf dem sie sich nach ihren langen Seereisen ergehen könnten. Er überließ ihnen die im Perl-Fluß gelegene Sandbank Shameen, die allerdings den Nachteil hatte, daß sie nur in sehr trockenen Zeiten aus dem Wasser herausragte.

Den Europäern machte das nichts. Sie sahen über die versteckte Beleidigung hinweg und beluden ihre Schiffe mit Steinen, die sie rund um die Sandbank aufschichteten. Anschließend füllten sie das ganze Gelände mit Erde, so daß sie eines Tages über eine regelrechte Insel verfügten, auf der sie indische Banyanbäume anpflanzten, deren dichtes Wurzelgeflecht den Boden bald so sehr festigte, daß das künstlich errichtete Eiland mit Häusern bebaut werden konnte.

Der Kaiser war entsetzt, und es erschütterte ihn in hohem Maße, daß die Europäer es nunmehr in Anlehnung an seine Verordnung jedem Chinesen untersagten, die Insel zu betreten.

Kon-kim versuchte sich vorzustellen, was Süa-tü gesagt haben würde, wenn er ihr angesichts der hübschen Insel deren merkwürdige Geschichte erzählt hätte. Gewiß würde sie es erneut bedauert haben, eine Frau zu sein und keine Armee aufstellen zu können, die China von den ›roten Teufeln‹ befreit.

Dabei hätten wir deren Hilfe dringend nötig, dachte Kon-kim gerade, als ihn das Geräusch von raschelnder Seide in sein Zimmer zurückblicken ließ, durch das seine in ein langwallendes weißes Trauergewand gekleidete Mutter mit erhobenem Haupt auf ihn zuschritt.

»Mutter!« rief er und eilte ihr entgegen. »Du siehst ja wie eine Königin aus!«

Ihre Augen wurden zu schmalen Schlitzen, ihre Lippen preßte sie unwillig zusammen. »Bist du gekommen, um mir das zu sagen?«

»Entschuldige«, sagte er über sich selbst erschrocken. »Aber als ich dich in dem ungewohnten Weiß auf mich zukommen sah...«

»Schon gut«, unterbrach sie ihn und reichte ihm die Hand. »Ich bin froh, daß du da bist. Hattest du eine angenehme Fahrt?«

»Danke, ja. Und wie geht es dir?«

»Li-tai macht mir Sorge.«

»Ich hörte von Onkel Hu, daß der Arzt bereits bei ihr war.«

Mutter Lee Wei machte eine wegwerfende Bewegung. »Was nützt das? Er wird ihr nicht helfen können.«

»Sag das nicht. Die moderne Medizin...«

»...ist in Li-tais Fall nicht zuständig«, unterbrach sie ihn. »Nur Geduld und Liebe können da helfen. Gehe zu ihr; sie ist im Orchideenzimmer. Den ganzen Tag sitzt sie dort und starrt vor sich hin. Versuch sie herauszulocken.«

»Hoffentlich gelingt es mir. Bedrängen möchte ich sie nicht.«

»Das wäre auch falsch«, erwiderte die Mutter.

Als Kon-kim in Li-tais Raum eintrat, saß die Schwester auf einem Stuhl und blickte mit gesenktem Kopf auf den pastellfarbenen Teppich, der den Boden bedeckte.

»Hallo, Kleine Schwester«, begrüßte er sie bewußt forsch.

Sie schaute auf, ließ den Kopf jedoch gleich wieder sinken.

»Ich bin eben gekommen«, fuhr er unbeirrt fort. »Willst du mir nicht guten Tag sagen?«

Sie reichte ihm die Hand.

»Du frierst ja«, sagte er und ergriff ihre Hände. »Komm. Geh mit mir auf die Veranda. Dort ist es wärmer, und wir können den Fluß und die Schiffe sehen.«

Sie rührte sich nicht.

»Möchtest du nicht?« fragte er nachsichtig.

»Nein!« antwortete sie.

Seine Augen leuchteten auf. In Li-tais Ablehnung steckte eine Willensäußerung, die nicht übersehen werden durfte. Wenn es ihm gelang, ihre negative Willenseinstellung in eine positive hinüberzuleiten, dann mußte Li-tai gesunden.

Ihre Hände haltend trat er einen Schritt zurück, so daß sie sich erheben mußte. »Komm mit«, bat er mit schmeichelnder Stimme. »Der Blick über den Fluß ist so schön.«

Sie ließ sich von ihm auf die Veranda hinausziehen.

»Sieh nur die vielen Sampans!« sagte er und zeigte auf Hunderte von eng beieinander liegenden Booten. »Stell dir vor, wir müßten da unten leben. Wäre das nicht furchtbar?«

Li-tai schaute ausdruckslos auf den Fluß hinab.

»Weißt du, daß es unzählige Menschen gibt, die ihr ganzes Leben auf Sampans verbringen müssen? Von der Geburt bis zum Tode! Und das alles nur, weil ihre ehrenwerten Ahnen vor Jahrhunderten wegen irgendeines Majestätsverbrechens vom Festland verbannt wurden.«

Li-tai starrte vor sich hin.

Kon-kim versuchte es mit anderen Erzählungen, doch seine Schwester blieb stumm und zeigte keinerlei Regung, bis er sie fragte: »Hat Mutter dir schon gesagt, daß Onkel Hu sehr traurig ist? Er behauptet, du seiest böse auf ihn und wolltest ihn nicht sehen. Stimmt das?«

Sie schüttelte den Kopf.

»Er ist aber fest davon überzeugt«, flunkerte Kon-kim weiter, um ihren Widerspruch zu wecken. »›Sonst würde Li-tai nicht immer in ihrem Zimmer bleiben‹, hat er gerade vorhin erklärt.«

Ihre Lippen öffneten sich für einen Moment, schlossen sich jedoch wieder.

Kon-kim streichelte ihre Wange. »Ich mache dir einen Vorschlag: Mutter und Onkel Hu sitzen im Garten und trinken Tee. Wir gehen jetzt hinunter und setzen uns zu ihnen. Dann weiß unser guter Dickwanst, daß ich recht hatte, als ich ihm sagte, du würdest niemals böse auf ihn sein! Wollen wir das tun?«

Sie nickte, und ihr Bruder führte sie mit klopfendem Herzen in den Garten des Balsams.

Eine unerklärbare Unruhe veranlaßte Kon-kim, noch am gleichen Abend einen Spaziergang durch Kanton zu machen. Er hielt es daheim einfach nicht aus. Das Wissen, sich mit wenigen Schritten in das nächtliche und flirrende Gewühl der Großstadt stürzen zu können, zerrte wie mit tausend Armen an ihm.

Da das Haus des Onkels in der Neustadt lag, war sein Weg zum hellerleuchteten Geschäftszentrum nicht allzu weit. Aber welch ein Treiben schlug ihm entgegen! Die Straßen waren so überfüllt, daß er nicht frei gehen, sondern sich nur schieben lassen konnte. Und ein Stimmengewirr lag in der Luft, das jede vernünftige Unterhaltung unmöglich machte. Doch niemand nahm Anstoß am Lärm und Geschiebe. Im Gegenteil, jeder fühlte sich in dem heillosen Durcheinander wohl und schnupperte nach den Düften der Suppenköche, deren von Öl- oder Karbidlampen beleuchtete Küchenwagen die Straßenkreuzungen verstellten.

Auch Kon-kim empfand es nicht als unangenehm, vom Menschenstrom erfaßt zu sein. Er ließ sich treiben und dachte nicht darüber nach, wohin er ging.

Über eine Stunde schlenderte er durch Straßen und Gassen, wobei er allerdings die durch einen Graben von der Neustadt getrennte alte Tatarensiedlung mied, deren Gestank zeitweilig bis in das Geschäftszentrum herüberwehte. Nur einmal in seinem Leben hatte er sie aufgesucht, aber fluchtartig wieder verlassen. Er blieb deshalb lieber in der weniger malerischen Neustadt, in der es manches zu sehen gab, das eine heitere Stimmung auslöste und die Fantasie anregte. So blickte er gerne zu den im Mondlicht glänzenden rubinroten und smaragdgrünen Dächern empor. Ganz besonders aber schätzte er den Anblick der *Fünfstöckigen Pagode*, deren Silhouette sich so beschwingt gegen den seidigen Nachthimmel abhob, daß man an die Legende denken mußte, derzufolge die Pagode nach Kanton gewandert war, um den Perl-Fluß und die Weißen Berge zu sehen. Dort angekommen, so erzählten die alten Bewohner der Stadt, sei sie von der Schönheit des Landes derart angetan gewesen, daß sie sich nicht dazu habe entschließen können, nach Peking zurückzukehren.

Wie schon oftmals zuvor, so suchte Kon-kim auch an diesem Abend die *Fünfstöckige* auf, um den zarten Klängen der Windglöckchen zu lauschen, die unter den Traufen der geschwungenen Pagodendächer hingen. Anschließend wanderte er durch schmale Gassen, in denen sich junge Mädchen aufhielten, die heiße Tücher anboten, und Kon-kim hatte sich gerade eines geben lassen, um sein Gesicht zu erfrischen, als ihm plötzlich jemand auf die Schulter schlug und seinen Namen brüllte.

Kon-kim flog herum und erstarrte. »Bulle!« rief er. »Wie kommst du hierher?«

Vor ihm stand David Hamilton, ein Hüne von einem Amerikaner, dem die Chicagoer Studenten den Spitznamen ›Bulle‹ gegeben hatten. Er stieß und puffte Kon-kim und lachte aus vollem Halse. »Du wirst es nicht glauben, aber ich habe die Volkswirtschaft an den Haken gehängt und bin Journalist geworden.«

Kon-kim traute seinen Ohren nicht.

»Ich soll einen Bericht über die verzwickten Verhältnisse in eurem Land schreiben. Ach, Kim!« fügte er überschwenglich hinzu und schlug ihm erneut auf die Schulter. »Ist die Erde nicht klein? Da läuft man durch stinkende chinesische Gassen, und wen trifft man?«

»Einen stinkenden Chinesen!« antwortete Kon-kim schlagfertig.

Der Amerikaner gab sich selbst einen Kinnhaken. »Damned, die Einführung war schlecht. Aber die Panne läßt sich reparieren. Wo bekommen wir harte Drinks?«

»Überall! Kanton liegt bekanntlich nicht in Amerika.«

»Gut gekontert! Mit deiner Anspielung auf unsere blödsinnige Prohibtion hast du die stinkenden Gassen zurückgegeben, und unser Spielstand ist eins zu eins. Und das ist ein guter Anlaß, dich nachdrücklich aufzufordern, uns schnellstens in eine zünftige Giftbude zu führen.«

»Die gibt es hier aber nur im Chinese-style.«

»Gott sei Dank! Western-style habe ich zu Hause und auf Shameen.«

»Du wohnst auf der Insel?«

»Bei Bekannten. Tsching-bum muß sparen, da er noch nicht so weit ist, wie er sein möchte. Außerdem soll hier dicke Luft sein.«

»Letzteres könnte stimmen«, erwiderte Kon-kim. »Aber wer ist Tsching-bum?«

David Hamilton bleckte die Zähne. »I myself. Tsching-bum ist ein Pseudonym, das ich mir für meine China-Artikel zugelegt habe. Klingt der Name nicht richtig chinesisch?«

Kon-kim lachte. »Für Nichtasiaten bestimmt.«

»Worauf es mir ankommt.«

»Du bist und bleibst der verrückte ›Bulle‹.«

»Was in meinem Beruf ein nicht zu unterschätzender Vorteil ist!«

Kon-kim schüttelte den Kopf und zog den Freund mit sich fort. Etliche Chinesen schauten Melonenkernen knackend hinter ihnen her.

»Was meinst du, was die jetzt reden«, sagte Kon-kim.

Der Amerikaner feixte. »Wahrscheinlich allerhand Unsinn.«

»Du scheinst Land und Leute schon recht zu kennen. Seit wann bist du hier?«

David Hamilton verzog seinen ohnehin etwas schief stehenden Mund. »Seit drei Tagen.«

»Tröste dich, ich kam erst heute nachmittag nach Kanton. Meine Heimatstadt wurde von Banditen überfallen und in Brand gesetzt. Nur einem Glücksumstand habe ich es zu verdanken, daß ich mich mit meiner Mutter und Schwester retten konnte.«

Der Amerikaner gab ihm einen Stoß. »Das ist ja großartig! Erzähle! Ich lüge noch einiges dazu und mache eine Riesenstory daraus.«

Kon-kim sah ihn betreten an. »Mein Vater und meine älteste Schwester wurden bei dem Überfall umgebracht.«

Der Freund blieb erschrocken stehen. »Sorry, Kim.«

»Schon gut, Dav. Laß uns von etwas anderem sprechen.«

Sie gaben sich redliche Mühe, doch die Unterhaltung kam erst wieder in Fluß, als sie in ein Lokal eingetreten waren, das Kon-kim von früher her in angenehmer Erinnerung hatte. Seit seinem letzten Besuch waren Jahre vergangen, und wie überall, so hatte sich auch im *Glücklichen Hasen,* wie das barähnliche Restaurant hieß, sehr viel verändert. Die Einrichtung war zwar die gleiche geblieben, aber der Kreis der Besucher war ein völlig anderer.

»By Jove!« staunte der Amerikaner. »Und das nennst du Chinese-style?«

Kon-kim blickte verwundert auf eine Anzahl junger Paare, die nach den Klängen einer Jazzkapelle tanzten. »Foxtrott in Kanton! Wer hätte das für möglich gehalten.«

»Du bist nicht up to date«, entgegnete David Hamilton. »Das ist ein Shimmy und kein Foxtrott! Aber der Anblick der Tanzpaare bestätigt mir die Richtigkeit der These eines Bekannten, der behauptet, wir Amerikaner würden die Welt mit Jazzmusik erobern.«

Einige der westlich gekleideten Paare schauten neugierig zu ihnen hinüber und tuschelten miteinander.

Kon-kim wies auf einen freien Tisch. »Wollen wir uns drüben hinsetzen?«

»Okay!« knurrte der Studienkamerad und schob sich an einigen Gästen vorbei, die ihn auffällig musterten.

»Du bist die Attraktion des Abends«, sagte Kon-kim, als sie Platz genommen und bei dem eilfertig herbeieilenden Kellner heißen Reiswein bestellt hatten.

David Hamilton betrachtete die in der Nähe sitzenden Gäste. »Merkwürdig«, sagte er nach einer Weile. »Ich sehe nur junge Männer mit intelligenten Gesichtern, und auch die Girls sehen gescheit aus. Aber niemand von ihnen trägt chinesische Kleidung.«

»Ich vermute, daß es sich um republikanisch gesinnte Studenten und Studentinnen handelt«, erwiderte Kon-kim. »Wahrscheinlich sind es Gefolgsleute von Doktor Sun Yat-sen, dessen Hauptquartier sich hier in Kanton befindet. Jedenfalls reden sie alle englisch, und das spricht dafür, daß sie aus den unterschiedlichsten Provinzen kommen.«

»Wieso? Das verstehe ich nicht.«

»Die Sache ist ganz einfach: in China gibt es nicht nur Dialekte, sondern auch Hunderte von verschiedenen Sprachen. Treffen sich nun gebildete Chinesen aus Peking, Shanghai, Tschungking oder Kanton, so sprechen sie englisch.«

Der Amerikaner rieb sich die Hände. »Ich hab's geahnt: China ist eine Mischung aus Prunk und Schlamperei.«

»In gewisser Hinsicht gebe ich dir da recht. Nicht aber in bezug auf die unterschiedlichen Sprachen unseres Landes. Unsere Schriftzeichen sind nämlich allen Chinesen verständlich.«

»Und ihr sprecht dennoch verschieden?«

»Das ist wie in der Mathematik«, antwortete Kon-kim. »Wenn ich eine arabische Zahl schreibe, weiß jeder, welche Größenordnung, sprich Bedeutung, ihr zukommt, und doch hat sie in jeder Sprache einen anderen Namen: ›zehn‹, ›ten‹, ›dix‹, ›dieci‹, ›diep‹ und so weiter.«

»Dann sind eure komplizierten Schriftzeichen im Grunde genommen ja eine großartige Sache.«

»Das sind sie auch.«

Der Freund betrachtete voller Verwunderung die winzigen Porzellanbecher, die der Kellner brachte. »Daraus sollen wir trinken?«

Kon-kim füllte das Gefäß des Amerikaners mit heißem Reiswein. »Du wirst schon merken, warum sie nicht größer sind.«

»Da bin ich aber gespannt«, sagte David Hamilton und ergriff den etwa zwei Fingerhut großen Becher.

»Nicht so hastig«, ermahnte ihn Kon-kim. »Zunächst mußt du mich bedienen. Es wäre sehr ungehörig und wir würden Anstoß erregen, wenn ich mir selber einschenkte.«

»Was wir unbedingt vermeiden wollen«, flüsterte der Studienkamerad. »Man starrt ohnehin schon dauernd zu uns herüber.«

Kon-kim sah, daß sein Freund nicht übertrieben hatte. »Prost«, sagte er und fügte leise hinzu: »Ich möchte wissen, was an uns so Auffälliges ist.«

Als sie getrunken hatten, spitzte David Hamilton anerkennend die Lippen. Gleich darauf beugte er sich aber über den Tisch und murmelte: »Ich ahne, was los ist. Die ganze Zeit habe ich mich schon gefragt, woher ich den Mann mit dem seitlich hochgezwirbelten Schnäuzer kenne, der drüben in der Ecke sitzt. Jetzt weiß ich es: er ist der Russe Michael Borodin!«

»Na und?«

»Das fragst du noch? Borodin, alias Grusenberg, ist Chefberater der Kuomintang geworden und predigt, wie mir gestern der amerikanische Konsul erzählte, von morgens bis abends, man solle uns Ausländer ohne viel Federlesens ins Meer schmeißen.«

Kon-kim wollte gerade zu dem Russen hinüberschauen, als ein sympathisch aussehender junger Mann an ihn herantrat und im besten Mandarinchinesisch um eine kurze Unterredung bat.

»Bitte«, erwiderte Kon-kim und forderte ihn auf, Platz zu nehmen. »Um was handelt es sich?«

Der junge Mann blickte unsicher von einem zum anderen. »Ich habe den Auftrag, Sie und Ihren Begleiter aufzufordern, dieses Lokal zu verlassen.«

Kon-kim straffte sich. »Darf ich den Grund erfahren?«

»Sie befinden sich im Parteilokal der Kuomintang und wir dulden keine Ausländer.«

»Und was ist Herr Borodin?« fragte Kon-kim scharf. »Ist er etwa Chinese?«

Der Student wurde nervös. »Auf Diskussionen kann ich mich nicht einlassen.«

»Das ist ja auch viel bequemer«, erwiderte Kon-kim erbost.

»Wait a minute«, mischte sich David Hamilton in das Gespräch. »Geht es darum, daß ich verschwinden soll?«

»Ja. Man weist uns vor die Tür!«

»Dann komm!« sagte der Amerikaner, erhob sich und legte mit einer Verbeugung vor dem Chinesen einen Silberdollar auf den Tisch. »Der Rest ist für Sie und Ihre Kameraden.«

Der junge Mann erstarrte, Kon-kim aber erkannte, daß sich die Situation plötzlich sehr verschlechtert hatte. Er ließ sich jedoch nichts anmerken, sondern erhob sich ebenfalls und erklärte für jeden hörbar: »Sagen Sie Ihren Freunden, daß wir Chinesen in diesem Augenblick viel Gesicht verloren haben. Und erinnern Sie sich daran, daß Doktor Sun Yat-sen es sich zur Aufgabe machte, uns zu bringen, was er in Amerika kennen- und schätzenlernte: Demokratie!«

So beherrscht Kon-kim sich gezeigt hatte, er war nahe daran gewesen, mit der Faust auf den Tisch zu schlagen.

David Hamilton hatte es gespürt. Er kannte seinen Studienkameraden und wußte, daß dieser keiner Fliege etwas zuleide tat. Er hatte aber auch erlebt, daß Kon-kim sehr massiv werden konnte, wenn jemandem ein Unrecht geschah. So hatte er sich in Chicago einmal auf drei Studenten gestürzt, die einen Neger malträtierten.

Hätte David Hamilton nicht befürchtet, sein Freund würde sich an diesem Abend für ihn, den Amerikaner, in ähnlicher Weise einsetzen, dann wäre er sitzen geblieben. Er war hart im Nehmen und hätte gern gewußt, wie weit die intelligent aussehenden, jedoch zweifelsohne aufgehetzten Anhänger der Kuomintang gegangen wären. Unter den gegebenen Umständen zog er es aber vor, Ruhe zu bewahren und das Lokal mit einer Geste zu verlassen, die klarstellte, daß Vernunft und nicht Angst ihn gehen hieß.

Um so mehr freute er sich über die abschließenden Worte Kon-kims, dem er draußen aufmunternd sagte: »Mach dir nichts draus. Für uns ist der Abend ein Gewinn, da unsere Freundschaft sich bewährte. Und das begießen wir jetzt in der *Horse Bar* in Shameen. Einverstanden?«

Kon-kim nickte, obwohl er sich am liebsten verkrochen hätte. Ihn grämte das beleidigende Verhalten seiner Landsleute.

»Wodurch ist es eigentlich zu diesem entsetzlichen Durcheinander in eurem Land gekommen?« fragte der Amerikaner, als sie die ausgetretenen Stufen zum Perl-Fluß hinabstiegen.

Kon-kim zuckte die Achseln. »Exakt kann die Frage niemand beantworten. Die Verhältnisse sind so verworren, daß kürzlich ein ausländischer Diplomat, der sein Beglaubigungsschreiben loswerden wollte, nicht herausbekommen konnte, an welche unserer derzeitigen Regierungen er sich zu wenden hatte. Aber ich will versuchen, deine Frage in groben Zügen zu beantworten. Ist dir unsere berüchtigte Kaiserin-Witwe Tzu Hsi ein Begriff?«

»Wenn es die ist, die ein Verhältnis mit einem hohen Würdenträger hatte, dann bin ich im Bilde.«

»Ja, die meine ich. Als sie vor rund fünfzehn Jahren starb, hatte ihr Liebhaber Yuan Shih-kai, der Befehlshaber der Armee, kein Interesse mehr an der Erhaltung der Dynastie, und er bot den Republikanern die Abdankung der Mandschus unter der Voraussetzung an, daß man ihn zum Präsidenten wähle. Man ging darauf ein und bestimmte Nanking zum Sitz der neuen Regierung.

Bald darauf stellte sich jedoch heraus, daß Yuan nicht daran dachte, Peking zu verlassen. Er blieb in der Kaiserstadt, herrschte als Diktator, spielte einen gegen den anderen aus und ließ sich schließlich von seinen korrumpierten Abgeordneten zum Kaiser vorschlagen.

Doch noch ehe es zur Krönung kam, entdeckten die ehrgeizigen und eifersüchtigen Generäle Yuan Shih-kais, daß sie auf dem wirren Schauplatz der Republik die eigentlichen Machthaber waren. Sie rebellierten, machten sich zu Gouverneuren und ließen sich teilweise sogar Waffen von unseren japanischen Erzfeinden liefern, die sich über die Entwicklung der Dinge natürlich mächtig freuten. Über Nacht war China zu einem zerrissenen und uneinheitlich regierten Staat geworden, und seither werden wir von zügellosen Militärs drangsaliert, die mordend und brennend durch die Lande ziehen.«

David Hamilton schüttelte den Kopf. »Eine scheußliche Geschichte. Und sie ist es um so mehr, als sie im Bett einer Kaiserin beginnt.«

»Einer Kaiserin-Witwe«, korrigierte ihn Kon-kim. »Sie ließ den ihr unbequem gewordenen jungen Kaiser kurzerhand ins Gefängnis werfen.«

»Sehr praktisch. Aber hat sie später nicht Selbstmord begangen?«

»Nein, das war die Kaiserin-Mutter, auf deren Rat hin die Mandschus abdankten. Es heißt, daß sie Gold geschluckt haben soll.«

»Gold?« fragte der Amerikaner wie elektrisiert.

»Ja«, erwiderte Kon-kim. »In China nehmen sich vornehme Menschen das Leben, indem sie dünne Goldblättchen schlucken, die den Erstickungstod herbeiführten.«

»Ist ja fantastisch!« jubelte David Hamilton, in dem augenblicklich der Journalist erwachte. »Ich sehe schon die Headlines: ›Chinesische Kaiserin kreiert den goldenen Tod!‹ «

»Mir scheint, du bist übergeschnappt«, sagte Kon-kim ärgerlich.

»Nimm an, was du willst«, entgegnete der Amerikaner. »Aber etwas Raffinierteres und Verrückteres, als sich durch Goldschlukken zu töten, kann es nicht geben.«

»Ich schlage vor, wir wechseln das Thema.«

Sie näherten sich der Brücke zur Insel Shameen, auf der unter einer Laterne zwei englische Posten standen, die musternd an Kon-kim herantraten. »Sie sind Chinese?«

Noch bevor er antworten konnte, erklärte David Hamilton: »Der Herr ist in meiner Begleitung. Ich bringe ihn persönlich zurück.«

»Thank you, Sir!« erwiderte einer der Soldaten und grüßte militärisch.

Kon-kim stieß einen Seufzer aus. »Ich dachte schon, es ginge von neuem los. Diesmal allerdings mit umgekehrten Vorzeichen.«

Der Amerikaner zündete sich eine Zigarette an. »Wir leben in einer verrückten Welt. Shameen nennt sich international, darf von Chinesen aber nicht betreten werden.«

Das Gespräch verstummte und lebte erst wieder auf, als sie in einer typisch englischen Bar Platz genommen haten.

»Gefällt es dir hier?« fragte David Hamilton und zog einen auf der Theke stehenden Teller mit Erdnüssen heran.

Kon-kim nickte. »Ich fühle mich direkt nach London versetzt.«

»Wie lange warst du eigentlich in England?«

»Nur ein Jahr. Mein Vater hatte eine Traumerscheinung, die mich zwang, mein Studium abzubrechen.«

Der Amerikaner sah ihn verwundert an. »Ihr richtet euch wirklich nach solchen Dingen?«

»Die jüngere Generation nicht unbedingt. Aber wenn es sich um die Seele handelt... Der buddhistischen Lehre zufolge besitzt jeder Mensch zwei Seelen, von denen die ›höhere‹ beim Tode entweicht und zur Reinkarnation gelangt. Wir halten diese Seele für befähigt, in das keimende Leben eines noch im Mutterschoß ruhenden Kindes einzutreten.«

David Hamilton hob sein Glas. »So aufregend eine Seelenwanderung sein mag, ich trinke lieber Whisky. Cheerio!«

Kon-kim stieß mit ihm an.

Als sie die Gläser absetzten, stöhnte der Amerikaner: »Die Frauenverbände daheim wissen gar nicht, was sie uns mit ihrem verdammten Alkoholverbot angetan haben.«

Kon-kim wollte gerade etwas erwidern, als ein aus dem hinteren Teil der Bar kommender Engländer an seinen Freund herantrat, sich vorstellte und um eine kurze Unterredung bat.

Der Amerikaner erhob sich, nannte seinen Namen und fragte: »Um was handelt es sich?«

Der Engländer räusperte sich. »Es wäre mir angenehm, wenn wir uns...«

»Sie sehen, daß ich in Gesellschaft bin«, unterbrach ihn David Hamilton abrupt. »Wenn Sie mir etwas zu sagen haben, dann sagen Sie es hier. Vor meinem Freund. Ich ahne nämlich, weshalb Sie mich zu sprechen wünschen.«

Das Gesicht des Engländers wurde rot. »Wenn das der Fall ist, dann verstehe ich nicht, wieso Sie dieses Lokal mit Ihrem – Freund aufsuchen konnten.«

Kon-kim erhob sich. »Komm, Dav.«

»No!« erwiderte der aufgebracht. »Hier ist noch einiges zu sagen.«

»Das ist sinnlos. Laß uns gehen.«

»Erst wenn ich mich mit diesem Herrn unterhalten habe«, entgegnete der Amerikaner, wobei er sich erneut dem Engländer zuwandte. »Zunächst einmal möchte ich feststellen, daß ich meinem Freund diese peinliche Situation erspart hätte, wenn mir bekannt gewesen wäre, was Sie mir offensichtlich sagen wollen. Ich habe nur sehr schnell begriffen, um was es geht, weil wir vor einer halben Stunde aus einem chinesischen Restaurant hinauskomplimentiert wurden. Dort durften wir uns nicht aufhalten, weil ich Amerikaner bin. Hier haben wir zu verschwinden, weil er Chinese ist! Ja, wo sollen wir denn bleiben?«

Der Engländer hob die Schultern. »Machen Sie mich nicht für die geltenden Bestimmungen verantwortlich.«

»Die Welt scheint ein Irrenhaus geworden zu sein«, tobte David Hamilton. »In England und Amerika konnte mein Freund jedes Lokal aufsuchen, in seiner Heimat...«

»Reg dich nicht auf und komm«, unterbrach ihn Kon-kim. »Debatten über dieses Thema lohnen sich hüben wie drüben nicht.«

Der Amerikaner schlug eine Geldnote auf den Bartisch. »Hast recht. Gehen wir.«

In diesem Augenblick schritt eine elegante blonde Dame auf sie zu. »Vielleicht kann ich den Herren helfen«, sagte sie und öffnete ihre Handtasche, der sie eine Visitenkarte entnahm. »Ich bewohne eines der hiesigen Häuser und würde mich freuen, wenn Sie sich bei mir träfen.«

Kon-kim blickte in zwei große hellblaue Augen und verneigte sich mit vor der Brust gefalteten Händen.

Sie reichte ihm die Karte. »Kommen Sie mit Ihrem Freund, wann immer Sie wollen. Sie brauchen sich nicht anzumelden. Wenn ich nicht da bin, macht das nichts. Ich werde meinen Bruder informieren.«

»Ich weiß nicht, wie ich mich bedanken soll«, erwiderte er verwirrt.

Sie lächelte und wandte sich David Hamilton zu. »Werde ich Sie bei mir begrüßen dürfen?«

»Ganz bestimmt!« erwiderte der Amerikaner mit sichtlicher Genugtuung. »Ich danke Ihnen schon jetzt für Ihre Liebenswürdigkeit und für Ihr menschliches Verständnis.«

»Dann auf ein baldiges Wiedersehen«, sagte sie und kehrte in den hinteren Teil der Bar zurück.

Kon-kim faßte sich an den Kopf, als sie das Lokal verlassen hatten. »Ist der heutige Abend Traum oder Wirklichkeit?«

»Das frage ich mich auch«, erwiderte der Freund. »Da treffen wir uns nach Jahren zufällig auf der Straße, erhalten kurz hintereinander zwei kalte Duschen, und dann steht plötzlich ein Engel vor uns, der die Pforten des Himmels öffnet. Wie heißt unser Engel eigentlich?«

Kon-kim blieb unter einer Laterne stehen und blickte auf die ihm übergebene Visitenkarte. »Vera McLean.«

»Gib mal her«, sagte der Amerikaner und roch an der Karte. »Verdammt gutes Parfüm. Ich möchte wissen, warum sie uns eingeladen hat. Pure Menschenfreundlichkeit war es bestimmt nicht.«

»Wie kommst du darauf?«

»Dafür war sie zu hübsch. Hast du ihre Figur gesehen?«

»Nein. Aber ihre Augen sind klar und sauber wie Bergkristalle.«

»Du redest, als wärst du verliebt.«

»Das würdest du kaum sagen, wenn du wüßtest, daß meine Braut vor knapp einer Woche von Banditen verschleppt worden ist.«

Zum zweitenmal an diesem Abend blieb David Hamilton erschrocken stehen. »Du lieber Gott, wie konnte das geschehen?«

»In unserem Land ist alles möglich«, antwortete Kon-kim tonlos.

Sie überquerten die zum Festland führende Brücke und gingen eine Weile am Fluß entlang, der wie ein schwarzer, vom Mond erhellter Spiegel aussah. Jeder hing eigenen Gedanken nach, bis der Amerikaner fragte: »Sollen wir unser Heil in einem dritten Lokal versuchen?«

Kon-kim schüttelte den Kopf und bedeutete dem Freund, daß sein Bedarf an Abfuhren gedeckt sei. »Wenn ich dich wenigstens in das Haus meines Onkels mitnehmen könnte«, fügte er bedrückt hinzu. »Aber auch das geht nicht. Nach ungeschriebenen chinesischen Gesetzen darf kein ›Fremder‹ das Haus der Familie betreten. Mein Onkel und meine Mutter sind in dieser Hinsicht sehr altmodisch. Ich werde sie aber gleich morgen bitten, dich zum *Sohn durch Zuneigung* zu ernennen. Wenn das geschehen ist, und sie werden meine Bitte bestimmt nicht abschlagen, dann kannst du jederzeit kommen, denn dann bist du ein wirkliches Mitglied unserer Familie; mit sämtlichen Rechten und Pflichten.«

David Hamilton fuhr sich durch die Haare. »Langsam schwirrt mir der Schädel,und ich verliere den Mut, auch nur eine einzige Zeile über China zu schreiben. Herrgott, ich weiß ja nichts von all diesen Dingen. Wieviel Fehler muß ich da machen!«

Kon-kim sah ihn fragend an. »Wie lange bleibst du in Kanton?«

»Ein, zwei Monate – je nachdem. Es hängt von der politischen Lage ab.«

»Die ist in China immer verworren. Ich werde also viel Zeit haben, meinem *Bruder durch Zuneigung* einiges beizubringen.«

Die erste Nacht im Haus des Onkels verlief für Kon-kim wenig angenehm. Die Erlebnisse des vergangenen Abends ließen ihn nicht einschlafen. Er wußte nicht mehr, wohin er gehörte, und je länger er über alles nachdachte, um so unzufriedener wurde er. Die Mitglieder der Kuomintang stießen ihn ab, weil sie den Fremdenhaß predigten; die Armee entsetzte ihn, weil ihre Soldaten plünderten; die Welt der Ahnen war ihm geraubt, weil er den Geist der Demokratie kennengelernt hatte; und Demokraten wiesen ihn zurück, weil er Chinese war. Wie ein Schiff mit zerfetzten Segeln trieb er dahin.

Aber zwischen den ihn umgebenden Klippen sah er zwei Lichter: David Hamilton und Vera McLean. Der Gedanke an sie und der Spruch des *J Ging*: ›Lebe in Harmonie mit dem Zeitalter, in dem du geboren bist‹, versöhnten ihn und ließen ihn schließlich zur Ruhe kommen.

Am nächsten Morgen suchte er als erstes seine Schwester auf, um mit ihr weiterhin Schritte auf dem Weg zu gehen, den er tags zuvor eingeschlagen hatte. Sie war jedoch so apathisch und in sich selbst versponnen, daß er befürchtete, das Gegenteil von dem zu erreichen, was er erreichen wollte. Er verließ sie deshalb schon bald wieder und besprach sich mit seiner Mutter und dem Onkel, die er bat, seinen Freund Dav als *Sohn durch Zuneigung* in die Familie aufzunehmen, damit er sich mit ihm im Haus des Onkels treffen könnte.

Beide zeigten großes Verständnis, und so suchten sie gemeinsam die Ahnenhalle auf.

Mutter Lee Wei und Kon-kim ließen sich vor der mit Ahnenbildern geschmückten Westwand nieder, und nachdem Onkel Hu eine Zeitlang meditierend in den gekräuselten Rauch zart glimmender Opferstäbchen geblickt hatte, die in einer Kupferschale steckten, erhob er sich und erklärte mit hoher Eunuchenstimme, daß David Hamilton in die Familie Lee aufgenommen werden könne und er ihn erwarte, um ihn den ehrenwerten Ahnen als *Sohn durch Zuneigung* vorzustellen.

Es sollte jedoch noch einige Zeit vergehen, bis Onkel Hu den Amerikaner empfangen konnte. In Kanton brachen plötzlich Unruhen aus, die von heftigem Gewehrfeuer eingeleitet wurden und zu regelrechten Straßenkämpfen führten. Ausgelöst wurde der Aufstand durch das rigorose Vorgehen eines Soldaten, der einen Markthändler kurzerhand niederschoß, als dieser sich weigerte, ihm zwei Hühner ohne Bezahlung zu geben. Ein Huhn, so hatte der Händler gesagt, wolle er gerne verschenken, aber zwei, das sei zuviel. Dem Soldaten war das zuwenig gewesen: er zog seinen Revolver, streckte den ›Geizkragen‹ zu Boden und nahm sich, was er brauchte. Das wiederum war der seit langem verbitterten Kaufmannschaft zuviel: sie griff zu den Waffen und feuerte auf jeden Soldaten, der ihr über den Weg lief. Dabei kam es unversehens auch zu Gefechten mit jungen Mitgliedern der Kuomintang, die sich in ihrer Begeisterung für die Sache Doktor Sun Yat-sens Fantasieuniformen hatten anfertigen lassen. Und da die Kaufleute nicht gewillt waren, auf die guten Geschäfte zu verzichten, die sie mit Ausländern machten, ließen sie ebenfalls die Mitglieder des *Bundes der Bauern, Arbeiter und Studenten* nicht ungeschoren, die seit der Ankunft des Russen Borodin den Fremdenhaß schürten und das Volk aufforderten, die ›roten Teufel‹ in den Fluß zu treiben.

Tagelang dauerte der Kampf, in dem das aufgeregte Volk zitternd in seinen Wohnungen hockte und bis zur Bewußtlosigkeit lamentierte.

So auch im Haus des Onkels, in dem die siebenköpfige Dienerschaft mitsamt ihren zweiundvierzig Familienangehörigen unaufhörlich schrie und weinte.

»Das ist ja nicht mehr zum Aushalten!« schimpfte Kon-kim. Aber weder ihm noch seinem Onkel gelang es, die gleich bei den ersten Schüssen kreischend in das Herrschaftshaus Gestürmten in ihre Wohnungen zurückzubringen. Es nützte nichts, daß sie darauf hinwiesen, daß die innerhalb der vorsorglich erhöhten Mauer liegenden Gesindehäuser nicht minder geschützt seien; jeder blieb, wo er war.

Warmes Essen gab es in diesen Tagen nicht. Um keinen Preis war der Koch zu bewegen, das Zentrum des Hauses zu verlassen. Und servieren wollte auch niemand. Mutter Lee Wei blieb nichts anderes übrig, als alles selbst zu besorgen.

Doch sosehr sich Kon-kim über die Dienerschaft und deren Angehörige ärgerte, es setzte ihm weitaus mehr zu, daß die jäh ausgebrochene Schießerei ihm die Möglichkeit nahm, sich mit David Hamilton zu treffen, mit dem er sich für den Nachmittag verabredet hatte. Unter Umständen konnte es jetzt lange dauern, bis er ihn wiedersah, da sie ihre Anschriften nicht ausgetauscht hatten und keiner wußte, wo der andere wohnte. Wenn die Unruhen vorbei waren, blieb ihm nichts anderes übrig, als täglich zur verabredeten Tageszeit zu der nach Shameen führenden Brücke zu gehen und zu hoffen, daß der Freund den gleichen Einfall haben würde.

Unabhängig davon drängte es ihn, Vera McLean wiederzusehen, der er mit David Hamilton einen Besuch hatte abstatten wollen. Immer erneut wanderten seine Gedanken zu der Engländerin. Ihre unbekümmerte und sichere Art erinnerte ihn irgendwie an Süa-tü.

Oft in diesen Tagen schaute er auf das hübsch angelegte Shameen hinunter. Die rund um die Insel errichteten Einfamilienhäuser waren im europäischen Stil erbaut und schlossen eine große Rasenfläche mit Tennis-, Kricket-, Fußball- und Kinderspielplätzen ein, zwischen denen, zwanglos angeordnet, amerikanische Bungalows lagen. Autostraßen gab es nicht, da auf Shameen nur Sänften zugelassen waren. Die chinesischen Händler verkauften ihre Waren von Booten aus, mit denen sie an den Gärten anlegten.

Gar manches Mal fragte sich Kon-kim, in welchem Haus Vera McLean wohl wohnen mochte. Er hätte es gern gewußt.

Das Leben auf Shameen ging während der Kantoner Straßenkämpfe seinen gewohnten Gang, wenngleich hin und wieder ein verirrtes Geschoß die Kolonie mit neuem Gesprächsstoff versorgte und den üblichen Tratsch über aufgedonnerte Frisuren, gewagte Dekolletés, geschmacklose Liebschaften und dergleichen fortfegte.

Die Wirkung eines gegen eine Hauswand klatschenden Geschosses war schon erstaunlich, und David Hamilton, der in diesen

Tagen vielfach in der *Horse Bar* saß, amüsierte sich königlich über all das, was er zu hören bekam. Er saß jedoch nicht zu seinem Vergnügen dort, sondern leistete intensive Arbeit, die nur niemandem auffiel, weil sie lautlos vor sich ging und in der Beobachtung einiger Menschen bestand, die er auch zu später Stunde nicht aus den Augen verlor. Dabei war ihm nicht anzusehen, daß er in den letzten Nächten regelmäßig bis zu vier Stunden im Garten einer nahe dem japanischen Konsulat gelegenen blendendweißen Villa verbracht hatte, um dann fast die gleiche Zeit vor einem kleinen Sender zu sitzen.

Am Morgen des vierten Tages seiner merkwürdigen Tätigkeit schlief er sich gründlich aus, und als er sich gegen zwei Uhr anzog und rasierte, war ihm deutlich anzusehen, daß er sich in glänzender Stimmung befand.

Diesen Eindruck erweckte er auch, als er später mit einem Blumenstrauß bewaffnet auf das blendendweiße Haus zuging, dessen auf Hochglanz poliertes Messingschild den Namen C. B. McLean trug.

Ein livrierter Butler empfing ihn und nahm die ihm überreichte Visitenkarte mit einer Geste entgegen, die nur besagen konnte: Ich bin informiert.

David Hamilton folgte dem Diener durch eine dunkel getäfelte Halle in einen Empfangssalon, an dessen zum Garten führender Tür ein Windstoß die Vorhänge gerade aufblähte.

»Ich bitte höflichst darum, Platz zu nehmen«, sagte der Diener. »Ich werde die gnädige Frau sofort verständigen.«

David Hamilton blickte hinter ihm her und dachte: Bin gespannt, wie der blonde Engel reagieren wird.

Mit sich selbst zufrieden, durchquerte er den Raum und warf einen Blick in den Garten, in dem er drei Nächte hintereinander zwischen niedrigen Büschen gehockt hatte. Dann kehrte er zurück und wollte sich gerade setzen, als Vera McLean in den Salon eintrat.

Sie trug ein blaßblau gestreiftes Kostüm, das ihre Figur dezent betonte. »Ich freue mich, daß Sie Wort gehalten haben«, sagte sie und ging mit festen Schritten auf ihn zu. »Aber wo ist Ihr Freund?«

David Hamilton reichte ihr die Blumen. »Solange man in der Stadt schießt, kann er nicht kommen und müssen Sie mit mir alleine vorliebnehmen.«

Sie gab ihm die Hand. »Wie dumm von mir, daß ich das nicht bedachte. Und Sie haben mir so schöne Blumen mitgebracht.«

Er machte eine wegwerfende Handbewegung. »Ein Dollar fünfzig.«

Vera McLean lachte und legte das Bukett auf den Tisch. »Ich danke Ihnen dennoch. Wollen wir uns hierhersetzen oder in den Garten gehen?«

»Ich persönlich würde den Garten vorziehen.«

»Well«, erwiderte sie. »Wir haben dort ein gemütliches Plätzchen. Sie müssen mir nur noch sagen, was Sie trinken: Gin, Whisky, Cognac...«

»Whisky.«

»Dann haben wir den gleichen Geschmack«, entgegnete sie und betätigte eine kleine Glocke, um dem Diener die entsprechenden Anweisungen zu geben. Anschließend führte sie ihren Gast in den Garten, der von schwerem Blumenduft und dem scharfen Zirren ungezählter Zikaden erfüllt war.

Der Perl-Fluß glitt träge dahin, aber keines der sonst zu Hunderten umherwimmelnden Sampans war zu sehen. Nur einige französische, englische und portugiesische Kanonenboote lagen vor Aker.

Vera McLean wies auf eine Gruppe von Korbsesseln, die unter einer Trauerweide standen, deren Peitschen bis in das Wasser herabhingen. »Dort ist es jetzt am kühlsten.«

David Hamilton nickte anerkennend. »Hier kann man es aushalten.«

Die Engländerin nahm Platz und strich sich ihr Haar aus der Stirn. »Ich liebe diese Insel, ganz besonders natürlich das Haus und den Garten.«

»Sie bewohnen es allein?«

»Zur Zeit, ja. Mein Mann ist seit einem Jahr in Hongkong tätig und kommt nur hin und wieder für ein verlängertes Wochenende herüber.«

»Das ist ja nicht gerade erfreulich.«

»Nein«, erwiderte sie und bedeutete dem hinzukommenden Butler, das Einschenken ihr zu überlassen. »Aber was sollen wir machen? Wir sind vernarrt in diesen Platz und befürchten ihn zu verlieren, wenn auch ich nach Hongkong gehe.«

»Das kann ich verstehen. Auf die Dauer ist das aber doch kein Zustand.«

»Natürlich nicht«, sagte sie und füllte die Gläser. »Soda?«
»Nein, danke. Ich nehme nur Eis.«
Sie reichte ihm einen silbernen Thermosbehälter. »Wir hoffen, daß mein Mann bald wieder nach Kanton zurückkehren kann.«
David Hamilton ließ einige Eisstücke in sein Glas gleiten. »Ich hörte, daß er einen sehr exponierten Posten bekleidet.«
Sie lächelte. »Herumspioniert?«
»Das gehört zu meinem Beruf. Ich bin Journalist.«
»Wie interessant. Trinken wir darauf, daß Ihr Bericht über die Unruhen in Kanton gut ankommt. Und auf Ihren netten chinesischen Freund«, fügte sie nachdenklich hinzu.
»Gefällt er Ihnen?« fragte David Hamilton, als er sein Glas absetzte.
»Sehr. Er machte einen großen Eindruck auf mich, weil etwas Rührendes und gleichzeitig außerordentlich Hoheitsvolles in der Art liegt, mit der er die Hände vor der Brust faltet und sich verneigt.«
Der Amerikaner zog eine Schachtel Zigaretten aus der Tasche. »Sie gestatten?«
»Bitte.«
»Darf ich Ihnen eine anbieten?«
Sie schüttelte den Kopf. »Ich möchte heute nicht rauchen.«
»Warten wir es ab«, entgegnete er hintergründig. »Ich lege die Packung vorsorglich hierher.«
Vera McLean sah ihn verwundert an. »Was wollen Sie damit sagen?«
Er lehnte sich zurück und schaute in die Zweige des Baumes. »Lassen wir Ihre Frage zunächst einmal beiseite; sie wird sich von selbst beantworten.«
Sie lachte hölzern. »Ich weiß nicht, was Sie vorhaben, aber wenn es Ihre Absicht sein sollte, mich mit einem neuartigen Gesellschaftsspiel zu unterhalten, dann muß ich Sie bitten, mir zunächst die Regeln zu erklären.«
»Das ist schnell getan«, erwiderte er schmunzelnd. »Man benötigt lediglich einige Bogen Papier, auf die man alles notiert, was man über eine bestimmte Sache in Erfahrung gebracht hat. Dann steckt man das Geschriebene in einen Briefumschlag, versiegelt diesen und deponiert ihn bei einer sicheren Person mit der Weisung, ihn unverzüglich zu öffnen und das Erforderliche zu veranlassen,

wenn man sich innerhalb einer festgelegten Zeit nicht wieder gemeldet haben sollte. Das ist die Grundregel des Spiels«, fuhr er nach kurzer Pause fort, während der er genußvoll den Zigarettenqualm vor sich hin blies. »Und dann beginnt der eigentliche Einsatz. Man sucht die betreffende Person auf, spricht mit ihr über die bestimmte Sache und wartet ab, wie das Spiel läuft.«

Vera McLean griff nach ihrem Glas. »Und was tut man, wenn es schlecht läuft?«

Er zuckte die Achseln. »Es gibt Menschen, die zur Beruhigung ihrer Nerven zunächst einmal eine Zigarette rauchen.«

Sie lachte spöttisch. »Und für einen solchen Menschen halten Sie mich?«

»Offen gestanden, ja! Weil Sie keine Spielernatur, sondern eine zwar nüchtern denkende, darüber hinaus aber ungewöhnlich schöne Frau sind.«

Sie deutete eine Verneigung an. »Unterstellen wir, ich würde rauchen: wie geht das Spiel dann weiter?«

»Was soll ich da sagen? Ich würde Schluß machen und zahlen.«

»Und wer bestimmt den Preis?«

»Natürlich der Gewinner.«

Vera McLean stellte ihr Glas zurück. »Und wer ist das?«

»In der Regel derjenige, der den Umschlag deponierte.«

Ihre Augen glichen denen einer auf der Lauer liegenden Katze. »Worauf wollen Sie hinaus?«

David Hamilton warf seine Zigarette in den Fluß. »Auf den von Ihnen geleiteten Waffenhandel, Vera McLean! Und ich möchte Sie bitten, jetzt vernünftig zu sein und kein Theater zu spielen. Es würde nichts dabei herauskommen.«

Ihre Hände umkrampften die Stuhllehne.

Er erhob sich, goß Whisky in ihr Glas und reichte es ihr.

Sie schlug es ihm aus der Hand.

Er grinste. »Wissen Sie, daß Sie im Zorn noch schöner sind?«

Vera McLean sprang auf. »Und ich weiß jetzt wenigstens, wie ein Erpresser aussieht! Aber Sie täuschen sich, wenn Sie glauben...«

»Ich habe Ihnen gesagt, daß Sie kein Theater spielen sollen«, fuhr er sie an. »Und was den Erpresser anbelangt, da können Sie noch eine hübsche Überraschung erleben.«

Seine Worte machten sie unsicher. Es war ihr anzusehen, daß sie nicht wußte, wie sie sich weiterhin verhalten sollte.

David Hamilton kam ihr zu Hilfe, indem er sie in ruhigem Ton aufforderte, wieder Platz zu nehmen und sich anzuhören, was er ihr zu sagen habe. Und dann erzählte er, daß ihm an dem Abend, an dem sie sich kennenlernten, plötzlich eingefallen sei, daß es vor vielen Jahren eine Waffenschmuggel-Affäre gegeben habe, in der ein gewisser McLean zunächst äußerst belastet, später jedoch durch das frappierende Geständnis eines Japaners entlastet worden sei, der bald darauf unter mysteriösen Umständen in einer Gefängniszelle starb. Die Gleichheit der Namen habe ihn, den ewig neugierigen Journalisten, veranlaßt, einige Erkundigungen einzuziehen, die ihm gezeigt hätten, daß die junge blonde Dame, die seinem Freund und ihm in so netter Weise beigestanden habe, die Frau jenes zunächst be- und dann entlasteten C. B. McLean sei.

»Das hätten Sie auch von mir erfahren können«, erwiderte sie verkrampft.

»Gewiß«, entgegnete er gelassen. »Aber würden Sie mir auch die Namen der Herren genannt haben, die aus einem nahe gelegenen Konsulat des Nachts heimlich in dieses Haus hinüberwechseln.«

Vera McLean wurde blaß.

»Sehen Sie«, fuhr er im Plauderton fort, »das hätten Sie nicht getan. Die Namen der Japaner Sato, Shoda und Kurusawa würden Sie mir ebensowenig genannt haben wie die zweier Chinesen, die trotz der augenblicklichen Unruhen in den letzten Nächten mit ihrem Boot hier anlegten und sich so genau auskannten, daß sie schnurstracks auf die nur angelehnte Tür Ihres unerleuchteten Salons zugingen, in dem dann ziemlich langwierige, aber aufschlußreiche Verhandlungen geführt wurden.«

Vera McLean fuhr sich mit zitternder Hand über die Stirn.

»Ich denke, daß ich mir weitere Details ersparen kann«, sagte David Hamilton und schob die Zigarettenpackung zu ihr hinüber. »Denn daß Sato, Shoda und Kurusawa zu den gerissensten japanischen Waffenlieferanten zählen, brauche ich wohl ebensowenig zu erwähnen wie die Tatsache, daß Thee und Chou die Einkäufer der sieben Ma-Generäle sind, die etliche chinesische Provinzen ›kontrollieren‹.«

Sie griff nach der Packung und zerdrückte sie. »Nennen Sie den Preis!«

Er erhob sich und blieb vor ihr stehen. »Habe ich nicht angedeutet, daß ich kein Erpresser bin?«

Ihre Lippen zuckten. »Sie sind Beamter?«

Er lachte. »Eine hübsche Formulierung für ›Polizei‹. Aber seien Sie beruhigt: ich gehöre nicht zu jenem Verein.«

Vera McLean atmete erleichtert auf.

David Hamilton reichte ihr sein Glas. »Sie sollten nun doch etwas trinken.«

Sie blickte ihm in die Augen. »Zunächst möchte ich wissen, was Sie von mir wollen.«

Der ohnehin etwas schiefe Mund des Amerikaners verzog sich. »Sie!«

Das Glas wäre ihr beinahe entglitten. *»Mich?«*

Er nickte. »Ja, mir geht es um den blonden Engel Vera McLean.«

»Sie sind ja verrückt«, erwiderte sie.

»Und ich schwöre Ihnen, daß Sie sich täuschen«, erklärte er mit Nachdruck. »Es gibt Dinge, die mir mehr wert sind als zehn- oder zwanzigtausend Dollar.«

Ihr Gesicht rötete sich. »Dann biete ich dreißigtausend.«

Er bleckte die Zähne. »Mit Geld erreichen Sie bei mir nichts.«

Vera McLean stand auf und trat an das Wasser, wobei sie einige Zweige der Trauerweide durch die Hand gleiten ließ. »Und welche Garantie habe ich, daß Sie hinterher nicht außerdem noch Geld verlangen?«

Sekundenlang stand er wie erstarrt. Dann aber lachte er schallend. »Hinterher...? Außerdem...? Mein Gott, Sie haben mich völlig falsch verstanden!«

Das Blut schoß ihr in die Wangen.

Er ging auf sie zu. »Am liebsten möchte ich Sie jetzt umarmen!«

Sie blickte verwirrt zur Seite. »Ich verstehe nichts mehr. Erst spielen Sie den Erpresser, dann...«

Er hakte sich ungeniert in ihren Arm ein. »Machen wir Schluß und lassen wir die Katze aus dem Sack. Sie verkaufen japanische Waffen an chinesische Banditen und sind dabei, Ihr Geschäft durch Lieferungen an Tschiang Kai-schek zu erweitern. Bitte, ich habe nichts dagegen. Im Gegenteil, ich bin sogar absolut einverstanden. Aber die Ware für dieses Geschäft liefere ich!«

Vera McLean riß sich los. »Sie sind...?«

»Ja, ich bin ein als Journalist getarnter Waffenhändler und liebe das Spiel mit den silbernen Kugeln. Ich vertrete amerikanische und kanadische Firmen, und Sie werden nun nicht mehr nur für Ihren

Gatten, sondern auch für mich tätig sein. Selbstverständlich gegen die übliche Provision. Den Japsen müssen Sie freilich klarmachen, daß sich das große Geschäft mit Tschiang Kai-schek durch Preisunterbietungen anderer Konkurrenten zerschlagen hat.«

Sie stöhnte. »Jetzt brauche ich doch eine Zigarette.«

Er zog eine neue Packung aus der Tasche. »Gut, daß ich über Reserven verfüge.«

»Und warum machen Sie das Geschäft nicht allein?«

»Ihre Basis ist günstiger.«

»Hat Ihnen das Ihr Freund gesagt?«

David Hamilton hob die Hände. »Wenden Sie sich um Gottes willen niemals an ihn. Er ist einer der vermögendsten Chinesen und verlor vor wenigen Tagen Vater, Schwester und Braut. Ihre Waffen dürften eine Rolle dabei gespielt haben.«

»Entsetzlich! Aber wenn ich nicht liefere, tut es ein anderer.«

»Zurück zum Thema. Sind wir uns einig?«

Sie warf die kaum angerauchte Zigarette fort. »Trinken wir eine Flasche Champagner miteinander.«

Die Straßenkämpfe endeten mit der unerwarteten Niederlage der Kaufmannschaft, die schwer dafür zahlen mußte, daß sie zu stolz gewesen war, die keiner Zunft angehörigen Barbiere als Kämpfer in ihre Reihen aufzunehmen. Denn die darüber erbosten Figaros rächten sich, indem sie sich auf die Seite der Yunnan-Regimenter schlugen, die ihnen für das Anzünden von Läden beachtliche Prämien zahlten. Angesichts der drohenden Gefahr, die ganze Stadt in Flammen aufgehen zu sehen, beeilten sich plötzlich Freund und Feind, die Brände zu löschen, und ehe man sich versah, war der Friede wiederhergestellt. Wer einige Stunden später durch die Straßen ging, mußte zu der Überzeugung gelangen, daß sich überhaupt niemand erhoben hatte.

Kon-kim jedenfalls gewann diesen Eindruck, als er durch die Stadt eilte, um zur Shameener Brücke zu gelangen, über die an diesem Nachmittag ein Schwarm von neugierigen Ausländern nach Kanton drängte.

Über eine Stunde wartete er auf David Hamilton, von dem er gehofft hatte, daß auch er auf den Gedanken kommen würde, nach Beendigung der Unruhen auf gut Glück zur ursprünglich verabredeten Tageszeit zur Brücke zu gehen. Doch der Freund kam nicht, und Kon-kim wandte sich schließlich an einen Posten, den er fragte, ob in Sonderfällen nicht die Möglichkeit bestehe, eine Genehmigung zum Betreten der Insel zu erhalten.

Der Soldat schüttelte den Kopf. »An sich nicht. Aber wo wollen Sie denn hin?«

Da Kon-kim die Adresse seines Studienkameraden nicht kannte, zog er die Visitenkarte Vera McLeans aus der Tasche und zeigte sie dem Engländer. »Diese Dame hat mich eingeladen. Mein Freund aber, der mich abholen wollte, ist nicht gekommen.«

Der Posten grinste. »Wenn Mistress McLean Sie eingeladen hat, laß ich die Karte als Ausweis gelten.«

Kon-kim bedankte sich und überquerte die Brücke wie jemand, der einem langersehnten Rendezvous entgegeneilt.

Zehn Minuten später betätigte er die Klingel des blendendweißen Hauses, das David Hamilton einen Tag zuvor aufgesucht hatte, und auch er wurde von dem Butler wie ein erwarteter Gast empfangen und in den Salon geführt, in dem Vera McLean ihn bald darauf begrüßte. Sie trug ein weit ausgeschnittenes azurblaues Seidenkleid, das kaum bis zu den Knien reichte.

»Sie ahnen nicht, wie ich mich über Ihren Besuch freue«, sagte sie und gab seine Hand nicht sofort wieder frei. »Dav«, sie korrigierte sich schnell, »ich meine Ihr Freund, war gestern bei mir, und es ist sehr spät geworden. Er ist ein reizender Kerl. Ich habe manchmal schallend über ihn lachen müssen. Wir haben auch viel von Ihnen gesprochen.«

Der starke Duft ihres herben Parfums verwirrte ihn. »Das freut mich«, erwiderte er unsicher. »Ich bin nämlich zu Ihnen gekommen, weil mein Freund und ich vergaßen, uns unsere Anschriften zu geben.«

Sie verzog den Mund. »Ihre Feststellung ist nicht gerade ein Kompliment für mich.«

»Oh, Pardon«, entgegnete er. »Entschuldigen Sie vielmals. Ich habe Sie natürlich nicht nur deshalb aufgesucht.«

Vera McLean lachte. »Ich weiß doch, wie es gemeint war. Wollen wir in den Garten gehen oder hier Platz nehmen?«

Da ihm die Atmosphäre des Raumes intimer erschien, bat er darum, im Salon bleiben zu dürfen.

Sie war mit seinem Vorschlag einverstanden und beauftragte den Diener, den Getränkewagen zu bringen. Dann setzte sie sich in die

Ecke eines ungewöhnlich breiten Sofas und wies neben sich. »Kommen Sie. Ich habe meine Gesprächspartner gerne neben mir sitzen, damit ich einer schlechten Angewohnheit frönen und meine Beine anziehen kann.«

Irgend etwas störte ihn plötzlich an Vera McLean. Das hypermoderne und übertrieben kurze Kleid konnte es sein. Möglicherweise war es auch der intensive Duft ihres Parfums.

Die mehr im Unterbewußtsein sich regende und dazu noch recht vage Auflehnung machte ihn jedoch nicht blind. Erneut faszinierten ihn die großen blauen Augen der Engländerin.

»Wo sind Sie mit Ihren Gedanken?« fragte sie lächelnd, da er nichts sagte.

Kon-kim griff sich an die Schläfen. »Ich benehme mich heute schrecklich daneben, aber ich sah gerade nochmals den Abend vor mir, an dem Sie uns Ihre selbstlose Hilfe anboten. Ich werde den Augenblick nie vergessen.«

»Das ist nun ein sehr schönes Kompliment«, entgegnete sie und zog ihre Beine auf das Sofa.

In ihrer Bewegung lag etwas Verführerisches, das so gar nicht zu dem Bild paßte, das Kon-kim beim ersten Treffen von Vera McLean gewonnen hatte. An jenem Abend hatte er an das *Buch der Lieder* denken müssen, in dem es heißt: Der Pfirsichbaum ist jung und schön, und bezaubernd ist seine Blütenpracht. Heute erinnerte er sich an einen anderen Spruch: In jeder Frau, und mag sie scheu wie eine Maus sein, muß man den Tiger fürchten!

Von diesem Augenblick an sah er Vera McLean in einem völlig neuen Licht, und er war merkwürdigerweise nicht enttäuscht darüber. Im Gegenteil. Es erlöste ihn festzustellen, daß sie anders war, als er es angenommen hatte. Das gab ihm die Möglichkeit, sich frei und ungezwungen mit ihr zu unterhalten.

Sie sprachen von den Straßenkämpfen und über die drei Volksprinzipien Dr. Sun Yat-sens, die zur ideologischen Basis der nationalistisch ausgerichteten Kuomintang geworden war, und je weiter sie in die Materie eindrangen, um so mehr wunderte sich Kon-kim über das exakte Wissen Vera McLeans.

Das Gespräch über Ideologien, Fremdherrschaft, Parteien, ›Kriegsherren‹ und deren Banden wurde ihr mit der Zeit aber zuviel. Sie beendete es, indem sie sich erhob und Kon-kim bat, ihm den Garten zeigen zu dürfen.

Ihr Wunsch kam ihm sehr gelegen, da ihn der Anblick ihrer nackten Beine und ihres weiten Halsausschnittes doch sehr störte.

»Gefällt Ihnen Shameen?« fragte sie, als sie den Fluß erreichten.

Er blickte über das Wasser, über dem ein blauer Eisvogel mit schnell schlagenden Flügeln auf der Stelle stand. »Die Insel hat einen eigenartigen Reiz«, sagte er und wies auf den Vogel, der sich jäh hinabstürzte und gleich darauf mit einem silbern glänzenden Fisch wieder aufstieg und davonflog.

»Der arme Fisch«, rief sie erschrocken.

»C'est la vie!« entgegnete er. »Es ist der Kampf um das Dasein, der sich von unseren Kämpfen im wesentlichen dadurch unterscheidet, daß er echt ist und keinen Machtgelüsten entspringt.«

»Ich protestiere dennoch«, sagte sie trotzig.

Er lächelte. »Protestieren Sie auch gegen Blitz und Donner?«

Sie rümpfte die Nase.

Ihr Verhalten amüsierte ihn, und um beim aufgeworfenen Problem zu bleiben, sagte er: »Ich gehe wohl nicht fehl, wenn ich annehme, daß Sie, beziehungsweise Ihr Gatte, sehr vermögend sind, nicht wahr?«

Vera McLean sah ihn erstaunt an. »Was hat das mit dem Fisch zu tun?«

»Das werden Sie gleich sehen. Antworten Sie zunächst mit ja oder nein.«

»Ja.«

»Nun, dann müßten Sie eigentlich das größte Verständnis für jenen Eisvogel haben.«

»Wieso?«

»Es gibt ein chinesisches Sprichwort, das hart, aber wahr ist: Man braucht hundert arme Menschen, um einen Reichen zu machen. Der Fisch zählte zu den Armen.«

»Sie haben recht«, erwiderte sie nachdenklich. »Von dieser Seite habe ich die Dinge noch nie betrachtet.«

»Das sollten Sie aber. Schon um die Ideologie der immer stärker werdenden Kommunisten zu verstehen.«

»Jetzt sagen Sie bloß noch, daß Sie mit ihnen sympathisieren.«

»Verstehen und sympathisieren sind zwei Dinge. Ich verstehe zum Beispiel, daß die Kommunisten die Ansicht vertreten, alle Menschen seien gleich und es dürfe keine Armen und Reichen geben. Mir kommt es jedoch manchmal so vor, als predigten sie dieses nur, um das Recht zu gewinnen, Bestehendes über den Haufen zu werfen und aus Armen Reiche und aus Reichen Arme zu machen.«

»Glauben Sie, daß den Kommunisten das gelingen wird?«

Kon-kim zuckte die Achseln. »Ich weiß es nicht. Aber wenn es ihnen gelingt, dann liegt die Schuld bei uns, die wir – ich meine das jetzt bildlich und nicht persönlich – auf der einen Seite einen Fisch beklagen, der gefressen wird, und auf der anderen Seite geflissentlich über das Elend unserer Mitmenschen hinwegsehen.«

»Nun sind wir schon wieder bei dem garstigen Thema«, ereiferte sie sich. »Ich bin mit Ihnen in den Garten gegangen, um mich an der schönen Natur zu erfreuen und Sie... Hallo, Dav!« rief sie plötzlich, da sie David Hamilton entdeckte, der mit den Händen in den Hosentaschen auf sie zuging. »Fein, daß Sie kommen. Ihr Freund wartet schon auf Sie.«

Dav, dachte Kon-kim verwundert. Erst jetzt wurde ihm bewußt, daß Vera McLean den vertraulich abgekürzten Vornamen schon einmal ausgesprochen, sich dann jedoch schnell korrigiert hatte.

Der Amerikaner reichte ihr augenzwinkernd die Hand. »Wie ich Sie kenne, wird es Ihnen nicht schwergefallen sein, meinen Freund auf andere Gedanken zu bringen.«

»Stimmt!« sagte Kon-kim. »Aber ich freue mich trotzdem, dich wenigstens noch erwischt zu haben.«

»Du willst schon gehen?«

»Ich muß!« antwortete Kon-kim, der plötzlich keine Lust zu bleiben verspürte. Zu offensichtlich war es, daß sich zwischen seinem Freund und der Engländerin ein Verhältnis angebahnt hatte.

»Das kommt überhaupt nicht in Frage«, erwiderte der Amerikaner. »Du bleibst und wirst mit uns...«

»Es geht wirklich nicht«, unterbrach ihn Kon-kim. »Ich bin schon vier Stunden unterwegs. Da ich daheim keinen Bescheid hinterlassen habe, muß ich nun gehen.«

»Das kann ich verstehen«, warf Vera McLean ein. »Sie dürfen uns aber nicht verlassen, ohne zu sagen, wann wir uns wiedersehen.«

Sie kamen überein, am nächsten Abend gemeinsam in einem von Vera McLean empfohlenen Restaurant zu essen, in dem, wie sie sagte, Chinesen und Ausländer stets in gutem Einvernehmen beieinandersitzen. Und für den Nachmittag verabredeten Kon-kim und David Hamilton ein Treffen im Haus des Onkels, damit dieser den Studienkameraden als *Sohn der Zuneigung* in die Familie Lee aufnehmen könne. Anschließend trennte man sich, und Kon-kim dachte betrübt: Es ist immer das gleiche: im Wald gibt es gerade Bäume, auf der Erde aber nur selten aufrechte Menschen.

Das Tor der kämpfenden Büffel

Der Juli des Jahres 1924 verlief ohne besondere Ereignisse. Mutter Lee Wei hatte sich mit dem Unabänderlichen abgefunden und die Führung des Haushaltes übernommen. Als echte Chinesin trauerte sie, ohne den Kopf hängen zu lassen.

Anders lagen die Dinge bei Li-tai, die trotz ärztlicher Fürsorge nicht den Weg in das Leben zurückfand und schweigsam blieb wie am Tage der Flucht. Eine Besserung war nur insofern eingetreten, als sie regelmäßig an den Mahlzeiten teilnahm.

Der besorgte Onkel Hu war hierüber schon sehr glücklich, und er begann wieder damit, sich seinen kleinen Liebhabereien zu widmen: dem Studium alter Schriften, der Betrachtung seiner kostbaren Sammlungen und der Fortführung einer vor über vierhundert Jahren von dem ehrenwerten Ahnen Lee Li-san begonnenen Niederschrift der Geschichte der Familie Lee.

Kon-kim traf sich in diesen Wochen beinahe täglich mit David Hamilton, der sein *Bruder durch Zuneigung* geworden war und es außerordentlich liebte, im Garten des Balsams zu sitzen und auf den Perl-Fluß hinabzuschauen. Gelegentlich suchten sie auch Vera McLean auf, die sich zu Kon-kims Verwunderung merkwürdig verändert hatte und manchmal so nervös war, daß er am liebsten davongelaufen wäre.

Sein Freund hingegen blieb immer der gleiche. Er war stets in guter Stimmung, zeigte sich an allem interessiert und schätzte es, zur Dämmerstunde in der *Horse Bar* oder in dem von Vera McLean empfohlenen Restaurant *Zum weißen Reihernest* zu sitzen. Aber er arbeitete nie, und auf Kon-kims Frage, wann er eigentlich mit seiner schriftstellerischen Tätigkeit beginnen wolle, antwortete er mit entwaffnendem Grinsen: »Später! Ich muß zunächst noch Eindrücke sammeln.« Und dann erzählte er regelmäßig eine aufregende Geschichte, derzufolge ihn eine Erbschaft in die glückliche Lage versetzt habe, sich nicht überarbeiten zu müssen.

Wenn David Hamilton anfing, Geschichten zu erzählen, glaubte man ihm gerne, daß er Journalist war, wurde jedoch über politische Dinge gesprochen, kamen einem bald erhebliche Zweifel. Wohl kannte er die Namen und Funktionen vieler im öffentlichen Leben stehender Menschen, die politische Entwicklung aber war ihm nicht bekannt und schien ihn auch nicht zu interessieren.

Kon-kim entging dieses nicht, und es fiel ihm besonders an einem Augustabend auf, an dem sie gemeinsam mit Vera McLean im *Weißen Reihernest* saßen.

»Ich verstehe dich nicht«, sagte er ihm. »Die Stadt ist voll von Gerüchten über bevorstehende neue Unruhen, und du weißt von nichts. Als Berichterstatter mußt du doch die Hand am Puls der Zeit haben.«

»Da hast du recht«, erwiderte der Freund gelassen. »Bei euch schlägt der Puls der Zeit aber so verworren, daß ich mich hüten werde, heute einen Artikel zu schreiben, der schon morgen überholt sein kann und mich dann unsterblich blamiert.«

Vera McLean warf ihm einen bewundernden Blick zu und sagte, an Kon-kim gewandt: »Ich kann Dav verstehen. Es ist hier wirklich äußerst schwierig, hinter die Kulissen zu schauen. Nehmen Sie nur die Kaufmannschaft: im Juni griff sie angeblich zu den Waffen, weil sie die Plündereien der Yunnan-Soldaten leid war; jetzt gibt sie an, die Bürger vor der zu kommunistisch gewordenen Kuomintang schützen zu müssen.«

»Stimmt das etwa nicht?« fragte Kon-kim gereizt.

Sie zuckte die Achseln. »Ich gewinne immer mehr den Eindruck, daß es den Kaufleuten nur darum geht, ihr eigenes Süppchen zu kochen.«

»Da täuschen Sie sich aber gewaltig!« erwiderte Kon-kim erregt. »Die Kaufmannschaft wünscht Ruhe und Ordnung und lehnt sich dagegen auf, daß unsere von russischen Agenten beratenen Studenten den Fremdenhaß predigen und die Arbeiter aufhetzen. Als Engländerin sollten Sie froh sein, daß es hier trotz Borodin und Konsorten noch Gruppen gibt, die bereit sind, für Demokratie und Freiheit zu kämpfen.«

»Das bin ich auch«, entgegnete Vera McLean. »Aber war Doktor Sun Yat-sen, der Führer der Kuomintang, nicht der erste, der Demokratie und Freiheit auf seine Fahne schrieb? Wieso schimpft man ihn plötzlich einen Kommunisten?«

»Kein vernünftiger Mensch tut das«, antwortete Kon-kim. »Die Sorge der Bürger ist eine ganz andere. Die westliche Welt, die uns jede Unterstützung versagte, zwang Sun Yat-sen, sich hilfesuchend an Rußland zu wenden, das ihm natürlich sofort alles mögliche versprach, nun aber Kommissare à la Borodin schickt, die dafür sorgen, daß die Kuomintang unterlaufen wird. Das ist die Gefahr, die die Kaufmannschaft gebannt sehen möchte.«

Als er dies sagte, nahmen einige Offiziere und Zivilisten am Nebentisch Platz.

»Wenn man vom Teufel spricht, ist er nicht weit«, flüsterte David Hamilton an Kon-kim gewandt.

Der schaute unauffällig zur Seite und erkannte den Russen Borodin.

Vera McLean beugte sich über den Tisch und sagte gedämpft: »Seine Begleiter sind Doktor Sun Yat-sen, dessen Sohn und General Tschiang Kai-schek.«

Das Aussehen Sun Yat-sens, von dem es hieß, daß er an einer tödlichen Krankheit leide, verblüffte Kon-kim. Seine Augen strahlten, und seine Wangen waren gerötet wie die eines gesunden Menschen. Er machte überhaupt einen kraftvollen Eindruck. Sein offener Blick ließ erkennen, daß er frei von falschem Ehrgeiz war. Man konnte sich gut vorstellen, daß er viele Freunde hatte.

Aber auch Michael Borodin hatte ein durchaus angenehmes Äußeres. Sein Fanatismus war ihm jedoch ebenso anzusehen wie die zweifellos hinter ihm liegenden schweren Jahre.

Die interessanteste Erscheinung war Tschiang Kai-schek, der nicht eigentlich chinesisch aussah und ebensogut ein bleichgesichtiger Europäer hätte sein können. Er war hager, und seine nüchtern blickenden schwarzen Augen zeigten deutlich, daß er ein Realist war, der die Dinge klar erkannte.

Er trägt das Rüstzeug für einen Staatsmann in sich, dachte Kon-kim, den das energische Aussehen des Generals an die Worte Clémenceaus erinnerte, der einmal erklärt hatte: ›Jeder Narr kann sagen, wie eine politische Frage zu lösen wäre. Doch wieviel Menschen bringen es fertig, ihre eigenen Vorschläge auszuführen?‹

Tschiang Kai-schek scheint zu den wenigen Männern zu gehören, die das können, dachte Kon-kim. Ob er aber mit China, diesem

Teufel im wilden Meer, fertig werden kann, das ist eine andere Frage. Hier muß man nicht nur seine Feinde fürchten, sondern auch Angst vor seinen Freunden und Anhängern haben.

»Gehen wir«, sagte er, als er vernahm, daß am Nebentisch über Streitigkeiten innerhalb der Kuomintang gesprochen wurde. Er schämte sich der Uneinigkeit seiner Landsleute und wollte verhindern, daß Vera McLean und David Hamilton das Gespräch belauschen konnten.

Eine Woche später kam es in Kanton zu erneuten Straßenkämpfen, dieses Mal zwischen den in der ›Bürgerpartei‹ zusammengefaßten Kaufleuten und den zum Streik aufgewiegelten Arbeitern, die auf Ausweisung aller Fremden bestanden. Die Regierung war machtlos und wußte nichts Besseres zu tun, als zu erklären, daß sie sich für Ruhe und Ordnung nicht mehr verantwortlich fühle. Tagelang wurde allenthalben geschossen.

Einer aber war der Nutznießer der sinnlosen Kämpfe, die viele Gegner des russischen Einflusses veranlaßten, aus der Kuomintang auszutreten: Michael Borodin. Die Spaltung der Partei war vollzogen und fand ihren sichtbaren Ausdruck im Austritt des Sohnes Dr. Sun Yat-sens, der sich ostentativ nach Hongkong absetzte.

Kon-kim war verzweifelt, als er sich zum erstenmal wieder mit David Hamilton traf. »Ich weiß nicht, wohin das noch führen soll«, sagte er deprimiert.

»Denk nicht darüber nach«, empfahl ihm der Amerikaner. »Es kommt doch nichts dabei heraus. Ich persönlich ziehe die Konsequenzen und verlasse dieses ungastliche Land. Und zwar so schnell wie möglich.«

Hamiltons Worte waren nicht dazu angetan, Kon-kim in eine bessere Stimmung zu versetzen, und oftmals in den nächsten Wochen und Monaten, in denen niemand wußte, was der nächste Tag bringen würde, dachte er an seinen *Bruder durch Zuneigung*, der China tatsächlich Hals über Kopf verlassen hatte, um eine neue Aufgabe in Japan zu übernehmen, wie er sagte.

Die Abreise war so plötzlich vor sich gegangen, daß sie sich nur noch eine Viertelstunde sprechen konnten. Der Freund, der eigenartigerweise von Vera McLean bis Hongkong begleitet wurde, tröstete Kon-kim bei der Verabschiedung mit der Bemerkung, daß er fest damit rechne, schon in kurzer Zeit nach Kanton zurückzukehren. »Und sollte das nicht der Fall sein«, hatte er blinzelnd hinzugefügt, »dann sehen wir uns eben in Japan, Malaya oder sonstwo wieder.«

»Wie kommst du darauf?« hatte Kon-kim verwundert gefragt.

David Hamilton hatte die Achseln gezuckt. »Ich habe einfach das Gefühl, daß auch du das chinesische Durcheinander über kurz oder lang leid sein wirst und dann abhaust. Die Mittel dazu hast du ja, und mit Geld in der Tasche läßt es sich überall leben.«

An diese Worte mußte Kon-kim in den darauffolgenden Wochen häufig denken. Wenn er in den Zeitungen von den aussichtslosen Bemühungen Dr. Sun Yat-sens las, dem es nicht gelang, eine weitere Spaltung der Kuomintang zu verhindern, war er manchmal nahe daran, der Mutter und dem Onkel vorzuschlagen, in ein anderes Land auszuwandern. Dieser Wunsch verstärkte sich mehr und mehr. Dennoch sprach er mit niemandem über seinen geheimen Plan, weil er im stillen hoffte, daß Tschiang Kai-schek eines Tages eingreifen und dem grausamen politischen Spiel ein Ende bereiten würde. Von diesem Tag an wollte er, Lee Kon-kim, nicht mehr abseits stehen, sondern helfen, das Land von Mord und Totschlag zu befreien.

Monate gingen ereignislos dahin bis im März 1925 die Nachricht vom Tod Dr. Sun Yat-sens das Land erschütterte. Doch noch während das Volk um ihn trauerte, rauften sich die Mitglieder der Kuomintang um die Führerschaft und gründete Michael Borodin die ›Partei der Nationalisten‹.

»Das ist das Ende«, sagte Kon-kim, der nun keine Möglichkeit mehr sah, den immer stärker werdenden Fremdenhaß einzudämmen.

Sein Onkel war anderer Meinung. Er nahm an, daß sich Tschiang Kai-schek mit dem Russen einigen würde, und er traute deshalb seinen Augen nicht, als er vier Tage später in der Morgenzeitung las, daß der junge General über Nacht alle Kommunisten, einschließlich Borodin, habe verhaften lassen.

»Nun gebe ich dir recht«, sagte er rot vor Empörung. »Das ist wirklich das Ende.«

Kon-kim hingegen frohlockte. »Ich weiß nicht, was du willst. Das ist doch die Rettung aus höchster Not!«

»Hast du den Verstand verloren?« ereiferte sich der Onkel.

Kon-kim griff nach der Zeitung. »Hier steht es schwarz auf weiß: ›Borodin und Konsorten wurden auf russische Schiffe abgeschoben, noch bevor radikale Kräfte mobilisiert werden konnten. Tschiang Kai-schek hat zugeschlagen und wird...‹«

»...kläglichen Schiffbruch erleiden!« fiel Onkel Hu mit hoher Stimme ein. »Seine Handlung stellt die Ausschaltung demokratischer Spielregeln dar und beweist eindeutig, daß er nicht verhandeln, sondern regieren will. Hier kommt eine diktatorische Veranlagung zum Vorschein, die uns in einen entsetzlichen Bürgerkrieg stürzen wird.«

»Wie kannst du so etwas nur sagen«, entgegnete Kon-kim ungehalten. »Er hat diejenigen hinausgeworfen, die das Volk aufhetzen, und er wird nun eine Armee schaffen, die das Schwert in die Hand nimmt und uns vom Joch der Tyrannei befreit. Und ich fahre noch heute nach Whampoa, um mich der Truppe Tschiang Kai-scheks zur Verfügung zu stellen!«

Der Onkel glaubte nicht richtig zu hören, und die Mutter, die bis zu diesem Zeitpunkt geschwiegen hatte, richtete sich hoch auf. »Ist das dein Ernst?«

»Ja! Und ich flehe dich an, jetzt nicht auf mich einzureden. Es wäre zwecklos.«

»Du scheinst vergessen zu haben, daß man aus gutem Eisen keine Nägel und aus wertvollen Menschen keine Soldaten macht!«

»Ein Standpunkt, der China an den Rand des Abgrunds gebracht hat«, entgegnete Kon-kim. »Wir sind doch nur soweit gekommen, weil wir jeden Soldaten verachtet und die Bildung eines schlagkräftigen Heeres verhindert haben.«

»Daran mag etwas Wahres sein«, sagte die Mutter im Bestreben, dem Gespräch die ungewohnte Härte zu nehmen. »Aber weißt du auch, wie die Herren Offiziere reagieren werden, wenn sie erfahren, daß ein Mitglied der vermögenden Familie Lee in ihre Reihen eintreten will?«

»Natürlich. Sie werden versuchen, mich gründlich zu schröpfen.«

»Eben. Ein Lee, so wird man sich höheren Ortes sagen, kann leere Kassen füllen.«

»Sei unbesorgt. Ich werde ihnen nichts geben, weil ich weiß, daß der größte Teil einer Stiftung in Privattaschen hängenbleiben würde.«

Der Onkel schlug die Hände zusammen. »Und mit derart korrupten Menschen willst du zusammen leben?«

»Wenn du mir unvermögende Chinesen zeigen kannst, die nicht korrumpiert sind, bleibe ich hier«, antwortete Kon-kim gelassen.

»Zurück zum Thema«, sagte die Mutter Lee Wei. »Du glaubst also, daß man dich nicht ›schröpfen‹ wird, wie du es nanntest?«

Kon-kim lachte. »Dazu besteht überhaupt keine Möglichkeit mehr! Ich habe unser Konto in Kweiyang aufgelöst und kann nachweisen, daß ich für drei Jahre Steuern im voraus zahlte und unsere Bauern für diese Zeit von jeglicher Abgabe befreite. Ihr braucht mich gar nicht so entsetzt anzusehen«, fuhr er unbeirrt fort. »Ich habe im Sinne unseres Wahlspruchs gehandelt, und wer feststellt, welche Summen ich zahlte, kann nicht auf die Idee kommen, daß noch mehr vorhanden gewesen sein könnte.«

»Und was war noch vorhanden?« rief der Onkel.

»Genug, um hundert Jahre sorglos leben zu können. Und damit ihr auch das gleich wißt: unser gesamtes Vermögen befindet sich im Ausland. Ein Drittel in Hongkong, zwei Drittel in Singapore.«

Der Onkel ließ sich in einen Sessel fallen. »Offensichtlich kann man bei dir noch etwas lernen. Zumindest in dieser Hinsicht«, schränkte er hastig ein. »Wir müssen uns später nochmals darüber unterhalten. Aber was das Militär anbelangt: du kannst unmöglich als einfacher Soldat umherlaufen.«

Kon-kim klopfte dem Onkel auf die Schulter. »Reg dich nicht auf. Ich werde in kurzer Zeit Offizier. Der Weg zum General ist in unserem Land weder steil noch weit.«

»Das ist richtig«, sagte die Mutter nachdenklich. »Aber bis ein General berühmt wird, dürften über zehntausend Menschenknochen getrocknet sein!«

Kon-kim hob die Arme, doch noch bevor er etwas erwidern konnte, fragte ihn Li-tai: »Wie lange bleibst du in Whampoa?«

Alle sahen sie verwundert an. Li-tai stellte eine Frage?

»Zunächst werde ich nur hinfahren, um mich zu erkundigen, ob man mich haben will«, antwortete Kon-kim.

»Würdest du mich mitnehmen?«

»Nur zu gerne! Dann brauche ich wenigstens nicht allein zu fahren. Lauf und mach dich fertig; von mir aus kann es gleich losgehen.«

Sie erhob sich und verließ das Zimmer.

Mutter Lee Wei standen die Tränen in den Augen. »Wer hätte das gedacht«, stammelte sie.

Kon-kim beugte sich über sie. »Nimm es als gutes Omen und vergiß unsere Meinungsverschiedenheit.«

Die Fahrt nach Whampoa, das in früheren Zeiten der eigentliche Hafen Kantons gewesen war, versetzte Kon-kim in eine frohe Stimmung. Die Straße führte am flachen Ufer des Perl-Flusses entlang, und er war überglücklich, seine Schwester bei sich zu haben und ihr dieses und jenes zeigen zu können.

Hin und wieder begegneten sie einigen nach Hongkong fahrenden braunen Dschunken, deren zerfetzte Segel die chinesische Tragödie zu symbolisieren schienen. Wo jetzt zwei, drei Dschunken segelten, wimmelte es einst von Schiffen aller Art, die, mit Tee, Reis, duftenden Hölzern, Lackwaren, Seiden und Porzellan beladen, in die große Welt hinausfuhren. Doch davon erzählte Kon-kim seiner Schwester nichts. Er wies vielmehr auf keckernd aufsteigende Enten oder auf Büffel, die von nackten Jungen durch den Uferschlamm in das Wasser getrieben wurden.

Aber sosehr er sich auch um Li-tai bemühte, es gelang ihm nicht, sie zu irgendeiner Äußerung zu bewegen. Sie saß nur da und schaute. Erst als Whampoa erreicht war und Kon-kim in das Areal der Militärakademie einfuhr, deren Baulichkeiten einen heruntergekommenen Eindruck machten, fragte sie enttäuscht: »Und hier lebt Tschiang Kai-schek?«

»Hier werden seine Offiziere ausgebildet«, antwortete er ausweichend. »Der Anblick eines Kasernenhofes ist in der ganzen Welt unerfreulich.«

Es dauerte nicht lange, bis er das ihm vom Torposten bezeichnete Gebäude erreichte, vor dem eine Anzahl junger Soldaten standen, die neugierig den englischen Sportwagen musterten.

»Warte hier«, sagte er seiner Schwester, als er angehalten hatte und das Verdeck hochschlug, um sie vor der Sonne zu schützen. »Ich hoffe, daß es nicht allzulange dauert.«

Li-tai nickte, und er ging in das schmucklos und verwittert aussehende Gebäude, neben dessen Eingang fünf mit Wasser gefüllte Eimer unter einer Feuerglocke standen. Auch das Treppenhaus sah wenig einladend aus. Die Stufen waren ausgetreten, die Wände zerkratzt und abgestoßen.

Im oberen Stockwerk brüllte eine Stimme, und gleich darauf polterten etliche Soldaten die Treppe hinunter. Ihnen folgte ein grimmig aussehender Unteroffizier. »Was wollen Sie hier?« fuhr er Kon-kim an, mit dem er beinahe zusammenprallte.

»Mir die Zähne plombieren lassen«, antwortete Kon-kim scherzend. »Ich wäre Ihnen aber sehr dankbar, wenn Sie mir sagen würden, wo sich das Musterungsbüro befindet.«

Der Unteroffizier stemmte die Hände in die Hüften. »Welch lieblicher Ton. Darf ich mich untertänigst erkundigen, ob Sie beabsichtigen, zu uns zu kommen?«

»Ja.«

»Wie schön«, erwiderte der Unteroffizier und hob seine zur Faust geballte Hand. »Mit der werden zwar keine Zähne plombiert, aber Milchvisagen auf Hochglanz gebracht. Ich hoffe, Sie in meiner Gruppe wiederzusehen, und wenn Sie jetzt noch Lust haben, Mitglied unseres Vereins zu werden, dann melden Sie sich im rechten Gang, dritte Tür links.«

Mein blöder Scherz dürfte mich etliche Schweißtropfen kosten, dachte Kon-kim, als er auf die bezeichnete Tür zuging. Aber so ist es im Leben: man kann nie vorsichtig genug sein.

Im Musterungsbüro mußte er über eine halbe Stunde warten, bis ihn ein Major empfing, der ihn aufforderte, ihm zunächst zu sagen, warum er in die Armee Tschiang Kai-scheks einzutreten wünsche.

Kon-kim tat das in sachlicher Form. Als er endete, fragte ihn der Offizier, ob er mit der bekannten Kweitschouer Familie Lee verwandt sei.

»Ja«, erwiderte er. »Seit dem Tode meines Vaters bin ich deren Oberhaupt.«

Der Major streckte ihm spontan die Hand entgegen. »Welch merkwürdige Fügung des Schicksals. Mein ehrenwerter Vater war ein Vetter meiner ehrenwerten fünften Tante Lu, deren ehrenwerte dritte Kusine den ehrenwerten vierten Onkel Ihrer ehrenwerten Mutter heiratete.«

Kon-kim, der die Sucht der Chinesen kannte, Verwandtschaftsverhältnisse über Vettern, Tanten und Kusinen bis zu sechs und sieben Nebenlinien aufzuspüren, stellte sich begeistert. »Das ist aber eine Überraschung«, sagte er erfreut.

»Nicht wahr!« erwiderte der Major. »Nie im Leben hätte ich es mir träumen lassen, daß das Oberhaupt der vermögenden Familie

Lee einmal zu mir kommen und erklären würde, in die Armee einzutreten zu wollen. Aber das beweist, daß die nationale Erhebung im Gange ist. Ich werde es gleich Oberst Tushi berichten, den das sehr interessieren wird.«

Dieser Hinweis gefiel Kon-kim nicht besonders, da er vermutete, daß man ihn nun bald wegen einer Geldspende angehen würde. Dennoch war er im Augenblick ganz froh, in Major Tscha einen ›Verwandten‹ gefunden zu haben, und als er sich später von ihm verabschiedete, durfte er sich als nachträgliches Mitglied eines vor kurzem begonnenen Offizier-Lehrgangs betrachten, in dem sich nur Studenten und Absolventen höherer Schulen befanden. Er verließ daher das Gebäude in gehobener Stimmung, eilte gleich darauf aber voller Entsetzen auf seinen Wagen zu, der von etlichen Soldaten umringt war, die sich offensichtlich mehr für seine Schwester als für das Fahrzeug interessierten.

Wie konnte ich Li-tai nur auf einem Kasernenhof warten lassen, haderte er mit sich. In seiner Erregung stieß er zwei Soldaten zur Seite.

»He, he!« empörten die sich.

Kon-kim wollte sich schon entschuldigen, sah dann aber, daß sich der Unteroffizier, mit dem er im Treppenhaus zusammengestoßen war, zutraulich über Li-tai neigte und ihr gerade etwas ins Ohr flüsterte.

»Belästigen Sie meine Schwester nicht!« schrie er ihn an.

Der Unteroffizier fuhr hoch, lachte jedoch schallend, als er Kon-kim entdeckte. »Habt ihr das gehört?« wandte er sich an die Rekruten. »Ich soll seine Schwester nicht belästigen!«

Die Soldaten grölten vor Vergnügen.

Li-tai starrte mit geweiteten Augen von einem zum anderen.

Kon-kim öffnete die Wagentür. »Ich werde mich Ihnen später erklären.«

»Beim Zähneplombieren oder Visagepolieren?«

»Das überlasse ich Ihnen«, erwiderte Kon-kim. »Im Moment kann ich Sie nur darum bitten, uns in Ruhe zu lassen.«

»Ich will dir mal was sagen«, brauste der Unteroffizier auf. »Wenn mir deine entzückende Schwester gefällt, dann geht das nur sie und mich etwas an. Habe ich recht?« Er wandte sich an Li-tai und täschelte ihre Wange.

Sie wußte nicht, wohin sie schauen sollte.

Kon-kim wurde bleich. »Ich fordere Sie zum letztenmal auf, meine Schwester in Ruhe zu lassen!«

Der Unteroffizier ergriff Li-tais Hand. »Benimmt er sich immer so idiotisch?«

Kon-kim verlor die Geduld. Noch bevor es die Soldaten verhindern konnten, hatte er ihren Vorgesetzten zurückgerissen. »Kommen Sie«, sagte er. »Ich will Ihnen erklären, warum ich...«

Weiter kam er nicht, da der Unteroffizier zum Schlag ausholte.

Kon-kim reagierte blitzschnell. Er duckte sich, so daß die Faust des Gegners über ihn hinwegsauste; gleichzeitig vollführte er eine rasche Bewegung mit dem Bein, die den Chargierten taumeln und zu Boden schlagen ließ. »Ich denke, das genügt«, sagte er und stellte sich mit dem Rücken zum Wagen.

»Schlagt ihn nieder!« brüllte der Unteroffizier.

Kon-kim blickte in die Runde. »In drei Tagen trage ich eure Uniform, und ich hoffe, daß wir dann gute Kameraden werden. Unduldsam bin ich nur, wenn man ein Mitglied meiner Familie belästigt.«

Der Unteroffizier warf ihm einen giftigen Blick zu.

»Auf ein besseres Wiedersehen«, wünschte Kon-kim, stieg in den Wagen und fuhr davon.

Li-tai, die auch auf der Rückfahrt kein Wort sprach und kaum zu bewegen war, sich die Landschaft anzusehen, suchte daheim sofort ihr Zimmer auf, das sie in den nächsten beiden Tagen nicht wieder verließ. Erst als Kon-kim sie am dritten Morgen aufsuchte, um sich von ihr zu verabschieden, änderte sie ihr Verhalten und fragte ihn, wie lange er in der Kaserne bleiben müsse.

»Mindestens ein Jahr«, antwortete er. »Aber dann werde ich schon Offizier sein.«

»Und während der ganzen Zeit darfst du uns nicht besuchen?«

»Selbstverständlich«, erwiderte er. »Nur in den ersten sechs Wochen habe ich Ausgangsverbot. Aber sechs Wochen sind schnell vorüber. Und dann machen wir wieder eine schöne Fahrt.«

Sie nickte und fragte ganz unvermittelt. »Denkst du eigentlich noch an Süa-tü?«

Er betrachtete sie verwundert. »Das klingt ja geradeso, als glaubtest du, daß ich sie vergessen habe.«

Sie schaute zur Seite.

»Hör mal zu«, sagte er eindringlich. »Ich werde Süa-tü immer lieben, auch wenn ich nicht über sie spreche. Und du weißt, warum ich zum Militär gehe. In erster Linie in der Hoffnung, sie eines Tages befreien zu können.«

»Bist du mir jetzt böse?« frage Li-tai ängstlich.

Er schüttelte den Kopf. »Im Gegenteil. Ich bin froh, daß wir über Süa-tü gesprochen haben.«

Kon-kim war wirklich erleichtert über das Gespräch. Li-tais Fragen ließen hoffen, daß sie das unerfreuliche Erlebnis mit dem Unteroffizier vergessen habe. Er wünschte sich insgeheim, nicht in dessen Abteilung zu kommen.

Seine Hoffnung ging nicht in Erfüllung. Unteroffizier Tsai Fu wurde Kon-kims Ausbilder, und er hatte den Torposten bereits angewiesen, den neuen Rekruten, der mit einem roten Sportwagen erscheine, nicht in den Kasernenhof fahren zu lassen.

Kon-kim wiederum war so klug gewesen, seinen *Amilcar* in einem Lagerhaus abzustellen und zu Fuß zur Militärakademie zu gehen.

Sehr zum Kummer Tsai Fus, der sich schon darauf gefreut hatte, den ›Neuen‹ gleich beim Eintreffen vor aller Augen gründlich zurechtstauchen zu können. Sein Ärger über die entgangene Gelegenheit war so groß, daß er sich kaum noch zu beherrschen wußte, als Kon-kim ihn auf seiner Stube aufsuchte, um sich weisungsgemäß bei ihm zu melden. »Nehmen Sie Haltung an!« brüllte er mit puterrotem Gesicht.

Kon-kim straffte sich.

Tsai Fu trat ihm gegen die Schuhe. »Haltung, habe ich gesagt! Die Hacken zusammen und die Fußspitzen nach außen gekehrt!«

Kon-kim tat, wie ihm befohlen.

»Haltung!« brüllte der Unteroffizier erneut. »Schmeißen Sie gefälligst Ihr Gepäck fort und legen Sie die Hände an die Hosennaht.«

Kon-kim erfüllte auch diesen Befehl.

»Na also!« schnaubte Tsai Fu. »Und damit Sie es gleich richtig lernen, bleiben Sie fürs erste zehn Minuten so stehen. Aber wehe, Sie rühren sich!«

Kon-kim glich einer Statue. Die Augen auf das Fensterkreuz gerichtet, schaute er mit ausdrucksloser Miene vor sich hin.

Der Unteroffizier zündete sich eine Zigarette an, ging einige Male um ihn herum und blies ihm schließlich den Qualm unter die Nase.

Kon-kim unterdrückte einen aufsteigenden Hustenreiz.

Das Gesicht Tsai Fus verzerrte sich. »Sie halten sich wohl für sehr stark, wie?«

Kon-kim blickte regungslos auf das Fensterkreuz.

»Antworten Sie!« schrie der Ausbilder.

»Ja!«

»Das werden wir sehen«, fauchte Tsai Fu. »Eine Stunde lang bleiben Sie hier stehen, Sie dreckiger Sohn einer Schlange und Kröte!«

Jetzt nur nicht die Nerven verlieren, dachte Kon-kim.

Über eine Stunde ließ ihn Tsai Fu in strammer Haltung mitten in der Stube stehen. Währenddessen räkelte er sich auf seiner Pritsche.

Das Licht des Tages verblaßte bereits, als die Tür plötzlich geöffnet wurde und Tsai Fu wie von einer Tarantel gestochen von seinem Lager aufsprang, militärische Haltung annahm und Major Tscha anstarrte.

Der Offizier blickte verwundert auf Kon-kim, der ihm den Rükken zukehrte und bewegungslos stehenblieb. »Was ist hier los?« fragte er ungehalten.

»Rühren!« zischte der Unteroffizier an Kon-kim gewandt.

»Was wird hier gespielt?« fuhr der Major den Ausbilder an.

Noch bevor dieser antworten konnte, sagte Kon-kim: »Unteroffizier Tsai Fu wollte mir nicht glauben, daß ich länger als eine Stunde stillstehen kann, ohne schwindelig zu werden. Da habe ich es ihm bewiesen. Die Stunde ist bereits vorüber.«

Major Tschas Gesicht erhellte sich. »Über eine Stunde haben Sie...?«

Kon-kim nickte. »Es ist schwerer, als ich dachte, und meine Glieder sind jetzt wie Blei.«

Der Major lachte. »Das glaube ich Ihnen gerne.«

Kon-kim deutete eine Verneigung an. »Ich benutze die Gelegenheit, Ihnen im Auftrag meiner ehrenwerten Mutter die herzlichsten Grüße zu übermitteln.«

Major Tscha legte die Hände zusammen. »Ihre ehrenwerte Mutter beschämt mich.«

»Keineswegs«, erwiderte Kon-kim. »Meine ehrenwerte Mutter war beglückt, als ich von Ihnen erzählte.«

Major Tscha blähte sich wie ein Pfau, und der Unteroffizier folgte in strammer Haltung dem Familiengespräch, das sich minutenlang hinzog und schließlich mit der beiderseitigen Versicherung ehrerbietigster Zuneigung endete.

Das stupide Leben in der Kaserne setzte Kon-kim mächtig zu, wenngleich die ihn umgebenden Kameraden durchweg aufrechte Burschen waren. Die meisten suchten sogar seine Freundschaft und gaben ihm dafür, daß er sich unerschrocken auf den allgemein gefürchteten Unteroffizier gestürzt hatte, den ehrenvollen Spitznamen ›Puma‹.

Doch so erfreulich der gute Kontakt mit den Rekruten war, das geistige Rüstzeug der durchweg zwanzigjährigen Offiziersanwärter war geradezu erbärmlich. Wahrscheinlich lag es an der Führung der Truppe, die selbst noch nicht recht wußte, welchen Kurs sie steuern sollte: den russischen oder nichtrussischen. Einig war man sich nur darin, daß eine harte militärische Schulung nicht nur den Körper, sondern auch den Geist stähle.

Diese Auffassung wurde besonders von den deutschen Ausbildern vertreten, die sich im Auftrage Tschiang Kai-scheks redlich bemühten, den preußischen Drill in die chinesische ›Befreiungsarmee‹ zu tragen.

An den Normaldienst schloß sich das Strafexerzieren derjenigen an, die aus irgendwelchen Gründen ›fertiggemacht‹ werden sollten. Daß sich Kon-kim täglich unter ihnen befand, war ein Herzensanliegen Tsai Fus. Dieser machte allerdings nicht mehr den Fehler, seinen Groll erkennen zu lassen, sondern gefiel sich darin, bei jeder Gelegenheit zu beteuern, wie sehr er es bedaure, daß der Rekrut Lee Kon-kim nie bei der Sache sei und unentwegt Fehler mache, die er beim besten Willen nicht durchgehen lassen könne.

Die Kameraden bewunderten den Gleichmut, mit dem Kon-kim die Schikanen ertrug, und mancher von ihnen empfahl ihm, Tsai Fu des Abends heimlich aufzulauern und zusammenzuschlagen.

Kon-kim dachte nicht daran, sich zu einer unüberlegten Handlung hinreißen zu lassen. Er wußte, daß andere Tage kommen würden. Warum sollte er sich das Leben noch schwerer machen, als es ohnehin für ihn schon geworden war?

»Von heute auf morgen kann man nichts erringen«, sagte er seinen Kameraden, die ihn immer wieder bedrängten, sich die ungerechte und unwürdige Behandlung nicht länger gefallen zu lassen.

»Dann geh wenigstens hin und reich Beschwerde ein«, forderten sie ihn auf.

»Nein«, erwiderte er bestimmt. »Den Triumph, mich ›fertiggemacht‹ zu haben, schenke ich Tsai Fu nicht. Die Erfahrung lehrt, daß nicht Sparta, sondern Athen Geschichte gemacht hat.«

Kon-kim fiel es schwer, so zu sprechen. Das gerade in diesen Tagen immer lauter werdende Gerücht von der Rückkehr Borodins beunruhigte ihn. Es hieß, Tschiang Kai-schek habe erklärt, daß Rußland der einzige und wahre Freund Chinas sei.

Kon-kim würde dem Gerücht keinen Glauben geschenkt haben, wenn nicht in ebendieser Zeit ein junger Hauptmann vor den Offiziersanwärtern einen Vortrag gehalten hätte, aus dem hervorging, daß ein unter gewissen Umständen denkbares Einschwenken Tschiang Kai-scheks auf den russischen Kurs nichts anderes als einen Schachzug darstelle. »Was immer auch geschieht«, erklärte der Offizier, »das Ziel des Generals bleibt die Vertreibung der Russen und ihrer Helfershelfer. Und wenn es soweit ist, werden wir auch gleich alle kommunistisch gesinnten Chinesen ausrotten. Nicht einer soll lebend davonkommen!«

Das heißt Bürgerkrieg, dachte Kon-kim. Der Onkel schien recht zu behalten. Wer mit dem Gedanken spielt, auf eigene Landsleute zu schießen, ist ein Diktator und kein Demokrat.

Kon-kim fieberte der Stunde entgegen, in der er sich mit seinem Onkel besprechen konnte. Bis dahin vergingen jedoch noch drei schwere Wochen. Immer wieder jagte der Unteroffizier ihn von einem Ende des Kasernenhofes zum anderen. Kon-kim aber flehte nicht um Gnade, sondern holte das Letzte aus sich heraus, um nicht vor aller Augen zusammenzubrechen.

Manchmal war er allerdings so geschwächt, daß er die Gebäude wanken sah und die Kameraden nicht mehr erkannte, an denen er vorüberhastete. Ihm war dann zumute, als würde er den Tag nicht lebend überstehen. In das rasende Klopfen seines überbeanspruchten Herzens mischten sich wirre Bilder und Halluzinationen.

So bildete er sich einmal ein, seine Schwester Li-tai hinter einer Hecke am Rand des Exerzierplatzes gesehen zu haben. Er wußte, daß sie es nicht gewesen sein konnte, brachte es aber nicht fertig, sich von der Vorstellung zu befreien, sie habe ihn heimlich beobachtet.

In jener Stunde war er nahe daran, zu kapitulieren. Er würde es vielleicht auch getan haben, wenn Tsai Fu nicht unverhofft erklärt hatte: »Schluß für heute. Ich habe keine Lust, mir eines blöden Rekruten wegen das ganze Wochenende zu verderben.«

Kon-kim atmete erleichtert auf. Doch ein anderes Problem kam auf ihn zu. Seine Kameraden entwickelten einen merkwürdigen Ehrgeiz, als sie erfuhren, daß sich der Unteroffizier Tsai Fu eine Grille gekauft hatte, von der er behauptete, daß sie im Kampf unschlagbar sei.

»Los, Puma, nütz die Gelegenheit!« beschworen sie ihn. »Du hast Geld: kauf die stärkste Grille, die aufzutreiben ist, und biete ein oder zwei Tael* als Preis für den Besitzer der Grille, die die deine schlägt. Die hohe Gewinnchance verleitet Tsai Fu bestimmt, sich auf den Kampf einzulassen. Und da er die gleiche Summe einsetzen muß, wird er am Schluß einen Betrag zahlen müssen, den er nicht aufbringen kann. Dann hat er seine Ehre und seinen Posten als Unteroffizier verloren.«

Kon-kim fand keinen Gefallen an dem Vorschlag. Er wünschte weder Rache zu nehmen, noch hatte er ein Interesse daran, Tsai Fu mit zweifelhaften Mitteln zu bekämpfen. Doch alles Sträuben half nichts: Kon-kim wurde förmlich gezwungen, den Grillenkampf zu übernehmen, und wenige Tage später erstanden seine Kameraden bei einem als zuverlässig bekannten Händler eine Pekinger Grille, die schon etliche Kämpfe zu ihren Gunsten entschieden hatte.

Unteroffizier Tsai Fu nahm die Herausforderung an, und bald darauf wurden die ersten Wetten abgeschlossen. Die asiatische Spielleidenschaft brach durch; die Offiziere und Mannschaften der Kriegsakademie wären keine echten Chinesen gewesen, wenn sie von Stund an noch ein anderes Thema als den bevorstehenden Kampf gekannt hätten. Wie eine ansteckende Krankheit grassierte das Wettfieber. Wer über keine Barmittel verfügte, suchte nach entbehrlichen Kleidungsstücken, die er in die Waagschale des Glücks werfen konnte.

Kon-kim, der den Grillenkampf nicht sonderlich schätzte und in dem Tier nichts anderes als eine lebende Roulettkugel erblickte, die über Gewinn und Verlust entscheidet, amüsierte das geschäftige Treiben seiner Kameraden, die nun Tag und Nacht dafür sorgten,

* Das Tael ist keine Münze, sondern ein Klumpen Silber in Form eines Schuhes, das die Schwierigkeit der Mitnahme größerer Geldbeträge verringerte.

daß die in einem irdenen Topf aufbewahrte Grille nicht ›verbrannte‹, das heißt, die Luft den erforderlichen Feuchtigkeitsgrad nicht unterschritt. Alles drehte sich nur noch um die Grille, und tagelang war es dem Unteroffizier verwehrt, die Stube zu betreten, in der sie aufbewahrt wurde.

Dann kam der mit Spannung erwartete Abend, an dem an die hundert mit Zulassungskarten versehene Offiziere und Soldaten einen Tisch umlagerten, in dessen Mitte ein glattwandiges Tonbekken eingelassen war, das als ›Arena‹ diente.

Kon-kim und Tsai Fu hatten einem Feldwebel, dem die Leitung des Kampfes anvertraut worden war, ihre Grillen zu übergeben, die dieser nach eingehender Betrachtung behutsam in das Becken setzte. Und zwar so, daß sich die Tiere in einem Abstand von etwa fünf Zentimetern gegenüberstanden.

Die Hälse der Versammelten reckten sich. Alle starrten auf die beiden Tiere, die sich jedoch in keiner Weise kämpferisch zeigten, sondern ihre Köpfe gemächlich nach rechts und links drehten. Völlig harmlos sahen sie aus, und Kon-kim, der die angespannten Gesichter der Zuschauer beobachtete, wunderte sich über die geradezu unheimliche Stille, die über dem Raum lag. Kein Räuspern, kein Atmen – nichts war zu hören. In diese Stille hinein gab der dienstälteste Offizier dem ›Kampfleiter‹ das Zeichen, das Turnier einzuleiten.

Der Feldwebel ergriff einen kleinen Bambusstab, an dessen Spitze feine Haare befestigt waren, mit denen er über die langen Fühler der Grillen strich. Eine Weile reizte er sie auf diese Weise, dann kitzelte er die Springschenkel, die empfindlichste Stelle der Tiere, die dadurch in Kampfstimmung gerieten und aufeinander zurückten, bis sich ihre Kopffühler berührten. In diesem Augenblick fuhr er mit den Haaren schnell über die Hinterteile der Grillen, und im selben Moment drehte sich eine von ihnen um und fing an, hell zu zirpen.

Der erste ›Schlachtruf‹ war gefallen! Die Augen der Zuschauer weiteren sich. Doch kaum hatte die Grille, es war Tsai Fus Kampftier gewesen, ihre Fanfare beendet, da rückte Kon-kims Grille hinter ihr her. Aber nicht schnell genug. Als ihre Fühler Tsai Fus Grille erreichten, flog diese herum und bleckte ihre dunkelroten Schneidezähne. Kon-kims Grille tat das gleiche, und nun standen sie sich in der idealen und gefährlichsten Kampfstellung gegenüber.

Der Feldwebel benutzte die Gelegenheit, beide Tiere nochmals zu reizen. Tsai Fus Grille ging zum Angriff über. Mit einem Satz stürzte sie sich auf ihre Gegnerin, die blitzartig zur Seite wich und dabei versuchte, ihre Scherenzähne in die Angreiferin zu schlagen. Das mißlang ihr jedoch. Sie setzte aber sofort nach, und im nächsten Moment prallten die Tiere zusammen und verbissen sich so sehr, daß sie aneinander zerren mußten, um wieder auseinander zu kommen.

Plötzlich aber zirpte Tsai Fus Grille auf, und unmittelbar danach wurde sie von ihrer Gegnerin mit einer ruckartigen Kopfbewegung zur Seite geschleudert.

Ein Kamerad umklammerte Kon-kims Arme voller Begeisterung. Im nächsten Moment aber sah er, daß das Kampftier des Unteroffiziers in keiner Weise geschwächt war und erneut angriff. Es befand sich nun sogar in einer besseren Position, weil es bis an den Rand des Tonbeckens geflogen war, gegen das es seine Springschenkel stemmen konnte.

Wieder bissen sich beide Grillen fest und schrillten kurze Laute auf, aber dann sah Kon-kim etwas, das ihn augenblicklich zur anderen Seite des Tisches hinüberblicken ließ. Er hatte sich nicht getäuscht. Tsai Fu war blaß geworden und verfolgte mit zusammengepreßten Lippen den Kampf, der praktisch schon entschieden war: die Grille des Unteroffiziers konnte ihre Kiefer nicht mehr schließen.

Die Stille des Raumes brach jäh zusammen. Wie auf Kommando brüllten die Zuschauer: »Sie ist verletzt! Sie kann nicht mehr!«

Währenddessen jagte Kon-kims Grille hinter der Angeschlagenen her, die ihr Heil in der Flucht suchte, bis es ihr schließlich gelang, mit einem mächtigen Satz aus dem Kessel herauszuspringen.

Gerettet aber war sie nicht. In seiner grenzenlosen Wut zerquetschte sie der Unteroffizier unter seinem Daumen.

Major Tscha drängte sich an Kon-kim heran. Seine Stirn war schweißbedeckt.

Kon-kim lächelte. »Mir scheint, Ihnen ist ein Stein vom Herzen gefallen.«

Der Major nickte. »Ich hatte mein ganzes Vermögen eingesetzt. Fünftausend Silberdollar!«

Kon-kim war betroffen. »Hoffentlich kommt Ihr Wettpartner nicht in Verlegenheit.«

Der Major schüttelte den Kopf und flüsterte: »Ihm obliegt die Materialbeschaffung. Da fällt immer was ab.«

Pfui Teufel, dachte Kon-kim und wünschte dem Major alles Gute.

Der Offizier hatte sich kaum entfernt, da wurde Kon-kim von seinen Stubenkameraden umringt. Sie bestürmten ihn, unverzüglich die eingesetzten zwei Taels von Tsai Fu zu fordern.

Kon-kim blickte mit gemischten Gefühlen zum Unteroffizier hinüber, der gerade von einigen Offizieren beschimpft wurde. »Ich werde damit noch etwas warten«, sagte er, da ihm Tsai Fu plötzlich leid tat.

»Bist du wahnsinnig geworden?« tobten seine Kameraden. »Jetzt und auf der Stelle muß er zahlen!«

Tsai Fu näherte sich ihnen mit verkniffenem Gesicht und fragte Kon-kim, wohin er gehe.

»Auf meine Stube«, antwortete er.

»Gut, ich komme in ein paar Minuten und bringe Ihnen den Einsatz.«

Kon-kim war es, als wehe eine frische Brise über ihn hinweg. Ich kann ihn bestimmt nicht ausstehen, dachte er, aber wenn er die Tael abliefert, bleibt uns allen viel erspart. Doch sosehr er sich über die unverhoffte Wendung freute, er stutzte augenblicklich, als Tsai Fu ihm zwei offensichtlich noch nicht im Verkehr gewesene mattglänzende Silberbarren übergab. Beide Taels zeigten links unter dem amtlichen Siegel eine kleine blanke Fläche, die nur dadurch entstanden sein konnte, daß dort etwas fortgeschabt worden war. Und an ebendieser Stelle pflegte die Familie Lee jedes Tael, das in ihren Besitz kam, mit ihrem Zeichen zu versehen.

Das ist ja merkwürdig, dachte Kon-kim. Bei einem Tael ließe es sich noch erklären, aber bei beiden...?

»Ist etwas nicht in Ordnung?« fragte Tsai Fu.

»Nein, nein«, erwiderte Kon-kim. »Ich überlegte nur gerade... Mir ist es peinlich, Ihnen soviel Geld abnehmen zu müssen.«

Der Unteroffizier machte eine wegwerfende Bewegung. »Ich habe eine Braut, der es nichts ausmacht, mir unter die Arme zu greifen.«

»Alle Achtung«, sagte Kon-kim, als Tsai Fu gegangen war. »Und wenn ihm tausend Bräute unter die Arme greifen: er hat eine Haltung gezeigt, die ihm niemand zugetraut hätte.«

Der Unteroffizier bewies auch in der darauffolgenden Woche, daß er ein guter Verlierer war, und zur Überraschung aller, die geglaubt hatten, daß er Kon-kim nun besonders herannehmen würde, teilte er ihn nur noch gelegentlich zum Strafexerzieren ein. In einem Punkt war Tsai Fu allerdings unerbittlich: er verweigerte Kon-kim die ihm nach sechswöchiger Grundausbildung zustehende Ausgangsgenehmigung.

Kon-kim, der bis dahin alles wortlos ertragen hatte, war darüber so empört, daß er kurzentschlossen Major Tscha aufsuchte und ihn um Ausstellung eines Urlaubsscheines über das Wochenende bat.

Der Major zögerte nicht, die erbetene Genehmigung zu geben, und so fuhr Kon-kim an einem Sonnabendnachmittag nach Kanton, ohne sich bei seinem Ausbilder abgemeldet zu haben.

Das Gefühl, wieder einmal tun und lassen zu können, was er wollte, beschwingte ihn. Voller Übermut jagte er in seinem Sportwagen am Ufer des Perl-Flusses entlang.

Am liebsten würde ich Whampoa nie wiedersehen, dachte er. Aber was hilft's: ich habe mich entschlossen, Offizier zu werden, und muß jetzt durchhalten. Süa-tü hat weitaus Schlimmeres zu ertragen. Schon um ihretwillen darf ich nicht kapitulieren.

Mit sich selbst zufrieden, erreichte er das Haus des Onkels, der ihm zu seiner Verwunderung aufgeregt entgegeneilte.

»Nein, so was! Wie ist das nur möglich?« rief er mit sich überschlagender Stimme. »Das arme Kind, das arme Kind!«

Kon-kim begriff augenblicklich, daß mit seiner Schwester etwas nicht in Ordnung war. »Was ist mit Li-tai?« fragte er hastig.

»Ja, weißt du denn nicht, daß sie heute morgen nach Whampoa gefahren ist?«

Kon-kim war verwirrt. »Was will sie dort?«

»Dich besuchen! So hattet es ihr doch ausgemacht.«

Ein Schlag vor den Kopf hätte Kon-kim nicht härter treffen können. »Mir scheint, ich bin heute schwer von Begriff. Wer hat was ausgemacht?«

Der Onkel sah ihn entgeistert an. »Ihr beide, Li-tai und du, seid doch übereingekommen, daß ihr euch am Wochenende immer in Whampoa trefft.«

Kon-kim glaubte nicht richtig zu hören. Narrt mich ein Traum, fragte er sich. Li-tai behauptet, daß wir...? Du lieber Himmel, was mag in sie gefahren sein? Wenn sie jedes Wochenende in Whampoa verbrachte... Ihr Geist muß verwirrt sein.

Wie aus weiter Ferne hörte er den Onkel fragen, ob ihm nicht wohl sei.

»Ich weiß nicht«, erwiderte er ratlos. »Ich mache mir Sorge um Li-tai, die jetzt... Wo ist Mutter?«

»Sie schläft.«

»Hör zu«, sagte Kon-kim und nahm den Onkel zur Seite. »Mutter darf nicht erfahren, daß ich hier war. Ich jage sofort zurück und hole Li-tai. Sollte ich sie nicht sogleich finden, dann kommen wir morgen.«

Der Onkel starrte ihn an. »Wieso besteht die Möglichkeit, daß du Li-tai nicht sofort findest? Du mußt doch wissen, in welchem Hotel sie wohnt.«

»Ja, natürlich«, antwortete Kon-kim nervös. »Es könnte aber sein, daß sie ausgegangen ist. Sie macht gern Spaziergänge.«

Die Wangen des Onkels zitterten. »Ich will dich nicht bedrängen, doch jetzt sprichst du nicht die Wahrheit.«

»Wie kommst du darauf?« erregte sich Kon-kim. »Mir geht es im Moment nur darum, Mutter nicht zu ängstigen, und ich muß dich bitten, dafür zu sorgen, daß sie keinesfalls erfährt, daß ich hier war. Ich flehe dich an: versprich mir das!«

Der Onkel sah ihm in die Augen. »Wenn du einmal sehr bedrückt sein solltest, dann komm zu mir. Der Zuschauer sieht bekanntlich klarer als der Beteiligte. Und denke daran, daß das Leben des Menschen dem des Vogels gleicht: wenn der große Tag kommt, muß jeder alleine fliegen. Wohin, das weiß niemand.«

Kon-kim hätte nicht sagen können, wie er nach Whampoa gelangte. Er fuhr ein wahnsinniges Tempo und dachte unentwegt an seine Schwester, mit der etwas Unbegreifliches geschehen sein mußte.

Wenn ich wenigstens wüßte, was sie nach Whampoa treibt, dachte er voller Verzweiflung, bis ihm jäh das mit seiner Schwester Han geführte Gespräch einfiel. Am Tage ihrer Ermordung hatte sie in mädchenhafter Naivität davon geträumt, den jungen General Tschiang Kai-schek zu heiraten. Gleichzeitig erinnerte er sich daran, daß Li-tai ihn augenblicklich gebeten hatte, sie mitzunehmen, als er der Mutter und dem Onkel erklärte, zur Kriegsakademie nach Whampoa fahren zu wollen.

Kon-kim bildete sich ein, den Angelpunkt in Li-tais gestörtem Wesen gefunden zu haben. Der Gedanke an den einstigen Wunsch ihrer Schwester treibt sie nach Whampoa, sagte er sich, und er wußte plötzlich, daß er sich nicht getäuscht hatte, als er sich einbildete, sie während des Strafexerzierens einmal hinter einer Hecke gesehen zu haben.

Irgendwie erleichterte ihn das Ergebnis seiner Überlegungen, und als er Whampoa erreichte, suchte er sogleich die wenigen Hotels auf, in denen seine Schwester abgestiegen sein konnte. Er brauchte nicht lange umherzulaufen: schon im dritten Gasthof, in dem er vorsprach, war Lee Li-tai bekannt.

»Ich möchte sie sprechen«, sagte Kon-kim.

»Das ist jetzt nicht möglich«, entgegnete der Inhaber der einfachen Herberge. »Ihr Bruder hat sie vor einer halben Stunde bereits abgeholt.«

Kon-kim war es, als wanke der Boden unter seinen Füßen. »Ihr Bruder?« fragte er entsetzt.

»Ja«, antwortete der Wirt. »Er ist Angehöriger der Militärakademie. Jeden Samstag um Punkt fünf Uhr kommt er hierher.«

Das darf nicht wahr sein, dachte Kon-kim. Li-tai, die das scheußliche Erlebnis gehabt hat, kann doch nicht... Das ist unmöglich! Hier muß eine Verwechslung vorliegen. Er zwang sich nicht weiter zu denken und fragte den Wirt, ob er wisse, wann Li-tai zurückkehre.

»Genau kann ich es nicht sagen«, erwiderte der Alte. »Zumeist wird es sehr spät. Nun ja, junges Volk will sich amüsieren. Am nächsten Morgen schlafen sie sich natürlich gründlich aus. Ihr Bruder bleibt immer bei ihr, weil sie sehr ängstlich ist. Er sagte, sie sei einmal von Banditen überfallen worden.«

Kon-kim schlich wie ein geprügelter Hund davon. Die Knie versagten ihm den Dienst. Du träumst, beschwor er sich. Li-tai und ein Mann...? Das kann nicht stimmen. Wie sollte sie, die sie das Schlimmste erlebt hat, was ein Mädchen erleben kann...

»Das ist Wahnsinn!« keuchte er, doch im selben Moment überfiel ihn eine grausige Vorstellung. Bestand nicht die Möglichkeit, daß das scheußliche Erlebnis in Li-tai etwas geweckt hatte, von dem sie sich nicht mehr befreien konnte? Hatte der Schmerz verkehrte Lust erzeugt?

Verstört und benommen durchstreifte er die Stadt. Von einem

Lokal lief er zum anderen, seine Schwester aber entdeckte er erst, als er gegen Mitternacht eine Kneipe aufsuchte, in der sich der Abschaum der Menschheit ein Stelldichein zu geben schien.

Im ersten Augenblick erkannte er Li-tai nicht. Sie trug kein chinesisches Gewand, sondern ein eng anliegendes, seitlich geschlitztes Kleid, das ihren zarten Körper verführerisch zur Schau stellte. Sie saß auf dem Schoß eines Mannes, dessen Gesicht er nicht sehen konnte, da sie ihren Arm um seinen Hals gelegt hatte und sich gerade über ihn beugte.

»Li-tai!« rief er außer sich und stürzte auf sie zu.

Sie flog herum und erstarrte.

Das Herz klopfte Kon-kim im Halse. Es gelang ihm kaum, seine Schwester aufzufordern, das Lokal augenblicklich zu verlassen.

Sie erhob sich wie eine Marionette, die keinen eigenen Willen hat. Im nächsten Moment aber wurde sie zurückgerissen, und Kon-kim sah, auf wessen Schoß sie gesessen hatte: auf dem Tsai Fus!

»Was fällt Ihnen ein?« fuhr ihn der Unteroffizier an. »Wissen Sie nicht, welche Strafe auf widerrechtliches Verlassen der Kaserne steht? Ich werde Sie verhaften lassen!«

Kon-kim ballte die Fäuste und wollte sich auf ihn stürzen, doch dann beschlich ihn eine ihm selbst unerklärliche Ruhe. »Ich besitze einen von Major Tscha unterzeichneten Urlaubsschein, der mich berechtigt, meine Schwester noch heute nach Kanton zu bringen«, sagte er beherrscht und ohne zu wissen, daß seine Formulierung den Anschein erweckte, als habe er mit dem Vorgesetzten über das Verhältnis seiner Schwester zu Tsai Fu gesprochen.

Der Unteroffizier sprang auf. »Zeigen Sie den Schein.«

»Das muß ich ablehnen, da Sie nicht mehr mein Ausbilder sind«, erwiderte Kon-kim.

»Wie soll ich das verstehen?«

»Das werden Sie am Montag sehen«, drohte Kon-kim und führte Li-tai widerspruchslos nach draußen.

Nachdem sie eine Weile gegangen waren, sagte er ihr: »Ich bringe dich jetzt zum Hotel, wo du dich umziehen und sofort wieder herunterkommen wirst. Dann fahren wir nach Kanton, wo ich Onkel Hu heute nachmittag gebeten habe, Mutter nicht zu sagen, daß ich schon dort war. Sie und der Onkel glauben, daß du mich jede Woche besucht hast, und dabei soll es bleiben.«

Er wollte ihr noch sagen, daß er sich bemühen werde, ihr beizustehen, doch da fielen ihm die Worte des Weisen Chuang-tse ein: Über Moral hat jeder seine eigene Ansicht; der Fisch sieht die Dinge von unten, der Vogel von oben.

Als Kon-kim gegen Mittag des nächsten Tages erwachte, sah er, daß er nicht allein in seinem Zimmer war. Sein Onkel saß in einem Sessel und las in einem Buch, das er behutsam zuklappte, als er erkannte, daß sein Neffe wach geworden war. »Ich hoffe, du hast dich einigermaßen ausgeschlafen«, sagte er väterlich.

Kon-kim fuhr sich durch die Haare. »Wie man es nimmt. Es war sehr spät geworden.«

Onkel Hu nickte. »Ich weiß.«

Kon-kim schlüpfte aus dem Bett und zog seinen Morgenrock an. »Wann hat Mutter sich gestern hingelegt?«

»Kurz vor zehn.«

»Dann sind wir gegen elf Uhr heimgekommen!«

»Das habe ich Li-tai bereits gesagt«, erwiderte der Onkel mit unbewegter Miene.

»Du warst bei ihr?« fragte ihn Kon-kim schnell.

»Ja.«

»Hast du dich mit ihr unterhalten?«

»Nein. Ich habe sie nur begrüßt und beiläufig erwähnt, daß ich euch um elf Uhr hätte kommen hören.«

Kon-kim drückte dem Onkel die Hand. »Du bist zu uns wie ein Vater.«

»Was mir nicht schwerfällt, da Väter, deren Söhne taktvoll sind, sorgenfreie Herzen haben«, erwiderte der Onkel. »Komme bald herunter und bringe Li-tai mit. Eure Mutter erwartet euch schon. Ich habe ihr erklärt, daß gestern in Whampoa eine Festlichkeit stattfand und ihr deshalb länger schlafen wolltet.«

Kon-kim umarmte den Onkel.

Onkel Hu wehrte ihn ab. »Ein Wort noch über Li-tai. Ich weiß nicht, was geschehen ist, und ich will es nicht wissen. Dir aber möchte ich sagen, daß der Himmel niemandem eine Verantwortung auferlegt, ohne ihn zunächst mit Bitterkeiten zu peinigen, die den Geist erregen und das Wesen des Menschen duldsam machen. Denke daran, wenn schwere Stunden für dich kommen. Und vergiß nicht, daß eine gute Medizin für den Mund oft scheußlich, für die Krankheit hingegen sehr nützlich ist.«

Kon-kim kehrte erst wenige Minuten vor dem Zapfenstreich in die Kaserne zurück. Als er in der Frühe des darauffolgenden Morgens das Quartier des Majors Tscha aufsuchte, war ihm anzusehen, daß er einen Entschluß gefaßt hatte, der ihm nicht leichtgefallen war.

Der Major spürte, daß etwas Besonderes vorgefallen sein mußte. Er forderte Kon-kim auf, Platz zu nehmen.

Dieser blieb jedoch stehen und erklärte, daß er sich zu seinem Bedauern gezwungen sehe, um seine sofortige Entlassung zu bitten.

»Aber warum?« fragte der Major sichtlich betreten. »Sind es politische Dinge, die Sie zu diesem Schritt veranlassen?«

»Nein«, antwortete Kon-kim. »Es wäre unfair, wenn ich mich auf die nicht verstummenden Gerüchte über Borodins Rückkehr herausreden wollte. Mich zwingen familiäre Gründe, über die ich mich nicht näher auslassen kann.«

Der Major sah ihn prüfend an: »Seien Sie ehrlich: Hat es etwas mit Unteroffizier Tsai Fu zu tun?«

Kon-kim erschrak, da ihn die Frage befürchten ließ, das Verhältnis Tsai Fus mit Li-tai sei schon bekanntgeworden. »Ich verstehe Sie nicht«, antwortete er ausweichend. »Was sollte mein Ausbilder damit zu tun haben?«

Der Major lächelte. »Glauben Sie, wir wüßten nicht, daß er Ihnen das Leben zur Hölle machte?«

Kon-kim erkannte, daß seine Befürchtung unbegründet war. »Das ist richtig«, erwiderte er erleichtert. »Doch das wäre für mich kein Grund, die Flinte ins Korn zu werfen. Da Sie das Thema aber angeschnitten haben, möchte ich mir die Frage erlauben, warum niemand eingeschritten ist, wenn es höheren Orts bekannt war, daß ich bis zur Erschöpfung gequält wurde.«

Major Tscha durchquerte den Raum. »Unter den gegebenen Umständen kann ich Ihnen nicht alles sagen. Aber soviel sollen Sie wissen: man beabsichtigt, Ihnen eine besondere Aufgabe zu übertragen, und als wir dahinterkamen, daß Sie über Gebühr schikaniert wurden, schlug einer unserer Herren vor, nicht einzugreifen, sondern festzustellen, wie weit Sie durchhalten. Vielleicht begreifen Sie nun, wie sehr ich es bedaure, jetzt von Ihnen erfahren zu müssen, daß Sie uns verlassen wollen.«

»Von ›wollen‹ kann keine Rede sein«, entgegnete Kon-kim. »Ich will nicht, ich *muß* diesen Ort verlassen.«

»Diesen Ort, sagen Sie? Heißt das, daß es Ihnen in erster Linie darauf ankommt, Whampoa zu verlassen?«

»Ja.«

»Darf ich daraus schließen, daß Sie anderswo für uns tätig sein könnten?«

Kon-kim zögerte. »Ich möchte mich nicht festlegen. Ohne zu wissen...«

»Hören Sie zu«, unterbrach ihn der Major. »Ich habe vorhin angedeutet, daß man sich an bestimmter Stelle mit dem Gedanken trägt, Ihnen eine besondere Aufgabe anzuvertrauen. Würden Sie eventuell bereit sein, ins Ausland zu gehen? Nehmen wir einmal an, nach Japan?«

»Sofort!« erwiderte Kon-kim wie aus der Pistole geschossen, fügte im nächsten Moment aber einschränkend hinzu: »Sofern ich die Möglichkeit hätte, meine Mutter und Schwester mitzunehmen.«

Der Major nagte an seinen Lippen. »Dagegen dürfte nichts einzuwenden sein. Ein entscheidender Haken ist allerdings bei der Geschichte: Wir können die erforderlichen Mittel für Reise, Aufenthalt und so weiter leider nicht zur Verfügung stellen.«

»Sind Sie deshalb auf mich verfallen?« fragte Kon-kim.

»Um ehrlich zu sein: ja!«

»Könnten Sie mir etwas über die Aufgabe sagen?«

»Details vermag ich nicht zu nennen, darüber müßte sich Oberst Tushi mit Ihnen unterhalten. Aber mit wenigen Worten ausgedrückt geht es um folgendes: Wir benötigen Informationen über Pläne des japanischen Heeres, das sich offensichtlich darauf vorbereitet, unser Land zu überfallen.«

»Also Spionage«, stellte Kon-kim sachlich fest.

»Ein häßliches Wort. Ich sprach von Informationen.«

»Die unter das japanische Spionagegesetz fallen.«

»Das ist richtig.«

»Und somit gegebenenfalls den Kopf kosten.«

Der Major hob die Schultern. »Wir sind Soldaten und wollen unsere Heimat verteidigen.«

Kon-kim straffte sich. »Bitte, führen Sie mich zu Oberst Tushi.«

Sieben Stunden blieb er bei dem ›Nachrichtenoffizier‹, dessen geschmeidiges Wesen und hohe Intelligenz einen großen Eindruck auf ihn machten. Und da ihn das Gespräch von der Durchführbarkeit der ihm zugedachten Aufgabe überzeugte, erklärte er sich bereit, nach Japan zu gehen, sofern ihm zugesichert werde, daß die im Laufe der Unterhaltung von Oberst Tushi erwähnte japanische Verbindungsagentin keinerlei Informationen über ihn und seinen Auftrag erhalte.

»Sie mögen über meine übergroße Vorsicht lächeln«, fügte er hinzu. »Aber in Anbetracht der Tatsache, daß ich meine Mutter und Schwester mitnehmen würde, darf ich kein unnötiges Risiko eingehen. Ich möchte ohne jeden Mitwisser arbeiten und mich grundsätzlich nur auf mich selbst verlassen.«

Der Leiter des Geheimdienstes akzeptierte seine Bedingung, wenngleich er die Auffassung vertrat, daß ein Agent nicht ganz ohne Verbindungsleute arbeiten könne. »Und wie gedenken Sie an jene Menschen heranzukommen, die für uns von Interesse sind?« fragte er in einem letzten Versuch, ihn umzustimmen.

»Das kann ich Ihnen beim besten Willen nicht sagen«, antwortete Kon-kim in aller Offenheit. »Aber ich werde die Betreffenden kennenlernen, wobei natürlich damit zu rechnen ist, daß mir das nicht von heute auf morgen gelingt.«

Als sie sich trennten, waren beide in hoffnungsvoller Stimmung. Oberst Tushi, weil er im Laufe der siebenstündigen Unterredung zu der Überzeugung gelangt war, ein *Hsiu-tsai*, ein blumiges Talent, gewonnen zu haben, und Kon-kim, weil er dachte: Es wendet sich alles zum Guten. Li-tai steht nun zwischen Mutter und mir, und ich diene unserem Land, ohne ihm verhaftet zu sein. Hier hätte ich es auf die Dauer nicht ausgehalten; denn wo Büffel kämpfen, verdirbt das Gras.

Das Tor der bunten Schmetterlinge

Der Mond stieg bereits über die Berge, als Kon-kim Kanton erreichte und voller Verwunderung erkannte, daß sich die Bevölkerung in einer ungewöhnlichen Erregung befand. Überall wurden die Rolläden in fliegender Hast vor den Geschäften herabgelassen. Doch noch während die Menschen wie aufgeschreckte Ameisen durch die Straßen hetzten, bildeten sich hier und dort verdächtig aussehende Gruppen, die rote Transparente schwenkten und in wilde Rufe ausbrachen, wenn sie Kon-kims Sportwagen an sich vorüberjagen sahen.

Kon-kim begriff sofort, was das zu bedeuten hatte. Um der Gefahr zu entgehen, in die er unversehens geraten war, drückte er das Gaspedal voll durch. Wie ein Teufel raste er durch die Stadt, und erst als er das Zentrum durchfahren und die zum Haus des Onkels ansteigende Straße erreicht hatte, wurde ihm wieder wohler zumute. Er befand sich aber noch nicht in dem von der hohen Mauer umgebenen Vorhof des Hauses. Wie besessen er auch klingelte, das Tor wurde nicht geöffnet.

Zu allem Übel erscholl aus einer der gegenüberliegenden Wohnungen plötzlich der Ruf: »Schlagt ihn nieder!«

»Seid ihr verrückt?« rief jemand dagegen. »Er ist der Neffe von Lee Hu! Ich kenne seinen Wagen.«

»Er ist dennoch ein Fremder!« schrie ein anderer.

Mit klopfendem Herzen sah Kon-kim, daß etliche Gestalten auf ihn zuliefen, und da er erkannte, daß er allein unmöglich gegen sie ankommen konnte, bediente er sich augenblicklich eines Tricks. »Hände hoch oder ich schieße!« rief er und hob den Unterarm, als hielte er einen Revolver in der Hand.

Die Männer blieben stehen.

»Zurück!« kommandierte Kon-kim. »Ich zähle bis drei. Wer dann nicht verschwunden ist, erhält eine Kugel in den Bauch! Eins...«

Einige der Angreifer rannten fort.

»Zwei...«

Der Rest machte kehrt und lief davon.

Hinter dem Tor hörte er die hohe Stimme seines Onkels.

»Laß öffnen«, rief Kon-kim. »Du kannst unbesorgt sein; mir folgt niemand.«

Er vernahm, daß die Riegel zur Seite geschoben wurden. Mit einem Satz sprang er in den Wagen. Die Torflügel teilten sich.

Kon-kim gab Gas und jagte in den Vorhof hinein.

Der Onkel starrte ihn entgeistert an. »Wie konntest du es wagen, heute durch die Stadt zu fahren?«

»Glaubst du, ich würde es getan haben, wenn ich gewußt hätte, was los ist? In der Kriegsakademie war von bevorstehenden Unruhen nichts bekannt.«

»Was wieder einmal beweist, daß unser Militär einer Pflanze

gleicht, die im verborgenen blüht«, erwiderte der Onkel verächtlich. »Die Yunnan-Regimenter haben ihre Waffen und Uniformröcke fortgeworfen! Ihre Angst wurde grenzenlos, als die Arbeiterschaft bekanntgab, ab morgen jeden Fremden zu töten. Ich kann die Yunnans verstehen: sie gelten als ›Fremde‹, da sie nicht in Kanton aufgewachsen sind.«

Kon-kim glaubte nicht richtig zu hören.

Der Onkel wischte sich den Schweiß von der Stirn. »Seit Stunden versuchen Tausende, sich auf Shameen in Sicherheit zu bringen. Natürlich vergebens. Ausländer sind zwar Fremde, aber Fremde sind keine Ausländer.«

»Und woher nehmen die Arbeiter den Mut zu ihrer unglaublichen Drohung?«

Onkel Hu zuckte die Achseln. »Es heißt, die Russen hätten es fertiggebracht, die Besatzungen unserer zur Zeit vor Kanton patroullierenden Kanonenboote zu bestechen. Wenn das stimmt, dann können sich Borodins Anhänger schon einiges leisten. Ein Glück nur, daß du eine Waffe bei dir hattest.«

»Ja, das war ein Glück«, erwiderte Kon-kim, ohne sich dessen bewußt zu sein. Seine Gedanken liefen in eine andere Richtung. Auf der Fahrt hatte er überlegt, wie er seinen überraschenden Entschluß, auf unbestimmte Zeit nach Japan zu gehen, motivieren sollte. Nun erkannte er, daß er dieser Sorge enthoben war. Er brauchte nur zu erklären: Ich kann es nicht verantworten, meine Mutter und Schwester weiterhin in einer Stadt leben zu lassen, die einem Pulverfaß gleicht. Wir werden nach Japan gehen und dort die weitere Entwicklung abwarten.

Es ist schon merkwürdig, wie unterschiedlich man die Dinge betrachten kann, dachte Kon-kim, als er später sein Zimmer aufsuchte. Gestern würden mich die neuerlichen Unruhen entsetzt haben, heute hingegen begrüße ich sie beinahe, weil sie meinen Plänen dienlich sind.

Am nächsten Morgen weckte ihn der Donner von Geschützen. Sofort stürzte er auf die Veranda und sah, daß in der Mitte des Stromes liegende chinesische Kanonenboote einige Teile der Stadt unter Feuer nahmen.

Nur mit einem Umhang bekleidet, eilte sein Onkel von der anderen Seite des Balkons auf ihn zu. Ihm folgten Mutter Lee Wei und Li-tai.

»Die Kerle müssen den Verstand verloren haben!« wetterte Kon-kim und wies auf einige am Fluß liegende Häuser, aus denen Flammen emporschlugen. »Fünfzig Salven, und die Stadt ist verloren.«

»Man wird das Feuer deshalb nach einer Anzahl von Salven einstellen«, erwiderte der Onkel in aller Seelenruhe. »Was da brennt, sind Gebäude von Konservativen, die sich gegen den russischen Einfluß wehren. Und damit steht fest, daß die Nationalisten unsere grandiose Marine bestochen haben!«

»Dann gibt es für China keine Rettung mehr«, sagte Mutter Lee Wei mit vor Erregung bebender Stimme. »Wer sich selbst mißhandelt, dem ist nicht zu raten; wer sich selbst wegwirft, dem kann nicht geholfen werden.«

Kon-kim wollte gerade erklären, daß er es unter den gegebenen Umständen für notwendig erachte, das Land zu verlassen, als eine gewaltige Detonation die Luft zerriß.

Die Mutter, Onkel Hu und er selbst bückten sich unwillkürlich, Li-tai aber lehnte sich mit leuchtenden Augen über die Balustrade und starrte wie fasziniert zu den Schiffen hinüber, vor deren Geschützen sich gelbbraune Wolken über das Wasser wälzten.

Ihre unnatürliche Reaktion und der Ausdruck ihres Gesichtes, das neben kindlicher Naivität weibliche Lüsternheit erkennen ließ, versetzten Kon-kim in eine solche Empörung, daß er sie wütend zurückriß. »Mach, daß du in dein Zimmer kommst!« fuhr er sie an. »Du hast hier nichts verloren!«

Die Mutter blickte betroffen zu ihm hoch.

»Verzeih«, sagte er. »Aber auch du solltest dich zurückziehen.«

Sie legte ihren Arm um Li-tai und ging mit ihr davon.

»Hab' ich nicht recht?« wandte Kon-kim sich an den Onkel.

Der blickte zur Insel Shameen hinüber. »Dein Ton war scharf.«

»Es wird ja auch scharf geschossen«, erwiderte er aufgebracht.

Onkel Hu nickte und zog seinen Umhang enger um die Schultern. »Den Ausländern scheint die Schießerei nichts auszumachen.«

Kon-kim sah, daß die Bewohner der Insel im Freien standen und interessiert zu den entstandenen Bränden hinüberschauten. »Kunststück«, sagte er grimmig. »Sie wissen, daß sie nicht angegriffen werden und über Soldaten verfügen, die ihre Waffen nicht fortwerfen.«

Der Onkel rieb sich das Kinn. »Und was ist mit dir? Warum bist du zur Zeit nicht in Whampoa?«

»Ich hätte es dir schon gestern gesagt, wenn ich nicht völlig durcheinander gewesen wäre«, antwortete Kon-kim gereizt. »Um es kurz zu machen: ich wurde mit gewissen Dingen nicht fertig und habe um meine Entlassung gebeten.«

»Du bist wieder frei?«

»Ja.«

Der Onkel stieß einen Seufzer der Erleichterung aus. »Ich sah dich bereits auf Chinesen schießen. Glaube mir: wir treiben auf einen Bürgerkrieg zu. Die heutige Kanonade ist nur ein harmloser Anfang, an den sich in ein paar Jahren niemand mehr erinnern wird.«

»Hoffen wir, daß du dich täuschst«, entgegnete Kon-kim.

Der Onkel schüttelte den Kopf. »Wozu sich Illusionen hingeben? Wenn Parteien von Männern befehligt werden, die sich einbilden, Macht ernten zu können, wo sie Haß säen, dann muß es zu einer Katastrophe kommen.«

»Laß uns in mein Zimmer gehen«, sagte Kon-kim, der die günstige Gelegenheit, sich seinem Onkel anzuvertrauen, nicht ungenützt lassen wollte. »Ich muß mit dir sprechen.«

Während draußen noch Salven krachten, erklärte Kon-kim dem Onkel, daß er beabsichtige, mit der Mutter und Li-tai für einige Jahre nach Japan zu gehen.

Zu Kon-kims Verwunderung lehnte sich der Onkel entschieden gegen seinen Plan auf. Es wollte ihm nicht in den Kopf, daß sein Neffe ausgerechnet das Land der ›Erzfeinde‹ aufzusuchen wünschte.

Er beruhigte sich aber und gab nach, als Kon-kim behauptete, die Absicht zu haben, sich in Japan als Journalist zu betätigen, um dem Ausland ein wahres Bild über die chinesischen Verhältnisse zu geben, was ihm nur möglich sei, wenn er mit seinem *Bruder der Zuneigung* Hand in Hand arbeite.

Damit war das schwerste Hindernis aus dem Weg geräumt. Im Haus herrschte eine unerträgliche Unruhe, die sich noch steigerte, als Kanton vom Gewehrfeuer widerhallte und Hunderte von Leichen den Fluß hinabtrieben. Kon-kim hingegen begann damit, auf einer einfachen, mit einer Batterie und einem Kopfhörer verbundenen Funktaste das Morsealphabet zu erlernen und sich mit einem

Chiffreschlüssel vertraut zu machen, den Oberst Tushi ihm übergeben hatte.

Am darauffolgenden Tag brachte er es aber nicht mehr fertig, ruhig in seinem Zimmer zu sitzen. Das markerschütternde Geschrei zu Tode gequälter Menschen drang bis zum Haus des Onkels hinauf. Die Stadt glich einem Hexenkessel. Wer nicht in Kantoner Mundart sprach, wurde zur Beute des Pöbels, der unschuldige Menschen, Greise, Frauen und Kinder, mit nägelbespickten Stökken so lange durch die Straßen jagte, bis sie erschöpft zusammenbrachen.

Chinesen weichen in nichts dem Verstand und in allem der Gewalt, dachte Kon-kim verzweifelt, als ihn das entsetzliche Geschrei auf die Veranda trieb und er Scheußlichkeiten zu sehen bekam, die er niemals für möglich gehalten hätte. Alles bei uns ist apokalyptisch: Hungersnöte, Überschwemmungen, Kriege und Revolutionen. Und alles ist grenzenlos: die Weite des Landes, die Länge der Flüsse, die Zahl der Bevölkerung, die Verehrung der Ahnen und die Zerrissenheit unseres Wesens. Und Jahr um Jahr werden wir ärmer.

Zwei Tage und Nächte hindurch dauerte das Blutbad von Kanton, das mit der Bekanntgabe einer neuen Regierung endete, die Tschiang Kai-schek zum Oberbefehlshaber der Armee ernannte.

Kon-kim begab sich sofort in das Zentrum der Stadt. Nicht jedoch, um seine Neugier zu befriedigen. Er wollte in die Gesichter der Menschen blicken, wollte wissen, wie sie aussahen, wie sie sprachen und sich benahmen.

Die ihm begegnenden Männer und Frauen waren gezeichnet. Ihre Augen flackerten unstet. Sie wagten niemanden anzusehen und erinnerten Kon-kim an eine Gruppe dürftig bekleideter Gestalten, die er vor Jahren in Begleitung von Polizisten aus einer englischen Villa hatte herauskommen sehen, in der eine Orgie stattgefunden hatte. Wie Opiumraucher, denen man plötzlich Äther unter die Nase hält, hatten sie ausgesehen: eben noch glänzend gewesene Augen hatten denen toter Fische geglichen.

An dieses makabre Bild erinnerte sich Kon-kim, als er die Straßenpassanten beobachtete, die an diesem Morgen farblos und stumpf aneinander vorbeiliefen.

Wie lange wird ihr Schuldgefühl sie bedrücken, fragte er sich. Einen Tag lang, eine Woche, einen Monat? Irgendwann werden sie nicht mehr wissen, was sie getan haben. Dann werden sie wieder lachen und brave Bürger sein.

Ziellos ging Kon-kim durch Straßen und Gassen, bis er die Brücke nach Shameen erreichte, die nicht mehr von englischen Soldaten, sondern von Pandschabtruppen bewacht wurde.

Wie praktisch, dachte er voller Bitterkeit. Wozu eigene Leute in Gefahr bringen, wenn man über Kolonialtruppen verfügt!

Das malerische Aussehen der Inder verscheuchte die Auflehnung, in die er geraten war. Ihm gefielen die kupferbraunen und bärtigen Männer, die bunte Turbane und bis zu den Knien herabhängende Khakihemden trugen.

Einer jähen Eingebung folgend, betrat Kon-kim die Brücke und wies den Passierschein vor, den David Hamilton ihm besorgt hatte.

Der Wachhabende warf einen kurzen Blick darauf und deutete, ohne ein Wort zu sagen, mit dem Daumen zur Insel hinüber.

Kon-kim spürte die Mißachtung, die in der Geste lag. Selbst Kolonialvölker wollen von uns nichts mehr wissen, dachte er schmerzerfüllt.

Wenige Minuten später läutete er an Vera McLeans Wohnung. Der an diesem Tag in Hemdsärmeln erscheinende Butler bedeutete ihm, daß die Dame des Hauses nach Hongkong gereist sei und von dort aller Voraussicht nach einige Monate nach Japan fahren werde.

Kon-kims Gesicht erhellte sich bei dieser Mitteilung, und als er den Weg zur Brücke zurückging, befand er sich in einer weitaus besseren Stimmung. Im Geiste sah er sich schon neben David Hamilton und Vera McLean in Tokyo sitzen. Er war der festen Überzeugung, daß es ihm über deren Bekanntenkreis gelingen werde, mit Menschen in Berührung zu kommen, die er zur Erfüllung der ihm gestellten Aufgabe benötigte. Dabei mußte er allerdings behutsam zu Werke gehen, und er nahm sich vor, stets des Spruches zu gedenken, den seine Mutter ihn als Kind gelehrt hatte: Alles Harte und Spröde bricht; das Weiche aber besteht.

Das unverwüstliche Teakholz der Dschunke, die Kon-kim, Mutter Lee Wei und Li-tai nach Hongkong bringen sollte, glühte unter den Strahlen der Sonne, als Onkel Hu, der nicht darauf verzichtet hatte, sein festlichstes Gewand anzulegen, und seine mit Purpurknöpfen versehene Mandarinenkappe aufzusetzen, im Gefolge eines in der Tracht der ehemaligen Mandschubannerleute gekleideten Dieners das schwerfällig wirkende Schiff verließ.

»Und wenn man mich steinigen sollte«, hatte er am Morgen gesagt, »an diesem Tage werde ich es mir nicht nehmen lassen, das ehrwürdige Kleid des kaiserlichen Beamten zu tragen.«

Es war ein erhabenes und zugleich bedrückendes Bild, das der Onkel bot, als er mit gravitätischen Schritten und ungeachtet der schiefen Blicke, die ihm folgten, über schwankende Planken von Bord der Dschunke ging, an deren Mast eine rote Flagge mit dem Zeichen der aufgehenden Sonne wehte. Niemand aber wagte die Stimme gegen ihn zu erheben.

Als er seine Sänfte erreichte, neben der vier Träger in der provozierenden grünen Kleidung des ehemaligen Regierungsdienstes standen, blickte er noch einmal zurück und faltete die Hände, wobei er sich vor Mutter Lee Wei verneigte, die wie eine in die Verbannung geschickte Königin aussah.

Auch Kon-kim legte die Hände gegeneinander, und als der Onkel in die Sänfte eingestiegen war und davongetragen wurde, führte er seine Mutter und Schwester zum Bug der Dschunke und sagte: »Wir wollen den Blick nach vorne richten und Onkel Hu im Herzen behalten, wie wir ihn zuletzt sahen.«

Die Mutter, die einen schwarzen Seidenüberhang trug, schaute ihn an, als wünsche sie seine Gedanken zu erraten. Sie ahnte, daß die bevorstehende Reise nicht dem Zweck diente, den ihr Sohn ihr genannt hatte. Zu viele Dinge gab es, die ihr verdächtig erschienen. Insbesondere die merkwürdige Reiseroute, die von Hongkong aus über Singapore nach Japan führen sollte. Auch die ungewöhnlich schnelle Beschaffung der Pässe, die noch dazu ein weit zurückliegendes Ausstellungsdatum und das Siegel der früheren Regierung trugen, hatte sie stutzig gemacht. Gewiß, Kon-kim hatte ihr eine Erklärung hierfür gegeben; dennoch konnte sie nicht begreifen, warum er einen so gesteigerten Wert darauf legte, sich in allem von den derzeitigen chinesischen Machthabern zu distanzieren. Sein Argument, Japan sei ein Kaiserreich, dessen Behörden jedem aus dem heutigen China einreisenden Menschen mit besonderer Skepsis begegneten, erschien ihr ebenso fadenscheinig wie die Begründung der umständlichen Reise über Singapore nach Yokohama.

Doch was sollte sie tun? Ihr Sohn war das Oberhaupt der Familie; ihm oblag es, über deren weiteres Schicksal zu entscheiden. Und sie hatte keinen Grund, sich zu beklagen. Er sorgte für sie und Li-tai; es war nur alles so furchtbar fremd. Aber das lag wohl an der Zeit, die von Tag zu Tag unheimlicher wurde.

Während Mutter Lee Wei solchen Gedanken nachhing, blickte Kon-kim bedrückt über das Wasser, das bleiern gegen die Planken der Dschunke schlug. Er war ratlos geworden, da er kurz vor Antritt der Reise die scheußliche Feststellung gemacht hatte, daß etliche Silber-Taels aus seinem Schrank gestohlen worden waren. Und Li-tai, auf die sofort sein Verdacht gefallen war, hatte mit der unschuldigsten Miene genickt, als er sie fragte, ob sie das Geld entwendet und es Unteroffizier Tsai Fu gegeben habe.

Kon-kim wußte nicht mehr, was er von seiner Schwester halten sollte. Im Augenblick blieb ihm im Interesse der Mutter nichts anderes übrig, als zu schweigen und zu hoffen, daß seine Geduld und Nachsicht nicht falsch gedeutet würden. Irgendwann aber mußte er reinen Tisch machen.

Die untergehende Sonne vergoldete den Horizont, als die Dschunke am darauffolgenden Abend durch ein unübersehbares Getümmel von Barkassen, Schleppdampfern, Frachtschiffen, Sampans, Ozeanriesen und Einheiten der britischen Marine in den Hafen von Hongkong einfuhr. Unwirklich wirkte alles: das Glitzern des schwarzen Wassers; die sich gegen den Abendhimmel abhebenden Silhouetten der braunen und roten Segel; die mächtigen Ozeandampfer; die heiseren Warnsignale der zwischen Hongkong und dem Festland hin und her jagenden Fährboote; das Rattern der Dampfwinden; das Ächzen der Ladebäume und nicht zuletzt das faszinierende Gewirr der Häuser Hongkongs, die wie Ameisen am Victoria-Berg hinaufzukrabbeln schienen.

Kon-kim, der mit seiner Mutter und Schwester am Bug der Dschunke stand, deutete auf die überall aufflammenden Lichter der Stadt. »Ist das nicht phantastisch?« fragte er begeistert.

Mutter Lee Weis herabgewinkelter Mund drückte aus, was sie dachte. Für sie war die britische Kolonie der Schröpfkopf am Leibe Chinas. Es schmerzte sie, sehen zu müssen, daß das Leben in Hongkong pulsierte, während es in den chinesischen Häfen immer mehr erstarb. Sie überhörte deshalb die Frage ihres Sohnes und erkundigte sich nach dem Hotel, in dem sie wohnen würden.

»Ich habe uns in einer kleinen, aber sehr gepflegten Pension angemeldet«, erwiderte Kon-kim. Er wagte seiner Mutter nicht zu sagen, daß in den guten Hongkonger Hotels keine Chinesen aufgenommen wurden. »Die Pension wurde mir von einem Studenten des Offizierslehrganges empfohlen.«

Das entsprach nicht der Wahrheit, denn die Adresse hatte ihm Oberst Tushi gegeben.

Der Steuermann dirigierte die Dschunke in die Nähe des *Blake Pier* und winkte eine Barkasse herbei, die sofort heranschoß und die Familie Lee sowie deren umfangreiches Gepäck übernahm und an Land brachte. Alles ging so schnell und reibungslos vor sich, daß Mutter Lee Wei kaum zur Besinnung kam. Ehe sie es sich versah, rollten fünf von Kulis gezogene Rikschas, von denen zwei mit Koffern beladen waren, in Richtung der von Kon-kim erwähnten Pension davon.

Zunächst ging es an Gebäuden entlang, deren englischer Kolonialstil dem Hafenviertel ein Gepräge von hochherrschaftlicher Häßlichkeit gab. Bald darauf aber eilten die schmalbrüstigen Kulis durch Geschäftsstraßen, in denen ein Meer von Menschen brandete, das nur einen Gedanken zu haben schien: zu kaufen, was es zu kaufen gab. Laut und raffgierig ging alles vor sich, und Mutter Lee Wei atmete erleichtert auf, als die keuchenden Kulis in eine ansteigende Straße einbogen, in der es nur von Blumenbeeten umgebene Villen gab.

Vor einem dieser Häuser hielten die Rikschas, und Sekunden später erschienen wie von Geisterhänden gelenkte Diener, die sich stumm verbeugten und das Gepäck übernahmen.

Kon-kim führte seine Mutter eine hohe Treppe hinauf, an deren Ende eine ältere Chinesin stand, die sich vielmals verneigend für die hohe Ehre bedankte, die ihrem bescheidenen Heim zuteil werde.

Das Haus machte einen guten Eindruck, und als Kon-kim die geräumige Diele und die im westlichen Stil eingerichteten Zimmer sah, deren Fenster bis zum Boden hinabreichten und einen märchenhaften Blick über die Lichter des Hafens zu der hell erleuchteten Stadt Kowloon gewährten, geriet er sogar in eine ausgelassene Stimmung.

Hongkong erregte ihn wie keine andere Stadt. Am liebsten hätte er sich gleich in das hektische Gewühl der aus allen Ständen und Rassen zusammengewürfelten Bevölkerung gestürzt. Doch er war nicht allein und mußte zumindest warten, bis das Abendessen eingenommen war.

Hätte er gewußt, daß die Pensionsinhaberin es liebte, das tägliche Dinner zu einem kleinen gesellschaftlichen Ereignis zu gestalten, würde er gewiß zu einer Ausrede gegriffen und sich entschuldigt haben. So aber sah er sich gezwungen, an einer mit erlesenem Geschmack gedeckten Tafel Platz zu nehmen, die den Gästen des Hauses die Möglichkeit bieten sollte, einander kennenzulernen.

Nach kurzer Zeit bereute er es jedoch nicht mehr, in der Pension geblieben zu sein. Neben ihm nahm ein sympathischer älterer Herr namens Ta Tso-lin Platz, der ihn schnell in ein interessantes Gespräch verwickelte.

Zunächst hatte der ungewöhnlich kleine Tischnachbar eine amüsante Bemerkung über die Wirtin gemacht, die, wie er erwähnte, ein Leben lang die Haushälterin eines englischen Lords gewesen sei, der ihr aus Dankbarkeit die Villa vermacht habe. Dann war er unversehens auf die Ereignisse in Kanton zu sprechen gekommen, wobei er bemerkte, daß er die Stadt schon vor einem Jahr verlassen habe und nicht beabsichtige, jemals wieder nach China zurückzukehren.

»Und warum nicht?« fragte Kon-kim, der die Antwort unschwer erraten konnte, aber wünschte, daß seine Mutter einmal aus anderem Munde hören sollte, was er ihr in letzter Zeit des öfteren gesagt hatte.

»Weil es daheim keine Ordnung mehr gibt«, antwortete Ta Tso-lin.

»Und was halten Sie von Tschiang Kai-schek?«

Ta Tso-lin legte seine Eßstäbchen fort. »Die Frage ist schwer zu beantworten. Der junge General ist zweifellos eine starke Persönlichkeit. Ein Bekannter von mir sagte einmal: Tschiang Kai-schek ist um etliche Jahre zu spät auf die Erde gekommen. Würde er schon an der Seite von Doktor Sun Yat-sen gestanden haben, als dieser die Mandschu-Dynastie stürzte, dann hätte er mit seiner bedingungslosen und herrschsüchtig-selbstsüchtigen Art gewiß das Heft an sich gerissen. Möglich, daß eine neue Dynastie daraus entstanden wäre. Auf jeden Fall würde unserem Reich ein Führer von historischer Größe erstanden sein.«

»Der kann er doch noch werden«, warf Kon-kim ein.

Ta Tso-lin schüttelte den Kopf. »Die Zeit ist nicht stehengeblieben. Ein Machtmensch wie Tschiang Kai-schek, der zynisch erklärt, daß ein großer Staatsmann für sein Volk ein Unglück ist, wird niemals die Sympathie der Masse erringen und immer gezwungen sein, sich auf Waffen zu stützen, denen die Ideologien seiner Gegner die Spitzen abbrechen werden. Die Folge kann nur Leid, Elend und Not sein.«

Das Gespräch mit Ta Tso-lin bedrückte Kon-kim, und er war recht froh, als die Abendtafel aufgehoben wurde. Zu seiner Verwunderung dachte seine Mutter aber nicht daran, sich gleich zurückzuziehen. Sie war in merkwürdig gehobener Stimmung, und es hatte den Anschein, als hätten die Ausführungen des Tischnachbarn ihr den Entschluß leicht gemacht, die Heimat zu verlassen.

»Ich würde gerne Mahjong spielen«, erklärte sie, als Kon-kim sie in den Salon begleitete, dessen Seidentapeten in sanftem Kerzenlicht golden glänzten. »Frag die Pensionsinhaberin, ob sich unter den Gästen Spieler befinden, die mit von der Partie sein möchten.«

Es dauerte keine Minute, da hatte sich eine Gesellschaft von vier Damen und Herren gebildet, die schnell übereinkamen, auf szetschwanische Art zu spielen.

»Bring mir Geld«, forderte Mutter Lee Wei ihren Sohn auf und nahm in einem Sessel Platz, der neben einem kamelienroten Lampenschirm vor einem runden Marmortisch stand.

Vor Freude darüber, die Mutter wieder einmal energisch zu sehen, fragte Kon-kim lachend: »Genügen fünfhundert?«

»Ich will es hoffen«, antwortete sie ungehalten. Sie konnte Unkereien nicht leiden. »Vorsorglich kannst du mir aber sagen, wo du das Geld aufbewahrst.«

»Im Sekretär meines Zimmers.«

»Dann werde ich mir zu helfen wissen«, erwiderte sie und wandte sich an ihre Tochter. »Du wirst dich schon hinlegen, damit du morgen ausgeschlafen bist.«

Li-tai verabschiedete sich, und Kon-kim brachte sie bis vor die Tür des Zimmers, das sie gemeinsam mit der Mutter bewohnte.

»Gehst du noch aus?« fragte die Schwester, als er ihr gute Nacht wünschte.

Er sah sie unschlüssig an. »Vielleicht mache ich noch einen kleinen Spaziergang mit Mister Ta Tso-lin.«

Eine Viertelstunde später wanderte Kon-kim in Begleitung seines winzigen Tischnachbarn durch die nächtlichen Straßen Hongkongs. Was ihm als erstes auffiel, war die enge Nachbarschaft von Reichtum und Armut, Prunksucht und Elend. Im Grunde genommen gab es nur zwei Arten von Straßen: die ebenen und parallel zum Ufer verlaufenden breiten Geschäftsavenuen und die diese kreuzenden steilen Treppengassen, die so belebt waren, daß man das Pflaster kaum sehen konnte. In den asphaltierten Hauptstraßen flanierten europäische Müßiggänger, reiche Chinesen, ausländische Matrosen und leichte Mädchen an erlesen ausgestatteten Geschäften entlang; in den engen Treppengassen aber, über denen so viele mit Wäsche behängte Leinen hingen, daß man den Himmel kaum entdecken konnte, wohnte die Armut und gingen die Menschen aneinander vorüber, ohne sich anzusehen. In diesen Gassen gab es ausschließlich windschiefe Häuser mit verrosteten Balkonen, auf denen ungezählte Menschen unmittelbar neben scheußlich anzusehenden Exkrementen-Eimern schliefen.

»Ich würde wahnsinnig, wenn ich hier leben müßte«, sagte Kon-kim, als sie eine Weile durch das Chinesenviertel gegangen waren.

Ta Tso-lin zuckte die Achseln. »Die Bewohner dieser Gassen sehen die Dinge anders. Ihnen geht die Sicherheit über alles. Sie wissen, daß sie in Hongkong in Ruhe leben können, und sind der festen Überzeugung, in ein paar Jahren ebenso vermögend zu sein wie die Besitzer der am Peak gelegenen Villen. Wenn das auch nicht immer zutreffen wird, so steht doch fest, daß die meisten der hier hausenden Menschen nach einer gewissen Zeit plötzlich verschwinden, um einige Meilen weiter in erstklassigen Wohnungen wiederaufzutauchen.«

Kon-kim nickte und erwiderte: »Wir Chinesen arbeiten uns lieber zu Tode, als daß wir an allgemeiner Verachtung zugrunde gehen.«

»Sofern uns der Staat, wie hier in Hongkong, Sicherheit und Ordnung bietet«, schränkte Ta Tso-lin ein.

Kon-kim wies auf einen Kiosk, an dessen Wänden recht eindeutige Fotos befestigt waren. »Gehört der Verkauf derartiger Bilder auch zur staatlichen Ordnung?«

»Das ist die Kehrseite der Medaille«, erwiderte Ta Tso-lin. »Ich möchte Ihnen übrigens die Adresse meines besten Freundes geben und Sie herzlich bitten, mit Ihrer ehrenwerten Mutter und Schwester bei ihm zu wohnen, wenn Sie nach Singapore kommen«, fuhr er übergangslos fort, wobei er seine Brieftasche aus dem Jackett zog. »Wir halten es schon seit vielen Jahren so, daß er mir seine Bekannten und ich ihm die meinen schicke. Wir treffen uns wenig und leben beide sehr abgeschieden: er in Johore Bahru, ich in Shatin. Und beide lieben wir es, durch unverhoffte Gäste ein wenig voneinander zu hören.«

»Ich danke Ihnen sehr«, erwiderte Kon-kim. »Aber wir können doch nicht...«

»Sie müssen!« unterbrach ihn sein Begleiter. »Wenn Sie meinen Freund und mich nicht beleidigen wollen, müssen Sie in Johore Bahru wohnen.«

Kon-kim wußte nicht, was er dazu sagen sollte.

»Versprechen Sie mir, meinen Freund aufzusuchen«, bat Ta Tso-lin.

»Nun gut, ich verspreche es in der Hoffnung, mich irgendwann revanchieren zu können«, erwiderte Kon-kim. Die Einladung kam ihm nicht ungelegen, da er wußte, daß die guten Hotels in Singapore ebenfalls keine Chinesen aufnahmen.

»Dann werde ich meinem Freund telegrafieren, sobald feststeht, mit welchem Schiff Sie fahren.«

»Wenn ich nur wüßte, was ich für Sie und Ihren Freund tun könnte«, entgegnete Kon-kim.

»Schicken Sie uns zu gegebener Zeit Ihre japanische Adresse«, sagte Ta Tso-lin. »Wir hatten immer schon vor, einmal gemeinsam nach Tokyo zu fahren. Ich gebe Ihnen mein Wort, daß wir dann Ihr Gast sein werden.«

Der Hinweis erleichterte Kon-kim, und obwohl ihn die unbeschreibliche Armut des größten Teils der Hongkonger Bevölkerung stark deprimiert hatte, kehrte er in bester Stimmung in die Pension zurück, in der seine Mutter so intensiv Mahjong spielte, daß sie ihn überhaupt nicht bemerkte. Sie befand sich gerade in einer Glückssträhne und spielte außerordentlich schnell.

»Laß es nicht zu spät werden«, sagte ihr Kon-kim, nachdem er eine Weile zugeschaut hatte.

»Beim Mahjong wird es bekanntlich immer früh!« erwiderte sie schlagfertig und wirbelte die Steine durcheinander.

Die Mitspieler lachten. »Ihre Mutter hat recht: Mahjong ohne Morgengrauen ist wie ein Körper ohne Seele.«

Kon-kim verabschiedete sich und begab sich auf sein Zimmer,

wo er noch eine Zeitlang den faszinierenden Blick auf den Hafen genoß, bevor er sich unter das Moskitonetz legte, das wie ein Baldachin über seinem Bett hing.

Die Bulbuls sangen ihr schönheitstrunkenes Lied, und die in den Tulpenbäumen des Pensionsgartens nistenden Goldpirole lärmten dem grau über die Berge steigenden Morgen entgegen, als Mutter Lee Wei mit fahlem Gesicht in das Zimmer ihres Sohnes stürzte. »Li-tai ist fort!« keuchte sie atemlos.

Kon-kim fuhr in die Höhe und starrte die Mutter an, als begreife er den Sinn ihrer Worte nicht.

»Li-tai ist verschwunden!« rief sie verzweifelt. »Und ich flehe dich an, sofort aufzustehen und sie zu suchen.«

»Das hat uns gerade noch gefehlt!« stöhnte er und warf seine Bettdecke zurück.

»Wie kannst du so herzlos sein!« empörte sich die Mutter. »Du weißt doch, daß Li-tai...«

»Ich weiß es zur Genüge!« unterbrach er sie aufgebracht, erhob sich und trat hinter einen Paravent, um sich anzuziehen.

Mutter Lee Wei ging auf den Ankleideschirm zu. »Was weißt du zur Genüge?«

Kon-kim erkannte, daß er mehr gesagt hatte, als gut war. Er sah sich in die Enge gedrängt, und da er ahnte, daß er alles nur verschlimmerte, wenn er jetzt den Versuch machte, sich mit einer fadenscheinigen Erklärung herauszureden, sagte er kurz entschlossen: »Ich habe mich so erregt, weil es nicht das erstemal ist, daß Li-tai wie eine Verirrte umherläuft. Ich hoffte, dir diese Tatsache verschweigen zu können, weil ich annahm, daß ihre Manie an Whampoa gebunden gewesen sei. Sie hat sich dort nämlich nicht mit mir getroffen, sondern in ein Hotel einquartiert, von dem aus sie, wie ich eines Tages feststellte, die verrücktesten Wanderungen unternahm. Quer durch die Felder ist sie gelaufen, gerade so, als hätte sie etwas verloren.«

»Und das hast du mir verheimlicht?«

»Ich wollte dich nicht belasten und war der Meinung, daß sich derartige Dinge nicht wiederholen würden«, antwortete Kon-kim bedrückt. »Ich habe mich damals mit Onkel Hu besprochen und...«

»Er weiß davon?« unterbrach ihn die Mutter erregt.

»Ja«, antwortete Kon-kim über den Ankleideschirm hinweg. »Ich mußte einfach mit jemandem darüber reden.«

»Das beruhigt mich«, erwiderte sie erleichtert. »Ich befürchtete schon, du hättest die Geschichte gerade erfunden, um mir Schlimmeres zu ersparen. Aber was habt ihr euch dabei gedacht, mir, der Mutter des armen Geschöpfes, alles zu verschweigen? Hätte ich von Li-tais krankhafter Veranlagung gewußt, würde ich sie heute abend nicht alleine gelassen haben und läge sie jetzt in ihrem Bett.«

Kon-kim hielt es für zweckmäßig, nichts dagegen zu sagen, und während er sein Hemd zuknöpfte, bat er die Mutter, Li-tai gegenüber kein Wort über deren Fahrten nach Whampoa zu verlieren, da er ihr versprochen habe, die Sache für sich zu behalten.

Sie rang die Hände und erklärte ihm, daß es vernünftiger sei, eine umherirrende Schwester zu suchen, als einer Mutter ungebetene Ratschläge zu erteilen.

Er trat hinter dem Paravent hervor. »Im Augenblick können wir nichts anderes tun, als uns zu gedulden und auf ihre Rückkehr zu warten. Denn wo sollte ich sie suchen? Im Hafen, auf dem Peak, in der Chinatown? Es wäre sinnlos, zumal sie nach einer gewissen Zeit immer wieder zurückkehrt.«

»In Whampoa wird sie gewußt haben, wo sie wohnte«, erregte sich die Mutter.

»Das wird sie auch hier wissen«, entgegnete er beherrscht. »Jedenfalls wäre es verfrüht, sich jetzt schon an die Polizei zu wenden.«

Mutter Lee Wei konnte sich kaum noch auf den Beinen halten.

Kon-kim legte ihr die Hand auf die Schulter. »Denk an den Spruch, den du mir mit auf den Weg gabst, als ich nach Amerika ging. ›Geduld und Ruhe sind der Welt Richtmaß‹, sagtest du mir damals. Glaube jetzt daran! Es wird dir helfen, über die Zeit hinwegzukommen, die nun verstreichen muß.«

Was immer Kon-kim auch sagte und tat, der Mutter mußte er die nackte Wahrheit vorenthalten. Aber neben der Liebe des Sohnes brannte in ihm auch der Zorn des Bruders, der seine Schwester straucheln sieht und erkennen muß, daß ihr nicht mehr geholfen werden kann. Er wollte es nicht wahrhaben, aber seitdem er wußte, daß sie ihn bestohlen hatte, war er sich darüber im klaren, daß nicht Krankheit, sondern körperliche Lust sie davontrieb, für deren Befriedigung sie auch noch zahlte. Und sie hatte ihn erneut bestohlen:

ein einziger Blick in den Sekretär hatte ihm gezeigt, daß mindestens die Hälfte seines Geldes verschwunden war.

Doch was nützen Zorn und Empörung, wenn man aus Rücksichtnahme schweigen muß. Kon-kim blieb nichts anderes übrig, als künftig für eine bessere Aufbewahrung seiner Barschaft zu sorgen und darauf zu vertrauen, daß Mutter Lee Wei nun Tag und Nacht über Li-tai wachen würde. Aber konnte er unter diesen Umständen die äußerst gefährliche Tätigkeit in einem fremden Land aufnehmen? War er nicht verpflichtet, der Mutter die volle Wahrheit zu sagen?

Kon-kims Unruhe steigerte sich von Stunde zu Stunde, bis er gegen sieben Uhr eine Rikscha vor der Pension anhalten sah, aus der Li-tai mit unnatürlich geweiteten Augen ausstieg. Er eilte ihr entgegen, als wollte er sie auffangen und in die Arme schließen, doch kaum hatte er sie erreicht, da ging er recht ungnädig mit ihr um.

»Verprügeln sollte man dich!« fuhr er sie an. »Mutter sitzt in der Halle und ängstigt sich zu Tode. Um alles zu vertuschen, habe ich behaupten müssen, daß du auch schon in Whampoa des Nachts herumgeirrt bist. Das aber sage ich dir: Wenn du noch ein einziges Mal davonläufst, wirst du in eine Anstalt gesteckt, aus der du so schnell nicht wieder herauskommst!«

Sie sah ihn an, als verstehe sie den Sinn seiner Worte nicht.

Der Ausdruck ihrer Augen erschütterte ihn. Zu offensichtlich war es, daß sie nicht wußte, was sie getan hatte.

Nach dem bedrückenden Erlebnis mit Li-tai bemühte sich Kon-kim, so schnell wie möglich aus Hongkong herauszukommen. Es gelang ihm, auf einem Postboot, das vierundzwanzig Stunden später nach Singapore auslief, zwei Kabinen zu belegen, und er atmete erleichtert auf, als er das Schiff am folgenden Morgen mit seiner Mutter und Schwester ohne weiteren Zwischenfall erreichte.

Ta Tso-lin, der sie wie ein alter Freund der Familie begleitete, hielt für jeden ein kleines Abschiedsgeschenk parat. Mutter Lee Wei erhielt eine Dose mit erlesenem Gebäck. Li-tai schenkte er ein kleines Kettchen mit den Symbolen für ›Glück‹ und ›Langes Leben‹. Und Kon-kim überreichte er eine berühmte Erzählung aus der Sammlung *Liao-chai-chi-i*.

»Es bewahrheitet sich einmal wieder, daß Herzlichkeit eine Blume ist, die zwischen Gleichgesinnten blüht«, sagte Kon-kim, als

Ta Tso-lin von Bord gegangen war und das Schiff sich langsam in Bewegung setzte.

Die Mutter nickte und schaute zu den kahlen Bergen von Kowloon hinüber, von denen sie annahm, daß der Himmel sie als Schutzwälle zwischen ihrer geliebten Heimat und der britischen Kolonie errichtet habe. Als stolze Chinesin sah sie die Dinge anders als ihr Sohn, der sich angesichts der an den Berghängen gelegenen Elendsquartiere fragte, wieviel Menschen dem ausfahrenden Schiff wohl nachsehen mochten und sich wünschten, ihren Behausungen entfliehen zu können. Allein der Anblick der primitiven Holzhütten, in denen ein europäischer Bauer nicht einmal sein Vieh untergebracht haben würde, schnürte ihm die Kehle zu.

Aber auch an Bord der *Iris* gab es höchst unerfreuliche Bilder. Man brauchte nur einen Blick auf das Zwischendeck zu werfen, auf dem Hunderte von Menschen aller Rassen untergebracht waren. Chinesen, Inder, Thailänder, Burmesen, Tibeter und Mongolen lagen dort wie Heringe zusammen.

Doch so deprimierend der Anblick der zusammengepferchten Menschen auch sein mochte, Kon-kim würde sich der Faszination des Völkergewirrs gewiß nicht entzogen haben, wenn er nicht das lustvoll entstellte Gesicht seiner Schwester bemerkt hätte, die wie eine Katze über der Reling hing und zu den Männern des Zwischendecks hinabschaute.

Er riß sie förmlich vom Geländer fort und erklärte ihr, daß er sie in die Kabine einsperren würde, wenn sie sich während der Überfahrt auch nur das Geringste zuschulden kommen lasse.

Von diesem Augenblick an sprach Li-tai kein Wort mehr, und Kon-kim nahm sich vor, so bald wie möglich einen Psychiater zu Rate zu ziehen. Denn so konnte es nicht weitergehen.

Dennoch verlief die Überfahrt recht angenehm, wenn man von der feuchten Hitze absah, die allen Passagieren sehr zu schaffen machte. Aber die See war ruhig, und die Reisenden der ersten und zweiten Klasse vergnügten sich mit Deckspielen oder schauten den fliegenden Fischen zu, die in großen Schwärmen aus dem Wasser herausschossen und dicht über die Schaumkämme dahinflogen.

Fünf Tage dauerte die Fahrt über das Südchinesische Meer, das sich in strahlendem Sonnenschein zeigte, bis Singapore erreicht wurde, das in strömendem Regen lag.

Zur Verwunderung Kon-kims erschien mit den Beamten der Einwanderungsbehörde, die an Bord kamen, um die Pässe zu kontrollieren, ein weiß livrierter Inder, der sich bei ihm als Chauffeur Dr. K. M. Hajis vorstellte und in gebrochenem Englisch erklärte: »Imigration Sie schnell abfertigen. Doktor Haji hat veranlaßt durch Telefon. Alles very well. Sie nur brauchen einsteigen in Wagen, dann ich fahre und Ihnen zeige City. Alles very well.«

Kon-kim bedankte sich, und während die Passagiere des Zwischendecks wie eine Viehherde in eine Wellblechhalle getrieben wurden, stieg er mit seiner Mutter und Li-tai die Gangway hinab, an deren Ende ein *Rolls-Royce* auf sie wartete.

»Doktor Haji scheint sehr vermögend zu sein«, sagte Kon-kim, als sie in der Limousine Platz genommen hatten.

»Wie kommst du darauf?« fragte die Mutter ungehalten.

»Weil wir in einem *Rolls-Royce* abgeholt werden.«

Mutter Lee Wei war entsetzt darüber, daß ihr Sohn sich nicht scheute, über die finanziellen Verhältnisse ihres Gastgebers zu sprechen. Sie wollte ihn schon zurechtweisen, mußte es aber unterlassen, da sich der Fahrer gerade auf seinen Sitz schob.

»Jetzt Monsun und immer Regen bis Mittag«, sagte er grinsend. »Dann Sonnenschein. Wäre Schiff gekommen später, wir hätten wundervolle Fahrt nach Johore Bahru.«

»Wir sind auch so zufrieden«, erwiderte Kon-kim, um etwas zu sagen.

Der Chauffeur nickte. »Alles very well. Ich sonst fahre *Chrysler.* Motor aber kaputt, weshalb Doktor Haji sich hat geliehen *Rolls Royce* von seinem Freund. Der ist Sultan von Johore.«

Der Inder plapperte munter drauflos und steuerte den Wagen geschickt an etlichen Lastwagen und sperrigen Gütern vorbei.

Angesichts des strömenden Regens verzichtete die Hafenwache auf die übliche Kontrolle, und schon wenige Minuten später jagte der Inder durch das nahe gelegene Chinesenviertel dem Stadtzentrum entgegen, wo er nach Erreichen des Collyer Quays das Tempo verlangsamte und überschwenglich auf Bauwerke wies, deren altmodische Türme und Türmchen, Kuppeln und Säulen das hervorstechendste Merkmal waren. Auf jedes einzelne der sich wie bunte Steine einer billigen Kette aneinanderreihenden Gebäude machte er aufmerksam, nicht aber auf das farbige und grandiose Durcheinander der Bevölkerung Singapores. Malaien, Inder, Chinesen, Araber, Europäer, Eurasier, Japaner, Birmanen, Thailänder, Nepalesen und Indonesier bildeten eine so erregend bunte Palette, daß die Stadt förmlich verblaßte und zur bedeutungslosen Kulisse herabsank.

»Und das alles gehört den Engländern?« fragte Mutter Lee Wei, als sie sich dem Stadtrand näherten und der Chauffeur in die nach Johore Bahru führende Bukit-Timah-Road einbog.

Kon-kim nickte. »Seit über hundert Jahren. Sir Stamford Raffles erkannte die einzigartige Lage dieser Insel und ließ die einstmals von den Javanern dem Erdboden gleichgemachte Stadt neu aufbauen.«

»Und warum haben die Malaien das nicht selber getan?«

»Sie zogen es vor, im Schatten ihrer Palmen zu liegen.«

»Davon kann niemand satt werden«, erwiderte sie unwillig.

»In Malaya doch«, entgegnete Kon-kim gut gelaunt. »Hier wachsen einem die Früchte buchstäblich in den Mund.«

Die Mutter blickte nachdenklich nach draußen. »Ich fange an zu verstehen, warum so viele Chinesen nach Malaya auswandern.«

»Die Malaien empören sich darüber«, erwiderte Kon-kim, der schon zweimal in Singapore gewesen war und die Verhältnisse einigermaßen kannte.

»Und warum?« fragte sie streng.

»Sie faulenzen gerne und empfinden es als unkameradschaftlich, daß die Chinesen arbeiten und viel Geld verdienen. Achte nur auf die Schriftzeichen an den Geschäften: andere als chinesische kannst du kaum finden.«

Mutter Lee Wei war tief beeindruckt. Es befriedigte sie in höchstem Maße, daß es Chinesen waren, die das Herz Malayas pulsieren ließen.

Der Inder, der die Unterhaltung nicht hatte verstehen können, strich nervös über seinen vom Betelkauen blutroten Mund. »Hier alles very well«, sagte er, wie um sich Luft zu verschaffen. »Sie werden haben schöne Tage.«

Kon-kim benutzte die Gelegenheit, ihm einen Geldschein zuzuschieben, den der Inder mit einer Geschicklichkeit verschwinden ließ, die an Zauberei grenzte.

Wenige Minuten später erreichten sie den fast einen Kilometer langen Steindamm, der die britische Insel und Kronkolonie wie eine Nabelschnur mit Malaya verbindet. Auch hier wurde die erneut notwendige Zollabfertigung angesichts des zum Wagenpark des Sultans gehörenden *Rolls-Royce* zur Farce.

Und dann war es, als wollte sich das am anderen Ufer gelegene Johore Bahru von seiner besten Seite zeigen. Es hörte auf zu regnen, und durch Wolkenlücken hervorbrechende Sonnenstrahlen vergoldeten die malerischen Türme der *Abu Bakar Moschee,* die auf einem sanften Hügel liegt und an ein Bild aus Tausendundeiner Nacht erinnert. Ihre weißen Mauern spiegelten sich im opalisierenden Wasser der Meerenge, deren Ufer von bizarr geformten Regenbäumen und duftigen Casurinae gesäumt waren.

Kon-kim wunderte sich darüber, daß der lange und strategisch wichtige Damm nicht im geringsten bewacht wurde, obwohl über ihn neben der Eisenbahnlinie und Autostraße ein mächtiges und leicht verwundbares Rohr führte, durch das alles Wasser lief, das Singapore benötigte. Eine einzige Sprengladung konnte die Versorgung der Millionenstadt unterbinden.

»Nur zwei Meilen noch«, sagte der Inder, nachdem sie den Steindamm überquert hatten. »Haus von Doktor Haji direkt liegt an Jalan Skudai.«

Kon-kim blickte in Richtung Singapore zurück und entdeckte in der Meerenge Hunderte von Holzpfählen, zwischen denen kleine Hütten wie Nester in Baumkronen hingen.

»Malaien das nennen *Kelongs*«, sagte der Fahrer, als Kon-kim ihn nach der Bedeutung der Pfähle fragte. »Fischer dazwischen spannen Netze. Einige immer draußen bleiben und einpökeln, was gefangen. Very well, weil Hauptgeschäft ist Schmuggel nach beide Seiten.«

Kon-kim lachte. »Und was sagt die Polizei dazu?«

»Sie zudrückt beide Augen, weil sonst Beteiligung geht verloren.«

»Eigenartige Methoden«, entgegnete Kon-kim.

Der Inder grinste und bog in einen von einer dichten Hecke umgebenen Park ein, in dem schillernde Pfauen und dickbäuchige Mynah-Vögel wichtigtuerisch zwischen feuerroten und goldgelben Blumenbeeten umherstolzierten, die ein breitangelegtes, niedriges Landhaus umrahmten, dessen Rolläden herabgelassen waren. Gleich darauf erreichten sie ein von Oleander flankiertes Portal, und noch bevor die Räder des Wagens stillstanden, wurden seine Türen von malaiischen Dienern aufgerissen, die schwarzsamtene

Kopfbedeckung, weiße Uniformblusen und eng um die Taille gewickelte *Sarongs* trugen. Sie legten die Hand an die Stirn und murmelten »Tabek, tabek«, um dann einen Schritt zurückzutreten und zum Hauseingang hinüberzublicken, in dem ein schlanker, graumelierter Inder erschien, der zum Gruß die Hände faltete.

Es war Dr. Haji, dem man nicht ansah, daß er das sechzigste Lebensjahr bereits überschritten hatte. Auf seinem kupferbraunen, schmalen Gesicht lag ein gewinnendes Lächeln. Seine dunklen Augen strahlten Wärme und Güte aus.

»Ich heiße Sie herzlich willkommen und brenne darauf, jeden Satz Ihrer sicherlich sehr anregend gewesenen Unterhaltung mit meinem Freund Ta Tso-lin zu erfahren«, begrüßte er seine Gäste in wohltönendem Oxford-Englisch, wobei er zunächst Mutter Lee Wei und dann Kon-kim und Li-tai die Hand reichte. »Über ein Jahr haben Ta Tso-lin und ich nichts voneinander gehört. Sie werden deshalb meine Neugier verstehen. Vor allen Dingen muß ich wissen, ob mein Freund immer noch so klein ist?«

Da Kon-kim unschwer erkannte, daß es Dr. Haji darum ging, die etwas schwierige Situation des Sichvorstellens und Kennenlernens zu überbrücken, erwiderte er verbindlich: »Ich bin gewiß, daß Sie von der körperlichen und nicht von der geistigen Größe Ihres Freundes sprechen.«

Der Inder lachte und wandte sich an Mutter Lee Wei. »Die Antwort Ihres Sohnes zeigt mir, daß wir uns gut verstehen werden. Unabhängig davon hoffe ich, daß es mir gelungen ist, für die nächsten Tage ein Programm zusammenzustellen, das Ihren Beifall finden wird.«

»Davon bin ich überzeugt«, erwiderte die Mutter in einem merkwürdig spitz klingenden und schwer verständlichen Englisch. »Ich befürchte nur, daß Sie sich zuviel Mühe mit uns machen.«

Dr. Haji erklärte, daß es ihm eine Freude sei, einmal wieder Gäste um sich zu haben, und er bat um Entschuldigung dafür, daß ihn die räumlichen Verhältnisse seines Hauses leider gezwungen hätten, Mutter und Tochter in einem Zimmer unterzubringen.

Kon-kim vermutete augenblicklich, daß das nächtliche Verschwinden seiner Schwester Ta Tso-lin veranlaßt habe, seinem Freund eine entsprechende Information zu geben. Er fühlte, daß ihm das Blut in den Kopf stieg, und er war froh, daß Dr. Haji ihn in diesem Moment nicht beachtete, sondern sich ganz seiner Mutter widmete, die er in das vom aromatischen Duft indischer Räucherstäbchen erfüllte Haus geleitete.

In der Diele drehten sich lautlose Ventilatoren an den Decken. Die Wände waren mit Seide bespannt, die Vorhänge aus gold- und silberdurchwirkten Brokatstoffen. Überall standen herrliche Blumenarrangements: Orchideen, roter Jasmin und Schalen mit wachsschimmernden Seerosen.

Als Kon-kim sich erfrischt hatte und in die Diele zurückkehrte, ging ihm Dr. Haji mit elastischen Schritten entgegen. »Was würden Sie davon halten, wenn wir beide nach Tisch einen Spaziergang zur Moschee machten? Die Damen werden sich sicherlich zurückziehen wollen, und wir hätten eine gute Gelegenheit, uns in Ruhe über die derzeitige politische Lage in Ihrer Heimat zu unterhalten.«

Kon-kim war mit dem Vorschlag einverstanden, und so wanderten sie am Nachmittag durch eine parkartige Landschaft, deren Ruhe und Schönheit nicht von dieser Welt zu sein schien. Über smaragdgrüne Rasenflächen, in denen breitblättrige Mahagoni- und chromgelb blühende Cassiabäume standen, gingen sie durch ein Paradies auf Erden und sprachen über Dinge, die das Leben zur Hölle machen.

»Nach allem, was ich Ihnen erzählte«, schloß Kon-kim seinen Bericht über die chinesischen Verhältnisse, »werden Sie hoffentlich verstehen, daß ich meine Heimat verließ und nicht daran denke, in absehbarer Zeit in sie zurückzukehren.«

»Gewiß«, erwiderte der Inder. »Ich frage mich nur, warum Sie ausgerechnet nach Japan gehen wollen.«

»Ich habe drüben einen Freund, einen als Journalist tätigen amerikanischen Studienkameraden, von dem ich hoffe, daß er mir die Türen zu einigen Redaktionen öffnen wird. Ich möchte den Versuch machen, der westlichen Welt zu zeigen, daß China verloren ist und zur Gefahr für alle wird, wenn man uns jetzt nicht beisteht und weiter in die Arme Rußlands treibt.«

Dr. Haji nickte. »Der Kommunismus bedient sich des Terrors, um an die Macht zu kommen, aber obgleich diese Tatsache allgemein bekannt ist, habe ich feststellen müssen, daß es in fast allen südostasiatischen Ländern gefährlich ist, eine antikommunistische Haltung einzunehmen. Wer es riskiert, wird angefeindet.«

»Warum nur?« fragte Kon-kim verwundert.

»Die Gründe sind sehr unterschiedlich. In den gutsituierten

Kreisen sind es die morbiden Söhne und Töchter reicher Eltern, die keine Antikommunisten dulden, weil sie es schick finden, als Salonbolschewisten zu gelten. Und für die überwiegend chinesische Bevölkerung ist ›antikommunistisch‹ und ›antichinesisch‹ ein und dasselbe. Sie sieht im Antikommunismus eine gegen die Heimat ihrer Väter gerichtete geistige Einstellung. Weshalb das so ist, kann ich Ihnen nicht sagen. Ich vermute, weil sich der von allen verehrte Doktor Sun Yat-sen an Rußland anlehnte, als der Westen und die Amerikaner ihm nicht helfen wollten. Auf jeden Fall ist die Geschichte höchst gefährlich, da die Agenten Moskaus in Südostasien einen Nährboden vorfinden, wie sie ihn sich idealer nicht wünschen können.«

»Um so wichtiger scheint es mir zu sein, die westliche Welt auf die drohende Gefahr aufmerksam zu machen.«

»Tun Sie es, wo immer Sie können. Ich will versuchen, Ihnen dabei behilflich zu sein, indem ich Ihnen einige Empfehlungsschreiben an einflußreiche Japaner mitgebe.«

Der Himmel hat mich hierhergeführt, dachte Kon-kim erfreut. Mit Dr. Hajis, David Hamiltons und Vera McLeans Hilfe wird es mir schneller als erhofft gelingen, an Menschen heranzukommen, die ich zur Erfüllung meiner Aufgabe benötige.

Nach drei überaus abwechslungsreichen Tagen sagte Kon-kim seinem Gastgeber, daß er beabsichtige, am darauffolgenden Morgen nach Singapore zu fahren, um bei der Bank Geld abzuheben und bei einer Schiffahrtsgesellschaft Kabinen für die Fahrt nach Japan zu belegen.

Dr. Haji erklärte sich sofort bereit, ihm seinen Wagen zur Verfügung zu stellen; er empfahl Kon-kim jedoch, sich den Weg nach Singapore zu ersparen, da die Buchung telefonisch erledigt und das Geld von seinem Chauffeur geholt werden könne. »Bedenken Sie, daß es heute abend spät werden wird«, fügte er beinahe väterlich hinzu. »Vor Mitternacht kommen wir bestimmt nicht zurück. Da werden auch Sie morgen etwas länger schlafen wollen.«

Dagegen war schwer etwas einzuwenden, zumal Dr. Haji die Liebenswürdigkeit besessen hatte, Karten für eine in Singapore im *Sea-View-Hotel* stattfindende japanische Modenschau zu beschaffen, um Mutter Lee Wei und Li-tai einen kleinen Vorgeschmack über die Kleidung des Landes zu geben, in das sie nun fahren sollten. Kon-kim gab deshalb dem Chauffeur einen Scheck über fünftausend US-Dollar und ersuchte ihn, sich den Betrag in möglichst großen Scheinen geben zu lassen.

Die Modenschau war insofern etwas Besonderes, als das *Sea-View-Hotel* an diesem Abend nicht nur für Weiße, sondern auch für die kaufkräftige ›farbige Hautevolee‹ geöffnet war, die bei solchen Gelegenheiten demonstrativ vollzählig erschien, um die Weißen, die zumeist weniger begüterte Angestellte europäischer Firmen waren, nach besten Kräften zu verdrängen.

Dabei war die Modenschau ebensowenig sehenswert wie das im englischen Tropenstil errichtete Hotel, in dessen monströser und mit viel östlichem Zierat ausgestatteter Halle scheußlich bunte Lampions hingen. Schön war nur die Lage des Hotels, von dem man bei klarer Sicht die vor Sumatra gelegenen Inseln sehen konnte. Und hübsch waren die zierlichen Mannequins, die zu den zart gezupften Klängen einiger *Samisen* wie lebende Puppen über einen schmalen Laufsteg trippelten.

Besonders die japanische Ansagerin, die ein leuchtendblaues *Uchikake* trug, ein langes kimonoähnliches Gewand aus gold- und silberdurchwirktem Brokat, das in der Taille von einem kostbaren *Obi* gehalten wurde, machte einen so großen Eindruck auf Kon-kim, daß er jedesmal, wenn sie in seine Richtung blickte, wie gebannt dasaß und sich schließlich sogar einbildete, daß sie nicht zufällig immer wieder zu ihm hinüberschaue.

Aber das ging nicht nur ihm so. Auch Dr. Haji konnte sich nicht des wohligen Gefühls erwehren, die reizende Ansagerin, deren Haut an einen Pfirsich erinnerte und deren kindlich anmutendes Gesicht von einer hochgesteckten Haartracht eingerahmt war, habe ein besonderes Auge auf ihn geworfen.

»Japanerinnen sind schon etwas Entzückendes«, sagte er gedämpft an Kon-kim gewandt. »Ich muß dauernd an bunte Schmetterlinge denken.«

»Ein guter Vergleich«, erwiderte Kon-kim.

Der Inder rückte näher an ihn heran. »Wenn wir allein wären, würde ich der kleinen Ansagerin jetzt Blumen schicken.«

Kon-kim schmunzelte. »Dann würde sie drei Sträuße bekommen: einen von Ihnen und zwei von mir.«

Dr. Haji stieß ihn mit dem Ellbogen in die Seite.

Die Modenschau, zu der Kon-kim nur widerstrebend gegangen

war, verlief ihm plötzlich viel zu schnell. Als er später sein Bett aufsuchte, sah er noch immer das hübsche Gesicht der kleinen Japanerin vor sich, die mit weicher Stimme jedes Wort ihrer englischen Ansage so exakt modelliert hatte, daß eine völlig neue, aber hervorragend zu verstehende Sprache daraus entstanden war.

Kein Wunder, daß er nicht gleich einschlafen konnte.

Der wie aus Eimern herabplatschende Monsunregen hatte das morgendliche Gekreisch der Nashornvögel bereits zum Verstummen gebracht, als Mutter Lee Wei aufgeregt in das Zimmer ihres Sohnes eilte.

»Li-tai ist fort!« rief sie, noch bevor sie sein Bett erreichte.

Kon-kim schnellte wie von einer Feder getrieben in die Höhe. »Wie ist das möglich? Sie hat doch bei dir geschlafen!«

Mutter Lee Wei rang nach Atem. »Ich begreife es selber nicht. Sie hat außer ihrem Regenmantel auch ihre Waschutensilien mitgenommen. Mir ist es schleierhaft, wie sie das angestellt hat.«

Kon-kim sprang aus dem Bett. »Wir müssen Doktor Haji verständigen. Geh in dein Zimmer und kleide dich an. Ich werde einen Diener bitten, Doktor Haji zu wecken.«

Wenige Minuten später erschien der Inder im Morgenrock in der Diele. Kon-kim informierte ihn über das Geschehene und machte keinen Hehl daraus, daß seine Schwester bereits früher einige Male heimlich davongelaufen war.

Dr. Haji stellte keine Fragen, sondern rief die nahe gelegene Zollkontrollstelle an, bei der er sich erkundigte, ob in der vergangenen Nacht oder in den Morgenstunden eine sechzehnjährige Chinesin die Grenze passiert habe.

Es dauerte nicht lange, bis er den Bescheid erhielt, daß die Beschriebene von keinem Beamten gesehen worden sei. Er bat daraufhin darum, das Mädchen keinesfalls nach Singapore gehen zu lassen und ihn unverzüglich anzurufen, wenn es an der Kontrollstelle erscheinen sollte. Als er den Hörer auflegte, sah er Kon-kim fragend an. »Was nun? Den Weg in die Kronkolonie habe ich Ihrer Schwester versperrt. Nach Norden gibt es nur zwei durch undurchdringlichen Dschungel führende Straßen. Sie müssen jetzt entscheiden, ob wir die Polizei einschalten oder selber losfahren sollen.«

Um zu verhindern, daß Dr. Haji sich persönlich bemühte, entschied sich Kon-kim dafür, die Behörde in Anspruch zu nehmen.

Der Inder führte daraufhin ein längeres Gespräch mit dem Polizeipräfekten von Johore Bahru, den er abschließend ersuchte, die Angelegenheit so diskret wie möglich zu behandeln, da es sich bei der Gesuchten um die zeitweilig geistesgestörte Schwester eines guten Freundes handle.

»Ich hoffe, Sie nehmen mir meine krasse Formulierung nicht übel«, sagte er an Kon-kim gewandt, als das Gespräch beendet war.

»Im Gegenteil«, erwiderte Kon-kim. »Ich kann Ihnen nur dankbar sein, zumal mir die geistige Verfassung meiner Schwester wirklich bedenklich erscheint.«

Dr. Haji entnahm einer Elfenbeindose eine Papyros, deren hohles Mundstück er zusammendrückte. »Betrachten Sie es nicht als indiskret, wenn ich frage, seit wann Ihre Schwester den Hang zum Davonlaufen zeigt. Ich möchte vielmehr mit Ihnen überlegen, was wir tun können, um ihr zu helfen.«

»Das wird nicht leicht sein«, antwortete Kon-kim nach kurzem Zögern. »Li-tai war ein sonniges Kind, bis sie vor einem Jahr von Banditen vergewaltigt wurde. Gleichzeitig erlebte sie die Ermordung ihrer Schwester und unseres Vaters.«

Die Augen des Inders weiteten sich. »Sie war allein?«

»Nein. Meine Mutter war bei ihr und mußte alles mit ansehen: sieben Vergewaltigungen an zwei Töchtern und fünf Morde!«

Dr. Haji zerdrückte seine Zigarette.

»Ich kam zu spät«, fuhr Kon-kim fort. Er hatte plötzlich das Bedürfnis, sich auszusprechen. »Aber ich kam noch früh genug, um den Banditen die Kehle durchzuschneiden.«

Der Inder war betroffen, und es dauerte eine ganze Weile, bis er kaum hörbar fragte: »Was geschah danach?«

Kon-kim hob die Schultern. »Ich erinnere mich nur noch daran, daß mir das Töten erstaunlich leichtfiel. Erst später dachte ich daran, daß auch meine Tat ihren Preis verlangen wird.«

»Der wird Ihnen natürlich abverlangt werden, denn das *Karma,* das kosmische Gesetz von Ursache und Wirkung, demzufolge künftige Daseinsformen Lohn oder Strafe für begangene gute oder schlechte Taten darstellen, duldet keine Ausnahme«, sagte Dr. Haji wie zu sich selbst. »Das gilt auch für Ihre Schwester, die nun eine Reihe von Existenzen durchlaufen muß: absteigende und aufsteigende, so wie es das *Karma* bestimmt.«

Kon-kim seufzte. »Ein bitterer Trost für meine Mutter, der ich nur einen Teil dessen anvertraute, was ich über meine Schwester in Erfahrung brachte.«

Der Inder schüttelte den Kopf. »Ich rate Ihnen dringend, Ihrer tapferen Mutter baldmöglichst reinen Wein einzuschenken. Ein Mensch, der durchmachte, was Sie mir eben sagten, hat bewiesen, daß er im Schmerz nicht zusammenbricht, sondern über sich selbst hinauswächst. Unabhängig davon bin ich der Auffassung, daß es unverantwortlich ist, Ihre Schwester unter den gebenen Umständen nach Japan zu verpflanzen.«

»Ich weiß«, erwiderte Kon-kim gequält. »Aber was soll ich machen? Meine Mutter und Schwester sind auf mich angewiesen!«

»Und was ist mit der Aufgabe, die Sie sich gestellt haben? Wenn Sie sie Ihrer Schwester zuliebe opfern wollen, dann müssen Sie zurückfahren, im anderen Falle aber wie ein Mann handeln, der von einer Schlange gebissen wird und beherzt nach dem Messer greift, um das vergiftete Fleisch herauszuschneiden.«

Kon-kim straffte sich. »Wollen Sie damit sagen, daß ich...?«

»Ja«, unterbrach ihn Dr. Haji. »Und Sie sollen auch wissen, woher ich den Mut nehme, so offen mit Ihnen zu sprechen. Unsere Unterhaltungen haben mir gezeigt, daß Sie Außerordentliches zu leisten vermögen, und ich lehne mich dagegen auf, daß Sie nun an etwas Krankem zugrunde gehen sollen. Das aber werden Sie, wenn Sie nicht unverzüglich eine klare Entscheidung herbeiführen.«

»Und was soll aus meiner Schwester werden? Heißt es nicht, daß es besser ist, ein Menschenleben zu retten, als eine siebenstöckige Pagode zu bauen?«

Der Inder nickte. »Das ist richtig. Vergessen Sie aber nicht, daß ein Vater keine Mutter ersetzen und ein Jurist nicht operieren kann. Wer Bohnen sät, darf keine Hanfernte erwarten. Aber ich möchte nicht weiter in Sie dringen. Drei Ellen über jedem Kopf steht der Vater aller Dinge. Man soll darum niemandem zu etwas raten, das er mit seinem Gewissen nicht vereinbaren kann.«

Mutter Lee Wei war bewunderswert. Nicht einmal an diesem Tag ließ sie sich anmerken, was sie durchmachte, und als Dr. Haji Worte des Trostes an sie richten wollte, hob sie ihre Hand und sagte mit sanfter Stimme: »Bemühen Sie sich nicht. Ebensowenig wie es Blumen gibt, die ewig blühen, kann es Menschen geben, die ununterbrochen in Zufriedenheit leben.«

Aber wie gefaßt sie sich auch gab, sie wurde ratlos, als Kon-kim ihr am Nachmittag sagen mußte, daß die Polizei die Suche auf den nach Norden führenden Straßen erfolglos abgebrochen habe.

»Und was geschieht jetzt?« fragt sie, ohne den Kopf zu heben.

Kon-kim bedeutete ihr, daß Dr. Haji nochmals mit dem Präfekten gesprochen und ihn gebeten habe, nunmehr alle Lokale Johore Bahrus durchforschen zu lassen.

»Warum gerade die Lokale?« fragte sie beklommen.

Kon-kim nagte an seinen Lippen. »Wo sollte man sie sonst suchen?«

Mutter Lee Wei erhob sich und ging auf ihn zu. »Da stimmt doch etwas nicht. Ich spüre, daß du mir etwas verschweigst.«

Sie hatte dies kaum gesagt, da klopfte es, und ein malaiischer Diener meldete Kon-kim, daß Dr. Haji ihn zu sprechen wünsche.

»Vielleicht hat er eine Nachricht«, sagte Kon-kim und eilte aus dem Zimmer. »Ich komme sofort zurück.«

Der in der Diele auf ihn wartende Inder machte einen ungehaltenen Eindruck und erklärte ohne Umschweife: »Ihre Schwester befindet sich in Singapore! Sie hat uns alle an der Nase herumgeführt!«

Die empört hingeworfenen Worte ließen Kon-kim zufammenfahren. »Wie soll ich das verstehen?« fragte er verwirrt.

Dr. Haji zündete sich eine Papyros an. »Mein Chauffeur hat mich eben angerufen, weil er nicht mehr weiter weiß. Als er heute morgen zur Garage ging, um nach Singapore zu fahren und Ihren Scheck einzulösen, traf er Ihre Schwester, die ihm erklärte, den Auftrag zu haben, ihn zu begleiten.«

»Und das hat er ihr geglaubt?«

»Er hatte keinen Grund, ihr zu mißtrauen«, entgegnete der Inder scharf. »Aber es kommt noch schlimmer. Ihre Schwester brachte es trotz ihrer geringen englischen Kenntnisse fertig, dem Chauffeur während der Fahrt klarzumachen, daß Sie sie angewiesen hätten, das Geld persönlich von der Bank abzuheben und es bei einer Schiffahrtsgesellschaft einzuzahlen.«

Kon-kim erstarrte.

»Um die Sache kurz zu machen: mein Fahrer übergab ihr den Scheck und wartet nun seit vier Uhr auf dem Raffles-Place. Ihre Schwester war nämlich so raffiniert, sich erst zu diesem Zeitpunkt wieder mit ihm zu verabreden. Das ist zusammengedrängt die Geschichte eines unglaubwürdigen Geschehens, und ich muß es Ihnen überlassen, zu entscheiden, was jetzt unternommen werden soll.«

Kon-kim war zu entsetzt, um sofort etwas erwidern zu können. »Ich wäre Ihnen dankbar, wenn Sie die Polizei verständigen würden«, sagte er schließlich. »Erklären Sie, daß meine Schwester unter Bewußtseinsspaltung leidet und daß man sie aus diesem Grunde in Schutzhaft nehmen soll.«

Dr. Haji fühlte sich erleichtert. »Überlassen Sie alles weitere mir«, sagte er nach kurzer Überlegung. »Sie müssen sich jetzt um Ihre Mutter kümmern.«

Kon-kim nickte und ging zunächst in den Garten, um Ordnung in seine Gedanken zu bringen. Dann suchte er seine Mutter auf, die ihm wie aus Stein gemeißelt entgegenblickte.

»Setz dich«, sagte er ihr. »Es wird dunkel, und vor Anbruch der Dunkelheit soll man sich in den Schutz eines Hauses begeben.«

Mutter Lee Wei verstand den Sinn seiner Worte. Sie klagte aber nicht und blieb auch beherrscht, als sie die volle Wahrheit erfahren hatte.

»Sehen wir den Dingen offen in die Augen«, sagte sie mit fremder Stimme, nachdem sie minutenlang regungslos vor sich hin geblickt hatte. »Li-tai ist von einer Krankheit befallen, über die zu urteilen wir kein Recht haben, die uns aber verpflichtet, alles zu unterlassen, was sie verschlimmern könnte. Du hast es gut gemeint, als du glaubtest, uns nach Japan entführen zu müssen. Nach allem jedoch, was ich nun weiß, steht für mich fest, daß Li-tai nur einen Gedanken kennt: zurück zu Tsai Fu! So schrecklich das sein mag, schlimmer wird es für sie, wenn wir sie eines Tages in eine Heilanstalt bringen müssen. Ich werde, deshalb, wenn Li-tai gefunden wird, mit ihr nach Kanton zurückkehren, und ich werde alleine fahren, wenn die Suche ergebnislos verlaufen sollte. Denn dann befindet sie sich bereits auf dem Weg nach Whampoa.«

Kon-kim rang die Hände. »Aber ich kann doch nicht ohne weiteres all meine Pläne über den Haufen werfen.«

»Habe ich das verlangt?« entgegnete Mutter Lee Wei. »Ich sprach nur von Li-tai und mir. Du wirst nach Japan fahren und erst zurückkehren, wenn du deine dortige Aufgabe erfüllt hast.«

Kon-kim sah sie entgeistert an, aber noch bevor er eine Frage an sie richten konnte, erklärte sie ihm, daß er sich ihr gegenüber nicht zu verstellen brauche, da sie genau wisse, daß er die Reise nicht zu seinem Vergnügen angetreten habe.

Ihm wurde unheimlich zumute. Durfte er sich in einem Augenblick wie dem gegenwärtigen von seiner Familie trennen und nach Japan fahren?

Mutter Lee Wei trat an ihn heran und sagte, als hätte sie seine Gedanken erraten: »Wie die Wurzeln des Staates in der Familie liegen, so liegen die Wurzeln der Familie in der einzelnen Person. Jeder hat seine Aufgaben und Pflichten, und wehe dem, der den anderen daran hindert, sie zu erfüllen. Fahre also nach Japan und laß mich nach Kanton zurückkehren. Von unserer Liebe zueinander brauchen wir darum nicht Abschied zu nehmen.«

Noch am gleichen Abend erhielt Dr. Haji die Mitteilung, daß die Kontrollstation des Hafens von Singapore am Vormittag einem jungen Mädchen namens Lee Li-tai auf Grund des von ihr vorgelegten Reisepasses die Genehmigung zum Betreten des Freihafens erteilt hatte. Eine Auskunft darüber, ob die Gesuchte das weitläufige Gelände inzwischen wieder verlassen habe oder mit einem Schiff abgefahren sei, konnte die Polizei nicht geben. Sie empfahl, sich wegen der letztgenannten Möglichkeit mit der zuständigen Behörde ins Benehmen zu setzen.

Da diese ihre Büros bereits geschlossen hatte, fuhren Dr. Haji und Kon-kim in der Frühe des nächsten Morgens nach Singapore. Das Ergebnis ihrer Recherchen brachte sie jedoch nicht weiter.

»Sie wird sich heimlich auf ein Schiff geschlichen haben und die Passage nachträglich zahlen«, sagte der Inder, als sie ermittelt hatten, daß in der letzten Nacht allein fünf Frachter nach Hongkong ausgelaufen waren.

»Angesichts des abgehobenen Geldes dürfte ihr das keine Schwierigkeiten bereiten«, erwiderte Kon-kim verbissen.

Dr. Haji vollführte eine hilflose Geste und ließ eine Weile verstreichen, bevor er sich nach Kon-kims weiteren Plänen erkundigte.

Dieser berichtete vom Ausgang seiner Unterredung mit der Mutter und erklärte, daß er es unter den gegebenen Umständen für richtig erachte, gleich die benötigten Kabinen nach Hongkong und Tokyo zu belegen.

Dem Inder fiel ein Stein vom Herzen. »Sie haben recht«, sagte er. »Wir werden jetzt die Buchung vornehmen, und während Sie bei

Ihrer Bank vorsprechen, gehe ich zur Post und telegrafiere meinem Freund Ta Tso-lin, daß er ab sofort jedes in Hongkong einlaufende Schiff kontrollieren lassen und sich Ihrer Mutter bei deren Rückkehr annehmen soll. Ich bin überzeugt, daß er sie in Begleitung Ihrer Schwester in Empfang nehmen wird.«

Kon-kim bedankte sich mit bewegten Worten. Gewiß würde er anders reagiert haben, wenn ihm der Text des merkwürdigen Telegrammes bekannt gewesen wäre, das Dr. Haji an Ta Tso-lin aufgab. Es lautete: ›Erbitte Anruf, da demontierte Maschine auf zwei Schiffen nach Hongkong zurücktransportiert wird. Das Antriebsaggregat ist unversehrt und erreicht seinen Bestimmungshafen in spätestens drei Wochen. Sehr froh über die Entwicklung. Herzlichst Dein Bruder.‹

Der Abschied von der Mutter fiel Kon-kim schwerer, als er es zeigte, und ihre letzten Worte waren nicht dazu angetan, die Trennung zu erleichtern. Denn als er ihr erklärte, so schnell wie möglich nach China zurückzukehren, unterbrach sie ihn ungehalten: »Man spricht nicht von der Ernte, wenn man zur Saat ausfährt, und man tröstet nicht Menschen, die keines Trostes bedürfen. Wer einen Sohn hat, ist zufrieden und wird es auch in Stunden sein, in denen er daran denkt, daß junge Menschen an die Stelle der alten treten.«

Nie zuvor hatte Mutter Lee Wei erkennen lassen, daß sie sich alt fühlte. Es schmerzte Kon-kim, daß er ihr in der Abschiedsstunde nicht näher sein konnte, als sie es zuließ.

Doch wie schwer ihm die Trennung auch fiel, er fühlte sich irgendwie befreit, als er von Singapore nach Johore Bahru zurückkehrte, wo er noch zwei Tage bei Dr. Haji verbrachte, der sich sehr um ihn bemühte und nicht darauf verzichtete, ihn persönlich an Bord des modern eingerichteten japanischen Schnelldampfers *Nagato Maru* zu bringen.

»Um die Fahrt sind Sie zu beneiden«, sagte der Inder, als sie nach einem Rundgang durch das schmucke Schiff das mit Sonnensegeln überspannte Bootsdeck aufsuchten, auf dem viele Passagiere standen.

Kon-kim nickte. »Ich freue mich auch darauf, einmal vierzehn Tage lang nichts zu hören und zu sehen.«

Dr. Haji zog sein goldenes Zigarettenetui aus der Tasche. »Ich möchte wetten, daß daraus nichts wird.«

»Und warum nicht?«

»Weil Sie ein Glückspilz sind«, erwiderte der Inder und deutete mit dem Kopf zur Seite. »Sehen Sie mal, wer da ist.«

Kon-kim schaute in die gewiesene Richtung und stutzte. Keine zwanzig Meter von ihm entfernt lehnten sechs in leuchtende Kimonos gekleidete Japanerinnen an der Reling. »Das sind ja die Mannequins aus dem *Sea-View*-Hotel«, sagte er verblüfft.

Dr. Haji schmunzelte. »Und nun frage ich Sie auf Ehre und Gewissen, ob Sie angesichts dieser reizenden Kollektion bunter Schmetterlinge immer noch der Auffassung sind, daß Sie auf der Überfahrt nichts hören und sehen werden?«

Kon-kim hob die Hand. »Ich schwöre beim Himmel, daß ich meine Hoffnung freudigen Herzens begrabe, und ich bedanke mich nochmals herzlichst dafür, daß Sie die glorreiche Idee hatten, mich auf Ihren Schneider aufmerksam zu machen. Ohne Smoking würde ich jetzt wohl in Verlegenheit kommen.«

Der Inder blickte zu den Japanerinnen hinüber. »Auf welche der süßen Töchter Nippons werden Sie sich stürzen?«

»Natürlich auf die hübsche Ansagerin.«

Es war schon erstaunlich: das Gespräch der beiden Männer, die tagelang nur Probleme gewälzt hatten, plätscherte plötzlich wie ein den Berg hinabsprudelnder Bach dahin. Beide genossen das Glück des unbeschwerten Dahintreibens, und als die Schiffssirene die Besucher aufforderte, von Bord zu gehen, war es ihnen zumute, als würden sie aus einem Traum herausgerissen.

»Wir sehen uns wieder«, sagte der Inder, als er sich verabschiedete. »Ich spüre es und hoffe, daß Sie bis dahin genügend Zeit haben, sich um die kleine Ansagerin zu kümmern.«

Kon-kim legte die Hände gegeneinander und verneigte sich. »Ich hoffe es mit Ihnen.«

Dr. Haji warf einen letzten Blick zu den Mannequins hinüber. »Es ist ein Jammer, daß ich nicht mitfahren kann.«

»Vielleicht auch ein Glück«, entgegnete Kon-kim.

»Sie meinen Ihretwegen?«

»Nicht unbedingt. Ich dachte im Augenblick daran, daß schöne Frauen schnell ein unglückliches Leben haben.«

Das Tor der süßen Neigung

Ein schweres Tropengewitter entlud sich über Singapore und trieb die Passagiere unter Deck, als die blendendweiße *Nagato Maru* von kräftigen Bugsierschiffen aus dem Hafenbecken herausgeschleppt wurde.

Kon-kim war der einzige, der vor den jäh herabplatschenden Wassermassen nicht flüchtete. Ihm war es gleichgültig, bis auf die Haut durchnäßt zu werden. Er wollte allein sein und bewußt den neuen Lebensabschnitt antreten, der nun vor ihm lag. Es gab keine Brücke mehr, über die er hätte zurückgehen können, seine Gedanken aber durchwanderten das vergangene Jahr. Noch einmal durchlebte er, wie alles gewesen war: jene unvergeßliche Stunde mit Süa-tü, der die grauenvollste Nacht seines Lebens folgen sollte; die Flucht in den Wald und die Fahrt über Kweiyang nach Kanton; das gepflegte Heim des gütigen Onkels; die Sorge um die verstörte Schwester; das Treffen mit David Hamilton; der beginnende Fremdenhaß; Vera McLean; die Straßenkämpfe; das immer größer werdende politische Durcheinander; der Eintritt in die Kriegsakademie; die dortigen Quälereien; Li-tais unbegreiflicher Niedergang; sein Entschluß, das Land zu verlassen und der Heimat in der Ferne zu dienen; Hongkong; der hilfsbereite Ta Tso-lin; Singapore und der fürsorgliche Dr. Haji; und zuletzt das Verschwinden der Schwester und die sich deutlich abzeichnende Auflösung der Familie.

Er zwang sich, an andere Dinge zu denken. Die auf ihn harrende Aufgabe verlangte einen klaren Kopf und konnte nur bewältigt werden, wenn er alles Hinderliche über Bord warf.

Das Festland entschwand in der Ferne. Ein lange nicht mehr gekanntes Glücksgefühl durchströmte Kon-kim, als er seine Kabine aufsuchte und unter der heißen Dusche stehend an die reizende Japanerin dachte, die einen so großen Eindruck auf ihn gemacht hatte. Er mußte sie kennenlernen. Aber wie sollte er es anstellen, ihre Bekanntschaft zu machen?

Ein Zufall kam ihm zu Hilfe. Als er seine Kabine verließ und in den schmalen Gang trat, der zum Foyer führte, lief ihm die hübsche Ansagerin buchstäblich in die Arme.

Den Bruchteil einer Sekunde stand er wie angenagelt, dann aber reagierte er so schnell, daß er sich über sich selbst wunderte. »Wissen Sie, daß Sie *drei* Blumenbouquets erhalten haben würden, wenn Ihnen ein Bekannter von mir, mit dem ich die Modenschau im *Sea-View*-Hotel besuchte, an jenem Abend einen Strauß geschickt hätte?« fragte er mit gewinnendem Lächeln.

Ihre Augen weiteten sich. Über ihr zartes Gesicht lief eine leichte Röte. »I beg your pardon«, erwiderte sie mit weicher und jedes Wort exakt modellierender Stimme. »Aber wie soll ich das verstehen?«

»Um Ihnen das zu erklären, müßte ich mich schon etwas länger mit Ihnen unterhalten«, antwortete er ausweichend. »Darf ich Sie zu einem Aperitif einladen?«

Sie senkte die Lider. »Da ich Unwürdige immer bestrebt sein muß, meine englischen Sprachkenntnisse zu erweitern, nehme ich Ihre Einladung gerne an.«

Kon-kim nannte seinen Namen.

»Ich heiße Kinki Yasuda«, erwiderte sie kaum hörbar, wobei sie sich mit unnachahmlicher Grazie vor ihm verneigte.

Ihr Name gefiel ihm sehr. Er bat sie voranzugehen, doch sie lehnte dies mit dem Bemerken ab, eine Japanerin habe dem Manne in allem zu folgen und müsse somit auch stets hinter ihm gehen.

»Das finde ich nicht schön«, sagte er und fügte mit todernster Miene hinzu, daß er den Kaiser bei nächster Gelegenheit bitten werde, die japanischen Sitten durch ein neues Gesetz zugunsten der Frauen abzuändern.

Kinki Yasuda riet ihm, das nicht zu tun, da er sich sonst die Feindschaft aller japanischen Männer zuziehen würde, die es gewohnt seien, in der Frau eine Dienerin zu erblicken.

»Jetzt werde ich erst recht mit dem Kaiser sprechen«, entgegnete Kon-kim in gespielter Entrüstung, und als sie bald darauf in einer ruhigen Ecke der überfüllten Bar Platz nahmen, wußte er, daß er drauf und dran war, sich zu verlieben.

Denke an Süa-tü, beschwor er sich angesichts der feingliedrigen Hände der Japanerin, die so zart wie ihr Gesicht waren. Und vergiß nicht die Aufgabe, die auf dich wartet!

Aber sosehr er sich auch bemühte, dem Zauber Kinki Yasudas zu entfliehen, er sah den klugen Ausdruck ihrer dunklen Augen und fühlte bei jedem ihrer Blicke eine Leidenschaft in sich aufsteigen, die ihn zu ersticken drohte.

Es gibt nichts Unvollkommenes an ihr, dachte er, nachdem er versucht hatte, sie mit den Augen eines Mannes zu betrachten, der

Fehler entdecken will. Ihre hohe und von dichtem Haar umrahmte Stirn, ihr kühngeschwungener Mund, ihr weiches Kinn und ihr schlanker Hals waren von makelloser Schönheit.

Sie spürte, daß er wie ein Streichholz brannte, und um ihn abzulenken, erkundigte sie sich nach dem Zweck seiner Reise.

Er erklärte, ihn selber noch nicht genau zu kennen.

Kinki Yasuda strich über ihren goldgelben, mit reichen Stickereien versehenen Kimono, der von einem azurblauen *Obi* gehalten wurde. »Wollen Sie mich zum besten halten?«

»Keineswegs«, entgegnete er und erzählte von den unerträglichen Zuständen in China und seinem in Tokyo lebenden Studienkameraden und *Bruder durch Zuneigung* David Hamilton, durch den er hoffte, eine befriedigende journalistische Tätigkeit zu finden. »Nicht um Geld zu verdienen«, fügte er erläuternd hinzu. »Ich bin finanziell unabhängig. Mir geht es vielmehr darum, meinem Leben einen Sinn zu geben.«

»Das kann ich verstehen«, erwiderte sie zustimmend. »Aber was machen Sie, wenn Ihnen die japanische Behörde keine Aufenthaltsgenehmigung erteilt?«

Er ergriff sein Glas. »Dann bleibt mir nichts anderes übrig, als nach Malaya zurückzukehren. Ich habe dort einen väterlichen Freund, der sich freuen würde, wenn ich ganz bei ihm bliebe.«

»Ist es der Inder, von dem Sie vorhin sprachen?«

Kon-kim nickte.

»Und warum bleiben Sie nicht bei ihm?«

»Ich fürchte mich vor dem Nichtstun. Er ist genauso vermögend wie ich.«

Sie nippte an ihrem Aperitif und sagte nach einer Weile: »Ich habe mir oftmals gewünscht, vermögend zu sein. Wenn ich aber höre, daß man dann krampfhaft nach einer Aufgabe suchen muß und nicht weiß, wohin man gehört, dann bin ich ganz froh, als Kind armer Eltern auf die Welt gekommen zu sein.«

Kon-kim dachte unwillkürlich an Süa-tü und bat Kinki Yasuda, ihm etwas über ihre Jugend und ihren Lebensweg zu erzählen.

Sie tat es in aller Offenheit und berichtete, daß sie als Kind von ihren geehrten Eltern für einen guten Preis an ein erhabenes Haus verkauft worden sei, in dem sie eine Ausbildung als *Geiko-san*, als Geisha-Mädchen erhielt. Neben den üblichen drei Schriftarten erlernte sie die geehrte englische und französische Sprache, die hohe

Kunst des Blumensteckens, die erhabene Teezeremonie, das Singen und Musizieren auf der geehrten *Biwa* und *Samise* sowie das Tanzen und alle übrigen Dinge, die eine kultivierte Geisha beherrschen muß. Danach nahm sich der geehrte Staat ihrer an. Sie erhielt eine Ausbildung als Dolmetscherin und bestand die Prüfung mit Auszeichnung.

»Und seitdem sind Sie für ein Modehaus tätig?« fragte Kon-kim.

Kinki Yasuda lächelte nachsichtig. »Nicht für ein Modehaus. Ich stehe im Staatsdienst und erhalte die unterschiedlichsten Aufträge. Zur Zeit begleite ich die geehrte Modenschau. Wenn wir zurückgekehrt sind, werde ich wahrscheinlich wieder an Verhandlungen und Konferenzen teilnehmen.«

»Entschuldigen Sie, aber das verstehe ich nicht«, erwiderte er verwundert. »Welches Interesse nimmt der Staat an Modenschauen und Konferenzen?«

»Ein Devisen-Interesse«, antwortete sie lachend, wobei sie ihre Hand vor den Mund hielt. »Das geehrte Japan besitzt keinerlei Rohstoffe. Wir sind gezwungen, alle Materialien im Ausland zu kaufen. Das ist jedoch nur möglich, wenn wir über Devisen verfügen. Der geehrte Staat unterstützt deshalb alles, was ausländische Währungen einbringt.«

Kon-kim rieb sich die Hände. »Dann bin ich überzeugt, daß ich eine Aufenthaltsgenehmigung erhalte. Ich habe nämlich mein ganzes Vermögen in sicheren Währungen angelegt.«

Kinki Yasudas Gesichtsausdruck wurde abweisend.

Kon-kim wußte sofort, daß er einen scheußlichen Fehler gemacht hatte. Wieder hatte er sein Geld erwähnt, und es war nur zu natürlich, daß ihn die in armen Verhältnissen aufgewachsene Japanerin nun für einen taktlosen Wichtigtuer halten mußte. In seiner Verlegenheit leerte er sein Glas.

Um die eingetretene Gesprächspause zu überbrücken, winkte Kinki Yasuda zur Bar hinüber, auf deren Hocker die in Kimonos gekleideten Mannequins wie schillernde Paradiesvögel saßen.

Kon-kim entging nicht die Grazie ihrer Bewegung, und ohne es zu wollen, sagte er: »Verzeihen Sie mir meine dumme Bemerkung. Ich möchte nicht, daß Sie denken...«

»Ssst...!« unterbrach sie ihn, wobei sie ihren Zeigefinger an den Mund legte. Er mußte sich beherrschen, nicht einfach ihre Hand zu ergreifen.

Sie spürte es und hob ihr Glas, als wolle sie ihn daran hindern, eine weitere Dummheit zu begehen. »Ich danke Ihnen für die Einladung und würde mich freuen, wenn wir unsere Unterhaltung gelegentlich fortsetzen könnten.«

Intensiver denn je dachte Kon-kim an diesem Abend an Süa-tü, von der er nicht wußte, wo sie war und ob sie überhaupt noch lebte. Aber sosehr er auch versuchte, ihr Bild heraufzubeschwören, es verblaßte vor der lebendigen Gegenwart Kinki Yasudas, deren mandelförmige Augen ihn ebenso faszinierten wie ihre weiche Stimme.

»Kinki«, flüsterte er und schalt sich im nächsten Moment einen Narren, der nicht weiß, was er tut. Ihm war zumute, als habe er den Verstand verloren, und er begriff nicht, daß er sich Hals über Kopf in eine Japanerin verliebte, in die Angehörige eines Volkes, das danach trachtete, seine Heimat zu überfallen. Er vergegenwärtigte sich die Aufgabe, die auf ihn wartete, und er versuchte Haßgefühle gegen Japan in sich zu schüren, brachte es beim besten Willen aber nicht fertig.

Dann muß die Vernunft siegen, sagte er sich und nahm sich im Interesse seiner zukünftigen Tätigkeit vor, jede Empfindung zu verbannen und nur noch kalt und nüchtern zu denken.

Es war kein leichthin gefaßter Entschluß, und Kon-kim bewies in den nächsten Tagen, daß er sehr wohl in der Lage war, sich selbst zu verleugnen. Wenn er sich mit Kinki Yasuda unterhielt, zwang er sich, in ihr keine begehrenswerte Frau, sondern ein hübsches Neutrum von neunzehn Jahren zu sehen.

Eines aber hatte er nicht bedacht: daß seine Zurückhaltung einen weitaus größeren Eindruck auf Kinki Yasuda machen mußte als seine zunächst zur Schau gestellte burschikose Art. Sie benützte nun jede sich ihr bietende Gelegenheit, um ihn mit den Sitten und Gebräuchen ihrer Heimat vertraut zu machen, und er achtete auf jedes ihrer Worte, so daß er schon bald jene Dinge kannte, deren Unkenntnis in Japan zu peinlichen Fehlern führen kann. Für ihn wurde es beinahe zur Selbstverständlichkeit, daß er sich die Zigarette nicht selbst anzündete. Kinki Yasuda reichte ihm das Feuer. Er war der geehrte Herr der Schöpfung, sie ›nur‹ eine Frau, die Dienerin.

Aber nicht nur über derartige Kleinigkeiten belehrte sie ihn. Sie informierte ihn auch über das Verhältnis der Japaner zur Natur, das so innig ist, daß man den Tod des geehrten Fisches beweint, bevor man ihn verspeist. »Wir sind feinfühliger als andere Völker«, sagte sie. »Bei Fremden kommt es uns manchmal vor, als würden sie einen Baum fällen, um eine Nachtigall zu fangen.«

»Ist das nicht etwas übertrieben?« fragte er lachend.

»Möglich«, erwiderte sie. »Aber gibt es außer uns noch ein Volk, das Gedichte zu erfassen vermag wie: *›Einer Winde Ranke stahl den Schöpfeimer mir – um Wasser bat ich‹*?«

Kon-kim wiederholte den Vers und gab zu, seinen Sinn nicht zu verstehen.

»Das habe ich geahnt!« triumphierte Kinki Yasuda. »Dabei ist das Gedicht denkbar einfach. Stellen Sie sich vor, Sie würden eines Morgens Ihren Ziehbrunnen aufsuchen und sehen, daß sich über Nacht eine Ranke um den Henkel Ihres Schöpfeimers gewunden hat. Was tun Sie dann?«

»Ich würde die Ranke entfernen und das gewünschte Wasser schöpfen.«

»Pfui!« empörte sie sich. »So garstig könnte ein Japaner nicht sein. Wir würden, und das drückt das Gedicht aus, der Ranke den Eimer überlassen und unseren Nachbarn um Wasser bitten.«

Kinki Yasuda erläuterte ihm den Sinn vieler japanischer Kurzgedichte, die stets genau siebzehn Silben haben, und je mehr *Haikus* sie zitierte, um so klarer erkannte Kon-kim die Liebe und enge Bindung des Japaners zur Natur. Auch war er erstaunt über Kinki Yasudas umfassende Kenntnisse auf allen Wissensgebieten, die eindeutig bewiesen, daß Geishas nicht mit jenen ›Dunkelmädchen‹ verglichen werden dürfen, die in allen Ländern anzutreffen sind. Und gar manches Mal, wenn sie ihm dieses oder jenes mit ihrer weichen Stimme erklärte, mußte er sich zwingen, sie nicht einfach in die Arme zu schließen. Sie war eben doch kein Neutrum, und es erleichterte Kon-kim beinahe, als er einen Fehler machte, über den sie sich so sehr erregte, daß sie ihn augenblicklich verließ.

Begonnen hatte es bei der Beobachtung einiger Japaner, die sich in der Bar mit unglaublich steif wirkenden Bewegungen voreinander verneigten, wobei sie ihre Hände auf die Knie legten.

»Warum verbeugen sich die Herren eigentlich immer gleich drei- bis viermal?« erkundigte er sich belustigt.

Sie sagte ihm, daß dies ein Akt der Höflichkeit sei, da nach japanischer Auffassung die Tiefe der Verneigung den Grad der Ehrerbietung zum Ausdruck bringe. »Deshalb stehen die geehrten Herren bei der Begrüßung auch niemals direkt, sondern stets etwas versetzt voreinander; ein jeder muß in der Lage sein, sein Gegenüber im Auge zu behalten. Sieht man, daß der andere sich tiefer verneigt, als man es selber getan hat, so erfordert es der Takt, daß man sich sofort erneut und nun tiefer als jener verbeugt.«

Kon-kim lachte unwillkürlich. »Und wer ist am Schluß der Sieger?«

»Die Höflichkeit, die sich hütet, über die Sitten anderer Länder zu lachen!« rief sie empört und eilte davon.

Da habe ich etwas Schönes angerichtet, dachte er betroffen. Die Geschichte klang aber so komisch, daß man es einem Uneingeweihten nicht verübeln darf, wenn er im ersten Moment darüber lacht. Das mag unhöflich sein, aber Kinki Yasudas spontanes Reagieren kann man auch nicht anders bezeichnen. Wir sind also quitt, und das werde ich ihr gleich morgen unter ihr hübsches Näschen reiben.

Daraus wurde jedoch nichts, weil sich Kinki Yasuda ostentativ umdrehte, als sie Kon-kim am nächsten Vormittag auf sich zukommen sah.

Er ärgerte sich darüber, aber je mehr er sich erboste und sie insgeheim ›schöne Larve‹, ›kalte *Kwannon*‹ und ›intellektuelle Mimose‹ nannte, um so größer wurde sein Verlangen, wieder an ihrer Seite zu sitzen.

Ganz anders lagen die Dinge bei Kinki Yasuda, die sich als stahlhart erwies und Kon-kim nicht die geringste Möglichkeit bot, sich ihr zu nähern. Sein jähes Auflachen hatte ihre empfindsame japanische Seele verletzt, und wenn sie ihn erblickte, stellte sie sich ein Büffelgesicht vor, das ihr helfen sollte, sich von ihm zu befreien. Denn Kon-kim gefiel ihr, und sie hatte Angst, sich in ihn zu verlieben. Sie war eine im Staatsdienst stehende mittellose Japanerin, er hingegen ein unabhängiger und reicher Chinese, vergleichbar mit einem *Kabuki-Spieler*, der im prunkvollen Gewand über eine Blumenbrücke auf die Bühne tritt, dort kurze Zeit agiert und plötzlich wieder verschwindet, um anderen Akteuren und Schicksalen Platz zu machen. Ein *Kabuki*-Drama wollte sie nicht erleben.

Ihre unerbittliche und nur einem Asiaten verständliche Konsequenz imponierte Kon-kim. Aber was immer er auch anstellte, um eine Aussprache herbeizuführen, Kinki Yasuda verstand es meisterlich, ihm aus dem Wege zu gehen. Bis ihm wenige Tage vor Erreichen der japanischen Küste ein Zufall zu Hilfe kam.

Die *Nagato Maru*, die bis dahin ruhig und sicher das Chinesische Meer durchpflügt hatte, geriet in das Randgebiet eines Taifuns und wurde von Wellen erfaßt, die das Schiff wie eine Nußschale umherschleuderten. Wer es nicht vorzog, in seiner Kabine zu bleiben, konnte sich nur noch an Seilen entlanghanteln.

Kon-kim hatte das Glück, zu den wenigen zu gehören, die trotz des hohen Seegangs mit gutem Appetit aßen.

»Das ist die beste Medizin«, sagte ihm der japanische Chiefsteward. »Ich fahre seit dreißig Jahren zur See und habe immer wieder feststellen können, daß es geehrten Seekranken, die sich überreden lassen, Nahrung zu sich zu nehmen, sehr bald besser geht. Natürlich dürfen sie nicht alles essen, aber ein im Liegen eingenommenes geehrtes Hühnchen und dazu eine Flasche Bier bringen in jedem Falle eine wohltuende Erleichterung. Die meisten der geehrten Kranken glauben es nur nicht. Gerade vorhin habe ich unsere geehrten Mannequins aufgesucht: sie wollen nicht auf mich hören.«

»Auch Miß Yasuda nicht?« fragte Kon-kim, dem jäh ein verwegener Gedanke kam.

Der Chiefsteward schüttelte bedauernd den Kopf.

Kon-kim warf ihm einen verschmitzten Blick zu. »Ich werde Ihnen behilflich sein. Stellen Sie ein kaltes Hühnchen und eine Flasche Bier bereit, und leihen Sie mir ein weißes Jackett.«

Der Japaner zögerte.

»Geben Sie Ihrem Herzen einen Stoß«, bat ihn Kon-kim. »Ich habe Miß Yasuda auf diesem Schiff kennen- und schätzengelernt und möchte, daß sie etwas ißt. Meine Verkleidung wird sie erheitern.«

Der Chiefsteward strich sich über das Kinn. »Wenn die Dinge so liegen, will ich kein Spielverderber sein.«

Kon-kim bedankte sich und beendete das Dinner so schnell wie möglich. Dann verkleidete er sich als Steward, legte sich eine Serviette über den Arm und wankte mit einem silbernen Tablett durch den schmalen Gang des stark stampfenden Schiffes zu Kinki Yasudas Kabine, an deren Tür er energisch klopfte.

Sie rief sogleich: »Hai, hai!«

Da er wußte, daß das von den Japanern vielfach angewandte ›Ja, ja‹ in diesem Falle ›Treten Sie ein‹ bedeutete, zögerte er nicht, der Aufforderung nachzukommen.

Kinki Yasudas Augen weiteten sich, als sie Kon-kim erblickte. Doch noch bevor sie sich entrüsten konnte, verneigte er sich trotz der Schlingerbewegungen des Schiffes so typisch japanisch vor ihr, daß ihr aller Wind aus den Segeln genommen war.

Das aber genügte ihm nicht. Er wollte Kinki Yasudas Herz gewinnen und sagte, die japanische Ausdrucksweise nachahmend: »Verzeihen Sie es mir unwürdigem Menschen, daß ich es wage, in den lichten Raum einzutreten, den Ihre zarte Schönheit versilbert und die Reinheit Ihres Herzens zu einem Himmel macht. Nicht Höflichkeit treibt mich, Ihnen Nahrung zu bringen; es sind vielmehr Schlechtigkeit und abgrundtiefe Verderbtheit, die mich hier eindringen lassen. Verlogen biete ich dieses geehrte Hühnchen dar, das die geehrten Säfte Ihres Magens beruhigen soll.«

Kinki Yasuda wäre keine Frau gewesen, wenn Kon-kims Worte sie nicht erweicht hätten. »Ich kapituliere«, sagte sie belustigt.

»Vor meiner Schlechtigkeit?« fragte er heuchlerisch.

»Selbstverständlich vor dem geehrten Chiefsteward, der so sehr um mein Wohl besorgt ist«, antwortete sie mit gespielter Entrüstung.

»Oh, das ist mir aber peinlich«, erwiderte er bedrückt.

»Warum?«

»Weil Sie dann auch die weiteren Anweisungen des geehrten Herrn Chiefsteward befolgen müssen.«

»Und die lauten?«

»Er hat mich beauftragt, so lange bei Ihnen zu bleiben, bis Sie das geehrte Hühnchen verzehrt und die Flasche Bier geleert haben.«

Sie gab sich einen verwunderten Anschein. »Und wie kam der geehrte Herr Chiefsteward darauf, gerade Ihnen den Auftrag zu erteilen?«

»Ich weiß es nicht, könnte mir jedoch vorstellen, daß Gründe des Taktes ihn dazu bewogen haben«, antwortete Kon-kim, der alle Mühe hatte, das Tablett auszubalancieren.

»Das ist denkbar«, sagte sie wie zu sich selbst. »Aber wäre es unter den gegebenen Umständen nicht zweckmäßig, wenn Sie mir das geehrte Hühnchen geben würden?«

»Eine großartige Idee«, erwiderte er und bat sie, das Tablett für einen Moment zu halten, damit er die Serviette ausbreiten könne.

Kinki Yasuda entsprach seinem Wunsch, und nachdem er das Tuch zurechtgelegt und sie das Tablett abgesetzt hatte, schenkte er ein Glas Bier ein und steckte die Flasche hinter ihr Kopfkissen.

»Damit sie nicht umfällt«, sagte er sich verneigend und wünschte guten Appetit. »Das Glas behalte ich. Wenn Sie trinken möchten, melden Sie sich, bitte.«

Sie nahm das geehrte Hühnchen in die Hand und bedauerte, daß es für sie habe sterben müssen. Dann biß sie mit großem Genuß hinein.

»Nun?« fragte er nach einer Weile. »Schmeckt es Ihnen?«

Sie nickte lebhaft.

»Der geehrte Chiefsteward hat schon recht«, fuhr er im Plauderton fort. »Es ist ihm unbegreiflich, warum wir aneinander vorbeilaufen, als hätten wir nie miteinander gesprochen.«

»Hat er das gesagt?«

»Ja. Und er fügte hinzu, daß der hochgeschätzte Meeresgott den Taifun nur entfesselt habe, weil er über unsere Entzweiung erbost sei und uns vernichten will.«

»Wie schrecklich«, erwiderte sie. »Aber könnten wir den hochgeschätzten Meeresgott nicht beschwichtigen?«

»Das glaube ich kaum«, antwortete Kon-kim. »Geschehenes kann man nicht ungeschehen machen. Es sei denn, wir würden übereinkommen, die an Bord der *Nagato Maru* vergeudeten Stunden an Land nachzuholen.«

Kinki Yasuda sah ihn von unten herauf an. »Und wieviel wären das?«

»Es dürften rund zweihundert Stunden sein«, erwiderte er, sich einen nachdenklichen Anschein gebend.

Kinki Yasuda seufzte. »Und Sie glauben, daß uns der Taifun dann verschonen wird?«

»Bestimmt.«

»Dann nehme ich das Opfer auf mich. Ein Baum kann sich nicht den Vogel wählen, der sich auf ihm niederläßt.«

Kon-kim und Kinki Yasuda erlebten noch zwei geruhsame Tage, bevor die *Nagato Maru* den Hafen von Kobe anlief, wo viele Geschäftsleute von Bord gingen, um die weitere Reise nach Yokohama durch eine schnelle Bahnfahrt zu verkürzen.

Die aufblühende Industriestadt interessierte Kon-kim, und er hätte den achtstündigen Aufenthalt gerne benutzt, um durch die Straßen zu schlendern und auf den *Mont Rokko* zu fahren. Aber das durfte er nicht. Anstelle des erbetenen Passierscheines erhielt er einen Wust von Fragebogen und Anträgen aller Art, ohne deren gewissenhafte Ausfüllung kein japanisches Visum erteilt wurde. Noch während Kon-kim sich über etliche Fragen den Kopf zerbrach und in seiner Verzweiflung schließlich in manche Rubrik einfach irgendein Datum einsetzte, trippelte Kinki Yasuda auf hohen *Getas*, Holzsandalen, zum Verwaltungsgebäude der Einwanderungsbehörde, wo sie einen in der dritten Etage gelegenen kahlen Raum aufsuchte, in dem über dreißig Angestellte damit beschäftigt waren, neu eingegangene Fragebogen zu sichten.

»Kann ich etwas für Sie tun?« wandte sich ein junger Beamter an sie, als sie an den Abfertigungstisch herantrat.

Sie nannte den Namen des Bürovorstehers, den sie zu sprechen wünschte.

»Ich werde ihn sofort verständigen«, erwiderte der junge Mann.

Es dauerte eine Weile, bis ein schmächtiger Japaner auf sie zuging. Er trug eine dickglasige Brille, die seine Augen unnatürlich vergrößerte. »Sie haben nach mir verlangt?«

»Hai, hai«, antwortete sie und überreichte ihren Paß. »Ich möchte mich erkundigen, ob mein Ausweis in Ordnung ist.«

Der Bürovorsteher warf einen kurzen Blick auf Kinki Yasudas Paßfoto, neben dem sich ein nur Eingeweihten verständliches Zeichen befand. »Der Ausweis ist gültig«, erwiderte er.

Sie beugte sich über den Abfertigungstisch. »Ich reise zur Zeit mit der *Nagato Maru*. Haben Sie irgendwelche Fragen?«

Er reichte den Paß zurück und sagte gedämpft: »Im Moment noch nicht, da ich die Formulare von der *Nagato Mura* erst in einer Stunde erhalte. Würden Sie die Liebenswürdigkeit haben, sich mit mir um ein Uhr im *Café Beethoven* zu treffen?«

»Gerne«, antwortete sie, verneigte sich artig und verließ mit trippelnden Schritten den Raum.

Von der Immigration begab sie sich zur *Chamber of Commerce & Industry*, wo ihr, nach einem ähnlichen Spiel wie bei der Einwanderungsbehörde, ein Brief ausgehändigt wurde, den sie nach

Kenntnisnahme in Gegenwart des Beamten verbrannte. Dann trippelte sie gemächlich durch die Stadt, bis es an der Zeit war, das Café Beethoven aufzusuchen.

Nach außen hin machte das ebenerdige Lokal einen unscheinbaren Eindruck. Es unterschied sich von europäischen Cafés im wesentlichen dadurch, daß an den Fenstern Partituren aus Werken des großen Meisters hingen. Das Innere des spärlich erhellten Raumes aber hatte Stil. Zwischen den Tischen standen üppige Blumenarrangements, die dem Lokal eine intim-private Atmosphäre gaben, und alle Besucher blickten schweigend vor sich hin und lauschten traumverloren den Klängen einer Symphonie, die einem *Amplyon*-Trichter entströmte.

Auch Kinki Yasuda und der schmalbrüstige Beamte, der sie bereits erwartet hatte, unterhielten sich nicht sogleich. Sie teilten die beinahe krankhafte Begeisterung ihres Volkes für ›westliche‹ Musik und sprachen erst miteinander, als die gerade dargebotene düstere Melodie des zweiten Satzes der *Eroica* verklungen war.

»Ich habe hier die Liste der Passagiere, die zum erstenmal in unser geehrtes Land einreisen«, flüsterte der kurzsichtige Japaner. »Am besten gehen wir sie gemeinsam durch.«

Kinki Yasuda nickte, und der Beamte las etliche Namen vor, hinter denen er jeweils vermerkte, was ihm die in Staatsdiensten stehende und mit Sonderaufgaben betraute Dolmetscherin sagte. Dabei reichte die Skala ihrer Hinweise von ›Unbedenklich‹ über ›Schwer durchschaubar‹ bis zur Empfehlung: ›Unbedingt der *Kempetai*, der militärischen Geheimpolizei, melden‹.

Als der Bürovorsteher den Namen Lee Kon-kim nannte, zögerte sie einen Augenblick, bevor sie erklärte: »Er scheint vermögend zu sein und ist uns somit als ›Devisen-Träger‹ sicherlich willkommen. Ich möchte aber vorschlagen, prüfen zu lassen, ob er wirklich über ansehnliche Konten verfügt, da es sein könnte, daß er sich nur als vermögend ausgibt, um eine längere Aufenthaltsgenehmigung zu erhalten. Er wohnte zuletzt in Hongkong.«

Der Beamte machte sich seine Notizen, und Kinki Yasuda wäre niemals auf den Gedanken gekommen, daß sie sich Kon-kim gegenüber unkorrekt verhalten habe. Als Japanerin hatte sie von Jugend auf gelernt, daß es nichts Höheres als der Staat gibt, dem sich jeder zu unterwerfen hat. Deshalb kehrte sie auch nicht bedrückt, sondern im Bewußtsein, ihre Pflicht erfüllt zu haben, zur *Nagato*

Maru zurück, wo sie sich so anmutig vor Kon-kim verneigte, daß er sie am liebsten wie eine Puppe hochgehoben hätte.

»Schade, daß Sie nicht kleiner sind«, sagte er bedauernd.

»Aber ich bin doch nicht groß«, erwiderte sie erstaunt.

»Dennoch möchte ich, daß Sie noch kleiner wären«, entgegnete er und deutete mit dem Daumen und Zeigefinger eine Größe von nur wenigen Zentimetern an. »So klein müßten Sie sein.«

Kinki Yasuda lachte. »Und warum?«

»Weil ich Sie dann in die Tasche meines Jacketts stecken und mich immer mit Ihnen unterhalten könnte.«

»Seien Sie froh, daß das nicht geht«, warnte sie ihn amüsiert. »Ich würde bestimmt sehr schnell aus Ihrer Tasche herausklettern, um auf Ihrer Nase herumzutanzen.«

Kon-kim seufzte: »Ein traumhafter Gedanke.«

Auf dem grauen Wasser der Bucht von Tokyo lag ein Schimmer des sich wolkenlos über Japan spannenden azurblauen Winterhimmels, als die *Nagato Maru* den Hafen von Yokohama anlief und zum Zentral-Pier geschleppt wurde.

»Schauen Sie sich noch einmal den *Fuji-san* an«, sagte Kinki Yasuda an Kon-kim gewandt und wies auf den ›heiligen‹ Berg Japans, dessen schneebedeckter Gipfel sich weithin sichtbar gegen den Himmel abhob.*

Kon-kim tat ihr den Gefallen, obwohl er den *Fuji* schon den ganzen Vormittag hindurch hatte bewundern können und es ihn im Augenblick weitaus mehr interessierte festzustellen, ob David Hamilton sein Telegramm erhalten hatte und am Pier auf ihn wartete. »Der Anblick des Berges ist immer wieder überwältigend«, sagte er, wobei er mit einem Auge zur Anlegestelle hinüberschielte. »Was würden Sie davon halten, wenn wir einmal gemeinsam einen Ausflug zu ihm machen?«

»Sehr viel«, antwortete sie begeistert, da er die Frage in der japanischen Sprache gestellt hatte. »Schon weil es eine wirkliche Freude

* Der *Mont Fuji*, auch *Fudschi* genannt, wird vielfach irrtümlich als ›Fudshijama‹ bezeichnet. ›Jama‹ heißt ›Berg‹, und für den Japaner klingt Fuji-jama ebenso grotesk wie für uns Mont-Blanc-Berg. Die Nachsilbe ›san‹ entspricht unserer Anrede ›Herr‹ bzw. ›Frau‹, die der höfliche und naturverbundene Japaner auch auf Berge, Tiere, Bäume usw. ausdehnt.

ist, Ihnen Unterricht zu erteilen. Man braucht Ihnen alles nur einmal zu sagen.«

Er deutete eine Verneigung an. »Ich habe noch eine zweite Bitte. Darf ich Sie mit meinem Freund bekannt machen, wenn er am Pier auf mich warten sollte?«

Kinki Yasuda nickte. »Ich kann mich aber nicht lange aufhalten, weil ich von einem Fahrer der Dolmetscher-Vermittlungsstelle abgeholt werde, um noch rechtzeitig zu einem Kongreß zu kommen.«

Er sah sie verwundert an. »Schon heute müssen Sie wieder arbeiten?«

»Manchmal überschneiden sich die Aufgaben«, antwortete sie lächelnd.

Wenige Minuten später entdeckte Kon-kim seinen Freund, der mit Vera McLean neben einem großen und offensichtlich funkelnagelneuen *Packard* stand.

»Bulle!« rief er und hob die Arme.

»Welcome in Nippon!« schrie der Amerikaner mit an den Mund gelegten Händen.

Vera McLean, die einen kostbaren Ozelot trug, rief ebenfalls Worte der Begrüßung und warf ihm Handküsse zu.

»Wer ist das?« fragte Kinki Yasuda.

»Ach, das ist eine Engländerin. Sie heißt Vera McLean und ist eine gute Bekannte von uns. Soweit ich weiß, hält sie sich nur für kurze Zeit in Japan auf.«

»Kehrt sie dann nach China zurück?« erkundigte sich Kinki Yasuda wie nebenbei.

»Nach Hongkong«, antwortete Kon-kim, der sich darauf trainiert hatte, anstelle von Kanton stets Hongkong zu sagen. Es war eine vielleicht übertriebene Vorsichtsmaßnahme, die ihm aber aus mancherlei Gründen ratsam erschien.

Kinki Yasuda faltete ihren Fächer auseinander. »Ihre Bekannte sieht sehr attraktiv aus.«

»Sie ist mit Dav befreundet«, erwiderte Kon-kim und rief über die Reling: »Kommt herauf, sobald die Gangway freigegeben ist. Bis ich meine Papiere erhalte, vergeht bestimmt noch allerhand Zeit.«

»Okay!« rief der Freund.

In diesem Augenblick bemerkte Kon-kim, daß über der Nummerntafel des *Packards* ein Schild mit den Buchstaben *CC* angebracht war.

Corps Consulaire, dachte er wie elektrisiert. Das Schicksal ist mir gnädig. Ich brauche mir keine Sorgen mehr zu machen.

Tatsächlich war sich Kon-kim noch nicht darüber im klaren gewesen, wie er einen zu seinem Gepäck gehörenden unscheinbaren kleinen Koffer durch die Zollkontrolle bringen sollte, ohne dabei gefährdet zu sein. Dieses Problem schien ihm nun auf geradezu ideale Weise gelöst. Ein Wagen mit dem Zeichen des *Corps Consulaire* war mehr oder weniger tabu und wurde nicht kontrolliert. Sein Funkgerät war also in Sicherheit.

Er war deshalb in gehobener Stimmung, als er Vera McLean und David Hamilton begrüßte, die beide einen frischen und zufriedenen Eindruck machten.

»Wer hätte gedacht, daß wir uns hier wiedersehen würden«, sagte die Engländerin.

»Und wer hätte gedacht, daß mein Bruder *durch Zuneigung* einmal den Entschluß fassen würde, Journalist zu werden!« fügte der Amerikaner lachend hinzu. »Kim, du kommst doch auf die blödsinnigsten Ideen.«

»Wahrscheinlich verstehen wir uns deshalb so gut«, erwiderte Kon-kim und wandte sich an Kinki Yasuda, die sich abwartend zurückgehalten hatte. »Kommen Sie, ich möchte Sie mit meinen Freunden bekannt machen.«

Vera McLean hob die Augenbrauen, und David Hamiltons schiefer Mund verzog sich zu einem breiten Grinsen, als Kon-kim die Vorstellung übernahm und hinzufügte, daß ihn Kinki Yasuda während der Überfahrt so sehr mit den erhabenen Sitten und Gebräuchen ihrer geehrten Heimat vertraut gemacht habe, daß er sich trotz seiner Unwürdigkeit anheischig mache, über gewisse ehrbare Dinge einen Vortrag halten zu können.

Kinki Yasuda errötete und entgegnete, daß sie es außerordentlich bedaure, eine so schlechte Lehrerin gewesen zu sein, und daß sie sich schäme, über kein größeres Wissen zu verfügen. Dann verneigte sie sich und bat um Entschuldigung dafür, daß sie sich gleich verabschieden müsse, da sie erwartet werde.

Kon-kim begleitete sie in das Foyer und strahlte wie ein Primaner, als er zu David Hamilton und Vera McLean zurückkehrte. »Na?« fragte er erwartungsvoll. »Ist sie nicht entzückend?«

»Indeed!« antwortete der Freund. »She is a pretty nice girl!«

Die Engländerin schlug den Kragen ihres Pelzmantels hoch. »Ich finde sie auch sehr nett. Die Japaner nennen solche hübschen Geschöpfe ›blumenhafte Trostmädchen‹.«

Kon-kim war nahe daran, die anzügliche Bemerkung mit einem Hinweis auf die Verbindung Vera McLeans zu David Hamilton zu quittieren. Er besann sich jedoch eines Besseren und erwiderte: »Die Lehre Konfutses ist Nachsicht und Güte; sonst nichts.«

David Hamilton klopfte ihm auf die Schulter. »Eins zu null für dich. Die erste Runde Whisky muß Vera zahlen.«

Sie reichte Kon-kim die Hand. »Entschuldigen Sie meine Taktlosigkeit.«

David Hamilton zog den Freund fort. »Komm, führ uns in die Bar. Ich muß dir ja so viel erzählen. Wenn ich daran denke, was heute noch auf dich zukommt...!«

»Auf mich?«

»Ja!« antwortete der Freund. »Durch das blödsinnige Erdbeben, das vor drei Jahren hier alles zerstörte, ist in Tokyo die Frage der Unterbringung zu einem Mordsproblem geworden. Wir wohnen im neu aufgebauten *Imperial*, haben dort aber beim besten Willen kein Zimmer für dich bekommen können. Du mußt in einem Hotel wohnen, das im japanischen Stil eingerichtet ist.«

»Na und?« fragte Kon-kim gut gelaunt.

David Hamilton lachte. »Du wirst schon sehen, was das zu bedeuten hat. Die Japaner kennen keine Betten und keine Heizung.«

»Und wo schläft man?« erkundigte sich Kon-kim, wobei er die Tür zur Bar öffnete.

»Auf dem Boden, der mit *Tatamis* überzogen ist. Er ist allerdings nicht allzu hart, da sich unter den Binsenmatten eine Art Matratze aus Reisstroh befindet.«

»Dann ist doch alles in Ordnung«, erwiderte Kon-kim. »In China schläft man im Winter auf harten Ofenbänken.«

»Bei euch verfügt man aber über ein weiches Kopfkissen, das hier durch eine bildhübsche Porzellanrolle ersetzt wird«, konterte der Amerikaner und nahm auf einem Barhocker Platz. »Three Whisky pure!«

»Glauben Sie ihm kein Wort«, sagte Vera McLean. »Die Porzellanrollen werden von den Japanerinnen nur benutzt, wenn sie ihre kunstvolle Haarfrisur während einer Siesta schützen wollen.«

»Und eine Japanerin wird ihm der Hotelportier schon andrehen!« lachte der Amerikaner. »›Du sein allein!‹ wird er ihn fragen. ›Hai, hai, ich da haben ein sehr hübsches Mädchen, das gut kann vertreiben die Zeit.‹ «

Kon-kim lachte. »Ich werde ihm schon klarmachen, daß ich kein Kindermädchen benötige.«

»Und was wirst du antworten, wenn er dich fragt: ›Wer wird baden und waschen Sie?‹ Ein Mädchen wird man dir bestimmt...«

»Stört es dich sehr, wenn wir zunächst einmal auf unser Wiedersehen trinken?« unterbrach ihn Kon-kim.

»Keineswegs«, erwiderte der Freund und ergriff sein Glas. »O kage same de!«

Kon-kim rang die Hände. »Wenn ich auch kein Sprachexperte bin, so wage ich doch zu behaupten, daß die japanische Redensart ›Gesundheit durch Ihren geehrten Schatten‹ kein Trinkspruch ist.«

Der Freund feixte und hob sein Glas. »Nachdem wir beide überzeugend dargetan haben, daß wir perfekt japanisch sprechen, sage ich ›Cheerio!‹ und empfehle dir, dich nach unserem geehrten Begrüßungsschluck schnellstens um deine geehrten Papiere und Klamotten zu kümmern.«

»Einverstanden!« erwiderte Kon-kim. »Und wenn alles klar ist, hole ich euch hier ab.«

»Okay.«

Wenige Minuten später suchte Kon-kim die an Bord gekommenen Beamten der Einwanderungsbehörde auf, die ihm anstandslos ein Visum für die Dauer von einem Jahr erteilten. Mehr aber noch freute er sich über ein ihm gleichzeitig übergebenes Telegramm von Dr. Haji, der ihm mitteilte, daß Mutter Lee Wei und Li-tai gut in Hongkong angekommen seien. Da Kon-kim sich denken konnte, daß sie von dort weiter nach Kanton gefahren waren, kehrte er in bester Stimmung zu David Hamilton und Vera McLean zurück.

»Zu der Aufenthaltsgenehmigung muß man dich beglückwünschen«, sagte ihm der Amerikaner. »Du scheinst Beziehungen zu haben.«

Kon-kim drückte seinem Freund den kleinen Koffer in die Hand, der sein Funkgerät enthielt. »Nimm den schon mit. Ich komme mit dem übrigen Gepäck nach.«

»Aber laß uns nicht zu lange warten.«

»Bestimmt nicht. Papiere in Ordnung, alles in Ordnung.«

Die Fahrt von Yokohama nach Tokyo wurde für Kon-kim zu einer einzigen Enttäuschung. Selten hatte er soviel armselige, aus Brettern zusammengenagelte Hütten gesehen wie auf dieser Strecke, die sich zudem in einem ungewöhnlich schlechten Zustand befand.

David Hamilton erklärte ihm, daß die japanischen Straßen infolge der immer wieder auftretenden kleinen Erdbeben stets viel zu wünschen übrigließen und im Raume von Tokyo besonders verheerend seien, weil die Katastrophe von 1923 praktisch alles vernichtet habe. »Die entstandenen Schäden werden in Jahren noch nicht behoben sein«, sagte er und wies auf vermummte Arbeiterinnen, die mit völlig unzulänglichen Geräten arbeiteten. »Hier ist manches noch sehr primitiv, und wenn man weiß, für welche Hungerlöhne die Japaner schuften müssen, dann kann man über ihre Haltung nur staunen.«

»Und über das, was sie produzieren!« fügte Vera McLean hinzu.

»Das ist einfach sagenhaft«, pflichtete ihr David Hamilton bei. »Du wirst jetzt bis Tokyo nichts anderes als Elendshütten zu sehen bekommen, von denen du annimmst, daß sie beim geringsten Sturm zusammenfallen. Das tun sie natürlich auch. Aber sie lassen sich ebenso schnell wieder aufbauen. Und das Erstaunlichste an diesen Buden ist, daß in ihnen nicht selten zehn bis zwanzig Drehbänke stehen oder vierzig bis fünfzig Menschen eng nebeneinandersitzend arbeiten. Und keiner klagt. Wer das einmal gesehen hat, fängt an zu begreifen, warum dieses Volk immer mächtiger wird. Vom Leben hat es freilich nichts, aber wer kümmert sich schon darum. Die Obrigkeit interessiert sich nur für Produktionszahlen, und wenn ihr diese nicht ausreichend erscheinen, drückt sie auf ein Knöpfchen, und das seit Jahrhunderten an Gehorsam gewöhnte Volk verbeugt sich augenblicklich vor dem Bild des Kaisers, dessen Beamte rücksichtslos befehlen, was zu tun ist.«

»Und dafür, daß das auch in Zukunft so bleibt, sorgen *Gesetze zur Bekämpfung gefährlicher Gedanken* und ein Spitzelwesen, dessen Maschen so eng geknüpft sind, daß niemand hindurchschlüpfen kann«, ergänzte Vera McLean.

Kon-kim erinnerte sich an diese Worte, als er am Abend nach einem gemeinsamen Essen das im *Ueno*-Park gelegene japanische Hotel aufsuchte, in dem David Hamilton ihn untergebracht hatte. Was nützte ihm das hübsche, zu ebener Erde gelegene Zimmer, wenn er angesichts der gefährlichen Spitzelorganisation über keinen Schrank verfügte, in dem er sein Funkgerät aufbewahren konnte. Es gab nicht einmal eine verschließbare Tür, sondern nur in Holzrahmen eingespannte Reispapierwände, die ungeniert auch von anderen Hotelgästen zur Seite geschoben wurden, wenn es diesen gefiel, das im Innenhof gelegene Bad auf kürzestem Wege aufzusuchen.

Selbstverständlich verfügte jedes der mit *Tatamis* ausgelegten Zimmer über eine eigene Wanne und Dusche, die jedoch ›nur‹ zur Säuberung des Körpers vorgesehen waren, während das große Bad der Entspannung diente und von beiderlei Geschlechts völlig unbekleidet aufgesucht wurde. Männer wie Frauen, die sich nie zuvor gesehen hatten, kannten keinerlei Scheu voreinander und hockten geruhsam in dem mit heißem Wasser gefüllten Becken, um zu meditieren oder vor sich hin zu dösen.

Es war schon eine fremde Welt, in die Kon-kim sich plötzlich versetzt sah. Und es gab vieles, an das er sich noch gewöhnen mußte. Aber unsagbar sauber war alles. Daran änderte auch die Tatsache nichts, daß der Hotelportier wirklich ratlos geworden war, als Kon-kim ihm energisch erklärt hatte, kein ›blumenhaftes Trostmädchen‹ engagieren zu wollen.

»Das nicht sein ›Dunkelmädchen‹«, hatte ihn der Japaner beschworen. »Sie soll nur dienen dem geehrten Herrn: ausziehen helfen, waschen und Langeweile vertreiben. Das sehr gut.«

Kon-kim verzichtete dennoch auf die so nachdrücklichst empfohlene Hilfe und genoß das Alleinsein in vollen Zügen. Von den fehlenden Schränken abgesehen, gefiel ihm das spärlich möblierte Zimmer, auf dessen Boden ein Lager bereitet war, neben dem ein *Haori*, ein kimonoähnliches Gewand für Männer, ebenso bereitlag wie im Bad die in Stanniol verpackte und bereits mit einer erfrischenden Paste versehene Zahnbürste, die in Japan nur einmal benutzt und dann in den Papierkorb geworfen wird. Er fühlte sich wohl in der neuen Umgebung, und obgleich es recht kühl geworden war, begab er sich noch eine Zeitlang auf die vor seinem Zimmer gelegene Terrasse, von der er über duftende Büsche hinweg zum Stadtzentrum hinüberblicken konnte.

Doch so hübsch das ruhig gelegene japanische Hotel auch war, Kon-kim suchte gleich am nächsten Morgen das im westlichen Stil eingerichtete *Imperial* auf, in dem es ihm mit Hilfe eines ansehnlichen ›Teegeldes‹ unschwer gelang, ein Apartment zu erhalten, das nicht nur über verschließbare Schränke, sondern auch über einen Safe verfügte. Anschließend mietete er sich ein Taxi mit einem englisch sprechenden Fahrer, dem er den Auftrag gab, ihn so lange kreuz und quer durch die Stadt zu fahren, bis es keinen Punkt mehr gebe, den er nicht kennengelernt habe.

»Dazu werden wir drei Tage benötigen«, sagte ihm der hocherfreute Japaner.

»Dann melden Sie sich eben drei Tage lang jeden Morgen bei mir«, erwiderte Kon-kim. »Und wenn wir Tokyo abgegrast haben, dann zeigen Sie mir die Umgebung der Stadt.«

Eine Woche verging, bis sich Kon-kim einigermaßen zurechtfand. Des Abends aber war er zumeist so müde, daß es ihm schwerfiel, sich noch mit David Hamilton und Vera McLean zusammenzusetzen. Beide waren natürlich sehr erstaunt darüber gewesen, daß er es fertiggebracht hatte, im *Imperial* ein Zimmer zu erhalten, und es entging Kon-kim nicht, daß Vera McLean über seinen Umzug ungehalten war. Er machte sich aber nichts daraus, weil er annahm, es sei ihr nur peinlich, vor ihm nicht mehr verheimlichen zu können, daß sie und sein Freund gemeinsam ein großes, überaus komfortables Apartment bewohnten.

In dieser Hinsicht täuschte er sich. Vera McLean gehörte nicht zu den Frauen, denen eine Liaison Kopfzerbrechen bereitet. Sie befürchtete vielmehr, daß Kon-kim Einblick in Dinge gewinnen könne, die er keinesfalls erfahren durfte. Er war Chinese und konnte unmöglich Verständnis dafür haben, daß David Hamilton und sie einen gewinnbringenden Waffenhandel nach zwei Seiten betrieben. Sie belieferten nicht nur die Armee Tschiang Kai-scheks, sondern auch die Banden der ›Kriegsherren‹. Wenn Kon-kim dies erfuhr, war mit dem Schlimmsten zu rechnen.

David Hamilton gegenüber machte sie kein Hehl aus ihren Überlegungen. »Wenn du deinen *Bruder durch Zuneigung* mit unseren Bekannten zuammenbringst, werde ich die Konsequenzen ziehen und der *Kempetai* melden, daß du nicht nur japanische, sondern auch kanadische und amerikanische Waffenfabriken vertrittst. Dein Job hier ist dann zu Ende!«

»Deine Geschäfte nicht minder«, entgegnete er gelassen.

»Du meinst, weil auch ich an anderen Lieferungen verdient habe?«

»Genau.«

Sie lachte hellauf. »Für wie naiv hältst du mich eigentlich? Ich war nicht untätig seit dem Tage, an dem du mich in Kanton erpreßt hast. Ein Netz von unsichtbaren Stricken habe ich um dich gelegt, in denen du hängenbleiben wirst, wenn das notwendig werden sollte. Es ist zwar nicht meine Absicht, dich jemals zu erledigen, aber wenn es um meine Sicherheit geht, wirst du fallen, noch bevor ein Wort über deine Lippen gekommen ist.«

Der Amerikaner grinste und trat an den Tresor ihres Wohnraumes heran. »Was du soeben zum besten gegeben hast, weiß ich seit langem. Damit du dich aber weiterhin keinen Illusionen hingibst, zeige ich dir jetzt die Kopien einiger Originale, die dein kleines Herz schneller schlagen lassen werden.«

Vera McLean verlor alle Farbe, als David Hamilton dem Safe einen Stapel fotografierter Brief entnahm, die sie wohlverwahrt in den Händes ihres Mannes vermutete.

»Nun?« fragte er mit unbewegter Miene. »Bist du immer noch der Meinung, mich erledigen zu können?«

»Wo sind die Originale?« keuchte sie.

Er legte die Duplikate auf den Tisch und hielt ihr eine Schachtel Streichhölzer hin. »Wenn du willst, kannst du die Kopien verbrennen. Ich habe sie nur gemacht, um sie dir bei passender Gelegenheit...«

»Weißt du, was du bist?« schrie sie erbost. »Ein Teufel bist du!«

»Der sich darauf freut, dich einmal wieder als Sieger in den Arm nehmen zu können. Schluß also mit dem blöden Gequatsche über Kon-kim, den ich schon um meiner selbst willen nicht an unsere Bekannten herankommen lassen werde.«

Die Kirschbäume standen bereits in voller Blüte, als Kon-kim den Zeitpunkt für gekommen erachtete, sich mit jenen Persönlichkeiten in Verbindung zu setzen, für die ihm Dr. Haji Empfehlungsschreiben mitgegeben hatte. Zuvor wollte er sich jedoch mit Kinki Yasuda treffen, die er seit Wochen nicht gesehen hatte, da sie nach Nagasaki versetzt gewesen war. Er brannte darauf, ihr zu zeigen, wieviel er in dem Sprachkursus, den er täglich besuchte, gelernt hatte.

Da Kinki Yasuda in Yokohama wohnte, ließ er sich telefonisch mit ihr verbinden und schlug als Treffpunkt das *Café Verdi* vor, das in der Nähe der Hauptgeschäftsstraße Yokohamas lag.

Sie war einverstanden, und Kon-kim suchte das Café schon eine halbe Stunde vor der verabredeten Zeit auf, weil ihm Oberst Tushi, der Leiter des Geheimdienstes in Whampoa, bei der ersten Unterredung gesagt hatte, daß die in chinesischen Diensten stehende Agentin Maya im *Café Verdi* als Servierfräulein beschäftigt sei. Er dachte selbstverständlich nicht daran, sich ihr gegenüber zu erkennen zu geben. Er wollte nur wissen, wie sie aussah, damit er im Falle einer plötzlich auftauchenden Gefahr schnell und sicher handeln konnte.

Es dauerte nicht lange, bis er wußte, welche der drei Serviererinnen die Agentin war. Er würde sie von anderen Japanerinnen, die in ihren Kimonos wie zerbrechliche Puppen aussahen, wohl kaum unterschieden haben, wenn er inzwischen nicht gelernt hätte, in den Pfirsichgesichtern der Töchter Nippons zu lesen.

Aber ein eigenartiges Gefühl beschlich ihn, als er sie heimlich beobachtete. Unwillkürlich dachte er, daß auch er eines Tages beobachtet werden könnte, ohne es zu wissen. Die Vorstellung beunruhigte ihn. Er war daher recht froh, als Kinki Yasuda erschien und seine Gedanken in eine andere Richtung lenkte.

Sie hatte sich eine Kirschblüte ins Haar gesteckt, die ihr ein etwas keckes Aussehen gab. Ihr olivgrüner Kimono war von einem weißen *Obi* gehalten. An den Füßen trug sie scharlachrote *Getas*, die lustig klapperten, als sie auf ihn zutrippelte.

»Haben Sie schon lange auf mich gewartet?« fragte sie, nachdem sie sich vorschriftsmäßig voreinander verneigt hatten.

»Nur ein paar Minuten«, antwortete er. »Ich bin mit einem Taxi gekommen und möchte Sie bitten, mit mir nach Kamakura zu fahren.«

»Zum *Daibutsu*?« erkundigte sie sich erfreut.

Er schüttelte den Kopf. »Den Buddha habe ich mir bereits angesehen. Ich möchte versuchen, in Kamakura eine Wohnung zu finden. Die Stadt hat einen großartigen Eindruck auf mich gemacht.«

»Und ich soll Ihnen dabei behilflich sein?«

»Ich wäre Ihnen sehr dankbar.«

»Aber Mister Lee!« sagte sie vorwurfsvoll. »Ich kann doch nicht mit Ihnen auf Wohnungssuche gehen.«

Er griff sich an die Stirn. »Sie haben recht. Wo war ich nur mit meinen Gedanken!«

»Beim japanischen Sprachstudium, wie ich mit Bewunderung feststelle«, erwiderte sie. »Haben Sie Unterricht genommen?«

»Ihnen zuliebe.«

Sie überhörte die Bemerkung und bat das Servierfräulein, ihr eine Schale Tee und die Tageszeitung zu bringen.

Kon-kim sah sie verwundert an.

Sein Gesichtsausdruck erheiterte sie. »Keine Sorge: ich will nicht lesen, sondern unter den Annoncen nachschauen. Vielleicht wird gerade eine günstige Wohnung angeboten.«

Sie hatte den Satz kaum beendet, da wandte sich das gerade in der Nähe stehende Servierfräulein Maya an Kon-kim. »Verzeihen Sie, wenn ich Unwürdige mich in Ihr erhabenes Gespräch einmische«, sagte sie, sich unterwürfig verneigend. »Ohne es zu wollen, nahm ich an Ihrem Gespräch teil, und ich möchte mir erlauben, darauf hinzuweisen, daß ich zufällig gestern abend von einer in der Nähe des *Kwannon*-Tempels gelegenen Wohnung erfuhr, die in der nächsten Woche frei wird. Wenn der geehrte Herr die Anschrift haben möchte, werde ich sie ihm gerne geben.«

»Das ist sehr liebenswürdig«, erwiderte Kon-kim. »Zumal die Lage geradezu ideal wäre. Finden Sie nicht auch?« fragte er Kinki Yasuda.

»Sie sollten gleich hinfahren«, antwortete sie.

»Und Sie?«

Kinki Yasuda lächelte. »Ich komme mit und werde im Park des *Daibutsu* auf Sie warten.«

Er bedankte sich, und bereits eine Viertelstunde später fuhren sie nach Kamakura. Es war das erstemal, daß sie unmittelbar nebeneinander saßen, und sie waren beide etwas verwirrt, da ihre Körper in dem engen Taxi von der in den Kurven auftretenden Fliehkraft förmlich aneinandergepreßt wurden. Aber sie ließen sich nichts anmerken, und mit der Zeit erblickte Kon-kim in der immer wiederkehrenden Schräglage des Wagens eine süße Neigung, die ihm durchaus nicht unangenehm war.

In Kamakura, das den Eindruck eines Bade- und Ausflugsortes machte, trennten sie sich vor dem fast vierzehn Meter hohen Bronze-Buddha, der die Menschheit seit über siebenhundert Jahren wie ein Magnet anzieht.

»Ich beeile mich«, sagte Kon-kim, als er davonging, doch als er das von dem Servierfräulein beschriebene Haus erreichte, dachte er plötzlich: Ich darf hier nicht wohnen. Maya ist eine Agentin. Es besteht somit die Möglichkeit, daß sie mit dem Eigentümer des mir empfohlenen Hauses befreundet ist. Ich würde in Gefahr geraten, wenn jemand auf sie aufmerksam werden sollte.

Er wollte schon umkehren, als er in der Nähe des *Kwannon*-Tempels ein Antiquitätengeschäft entdeckte, vor dem steinerne Laternen und Figuren aller Art standen.

Vielleicht finde ich da ein Geschenk für Kinki Yasuda, überlegte er und ging auf das Geschäft zu. Im hinteren Teil des mit Bildern, Plastiken, Porzellanen und Elfenbeinschnitzereien vollgestopften Ladens war ein kleiner Raum abgeteilt, in dem ein pergamenthäutiger alter Mann saß. Er blickte kurz auf, kümmerte sich aber nicht um den Eintretenden, sondern fuhr in seiner Beschäftigung fort.

Kon-kim kannte bereits die Art der Japaner, die geehrte Kauflustige niemals ansprechen oder beobachten, sondern sich zurückhalten, bis man sich an sie wendet.

Nachdem Kon-kim sich eine Weile umgeschaut hatte, entdeckte er eine Vase, der er sofort ansah, daß sie chinesischen Ursprungs war. »Ich möchte diese Vase kaufen«, wandte er sich kurzentschlossen an den Alten.

Der erhob sich umständlich und verbeugte sich. Als er aber sah, welche Vase der geehrte Kunde in Händen hielt, zitterte er plötzlich wie Espenlaub. »Um Himmels willen!« krächzte er. »Vorsicht, Vorsicht! Das ist ein erhabenes Stück aus der *Yüan*-Periode.«

»Ich weiß«, erwiderte Kon-kim. »Mein chinesisches Auge hat das gleich erkannt.«

»Der geehrte Herr ist Chinese?« fragt der Alte erstaunt.

Kon-kim lachte. »Sieht man es mir nicht an?«

»Offen gestanden, nein. Dabei habe ich lange in Ihrer geehrten Heimat gelebt. Meine geehrte Frau war Chinesin. Wir haben diese Vase aus Shanghai mitgebracht. Am Schluß haben wir uns dort nicht mehr wohl gefühlt und sind zurückgewandert.«

»Wann war das?«

»Vor fünfzehn Jahren.«

»Und warum fühlten Sie sich nicht mehr wohl?«

Der Alte hob die Schultern. »Sie wissen, daß Shanghai eine internationale Siedlung ist. Als die Fremden aber vor allen Parkanlagen und Hotels Schilder mit der Aufschrift anbrachten: ›Zutritt für Hunde und Chinesen verboten‹, da habe ich meiner geehrten Frau gesagt: Das ist so unmenschlich, daß es nur noch eine Frage der

Zeit sein kann, bis die Saat aufgeht, die hier in den Boden gelegt wird.«

Kon-kim nickte. »Ich habe die Folgen zum Teil schon zu spüren bekommen.«

»Sie sind ausgewandert?«

»Ja.«

Der Alte kraulte sich die Haare. »Ich weiß, wie schlimm das ist. Wer seine Heimat verlassen muß, wird immer entwurzelt bleiben. Wie diese geehrte Vase. Sie ist wunderschön, aber ihre wahre Schönheit wird erst in chinesischer Atmosphäre sichtbar.«

»Was soll sie kosten?« fragte Kon-kim.

»Wenn es dem geehrten Herrn recht ist, werden wir bei einer Schale Tee darüber sprechen.«

Kon-kim erklärte sich einverstanden, und er war sehr überrascht, als ihn der Antiquitätenhändler in ein in der oberen Etage gelegenes Zimmer führte, das völlig chinesisch eingerichtet war. An den weißgekalkten Wänden hingen duftige Pastelle, die an die Malerei der *Sung*-Zeit erinnerten. Bequeme Korbsessel sowie mit reichen Schnitzereien versehene Stühle machten den Raum, von dessen Fenster man über Kamakura und die Bucht von Tokyo hinweg bis zur Insel Enoshima hinüberblicken konnte, überaus gemütlich.

»Das wäre der richtige Raum für mich«, begeisterte sich Kon-kim. »Hätten Sie nicht Lust, ihn mir zu vermieten?«

»Warum nicht?« antwortete der Alte. »Meine geehrte Frau ist tot, meine geehrten Kinder sind ausgeflogen, und mein geehrtes Geschäft genießt die Ruhe und Trägheit meines Alters. Auch habe ich Unwürdiger dieses Zimmer schon einmal vermietet; damals, nach der Katastophe vor drei Jahren. Allerdings zusammen mit dem Nebenraum, der keinen eigenen Eingang besitzt. Sie können sich ihn ansehen«, fügte er hinzu, wobei er eine Reispapierwand zur Seite schob. »Er ist nicht in chinesischer, sondern in japanischer Art eingerichtet.«

Kon-kim hätte jubeln mögen, als er das hübsche, mit Binsenmatten ausgelegte Zimmer erblickte. Über einer kostbaren Sandelholztruhe hing ein *Kakemono,* ein zusammenrollbares Bild, das einen Paradiesvogel in der zarten Manier des großen japanischen Meisters Miyamoto Musashi zeigte. Im Hintergrund befand sich eine *Tokomona,* eine ornamentale Wandnische.

»Würden Sie mir die Räume wirklich vermieten?«

»Ja«, antwortete der Antiquitätenhändler. »Und ich will Ihnen auch sagen, warum. Weil ich fühle, daß Sie mir das zurückbringen werden, was mir seit dem Tode meiner geehrten Frau fehlt.«

»Ich hoffe, Sie nicht zu enttäuschen«, erwiderte Kon-kim.

Die Runzeln des pergamenthäutigen Alten glätteten sich. »Ganz gewiß nicht«, entgegnete er mit schlauem Blinzeln. »Wenn Sie nämlich diese Räume mieten und die *Yüan*-Vase kaufen, dann habe ich in meiner Schlechtigkeit nicht nur ein gutes Geschäft gemacht, sondern auch die Möglichkeit, mich weiterhin täglich an dem Prachtstück zu erfreuen.«

Angesichts dieser Erklärung brachte Kon-kim es nicht fertig, dem Antiquitätenhändler zu sagen, daß die Vase für eine junge Dame bestimmt sei. Er erstand deshalb außer der *Yüan*-Vase noch eine hübsche kleine Jadefigur, die er Kinki Yasuda auf der Rückfahrt nach Yokohama wortlos auf den Schoß legte.

Sekundenlang konnte sie vor Überraschung nichts sagen, dann aber erklärte sie, noch nie eine so schöne Schnitzerei gesehen zu haben.

Kon-kim war glücklich und erwähnte nebenbei, daß die Figur den chinesischen Mondgott *Yüeh Lao Yeh* darstelle.

»Und welche Aufgabe hat der?« erkundigte sie sich.

»Ssst...!« machte er und legte den Finger an den Mund, wie sie es am Tage ihres Kennenlernens in der Bar des Schiffes getan hatte. »Das werde ich Ihnen später einmal erzählen.«

Das Tor des doppelten Gesichtes

Kon-kim hatte nicht die Wahrheit gesagt, als er Kinki Yasuda erklärte, in Kamakura wohnen zu wollen, weil ihm die Stadt so gut gefallen habe. Ganz andere Gründe trieben ihn, sich neben seinem Apartment im *Imperial*, das er nicht aufzugeben gedachte, eine Unterkunft in Kamakura zu beschaffen. Die beiden wichtigsten Empfehlungsschreiben, die ihm der Inder Dr. Haji mitgegeben hatte, waren an den Engländer Henry Dymont und an den japanischen Baron Tokugawa gerichtet, und er hatte herausgefunden, daß der Japaner in Kamakura und der Engländer auf der nicht weit von dieser Stadt entfernten Insel Enoshima wohnte, die eine lange

Holzbrücke mit dem Festland verbindet. Er legte Wert darauf, mit beiden in engen Kontakt zu kommen, und es traf sich gut, daß der vermögende Exportkaufmann Henry Dymont an den Wochentagen durchweg im *Imperial* in Tokyo übernachtete, um sich die gut dreißig Meilen weite Anfahrt in die Stadt zu ersparen, während Baron Tokugawa sehr zurückgezogen in einer schön gelegenen, jedoch dem Verfall preisgegebenen Villa lebte. Kon-kim schloß daraus, daß der Baron verarmt sein müsse, und er hoffte, sich nicht zu täuschen, da sich ihm dann gewisse Möglichkeiten boten, die er nicht ungenutzt lassen wollte.

Nachdem Kon-kim alle Vorbereitungen getroffen und sich im Haus des Antiquitätenhändlers eingerichtet hatte, kehrte er nach Tokyo zurück und rief als ersten Henry Dymont an, den er bat, ihm ein Empfehlungsschreiben Dr. Hajis überbringen zu dürfen.

»Den Wisch können Sie getrost in den Papierkorb werfen«, antwortete der Engländer mit polternder Stimme. »Der gute Haji hat Sie bereits avisiert. Das genügt mir. Wo wohnen Sie?«

»Im *Imperial.*«

»Ausgezeichnet! Ich stolpere täglich durch das blödsinnige Labyrinth dieses verrückten Hotels. Seien Sie um zwölf im Grillroom.«

»Ich werde dort sein.«

»Well! Wenn Sie einen ›Kleiderschrank‹ in den Raum eintreten sehen, dann wissen Sie, wen Sie vor sich haben: Henry Dymont, genannt ›Royal-Dymont‹. Von Freunden geschätzt, gefürchtet von Feinden. Also bis zwölf. Bye!«

Bin gespannt, wie er aussieht, dachte Kon-kim belustigt, als er den Hörer auflegte.

Der Engländer war noch größer und korpulenter, als er ihn sich nach dem Gespräch schon vorgestellt hatte. Sein rötliches Haar wehte wie eine Flamme im Wind, die Iris seiner wasserblauen Augen zeigte auffallend braune Flecken, und über seiner Oberlippe wuchs ein herabgewinkelter rotblonder Bart.

»Mister Lee?« fragte er, als Kon-kim auf ihn zuging.

»Ja«, erwiderte dieser und legte die Hände wie üblich gegeneinander.

Der Engländer machte eine wegwerfende Bewegung. »Ersparen Sie sich den ›großen Bahnhof‹. Sie sind mit Haji befreundet; das sagt mehr als tausend Worte. Männer wie Haji findet man selten.

Wir haben in Indien zusammen gearbeitet. War eine schöne Zeit. Dory sagt immer... Ach, Sie kennen ja meine Frau noch nicht. Sie heißt Dorothy, nennt sich aber ›Dory‹ und veranstaltet gerne Parties. Draußen in Enoshima, wo wir unseren Bungalow haben. Also, Dory sagt immer...« Er griff sich an die Stirn. »Jetzt weiß ich nicht mehr, was ich von ihr erzählen wollte. Ist ja auch egal. Frauen reden ohnehin zuviel. Aber Sie müssen sich mit Dory gut stellen. Haji schreibt mir, daß Sie sich journalistisch betätigen wollen. Dann kann Dory Ihnen helfen. Sie kennt Gott und die Welt: Politiker, Generalstabsoffiziere – alles so Menschen, die sich wichtig vorkommen, weil sie irgendwelche Dinge früher als andere erfahren. Wenn Sie mit Dory gut auskommen, werden Ihre Kollegen in einem halben Jahr sagen: Der Lee hört das Gras wachsen. Aber das sage ich Ihnen: wenn Sie jemals erzählen, wo Sie Ihre Informationen aufgeschnappt haben, dann drehe ich Ihnen den Hals um. Ist das klar?«

»Absolut.«

»Na, dann wollen wir *Tempura* essen. Sie können auch Scampi dazu sagen. Die geehrten Biester werden hier nur schmackhafter zubereitet.«

Das Essen war ausgezeichnet, aber Kon-kim schwirrte der Schädel, und er konnte kaum noch einen klaren Gedanken fassen, als er den Grillroom eine Stunde später in Begleitung des Engländers verließ. Nie zuvor hatte jemand so pausenlos auf ihn eingeredet wie Henry Dymont, und noch nie hatte er mit größerem Schrecken einer Teestunde entgegengesehen als an diesem Tage. Denn Royal-Dymont hatte darauf bestanden, ihn zu einem ›gemütlichen Plausch‹ mit in sein Büro zu nehmen, das in der Nähe der *Ginza*, der Hauptgeschäftsstraße Tokyos, lag.

Die ›Teestunde‹ verlief jedoch anders, als Kon-kim es sich vorgestellt hatte. Sie begann mit Whisky und endete mit Whisky. Was dazwischen lag, war eine bedrückende Unterredung, zu der ihn Henry Dymont nicht grundlos eingeladen hatte.

»Um es kurz zu machen«, sagte der Brite, nachdem er Kon-kim zugeprostet hatte, »Sie haben vorhin drei Namen erwähnt, die mich veranlaßten, Sie hierherzuschleifen. Und zwar, um Sie zu warnen und dafür zu sorgen, daß Sie keinen Fehler machen. Zunächst muß ich aber noch einige Fragen an Sie richten. Sind Sie schon bei Baron Tokugawa gewesen?«

»Nein. Ich wollte ihn morgen aufsuchen.«

Der Engländer seufzte vernehmlich. »Freuen Sie sich, daß Sie zuerst zu mir gekommen sind. Haben Sie jemals mit Vera McLean über den Baron gesprochen?«

»Nein.«

»Woher kennen Sie David Hamilton?«

»Wir sind Studienkameraden und trafen uns durch einen Zufall in China wieder. Er wurde mein *Bruder durch Zuneigung.* Seitdem korrespondierten wir miteinander.«

»Und wo machten Sie die Bekanntschaft mit Vera McLean?«

»In Shameen. David Hamilton und ich lernten sie dort eines Abends in einer Bar kennen.«

»Interessant. Wann war das?«

»Vor etwa einem Jahr.«

»Täuschen Sie sich da nicht? Kann es nicht schon vor zwei Jahren gewesen sein?«

»Nein, es war im Sommer letzten Jahres«, antwortete Kon-kim und fügte vorsorglich hinzu: »Ich weiß es bestimmt, weil ich bald darauf auswanderte.«

»Und Ihr Studienkamerad?«

»Der reiste damals nach Japan. Er ist Journalist. Durch ihn bin ich übrigens auf die Idee gekommen, mich im gleichen Sinne zu betätigen. Aber nun möchte ich wissen, worauf Sie hinauswollen.«

Der Engländer zündete sich eine Pfeife an. »Im Hinblick auf David Hamilton ist die Antwort schnell gegeben. Ich war der Meinung, daß er Vera McLeans Geschäftspartner sei. Wenn er sie aber erst vor einem Jahr kennengelernt hat, dann liegen die Dinge anders und er dürfte kein geschäftliches, sondern ein persönliches Interesse an ihr nehmen. Dafür spricht ja auch das gemeinsame Apartment im *Imperial.*«

»Und was geht Sie und mich das an?« erboste sich Kon-kim.

»Nichts!« polterte Royal-Dymont. »Aber Sie sollten froh sein, daß Ihr Freund nicht in die dunklen Geschäfte meiner ehrenwerten Landsmännin verstrickt ist! Ich will mich nicht besser machen als ich bin und gebe unumwunden zu, daß auch ich Waffen verkaufe. Aber ich beliefere Regierungen und keine Banditen!«

Kon-kims Augen weiteten sich. »Wollen Sie damit sagen, daß Vera McLean mit Waffen handelt?«

»Das haben Sie nicht gewußt?«

»Nein.«

»Ach, du lieber Gott! Ich nahm an...« Der Engländer fuhr sich durch das Haar. »Wahrscheinlich werden Sie sehr erschrecken, wenn ich Ihnen sage, daß es Vera McLean ist, die die mordend und plündernd durch Ihre Heimat ziehenden Banden mit Waffen und Munition versorgt. Selbstverständlich zur Freude der Japaner, die sehnsüchtig darauf warten, China als Rohstoffbasis kassieren zu können. Sie hat das Vertrauen der japanischen Behörden und spielt hier die Rolle eines blonden Engels, dessen Wort einem Evangelium gleichkommt!«

Kon-kim traute seinen Ohren nicht. Aber noch während er zornbebend dachte: Sie hat meinen Vater, meine Schwester und Li-tai auf dem Gewissen, überlegte er fieberhaft, ob nicht die Möglichkeit bestehe, daß ihm Royal-Dymont eine Falle stelle. Im Bestreben, Zeit zu gewinnen, entgegnete er nach kurzem Zögern: »Ich verstehe nicht, warum Sie mir das alles erzählen. Damit ich mich über Vera McLean empöre?«

»Vielleicht.«

»Well! Aber was haben die Japaner damit zu tun? Was können die dafür, daß sich meine Landsleute gegenseitig die Köpfe einschlagen? Wie die Dinge heute liegen, wäre es vielleicht sogar ganz gut, wenn China von japanischen Truppen besetzt würde. Dann hörte endlich das sinnlose Töten auf.«

»Man kann das Debakel natürlich auch von der Seite betrachten«, erwiderte der Engländer achselzuckend. »Und es ist durchaus möglich, daß Sie recht haben. Aber das ändert nichts an der Tatsache, daß Vera McLeans Geschäfte verdammt dreckig sind.«

Die werde ich ihr schon versalzen, dachte Kon-kim.

»Und damit komme ich auf den Kern dessen, was ich Ihnen zu sagen habe«, fuhr Henry Dymont grimmig fort. »Meine attraktive Landsmännin, der man nicht ansieht, wie gefährlich sie ist, steht mit den höchsten Spitzeln dieses Landes in Verbindung, und ich garantiere Ihnen, daß sie Ihnen mächtige Schwierigkeiten bereiten wird, wenn sie erfährt, daß Sie Baron Tokugawa aufsuchen wollen.«

»Und warum?«

»Weil sie sich dann an fünf Fingern abzählen kann, daß Sie, Mister Lee, über kurz oder lang von ihren zweifelhaften Geschäften hören und darüber hinaus erfahren werden, daß sie noch mehr auf dem Gewissen hat. Zum Beispiel den Baron, den sie finanziell ruinierte. Vor vier Jahren gehörte ihm noch die Fabrik, die heute die Waffen für die chinesischen Banditen herstellt. Er unterlag der krankhaften Sucht der Japaner, sich für blonde Frauen zu begeistern; sie gab sich ihm hin, und er mußte – wer weiß, wie sie es angestellt hat – eines Tages jenen Preis zahlen, den schon mancher Europäer von einem Asiaten forderte, der uns Weißen bedingungslos glaubte. Heute gehört seine Fabrik einem Konsortium von Schiebern und Gaunern. Verstehen Sie nun, warum ich Sie hierhergeschleift habe? Im Hotel konnte ich nicht offen mit Ihnen reden. Verfallen Sie jetzt aber bloß nicht in den Fehler, sich Vera McLean gegenüber anders als bisher zu geben. Je unbefangener Sie sich stellen, um so besser. Ein Journalist kann nie genug Beziehungen haben. Und lassen Sie den Baron nicht erkennen, daß Sie über seine frühere Verbindung zu Vera McLean informiert sind. Er ist häßlich wie ein Pavian, hat aber einen Charme, dem sich niemand entziehen kann. Wenn Sie seine Freundschaft erringen, können Sie über ihn zum bestinformierten Journalisten Japans werden.«

Kon-kim ekelte plötzlich alles an. »Ich muß schon sagen, daß Sie mir da einen ganz hübschen Brocken vorgeworfen haben«, erwiderte er deprimiert. »Aber ich danke Ihnen für Ihre Offenheit, die mich zweifellos vor manchem Fehler bewahren wird.«

Royal-Dymont erhob sich und klopfte ihm auf die Schulter. »Jetzt trinken wir noch einen Whisky, und dann entlasse ich Sie in Gnaden. Und zur nächsten Party wird Dory Sie einladen. Der Rummel bei ihr wird Ihnen Spaß machen, wenngleich die Fahrt nach Enoshima reichlich umständlich ist.«

»Für mich nicht«, entgegnete Kon-kim. »Ich habe nicht nur im *Imperial*, sondern auch in Kamakura ein Zimmer.«

Der Engländer sah ihn erstaunt an. »Dann sind Sie ja ganz in unserer Nähe. Und auch im Hinblick auf Baron Tokugawa trifft sich das glänzend. Er hält sich jetzt meistens in Kamakura auf.«

Kon-kim stellte sich hocherfreut und verschwieg, daß er die Besitzung des Barons bereits sehr genau kannte.

Die Unterredung mit Henry Dymont hatte Kon-kim so aufgewühlt, daß er in der darauffolgenden Nacht keinen Schlaf finden konnte. Es wollte ihm nicht in den Kopf, daß Vera McLean eine skrupellose Waffenhändlerin sein sollte, und er überlegte immer wieder, ob er nicht verpflichtet sei, sofort eine entsprechende Meldung nach Whampoa zu funken. Je länger er jedoch über alles nachdachte, um so mehr gelangte er zu der Überzeugung, daß Royal-Dymont ihn nicht nur aus selbstlosen Gründen über seine Landsmännin informiert hatte.

Womöglich hat er mich nur eingeweiht, damit ich als Journalist in Aktion trete und die Geschichte seiner Konkurrentin publiziere, überlegte Kon-kim. Sie wäre dann erledigt, und er könnte in ihre Geschäfte einsteigen. Aber den Gefallen erweise ich ihm nicht, denn so, wie die Dinge liegen, kenne ich jetzt meinen Feind. Und in Baron Tokugawa werde ich einen Verbündeten finden, wie ich ihn mir idealer nicht vorstellen kann: haßerfüllt, somit blind und zu vielem bereit; verarmt, mithin dem früheren Leben zugewandt und käuflich.

Als Kon-kim sich am nächsten Morgen zu Baron Tokugawa begab, hatte er noch keinen festen Plan gefaßt, aber er sah bereits ziemlich klar und wußte, was er wollte. Seine Aufgabe war nicht die Unterbindung eines zweifellos schon seit langem bestehenden illegalen Waffenhandels. Er sollte Tschiang Kai-scheks Generalstab mit zuverlässigen Informationen über geplante politische und militärische Aktionen versorgen. Die ihm durch einen Zufall bekanntgewordene Waffenaffäre, die selbstverständlich irgendwie erledigt werden mußte, durfte ihm im Augenblick nur Mittel zum Zweck sein; er mußte all das, was er erfahren hatte, in kalter Berechnung dazu benutzen, um Baron Tokugawa in ein Abhängigkeitsverhältnis zu bringen.

Deshalb brannte er darauf, den Japaner kennenzulernen, und seine Erwartungen steigerten sich noch, als er das hohe und verrostete Tor zu dessen Besitzung öffnete. Die Angeln quietschten schauderhaft. Der Weg zum Haus war verwahrlost und von hohem Unkraut übersät, und die uralte Dienerin, die Kon-kim mit krummem Rücken und vorgeschobenem Kopf Einlaß gewährte und ihn durch eine weite Halle in den Empfangssalon führte, erhöhte noch den Eindruck, in ein Gespensterschloß geraten zu sein.

In der Mitte des nur spärlich eingerichteten und mit *Tatamis* ausgelegten Raumes glühte ein *Hibachi,* ein kupfernes Kohlenbekken, und in der ›heiligen Ecke‹ befand sich ein *Butsudan,* ein winziger Altar mit dem Bildnis des Hausgottes.

Baron Tokugawa, der Kon-kim stehend erwartete, ging mit bedächtigen Schritten auf ihn zu und verneigte sich mit steifem Rükken und herabhängenden Armen.

Kon-kim tat das gleiche und achtete dabei darauf, daß sein Kopf nicht höher als der des Barons war, der nach der formellen Begrüßungszeremonie beinahe überschwenglich seine Hände ergriff und sie wie die eines lang vermißten Freundes drückte.

»Ich Unwürdiger preise den Augenblick, da ich Sie endlich willkommen heißen darf«, sagte er auf englisch mit merkwürdig schwingender Stimme. »Seit Wochen schon warte ich auf Ihren Besuch. Ich fing bereits an, mir Sorgen zu machen.«

»Ich hoffe, Sie werden es mir Verderbtem nicht verübeln, daß ich mich zunächst akklimatisieren und die Sitten Ihrer geehrten Heimat kennenlernen wollte«, erwiderte Kon-kim in der japanischen Sprache. »Trotz meiner Schlechtigkeit weiß ich sehr wohl, wie empfindsam das Herz eines erhabenen Japaners ist, und ich habe keinen größeren Wunsch, als es nie zu beleidigen.«

»Welch goldene Worte Sie an einen Verworfenen verschwenden!« rief der Baron in zerknirschter Begeisterung. »Und Sie sprechen japanisch?«

»Vorläufig nur äußerst mangelhaft«, wandte Kon-kim ein.

»Oh, Sie untertreiben!« ereiferte sich der Baron. »Allein die Tatsache, daß Sie sich bemühen, unserer geehrten Sprache die Ehre zu erweisen, ist beglückend, da sie erkennen läßt, welch edler Geist in Ihnen wohnt. Ich lebe heute sehr zurückgezogen und...« Er unterbrach sich und bat um Entschuldigung für die unverzeihliche Gedankenlosigkeit, über sich selbst gesprochen zu haben, während im Nebenraum der Tee auf den geehrten Gast warte.

Kon-kim war froh, wenigstens einige Sekunden lang nicht in das Gesicht des Barons blicken zu müssen, das an Häßlichkeit kaum noch zu überbieten war. Die unschön vorgeschobene Mundpartie des zwergenhaft kleinen Japaners glich der eines Orang-Utans. Und dennoch ging eine Faszination von ihm aus, der man unweigerlich erlag, wenn man den ersten Schrecken überwunden und sich an sein abstoßendes Äußeres gewöhnt hatte. Es war dann, als verblasse seine Häßlichkeit wie durch einen Zauber.

Kon-kim war verwundert über die Zuneigung, die er schon bald verspürte und die nicht nur dem Wunsch entsprang, das Vertrauen des Barons zu erringen. Er fühlte sich wirklich zu ihm hingezogen, was ihn allerdings nicht daran hinderte, seinen gequält wirkenden

Gastgeber bei der ersten sich ihm bietenden Gelegenheit in eine Falle zu locken.

»Ich verstehe, daß es für Sie unbefriedigend sein muß, mit Menschen zusammenzukommen, die in allem nur an ihren eigenen Vorteil denken«, sagte er, als Baron Tokugawa ihm erzählt hatte, warum er so zurückgezogen lebe. »Und Sie haben auch recht, wenn Sie behaupten, daß hundert Männer wohl ein Lager bereiten, aber kein Heim schaffen können. Das kann natürlich nur eine Frau. Aber wo gibt es den Mann, der die Tugend einer Frau mehr liebt als ihre Schönheit?«

Der Baron nickte zustimmend. »Den gibt es auf der ganzen Erde nicht.«

»Und warum nicht?« ereiferte sich Kon-kim. »Weil in uns Männern die Sucht nach Schönheit ebenso stark ist wie das Verlangen nach Nahrung. Das ist ein Naturgesetz, wenngleich es uns oft zum Verhängnis wird. In meiner Heimat sagt man: ›Wen der Himmel strafen will, dem läßt er eine schöne Frau begegnen.‹ «

»So ist es!« rief der Japaner mit sich überschlagender Stimme. »Sie ahnen ja nicht, wie sehr der Himmel mich strafte. Mir schickte er jene schöne Frau! Ich habe sie angebetet, habe ihr gegeben, was ich besaß, und heute...« Er brach jäh ab. »Vier Jahre sind seither vergangen, und ich komme noch immer nicht darüber hinweg.«

»Das kann ich verstehen«, erwiderte Kon-kim teilnahmsvoll. »Und dennoch glaube ich, daß Sie, der Sie offensichtlich ein furchtbares Erlebnis hinter sich gebracht haben, heute in einer besseren Lage sind als einer meiner Studienfreunde, der im Augenblick unsterblich verliebt ist, meines Erachtens aber in Kürze ein grausiges Erwachen erleben wird.«

»Wenn Sie das wissen, müssen Sie ihm helfen!« beschwor ihn der Baron.

»Das ist leichter gesagt als getan«, entgegnete Kon-kim. »Mein Freund ist taub wie ein Regenwurm, und seine Geliebte – eine attraktive Engländerin – gleicht einem blonden Engel. Es nützt nichts, daß ich ihm immer wieder erkläre, daß sie ihn eines Tages wie eine ausgequetschte Zitrone wegwerfen wird. Er lacht über mich und rennt von morgens bis abends wie ein Hündchen hinter ihr her. Vera vorn, Vera hinten! Ich habe es nicht mehr mit ansehen können und mir eine zweite Wohnung in Kamakura genommen.«

Baron Tokugawa starrte ihn an, als sehe er ein Gespenst. »Vera?« stieß er gequält hervor. »*Vera* haben Sie gesagt?«

»Ja«, antwortete Kon-kim.

Der Japaner rang nach Luft. »Heißt die Geliebte Ihres Freundes womöglich Vera McLean?«

Kon-kim sprang auf. »Sie kennen Vera McLean?«

»Sie war es, die mich ruinierte«, stöhnte der Baron und wankte in den Nebenraum, wo er in der ›heiligen Ecke‹ vor dem Bildnis des Hausgottes *Akushi-Nyorai* ein Räucherstäbchen entzündete. Dann kniete er nieder und beugte seinen Oberkörper so weit vor, daß seine Stirn den Boden berührte.

Kon-kim betrachtete ihn mit einem Gesicht, das einer *No*-Maske glich. Er wird die Spitze meines Pfeiles, dachte er befriedigt und wartete geduldig, bis der Baron zurückkehrte. Und als dieser wieder Platz genommen hatte, beging er nicht den Fehler, weiterhin über seinen Freund zu sprechen. Im Gegenteil, er bat darum, ein anderes Thema wählen zu dürfen, da ihn der Gedanke an Vera McLean so sehr errege.

Baron Tokugawa hob flehend die Hände. »Im Interesse Ihres Studienkameraden muß ich Ihnen aber schildern, wie Vera McLean mich...«

»Später«, unterbrach Kon-kim. »Ich bin der Meinung, daß wir uns noch nicht genügend kennen, um über derartige Dinge schon zu reden.«

»Sie haben recht«, erwiderte der Baron beschämt. »Ich hatte vergessen, daß wir uns erst vor knapp einer Stunde kennenlernten.«

»Das ist das größte Kompliment, daß Sie mir machen konnten«, entgegnete Kon-kim.

Der Japaner erhob sich und verbeugte sich vor ihm. »Ich würde überglücklich sein, wenn wir Freunde werden könnten.«

Auch Kon-kim erhob sich. »Ein chinesisches Sprichwort besagt, daß es fünfhundert Jahre vorher vom Schicksal bestimmt ist, wenn man gemeinsam in einem Boot übersetzt. Stellen wir uns also unserem Schicksal, und bemühen wir uns, es durch Freundschaft zu meistern.«

Als sie wieder Platz genommen und sich eine Weile über Japan und Kon-kims journalistische Pläne unterhalten hatten, erbot sich der Baron, ihm mit Informationen aller Art zu dienen, wie er sich überhaupt bereit erklärte, ihm in jeder Hinsicht behilflich zu sein.

Kon-kim bedankte sich und trug gleich eine Bitte vor. »Würde es Ihnen möglich sein, mir angesichts meiner doch noch recht dürftigen Sprachkenntnisse beim Kauf eines Wagens als Dolmetscher zur Verfügung zu stehen?«

Der Baron sagte sofort zu, und Kon-kim sah sein erstes Teilziel in greifbare Nähe gerückt. Er wußte, daß sich der Baron in finanziellen Schwierigkeiten befand, und er hatte sich vorgenommen, ihn anläßlich des Autokaufes in irgendeiner Form zu verpflichten. Denn wenn der Baron ihn beriet, konnte er, Lee Kon-Kim, sich unbedenklich durch ein hübsches Präsent erkenntlich zeigen.

Alles, was Kon-kim tat, diente ausschließlich dem Zweck, den Baron in ein Abhängigkeitsverhältnis zu bringen. Und es war raffiniert, wie er vorging, als er am darauffolgenden Tag mit dem ahnungslosen Japaner nach Yokohama fuhr, um die verschiedensten Automodelle zu besichtigen. Er wußte genau, daß er sich einen *Chrysler* kaufen würde, doch er führte die Gespräche so, daß der Baron zu der Meinung gelangen mußte, Kon-kim hätte diese Marke nur ihm zuliebe gewählt.

»Sie müssen mir jetzt unbedingt die Möglichkeit geben, mich erkenntlich zu zeigen«, erklärte er ihm nach Abschluß des Kaufvertrages. »Wäre es Ihnen recht, wenn wir zunächst ein Café aufsuchen, dann einen kleinen Bummel machen und anschließend exquisit zu Abend essen würden?«

Baron Tokugawa lachte beglückt, und Kon-kim führte ihn in das *Café Verdi,* in dem die Agentin Maya als Servierfräulein tätig war. Er hatte dabei keinen Hintergedanken, aber als er die kleine Japanerin sah, dachte er plötzlich, daß es vielleicht ganz gut sei, den Baron hin und wieder in dieses Café zu führen, damit ihn die Agentin dem Ansehen nach kenne, falls er sich ihrer einmal bedienen müsse.

Der Baron geriet in eine ausgelassene Stimmung, die sich noch steigerte, als sie später durch die *Isezakicho* wanderten und die Auslagen der Geschäfte bewunderten.

»Ich sollte mir eigentlich einen *Haori* kaufen«, sagte Kon-kim und wies auf ein kimonoähnliches Gewand für Männer, das in einem Fenster ausgestellt war.

»Dies ist der beste Herrenausstatter Yokohamas«, versicherte Baron Tokugawa. »Ich habe früher nie an ihm vorbeigehen können, ohne einzutreten. Die Preise sind natürlich dementsprechend.«

Kon-kim gab sich burschikos. »Darauf wollen wir heute nicht achten. Kommen Sie, beraten Sie mich.«

»Werden Sie nicht leichtsinnig«, warnte ihn der Baron. »Es gibt *Haoris*, die ein Vermögen kosten!«

Kon-kim trat in das Geschäft ein, in dem eine adrette Verkäuferin damit beschäftigt war, kostbare Gewänder abzuwedeln. »Bitte, legen Sie mir die schönsten *Haoris* vor, über die Sie verfügen«, sagte er ihr.

Sie antwortete mit einer artigen Verbeugung, und schon wenige Minuten später konnte sie kaum noch über den Stapel der mit Gold- und Silberstickereien versehenen Seidengewänder hinwegsehen, die sie pausenlos auf einer Theke ausbreitete.

»Nun ist es aber genug!« sagte Kon-kim schließlich und wandte sich an den Baron. »Ich kann vor lauter Wasser das Meer nicht mehr sehen. Welchen *Haori* würden Sie wählen?«

Der Japaner zog mit sicherem Griff ein schwarzes und ein rubinrotes Gewand hervor. »Diese sind die kostbarsten.«

Kon-kim nickte. »Beide sind wundervoll. Bleibt nur noch die Frage: schwarz oder rot?«

Baron Tokugawa blickte unschlüssig auf die Gewänder. »Ich würde den roten wählen. Aber das ist Geschmacksache.«

»Das trifft sich glänzend«, erwiderte Kon-kim. »Ich bevorzuge nämlich den schwarzen, und wir nehmen jetzt beide, um sie künftighin immer zu tragen, wenn wir uns in Ihrer Wohnung treffen.«

Der Baron zuckte sichtlich zusammen. »Aber Mister Lee, Sie können doch nicht...«

»Verehrter Baron Tokugawa!« unterbrach ihn Kon-kim. »Ich möchte, daß diese *Haoris* unserer Freundschaft sichtbaren Ausdruck verleihen, und ich würde es sehr bedauern, wenn ich mir diesen Wunsch nicht erfüllen dürfte.«

Der Baron war gerührt, und Kon-kim sorgte während des Abendessens dafür, daß die Geisha, die die einzelnen Gänge am Tisch zubereitete, die Reisweinbecher stets nachfüllte. Er wünschte die Zunge des Japaners zu lösen. Noch an diesem Abend wollte er sich mit ihm über Vera McLean unterhalten, um seine seelische Verfassung kennenzulernen und festzustellen, ob ein Haß in ihm steckte, der ihn zu Racheakten befähige.

Dabei verfolgte er keinen bestimmten Plan. Ihm kam es nur darauf an, das Terrain zu sondieren und Ansatzpunkte für eine gegen Vera McLeans Waffenlieferungen gerichtete Aktion zu finden.

Aber er blieb vorsichtig und war so klug, immer den Anschein äußerster Zurückhaltung zu erwecken. Als Asiat verstand er es meisterhaft, sein Gesicht zu wahren.

Der alternde und finanziell ruinierte Baron Tokugawa durchschaute ihn nicht, sondern erblickte in ihm den Retter in der Not. Er brauchte Geld, wenn seine Besitzung nicht ganz verfallen sollte, und eine von Kon-kim gemachte Andeutung, für journalistisch interessante Informationen entsprechende Honorare zu zahlen, stimmte ihn überaus hoffnungsvoll.

Kon-kim spürte dies, und als ihn der Baron nach dem üppigen Abendessen in seine Wohnung eingeladen und ihm ausführlich geschildert hatte, wie Vera McLean gegen ihn vorgegangen war, zögerte er nicht, das Gespräch mit der banalen Frage: »Und seitdem sind Sie aller Mittel beraubt?« in die von ihm gewünschte Richtung zu lenken.

Der Japaner ging sofort auf die Frage ein. »Von heute auf morgen hatte ich alles verloren«, antwortete er sichtlich verzweifelt. »Meine geehrten Verwandten meiden mich seitdem wie einen Aussätzigen, weil ich nicht die notwendigen Konsequenzen zog und die Ehre der geehrten Familie durch den zeremoniellen *Seppuku*, den Freitod des Samurai, wiederherstellte. Ich weiß, es ist eine Schande, so feige zu sein, aber ich brachte es nicht fertig, mir das Leben zu nehmen.«

»Das nenne ich nicht feige«, entgegnete Kon-kim.

»Die meisten meiner Freunde haben mir damals recht gegeben«, fuhr der Baron wie zu seiner Selbstverteidigung fort. »Was ich getan habe, war ja nichts Ehrenrühriges. Ich hatte einem Weib geglaubt, das mich umgarnte und um mein Vermögen brachte!«

»So ist es!« bekräftigte Kon-kim die Auffassung des Japaners. »Aber jetzt lassen Sie uns in Ruhe überlegen, wie ich Ihnen helfen könnte. Haben Sie irgendwelche Verwandte im Ausland?«

»Nur einen Neffen in Amerika. Er ist vor vielen Jahren ausgewandert. Wir haben nie wieder etwas von ihm gehört.«

»Das vereinfacht die Sache ungemein«, erwiderte Kon-kim erfreut. »Ich möchte Sie nämlich schnellstens von Ihren Sorgen befreien, indem ich Ihnen einen Vorschuß zur Verfügung stelle, und das können wir nun...«

»Bitte sprechen Sie nicht weiter«, unterbrach ihn der Baron mit abwehrend erhobenen Händen. »So verführerisch Ihr Angebot auch ist, einen Vorschuß kann ich auf keinen Fall annehmen.«

»Das würde ich sehr bedauern«, erklärte Kon-kim kühl. »Denn dann würden sich all unsere Pläne zerschlagen.«

»Wie soll ich das verstehen?«

»Überlegen Sie selbst. Wenn Sie plötzlich laufend Honorare erhalten und Ihre hübsche Besitzung wieder in Ordnung bringen lassen, werden sich Ihre Bekannten dann nicht fragen: Woher und wofür erhält der geehrte Baron eigentlich das viele Geld? Wollen Sie dann sagen: Von Mister Lee, dem ich Informationen für Zeitungsartikel liefere! Ich garantiere Ihnen, daß Ihre Nachrichtenquellen dann schnell versiegen werden. Wir müssen also anders vorgehen. Niemand darf erfahren, daß wir befreundet sind und Hand in Hand arbeiten. Nach außen hin dürfen wir uns nur flüchtig kennen. Und damit Sie ohne Verdacht zu erregen zu Ihrem redlich verdienten Anteil kommen, zahle ich Ihnen einen Vorschuß, den ich von Amerika aus im Namen Ihres geehrten Neffen überweisen lasse. Ihr Neffe ist eben ein guter Mensch, der Ihnen geholfen hat. Im übrigen geben Sie sich wieder wie früher, und wenn wir darüber hinaus noch so klug sind, uns nicht öffentlich zu zeigen, wird niemand auf den Gedanken kommen, daß ich es war, der Ihnen unter die Arme gegriffen hat.«

Baron Tokugawa sträubte sich noch eine Weile, gab aber schließlich nach und schenkte Kon-kim eine kostbare Elfenbeinschnitzerei, die dieser sofort dazu benutzte, um auf den Ausgangspunkt der Unterredung zurückzukommen. »Nachdem Sie schon soviel verloren haben, dürfte ich Ihr Geschenk eigentlich gar nicht annehmen«, sagte er, nachdenklich auf die Schnitzerei blickend. »Aber Ihre Großzügigkeit erklärt mir den Gleichmut, mit dem Sie den Verlust Ihrer Fabrik hingenommen haben. Wenn ich an Ihrer Stelle gewesen wäre, würde ich versucht haben, Vera McLean die Freude an ihrem unsauberen Geschäft zu verderben.«

»Wenn ich das doch könnte!« stöhnte der Baron gequält. »Tausend Möglichkeiten habe ich erwogen, aber nie ist mir ein erlösender Gedanke gekommen.«

»Dann werde ich mal darüber nachgrübeln«, sagte Kon-kim leichthin. »Vielleicht habe ich mehr Glück als Sie. Auf jeden Fall muß ich etwas unternehmen, um meinen Studienkameraden aus den Klauen dieser Frau zu befreien.«

Der Baron seufzte. »Ich würde vieles darum geben, wenn ihm erspart bliebe, was ich erleben mußte.«

»Denken wir also beide darüber nach«, erwiderte Kon-kim und fragte wie nebenbei: »Stehen Sie mit Ihren früheren Mitarbeitern eigentlich noch in Verbindung?«

Baron Tokugawa schüttelte den Kopf. »Die leitenden Herren sind heute Vera McLeans Direktoren. Nur einige Arbeiter, die mir die Treue gehalten haben, besuchen mich hin und wieder.«

»Das spricht dafür, daß Sie ein guter Arbeitgeber waren«, sagte Kon-kim und erhob sich, um das angeschnittene Thema nicht weiter zu vertiefen. »Es ist spät geworden. Ich muß gehen. Werden Sie mich morgen in meiner Wohnung besuchen?«

»Pünktlich zur verabredeten Zeit.«

»Übermorgen hole ich den Wagen ab. Ich hatte vorgehabt, Sie zur ersten Fahrt einzuladen, glaube aber, daß es richtiger ist, wenn wir schon jetzt vorsichtig zu Werke gehen.«

Der Baron verneigte sich. »Sie sind sehr klug, Mister Lee. Sie können sich ganz auf mich verlassen. Auf meinen zukünftigen Wegen werde ich mir immer vorstellen, über eine schmale Brücke zu gehen, die über einen tiefen Abgrund führt. So tief allerdings, wie er schon einmal war, kann er nie mehr werden.«

Kon-kim hatte nicht beabsichtigt, den Baron zur Jungfernfahrt des neuen Wagens einzuladen. Er wünschte ihn mit Kinki Yasuda einzuweihen und es war eine große Enttäuschung für ihn, als er sie abholte und sie ihm erklärte, ihn nur nach Tokyo begleiten zu können, da sie im Augenblick zu sehr beschäftigt sei.

»Aber Sie haben versprochen, mit mir in den Nationalpark zu fahren«, erwiderte er verstimmt.

»Ich weiß«, entgegnete sie. »Und ich werde mein Versprechen auch halten. Gleich an meinem nächsten freien Wochenende können wir die Fahrt nachholen.«

»Und wann wird das sein?«

Sie warf ihm einen bittenden Blick zu. »Sie wissen so gut wie ich, daß ich das heute noch nicht sagen kann. Ich werde mich sofort melden, wenn ich klarsehe.«

»Ein schlechter Trost«, erwiderte er brummig. »Zumal uns der Meeresgott jetzt bestimmt einen neuen Taifun schicken wird.«

Sie lachte. »Sagen Sie mir lieber, welche Bedeutung der hübsche Mondgott *Yüeh Lao Yeh* hat, den Sie mir schenkten.«

Sein Gesicht erhellte sich. »Darf ich darauf aufmerksam machen, daß der chinesische Mondgott nicht hübsch, sondern alt ist.«

»Sie wissen genau, daß ich die Schnitzerei meinte.«

»Aber Sie haben vom hübschen Mondgott gesprochen.«

»Wollen Sie mich ärgern?«

»Ja, damit Sie böse werden und ich Sie endlich einmal wieder mit einem geehrten kalten Hühnchen überraschen kann.«

Kinki Yasuda lächelte vor sich hin. »Es ist unglaublich, wie die Zeit verstreicht. Drei Monate sind seitdem vergangen. Sind Sie mit Ihrem Freund inzwischen weitergekommen?«

Kon-kim schüttelte den Kopf. »Ich habe manchmal den Eindruck, als wollte er mich daran hindern, journalistisch tätig zu werden. Es ist geradeso, als hätte er Angst, daß ich mit seinen Redaktionen und Verlegern in Verbindung trete.«

»Wundert Sie das?« fragte sie, wobei sie ihn unauffällig beobachtete. »Als Journalist würden Sie ja schließlich sein Konkurrent werden.«

»Na und?« entgegnete er ungehalten. »Über die Themen könnte man sich doch abstimmen.«

»Wenn man Sie hört, könnte man meinen, Sie seien böse auf Ihren Freund.«

»Das bin ich auch. Natürlich nicht im tragischen Sinne. Aber ich werde ihm zeigen, daß ich auch ohne ihn zurechtkomme. Ich habe mich bereits an einige amerikanische Zeitungen gewandt und hoffe einen Auftrag zu erhalten.«

»Das ist vernünftig«, erwiderte Kinki Yasuda, die inzwischen bei der *Kempetai*, der militärischen Geheimpolizei, für die sie tätig war, in Erfahrung gebracht hatte, welche Rolle Vera McLean und David Hamilton im japanischen Waffenhandel spielten. Es befriedigte sie, festzustellen, daß Kon-kim mit ihnen in keiner geschäftlichen Verbindung stand.

Der Verlauf der Unterredung beglückte sie so sehr, daß sie beim Abschied von sich aus nachdrücklich versicherte, alles daranzusetzen, so schnell wie möglich zwei freie Tage zu erhalten, um die geplante Fahrt in den Nationalpark verwirklichen zu können.

Kon-kim spürte ihre Veränderung und war in gehobener Stimmung, als er das *Imperial* aufsuchte, wo er mit seinem Freund und

Vera McLean einen Abend verbringen wollte. Dabei hoffte er auch Henry Dymont zu treffen und gerade dieser lief direkt auf ihn zu, als er durch das Vestibül ging.

»Na, wie geht es Ihnen?« schwadronierte der rothaarige Engländer sofort darauflos. »Habe Sie ja lange nicht mehr gesehen. Letzte Woche wollte ich Sie nach Enoshima einladen, aber der geehrte Herr war ausgeflogen. Kann mir schon denken: Weibergeschichten. Bitte, das ist Ihre Sache. Ich sehe nur nicht ein, daß ich mich deshalb von Dory beschimpfen lassen muß. Sie behauptet, ich hätte Sie nicht eingeladen, und ich müsse Sie auffordern, Ihren Antrittsbesuch zu machen; von sich aus könnten Sie nicht ohne weiteres bei ihr aufkreuzen. Na schön, ist hiermit geschehen. Aber da fällt mir gerade der geehrte Baron Tokugawa ein. Waren Sie bei ihm?«

»Ja«, antwortete Kon-kim mit einem unterdrückten Seufzer. »Ich habe ihn sogar einmal zum Abendessen eingeladen, kann aber nicht viel mit ihm anfangen. Wir werden einfach nicht warm miteinander. Ich glaube auch kaum, daß er heute noch über Verbindungen verfügt, die für einen Journalisten von Interesse sein könnten.«

»Das würde mich eigentlich wundern«, erwiderte Henry Dymont und wischte sich den Schweiß von der Stirn. »Dem japanischen Adel mag man manches nachsagen, nicht aber, daß er beim ersten Sturm wie die Blätter einer Kirschblüte auseinanderweht.«

Kon-kim zuckte die Achseln. »Möglich, daß ich mich täusche. Ich werde mit dem Baron ebensowenig fertig wie er mit mir.«

»So was gibt's«, sagte der Engländer. »Aber machen Sie sich nichts daraus. Dory wird Sie schon in den Sattel heben.«

»Wann werde ich Ihre Gattin aufsuchen dürfen?«

»Jederzeit. Kurzer Anruf vorher, und schon duftet das ganze Haus nach Kuchen und Torten. Dorys Lieblingssatz lautet: ›Wer keinen Kuchen mag, hat keine Seele.‹ Essen Sie also vorher nichts. Dory ist eine verträgliche Dogge, kann aber zum reißenden Wolf werden.«

»Das glauben Sie doch selber nicht«, erwiderte Kon-kim lachend.

»Und warum nicht?«

»Weil das Wesen eines Mannes Rückschlüsse auf seine Frau gestattet. Auf Sie bezogen: Ich vermute, daß Ihre Gattin ein verträgliches Lamm ist, das in der Erregung allenfalls zu einer reizenden Katze werden kann.«

Royal-Dymont lachte so schallend, daß sich die Hotelgäste nach ihm umdrehten. »Das werde ich Dory gleich mitteilen. Sie Glückspilz! Was meinen Sie, was Sie jetzt für einen Stein bei ihr im Brett haben. Bye, als bis Samstag nachmittag! Es wird himmlisch werden.«

Wenige Sekunden später mußte sich Kon-kim auf Vera McLean und David Hamilton konzentrieren, die mit undurchdringlichen Mienen auf ihn zugingen.

»Nach euch wollt ich mich gerade erkundigen«, behauptete er augenblicklich. Er ahnte, daß ihnen seine Bekanntschaft mit Henry Dymont nicht paßte. »Ich habe mir einen *Chrysler* gekauft, den ich euch unbedingt zeigen muß.«

»Gratuliere«, sagte der Amerikaner und schlug ihm auf die Schulter.

Vera McLean reichte ihm die Hand. »Sprachen Sie nicht eben mit Mister Dymont?«

Kon-kim grinste. »Ist das nicht ein verrückter Kerl? Ich habe einmal mit ihm gegessen; er hat mich halbtot geredet.«

»Woher kennen Sie ihn?«

»Doktor Haji gab mir ein an ihn gerichtetes Empfehlungsschreiben mit auf den Weg. Er kennt ihn von Indien und meinte, daß Ihr Landsmann mir irgendwie weiterhelfen könne. Ich weiß aber nicht so recht; er redet mir zuviel.«

David Hamilton nickte.

»Waren Sie schon mal bei ihm in Enoshima?« erkundigte sich Vera McLean.

Kon-kim seufzte. »Bis jetzt habe ich mich drücken können. Eben habe ich jedoch in den sauren Apfel beißen und für Samstag nachmittag zusagen müssen. Wenn seine Frau auch soviel redet, wird mein Trommelfell platzen.«

Der Amerikaner feixte. »Steck dir Watte in die Ohren.«

»Eine gute Idee«, erwiderte Kon-kim. »Aber jetzt müßt ihr euch meinen Wagen ansehen. Ich bin begeistert. Den Motor kann man kaum hören.«

Während sie gemeinsam nach draußen gingen, sprach er ununterbrochen von technischen Neuerungen, wobei er unauffällig Vera McLean beobachtete. Er war sich nicht darüber im klaren, ob seine Reaktion sie beruhigt hatte. Sie gab sich wie gewöhnlich und war doch irgendwie anders; geradeso, als grüble sie über Dinge nach, von denen nicht die Rede war.

Um Klarheit zu gewinnen und sich gleichzeitig einen möglichst unbefangenen Anschein zu geben, sagte er später beim Essen: »Ist euch Henry Dymont eigentlich näher bekannt? Ich hätte gerne gewußt, ob ihr glaubt, daß er mir behilflich sein kann.«

»Das ist schwer zu sagen«, antwortete Vera McLean. »Als Exportkaufmann verfügt er selbstverständlich über allerlei Verbindungen.«

Kon-kim warf seinem Freund einen aufmunternden Blick zu. »Und was sagt mein leuchtendes Vorbild?«

David Hamilton verzog seinen ohnehin schon schiefen Mund. »Um ehrlich zu sein: du zäumst das Pferd von der falschen Seite auf. Die besten Verbindungen nützen einem nichts, wenn man nicht weiß, für wen man schreiben soll. Solange du über keine Redaktionen verfügst, die dir Aufträge erteilen und sagen, *was* sie haben wollen, kommst du auf keinen grünen Zweig. Für dich wäre es besser, wenn du Reiseberichte schreiben würdest.«

Kon-kim nagte an seinen Lippen. »Daran habe ich auch schon gedacht. Ich würde dann unabhängig sein und müßte nicht hinter Menschen herrennen.«

»Eben. Du bist doch vermögend und hast es nicht nötig, dich abzuhetzen. Schreib als erstes ein Buch über China, das du garantiert aus dem Ärmel schütteln kannst. Das ist viel vernünftiger, als sich mit Redakteuren herumzuschlagen. Außerdem hat es den Vorteil, daß du mir nicht ins Gehege kommst.«

»Er hat gar nicht so unrecht«, wandte sich Kon-kim an Vera McLean. »Finden Sie nicht auch?«

»Absolut!« pflichtete sie ihm bei.

Im Bestreben, die bereits aufgekommene Skepsis mit einem Schlage zu verjagen, sagte er kurz entschlossen: »Well! Ich lade euch zu einer Flasche Schampus ein, um Davs grandiose Idee und meinen neuen Wagen zu feiern. Was habe ich davon, wenn ich hinter Gestalten wie Royal-Dymont herrenne?«

»Bravo!« begeisterte sich Vera McLean.

Kon-kim war es, als wehe eine frische Brise über ihn hinweg. Erstmalig spürte er, wie anstrengend es ist, von morgens bis abends mit einem doppelten Gesicht herumzulaufen. Es gab praktisch niemanden, dem er nicht irgend etwas vormachte, gleichgültig, um wen es sich handelte. Unentwegt mußte er auf der Lauer liegen und bei jedem Menschen in Bruchteilen von Sekunden wissen, welchen der unterschiedlich von ihm geknüpften Fäden er aufzuheben und weiterzuspinnen hatte.

Doch er war nicht unzufrieden. Im Gegenteil, die übernommene Aufgabe befriedigte ihn, und mit Genugtuung stellte er fest, daß er nicht nur gut kombinieren, sondern auch blitzschnell reagieren konnte. Das ließ ihn jedoch nicht überheblich werden. Er wußte genau, daß ihm das bis jetzt entwickelte Glück nur treu bleiben würde, wenn er weiterhin umsichtig zu Werke ging.

Erstaunlich aber war sein Gedächtnis. Er erinnerte sich zum Beispiel an die geringsten Kleinigkeiten, die ihm Dr. Haji über Baron Tokugawa und das Ehepaar Dymont erzählt hatte, und er verstand es glänzend, Bruchstücke aus dessen Erzählungen in geschickter Wandlung im rechten Moment anzubringen.

So erklärte er Dorothy Dymont gleich bei der Vorstellung mit bewunderndem Blick, Dr. Haji erst jetzt richtig verstehen zu können. Es folgte, was folgen mußte: die wasserstoffblonde und recht korpulente Engländerin witterte ein Kompliment und erkundigte sich augenblicklich nach dem Sinn seiner Worte, woraufhin Kon-kim ihr vertraulich zuflüsterte, daß der Inder noch immer von dem Abend schwärme, an dem er eine Nacht hindurch mit ihr getanzt habe. Das war natürlich charmant gelogen, denn Dr. Haji hatte nicht geschwärmt, sondern gestöhnt, als er von jenem Abend sprach, an dem Dorothy Dymont keinen Tanz hatte auslassen wollen. Die gefällige Umkehrung der Wahrheit aber wirkte Wunder, und Kon-kim brauchte nicht zu befürchten, nun eine Nacht hindurch tanzen zu müssen. Die Engländerin, die ihn sofort bat, sie ›Dory‹ zu nennen, litt inzwischen an Asthma und war froh, wenn sie in Ruhe ihre Torten verschlingen konnte.

Ihr Heim, das Royal-Dymont als ›Bungalow‹ bezeichnet hatte, war ein altmodisches, mit Verzierungen überladenes Haus, das inmitten eines selten schönen Parkes auf einer Anhöhe lag, die einen phantastischen Blick über die Bucht von Tokyo gewährte. Und ihr im viktorianischen Stil eingerichteter Salon war mit Plüschmöbeln, Nippsachen und Staubfängern aller Art so angefüllt, daß man im ersten Moment glaubte, in ein Museum für zeitgenössische Scheußlichkeiten geraten zu sein.

Kon-kim war selbstverständlich galant genug, die ›anheimelnde Gemütlichkeit des geschmackvoll eingerichteten Raumes‹ in den höchsten Tönen zu loben, was ihm weitere Pluspunkte einbrachte, und er ertrug die auf ihn einprasselnden Banalitäten wie ein Fakir, dem die Sinne schwinden und der sich dennoch unentwegt weitere Nadeln durch die Haut stechen läßt.

Mit wem und mit wieviel Menschen er im Verlauf dieses Nachmittags sprach, konnte er beim besten Willen nicht sagen. Die Gäste kamen und gingen wie die Akteure in einem *Kabuki*-Drama, von denen sie sich nur dadurch unterschieden, daß sie keine wilden Mienen machten und nicht plötzlich durch eine Falltür auf eine zweite Bühne hinabpurzelten, sondern artig lächelnd dasaßen und erst wieder verschwanden, wenn sie genügend Kuchen gegessen hatten.

Drei Stunden dauerte dieses merkwürdige Treiben, das Henry Dymont eine ›Party‹ und seine Frau ihren ›jour‹ nannte, den sie sinnigerweise nie an einem bestimmten Tag abhielt und stets zu Ehren eines bevorzugten Gastes veranstaltete, der an ihrer Seite sitzen mußte.

An diesem Nachmittag war es Kon-kim. Er kam sich wie ein Prinzgemahl vor, machte aber gute Miene zum närrischen Spiel und bemühte sich geflissentlich, über den hochgepreßten Busen seiner Gastgeberin hinwegzusehen.

Doch so schwer es ihm fiel, drei Stunden abzusitzen, er bereute es nicht, geblieben zu sein, als er die Abendgäste kennenlernte. Unter ihnen stachen die Generalstabsoffiziere Maeda und Hirai besonders hervor. Man sah ihnen an, daß sie doppelte Gesichter hatten und niemals erkennen ließen, was sie dachten. Das reizte Kon-kim, und er versuchte sofort, sich auf sie einzustellen.

»Ihr Metier muß maßlos anstrengend sein«, sagte er, an den rundköpfigen General Maeda gewandt, nachdem die Unterhaltung einigermaßen in Fluß gekommen war. »Jedenfalls kann ich nicht begreifen, wie ein Mensch sich den Ablauf einer Schlacht so vorzustellen vermag, daß er in der Lage ist, jede Phase im voraus einzuplanen. Man weiß doch nicht, was der Gegner tun wird!«

General Maeda warf seinem Adjutanten einen aufmunternden Blick zu. »Erklären Sie es Mister Lee«, sagte er in einem Tonfall, als könne er es mit seiner Würde nicht vereinbaren, einem Zivilisten das Abc der Strategie zu erläutern.

Major Hirai, dessen Augen hinter ungewöhnlich engen Schlitzen lagen, setzte sich umständlich zurecht. »Es würde zu weit führen, wollte ich hier ins Detail gehen; es mag genügen, wenn ich sage, daß es Mittel gibt, dem Gegner gewisse Bewegungen aufzuzwingen. Beispielsweise durch die Wahl eines bestimmten Geländes. Vielleicht verstehen Sie mich besser, wenn Sie sich ein Schachspiel vergegenwärtigen. Man greift nicht einfach frontal an, sondern lockt den Gegner in eine Falle, die so aufgebaut wird, daß er sie erst erkennt, wenn es zu spät ist.«

Kon-kim lächelte naiv. »Jetzt verstehe ich, warum mir Strategie ein ewiges Rätsel bleiben wird. Für mich ist nämlich das Schachspiel ein Buch mit sieben Siegeln. Wahrscheinlich, weil ich weder abstrakt denken noch analysieren kann.«

»Das sind natürlich wichtige Voraussetzungen«, erwiderte der Major gönnerhaft.

»Und Sie beschäftigen sich von morgens bis abends mit strategischen Aufgaben?«

Der General warf Royal-Dymont einen bezeichnenden Blick zu. »Es ist immer wieder dasselbe. Alle Welt nimmt an, wir stünden tagein, tagaus hinter dem Sandkasten und übten Planspiele. Dabei ist Generalstabsarbeit harte Kleinarbeit. Was ist im heutigen Zeitalter nicht alles zu organisieren, bevor eine Armee in Bewegung gesetzt wird! Die Menschen sollten sich nur einmal den benötigten Transportraum vergegenwärtigen. Jeder Waggon muß auf die Minute genau eingeplant sein. Der geringste Fehler kann das gesamte Verkehrsnetz durcheinanderbringen.«

»Und unter einer solchen Verantwortung können Sie leben?« fragte Kon-kim scheinheilig.

»Man gewöhnt sich an alles«, entgegnete der General in gespielter Bescheidenheit. »Auch an die schwerste Aufgabe. Für einen gewissen Ausgleich muß man natürlich sorgen. Mein Adjutant und ich sammeln unsere Kräfte, indem wir uns sportlich betätigen und segeln.«

»Sofern uns die Marine ein Boot zur Verfügung stellt«, warf Major Hirai ein. »Leider ist dies nicht allzuoft der Fall.«

Kon-kim erkannte die Chance, die sich ihm bot, und zögerte nicht, sie zu ergreifen. »Das Segeln muß ein wundervoller Sport sein«, sagte er schwärmerisch. »Wenn ich segeln könnte, würde ich mir sofort ein Boot kaufen.«

»Und warum erlernen Sie es nicht?« fragte Dorothy Dymont, die bis zu diesem Zeitpunkt geschwiegen hatte.

»Ich muß offen gestehen, daß ich noch nicht auf die Idee gekommen bin. China hat zwar eine sehr lange Küste, aber wir sind kein so hervorragendes Seevolk wie die geehrten Japaner.«

General Maeda quittierte diese Bemerkung mit einer Verneigung. »Wenn Sie ernstlich daran interessiert sind, würden wir Ihnen das Segeln gerne beibringen.«

Royal-Dymont lachte polternd. »Merken Sie, woher der Wind weht? Sie kommen nicht daran vorbei, sich eine anständige Yacht zu kaufen.«

»Das würde ich gerne tun«, erwiderte Kon-kim. »Der Segelsport hat mich schon immer gereizt. Aber wo bekomme ich einen Liegeplatz für das Boot?«

»Bei uns!« rief Dory Dymont. »Wir haben eine eigene Anlegestelle.«

»Sie würden mir wirklich gestatten...?«

»Dumme Frage!« unterbrach ihn der Engländer. »Die Anlegestelle liegt verwaist.«

»Und Sie, meine Herren?« wandte sich Kon-kim an die Generalstabsoffiziere. »Wird es Ihnen nicht zuviel Mühe machen, einen unwürdigen Anfänger zu unterweisen?«

»Im Gegenteil!« entgegnete der General. »Es wird uns Freude bereiten.«

Kon-kim verneigte sich. »Die Yacht würde Ihnen selbstverständlich jederzeit zur Verfügung stehen.«

Die Gesichter der Offiziere glichen plötzlich offenen Büchern.

»Drei Bedingungen möchte ich allerdings stellen«, fuhr Kon-kim nach kurzer Pause fort, in der er geradezu wahnwitzige Überlegungen anstellte. »Erstens: das Boot müßte mit einem Hilfsmotor ausgerüstet sein, damit wir auch bei einer eventuell eintretenden Flaute jederzeit an Land zurückkehren können.«

General Maeda lachte. »Ihr Vorschlag beweist, daß Sie noch nicht gesegelt haben. Aber wie Sie wollen: es gibt herrliche Yachten mit eingebautem Motor.«

Kon-kim beugte sich vor. »Kommen wir zur zweiten meiner Bedingungen. Ich müßte die Herren bitten, den Kauf zu übernehmen, da ich von Booten nichts verstehe.«

»Eine herrliche Aufgabe«, frohlockte der Major. »Und wie lautet Ihre dritte Bedingung?«

»Die Yacht muß von unserer Gastgeberin auf den Namen ›Dory‹ getauft werden.«

Im jäh aufbrausenden Beifall raunte ihm der Engländer zu: »Verdammt leichtsinnig, was Sie da machen. Wer bei Frauen sein Pulver auf einmal verschießt, verliert jede Steigerungsmöglichkeit und gleicht eines Tages einem Drachen, der in flaches Wasser gerät: die Krebse spotten über ihn.«

»Sie werden lachen«, entgegnete Kon-kim. »Ich bin ein ›Krebs‹.«

Ursprünglich hatte Kon-kim vorgehabt, die Nacht in Kamakura zu verbringen. Als er jedoch hörte, daß die beiden Generalstabsoffiziere in Tokyo wohnten, ließ er es sich nicht nehmen, sie in seinem Wagen nach Hause zu fahren. Sein Entgegenkommen lohnte sich. Die in Stimmung geratenen Japaner scheuten sich nicht, offen über Kaiser *Hirohito* zu sprechen, der nach dem Tode des Monarchen *Taischo* die Regierung übernommen hatte. Was sie erzählten, verwirrte Kon-kim zunächst, weil sie den neuen Kaiser als einen modern denkenden Herrscher schilderten, gleichzeitig aber von einer durch ihn ausgelösten Bewegung zur Erneuerung altjapanischer Ideale berichteten. Erst später begriff er, daß in Japan, und besonders unter den Offizieren, Kräfte am Werk waren, die von modernen Auffassungen nichts wissen wollten und einen fanatischen Patriotismus schürten. Für China mußte das verheerende Folgen haben, und Kon-kim nahm sich vor, so bald als möglich einen entsprechenden Bericht nach Whampoa zu funken.

Es war, als hätte der erste ausländische Brief, den er an diesem Abend in seinem Postfach im *Imperial* vorfand, seine Gedanken nach Whampoa gelenkt, denn das Schreiben war von Oberst Tushi, wenngleich es in Hongkong aufgegeben und mit *›Dein Bruder Hsiang‹* unterzeichnet worden war. An dem in englischer Sprache abgefaßten Brief war überhaupt manches merkwürdig, und ein Uneingeweihter hätte nicht auf den Gedanken kommen können, daß er eine wichtige Mitteilung enthielt. Neben einer ausführlichen Schilderung über das Ergehen etlicher fiktiver Familienmitglieder gab er einen kurzen Bericht über die derzeitigen Verhältnisse in der Heimat, der jedoch so gehalten war, daß keine Zensurbehörde ihn beanstandet haben würde. Völlig unverfänglich schrieb der ›Bruder‹:

›Ich werde immer noch nicht damit fertig, daß wir Haus und Hof verlassen mußten. Mich bedrückt unsere Flucht um so mehr, als heute allgemein angenommen wird, daß sich der Zwischenfall von

Shanghai, bei dem bekanntlich einige Studenten erschossen wurden, für Tschiang Kai-schek günstig auswirkt. Die Bevölkerung schimpft jetzt auf die Pekinger Regierung, und der Ruf nach einem starken Mann, der das Land einigen und die Ausländer vertreiben könnte, wird von Tag zu Tag größer. Es heißt, daß eine nationale Bewegung um sich greift, die Tschiang Kai-schek schon in Kürze in die Lage versetzen wird, einen Feldzug zur Befriedung unserer Heimat anzutreten.‹

Kon-kim, der während der Lektüre still vor sich hin geschmunzelt hatte, wußte, daß der sehnsüchtig erwartete Brief einzig und allein dem Zweck diente, ihm auf denkbar einfache Weise in verschlüsselter Form drei Frequenzen mitzuteilen, die während der letzten Wochen als gut hörbar ermittelt worden waren und die er nun nach einem festgelegten Schema zur Durchgabe seiner Funksprüche benutzen sollte.

Voller Neugier hielt er die einzelnen Seiten des Briefes gegen das Licht, um sich diejenigen Buchstaben zu notieren, in die ein winziger Punkt eingestochen war. Aneinandergereiht ergaben sie die Frequenzen. Dann verbrannte er das Schreiben und begann mit der Verschlüsselung der Nachricht, die er noch in dieser Nacht aufgeben wollte. Über eine Stunde brauchte er dazu, und als er endlich fertig war, nahm er seinen Koffer mit dem Funkgerät und fuhr zum *Ueno*-Park, der um diese Zeit völlig menschenleer war. Und hier tat er etwas recht Eigenartiges: er täuschte einen Motorschaden vor, indem er die Motorhaube öffnete und eine Klammer des Zündverteilers abstreifte, und nachdem er sich vergewissert hatte, daß niemand in der Nähe war, befestigte er ein Stromkabel am Akkumulator des Wagens und spannte in aller Eile eine Antenne aus, die er mit seinem Koffer verband. Anschließend morste er etwa drei Minuten lang, die ihm wie eine Ewigkeit erschienen. Er wußte, daß er während dieser Zeit in erhöhter Gefahr schwebte. Denn wenn sein Funkspruch von einer japanischen Überwachungsstelle aufgefangen wurde, konnte diese seinen Standort unschwer ermitteln. Er mußte also mit einer plötzlichen Alarmierung der Polizei rechnen und ging deshalb nicht das Risiko ein, länger als drei Minuten zu funken. Dann packte er seine Sachen in fliegender Hast zusammen und fuhr so schnell wie möglich zum Hotel zurück.

Aber er war nicht zufrieden. Er hatte sich alles wesentlich einfacher vorgestellt und nahm sich vor, den Funkverkehr erst wieder aufzunehmen, wenn er den Gepäckraum seines Wagens mit einem doppelten Boden versehen hatte, unter dem der Sender für immer liegenbleiben konnte. Und unter dem Instrumentenbrett wollte er eine Steckdose anbringen, damit er das Stromkabel nicht an den Akkumulator anzuklemmen brauchte. Nur so war es ihm möglich, im Notfall flüchten zu können.

Doch wenn Kon-kim an diesem Abend auch mit sich haderte, er schlief in den darauffolgenden Stunden wie ein Murmeltier und ahnte nicht, daß sich der diensthabende Nachtoffizier der *Kempetai* bereits mit ihm beschäftigte und seinem Chef eine Akte auf den Schreibtisch legte, an die er eine vom japanischen Konsulat in Shameen erhaltene Mitteilung geheftet hatte.

Oberst Okada, der erhabene Leiter der militärischen Spionagezentrale, dessen spitz vorgeschobener Mund immer zu lächeln schien, las die Information am nächsten Morgen, nachdem er sich ehrfürchtig vor dem Bildnis des Kaisers verneigt und sich davon überzeugt hatte, daß alle auf seinem Schreibtisch liegenden Bleistifte neu angespitzt und säuberlich ausgerichtet waren.

Seine niedrige Stirn legte sich in Falten, als er die kurze Nachricht gelesen hatte und die Akte aufschlug, deren Blätter er eingehend studierte. Dann drückte er auf eine unter seinem Arbeitstisch angebrachte Klingel und bat seinen herbeieilenden Adjutanten, die Agentin 1036, Kinki Yasuda, zu ihm zu schicken.

»Sie war gestern abend beim Empfang des französischen Botschafters und wird heute etwas später kommen«, erwiderte der junge Offizier. »Ich werde sie schicken, sobald sie da ist.«

Der Oberst nickte kaum merklich und gab damit seinem Adjutanten zu verstehen, daß er sich zurückziehen könne.

Es verging etwa eine Stunde, bis Kinki Yasuda erschien. Es war ihr nicht anzusehen, daß sie nur wenig geschlafen hatte. In ihrem Haar steckte eine blaßlila Blüte, die ihr apartes Aussehen dezent unterstrich. Beim Eintritt in den Raum ihres Vorgesetzten verneigte sie sich vor dem Bild des Kaisers und vor Oberst Okada, dem es nur schlecht gelang, die geheime Bewunderung zu verbergen, die er seiner schönen und befähigtesten Agentin entgegenbrachte.

»Nehmen Sie Platz, Yasuda-san«, sagte er unterdrückt lächelnd. »Ich muß Sie mit einem Auftrag behelligen, der weder in Ihr Ressort fällt noch Ihrer würdig ist. Dafür ist er zu unbedeutend. Aber ich ersehe aus den Akten des Betreffenden, um den es geht, daß Sie ihn kennen und schon einmal zu seiner Person Stellung genommen haben. Es handelt sich um den Chinesen Lee Kon-kim, mit dem Sie auf der *Nagato Maru* von Singapore hierherreisten. Entsinnen Sie sich seiner?«

»Ja«, antwortete sie, ohne zu zögern. »Sehr gut sogar, da ich mich inzwischen einige Male mit ihm getroffen habe.«

Der Oberst hob die Augenbrauen. »Zufällig?«

»Nein, Okada-san. Wir hatten uns verabredet.«

Der Chef des Geheimdienstes erstarrte. »Darf ich den Grund erfahren?«

»Es gefiel mir, daß Mister Lee sich für unsere geehrten Sitten und Gebräuche interessiert und ...«

»Das ist doch kein Grund, sich mit einem Gelbgesicht zu verabreden«, unterbrach sie der Oberst aufgebracht. »Jedenfalls nicht für eine Agentin, die dazu ausersehen ist, mit einer der wichtigsten Aufgaben betraut zu werden, die wir zu vergeben haben.«

Kinki Yasuda verneigte sich. »Okada-san waren so gütig, mich zu unterbrechen. Ich wollte noch hinzufügen, daß mich auch die Kunst des ›Nicht-gesehen-Werdens‹ zwang, mich gelegentlich mit Mister Lee zu treffen. Er machte mich bei der Ankunft in Yokohama mit Vera McLean und David Hamilton bekannt, mit denen er befreundet ist. Ich hielt es deshalb für meine Pflicht, zu ermitteln, ob Mister Lee mit ihnen in geschäftlicher Verbindung steht, und ich glaube heute sagen zu können, daß dies nicht der Fall ist.«

Wenn die Ausführungen Kinki Yasudas auch nur bedingt der Wahrheit entsprachen, so waren sie doch dazu angetan, den Oberst versöhnlich zu stimmen. »Mir scheint, ich urteile etwas voreilig«, erwiderte er mit säuerlichem Lächeln. »Aber es wird Sie trösten, wenn ich Ihnen sage, daß Sie überaus umsichtig gehandelt haben und ich mich in Zukunft hüten werde, mir Gedanken über Ihr Privatleben zu machen.«

Sie dankte mit einer artigen Verneigung.

Der Chef der *Kempetai* warf einen Blick auf die vor ihm liegende Akte. »Mister Lee führte in seinem Fragebogen David Hamilton als Referenz an. Dieser gab einen so positiven Bescheid, daß ihm ein Visum für ein Jahr erteilt wurde. Jetzt bekamen wir jedoch von unserem Konsulat in Shameen den Bescheid, daß er in der Militärakademie Whampoa eine sechswöchige Ausbildung erhielt. Ist Ihnen etwas darüber bekannt?«

»Nein«, antwortete Kinki Yasuda, der es plötzlich zumute war, als führe ein Dolch in ihr Herz. Sie ließ sich jedoch nichts anmerken und zwang sich hinzuzufügen: »Er hat mir so ziemlich sein ganzes Leben geschildert, die Militärakademie aber nie erwähnt. Wenn er dort gewesen ist, dann stimmt etwas nicht.«

»Das ist auch meine Meinung, da er die militärische Ausbildung in seinem Fragebogen verschwiegen hat.«

»Das ist allerdings sehr verdächtig«, erwiderte sie wie zu sich selbst. »Aber das läßt sich schnell klären, da Mister Lee mich bei unserem letzten Treffen zu einer Fahrt nach Nikko einlud. Ich bedeutete ihm, keine Zeit zu haben, möchte mich unter den gegebenen Umständen aber doch bereit erklären, ihn zu begleiten.«

»Ausgezeichnet«, begeisterte sich der Oberst. »Wissen Sie, wo Sie ihn erreichen können?«

»Er wohnt im *Imperial*, Okada-san.«

Der Chef des Geheimdienstes wies auf seinen Telefonapparat. »Dann rufen Sie ihn gleich an.«

Kinki Yasuda ließ sich mit dem Hotel verbinden und hatte Glück. Kon-kim war auf seinem Zimmer und machte kein Hehl aus seiner Freude, als sie ihm sagte, daß sie sich für die beiden nächsten Tage frei machen könne und bereit sei, mit ihm zum Nationalpark von Nikko zu fahren.

»Das ist ja herrlich!« frohlockte er.

»Eine Bedingung muß ich aber stellen«, fuhr sie fort. »Wir wohnen nicht im gleichen Hotel.«

»Einverstanden«, erwiderte er und fügte frech hinzu: »Das sparen wir uns für später auf.«

Als Kinki Yasuda das hinter dem kaiserlichen Kriegsministerium gelegene Holzgebäude der mit allen Vollmachten ausgestatteten *Kempetai* verließ, fühlte sie sich leer wie an dem Tag, an dem ihre geehrten armen Eltern sie an eine vornehme Dame verkauft hatten. Mit gesenktem Kopf trippelte sie an den Garagen des Ministeriums entlang, bis sie eine Buchsbaumallee erreichte, in deren Schatten sie sich auf eine Bank setzte. Die Aufgabe, die sie bisher in höchstem Maße befriedigt hatte, ekelte sie plötzlich an. Sie spürte, daß ihr Herz anders schlug, als es schlagen sollte. Wie naiv war sie doch gewesen! Wie hatte sie nur annehmen können, das Glück in einer fanatischen Vermählung mit dem Staat zu finden. Aber man hatte es sie so gelehrt. Japan, der Kaiser, die aufgehende Sonne waren ihr tägliches Brot gewesen, und niemand hatte jemals von der bodenlosen Vereinsamung gesprochen, die mit dem Verlust der Individualität auf sie zukommen mußte.

Kinki Yasuda hätte weinen mögen, aber auch die Tränen waren ihr vom Staat genommen. Und doch: sie spürte, daß sie jetzt einmal hätte weinen können, und um diese Vorstellung auszukosten, saß sie auf der Bank und horchte in sich hinein.

Kurz nach dem Anruf Kinki Yasudas erhielt Kon-kim einen Brief aus Kanton, den er mit klopfendem Herzen öffnete, aber aufatmend las. Der Onkel teilte ihm als erstes mit, daß es seiner Mutter den Verhältnissen entsprechend gutgehe und Li-tai sich im großen und ganzen recht einsichtig zeige, nachdem er und Mutter Lee Wei in aller Offenheit mit ihr gesprochen hatten. Er bedauerte sehr, nicht mitteilen zu können, daß Li-tai sich grundlegend gewandelt habe, und schloß seinen Bericht über sie mit den Worten:

›Du wirst nicht erwartet haben, daß wir Wunder vollbringen können. Wir haben aber alles in unserer Macht Stehende getan und sind nach reiflicher Überlegung zu der Überzeugung gelangt, daß es besser ist, das Verlangen nach Nahrung zu stillen, als es einfach zu ignorieren. Deshalb haben wir Li-tai nicht an eine Kette geschmiedet, sondern ihr Zügel angelegt, die in unseren Händen enden. Wir hoffen, daß es uns auf diese Weise gelingt, sie zu dirigieren und davon zu überzeugen, daß es vorteilhafter ist, einem klugen Kutscher zu gehorchen, als sich die Fersen auf dem Boden der Unbeherrschtheit aufzuschlagen.‹

Wie schwer mag es dem Onkel geworden sein, für Li-tai so gütige Worte zu finden, dachte Kon-kim. Aber er hat gewiß recht: Hunger kann man nicht mit der Knute vertreiben; auch nicht, wenn er krankhaft ist.

Im Geiste sah Kon-kim seine Mutter im Garten des Balsams sitzen. Er würde etwas darum gegeben haben, wenn er ihr schmales und feingezeichnetes Gesicht in diesem Augenblick in die Hände hätte nehmen können. Sie war ihm so nahe, daß es ihm weh tat, den Brief des Onkels zu Ende zu lesen. In der ihm eigenen Art schrieb er über das politische Geschehen:

›Wie du sicherlich erfahren haben wirst, hat sich Tschiang Kaischek wieder mit Borodin vertragen. Das Volk hegt nunmehr die Hoffnung, daß der zur Einigung unseres Landes geplante gemeinsame Feldzug nach Norden erfolgreich verlaufen wird. Ich persönlich glaube nicht daran, da klar zu erkennen ist, daß die edlen Herren nur einen Waffenstillstand auf Zeit abgeschlossen haben. Was sie reden, ist Wind; was sie trachten: Macht. Besonders Tschiang Kai-schek, der es nicht erwarten kann, sich zum Generalissimus zu machen, scheint keinen anderen Gedanken mehr zu kennen. Sein Abkommen mit Borodin erinnert mich an jene Mitteilung, die wir an das Reich der Abgeschiedenen richten, wenn eines unserer Familienmitglieder gestorben ist. Wir künden das Eintreffen seiner Seele dort an, indem wir unsere Benachrichtigung an *Tien-tze-shan*, an die Hauptstadt des Reiches der Verstorbenen adressieren, werfen den Brief aber nicht in den Postkasten, sondern verbrennen ihn.

Betrachte meinen Vergleich nicht als Ketzerei. Ich weiß, daß die von mir zitierte Mitteilung das Königreich *Yin* auf transzendentalem Weg erreicht. Derartige Wege führen jedoch nicht nach Peking.

Ein Gutes aber wird der Feldzug haben: die das Land drangsalierenden ‚Kriegsherren' werden ihr übles Metier aufgeben und sich der Armee Tschiang Kai-scheks anschließen müssen. Zumindest für die Zeit, die vergehen muß, bis sich die mühsam zusammengeführten Angehörigen der Kuomintang und der kommunistischen Partei wieder entzweit haben und sich die Köpfe einschlagen. Wenn ich an diesen Tag denke, muß ich bekennen, daß ich Tschiang Kai-schek trotz vieler Bedenken, die ich seines krankhaften Ehrgeizes willen habe, letztlich doch bewundere, da ich keinen Soldaten oder Politiker kenne, der sich in einer schwierigeren Lage als er befindet.‹

Der gute Onkel Hu, dachte Kon-kim. Er hat mir alles mitgeteilt, was er auf dem Herzen hatte, und sich dabei doch so diplomatisch ausgedrückt, daß ich nicht belastet sein würde, wenn die japanische Kontrollbehörde seinen Brief gelesen hätte.

Daß der Umschlag ungeöffnet in seine Hände gelangt war, konnte er mit Bestimmtheit sagen, da Oberst Tushi ihm gezeigt hatte, auf welche Weise er untrüglich feststellen konnte, ob ein Schreiben geöffnet worden war.

Eine Weile überlegte Kon-kim, ob er den Brief sofort beantworten oder erst nach Kamakura fahren sollte, um Baron Tokugawa einen ebenso verwegenen wie gefährlichen Plan vorzutragen, der ihm in der letzten Nacht gekommen war.

Er entschied sich dafür, zunächst seiner Mutter sowie dem Onkel und Li-tai zu schreiben, und es vergingen fast drei Stunden, bis er die Korrespondenz erledigt hatte und zu seinem Wagen ging.

Auf dem Weg dorthin traf er David Hamilton, der sich über Vera McLeans Unpünktlichkeit beklagte. Noch ungehaltener aber wurde er, als Kon-kim sich weigern wollte, ihn in die Bar zu begleiten.

»Das geht doch nicht mehr mit rechten Dingen zu«, ereiferte er sich. »Ich möchte nur wissen, warum du es immer so eilig hast?«

Kon-kim grinste. »Vielleicht quält mich ein amouröses Abenteuer.«

Der Amerikaner stutzte. »Ist es die Kleine vom Schiff?«

Kon-kim schüttelte den Kopf. »Nein, jene Kleine ist es nicht.«

»Wer ist es dann? Ein ›blumenhaftes Trostmädchen‹?«

Kon-kim grinste. »Ich sehe gerade, daß ich noch zehn Minuten Zeit habe. Auf eine Whiskylänge kann ich dich also begleiten.«

Der Freund hakte sich bei ihm ein. »Aber du mußt mir sagen, wer die Frau ist.«

»Es gibt überhaupt keine. Ich habe die Andeutung nur aus Spaß gemacht.«

David Hamilton stieß Kon-kim in die Seite. »Dann zahlst du zur Strafe den Whisky.«

»Mach' ich! Ich bin doch froh, wenn du zufrieden bist.«

Den Abend verbrachte Kon-kim im Haus Baron Tokugawas. Beide saßen mit untergeschobenen Beinen vor einem niedrigen Tischchen, auf dem zwei Kerzen flackerten, die ihre Gesichter einseitig erhellten und riesige Schatten an die Wände warfen. Sie trugen die von Kon-kim gekauften *Haoris* und tranken heißen Reiswein, der in einer kleinen Porzellanschale serviert und aus winzigen Schälchen genossen wurde. Ihre Unterhaltung drehte sich um belanglose Dinge, und Kon-kim gab sich keine Mühe, schnell zu dem Thema zu gelangen, um dessentwillen er den Baron aufgesucht hatte. Er schilderte vielmehr ausführlich den Verlauf der letzten Tage und erwähnte erst nach einer Weile, daß er seine Bank angewiesen habe, den vereinbarten Geldbetrag im Namen des nach Amerika ausgewanderten Neffen des Barons von San Francisco aus zu überweisen. Der Japaner bedankte sich überschwenglich, wurde dann aber nachdenklich und erkundigte sich, ob keine Gefahr bestehe, daß der wahre Auftraggeber in der Überweisungsorder genannt würde.

»Die Bank wird sich hüten, meine Anordnungen nicht genauestens zu befolgen«, erwiderte Kon-kim und fügte vertraulich werdend hinzu: »Meine journalistische Tätigkeit ist ein Privatvergnügen. Mir steht ein von drei Generationen erarbeitetes Vermögen zur Verfügung. Sollten Sie einmal Sorgen haben, dann melden Sie sich. Sie können jederzeit einen weiteren Vorschuß erhalten.«

Baron Tokugawa verneigte sich mit einer hilflosen Geste. »Ich weiß nicht, was ich dazu sagen soll.«

»Nichts«, entgegnete Kon-kim gut gelaunt. »Wir haben uns kennen- und schätzengelernt; daraus ergibt sich eine Verpflichtung, der man sich nicht entziehen kann. Wollen wir darauf anstoßen?«

Der Baron ergriff sein *Saké*-Schälchen und hielt es mit beiden Händen über den Tisch. »Darf ich?«

»Ihre Freundschaftsbezeugung macht mich sehr glücklich«, antwortete Kon-kim und übernahm die dargebotene Schale mit beiden Händen, um sie nach einer Verbeugung bis zur Neige zu leeren. Dann reichte er sie in der gleichen Weise zurück und übergab sein *Saké*-Schälchen, das nunmehr der Baron mit beiden Händen ergriff und an die Lippen führte.

Noch einige Male brachten sie ihre Verbundenheit auf diese Weise zum Ausdruck, und erst als der heiße Wein das häßliche Gesicht des Barons gerötet hatte, begann Kon-kim damit, das Gespräch in die von ihm gewünschte Richtung zu lenken.

»Ich traf übrigens heute mittag meinen Studienkameraden«, sagte er einleitend. »Es ist schrecklich, wie abhängig er geworden ist. Er darf nicht einmal mehr einen Whisky mit mir trinken!«

»Und warum nicht?«

»Weil Vera McLean wie ein Luchs über ihn wacht.«

»Ist er eine Trinkernatur?«

»Keine Spur. Sie ist nur eifersüchtig auf jeden, der in seine Nähe kommt«, erwiderte Kon-kim. »Sie scheint ihn wirklich abgöttisch zu lieben, und ich muß gestehen, daß ich mich in letzter Zeit manchmal frage, ob ich mich nicht täusche, wenn ich annehme, daß sie es nur darauf anlegt, ihn auszunutzen.«

»Sie Verblendeter!« rief Baron Tokugawa theatralisch und warf die weiten Ärmel seines rubinroten *Haoris* zurück. »Wenn Sie Vera McLean kennen würden, wüßten Sie, daß sie aus Falschheit und Berechnung besteht. Sie kennt keine Liebe. Oh, ich wollte, ich könnte sie vernichten!«

»Und was hätten Sie davon?« fragte Kon-kim. »Ein Leben hinter Gittern würde Sie erwarten!«

Der Baron schlug auf den Tisch. »Das nähme ich gerne in Kauf!«

»Da bin ich anderer Meinung«, erwiderte Kon-kim. »Das Leben ist viel zu schön, als daß es sich lohnen könnte, es wegen eines Weibsbildes in Gefahr zu bringen. Keine Hand würde ich gegen Vera McLean heben. Ich würde sie finanziell erledigen.«

Baron Tokugawa faßte sich an den Kopf. »Wie Sie das sagen: finanziell erledigen! Als wenn das so leicht wäre.«

»In Ihrem Fall würde es kein Problem sein.«

»Wie soll ich das verstehen?«

Kon-kim beugte sich über den Tisch. »Die Güter, die Ihre frühere Fabrik verlassen, werden doch in Kisten transportiert, nicht wahr?«

»Ja.«

»Und sie wandern in ferne Länder, schwimmen also über das Meer.«

»Natürlich.«

»Und man nennt die Schiffe Geisterschiffe, weil sie jeden Augenblick in die Luft fliegen können. Ihre Besatzungen setzen sich darum ausschließlich aus Leuten zusammen, die nichts mehr zu verlieren haben, und weder *Lloyd* noch irgendeine andere Gesellschaft ist bereit, eine Versicherung abzuschließen. Vera McLeans Kapital schwimmt ununterbrochen auf hoher See, und wenn sie jemals das Pech haben sollte, zwei oder drei Ladungen zu verlieren, dann ist sie ruiniert. So, und nun wissen Sie, wie ich mich rächen würde, wenn ich an Ihrer Stelle wäre.«

Baron Tokugawa griff nach seinem *Saké*-Schälchen. »Der Gedanke ist ungeheuerlich. Aber Sie haben recht: wenn eine einzige Munitionskiste explodiert, fliegt alles in die Luft. Und damit Vera McLeans Geld! Nur die Besatzung...«

Kon-kim machte eine wegwerfende Bewegung. »Die springt in ihre Tag und Nacht bereitstehenden Rettungsboote. Das sind doch mit allen Wassern gewaschene Burschen. Aber wählen wir lieber ein weniger hypothetisches Thema.«

»Warum?« ereiferte sich der Baron. »Ich finde es aufregend, einmal zu erörtern, welche Möglichkeiten...«

»Gewiß«, fiel Kon-kim ein. »Ich möchte nur nicht in den Verdacht geraten, Sie zu etwas verleiten zu wollen.«

Baron Tokugawa sah ihn vorwurfsvoll an. »So etwas dürfen Sie nicht sagen. Wir sind Freunde, und Freunde verdächtigen sich nicht.«

Kon-kim gab sich verlegen. »Sie haben recht.«

Der Baron erhob sich und nahm eine ruhelose Wanderung auf. »Die Vorstellung, Vera McLean ruinieren zu können, wird mich von nun an nicht wieder loslassen«, sagte er wie zu sich selbst. »Die Frage ist nur, wie man einen Sprengkörper mit Zeitzünder auf das Schiff praktizieren könnte.«

»Ich finde, daß zunächst etwas ganz anderes geklärt werden müßte«, entgegnete Kon-kim. »Nämlich die Beschaffung des Sprengkörpers!«

Baron Tokugawa lachte. »Den könnte ich noch in dieser Woche erhalten. Da brauchte ich mich nur an einen meiner ehemaligen Arbeiter zu wenden.«

Kon-kim konnte seine Befriedigung über den Verlauf des Gespräches kaum verbergen.

»Die Sache ist einfacher, als Sie denken«, fuhr der Baron mit vor Erregung heiserer Stimme fort. »In meiner früheren Fabrik werden unter anderem etliche Sorten von Zündern hergestellt. Wenn ich einem jener Arbeiter, die mir die Treue gehalten haben, erkläre, daß ich einen Sprengkörper mit Zeitzünder benötige, dann nimmt der heute dieses und morgen jenes mit nach Hause und bastelt mir zusammen, was ich haben will.«

»Auch einen Zünder, der erst nach vierzehn Tagen auslöst?«

»In diesem Fall müßte ich vorher noch einige Versuche anstellen. Auf Zeitzünder mit Uhren verlasse ich mich nicht gerne. Technisch bereitet das aber keine Schwierigkeit. Die Frage bleibt nur: wie bekommt man den Sprengkörper an Bord des Schiffes?«

»Das stelle ich mir nicht allzu schwer vor«, antwortete Kon-kim leichthin. »Es muß doch möglich sein, den Zünder mit dem Sprengstoff in einer Granate unterzubringen.«

»Selbstverständlich. Ich brauche nur einem meiner ehemaligen Arbeiter den Auftrag zu erteilen, eine solche Granate zu einem Zeitpunkt herzustellen, da reguläre Granaten auf ein Schiff verladen werden. Mit etwas Geschicklichkeit wird es ihm schon gelingen, die ›falsche‹ unter die richtigen zu mischen.«

»Eine großartige Idee, sofern Sie sich auf Ihren Arbeiter verlassen können!«

»Das kann ich hundertprozentig!«

»Dann sehe ich Vera McLean schon am Hungertuch nagen.«

»Und vorbei ist die Liebschaft mit Ihrem Freund!« schrie der Baron mit haßverzerrtem Gesicht. »Oder glauben Sie, daß er dann noch bei ihr bleiben wird?«

»Ganz bestimmt nicht. Vera McLeans Parfüm ist doch bloß Reichtum, ihre Schönheit Kosmetik.«

»So ist es!« geiferte der Baron mit sich überschlagender Stimme. »Der schönste Ballon wird häßlich, wenn er seine Luft verliert. Häßlicher noch, als ich es bin.«

Kon-kim lief es kalt über den Rücken. Er hatte erreicht, was er wollte. Baron Tokugawa aber ekelte ihn an.

Der Tau glitzerte noch an den Grashalmen und die Sonne vergoldete den Himmel, als Kon-kim in der Frühe des nächsten Morgens nach Yokohama fuhr, um Kinki Yasuda abzuholen. Er war in Ferienstimmung und blickte immer wieder auf das Instrumentenbrett seines Wagens, an das er ein längliches, mit chinesischer Tusche beschriftetes rotes ›Glückspapier‹ befestigt hatte. Jedesmal, wenn er das Papier sah, hoffte er inbrünstig, daß Kinki Yasuda ihn nicht nach der Bedeutung der Schriftzeichen befragen, sondern sich daran erinnern würde, was er ihr über chinesische Sitten und Gebräuche erzählt hatte. Nur dann konnte der längliche Papierstreifen echtes Glück bringen; im anderen Fall blieb es fragwürdig.

Es war erstaunlich, wie sehr Kon-kim an uralten Überlieferungen klebte, sobald das Herz seine Stimme erhob. Dann überlagerten die Gesetze der ehrenwerten Ahnen jedes Denken, und alles Wissen wurde von den moralischen Vorschriften der Vergangenheit in den Hintergrund gedrängt. Er lauschte gerne der Melodie eines Liedes, das ihn an Jugendtage erinnerte und das die Nacktheit der realen Welt verdeckte, in der er lebte.

Anders lagen die Dinge bei Kinki Yasuda, die in der kristallklaren Disziplin des *Zen*-Buddhismus erzogen worden war und sich an keine zarten Jugendtöne erinnern konnte. Um so empfänglicher war sie für Aufmerksamkeiten, die die Sprache des Herzens erkennen ließen. So durchrann sie eine heiße Welle, als sie das vor ihrem Sitz am Armaturenbrett angebrachte ›Glückspapier‹ entdeckte. Gleichzeitig aber erschauerte sie, da sie sich des Auftrages erinnerte, den ihr der Chef der *Kempetai* gegeben hatte.

Kon-kim bemerkte nicht ihren wechselnden Gesichtsausdruck.

Er sah nur ihre anmutige Gestalt und ihre zarten Hände, die den roten Papierstreifen behutsam vom Armaturenbrett lösten, um ihn wortlos an ihren rosa Kimono zu heften. Dabei neigte sie ihren Kopf in die Richtung, in der sie den kaiserlichen Palast vermutete, und Kon-kim ahnte, was diese Geste zu bedeuten hatte. Sie wollte nicht nur das ›fragwürdige‹ Glück verbannen, sondern als gehorsame Japanerin auch des Kaisers gedenken, des Oberpriesters des *Schinto*-Glaubens.

Ihre Demut stimmt ihn froh, aber nachdem er einige Minuten gefahren war, in denen Kinki Yasuda schweigend neben ihm gesessen hatte, wurde er besorgt, als er erkannte, daß sie einen bedrückten Eindruck machte. »Was ist mit Ihnen?« fragte er. »Haben Sie Kummer?«

Sie schüttelte den Kopf. »Wie kommen Sie darauf?«

»Weil Sie so still sind.«

Kinki Yasuda lächelte matt. »Das bin ich des Morgens immer. Außerdem ist es wunderbar, einmal ganz einfach dazusitzen.«

»Das kann ich verstehen«, entgegnete er erleichtert.

»Gestern abend habe ich übrigens an Sie gedacht«, fuhr sie nach kurzer Pause fort. Es erschien ihr plötzlich unmöglich, zwei Tage mit Kon-kim durch das Land zu fahren, um anschließend eine Meldung zu erstatten, die ernste Konsequenzen nach sich ziehen mußte. Wenn Kon-kim leugnete, auf der Kriegsakademie gewesen zu sein, dann wollte sie keine weitere Frage an ihn richten und ihn nicht als geheuchelte Unschuld begleiten. In diesem Fall war es besser, eine Unpäßlichkeit vorzutäuschen und sich gleich in Tokyo zu trennen. Sie entschloß sich deshalb, das von ihr sorgsam durchdachte, allerdings erst für später geplante Gespräch schon jetzt einzuleiten, und der leicht hingeworfene Satz: »Gestern abend habe ich übrigens an Sie gedacht«, war nicht dazu angetan, Kon-kim hellhörig werden zu lassen.

Er wurde es auch nicht, sondern fragte interessiert: »Darf ich mich nach dem Anlaß erkundigen?«

»Gewiß«, antwortete sie. »Ich fürchte nur, daß er Sie ernüchtern wird.«

»Warum?«

»Weil es ein höchst unromantischer Anlaß war. Ich las in der Zeitung, daß Tschiang Kai-scheks Truppen aufgebrochen sind, um China zu einigen, und in dem Bericht war von einem Ort die Rede, den Sie gesprächsweise einmal erwähnten. Ich glaube, er hieß Whampoa. Kann das stimmen?«

»Ja«, erwiderte Kon-kim unwillkürlich, doch schon im nächsten Augenblick erkannte er seinen Fehler.

Sie sah ihn fragend an. »Waren Sie mal dort?«

Er nickte und überlegte fieberhaft, bei welcher Gelegenheit er den Ort erwähnt haben könnte.

»Dem Zeitungsartikel zufolge soll sich in Whampoa eine Militärakademie befinden«, fuhr Kinki Yasuda gelassen fort.

Eine nie gekannte Nervosität überfiel Kon-kim. Er konnte sich beim besten Willen nicht daran erinnern, jemals über Whampoa gesprochen zu haben. Sie spürte seine Unsicherheit und fuhr wie mit einer Sonde in die Wunde, die sie mit der Behauptung, er habe Whampoa gesprächsweise einmal erwähnt, geschlagen hatte. Aber ihre Knie zitterten, als sie sagte: »Die Verhältnisse in Ihrer geehrten Heimat müssen zur Zeit schrecklich sein. In dem Bericht wurde behauptet, es liege daran, daß die meisten Chinesen das Militär verachten. Stimmt das?«

»Zum Teil«, erwiderte er ausweichend.

»Und warum verachten Ihre Landsleute das Militär?«

Diese Frage erschien Kon-kim zu gewollt. Er mißtraute Kinki Yasuda nicht im geringsten, aber nun überlegte er doch, welche Folgen es haben könnte, wenn das Gespräch bewußt herbeigeführt war. Die Fragebogen fielen ihm ein, in denen er seine militärische Ausbildung verschwiegen hatte. Es half alles nichts: er mußte die Flucht nach vorn antreten und schnellstens so handeln, wie er es getan haben würde, wenn er erkannt hätte, auf den Trick einer raffinierten Agentin hereingefallen zu sein. »Hören Sie, Kinki«, sagte er mit gedämpfter Stimme. »Ich möchte Ihnen etwas anvertrauen, das niemand weiß und erfahren darf. Ich war sechs Wochen auf der Kriegsakademie in Whampoa.«

Ihr Herz klopfte schneller. »Und warum darf das niemand erfahren?«

»Weil ich es in meinen Papieren nicht angegeben habe. Ich hatte Sorge, daß man mich für einen Militaristen halten und mir das Visum verweigern würde. Wie hätte ich auf einem Fragebogen auch verständlich machen können, weshalb ich nach Whampoa ging und warum ich die Akademie wieder verließ. Das ist eine viel zu lange Geschichte.«

Sie blickte nachdenklich vor sich hin. »Ich kann dazu keine Stellung nehmen. Aber nachdem Sie mich schon ins Vertrauen gezogen haben, sollten Sie mir die Geschichte erzählen.«

Kon-kim zündete sich eine Zigarette an und begann mit der Schilderung der Ereignisse der letzten Jahre. Zunächst nur zögernd, dann aber freier werdend, berichtete er von den furchtbaren Geschehnissen in seinem Elternhaus, von der Verschleppung seiner Braut Süa-tü, von der Flucht, vom Onkel und dem Wiedersehen mit David Hamilton, vom beginnenden Fremdenhaß und dem ersten Treffen mit Vera McLean, von den Kämpfen in Kanton und schließlich von der Ausweisung Borodins, die ihn veranlaßte, nach Whampoa zu gehen, um für die Heimat und Süa-tü zu kämpfen. »Als es sechs Wochen später aber hieß, Tschiang Kai-schek vereinige sich wieder mit dem Russen, da konnte ich nicht mehr bleiben«, schloß er seine Erzählung, in der er lediglich die Tötung der Banditen und Li-tais Niedergang verschwiegen hatte.

»Und Sie haben daraufhin die Heimat verlassen?« fragte Kinki Yasuda kaum hörbar.

Kon-kim nickte. »Was blieb mir anderes übrig? Mit Menschen, die den Fremdenhaß predigen, will ich nichts zu tun haben.«

Ihre Wangen brannten. Wie hatte sie nur an Kon-kims Lauterkeit zweifeln können. Sein Denken und Handeln war klar wie das Wasser des *Chuzenji*-Sees. Wer sein Schicksal kannte, mußte Verständnis dafür haben, daß er die ihm vorgelegten Fragebogen nicht in allen Teilen ordnungsgemäß ausgefüllt hatte.

Aber neben der Scham über die gehegten Zweifel verspürte Kinki Yasuda auch das Glück, das sich so unerwartet vor ihr ausbreitete. Sie fühlte sich plötzlich frei. Wie durch ein Wunder war sie der Brandung des Meeres entronnen, in das sie sich hatte stürzen müssen.

Kon-kims Nerven waren indessen einer unerträglichen Spannung ausgesetzt. Immer wieder warf er einen heimlichen Blick zu Kinki Yasuda hinüber, deren Gesichtsausdruck nicht erkennen ließ, was sie dachte und empfand. Er wartete auf ihre ersten Worte, die ihm verraten mußten, ob sich das Gespräch über Whampoa zufällig ergeben hatte oder beabsichtigt herbeigeführt war.

Doch dann befreite ihn Kinki Yasudas Verhalten von der Sorge, die ihn befallen hatte. Ihre ersten Worte galten nicht seinem, sondern Süa-tüs Schicksal. »Es muß furchtbar sein, was Ihre Braut durchgemacht hat«, sagte sie erschüttert. »Befürchten Sie nicht, daß sie sich das Leben nehmen könnte?«

Er schüttelte den Kopf. »Sie wird die Hoffnung nicht aufgeben und bis zum letzten Atemzug kämpfen.«

Kinki Yasuda sah ihn verwundert an. »Ich hatte mir ein ganz anderes Bild von ihr gemacht, als Sie von ihr sprachen. Ich sah im Geiste eine zarte *Asagao* vor mir, eine Stundenblume, die nur einen Morgen lang blüht.«

Kon-kim sah im Geiste den idyllischen Steinhang mit den wilden Glyzinien, vor dem er das letztemal mit Süa-tü gelegen hatte. »Ihr Vergleich ist wundervoll«, erwiderte er. »Süa-tü hat wirklich nur eine Stunde lang geblüht.«

Von diesem Augenblick an waren beide wie verwandelt. Sie sahen die Welt mit anderen Augen und glaubten, noch nie einen so strahlend blauen Himmel gesehen zu haben wie in dieser Stunde. Alles Graue schwand dahin und wurde farbig. Und der weich gefederte Wagen lief, daß es eine Freude war. Sein Kühlwasser kochte selbst an den steilen *Iroha*-Serpentinen nicht, hinter denen Kon-kim eine Rast einlegte, um den herrlichen Ausblick zu genießen.

Kinki Yasuda nutzte die Gelegenheit, ihre Hausfrauenkünste in das rechte Licht zu rücken. Im Handumdrehen servierte sie knusprige, nach Jod duftende Seetangscheiben. Dann öffnete sie eine flache Lackschachtel und warf Kon-kim einen bedeutungsvollen Blick zu. »Dies ist eine kleine Überraschung, die ich für Sie zubereitet habe.«

Er beugte sich über die Schachtel und schnupperte in gemachter Manier. »Das riecht ja phantastisch.«

Sie lachte. »Es ist *Maki-zushi*, ein mit rotem Ingwer, Aalstückchen und pikanten Gemüsen gewürzter Reiskuchen, der Ihnen hoffentlich schmecken wird.«

»Bestimmt!« erwiderte er begeistert. »Schon allein, weil Sie ihn gemacht haben.«

Kinki Yasuda war glücklich, und sie wurde es noch mehr, als sie sah, daß Kon-kim den Kuchen mit großem Behagen aß. Insgeheim stellte sie sich vor, wie es sein müßte, wenn sie immer für ihn kochen würde. Doch kaum hatte sie es gedacht, da verdrängte sie die Vorstellung und neigte verstohlen ihren Kopf in die Richtung, in der sie den kaiserlichen Palast vermutete.

Später, nachdem sie den *Kegon*-Wasserfall und den wie ein riesiger Kegel aus dem *Chuzenji*-See herauswachsenden Mont *Nantai* bewundert hatten, suchten sie eine verträumt aussehende kleine Teehütte auf, vor der sich ein mit Efeu bewachsener Ziehbrunnen befand.

»Ich schlage vor, daß wir den Tempel von Nikko erst morgen aufsuchen«, sagte Kon-kim, als sie an einem Fenstertisch Platz genommen hatten. »Wir haben heute so viel gesehen, daß wir nicht mehr richtig aufnahmefähig sind. Finden Sie nicht auch?«

Kinki Yasuda nickte und blickte zu der alten Japanerin hinüber, die im Hintergrund der Hütte den Tee zubereitete.

Er war nahe daran, ihre feingliedrigen Hände zu ergreifen, die ihm zerbrechlich wie Porzellan zu sein schienen. Doch er wagte es nicht und schaute in seiner Ratlosigkeit zu dem efeubewachsenen Brunnen hinüber, der ihn an das Gedicht erinnerte, das ihm Kinki Yasuda einmal erläutert hatte. »Entsinnen Sie sich?« fragte er nach draußen deutend. *»Einer Winde Ranke stahl den Schöpfeimer mir – um Wasser bat ich.«*

Sie warf ihm einen dankbaren Blick zu. »Wenn ich dichten könnte, würde ich den heutigen Tag festhalten.«

Er lachte. »Soll ich es einmal versuchen?«

»Bitte. Wenn es aber ein *Haiku* werden soll, muß es siebzehn Silben haben.«

»Das werde ich schon schaffen. In Anlehnung an das Rankengedicht sage ich: *Der Sonne Strahlen schenkten Glückseligkeit mir – um Gnade fleh' ich.*«

Ihre Augen waren sekundenlang voller Zärtlichkeit, dann aber schloß die ihr von Jugend an beigebrachte Kunst des ›Nicht-gesehen-Werdens‹ die Fenster ihres schier überquellenden Herzens. Sie war plötzlich nicht mehr Frau, sondern nur noch Japanerin: großgeworden in einer Welt, die nichts als Pflichten kennt, erzogen von den Helfern eines illusionslosen Generalstabs, der keine Empfindungen duldet und selbst dem Kaiser vorschreibt, was er zu denken hat.

Kon-kim spürte die jäh wieder zwischen ihnen stehende Mauer und wußte, daß die verstaatlichte Seele Kinki Yasudas ihr Herz niedergerungen hatte. Als Asiat aber verstand er es, sich mit Geduld zu wappnen und auf den Augenblick zu warten, da ein überquellendes Herz die Fesseln sprengt und nur noch auf die eigene Stimme hört.

Er war deshalb nicht enttäuscht, als sie bald darauf in einer entromantisierten Stimmung weiterfuhren und sich schließlich in Nikko vor dem *Kanaya*-Hotel verabschiedeten, in dem Kinki Yasuda untergebracht war, während er im *Kanko*-Hotel wohnte. Eigenartig berührte ihn nur der Gedanke, daß sie beide an diesem Abend völlig unbekleidet zwischen anderen Männern und Frauen baden würden und getrennte Hotels gewählt hatten, um sich nicht so zu sehen, wie sie sich anderen zeigten.

Nach einem gemeinsamen Frühstück besichtigten sie am nächsten Morgen den chinesisch anmutenden *Yomeinon*-Tempel, dessen Fassade die weltberühmten drei Affen zeigte, von denen sich einer den Mund, der zweite die Augen und der dritte die Ohren zuhält. Aber noch bevor sie diesen Tempel wieder verließen, erklärte Kinki Yasuda plötzlich, daß sie vergessen habe, einer ihrer geehrten Kolleginnen einen Auftrag zu übermitteln.

»Ja, was machen wir denn da?« fragte er sie entgeistert. »Läßt sich die Sache telefonisch in Ordnung bringen?«

Sie schüttelte den Kopf. »Das ist nicht notwendig, wenn wir bis fünf Uhr in Tokyo sein können. Es handelt sich um eine Angelegenheit, die erst morgen vormittag erledigt werden muß.«

»Wir können schon eine Stunde früher da sein«, beruhigte Kon-kim sie, wenngleich er es bedauerte, nunmehr auf schnellstem Wege zurückfahren zu müssen. Aber er strahlte wie ein Primaner, als er das von Kinki Yasuda bezeichnete Reisebüro bereits kurz nach vier Uhr erreichte.

Sie bat ihn zu warten und kehrte nach wenigen Minuten mit verdrießlicher Miene zurück. »Hätte ich doch nicht in der Zentrale angerufen! Eine meiner geehrten Kameradinnen ist krank geworden; ich muß sofort für sie einspringen.«

»Nicht traurig sein«, entgegnete Kon-kim, dem die zeitige Trennung ganz gelegen kam, da er David Hamilton, von dem er beim letzten Treffen erfahren hatte, daß Vera McLean möglicherweise in den nächsten Tagen nach Kanton reisen werde, unter den gegebenen Umständen aufsuchen wollte. Aber das sagte er natürlich nicht. Er gab sich vielmehr wie ein Mann, der über unerfreuliche Dinge hinwegsieht, und dankbar für das ist, was er bekommen hat.

Kinki Yasuda fühlte sich beschämt, als sie sich von ihm getrennt hatte und das unscheinbare Holzgebäude der *Kempetai* aufsuchte.

Ihre Erzählung entsprach keineswegs der Wahrheit. Sie hatte die Geschichte nur erfunden, um ihren erhabenen Chef, dem es sehr gefiel, wenn sich seine Agenten unmittelbar nach Erledigung eines Auftrages bei ihm meldeten, noch an diesem Tage berichten zu können. Sie zweifelte zwar nicht daran, daß er Kon-kims vertrauliche Beichte, die sie in allen Phasen zu schildern gedachte, in der ihr einzig denkbaren Weise interpretieren würde, aber sie wünschte sich Gewißheit zu verschaffen, weil sie befürchtete, ohne diese keine Ruhe mehr zu finden.

Oberst Okada, der wie immer hinter seinem blankpolierten Schreibtisch saß, schaute verwundert auf, als ihm sein Adjutant die Agentin 1036 meldete. »Sie ist schon zurück?« fragte er mit einem Blick auf die Uhr.

»Jawohl, Okada-san.«

Der Chef der *Kempetai* deutete mit einer Handbewegung an, daß er Bescheid geben würde, wenn er Kinki Yasuda zu sprechen wünsche. Er hätte sie natürlich sofort empfangen können, würde dann aber viel Gesicht verloren haben.

Etwa fünf Minuten ließ er verstreichen, dann betätigte er die Klingel und blickte mit undurchdringlicher Miene zu der Tür hinüber, durch die Kinki Yasuda eintreten mußte. Nicht die kleinste ihrer anmutigen Bewegungen wollte er sich entgehen lassen. Er liebte graziöse Verneigungen und genoß sie besonders, wenn ihnen das Flair einer ausgebildeten Geisha anhaftete.

»Ich bin erstaunt, Sie schon heute wiederzusehen«, sagte er gönnerhaft, nachdem sich Kinki Yasuda vor dem Bild des Kaisers und vor ihm verbeugt hatte. »Hatten Sie nicht gesagt, daß Sie Mister Lee nach Nikko begleiten wollten?«

»Dort waren wir auch, Okada-san«, erwiderte sie. »Da ich jedoch bereits gestern abend absolut klarsah, drängte ich auf einen zeitigen Aufbruch.«

»Und was sagte das Gelbgesicht dazu?«

»Ich habe ihm eine Geschichte vorgeschwindelt, die es ihm unmöglich machte, meiner Bitte nicht zu entsprechen.«

»Das war sehr klug von Ihnen. Doch nun zur Sache. Was haben Sie festgestellt?«

»Um es vorwegzunehmen: Mister Lee besuchte die Kriegsakademie und ist dennoch völlig unverdächtig.«

Der Chef der *Kempetai* hob die Brauen.

»Völlig ist vielleicht zuviel gesagt, da diese Vokabel jedes Mißtrauen ausschließt«, korrigierte sie sich schnell.

»Gut, daß Sie selber darauf gekommen sind«, warf der Oberst mit einem leicht vorwurfsvollen Unterton ein.

»Urteilen Sie selbst«, fuhr Kinki Yasuda unbeirrt fort und begann mit der beinahe wortgetreuen Wiedergabe dessen, was Kon-kim ihr erzählt hatte. Und sie beendete ihren Bericht mit den Worten: »Ich habe inzwischen nachgesehen, wann Borodin Kanton verlassen hat; das Datum deckt sich mit den Angaben Mister Lees.«

Oberst Okada nickte. »Und ich kann Ihnen weitere Dinge bestätigen, da ich heute morgen Gelegenheit hatte, mich mit Vera McLean und David Hamilton zu unterhalten, die ich beiläufig fragte, woher sie Mister Lee kennen. Was ich erfuhr, stimmt absolut mit Ihren Ermittlungen überein.«

»Sie haben auch über Whampoa gesprochen?« fragte Kinki Yasuda hastig.

Der Chef der *Kempetai* sah sie kopfschüttelnd an. »Trauen Sie mir einen solchen Fehler zu?«

»Nein, Okada-san, das bestimmt nicht. Ich war nur erschrocken, weil ich an die Konsequenzen dachte, die sich ergeben würden, wenn Mister Lee durch einen dummen Zufall erführe, daß das Thema ›Whampoa‹ auch an anderer Stelle angeschnitten wurde. Ich wäre dann erledigt gewesen.«

Der Oberst schmunzelte. »Als Frau oder Agentin?«

Kinki Yasuda öffnete ihren Fächer. »Haben Sie nicht gesagt, daß Sie sich über mein Privatleben keine Gedanken mehr machen wollen?«

»Ist meine Frage nicht ein Beweis dafür, daß ich mein Versprechen halte?« konterte der Oberst.

Sie deutete eine Verneigung an. »Sie haben recht. Arigato gozai masu – Ich danke Ihnen.«

Oberst Okada ergriff die Akte, die er zuvor bereitgelegt hatte. »Ja, ich glaube, daß wir die Angelegenheit nicht weiter zu verfolgen brauchen. Die Schilderung Mister Lees ist glaubwürdig, und es bestehen somit keine Bedenken, ihm das erteilte Visum zu belassen.«

»Gewiß nicht«, erwiderte Kinki Yasuda nach kurzem Zögern. »Dennoch bin ich der Meinung, daß es gut sein würde, ihn ein wenig unter Kontrolle zu halten.«

»Warum?« fragte der Chef der *Kempetai* verwundert.

Sie hob die Schultern und spielte die Rolle, die sie sich ausgedacht hatte. »Ich weiß selbst nicht, warum, Okada-san. Mister Lee macht einen sehr guten Eindruck auf mich, und ich sagte Ihnen bereits, daß mir seine Art sogar gefällt. Was ich jedoch nicht ganz verstehe, ist die Tatsache, daß er sich ausgerechnet in einem Land ansässig macht, in dem er nie zuvor gewesen ist.«

Oberst Okadas Augenschlitze verengten sich. »Mir scheint, Sie haben eine Feststellung gemacht, die Sie verfolgen wollen.«

»Keineswegs«, entgegnete Kinki Yasuda, die zu geschult war, um nicht augenblicklich zu wissen, daß ihr erhabener Chef die Bemerkung nur gemacht hatte, um herauszufinden, ob sie Wert darauf legte, mit Kon-kim in Kontakt zu bleiben. »Ich sagte schon, daß ich Mister Lee für unverdächtig halte. Völlig, sagte ich sogar. Wenn ich jetzt etwas gegen ihn spreche, so eigentlich nur, weil ich finde, daß es nicht schaden kann, seine Akte auf den Stapel derjenigen zu legen, die bei bestimmten Ereignissen als erste in die Hand genommen werden.«

Der Oberst nickte. »Da gebe ich Ihnen recht. Ich dachte schon, Sie wollten ihn ›beschatten‹ lassen.«

Kinki Yasuda lächelte. »Das würde bedeuten, mit einer Kanone auf einen Spatzen zu schießen. Im übrigen habe ich Mister Lee versprochen, mich hin und wieder mit ihm zu treffen. Über seine Tätigkeit werden wir also ausreichend informiert sein.«

Die offene Art, mit der sie dies sagte, beruhigte den Chef der *Kempetai*, und Kinki Yasuda wußte, daß sie erreicht hatte, was sie erreichen wollte. Sie konnte sich jetzt mit Kon-kim zeigen, ohne den geringsten Verdacht zu erregen.

Das Tor der heiligen Karpfen

Den turbulenten ersten Monaten folgte eine beinahe ereignislose Zeit. Vera McLean war nach Kanton zurückgekehrt, und Kon-kim segelte nun häufig mit den beiden Generalstabsoffizieren. Er unterhielt sich mit ihnen jedoch niemals über politische oder militärische Dinge, wenngleich die Zeitungen gerade in dieser Zeit viel über die Armeen Tschiang Kai-scheks berichteten, die zur Befriedung des

Landes aufgebrochen waren und siegreich nach Norden marschierten. Hankou wurde Sitz der Nationalregierung, und es bedrückte Kon-kim, daß er in diesen für seine Heimat so bedeutsamen Wochen keine dem Siegesmarsch ebenbürtige Meldung absetzen konnte.

Dabei waren viele Dinge eingeleitet, die auf die Dauer gesehen zu sichtbaren Erfolgen führen mußten. Baron Tokugawa hatte es fertiggebracht, einen seiner früheren Arbeiter zu überreden, einen Sprengkörper mit Zeitzünder anzufertigen, der beim nächsten Waffen- und Munitionstransport in eine entsprechende Kiste geschmuggelt werden sollte. Im Augenblick wurden aber keine Lieferungen vorgenommen, und Kon-kim vermutete, daß Vera McLeans plötzliche Rückkehr nach China in engem Zusammenhang mit dem Vormarsch Tschiang Kai-scheks stand.

Der Baron schwelgte indessen in Seligkeit. Er hatte den vereinbarten Vorschuß erhalten und erzählte jedem, der es hören wollte, die von Kon-kim erfundene Geschichte, derzufolge sein Neffe von seinem Elend erfahren habe. Es wunderte sich deshalb niemand darüber, daß er aus seiner bisherigen Reserve herausging und sich wieder regelmäßig bei seinen früheren Freunden sehen ließ, die er gerne zu einem kleinen Essen einlud, um sich mit ihnen über Politik und Wirtschaft zu unterhalten.

Aber auch in der Politik herrschte eine Flaute, die durch den Kaiserwechsel bedingt sein mochte. Kon-kim blieb nichts anderes übrig, als sich zu gedulden und zu hoffen, daß die Regierung bald wieder aktiv werden würde.

Mindestens zweimal in der Woche segelte er mit General Maeda und Major Hirai. Dadurch kam er zwangsläufig oft mit Dory Dymont zusammen. Er hätte es vorgezogen, sich mit ihrem Mann zu unterhalten, aber diesen traf er nur einige Male an, da sich der Engländer nun häufig in dem von Japan annektierten Korea aufhielt. Und David Hamilton war vor der feuchten Hitze des Sommers an den kühlen See von *Hakone* geflüchtet, in dessen klarem Wasser sich der makellose Schneegipfel des Fuji-san spiegelt. Den einzigen Lichtblick bildeten die Stunden mit Kinki Yasuda, die sich leider nur selten frei machen konnte. Kon-kim hatte deshalb schon versucht, sie zu einer anderen Tätigkeit zu bewegen, war aber gleich auf energischen Widerstand gestoßen.

»Der geehrte Staat hat mich ausgebildet, und ich gehöre ihm somit«, hatte sie gesagt. »Ich bin sein Eigentum und habe kein Recht, über mich selbst zu verfügen.«

»Und was tun Sie, wenn Sie heiraten wollen?« hatte er voller Entsetzen gefragt.

Sie hatte verlegen zur Seite geblickt. »Sie wissen so gut wie ich, daß es bei uns in dieser Hinsicht nicht viel anders ist als in Ihrer geehrten Heimat. Uns Frauen steht es nicht zu, heiraten zu *wollen*: wir *werden* geheiratet.«

Kon-kim war außer sich gewesen. »Soll das heißen, daß in Ihrem speziellen Fall der Staat...?«

»Ja!« hatte sie ihn erregt unterbrochen. »Und ich bitte Sie, jetzt ein anderes Thema zu wählen.«

Kon-kim würde ihrer Bitte nicht entsprochen haben, wenn er nicht den Schmerz gespürt hätte, der hinter ihren Worten stand. Aber es fiel ihm schwer zu schweigen. Er liebte sie und trug sich ernstlich mit dem Gedanken, sie zu heiraten. Doch was sollte er tun, wenn sie in blindem Gehorsam eine Mauer um sich errichtete, die nicht zu übersteigen war? Er haßte plötzlich das japanische Regime, das sich nicht scheute, den Menschen zu einem Wesen ohne eigenen Willen zu machen.

Um so mehr befriedigte es ihn, von Baron Tokugawa zu erfahren, daß Japan eine Bankkrise bevorstehe, die eine Wirtschaftsdepression größten Ausmaßes nach sich ziehen würde. Hoffentlich, dachte er in grimmigem Zorn und setzte sich noch am gleichen Abend in den Wagen, um eine Meldung in den Äther zu jagen. Ein wirtschaftlich geschwächtes Japan konnte China nicht gefährlich werden, und für Tschiang Kai-schek war es im gegenwärtigen Zeitpunkt außerordentlich wichtig, über die sich anbahnende und ihm Rückenfreiheit gewährende Entwicklung informiert zu sein.

Dieses Mal sandte er seinen Funkspruch nicht von Tokyo aus. Er fuhr in die Bucht von Atami, wo er an einer entlegenen Stelle seine Antenne ausspannte und in aller Ruhe fast fünf Minuten lang ein Morsezeichen nach dem anderen sandte. Die Sorge, die er beim ersten Funkspruch gehabt hatte, belastete ihn nicht mehr. Der Kofferraum seines Wagens war inzwischen mit einem doppelten Boden versehen, unter dem das in Decken eingeschlagene Funkgerät wohlverwahrt ruhte. Und unter dem Armaturenbrett befand sich eine an den Akkumulator angeschlossene Steckdose, so daß die Motorhaube geschlossen bleiben und er jederzeit flüchten konnte.

Mit sich selbst zufrieden, kehrte Kon-kim später nach Kamakura zurück, wo er sein Zimmer auf demselben Weg aufsuchte, den er beim Verlassen des Hauses gewählt hatte: über die Veranda und durch den seitlich gelegenen Garten. Der alte Antiquitätenhändler konnte ihn somit nicht hören, und da Kon-kim ihm schon vor Stunden gute Nacht gewünscht hatte, besaß er gegebenenfalls einen Zeugen, der beschwören konnte, daß er um die in Frage kommende Zeit in seinem Raum gewesen sei.

Der Funkspruch wurde nicht abgehört, und einige Wochen später erhielt Kon-kim belanglose Kartengrüße aus Hongkong, die ihn in verschlüsselter Form davon in Kenntnis setzten, daß seine Meldung klar empfangen worden war.

Das steigerte seinen Ehrgeiz, weitere und vor allen Dingen wichtigere Nachrichten zu vermitteln. Aber sosehr er sich auch bemühte, er brachte nicht Außergewöhnliches in Erfahrung, bis der rundköpfige General Maeda eines Abends anläßlich einer Debatte über die inzwischen eingetretene Bankkrise eine Andeutung über eine Denkschrift machte, die der soeben zum Ministerpräsidenten ernannte General Tanaka vorbereitete.

Dies veranlaßte Kon-kim, den Baron zu beauftragen, Näheres über den Inhalt des Memorandums in Erfahrung zu bringen.

Das war leichter gesagt als getan. Erst nach Wochen erhielt Kon-kim einen Bericht, in dem mit ›positiverer Politik‹ ein auf Jahre vorausgeplanter Feldzug zur Eroberung Chinas umschrieben würde, der Japan die notwendigen Rohstoffbasen sichern sollte. Und Baron Tokugawa machte kein Hehl daraus, daß schon jetzt alle zuständigen Stellen angewiesen seien, die ›Tanaka-Denkschrift‹ als eine Fälschung zu bezeichnen, wenn auch nur das geringste über sie an die Öffentlichkeit dringen sollte.

Kon-kim war über den Inhalt des Memorandums nicht weniger entsetzt als über den Baron, der unbedenklich Landesverrat übte. Ihm konnte dies freilich nur recht sein, da er ihn nun fest in die Hand bekommen hatte und immer neue Forderungen stellen konnte.

Er überspannte den Bogen jedoch nicht, sondern fuhr zunächst zwei Wochen lang Nacht für Nacht durch die nähere und weitere Umgebung von Tokyo, um einen ausführlichen Bericht nach Whampoa zu funken. Er durfte es nicht riskieren, die Meldung in einem einzigen Funkspruch durchzugeben, der über eine Stunde gedauert haben würde, und er wählte jede Nacht einen anderen Standort und eine andere Frequenz, damit er selbst dann nicht ohne weiteres gefunden werden konnte, wenn seine Morsezeichen zufällig einmal aufgefangen und ausgepeilt wurden. Und er hatte Glück: er blieb unbehelligt. Das veranlaßte ihn, den Baron aufzusuchen, um etwas einzuleiten, das diesen zunächst täuschen und später in ein völliges Abhängigkeitsverhältnis bringen sollte.

»Stellen Sie sich vor, in welch scheußliche Lage ich geraten bin«, sagte er ihm gleich nach der Begrüßung. »Meine Redaktion hat mir mitgeteilt, daß mein Bericht völlig uninteressant sei. Was ich gemeldet hätte, pfiffen die Spatzen bereits von den Dächern, und ich solle mich bemühen, Näheres über die beabsichtigte Durchführung der ›positiveren Politik‹ in Erfahrung zu bringen. Insbesondere über die Wege, die in der Mandschurei und Mongolei eingeschlagen werden sollen.«

Baron Tokugawa hob abwehrend die Hände. »Um Himmels willen, das sind militärische Dinge, die auf keinen Fall publiziert werden dürfen.«

Kon-kim stellte sich erschrocken. »Sie haben recht! Was man von mir verlangt, ist eine Auskunft, die an Spionage grenzt. Meine Redaktion soll mir den Buckel hinunterrutschen! Wie komme ich dazu, mich unglücklich zu machen?«

»Es freut mich, daß Sie diese Auffassung haben und mich nicht bedrängen«, erwiderte der Baron sichtlich erleichtert und verriet damit nichtsahnend, daß er auch über die militärische Seite der ›positiveren Politik‹ informiert war.

Kon-kim ließ sich jedoch nichts anmerken, sondern gefiel sich darin, die Rolle des guten Freundes und korrekten Journalisten zu spielen. In Wirklichkeit aber war er ein nüchterner Rechner, der sich skrupellos über alles hinwegsetzte, wenn es galt, der Heimat zu dienen. Noch am gleichen Abend leitete er die zweite Phase des Manövers ein, das ihm die Möglichkeit geben sollte, den Baron zu erpressen, ohne selbst in Erscheinung zu treten. Auf einer offenen Karte schrieb er der im *Café Verdi* als Servierfräulein beschäftigten Agentin Maya:

›Ich bin am Freitag in Yokohama und würde mich freuen, wenn wir uns sehen könnten. Da ich erst spät ankomme, schlage ich vor, daß wir uns um 23 Uhr an der Ecke Yokohama-Park und *Hanazono-Bashi* treffen.‹

Eine Unterschrift zeigte die Karte nicht, dafür war auf der Rückseite in einer Ecke die Tarnnummer der Agentin vermerkt, die ihr genügend sagen mußte.

Das war zunächst alles, was Kon-kim tat, bis der von ihm bezeichnete Tag kam, an dem er das *Café Verdi* in der Mittagsstunde aufsuchte, um sich zu vergewissern, daß die Japanerin anwesend war. Anschließend fuhr er nach Enoshima, wo er einige Stunden mit den Generalstabsoffizieren segelte. Den Abend verbrachte er in einem kleinen Restaurant im Chinesenviertel, das er erst kurz vor der verabredeten Zeit verließ, um gemächlich durch den unbelebten Park zu schlendern, in dem er sich einen zusammengerollt mitgenommenen Filzhut tief in die Stirn drückte und einen jener hygienischen Mundschützer umband, welche die höflichen Japaner stets tragen, wenn sie erkältet sind. Er benutzte ihn, um einen Teil seines Gesichtes zu verbergen und seiner Stimme einen anderen Klang zu geben. Und da er die Agentin an einen Platz bestellt hatte, der nur spärlich beleuchtet war, brauchte er nicht zu befürchten, erkannt zu werden. Als er sah, daß die Japanerin an der verabredeten Ecke stand, ging er langsam an ihr vorbei, blieb dann jedoch einen Schritt hinter ihr plötzlich stehen und fragte, ohne sich umzuwenden: »Nummer sechshundertvierunddreißig?«

»Ja«, antwortete sie gedämpft.

»Gehen Sie in den Park. Ich werde Ihnen folgen.«

Sie gehorchte wie ein wohlerzogenes Kind.

Knapp dreißig Meter ließ er sie gehen, dann forderte er sie auf, stehenzubleiben und sich nicht umzusehen.

Die Agentin befolgte seine Anordnung.

»Entschuldigen Sie, daß ich ein solches Theater mit Ihnen veranstalte«, sagte er einleitend. »Aber ich habe einen Sonderauftrag zu erfüllen und darf mich nicht zu erkennen geben. Als erstes möchte ich Sie bitten, sich diesen Platz zu merken. Aller Voraussicht nach werden wir uns in Zukunft des öfteren sprechen müssen. Ich gebe dann nur den Tag an und erwarte Sie stets um die gleiche Zeit an dieser Stelle. Ist das klar?«

»Ja.«

»Und nun zu Ihrem Auftrag. Im *Café Verdi* verkehrt in letzter Zeit ein auffallend häßlicher älterer Japaner, der gelegentlich von einem jungen Chinesen begleitet wird. Können Sie sich an diese Herren erinnern?«

Sie nickte. »Ich glaube schon. Soviel ich weiß, ist der häßliche Herr ein Baron.«

»Richtig«, erwiderte Kon-kim. »Es ist Baron Tokugawa aus Kamakura, mit dem Sie sich anfreunden sollen.« Er zog einen mit Banknoten gefüllten Umschlag aus seinem Jackett und reichte ihn über die Schulter der Japanerin. »Nehmen Sie dieses Geld und kaufen Sie sich Kleidung und was Sie sonst benötigen, um im Haus des Barons verkehren zu können. Wir sind in einer für China lebenswichtigen Angelegenheit auf Ihre Mitarbeit angewiesen. Wenn Ihnen der Auftrag schwerfällt, dann vergegenwärtigen Sie sich, was Ihre Landsleute mit Ihrem Mann gemacht haben. Sie müssen den Baron in Ihre Hand bekommen.«

Sie drehte den Kopf halb zur Seite. »Was geschieht, wenn ich mich weigere, den Auftrag zu übernehmen?«

»Dann wird Ihre Akte zur *Kempetai* wandern!«

»Das ist Erpressung«, stöhnte sie.

Kon-kim versuchte, seiner Stimme einen versöhnlichen Klang zu geben. »Wenn Sie den Auftrag zur Zufriedenheit erfüllen, verbürge ich mich dafür, daß Sie nie wieder behelligt werden. Es ist mir selbst zuwider, mich über das Herz eines Menschen hinwegsetzen zu müssen. Im Augenblick sehe ich aber leider keine andere Möglichkeit.«

»Sie kennen den Baron?«

»Nur flüchtig. Menschlich soll er sehr angenehm sein.«

»Und welches ist meine Aufgabe, wenn ich mich mit ihm ›angefreundet‹ habe?«

»Das erfahren Sie zu einem späteren Zeitpunkt. Zunächst legen Sie es nur darauf an, Ihren Landsmann so schnell wie möglich für sich zu gewinnen. Gleichzeitig versuchen Sie herauszufinden, wer der junge Chinese ist, der den Baron hin und wieder begleitet.«

Die letzte Anweisung zeigte deutlich, mit welcher Raffinesse Kon-kim zu Werke ging. Die Agentin konnte nun nicht mehr auf den Gedanken kommen, daß der hinter ihr stehende Unbekannte identisch mit dem jungen Chinesen sein könne, dessen Namen sie ausfindig machen sollte.

Der Wind trieb die verblaßten Kirschblüten bereits vor sich her, als die Zeitungen in großen Lettern von einem drohenden Krieg der Westmächte mit China berichteten. Die rasch vorrückenden und bis dahin disziplinierten Truppen Tschiang Kai-scheks hatten Nanking erobert und sich auf die dort lebenden Ausländer gestürzt und sie wahllos niedergemetzelt. Im ersten Moment glaubte man, der Siegestaumel habe die Soldaten zu der grauenvollen Tat hingerissen, dann aber wurde bekannt, daß zur gleichen Zeit auch die britische Konzession in Hankou von aufgehetzten Massen geplündert worden war.

»Das ist Borodins Werk«, verteidigte Kon-kim die vorrückende Armee, als er sich mit David Hamilton über die unerklärliche Entwicklung unterhielt.

Der Amerikaner zuckte die Achseln. »Möglich. Es kann aber auch anders sein. Tschiang Kai-schek hält jedenfalls keine Rede, ohne gegen die ›Fremden‹ zu hetzen.«

Kon-kim blieb bei seiner Meinung, und es dauerte nicht lange, bis es sich erwies, daß er die bedrohlichen Vorkommnisse richtig beurteilt hatte. In Shanghai kam es über Nacht zu einem Aufstand der kommunistischen Arbeiter, der die führende Hand Borodins erkennen ließ. Die Arbeiter schlugen zwei Fliegen mit einer Klappe: sie überfielen die Truppen der ›Kriegsherren‹, die Shanghai drangsalierten, und gaben damit der heranrückenden Armee eine nicht zu unterschätzende Hilfestellung. Nach ihrem Sieg aber, der den Kommunisten viele Sympathien einbrachte, standen sie, nur noch von einem Stacheldraht getrennt, den ausländischen Garnisonen gegenüber, wodurch die Gefahr eines Krieges in bedrohliche Nähe rückte.

Tschiang Kai-schek erkannte die Gefährlichkeit dieser Situation. Da er aber auch sah, daß der kommunistische Erfolg ihn von der Woge der nationalen Erhebung herunterzuspülen drohte, entschloß er sich, das mit Borodin eingegangene Bündnis zu brechen. Ohne auf die Stimmen seiner Parteifreunde und Berater zu achten, gab er den Befehl, die Arbeiterschaft zu entwaffnen und alle kommunistischen Führer zu liquidieren. Männer, die bis zur Stunde für die gleiche Sache gekämpft hatten, wurden mit einem Male für politisch untragbar erklärt und viehisch abgeschlachtet. Und als das schauerliche Werk vollbracht war, bestimmte Tschiang Kai-schek Nanking zum Sitz seiner eigenen Regierung.

Kon-kim war außer sich und fragte sich erstmalig, ob es sich wirklich lohne, sein Leben für einen Mann einzusetzen, dessen Ehrgeiz und Machthunger offensichtlich größer als die Liebe zum Volk war. Wenn der Bruch mit den Kommunisten die chinesische Revolution nicht beendete, wie Tschian Kai-schek es sich erhoffen mochte, mußte es zu einem furchtbaren Bruderkrieg kommen, da anzunehmen war, daß die in letzter Sekunde aus Shanghai geflohenen kommunistischen Führer Chou En-lai und Mao Tse-tung den Versuch machen würden, nach russischem Vorbild ›Rote Armeen‹ aufzustellen, um gegen die Heere Tschiang Kai-scheks zu ziehen. Geschah dies aber, dann war die Revolution nicht vorüber, sondern begann sie erst.

Es erfüllte Kon-kim deshalb mit Genugtuung, daß Stalin, der die Auffassung vertrat, die kommunistische Partei könne die eingetretene Entwicklung weder aufhalten noch vorwärtstreiben, Borodin den Befehl erteilte, das Land unverzüglich zu verlassen.

Um so größer war Kon-kims Erstaunen, als ihm Baron Tokugawa, mit dem er sich ›zufällig‹ im *Café Verdi* traf, heimlich zuraunte: »Es geht los. Sie müssen mich noch heute abend aufsuchen, damit wir ...« Er brach jäh ab, weil das Servierfräulein Maya an den Tisch trat und sich nach Kon-kims Wünschen erkundigte.

Er bestellte sich eine Schale Tee, wobei es ihm nicht entging, daß die Agentin dem Baron heimlich zublinzelte.

Der Japaner blickte strahlend hinter ihr her. »Ein reizendes Geschöpf; finden Sie nicht auch?«

Kon-kim nickte. »Sagen Sie mir lieber: Was geht los?«

»Der Schiffstransport«, flüsterte der Baron. »Noch heute müssen wir die Zeit bestimmen.«

»Ich verstehe«, flüsterte Kon-kim. »Um elf bin ich bei Ihnen.«

Baron Tokugawa nagte an seinen Lippen. »Wäre es Ihnen möglich, ausnahmsweise einmal etwas früher zu kommen?«

Kon-kim sah ihn fragend an. »Galantes Abenteuer?«

Der Japaner kicherte. »Das muß unter uns bleiben!«

»Versteht sich«, erwiderte Kon-kim mit weltmännischer Geste und nahm einige Münzen aus der Tasche, da er die Agentin Maya mit dem Tee kommen sah. »Ich möchte gleich zahlen«, sagte er an sie gewandt.

»So schnell müssen Sie schon wieder gehen?«

»Leider«, antwortete er.

Als sie sich entfernt hatte, unterhielt sich Kon-kim mit dem Baron noch eine Weile über belanglose Dinge, dann verabschiedete er sich mit dem Hinweis, ihn um acht Uhr aufzusuchen.

Das Haus war mit Gerüsten umstellt, und Baron Tokugawa öffnete selbst die Tür, als Kon-kim zur verabredeten Zeit erschien.

»Es ist furchtbar«, beklagte er sich und wies auf das Durcheinander in der Empfangshalle. »Wo Handwerker anfangen, da hört die Gemütlichkeit auf.«

»Dafür ist es dann später um so schöner«, entgegenete Kon-kim und steuerte geradenwegs auf das Thema zu, um dessentwillen er gekommen war. Er brannte darauf, Näheres zu erfahren, da aus der Wiederaufnahme der seit Monaten eingestellt gewesenen Waffen- und Munitionslieferungen eindeutig hervorging, daß Vera McLean neue Abnehmer gefunden hatte. Aber wer waren diese? Die von ihr bislang belieferten ›Kriegsherren‹ kamen nicht mehr in Betracht. Es konnten also nur andere, bisher nicht in Erscheinung getretene Interessentengruppen sein. Waren es womöglich die aus Shanghai geflüchteten kommunistischen Führer?

Im Bestreben, den Baron auszuhorchen, ohne sich eine Blöße zu geben, leitete er die Unterredung mit der unverfänglichen Frage ein: »Sie sind also endlich in der Lage, den vernichtenden Schlag gegen Vera McLean führen zu können?«

»Ja, endlich!« frohlockte Baron Tokugawa.

»Und welches Schiff wird beladen?«

»Die *Kaigan Maru*. Sie soll übermorgen auslaufen.«

»Wohin?« fragte Kon-kim wie nebenbei.

Der Mund des Barons öffnete sich, als wollte er das Ziel nennen, aber dann veränderte sich plötzlich die Stellung seiner Lippen, und er antwortete sichtlich nervös: »Danach habe ich mich nicht erkundigt.«

Nun gut, dachte Kon-kim. Heute muß ich mich noch zurückhalten. Wenn das Schiff in die Luft geflogen ist, reden wir anders miteinander.

Der Baron schenkte heißen Reiswein ein. »Wissen Sie, wie groß der Transporter ist? Fünftausend Tonnen!«

Kon-kim stieß einen Pfiff aus.

»Und er wird voll beladen! Das ganze Lager wird geräumt!«

»Dann scheint Vera McLean ja phantastische Aufträge erhalten zu haben.«

»Das kann man wohl sagen. In der Fabrik soll in Zukunft in drei Schichten gearbeitet werden.«

»Und wann wird die Munition verladen?«

»Ab heute mittag bis morgen abend. Der Sprengkörper muß also bis morgen in eine der Munitionskisten geschmuggelt sein.«

»Das bedeutet, daß Sie einen Zeitzünder wählen müssen, der frühestens nach vier Tagen auslöst«, sagte Kon-kim, ohne lange zu überlegen. »Wird das Gelbe oder das Ostchinesische Meer angesteuert?«

»Das Ostchinesische«, erwiderte der Baron, der die Bedeutung der Frage nicht erfaßte.

Seine Antwort zeigte Kon-kim, daß die Waffen keinesfalls für die Pekinger Regierung bestimmt waren, und da er wußte, daß Tschiang Kai-schek von amerikanischen Firmen beliefert wurde, konnte er unschwer rückschließen, daß die Ladung den von der Macht ausgeschlossenen kommunistischen Führern zur Verfügung gestellt werden sollte.

Kon-kim wußte nun, daß China einem offenen Bürgerkrieg entgegenging und daß das Schicksal ihn dazu ausersehen hatte, in das politische Geschehen einzugreifen.

Tagelang kam er aus der Aufregung nicht heraus, aber dann erlöste ihn die fett gedruckte Zeitungsmeldung: *Rätselhafte Explosion läßt das 5000 Tonnen große Frachtschiff* Kaigan Maru *innerhalb von wenigen Minuten sinken.*

Kon-kim faltete das Blatt zusammen, ohne ein weiteres Wort gelesen zu haben. Details interessierten ihn nicht. Auch wollte er nicht wissen, wieviel Menschen den Tod gefunden hatten. Das Leben einiger zweifelhafter Seeleute erschien ihm unbedeutend gegen den tausendfachen Tod, den die Waffen seinen Landsleuten gebracht haben würden.

Und dennoch: der Untergang der *Kaigan Maru* sollte ihn wenige Stunden später noch sehr beschäftigen. Es begann damit, daß ihn der verbissene Gesichtsausdruck David Hamiltons, den er zufällig durch die Hotelhalle eilen sah, auf einen scheußlichen Gedanken brachte. Bestand nicht die Möglichkeit, daß sein *Bruder durch Zuneigung* ein Geschäftspartner Vera McLeans war?

Unwillkürlich lief Kon-kim hinter dem Amerikaner her, der gehetzt nach draußen rannte, sich dort in seinen Wagen warf und davonfuhr.

Kon-kim verfolgte ihn sofort. Er wollte wissen, ob sein Freund zu Vera McLeans Waffenfabrik fuhr.

David Hamilton hielt jedoch vor dem Portal des Kaiserlichen

Kriegsministeriums, und Kon-kim sah sich jäh in die peinliche Lage gedrängt, nicht an ihm vorbeifahren zu können, ohne gesehen zu werden. Kurz entschlossen trat er auf die Bremse und hielt direkt neben dem Studienkameraden. »Du hast aber ein ganz schönes Tempo«, rief er ihm zu. »Ich habe mich gehörig anstrengen müssen.«

»Wieso anstrengen?« fragte der über Kon-kims unerwartetes Auftauchen verblüffte Amerikaner.

»Weil ich dich einladen wollte. Ich sah dich zufällig fortfahren und bin wie ein Verrückter hinter dir her, um dir zu sagen, daß ich dich zum Dinner einladen möchte.«

»Das hättest du mir auch später sagen können.«

»Weiß ich denn, wo du dich den ganzen Tag herumtreibst?«

»Ich bin bekanntlich noch immer im *Imperial* zu erreichen.«

Kon-kim schüttelte den Kopf. »Was ist mit dir los? Wenn es dir nicht paßt, daß ich hinter dir hergefahren bin, dann brauchst du es nur zu sagen.«

»Plustere dich nicht so auf«, erwiderte David Hamilton. »Ich bin lediglich ein bißchen nervös und habe es eilig. Wann wollen wir uns treffen?«

»Um acht?«

»Okay.«

»Bye!« rief Kon-kim und fuhr mit gemischten Gefühlen zum Hotel zurück. Er wußte, daß im Kriegsministerium nicht nur Militärs und Journalisten, sondern auch Waffenhändler verkehren. Aber irgendwie war er beruhigt. Seine plötzliche Idee, der Freund fahre zu Vera McLeans Fabrik, war wie eine Seifenblase geplatzt.

Am darauffolgenden Mittag stieß Kon-kim beinahe mit Kinki Yasuda zusammen, als diese in Begleitung eines älteren Japaners aus dem Foyer des *Imperial* herauskam, in das er gerade eintreten wollte.

»Das nenne ich einen Zufall«, begrüßte er sie freudig überrascht, nachdem er sich vor ihr und ihrem Begleiter verneigt hatte.

»Ja«, erwiderte sie. »Wir haben uns schon lange nicht mehr gesehen. Darf ich die Herren miteinander bekannt machen: Mister Lee – Hata-san.«

Die Herren verbeugten sich mit steifen Rücken.

»Wenn ich mich nicht irre, hat mir Yasuda-san einmal von Ihnen erzählt«, nahm der Chef der *Kempetai*, den Kinki Yasuda unter seinem Decknamen vorgestellt hatte, die Unterhaltung auf.

»Hoffentlich im guten Sinne«, entgegnete Kon-kim lachend.

Der Japaner lächelte. »Das ist möglich. Aber ich kann es nicht mit Bestimmtheit sagen.«

»Wahrscheinlich, weil es schon lange zurückliegt«, erwiderte Kon-kim, den Kinki Yasudas unrichtige Bemerkung, sie hätten sich lange nicht mehr gesehen, hellhörig gemacht hatte. »Leider, möchte ich hinzufügen. Aber was soll ich machen? Jedesmal, wenn ich Yasuda-san einlade, erklärt sie, keine Zeit zu haben.«

Oberst Okada nickte. »Gute Dolmetscherinnen sind sehr beschäftigt. Mir gibt Yasuda-san auch oft einen Korb.«

»Finden Sie sich damit ab, daß Yasuda-san eine Frau ohne Herz ist«, erwiderte Kon-kim leichthin.

Man lachte und verabschiedete sich, aber als Oberst Okada mit Kinki Yasuda zur Holzbaracke der *Kempetai* fuhr, sagte er nach einer Weile nachdenklichen Schweigens: »Vielleicht sollten Sie sich doch etwas genauer über den Tagesablauf und die Tätigkeit dieses Gelbgesichtes informieren.«

»Warum?« fragte sie mit gleichgültiger Miene.

»Die Explosion auf der *Kaigan Maru* will mir nicht gefallen. Möglich, daß es nur ein Unglücksfall war. Es kann jedoch auch Sabotage gewesen sein, wie David Hamilton vermutet. Vorsorglich möchte ich jedenfalls alle zur Zeit in Japan lebenden intelligenten Chinesen unter die Lupe nehmen lassen, und da Sie Mister Lee kennen, ist es das einfachste, wenn Sie ihn übernehmen. Eine erholsame Fahrt kann Ihnen nicht schaden. Oder?«

»Natürlich nicht.«

»Also stürzen Sie sich in ein abwechslungsreiches Wochenende. Sie haben es sich redlich verdient. Ohne Ihre Mitarbeit wäre der Fall Kishimoto nicht so schnell geklärt worden.«

Kinki Yasuda deutete eine Verneigung an ud mußte sich beherrschen, nicht laut zu jubeln. Im Geiste sah sie sich bereits neben Kon-kim sitzend zum Yamanaka-See fahren, auf dem die Kormoran-Fischerei betrieben wurde, die Kon-kim interessierte. Noch heute wollte sie ihn anrufen und ihm sagen, ihr Begleiter Hata-san, ein einflußreicher Textilfabrikant, habe bei ihrem Vorgesetzten ein gutes Wort für sie eingelegt, woraufhin sie zwei Tage Urlaub erhalten hätte. Ihre Enttäuschung war daher groß, als sie am Abend im

Imperial anrief und erfuhr, daß Mister Lee nicht zu erreichen sei.

Kon-kim war nach Kamakura gefahren, um den Abend mit Baron Tokugawa zu verbringen, der nicht darauf verzichten wollte, die gelungene Schädigung Vera McLeans gebührend zu feiern. Er hatte aber eigene Pläne und beabsichtigte, den Japaner so zu verwirren und in die Zange zu nehmen, daß er freiwillig alles erzählte, was er über den Inhalt des ›Tanaka-Memorandums‹ wußte. Die Agentin Maya tat ihm nun aufrichtig leid, weil er sie hatte bewegen müssen, sich dem Baron hinzugeben, um diesen zu gegebener Zeit aushorchen zu können. Nachdem der Baron ein Schiff vermittels eines eingeschmuggelten Sprengkörpers in die Luft gesprengt hatte, brauchte er sich ihrer nicht mehr zu bedienen. Er hatte den Japaner jetzt fest in der Hand und konnte fordern, was er wollte.

Kon-kim, der vor einem niedrigen Tischchen saß und versonnen die vor ihm stehenden Räucherstäbchen betrachtete, wartete nur darauf, daß der Baron sich setzte, um mit ihm, wie er vermutete, auf den Untergang des Schiffes anzustoßen. Und richtig: der Japaner hatte kaum Platz genommen, da hob er sein Schälchen und sagte freudestrahlend: »Auf die *Kaigan Maru!*«

Den Bruchteil einer Sekunde ließ Kon-kim verstreichen, dann sprang er auf und fegte seine *Saké*-Schale vom Tisch. »Und was ist mit den ums Leben gekommenen Seeleuten? Wollen Sie die nicht auch noch hochleben lassen?«

Der Baron war wie gelähmt. Unfähig zu begreifen, was geschehen war, starrte er seinen Gast an. In seiner Ratlosigkeit wollte er sich ebenfalls erheben, doch im selben Moment fuhr ihn Kon-kim erneut an.

»Bleiben Sie sitzen!« schrie er in gespielter Erregung. »Ich habe für vieles Verständnis, auch dafür, daß Sie kaltschnäuzig ein Schiff in die Luft sprengen, um sich an einer Frau zu rächen, die Ihnen übel zugesetzt hat. Aber angesichts der Toten darauf zu trinken, das geht zu weit.«

Der Baron griff sich an die Kehle. »Haben Sie nicht selbst gesagt, daß Sie froh sein werden, wenn Sie erfahren, daß die *Kaigan Maru...*«

»Natürlich!« unterbrach ihn Kon-kim abrupt. »Aber froh sein und Freude darüber empfinden sind zweierlei Dinge. Besonders in Ihrem und in meinem Fall. Sie haben Rache geübt – gut, in Ordnung. Mich aber haben keine Rachegelüste getrieben! Ich bin aus ganz anderen Gründen froh darüber, daß das Schiff untergegangen ist. Es wären ja meine Landsleute gewesen, denen die Waffen Tod und Verderben gebracht hätten!«

»Das ist billig«, erregte sich der Baron. »Sie können sich jetzt nicht ein politisches Mäntelchen umhängen, nur um Ihre Motive in ein besseres Licht zu rücken. Sie haben ja nicht einmal gewußt, wohin das Schiff fahren sollte.«

Kon-kim lachte verächtlich. »Sie Narr! Wenn Sie glauben, daß ein Journalist nur eine Informationsquelle besitzt, dann täuschen Sie sich. Gegen Tschiang Kai-scheks Truppen sollten sich die Waffen richten, gegen den Mann, der sich bemüht, unser Land zu einigen. Ich weiß, daß mancher Japaner lieber ein zerrissenes als ein geeintes China sieht, aber wenn ich in meiner Empörung über den widerwärtigen Fremdenhaß auch ausgewandert bin: China bleibt meine Heimat, und es wäre unverständlich, wenn ich nicht froh über jedes Waffenschiff sein würde, das auf dem Kurs dorthin explodiert.«

»Davon haben Sie früher nie etwas gesagt«, erwiderte der Baron kleinlaut.

»Es gibt Dinge, über die man nicht spricht. Aber es gibt auch Dinge, die ein übles Aussehen bekommen, wenn man sie verschweigt. Zum Beispiel das Ziel der Reise. Sie haben es mir nicht genannt, weil ich trotz allem, was ich für Sie getan habe, in Ihren Augen nur ein Gelbgesicht bin.«

»Das ist nicht wahr!« rief der Baron mit sich überschlagender Stimme.

Kon-kim ging wie ein Panther auf den Baron zu. »Dann ist es ja noch schlimmer. Dann gehören Sie zu jenen Japanern, die sich freuen, wenn es in meiner Heimat drunter und drüber geht.«

Baron Tokugawa hob abwehrend die Hände.

Kon-kims Augen wurden zu Schlitzen. »War das der Grund?«

»Sie müssen mich verstehen«, jammerte der Baron. »Ich bin Japaner. Uns fehlen Rohstoffe. Wir brauchen...«

»China!« schrie Kon-kim wütend. »Und was tun Sie? Sie nehmen Geld von einem Chinesen! Sie verraten das Tanaka-Memorandum! Sie sprengen ein Schiff in die Luft, dessen Ladung helfen sollte, Japan näher an die ersehnte Rohstoffbasis heranzubringen! Was sind Sie bloß für ein Mensch? Was meinen Sie, was mit Ihnen geschieht, wenn ich rede? Noch heute würden Sie erschossen!«

Baron Tokugawa warf sich der Länge nach auf den Boden. »Oh, ich Unwürdiger! Ich weiß, wie recht Sie haben.«

»Hören Sie auf!« fuhr ihn Kon-kim an. »Mit theatralischem Gestammel erreichen Sie bei mir nichts.«

»Ich flehe Sie an, mich nicht anzuzeigen!« wimmerte der Baron.

Kon-kims Mundwinkel bogen sich herab. »Ich habe kein Interesse daran, Sie zu vernichten. Aber ich schwöre Ihnen, daß ich nicht zögern werde, Sie der *Kempetai* zu übergeben, wenn Sie mir weiterhin Dinge verschweigen, die Sie erfahren haben. Dafür honoriere ich Sie schließlich. Ich will künftighin alles erfahren, auch die kleinsten Details, und Sie müssen es mir überlassen, welche Ihrer Informationen ich journalistisch verwerte. Daß ich militärische Dinge nicht publiziere, ist selbstverständlich. Oder glauben Sie, ich hätte Lust, mich einsperren zu lassen?«

»Ich werde Ihnen nichts mehr verschweigen«, rief der Baron. »Ganz gewiß nicht, Sie können sich darauf verlassen. Und ich werde auch kein Schiff mehr in die Luft sprengen.«

»Wollen Sie das Kind mit dem Bade ausschütten?«, wetterte Kon-kim dagegen. »Sie werden selbstverständlich auch weiterhin im bisherigen Sinne tätig sein. Über das Warum brauchen wir uns nicht zu unterhalten. Sie haben Ihre Gründe, ich habe die meinen. Nur Freude sollen Sie nicht darüber empfinden. Das ist ekelhaft. Ich hoffe, wir verstehen uns jetzt.«

»Ja«, stöhnte der Baron.

»Dann erheben Sie sich, damit wir uns voreinander verneigen und diese häßliche Auseinandersetzung vergessen.«

Baron Tokugawa gehorchte wie ein geprügelter Hund und verbeugte sich mit steifem Rücken und herabhängenden Händen.

Kon-kim tat das gleiche und dachte befriedigt: Noch heute werde ich die militärische Seite der ›Tanaka-Denkschrift‹ kennenlernen.

Kon-kim rechnete sich gerade aus, wieviel Nächte er voraussichtlich benötigen würde, wenn er die von ihm verfaßte und verschlüsselte Meldung über das ›Tanaka-Memorandum‹ in Funksprüchen von vier bis fünf Minuten Dauer absetzte, als ihn Kinki Yasuda anrief und ihm mitteilte, daß sie zwei Urlaubstage erhalten habe, die sie mit ihm am Yamanaka-See verbringen wolle.

Kon-kim geriet in eine Hochstimmung, die seine Gedanken beflügelte. Noch während er mit Kinki Yasuda sprach, faßte er den

Entschluß, den soeben von ihm vorbereiteten Funkspruch nicht in mehreren Nächten, sondern auf einmal auszustrahlen. Und zwar über Tag von einer entlegenen Stelle, die er auf der Strecke zum Yamanaka-See ausfindig machen wollte. Sollten seine Morsezeichen aufgefangen werden, dann mochte man ihn getrost auspeilen und seinen Standort ermitteln. Bis dieser erreicht wurde, war er längst über alle Berge. Und dafür, daß Kinki Yasuda nichts merkte, wollte er schon sorgen.

In jeder Hinsicht zufrieden, holte er Kinki Yasuda zwei Tage später in Yokohama ab, wo sie ihn mit einigen Lackschachteln vor ihrer Wohnung stehend erwartete.

Sie trug einen blaßlila, silberdurchwirkten Kimono und hatte sich in ihr Haar eine Orchidee gesteckt.

Kon-kim hätte sie am liebsten in die Arme geschlossen. Er mußte sich jedoch damit begnügen, sich vor ihr zu verneigen und ihr die Schachteln abzunehmen. »Mir scheint, Sie haben sich wieder einmal als Hausfrau bestätigt.«

»Und Sie als Verschwender«, entgegnete sie, da sie auf ihrem Sitz einen kostbaren weißen *Obi* entdeckte, auf dem eine taufrische Rose lag. »Müssen Sie mir denn immer etwas schenken?«

Er nickte lebhaft.

»Ob ich will oder nicht: ich muß!«

Sie stieg in das Auto, wobei sie den *Obi* und die Rose liebevoll aufhob und sich auf den Schoß legte.

Über drei Stunden fuhren sie angeregt plaudernd durch eine streckenweise unberührt erscheinende Landschaft, in der Reisfelder mit Pappelhainen und Kiefernwälder mit saftigen Wiesen, verträumten Weihern und vergessen anmutenden Dörfern abwechselten, bis sie gegen zehn Uhr an einen kleinen See kamen, an dem eine reizende *Sukiya* lag, eine Teehütte, auf die eine schnurgerade Kryptomerien-Allee zuführte.

Kon-kim dachte an den Funkspruch, den er absetzen mußte, und da sie gerade in einer ausgelassenen Stimmung waren, ahmte er augenblicklich die Art eines japanischen Fremdenführers nach. »Und hier, meine erhabenen Gäste, sehen Sie ein häßliches Haus, in dem scheußlicher Tee zubereitet wird«, sagte er, auf die *Sukiya* weisend. »Da Ihre geehrten Kehlen jedoch vom Staub unserer schlechten Straßen und von den verheerenden Öldämpfen dieses furchtbaren Wagens in Mitleidenschaft gezogen sein dürften, erlaubt sich die unwürdige Reisegesellschaft, Sie mit der Bitte um Nachsicht zu einer Schale Tee einzuladen.«

Kinki Yasuda lachte hinter der vorgehaltenen Hand. »Sie sind ein blendender Reiseführer.«

Er neigte sich zu ihr hinüber. »Und Sie sind eine so entzückende Begleiterin, daß ich Sie unbedingt etwas fragen muß. Würden Sie bereit sein, mich für immer zu begleiten?«

Sie senkte den Kopf. »Wenn ich es könnte, würde ich ja sagen. Ich kann es aber nicht.«

»Und warum nicht?«

Sie seufzte. »Wir haben schon einmal darüber gesprochen; ich bin nicht Herrin meiner Entschlüsse, aber ich bin sehr glücklich, wenn ich bei Ihnen sein darf. Das muß Ihnen und mir genügen.«

Er hielt den Wagen an. »Ich liebe Sie, Kinki!«

»Ich weiß es«, erwiderte sie kaum hörbar. »Und ich liebe Sie nicht minder. Aber gerade darum müssen Sie jetzt weiterfahren. Bitte!«

Kon-kim legte den Gang ein. »Wenn ich Ihre Auffassungen auch nicht teilen kann, ich werde mich bemühen, Sie zu verstehen. Sie dürfen mir jedoch nicht verübeln, daß ich von nun an alles daransetzen werde, einen Weg zu finden...«

»Das dürfen Sie nicht«, unterbrach sie ihn flehend. »Es wäre ebenso sinnlos, als wollten Sie eine Brücke über ein Meer schlagen. Bescheiden wir uns, damit wir behalten, was wir besitzen.«

Kon-kim spürte, daß es zwecklos war, das Thema weiter zu vertiefen. Er hoffte, daß die Zukunft ihn im gleichen Maße weiterbringen würde, wie es die Vergangenheit getan hatte.

Bald darauf erreichten sie die *Sukiya,* in der sie etwas befangen Platz nahmen und Tee tranken. Mit der Zeit löste sich aber ihre Beklemmung. Sie wurden wieder freier, und nachdem sie ihre Schalen geleert hatten, bat Kon-kim darum, sich für einen Moment entfernen zu dürfen. Er begab sich jedoch nicht dorthin, wo Kinki Yasuda ihn vermuten mochte, sondern eilte zum Wagen, wo er hastig die Motorhaube öffnete, um mit schnellem Griff ein Kabel von einer Zündkerze zu entfernen. Dann kehrte er zu Kinki Yasuda zurück, die inzwischen den hinter der Teehütte gelegenen See aufgesucht hatte und einige Schildkröten fütterte.

»Von mir aus können wir weiterfahren«, sagte er, nachdem er ihr eine Weile zugeschaut hatte.

Sie warf ein letztes Salatblatt in den See. »Es war schön hier.«

Er nickte und führte sie zum Wagen, wo er den Erstaunten spielte, als der Motor schwer ansprang. »Verstehen Sie das?« fragte er kopfschüttelnd. »Ein Zylinder scheint auszusetzen.«

Kinki Yasuda sah ihn erschrocken an. »Ist das schlimm?«

»Ja und nein. Wir können fahren, aber nicht richtig. Wahrscheinlich ist eine Zündkerze defekt. Am vernünftigsten wird es sein, wenn ich zu der Werkstatt fahre, die ich im letzten Dorf gesehen habe. Der Schaden ist bestimmt in einer Stunde behoben, und ich komme dann sofort zurück und hole Sie ab.«

»Ich soll hierbleiben?« fragte sie erstaunt.

»Sie können natürlich auch mitkommen«, erwiderte er lachend. »Ich möchte es Ihnen nur nicht raten, weil Sie dann die ganze Zeit in einer schmutzigen Werkstatt stehen müßten.«

Sein Einwand war einleuchtend, und Kinki Yasuda kehrte in die Teehütte zurück, nachdem Kon-kim mit rüttelndem Motor davongefahren war. Unmittelbar hinter der schnurgeraden Allee hielt er jedoch kurz an, um das von der Zündkerze gelöste Kabel wieder zu befestigen. Dann fuhr er in mäßigem Tempo weiter, bis er einen versteckt gelegenen Waldpfad entdeckte, in den er kurzentschlossen einbog. Nach etwa hundert Metern dirigierte er den Wagen zwischen zwei Bäume, spannte seine Antenne aus und begann mit der Absetzung des von ihm vorbereiteten Funkspruches. Fast eine Stunde dauerte es, bis er die für Tschiang Kai-schek wichtige Meldung in den Äther gejagt hatte, die detaillierte Angaben über eine geplante Landung japanischer ›Expeditionskorps‹ enthielt, die Tsingtau und die Mandschurei besetzen sollten.

Als Kon-kim zu der hübsch gelegenen Teehütte zurückkehrte, winkte ihm Kinki Yasuda von weitem entgegen. »Gut, daß Sie wieder da sind«, rief sie wie erlöst. »Ich hatte schon Angst, der Schaden könnte nicht behoben werden.«

Kon-kim schmunzelte. »Ich hätte nichts dagegen gehabt.«

»Warum?« fragte sie erstaunt.

Er näherte sich ihrem Ohr. »Weil wir dann hier hätten übernachten müssen.«

Im ersten Moment verschlug es ihr die Stimme, dann aber wagte sie die Flucht nach vorn. »Soll das heißen, daß Sie mir kein komfortables Zimmer gönnen?«

»Das ist eine Unterstellung, die ich nicht auf mir sitzenlasse«, entgegnete er in gespielter Entrüstung. »Gleich von der nächsten

Ortschaft werde ich das Hotel *Ukei* anrufen und uns das schönste Zimmer bestellen.«

Kinki Yasuda sagte nichts dagegen, und er zog es vor, nicht weiter über die Angelegenheit zu reden, sondern zu handeln, wie er es für richtig hielt. Je näher das Ziel aber heranrückte, um so einsilbiger wurden beide, und als der Yamanaka-See unmittelbar vor ihnen lag und das auf Pfählen in den See hineingebaute Hotel sichtbar wurde, da wagten sie sich kaum anzusehen.

Schlimmer noch wurde es, als sie den zum Hotel führenden Holzsteg erreichten und etliche Dienstboten auf sie zustürzten, um ihnen das Gepäck abzunehmen. Sie besaßen nur die in Japan üblichen Seidenbeutel, in die sie ihre Wäsche und die notwendigsten Reiseutensilien gepackt hatten. Aber wenn das im Land der aufgehenden Sonne auch nichts Ungewöhnliches war, so wurde die Situation doch so peinlich, daß Kon-kim sich nicht anders zu helfen wußte, als Kinki Yasuda an das Geländer des Steges zu führen und auf die Restaurantboote zu weisen, die gerade für die kommende Nachtfahrt bereitgemacht wurden.

»Sind die Dinger nicht hübsch? Mit einem von ihnen werden wir heute abend fahren.«

Kinki Yasuda beugte sich über das Geländer, um ihr Gesicht zu verbergen. »Ich freue mich sehr darauf.«

Er blickte zum Hotel hinüber und stieß einen Seufzer der Erleichterung aus. »Wir können gehen. Die lästige Dienerschaft sind wir los.«

Sie lächelte ihn an. »Das haben Sie sehr geschickt gemacht.«

»Ihnen zuliebe«, erwiderte er, sich verneigend. »Darf ich nun bitten, mir zu folgen?«

Einen knappen Meter Abstand haltend, ging Kinki Yasuda hinter Kon-kim her. Ihr Herz klopfte, als sie in die weite Hotelhalle eintraten, in der etliche Gäste saßen. Sie sah die Menschen und sah sie nicht. Als ihnen aber ein Schwarm dienstbeflissener Zimmermädchen entgegeneilte, um sie mit vielen Verbeugungen in das für sie reservierte Zimmer zu geleiten, wäre sie am liebsten im Boden versunken.

Auch Kon-kim wurde unsicher. Er fürchtete sich vor dem Augenblick, da das Personal verschwinden und er mit Kinki Yasuda allein sein würde. Was mochte sie denken, was ihm sagen?

Sie wich ihm aus, indem sie die Terrasse aufsuchte.

Er folgte ihr und war froh, als er sah, daß sie im Freien ihre Verlegenheit verlor. In der Abgeschlossenheit des hübschen Raumes war es ihr unmöglich gewesen, ihm in die Augen zu sehen. Dort mochte sie es können, wenn der Nachthimmel auf sie herabblickte.

Wohl über eine Stunde saßen sie auf der Terrasse, die sie erst wieder verließen, als am Bootssteg die Lampions entzündet wurden.

»Ist es nicht ein schöner Tag?« fragte Kon-kim, als sie in ihr Zimmer zurückkehrten.

Kinki Yasuda brachte kein Wort über die Lippen.

Er legte seine Arme um ihre Schultern und zog sie an sich.

Sie vergrub ihr Gesicht an seiner Schulter.

Er streichelte ihr Haar und fühlte ihren Körper. »Ich glaube, wir müssen gehen«, flüsterte er mit vibrierender Stimme.

Sie rührte sich nicht.

»Das Boot wartet auf uns«, sagte er, sich gewaltsam aufraffend. »Wenn wir uns jetzt nicht auf den Weg machen, gehen wir heute nicht mehr!«

Wie in Trance schritten sie auf den von Lampions erhellten Bootssteg hinaus, neben dem sich die abfahrtbereiten Restaurantboote knirschend an den Haltepfählen rieben. Vor jedem Bug war eine Stange befestigt, auf der ein Kormoran saß, der regungslos ins Wasser starrte. In der Mitte der Boote befand sich ein Baldachin, unter dem die Gäste auf Kissen Platz nahmen. Am Heck stand ein glühendes Holzkohlenbecken, an dem der Koch die gewünschten Speisen zubereitete.

Nachdem sie in einem der Boote Platz genommen hatten, servierte ihnen eine Geisha auf einem flachen Tischchen heißen *Saké*-Wein. Dann schloß sie die Vorhänge des Baldachins, um die Gäste vor den Blicken der Besatzung zu schützen, und gleich darauf glitt das Boot auf den See hinaus. Keine Bewegung war zu verspüren. Die am Heck stehenden Ruderer arbeiteten, ohne ein Geräusch zu verursachen. Kon-kim legte seinen Arm um Kinki.

Sie blickte über das schwarzsamtene Wasser. »Es ist wie im Märchen.«

Er zog sie an sich.

Durch Wolkenlücken brach der Mond hervor.

Kinki Yasuda dachte an die aus Jade geschnitzte Figur, die Kon-kim ihr geschenkt hatte. Sie bat ihn, ihr nunmehr zu sagen, welche Bedeutung der chinesische Mondgott *Yüeh Lao Yeh* habe.

Kon-kim legte seine Wange an die ihre. »Wenn du seine Aufgabe kennst, wirst du wissen, warum ich bis jetzt geschwiegen habe. Wir verehren den alten *Yüeh Lao Yeh,* weil er die Liebenden zusammenführt und mit einem roten Faden aneinanderbindet.«

Sie schaute verträumt zum Himmel empor. »Glaubst du, daß er auch uns zusammengeführt hat?«

»Es kann gar nicht anders sein. Ein altes Sprichwort lautet: ›Ehen werden im Mond vorbereitet‹.«

Lange sprachen sie kein Wort. Jeder genoß die Nähe des anderen, bis ein dezentes Räuspern sie daran erinnerte, daß sie nicht allein auf dem Boot waren.

»Was gibt's?« fragte Kon-kim, nachdem er sich zurechtgesetzt hatte.

Der Koch steckte seinen Kopf durch den Vorhang und erkundigte sich, ob er die *Sashimi* fangen lassen dürfe.

»Selbstverständlich«, erwiderte Kon-kim. »Aber wir möchten den Kormoran bei der Arbeit sehen.«

Der Koch verbeugte sich, und an seine Stelle trat die Geisha, die den vorderen Vorhang öffnete, so daß der am Bug des Bootes stehende Fischer zu sehen war. Er hing gerade einen Eisenkorb mit lodernden Kienspänen an die Bugstange, auf der der Kormoran saß, der gespannt auf das vom Feuer erhellte Wasser starrte. Um den Hals trug er einen Messingring, der ihn daran hinderte, größere Fische zu verschlucken. Nur kleine konnte er für sich selbst behalten; die großen blieben in seinem Kehlsack.

Es dauerte nicht lange, bis der Vogel wie ein Pfeil von der Stange herabschoß und im See verschwand, um gleich darauf wiederaufzutauchen und flatternd zum Boot zurückzukehren.

Der Fischer hob ihn aus dem Wasser und nahm ihm den noch lebenden, karpfenähnlichen Fisch aus dem Schnabel. Dann setzte er ihn wieder auf die Stange, von der er sich schon Sekunden später erneut in den See stürzte. Innerhalb von wenigen Minuten hatte der Kormoran drei große *Sashimi* abgeliefert und etliche kleine als Arbeitslohn verschluckt.

»Das dürfte genügen«, sagte Kon-kim an den Fischer gewandt.

Die Geisha zog die Vorhänge zu, und der Koch enthäutete die Fische und nahm sie aus, um sie roh zu servieren.

Kon-kim war begeistert vom frischen Geschmack des Fleisches, das buchstäblich auf der Zunge zerging. Und Kinki Yasuda war glücklich darüber, daß ihm diese japanische Spezialität so gut schmeckte.

»Ich glaube, du bist überhaupt kein Chinese«, sagte sie, während sie ihre Eßstäbchen mit unnachahmlicher Grazie bewegte.

»Möchtest du, daß ich ein Japaner wäre?«

»Ja und nein«, antwortete sie nach einigem Zögern. »Manches würde dann leichter sein, vieles aber auch nicht so schön.«

Er sah sie fragend an. »Wie soll ich das verstehen?«

Sie blickte nachdenklich vor sich hin. »Wenn du ein Japaner wärst, würden wir unter Umständen eines Tages heiraten können, so aber nicht, weil meine vorgesetzte Dienststelle niemals ihre Einwilligung dazu geben wird. Als Japaner würdest du mich aber nicht so lieben, wie es heute der Fall ist. Du würdest dann in mir eine wohlerzogene Dienerin und die Mutter deiner zukünftigen Kinder sehen; niemals aber würdest du dich hinreißen lassen, mir ein Kompliment zu machen. Ein Japaner, der auf Sitte und Anstand hält, macht einer Frau nicht den Hof. Er heiratet sie und erwartet, daß sie täglich neue Vorzüge an ihm entdeckt.«

»Sprich nicht weiter«, bat Kon-kim. »Die Auffassung eurer Männer ist mir zuwider. Und was uns beide anbelangt: ich werde dich heiraten!«

Sie ergriff seine Hand. »Bitte, bleib in der Gegenwart und sprich nicht von dem, was morgen sein wird. Ich möchte heute nicht denken, sondern nur für dich da sein.«

Er streichelte ihre Wange. »Ich werde dich auf eine Wolke legen, die keine Erdenschwere kennt und zum Mond segelt, wo uns *Yüeh Lao Yeh* vor allen Sternen trauen soll.«

Mit sichtlichem Vergnügen blickte der Chef der *Kempetai* zu Kinki Yasuda hinüber, als diese mit graziösen Schritten in seinen Raum eintrat und sich vor dem Bildnis des Kaisers verneigte. Nie zuvor glaubte er sie so anmutig gesehen zu haben.

Sie glich einer taufrischen Blume, und in ihrer Stimme schwang noch das Glück der vergangenen Tage, als sie sich nach den Wünschen ihres Vorgesetzten erkundigte, der sie hatte rufen lassen.

»Ich möchte mich mit Ihnen über Mister Lee unterhalten«, erwiderte der Oberst ungewöhnlich verbindlich. »Haben Sie sich auf der gemeinsamen Reise etwas erholen können?«

Sie nickte lebhaft. »Oh, ja. Die Fahrt war wundervoll.«

»Und welchen Eindruck gewannen Sie über Ihren Schützling?«

Kinki Yasuda blickte vor sich hin, als suche sie nach einer richtigen Formulierung. »Zusammenfassend würde ich sagen: einen denkbar schlechten.«

Oberst Okadas Augen erinnerten plötzlich an einen Raubvogel. »Sie halten ihn für verdächtig?«

Sie lächelte. »In einem anderen Sinne, als Sie es offensichtlich annehmen. Ich halte ihn für verdächtig, nicht die geringste Tätigkeit auszuüben. Nach allem, was ich gehört und gesehen habe, scheint er einer jener reichen Männer zu sein, die sich dauernd nach einer Aufgabe sehnen, aber nie dazu kommen, wirkliche Arbeit zu leisten. Das Geld steht wie ein Fluch hinter ihm.«

Der Oberst war enttäuscht. »Und ich dachte schon, der Zufall hätte uns einen großen Fang ins Netz getrieben.«

Kinki Yasuda sah ihren Vorgesetzten fragend an.

Er erhob sich und trat an eine Generalstabskarte. »Sie sagten mir, daß Sie mit dem Gelbgesicht zum Yamanaka-See fahren würden, nicht wahr?«

»Ja. Dort waren wir auch.«

Oberst Okada wies auf die Landkarte. »Jetzt schauen Sie sich das an. Hier liegt der See. Und auf dem Weg dorthin, ungefähr an dieser Stelle, funkte am Samstagvormittag ein Geheimsender. Unsere Funküberwachungsstelle nahm die ersten Morsezeichen um elf Uhr siebzehn auf; wahrscheinlich arbeitete der Sender schon eine ganze Weile. Sein annähernder Standort war vier Minuten später ermittelt. Dann schwieg der Sender jedoch, so daß eine genaue Ortung nicht mehr möglich wurde.«

Kinki Yasuda erschrak zutiefst. Sie wußte genau, daß Kon-kim sie in der in Frage kommenden Zeit verlassen hatte, um den defekten Motor wieder in Ordnung zu bringen. Um ihre Verwirrung zu verbergen, trat sie näher an die Karte heran. »An dieser Stelle, sagten Sie, Okada-san?«

»Ungefähr.«

Sie schüttelte den Kopf. »Genau dort sind wir vorbeigefahren.«

»Und Sie haben sich nicht von Mister Lee getrennt?«

Obwohl sie glaubte, daß man das Klopfen ihres Herzens hören müsse, antwortete sie bestimmt: »Nein. Bis zum Nachmittag waren wir immer zusammen, wenn ich von einigen Minuten absehe, in denen Mister Lee den Waschraum einer *Sukiya* aufsuchte. Aber ich ahne jetzt, welche Hoffnung Sie hegten. Wenn wir uns gegen elf Uhr getrennt hätten...«

»... würde uns der Zufall einen feindlichen Agenten in die Hände gespielt haben.«

Kinki Yasuda lächelte verkrampft. »Es tut mir leid, daß ich Sie enttäuschen muß.«

Oberst Okada zuckte die Achseln. »Wer hofft, daß ihm gebratene Tauben in den Mund fliegen, muß Enttäuschungen in Kauf nehmen.«

»Wünschen Sie, daß ich die Angelegenheit verfolge?«

Der Chef der *Kempetai* korrigierte die Lage der auf seinem Schreibtisch liegenden Bleistifte. »Solange wir keinen bestimmten Verdacht haben, möchte ich Sie mit dieser Sache nicht behelligen. Konzentrieren Sie sich weiterhin auf den Fall Picard. Ich komme immer mehr zu der Überzeugung, daß die Fäden bei Chapalain zusammenlaufen.«

Der Themenwechsel erleichterte Kinki Yasuda, aber sie war der Verzweiflung nahe, als sie sich später in die Stadt begab. Von welcher Seite sie es auch betrachtete: sie hatte ihren Treueeid gebrochen und wissentlich die Unwahrheit gesagt. Gewiß, sie hielt es für ausgeschlossen, daß Kon-kim etwas Unrechtes getan haben könnte. Sie hatte ja erlebt, daß der defekt gewesene Motor in der zur Debatte stehenden Zeit wieder instand gesetzt worden war. Aber mußte sie nicht mit der Möglichkeit rechnen, getäuscht worden zu sein?

Der Gedanke trieb ihr kalte Schauer über den Rücken. Jahre ihres Lebens würde sie dafür hingegeben haben, wenn sie sich jetzt mit Kon-kim hätte besprechen können. Doch weder bei ihm noch bei irgend jemand anderem konnte sie Zuflucht suchen. Von nun an mußte sie alles mit sich allein ausmachen, mit sich und ihrer Liebe, die sie noch vor einer knappen Stunde wie im Traum hatte leben lassen.

Kon-kim, der gleich beim nächsten Treffen spürte, daß seine Geliebte etwas bedrückte, erkundigte sich, ob sie Kummer habe.

Sie verneinte und erklärte versonnen: »Das Wochenende war so schön, daß es mir schwerfällt, mich zurechtzufinden.«

Ihre Antwort beglückte ihn, und er war der festen Überzeugung, daß sie an diesem Abend voller Seligkeit einschlafen würde. Er hatte ihr beim Abschied ein kleines Schächtelchen mit der Bitte übergeben, es erst daheim zu öffnen. Wie mochten ihre Augen glänzen, wenn sie den Brillantring mit dem eingravierten Datum des Tages sah, an dem der Mondgott sie zusammengeführt hatte.

Er wäre gewiß außer sich gewesen, wenn er gewußt hätte, daß Kinki Yasuda in dieser Nacht haltlos weinte. Angesichts des kostbaren Geschenkes, das ihr wie ein Judaslohn erschien, begriff sie plötzlich, daß ihre Liebe sie auf einen Weg gestellt hatte, der in die Einsamkeit führen mußte. Denn dem Staat *und* Kon-kim konnte sie nicht dienen.

Auch Kon-kim fand in dieser Nacht keine Ruhe, da ihm der Hotelportier ein in Hongkong aufgegebenes Telegramm überreicht hatte, das lakonisch meldete: *Schwester Lu gestorben.*

Die Nachricht verfolgte ihn wie ein Gespenst, denn ›Lu‹ war das Codewort für die Frequenz, auf der er seinen ausführlichen Bericht über die militärische Seite des ›Tanaka-Memorandums‹ ausgestrahlt hatte. Etwas Außergewöhnliches mußte die Funkstelle in Whampoa veranlaßt haben, ihn aufzufordern, die Frequenz *›Lu‹* nicht mehr zu benutzen.

Ein unheilvolles Gefühl beschlich ihn. Hatte er einen Fehler gemacht? Wurde er womöglich heimlich beobachtet?

Kon-kim begann damit, seine Umgebung genauer zu mustern, fand aber bald heraus, daß er nicht ›beschattet‹ wurde. Doch dann erhielt er von seinem Onkel einen Brief, dessen Kuvert ihm zeigte, daß er geöffnet worden war.

Beunruhigt las er das Schreiben des Onkels, der ihm mitteilte, daß Li-tai seiner Mutter und ihm große Sorgen bereite. In der ihm eigenen Art schrieb er abschließend:

›Wir haben Li-tai nochmals ernstlich gewarnt und ihr bedeutet, daß unsere Hoffnungen dahinschwinden und unsere Geduld sich ihrem Ende nähert, wenn sie sich jetzt nicht grundlegend wandelt. Ich befürchte nur, daß sie die Sitten auch weiterhin mißachtet und keinen festen Boden gewinnen wird, auf dem sie stehen kann. Das wird uns natürlich nicht daran hindern, ihr im Durst Wasser zu reichen; in der Trunkenheit können wir ihr aber keinen Wein geben. Wenn die Stadtmauer brennt, leiden auch die Fische in den nahen Teichen.‹

Kon-kim war verzweifelt, obgleich er schon seit langem damit rechnete, daß Li-tai nicht mehr zu retten war. Er bangte um seine

Mutter, von der er annahm, daß sie mit dem Unabänderlichen nicht fertig werden würde.

Wir leben in einer schrecklichen Zeit, dachte er, als er den Brief des Onkels weiterlas. Familie, Volk und Staat: alles ist zerrissen und ohne Bestand. Und jeder gibt den Ereignissen eine eigene Deutung. Wie Onkel Hu, der über die siegreiche Beendigung des Feldzuges zur Einigung Chinas nicht befriedigt, sondern zynisch schrieb:

›Tschiang Kai-scheck hat es also geschafft. Seine Soldaten sind in Peking einmarschiert, und der letzte ›Kriegsherr‹ ist in die Mandschurei geflüchtet. Für unseren ehrgeizigen Herrn General war das selbstverständlich ein willkommener Anlaß, sich zum Generalissimus zu ernennen. Daß ein Teil seiner ›Vierten Armee‹, der besten Formation, über die er verfügte, inzwischen meuterte und sich nun ›Rote Armee‹ nennt, scheint ihn nicht zu stören. Für ihn ist die Revolution vorüber, und seine Soldaten werden nunmehr von deutschen Offizieren zum Kampf gegen kommunistisch gesinnte Chinesen ausgebildet.

Aber ich lasse mir keinen Sand in die Augen streuen. Die Revolution ist nicht vorüber, sondern nur in die Berge gezogen, und Tschiang Kai-schek wird es noch bitter bereuen, die Kommunisten überfallen und zu Rebellen gemacht zu haben. Bedauerlich nur, daß ein ganzes Volk darunter wird leiden müssen und daß die Japaner die lachenden Dritten sein werden. Doch kann man es ihnen verdenken, wenn sie unsere Zerrissenheit ausnützen?‹

Kon-kim war über die Ausführungen des Onkels empört. Am liebsten wäre er noch am gleichen Tage zu Baron Tokugawa gefahren, um sich über die nächste Waffenlieferung zu erkundigen, die unter den gegebenen Umständen um jeden Preis auf den Grund des Meeres geschickt werden mußte. Er unterließ es jedoch, weil eine innere Stimme ihm gebot, bis zum Eintreffen einer das Telegramm erklärenden Nachricht nichts zu unternehmen. Aus diesem Grunde wohnte er im Verlauf der nächsten zwei Wochen ausschließlich im *Imperial*, wo er sich häufig mit Henry Dymont traf, der einen ausgesprochen unzufriedenen Eindruck machte.

»Der Laden hier gefällt mir nicht mehr«, sagte er eines Abends. »Ich weiß nicht, was es ist, aber die Japaner führen irgend etwas im Schilde. Worte wie ›expansive Politik‹ machen mich nervös. Expansionen werden schnell zu Explosionen. Ich glaube, ich gehe nach

Indien zurück. Oder nach Singapore. Singapore ist gut. Bißchen geil, aber Kronkolonie. Wir haben dort viele Freunde. Wirklich, Japan geht mir auf die Nerven. Expansion, Explosion, Erdbeben, Taifun... Böse Zungen behaupten übrigens, Vera McLean sei auf dem Weg nach Japan. Hat Ihr Freund Ihnen etwas darüber gesagt?«

»Nein«, antwortete Kon-kim mit gleichgültiger Miene.

»Meine attraktive Landsmännin muß ja einen tollen Verlust erlitten haben«, fuhr der Engländer genießerisch fort. »Man spricht von einer Million Dollar und sagt, sie eile hierher, weil sie befürchtet, daß ein zweites Schiff in die Luft fliegt.«

Kon-kim zündete sich eine Zigarette an. »Ich verstehe diese Sorge, da es durchaus möglich ist, daß Sabotage am Werke war.«

Der Engländer erhob sich. »Mir soll es gleich sein. Hauptsache, sie hat den Dämpfer erhalten, den ich ihr schon seit Jahren wünsche. Werden Sie am Samstag segeln?«

»Wenn nichts dazwischenkommt.«

Kon-kim ahnte nicht, daß sich in den nächsten Tagen noch manches ereignen sollte. Als erstes erhielt er einen Brief aus Hongkong, der wiederum geöffnet und säuberlich geschlossen worden war. Die Kontrollstelle hatte aber nicht bemerkt, daß in dem Schreiben, das den Tod ›seiner‹ Schwester *Lu* behandelte, etliche durch winzige Nadeleinstiche gekennzeichnete Buchstaben die von Kon-kim sehnlichst erwartete Mitteilung ergaben. Sie lautete:

›Funkspruch 26 erhalten. Gratulieren. Hörten anschließend auf gleicher Frequenz anhaltenden Dauerton, der Peilversuche vermuten läßt. Da Gefahr besteht, daß Sendung mitgehört wurde, warnten wir vorsorglich vor weiterer Benutzung der Wellenlänge *‚Lu'*. Bester Empfang zur Zeit auf den Frequenzen *‚Hsi'* und *‚Lim'*.‹

Wenn die Nachricht in gewisser Hinsicht auch beruhigend war, so machte sich Kon-kim doch heftige Vorwürfe, weil er wußte, daß er leichtsinnig gehandelt hatte. Seine Mißstimmung schwand jedoch schlagartig, als die Zeitungen am nächsten Morgen meldeten, daß erneut ein großes Transportschiff explodiert und in weniger als einer Minute gesunken sei.

Da Kon-kim den Baron fast vierzehn Tage lang nicht gesehen hatte und nichts von einem neuen Waffentransport wußte, fuhr er sogleich nach Yokohama, um das *Café Verdi* aufzusuchen, in dem der häßliche Japaner neuerdings seine Vormittage verbrachte. Er saß auch an diesem Morgen an seinem angestammten Platz und unterhielt sich so angelegentlich mit dem Servierfräulein Maya, daß er Kon-kim erst bemerkte, als dieser unmittelbar vor ihm stand. Doch kaum hatte er ihn gesehen, da erhob er sich wie ein Schüler, der seinen Lehrer erblickt.

»Darf ich Unwürdiger hoffen, daß Sie mir Gesellschaft leisten?« fragte er nach der üblichen Begrüßungszeremonie.

»Ich Unwürdiger preise mich glücklich, wenn meine Anwesenheit Sie nicht stört«, erwiderte Kon-kim. »Zumal wir uns lange nicht mehr gesehen haben. Wie geht es Ihnen?«

»Den Verhältnissen entsprechend«, antwortete der Baron zurückhaltend. »Waren Sie verreist?«

Kon-kim bestellte sich eine Schale Tee und beantwortete die Frage erst, als sie alleine waren. »Ja, ich mußte plötzlich verreisen. Sie werden sich deshalb vorstellen können, wie groß mein Erstaunen war, als ich heute morgen die Zeitung las. Ich habe mich sofort auf den Weg hierher gemacht, um Ihnen meine Bewunderung auszusprechen.«

Die Augen des Barons flackerten. »Ist das Ihr Ernst?«

»Mein heiliger Ernst!« entgegnete Kon-kim. »Ich bewundere Sie aufrichtig. Wie ein Mann haben Sie gehandelt. Ich muß gestehen, daß ich heimlich Abbitte leistete.«

»Ssst...!« machte der Baron, da er die Bedienung kommen sah. Seine Augen glänzten plötzlich mit unverhohlenem Stolz.

»Wie ich Sie kenne, wünschen Sie gleich wieder zu zahlen«, sagte das Servierfräulein Maya, als sie den Tee servierte.

»Erraten«, erwiderte Kon-kim. »Bei dem schönen Wetter möchte ich unbedingt noch eine Stunde segeln.«

Die Agentin seufzte sehnsüchtig und trippelte hastig davon.

Er wandte sich an den Baron. »Ein reizendes Geschöpf.«

Baron Tokugawa schoß das Blut in den Kopf.

Kon-kim legte seine Hand auf den Arm des Barons. »Vor mir brauchen Sie keine Hemmungen zu haben. Ich habe längst bemerkt, daß Maya in Sie verliebt ist.«

Das Gesicht des Japaners leuchtete, als würde es von einem Sonnenstrahl erhellt. »Und Sie verstehen, daß ich...?«

»Selbstverständlich!« beruhigte ihn Kon-kim. »Ich freue mich sogar darüber, daß Sie anfangen, das Leben neu zu genießen.«

Der Baron kicherte. »Wenn Sie wüßten, wie sehr ich es tue!«

»Dann werden Sie bestimmt nicht traurig sein, wenn ich Ihnen sage, daß meine Redaktion so zufrieden mit mir ist, daß sie mein Honorar erhöhte. Sie erhalten in Kürze eine weitere Überweisung von Ihrem Neffen.«

Der Baron schwelgte in Glückseligkeit. »Das müssen wir feiern. Wann darf ich Sie erwarten?«

Kon-kim gab sich nachdenklich. »Ich glaube, es ist besser, wenn wir uns in den nächsten Wochen nicht sehen. Die zweite Explosion wird die zuständigen Stellen aufhorchen lassen.«

»Sie haben recht«, pflichtete ihm der Baron bei. »Wir müssen jetzt sehr, sehr vorsichtig sein.«

»Eben. Und sollten Sie etwas Wichtiges mitzuteilen haben, dann schicken Sie mir eine Ansichtskarte mit unleserlicher Unterschrift. Ich komme dann hierher oder in Ihre Wohnung.«

»Das ist eine gute Idee.«

»Und halten Sie sich in nächster Zeit weitgehend zurück.«

»Darauf können Sie sich verlassen.«

Das Gespräch mit dem Baron befriedigte Kon-kim. Er hatte den Japaner in eine gute Stimmung versetzt und gleichzeitig die Verbindung zu ihm unterbrochen, ohne sie aufzugeben. Geriet Tokugawa nun in Verdacht, dann wurde dieser nicht ohne weiteres auf ihn ausgedehnt.

Entgegen seiner Behauptung, zum Segeln nach Enoshima zu fahren, kehrte Kon-kim auf schnellstem Wege nach Tokyo zurück, um festzustellen, in welcher Verfassung sich David Hamilton befand. Wenn er wieder, wie an jenem Morgen nach der ersten Schiffsexplosion, gehetzt wirkte, dann stand fest, daß Vera McLean nicht nur seine Geliebte war.

Kon-kim rechnete mit dieser Möglichkeit. Er war deshalb sehr erstaunt, als er seinen *Bruder durch Zuneigung* in reichlich animierter Stimmung in der Bar des *Imperial* antraf.

»Wo hast du bloß gesteckt?« rief der Amerikaner mit schwerer Zunge. »Dreimal habe ich den Boy losgeschickt, um dich in diesem verdammten Labyrinth zu suchen.«

Kon-kim reichte ihm die Hand. »Der Portier hat mich gleich hierhergeschickt. Was ist denn los?«

Die Arme des Freundes fuhren durch die Luft. »Nichts! Aber das ist es ja gerade. Komm, leiste mir Gesellschaft. Zwei Doppelte«, fügte er an den Keeper gewandt hinzu. »Es gibt Tage, an denen man doppelt sehen muß.«

Kon-kims Augen wurden zu Schlitzen. »Hast du Ärger?«

David Hamiltons schiefer Mund verzog sich. »Im Gegenteil, Freude habe ich! Und als Zugabe hat mir der liebe Gott auch noch die Schadenfreude geschenkt!«

Kon-kim ergriff sein Glas. »Etwas schwer zu verstehen. Aber dennoch: Cheerio!«

»Cheerio!« erwiderte der Amerikaner und leerte sein Glas. »Weißt du eigentlich, daß du ein schrecklich sauberer Mensch bist?«

»Ich?« fragte Kon-kim verwundert.

»Ja, du! Und ich will dir auch sagen, warum. Weil du nie Frauengeschichten hast.«

»Und darüber freust du dich?« entgegnete Kon-kim, der mit dem Kauderwelsch des Amerikaners nichts anzufangen wußte und auf den Ausgangspunkt des Gespräches zurückkommen wollte.

Der Freund schüttelte den Kopf und bedeutete dem Keeper, die Gläser neu zu füllen. »Warum sollte ich mich darüber freuen? Ist doch alles Quatsch. Die Dinge liegen ganz anders. Ich saß hier und begoß meine Freude darüber, daß Vera McLean zurückkommt, aber diese Freude ließ mich plötzlich an dich und an deine ostasiatischen Brüder und Schwestern denken. Und da war es aus. Da war ich mit einem Male ernüchtert, weil mir der Unterschied zwischen euch und uns klar wurde. Wir erfreuen uns am Betrug, ihr am Nichtbetrügen und Kinderkriegen.«

Kon-kim zuckte die Achseln.

Der Amerikaner fuhr sich mit einem Tuch über die Stirn. »Im Grunde genommen sind wir arme Schweine.«

Kon-Kim klopfte ihm auf die Schulter. »Wie wäre es, wenn du mit deiner blöden Heulerei aufhören und mir die zweite deiner heutigen Freuden erklären würdest?«

»Welche zweite?« fragte David Hamilton lallend.

»Die Schadenfreude, von der du sprachst.«

David Hamilton feixte. »Es geht nichts über den lieben Gott. Der ist großzügig und gibt jedem das Seine. Manchmal nimmt er einem natürlich auch was ab. Aber dieses Mal habe ich ihn kommen sehen und bin gerade noch zur rechten Zeit zur Seite gesprungen. Ich habe die Schnauze voll und überlasse unsere Geschäfte anderen. Cheerio!«

Kon-kim atmete erleichtert auf. Aus den krausen Worten des

Freundes ging klar hervor, daß er kein Geschäftspartner Vera McLeans war. Sonst hätte er über ihren Verlust, an den er zweifellos während des ganzen Gespräches dachte, keine Schadenfreude empfinden können. Er schien sich aber einmal an einem ihrer Geschäfte beteiligt zu haben, und Kon-kim glaubte zu wissen, um welches es sich handelte.

Er täuschte sich jedoch, wenn er annahm, daß sein *Bruder durch Zuneigung* mit Vera McLeans zweifelhaften Geschäften nichts mehr zu tun habe. Gerade das Gegenteil war der Fall, und Kon-kim würde überaus erstaunt gewesen sein, wenn er gehört hätte, mit welchen Worten der Chef der *Kempetai* eine an diesem Nachmittag eilig einberufene Besprechung seiner engsten Mitarbeiter einleitete.

»Sie wissen, worum es geht«, sagte der Oberst, nachdem er sich vor dem Bildnis des Kaisers verneigt hatte. »Der Untergang der *Okubu Maru* beweist, daß auch die *Kaigan Maru* einem Sabotageakt zum Opfer fiel. Ich gebe zu, daß ich die Sorge Mister Hamiltons, der diese Entwicklung voraussagt, für übertrieben hielt. Die Ereignisse geben ihm aber recht, und er wird nun die von ihm verlangte und ihm gewährte Ausfallbürgschaft kassieren.«

»Und was erhält Vera McLean?« fragte ein Abteilungsleiter.

Der Oberst hob die Schultern. »Nichts. Ihr wurde keine Bürgschaft eingeräumt.«

»Und warum nicht? Weil Mister Hamilton nur für sich den Antrag stellte!«

»Darüber mag sich Vera McLean mit ihm unterhalten«, entgegnete Oberst Okada ungehalten. »Uns geht das nichts an. Unsere Aufgabe ist es, den oder die Täter ausfindig zu machen, und aus diesem und keinem anderen Grund habe ich Sie zu mir gebeten.«

»Ich bitte um Nachsicht, Okada-san«, erwiderte der Abteilungsleiter. »Aber gerade darum hielt ich es für notwendig, auf die von mir erwähnte Tatsache hinzuweisen.«

»Wie soll ich das verstehen?«

»Besteht nicht die Möglichkeit, daß der Amerikaner hinter der Geschichte steckt? Kann es nicht sein, daß er Vera McLean ruinieren will? Man kennt doch die Methoden der Waffenhändler.«

Der Oberst lächelte hintergründig. »Sie haben recht. Waffenhändler gehen über Leichen. Vera McLean aber lebt und wird sich zu helfen wissen. Denken Sie an Baron Tokugawa! Die Abrechnung mit dem Amerikaner können wir getrost ihr überlassen.« Die Augen Okadas wurden stechend. »Mein Plan ist klar. Seit der Explosion der *Kaigan Maru* ließ ich vorsorglich die Auslandskorrespondenz von über siebzig in Japan lebenden intelligenten Chinesen fotografieren und deren Akten beiheften, die ich bis spätestens morgen früh zu sichten bitte. Begnügen Sie sich aber nicht damit, nur die Briefe zu durchforschen. Ermitteln Sie in jedem Fall, ob sich in den Schreiben irgendwelche Widersprüche zu den Fragebogen befinden, die von den Betreffenden bei der Einwanderung ausgefüllt wurden. Hat jemand noch eine Frage?«

Kinki Yasuda meldete sich. »Darf ich mir erlauben, einen Vorschlag zu unterbreiten?«

»Aber natürlich«, erwiderte der Chef der *Kempetai.*

»Wenn die Sichtung bis morgen früh abgeschlossen sein soll, wird jeder von uns etwa sieben bis acht Akten prüfen müssen. Wäre es nicht zweckmäßig, wenn sich jeder zunächst die Akten der Personen aussucht, mit denen er bereits einmal zu tun hatte? Der Rest könnte dann verteilt werden. Ich glaube, das würde die Einarbeit in manchen Fällen sehr erleichtern.«

Der Oberst nickte. »Das ist ein guter Vorschlag, nach dem wir verfahren wollen.«

Kinki Yasuda hätte nicht sagen können, warum sie der Gedanke, jemand anderer könnte Einsicht in Lee Kon-kims Akte nehmen, plötzlich erschreckt hatte. Nach wie vor war sie der festen Überzeugung, daß der Mann, den sie mehr liebte als sich selbst, niemals etwas Unrechtes tun würde. Trotz ihres unumstößlichen Glaubens verspürte sie aber ein Unbehagen, das sie sich selbst nicht erklären konnte. Sie war deshalb überaus erleichtert, daß es ihr gelungen war, die Akte ihres Geliebten an sich zu bringen, ohne den geringsten Verdacht zu erregen.

Wie die anderen Mitarbeiter, so zog auch sie sich mit ihren Unterlagen sogleich in ihr Arbeitszimmer zurück, von wo aus sie als erstes Kon-kim anrief, um ihn davon in Kenntnis zu setzen, daß das für diesen Abend verabredete Treffen nicht stattfinden könne.

Davon wollte er jedoch nichts wissen. »Irgendwann muß deine Arbeit ja mal beendet sein«, entgegnete er energisch. »Und wenn es soweit ist, kommst du ins *Imperial.*«

»Es kann Mitternacht werden«, bedeutete sie ihm.

»Und wenn es drei Uhr wird«, widersprach er. »Ich warte auf dich.«

Kinki Yasuda gab nach und versprach, in das Hotel zu kommen, sobald sie fertig sei. Dann machte sie sich an die Arbeit und las Stunde um Stunde in fremden Briefen, die sie abwechselnd traurig und heiter stimmten.

Als letzte nahm sie Kon-kims Akte in die Hand. Ursprünglich hatte sie vorgehabt, seine Unterlagen als erste zu prüfen, aber dann hatte sie seine Papiere unter die anderen geschoben, weil es ihr schwerfiel, in seiner Korrespondenz herumzuschnüffeln. Nun blieb ihr jedoch keine andere Wahl: sie mußte die Fotokopien der an ihn gerichteten Briefe lesen.

Es dauerte nicht lange, da glaubte sie, ohnmächtig zu werden. Das zuoberst abgeheftete Schreiben, das Kon-kim erst vor zwei Tagen zugestellt worden war, behandelte den Tod seiner ›Schwester Lu‹.

Das kann nicht stimmen, dachte sie entsetzt, da sie einen Eid darauf hätte ablegen können, daß Kon-kim niemals von einer in Hongkong lebenden Schwester namens Lu gesprochen hatte. Außerdem wußte sie, daß er keinen Bruder hatte. Wie konnte der Brief also mit ›Dein Bruder Hsiang‹ unterzeichnet sein?

Ihre Hände zitterten, als sie in fliegender Hast die von Kon-kim ausgefüllten Fragebogen kontrollierte, um festzustellen, ob in ihnen von einer ›Schwester Lu‹ und einem ›Bruder Hsiang‹ die Rede war. Vergeblich bemühte sie sich, einen entsprechenden Hinweis zu finden. Seinen eigenen Angaben gemäß lebte von seinen Geschwistern nur noch eine Schwester Li-tai, und damit stand fest, daß er eine chiffrierte Nachricht erhalten haben mußte.

Kinki Yasuda war dem Zusammenbruch nahe. Die Vorstellung, daß ihr Geliebter ein Agent sein könnte, raubte ihr den Verstand. Sie mußte nun damit rechnen, daß er sie nicht wirklich liebte, sondern sich lediglich aus taktischen Gründen an sie herangemacht hatte.

Wie gehetzt ließ sie im Geiste alle Stunden vorüberziehen, die sie mit Kon-kim verbracht hatte. Das Ergebnis beruhigte und erschütterte sie gleichermaßen: es gab nichts, das darauf schließen ließe, daß er sie nicht wirklich liebte, aber es gab vieles, das darauf hindeutete, daß er eine Aufgabe erfüllte, die er ihr verheimlichte.

Ihre Nerven waren bis zum Zerreißen gespannt. War sie dazu

verdammt, den Mann zu überführen, den sie mit der ganzen Inbrunst ihres Herzens liebte, oder war sie dazu verflucht, ihre Heimat zu verraten? Sie glaubte ersticken zu müssen und riß das Fenster ihres Arbeitsraumes auf.

Wie aus weiter Ferne hörte sie das dumpfe Brausen der auch in tiefer Nacht nie schlafenden Großstadt. Sie sah das fahle Licht des Mondes und dachte an den Mondgott *Yüeh Lao Yeh*, der sie und Kon-kim zusammengeführt hatte.

Verzweifelt schloß sie die Augen. Was sollte sie tun?

Ein Windstoß ließ sie zusammenfahren. Sie blickte über den Hof, auf dem niemand zu sehen war, und im gleichen Augenblick kam ihr ein Gedanke, der sie zutiefst erschreckte. Sekundenlang zögerte sie, dann verriegelte sie das Fenster und kehrte an ihren Schreibtisch zurück, wo sie den Kon-kim belastenden Brief aus der Akte nahm, ihn blitzschnell zusammenfaltete und in ihren Kimono schob. Anschließend verschloß sie ihre Arbeitsunterlagen, löschte das Licht und trippelte eilig zum nächsten Taxistand.

»Wohin?« fragte der Fahrer des Wagens.

»Zum *Imperial*«, antwortete sie. Ihre Knie zitterten. Sie bildete sich ein, daß man ihr ansehen müsse, was sie getan hatte.

Als sie das Hotel erreichte, lief ihr Kon-kim entgegen. »Endlich!« seufzte er, stutzte jedoch gleich darauf und sagte: »Du bist ja ganz blaß. Ist dir nicht gut?«

Ihre Augen glichen denen eines verwundeten Rehes. »Ich habe einen anstrengenden Tag hinter mir. Bitte, laß uns gleich fahren.«

»Das kommt nicht in Frage«, widersprach er. »Bevor du nicht eine Kleinigkeit gegessen hast, bringe ich dich nicht nach Hause.«

Sie wollte gerade etwas dagegen sagen, als sie eine kleine weiße Schleife am Revers seines Jacketts entdeckte. »Du bist in Trauer?« fragte sie mit zwischen Erschrockenheit und banger Hoffnung schwingender Stimme.

Kon-kim griff verlegen nach der Schleife, die er nach Erhalt des kontrollierten Briefes vorsorglich angelegt hatte. Er rechnete mit allen Möglichkeiten, auch damit, daß kontrolliert wurde, ob er der Trauer um ›seine‹ verstorbene Schwester sichtbaren Ausdruck verlieh.

Kinkis Augen weiteten sich. »Um Himmels willen, wer ist gestorben?«

Er wurde ratlos, da er nicht daran gedacht hatte, daß Kinki Yasuda die Schleife bemerken und ihn befragen könnte. »Eine nahe und doch entfernte Verwandte«, erwiderte er ausweichend.

»Was nennst du nahe und doch entfernt verwandt?«

Er spürte, daß er sich verrannt hatte, und suchte fieberhaft nach einem Ausweg. »Wie soll ich dir das erklären?« sagte er zögernd. »Mein Vater hatte als junger Mann eine Geliebte, und... Du wirst schon verstehen: ich habe Halbgeschwister.«

»Und von ihnen ist jemand gestorben?«

»Ja«, log er unverdrossen weiter. »Eine Halbschwester. Ich mochte sie gerne und habe darum die Schleife angelegt.«

»Oh, Kon-kim!« stöhnte sie erlöst und griff nach seinem Arm.

»Was ist mit dir?« fragte er erschrocken.

»Ich bin ja so froh.«

»Aber warum denn?«

»Ich hatte schon befürchtet...« Tränen rannen ihr plötzlich über die Wangen. »Bitte, laß uns gehen.«

Er führte sie in eine schwach erleuchtete Nische und schob ihr einen Sessel zu. »Nimm Platz. Ich werde den Kellner bitten, dir einen Cognac zu bringen. Anschließend ißt du etwas, und dann fahre ich dich nach Hause.«

Kinki Yasuda zitterten die Knie, aber in ihre Wangen kehrte zusehends die Farbe zurück.

In den folgenden Wochen glich Kinki Yasuda einer über Nacht zur vollen Blüte gelangten exotischen Blume. Sie begriff nicht, daß sich alles so mühelos aufgeklärt hatte. Beinahe täglich besuchte sie den *Sensoji*-Tempel, um dem Himmel dafür zu danken, daß er sie nicht zur Verräterin hatte werden lassen.

Das Leben erhielt plötzlich einen neuen Glanz. Jede Minute erschien ihr jetzt kostbar. Sie liebte Kon-kim und wußte, daß sie ohne ihn nicht mehr würde leben können, aber dieses Bewußtsein ängstigte sie nicht mehr, sondern erfüllte sie mit grenzenlosem Glück.

Kon-kim erging es ähnlich. Sein Denken war jedoch realer. Er wünschte Kinki Yasuda zu heiraten, stieß aber trotz ihrer Wandlung immer noch auf einen unüberwindbaren Widerstand.

»Du kennst die Gesetze unseres Landes nicht«, sagte sie. »Wenn du mich unglücklich machen willst, dann geh hin und sprich mit meinem geehrten Vorgesetzten. Ich garantiere dir, daß du vierundzwanzig Stunden später ausgewiesen wirst. Wir können nur heiraten, wenn wir meine geehrte Heimat verlassen.«

Diesen Ausweg durfte er nicht wählen; vorerst jedenfalls nicht. Er zog es deshalb vor, sich zu gedulden und die Wochenenden zu genießen, die sie von nun an regelmäßig in einem hübsch gelegenen Hotel in der Bucht von Atami verbrachten. Hin und wieder konnte sich Kinki Yasuda jedoch nicht frei machen, und es schien eine Ironie des Schicksals zu sein, daß es oftmals gerade Kon-kims Wirken war, das ihr die Möglichkeit raubte, sich mit ihm zu treffen. Denn er unternahm nun Dinge, die den Chef der *Kempetai* zur Raserei brachten.

So hatte die Funküberwachungsstelle in drei hintereinander folgenden Nächten einwandfrei den gleichen Sender ermittelt, der erstmals auf der Strecke zum Yamanaka-See ausgepeilt worden war. Immer funkte er auf derselben Frequenz, nur mit dem Unterschied, daß er nun weniger lautstark war, längstens zwei Minuten arbeitete und sich fraglos mitten in der Stadt befand. Den genauen Standort hatte man zunächst nicht ermitteln können, bis die Morsezeichen eines Abends fast drei Minuten lang aufgefangen wurden. Wie groß aber war das Erstaunen gewesen, als man feststellte, daß der exakt ermittelte Standort kein anderer als der des neuen Rundfunksenders von Tokyo war.

Eine riesige Fahndung wurde eingeleitet, die jedoch ergebnislos verlief, weil von diesem Tage an kein Funkspruch mehr aufgefangen wurde. Kon-kim hatte es darauf angelegt, die Spuren zu verwischen.

Seine Überlegung war recht einfach gewesen. Er sagte sich: Wenn ich einige Male auf der Frequenz *›Lu‹* mitten aus der Stadt heraus funke und die Sendezeit so kurz bemesse, daß man mich nicht auspeilen kann, wird man einen stationären Sender vermuten und alle Vorbereitungen treffen, um seinen Standort beim nächstenmal in kürzester Zeit ermitteln zu können. Funke ich dann unmittelbar vom Rundfunksender aus, wird die Verwirrung groß sein und fällt der Verdacht auf alle technischen Angestellten der Nachrichtenstation. Von diesem Tage an werde ich die Frequenz *›Lu‹* nicht wieder benützen und damit eine Frage zurücklassen, die nie beantwortet werden wird.

Mit der Irreführung allein begnügte sich Kon-kim nicht. In all diesen Nächten fuhr er anschließend nach Enoshima, Kamakura oder Atami, von wo aus er auf anderen Frequenzen ordnungsgemäße Funksprüche absetzte, die nicht aufgefangen wurden. Jede günstige Gelegenheit mußte er nun ausnützen, da er inzwischen über etliche Nachrichtenquellen verfügte, die er so behutsam anzapfte, daß er keinen Verdacht erweckte. Insbesondere das im Laufe der zweiten Segelsaison herausgebildete kameradschaftliche Verhältnis zu den Generalstabsoffizieren gestattete es ihm, sich in aller Öffentlichkeit mit ihnen über die verschiedenen Möglichkeiten einer Ausdehnung des japanischen Interessengebietes zu unterhalten, wodurch er mit der Zeit Einblick in Vorbereitungen erhielt, an die zu denken schon Verrat bedeutete.

Eine entscheidende Hilfestellung leistete ihm in dieser Zeit allerdings auch die verworrene politische Lage Japans, die Anlaß zu vielen erregten Debatten gab. Sogar der japanische Mißerfolg auf der Londoner Flottenkonferenz kam ihm zugute, da deren negatives Ergebnis eine nationalistische Welle heraufbeschwor, der eine Agitation des Heeres und der Marine folgte, welche manche Zunge löste, die besser geschwiegen hätte.

Kon-kim sah sich dadurch in die angenehme Lage versetzt, beinahe wöchentlich eine wichtige Meldung in den Äther zu jagen, so daß die Nankinger Regierung über alle japanischen Pläne stets genau informiert war.

Um so unverständlicher war es für ihn, daß seine Berichte nicht eine einzige Gegenmaßnahme auslösten. Er gewann manchmal den Eindruck, als würden seine mühsam zusammengetragenen Informationen in der Heimat zwar mit Interesse gelesen, dann jedoch säuberlich registriert und abgelegt.

Dafür sprachen auch sämtliche Nachrichten, die er über China erhielt. Aus ihnen ging klar hervor, daß Tschiang Kai-schek riesige Geldbeträge für fruchtlose Feldzüge gegen die kommunistischen Rebellen vergeudete, aber keinerlei Vorbereitungen zum Schutz von Gebieten und Garnisonen traf, die von den Japanern bedroht wurden.

Über diese Tatsache erregte sich auch der Onkel in einem neuerlichen Brief. Er schrieb:

›Die Regierung von Nanking zeigt die gleichen Fehler, die das von Tschiang Kai-schek für Dr. Sun Yat-sen auf dem Purpurberg errichtete Mausoleum aufweist: es ist nicht aus Stein und Holz, sondern aus Beton gebaut, den man mit bunten Kacheln bedeckte.

Und darüber setzte man ein Dach im chinesischen Stil! An Stelle der Harmonie und Anmut unserer Architektur zeigt das Grabmal einen Mischmasch von ausländischen und chinesischen Stilarten. Es ist ein scheußliches Sinnbild unserer Regierung.

Währenddessen bemüht sich Mao Tse-tung, mit Teilen der ‚Vierten Armee' in einigen Südprovinzen eine neue Art kommunistischen Regimes aufzubauen, in dem die Bauern das Fundament bilden sollen. Sehr klug von ihm, da unser nicht industrialisiertes Land über kein echtes Proletariat verfügt. Die Russen verdammen sein Vorgehen natürlich. Wundere dich also nicht, wenn es eines Tages heißt, daß sie Tschiang Kai-schek im Kampf gegen chinesische Kommunisten unterstützen. Wir müssen uns darauf vorbereiten, schrecklichen Zeiten entgegenzugehen, wenn unser erhabener Generalissimus seinen vom Ehrgeiz diktierten sinnlosen Kampf gegen Chinesen nicht bald aufgibt und seine Heere auf die Verteidigung unseres Landes vorbereitet.‹

Über diesen Brief des Onkels empörte sich Kon-kim weniger als über den vorhergegangenen. Er spürte, daß die Entwicklung in der Heimat anders verlief, als er es erhofft hatte. Hinzu kam, daß seine Gedanken in dieser Stunde mehr der Mutter als der Politik galten, da der Anlaß des Schreibens seine Schwester Li-tai war, die das Haus über Nacht mit all ihren Sachen verlassen hatte.

Die Sorge um die Mutter veranlaßte Kon-kim, ihr sofort einen ausführlichen Brief zu schreiben, in dem er erstmals auch Kinki Yasuda erwähnte und zum Ausdruck brachte, daß er hoffe, sie ihr in absehbarer Zeit vorstellen zu können, um von ihr die Zustimmung zur Eheschließung zu erbitten.

Bald darauf erzählte er Kinki Yasuda alles, was er ihr bisher über Li-tai verschwiegen hatte, und sie war besonders glücklich darüber, weil sie aus den in Kon-kims Akte befindlichen Briefen bereits ersehen hatte, daß seine Schwester der Familie große Sorgen bereitete.

»Ich werde mich bemühen, deine geehrte Mutter vieles vergessen zu lassen«, versicherte sie ihm. »Es liegt an dir, den Zeitpunkt unserer Abreise zu bestimmen.«

Ihre plötzliche Bereitschaft auszuwandern, brachte Kon-kim in Verlegenheit, da er vorerst nicht daran denken konnte, nach China zurückzukehren. Er bedeutete ihr deshalb, daß sie zumindest noch so lange warten müßten, bis sich daheim die politische Lage geklärt habe.

Der wahre Grund war natürlich die ihm gestellte Aufgabe, wenngleich diese ihm keine Freude mehr bereitete. Im Gegenteil, sie ekelte ihn nun an. Auch setzte ihm die ununterbrochene nervliche Belastung immer stärker zu. Dauernd mußte er die Rollen wechseln. Bei Baron Tokugawa, der glücklicherweise nicht in Verdacht geraten war, spielte er die Rolle des ehrgeizigen Journalisten; David Hamilton versetzte er in den Glauben, sich eifrig als Reiseschriftsteller zu betätigen; Vera McLean, die höchst unzufrieden nach Tokyo zurückgekehrt war, erzählte er bedrückt, daß er mit seinem Buch nicht recht vorwärtskomme; bei den Generalstabsoffizieren und Henry Dymont galt er als der vermögende Nichtstuer. Nur bei seiner Geliebten konnte er zeitweilig er selbst sein. In solchen Stunden war er kaum wiederzuerkennen.

»Weißt du, wohin wir unbedingt noch einmal fahren sollten«, sagte sie eines Abends, als sie durch den *Denboise*-Garten des *Sensoji*-Tempels spazierten.

»An den geehrten Yamanaka-See?« fragte er augenzwinkernd.

»Den müssen wir selbstverständlich auch noch einmal aufsuchen«, erwiderte sie verliebt. »Ich dachte gerade aber an Nikko, wohin wir das erstemal fuhren. Dort war es doch herrlich.«

Er nickte. »Vor allen Dingen in den getrennten Hotels, die du damals zur Bedingung machtest.«

Sie lächelte. »Versprich mir, daß du mit mir nach Nikko fahren wirst, sobald ich mich frei machen kann.«

Da weit und breit niemand zu sehen war, zog Kon-kim sie zärtlich an sich. »Ich verspreche es dir.«

Ihre Augen strahlten. »Bitte, nimm zur Kenntnis, daß ich heute einen dreitägigen Sonderurlaub erhalten habe, den ich antreten kann, wann ich will.«

»Dann schlage ich vor, daß wir schon am Abend vor deinem ersten Urlaubstag losfahren und die Nacht in der Nähe von Omija verbringen. Weißt du, in dem hübschen Hotel, das wir damals entdeckten.«

Sie gerieten in eine ausgelassene Stimmung, die auch sofort wieder über sie kam, als sie sich zwei Tage darauf kurz nach sechs Uhr am *Ueno*-Park trafen.

Es war ein Frühlingsabend, dessen nach Blumen und feuchter Erde duftende Luft ebenso zu Tollheiten reizte wie das vibrierende Zirpen der Zikaden und das verträumt gelegene kleine Hotel, in dem sie wenige Stunden später bei Kerzenlicht und zur Seite geschobenen Papierwänden zu Abend aßen. Alles war so, wie sie es sich gewünscht hatten.

Glasklar war der Himmel, gegen den sich die Silhouette einer vor ihrem Zimmer stehenden bizarren Kiefer abhob. Von ihrem Lager konnten sie in den Hotelgarten sehen, in dem sich ein kleiner Teich befand, auf dem Lotosblüten mit rosaroten Rändern schwammen.

»Was würdest du tun, wenn du plötzlich ganz arm sein würdest«, fragte Kinki Yasuda, nachdem sie eine Weile in den Garten geblickt hatte.

»Dann würde ich so lange schuften, bis ich wieder reich wäre«, antwortete Kon-kim, ohne zu zögern.

»Und wenn du nicht mehr arbeiten könntest?«

Er zuckte die Achseln.

Sie wies nach draußen. »In die Natur müßtest du dann gehen. Wir streben alle nach Reichtum und merken nicht, daß wir unentwegt am wirklichen Reichtum vorübergehen.«

Kon-kim umarmte sie. »Ich werde daran denken, wenn ich einmal sehr arm werden sollte.«

Sie machte sich frei. »Schon heute sollst du daran denken.«

»Willst du damit sagen, daß ich die Natur nicht genügend beachte?«

»Nein. Aber du neigst dazu, exquisiten Dingen den Vorzug zu geben, wodurch dir manche natürliche Schönheit entgeht.«

Er lachte. »Ein Blick in den Spiegel würde dich davon überzeugen, daß meine Neigung, erlesenen Dingen den Vorrang zu geben, an natürliche Schönheit gebunden ist!«

Angesichts dieses ›dialektischen Kniffes‹ gab sich Kinki Yasuda geschlagen.

Die Weiterfahrt nach Nikko verlief wie im Traum. Es existierte nichts mehr, was sie hätte bedrücken können. Und dennoch sollte der Tag, der so *kekko*, so wunderbar begonnen hatte, am Abend durch ein kleines Ereignis überschattet werden, das Kinki Yasuda zutiefst berührte.

Sie hatten den *Shira-yuki-no-taki*, den *Wasserfall der tausend weißen Fäden*, aufgesucht und waren durch einen üppig blühenden Rhododendron-Hain zu einem Teich im Park von Nikko gewandert, der von Lotosblumen so dicht überwachsen war, daß man das Wasser nicht sehen konnte. Hier hatte Kon-kim neben einer zum

Ufer hinabführenden Marmortreppe eine Bronzeglocke entdeckt, deren Klöppel er voller Übermut ergriff, um zu läuten.

»Um Himmels willen!« rief Kinki Yasuda. »Tu das nicht!«

Zu spät, die Glocke ertönte bereits.

Sie riß seine Hand zurück. »Diese Glocke darf nur von Frauen geläutet werden. Es ist die Glocke der heiligen Karpfen. Wenn eine Frau sie betätigt und dabei an den Mann denkt, den sie liebt, strekken einer oder mehrere der in diesem Teich lebenden Karpfen ihren Kopf unter den Lotosblättern hervor, und die betreffende Frau weiß dann, wieviel Kinder sie von dem Mann zu erwarten hat, an den sie dachte.«

»Dann bin ich dafür, daß wir das gleich einmal feststellen«, erwiderte er belustigt.

Sie schüttelte den Kopf. »Das geht jetzt nicht.«

»Und warum nicht?«

»Weil du geläutet hast. Außerdem haben wir kein Futter, das den Karpfen zum Dank zuzuwerfen ist.«

»Futter kann man drüben kaufen«, entgegnete er und ging auf einen in der Nähe befindlichen Kiosk zu.

»Bitte, bleib«, rief sie hinter ihm her.

Kon-kim hörte nicht auf sie und kehrte mit einer Tüte Fischfutter zurück. »So«, sagte er gut gelaunt. »Nun wirst du läuten. Ich möchte wissen, wieviel Kinder wir bekommen.«

»Laß es mich morgen tun«, bat sie.

Er schüttelte den Kopf. »Du weißt, daß wir morgen die Tempel und den *Chuzenji*-See aufsuchen wollen.«

Sie warf ihm einen flehenden Blick zu. »Sei nicht ängstlich und läute. Und vergiß nicht, dabei an mich zu denken.«

Kinki Yasuda schaute auf den mit Lotosblumen bedeckten Teich. »Bestehst du wirklich darauf?«

Er nickte.

Sie ergriff den Klöppel und läutete, aber nicht eines der auf dem Wasser liegenden großen Blätter wurde vom Kopf eines Karpfens hochgehoben.

»Du mußt kräftiger läuten«, forderte er.

Sie erfüllte seinen Wunsch, doch wiederum zeigte sich kein Karpfen.

»Oh, Kon-kim«, stöhnte sie. »Ich werde dir keine Kinder schenken.«

»Aber, Kinki!« Er umarmte sie. »Wahrscheinlich wurden die geehrten Karpfen heute schon so oft befragt, daß sie beim besten Willen nicht mehr fressen können. Mach dir nichts draus. Wir werden dennoch viele Kinder haben.«

Sie blickte verzagt zu ihm hoch. »Die geehrte Karpfen dieses Teiches sind heilig und lügen nicht.«

»Nun gut«, sagte er und streichelte ihre Wange. »Dann habe ich eben nur dich und werde über unserer Haustür den Spruch anbringen: ›Daß Mann und Frau beieinander wohnen, ist das Höchste der menschlichen Beziehungen.‹ «

Das Tor der bitteren Enttäuschung

Jahre gingen dahin, und Kon-kim wurde immer unzufriedener, obwohl er allen Grund gehabt hätte, glücklich zu sein. Er liebte und wurde geliebt, verkehrte in höchsten Kreisen und war über alle politischen und militärischen Dinge genau informiert. Auch die Funkverbindung mit der nach Nanking verlegten Nachrichtenzentrale Tschiang Kai-scheks riß nicht ab, und durch seine Initiative waren insgesamt drei mit Waffen beladene Schiffe versenkt worden.

Kon-kim hätte mit dem Erreichten zufrieden sein können. Wenn er es nicht war, so lag dies in erster Linie an dem ewigen Sich-verstecken-Müssen und Auf-der-Lauer-Liegen, das an seinen Nerven zerrte. Und an der hartnäckigen Weigerung Kinki Yasudas, ihren Beruf als ›Dolmetscherin‹ aufzugeben und gemeinsam mit ihm einen Haushalt zu führen.

Darüber hinaus bedrückten ihn die Nachrichten aus der Heimat, die immer deutlicher erkennen ließen, daß die von ihm ermittelten und vielfach unter Lebensgefahr hinausgefunkten Informationen nicht die geringste Beachtung fanden. In keinem einzigen Fall hatte Tschiang Kai-schek seine Armeen dorthin geworfen, wo sie die von Kon-kim auf Tag und Stunde genau avisierten japanischen Operationen gegen China hätten unterbinden können. Statt den Kampf gegen die immer dreister in das Land einfallenden Japaner aufzunehmen, beauftragte der Generalissimus seine Heere, die in den Provinzen Kiangsi, Hunan, Hupeh und Kuangtung versammelten

Kommunisten zu vernichten. Hier und dort gelang es seinen Truppen auch, kleinere Verbände zu überrennen, im großen und ganzen aber blieben sie erfolglos, so daß sich Tschiang Kai-schek gezwungen sah, zur Politik der ›langsamen Blockade‹ überzugehen, zur allmählichen Einengung der kommunistischen Provinzen. Er hatte schließlich auch Erfolg damit. Das Resultat aber war, daß Mao Tse-tung mit der gesamten Bevölkerung, mit Soldaten, Zivilisten, Frauen und Kindern, aus dem blockierten Gebiet ausbrach und in die fernsten Gebiete Chinas marschierte. Hunderttausende überquerten den Oberlauf des Yang Tze, zogen unter Hunger und Kälte an der Grenze Tibets entlang und landeten endlich, bis auf die Hälfte dezimiert, im Nordteil der an die mongolische Steppe grenzenden Provinz Shensi.

Die Armeen Tschiant Kai-scheks jagten hinter den flüchtenden Kommunisten her und meldeten wohl an die zehnmal deren vollkommene Vernichtung, ohne jemals in der Lage gewesen zu sein, ihnen den Weg abzuschneiden. Das chinesische Volk aber, das bis dahin in der Mehrzahl dem Generalissimus zugejubelt hatte, beobachtete fassungslos die Verfolgung seiner eigenen Landsleute. Kein einziges Regiment wurde gegen die Japaner geworfen, die ungehindert in das Land einfielen und es Stück für Stück besetzten. Binnen kurzer Zeit beherrschten die Söhne Nippons das reiche Gebiet der Mandschurei, das sie schließlich annektierten.

Die Vereinigten Staaten und etliche europäische Regierungen erhoben Protest gegen das Vorgehen Japans, Tschiang Kai-schek aber setzte seine Truppen nicht ein, so daß sich die Japaner weiterhin nehmen konnten, was sie haben wollten.

Verständlich, daß Onkel Hu an Kon-kim schrieb:

›So paradox es klingen mag: wenn China eines Tages kommunistisch wird, haben wir uns dafür bei Tschiang Kai-schek zu bedanken, der die Kommunisten so unbarmherzig verfolgt, daß sie dem ganzen Volk als Märtyrer erscheinen. Und das zu einem Zeitpunkt, da die Empörung über die Japaner von Tag zu Tag größer wird.

Der schlaue Mao Tse-tung hat schon erkannt, welch unglaubliche Chance ihm unser ehrenwerter Generalissimus bietet. Er prägte das Schlagwort: Chinesen kämpfen nicht gegen Chinesen, sondern gegen Japaner! Wer will es dem Volk da verübeln, daß es sich von Tschiang Kai-schek abwendet, der offensichtlich größeren

Wert darauf legt, Kaiser in einem kleinen Land zu sein, als König unter Königen in einem großen Reich.

Dabei muß ich zugeben, daß Tschiang Kai-schek echte Leistungen vollbrachte. Die ‚Kriegsherren' sind aus weiten Teilen des Landes verbannt, und der Ausbau der Eisenbahnen sowie des Straßennetzes macht beachtliche Fortschritte. Aber was nützt das alles,, wenn unsere Armeen der japanischen Aggression nicht entgegentreten.‹

Kon-kim konnte nicht umhin, dem Onkel recht zu geben. Es beunruhigte ihn, daß sich daheim die verbitterten Intellektuellen von der Politik zurückgezogen und das Feld Strebern und Speichelleckern überließen.

Wie ein Faustschlag traf ihn deshalb die verschlüsselte Mitteilung Oberst Tushis, des Leiters der von Whampoa nach Nanking verlegten Nachrichtenzentrale, der ihn davon in Kenntnis setzte, daß er es mit seinem Gewissen nicht mehr habe verantworten können, weiterhin im Lager Tschiang Kai-scheks zu bleiben. Er verabschiedete sich von Kon-kim mit den Worten:

›Sie werden verstehen, daß es mir schwerfällt, Ihnen dieses mitzuteilen, aber ich möchte nicht gehen, ohne Ihnen für Ihre jahrelange aufopfernde und überaus erfolgreiche Tätigkeit gedankt zu haben. Wenn Ihre Informationen nicht ausgewertet wurden, so lag das nicht an mir. Ich garantiere Ihnen jedoch, daß Ihr Einsatz in Zukunft nicht mehr nutzlos sein wird. Denn ich werde Ihre Berichte weiterhin abhören, allerdings aus der Nähe Mao Tse-tungs, der ernstlich gewillt ist, gegen die Japaner zu kämpfen.‹

Kon-kim war nahe daran, seinen Sender zu zerstören. Wozu sich noch anstrengen, wenn alles auf Lug und Trug aufgebaut war? Unter den gegebenen Umständen schien es ihm vernünftiger zu sein, mit Kinki Yasuda in irgendein Land auszuwandern und sich nie wieder mit Politik zu befassen.

Der Gedanke, daß seine für die Nankinger Regierung bestimmten Meldungen auch den Kommunisten zugute kommen sollten, entsetzte ihn. Dennoch sagte er sich:

Ich darf mich nicht beirren lassen. Tschiang Kai-schek wird wissen, warum er seine Armeen nicht gegen japanische Truppen einsetzt. Der Tag wird kommen, an dem er zum Kampf antritt. Ich muß ihn weiterhin informieren und es in Kauf nehmen, daß auch seine Widersacher meine Berichte empfangen, auf die sie sogar ein

Recht haben, wenn sie wirklich bestrebt sind, die Japaner zu verdrängen.

Kon-kim wäre mit diesem Problem gewiß nicht so schnell fertig geworden, wenn er nicht auch an Li-tai und an seine einstige Braut Süa-tü gedacht haben würde, über die ihm der Onkel gerade geschrieben hatte: ›Von deiner Schwester haben wir eine Nachricht erhalten, die uns beruhigt und mit neuer Hoffnung erfüllt. Sie bat um Entschuldigung für ihren plötzlichen Fortgang und teilte uns mit, daß es ihr gutgehe und wir uns keine Sorgen um sie zu machen brauchten. Sie sei nun bei dem Mann, zu dem sie gehöre, und dieser sei kein einfacher Unteroffizier mehr, sondern Hauptmann in der Armee Mao Tse-tungs. ‚Im übrigen', so schreibt sie unter anderem, ‚treffe ich mich hin und wieder mit Süa-tü, die Kommissarin geworden ist, eine schöne blaue Uniform trägt und eine Stadt von über fünftausend Einwohnern leitet. Sie hat mich gebeten, Kon-kim zu grüßen und ihm zu sagen, daß sie zwar schwere Zeiten durchgemacht habe, heute aber glücklich und zufrieden sei.'‹

Die Welt steht kopf, hatte Kon-kim im ersten Moment gedacht. Ich kann nur noch die Hoffnung hegen, daß die Truppen Tschiang Kai-scheks, die ich mit Nachrichten versorge, nicht eines Tages die Provinz überfallen, in der Li-tai und Süa-tü leben.

Die Zerrissenheit Chinas ließ Kon-kim wünschen, daß jeder der derzeitigen Machthaber im Interesse einer Verständigung doch noch bereit sein werde, einen Pflock zurückzustecken. Aber schon wenige Tage später sollte er erfahren, daß es gar nicht so einfach ist, von einer einmal gehegten Auffassung abzurücken und seinen Gedanken eine neue Richtung zu geben. Ursache war die von Baron Tokugawa in Aussicht genommene Sprengung eines vierten Waffenschiffes, das zweifellos die kommunistische Armee versorgen sollte. Kon-kim glaubte plötzlich, es unter den gegebenen Umständen nicht mehr verantworten zu können, das Schiff auf den Meeresgrund zu schicken. Denn ließ er den Transporter in die Luft sprengen, dann diente er Tschiang Kai-schek, der chinesische Kommunisten verfolgte und nichts gegen japanische Aggressoren unternahm; er kämpfte in diesem Falle gegen Chinesen. Verhinderte er jedoch die Sprengung, dann half er den Kommunisten, kämpfte in Wirklichkeit aber gegen Japan, da Mao Tse-tungs Waffen sich ja nunmehr gegen die in China eingefallenen japanischen Truppen richten sollten.

Kon-kim glaubte in einen Hexenkessel geraten zu sein. Er zweifelte am gesunden Verstand der Menschheit und nannte sich selbst verrückt, wenn er sich vergegenwärtigte, daß er eine Japanerin liebte und mit aller Kraft gegen die Interessen deren Nation arbeitete. Aber er tat weiterhin das, was er für seine Pflicht hielt, wenngleich er dem Baron erklärte, daß künftighin jede Sprengungsaktion unterbleiben müsse.

Er hatte aber nicht mit dem gesteigerten Selbstbewußtsein des Japaners gerechnet, der es kaum erwarten konnte, Vera McLean ein viertes Mal zu schädigen. Und da Kon-kim ihm einmal gesagt hatte, er bewundere ihn, weil er wie ein Mann gehandelt habe, schritt er auch jetzt zur Tat, ohne ein Wort darüber zu verlieren.

Verständlich, daß Kon-kim der Atem stockte, als er eines Abends in Enoshima mit Henry Dymont und den Generalstabsoffizieren die Spätnachrichten des Tokyoer Rundfunks hörte und der Sprecher nach einer kurzen Pause erklärte:

»Soeben erhalten wir die Meldung, daß das sechstausend Bruttoregistertonnen große Frachtschiff *Azabu Maru* in Höhe von Kap *Iro* explodierte. Es wird angenommen, daß sich von der Besatzung niemand retten konnte. Damit hat sich die Zahl der unter mysteriösen Umständen gesunkenen Schiffe auf vier erhöht.«

Royal-Dymont reagierte als erster. »Arme Vera McLean«, sagte er, wobei er Kon-kim heimlich zublinzelte.

»Ihre Landsmännin brauchen Sie nicht zu bemitleiden«, entgegnete der rundköpfige General Maeda. »Sie war so klug, sich eine Staatsbürgschaft für alle Lieferungen geben zu lassen.«

»Sie ist eben mit allen Wassern gewaschen!« polterte Henry Dymont. »Als Engländer schäme ich mich ihrer. Ich werde es nie begreifen, warum die höchsten japanischen Behörden so blödsinnig vor ihr katzbuckeln.«

Der General lächelte. »Politische Überlegungen.«

»Die mir völlig unverständlich sind«, warf Kon-kim ein. »Es weiß doch jeder, daß Vera McLeans Waffenlieferungen an die kommunistischen Rebellen in China gehen, die neuerdings den Kampf gegen Japan auf ihre Fahne geschrieben haben.«

Der General machte eine wegwerfende Bewegung. »Propaganda, nichts als kommunistische Propaganda! Einem Agentenbericht zufolge hat Mao Tse-tung im internen Kreis erklärt: Der Krieg mit Japan gibt uns eine ausgezeichnete Gelegenheit zur Expansion.

Siebzig Prozent unserer Bemühungen müssen wir hierauf verwenden; zwanzig Prozent, um Nanking in Schach zu halten; zehn Prozent, um die Japaner zu bekämpfen.«

»Wenn das stimmt, sieht die Sache natürlich anders aus«, entgegnete Kon-kim betroffen.

Der extrem schlitzäugige Major rieb sich die Hände. »Vieles dürfte bald anders aussehen. Lassen Sie uns nur erst aus dem Völkerbund heraus sein.«

Royal-Dymont fuhr hoch.

»Will Japan etwa austreten?«

»Vielleicht.«

»Das wäre ein verdammter Schlag gegen die Nachkriegs-Weltordnung«, erregte sich der Engländer.

Major Hirai lachte überheblich. »Der große Schlag erfolgt später! Nämlich, wenn wir das Washingtoner Flottenabkommen kündigen und uns die Freiheit nehmen, nach eigenem Gutdünken zu rüsten.«

»Mein Adjutant beliebt zu scherzen«, fiel der General hastig ein. »Wir werden uns doch nicht auf ein Wettrüsten mit den Vereinigten Staaten einlassen. Aber ich sehe gerade, daß wir gehen müssen. Empfehlen Sie mich Ihrer Gattin, der ich gute Besserung wünsche.«

Henry Dymont begleitete die Japaner bis zur Haustür und ließ sich seufzend in einen Sessel fallen, als er zurückkehrte. »Was halten Sie von der Geschichte?«

Kon-kim grinste. »Hirai ist zu weit vorgeprescht und wird jetzt seine Zurechtweisung erhalten.«

»Das sowieso. Aber ist das Ganze nicht unglaublich? Ich sage Ihnen: die Japaner gefährden leichtfertig den Weltfrieden. Und woher kommt ihr plötzlicher Mut? Sie haben die Reden Adolf Hitlers gehört, der kürzlich in Deutschland die Macht ergriffen hat. An fünf Fingern können Sie sich ausrechnen, daß Europa Schwierigkeiten bekommen wird, was für Japan natürlich bedeutet, daß es jetzt die Rückendeckung hat, die ihm bislang fehlte.«

Kon-kim war wie gelähmt. »Dann ist China verloren.«

Royal-Dymont nickte. »Bringen Sie Ihre Sachen in Ordnung. Hier werden Sie bald einen schweren Stand haben. Gehen Sie nach Malaya. Ich werde Japan jedenfalls verlassen. Länder, in denen dauernd Marschmusik gespielt wird, kann ich nicht ausstehen. Besuchen Sie mich, wenn Sie nach Malaya gehen sollten. Das Land ist reich. Sie werden sich dort wohl fühlen. Und Doktor Haji wird sich freuen, wenn er Sie sieht.«

Merkwürdig, dachte Kon-kim, als er nach Hause fuhr. Ich möchte wetten, daß Royal-Dymont mir nicht von ungefähr nahegelegt hat, Japan zu verlassen. Er weiß mehr als alle anderen.

Auf dem Weg nach Kamakura, wo Kon-kim noch in dieser Nacht einen Bericht aufsetzen und verschlüsseln wollte, sah er im Rückspiegel, daß ihm ein Wagen mit abgeblendeten Lichtern in gleichbleibendem Abstand folgte. Das konnte ein Zufall sein, aber es machte ihn mit der Zeit so nervös, daß er sich entschloß, seine Geschwindigkeit zu verringern, um sich überholen zu lassen. Der hinter ihm fahrende Wagen verlangsamte ebenfalls das Tempo, so daß Kon-kim ernstlich besorgt wurde und schließlich den Versuch unternahm, sich durch einen Trick von seinem Verfolger zu befreien. Besonders langsam fahrend näherte er sich der Stadt, gab dann aber nach einer unübersichtlichen Kurve plötzlich Vollgas und bog gleich darauf in eine Seitengasse ein, in der er augenblicklich stoppte und die Lichter löschte. Es trat ein, was er erwartet hatte: der ihm folgende Wagen fuhr vorbei, und Kon-kim benutzte die ihm nun zur Verfügung stehende Zeit, um sich durch weitere Gassen noch mehr von der Hauptstraße zu entfernen.

Unter den gegebenen Umständen hielt er es für zu riskant, seine Meldung vom Wagen aus in den Äther zu jagen. Er fuhr deshalb nach Enoshima zurück, wo er seinen Sendekoffer unter dem doppelten Boden des Gepäckraumes hervorholte und ihn mit auf die Segelyacht nahm, die er nicht umsonst mit einem schweren Motor hatte ausrüsten lassen.

Seit langem schon fuhr Kon-kim immer auf das Meer hinaus, wenn er einen ausführlichen Bericht abzusetzen hatte. Weit draußen war er ungestört und brauchte er sich keine Sorgen zu machen. Ihm konnte selbst dann nicht allzuviel geschehen, wenn er wirklich einmal abgehört und ausgepeilt werden sollte. Denn wer ihn fangen wollte, mußte ihn ansteuern und wurde somit von ihm gesehen. Im Notfall konnte er die ihn belastenden Gegenstände, den Sender und die Antenne, mühelos in das Wasser gleiten lassen.

Und doch war es gerade die absolut sicher erscheinende Yacht, die den Chef der *Kempetai* wenige Stunden nach Kon-kims neuerlichem Funkspruch zu der festen Überzeugung gelangen ließ, daß der vermögende Mister Lee der langgesuchte Akteur sein müsse, der die Waffentransporter in die Luft sprengte.

Von der Überlegung ausgehend, daß der zweifellos intelligente und mit allen technischen Mitteln ausgerüstete große Unbekannte wahrscheinlich mit einem Funkgerät seine Erfolge seinen Auftraggebern melde, hatte Oberst Okada unmittelbar nach Bekanntwerden der Explosion des vierten Frachtschiffes alle japanischen Funkstationen angewiesen, unverzüglich jede nur denkbare Frequenz für die Dauer von achtundvierzig Stunden nach einem genau festgelegten Plan zu überwachen.

Die Aktion versprach erfolgreich zu werden, als etwa elf Stunden später eine Küstenstation eine Frequenz bekanntgab, auf der ein unbekannter Sender etwa zwei Minuten lang chiffrierten Text gefunkt hatte. Aufregend aber wurde es, als die Station bald darauf meldete, daß der gleiche Sender erneut arbeite.

Sofort wurden alle Peiler verständigt und aufgefordert, die betreffende Frequenz auszupeilen. Bedauerlicherweise schwieg der Sender jedoch unmittelbar nachdem die ersten Werte genommen worden waren. Einwandfrei aber stand fest, daß die Morsezeichen von einem Schiffssender stammen mußten, da die von mehreren Stationen ermittelte Richtung auf das Meer hinauswies. Der Chef der *Kempetai* beauftragte daraufhin seinen Adjutanten, zu prüfen, ob einer der in Japan lebenden Chinesen über ein Segel- oder Motorboot verfüge, und als ihm gemeldet wurde, daß Lee Kon-kim der Inhaber einer Motoryacht sei, wähnte er sich am Ziel seiner Wünsche.

»Daß ich nicht eher darauf gekommen bin«, erregte er sich im Gespräch mit seinem Adjutanten. »Der Fall ist sonnenklar. Mister Lee ist mit Vera McLean und David Hamilton befreundet, und wenn er eine Motoryacht besitzt... Wo liegt das Boot?« unterbrach er sich jäh.

»In Enoshima an Henry Dymonts Anlegestelle.«

Oberst Okadas spitz vorgeschobener Mund erinnerte plötzlich an einen nach Luft schnappenden Karpfen. »Sollten wir diesen Herrn am Ende auch noch fassen?« begeisterte er sich, als er sein Erstaunen überwunden hatte. »Es wäre unvorstellbar. Seit zehn Jahren bin ich der festen Überzeugung, daß Henry Dymont zum *Intelligence Service* gehört. Zehn Jahre lang bemühe ich mich vergeblich, ihn zu überführen. Schicken Sie mir schnellstens unsere geschicktesten Rechercheure. Noch heute müssen sie die Yacht von oben bis unten durchsuchen. Und sagen Sie Yasuda-san, daß ich sie voraussichtlich noch heute abend sprechen muß. Sie soll hierbleiben, auch wenn es Mitternacht wird.«

»Ich werde es ihr ausrichten«, erwiderte der Adjutant.

Kon-kim schlief bereits abgrundtief, als der Chef der *Kempetai* die von Enoshima zur Berichterstattung zurückgekehrten Rechercheure entließ und seinen Adjutanten bat, ihm nunmehr die Agentin 1036 zu schicken.

»Es tut mir leid, daß Sie so lange warten mußten«, sagte der Oberst, als Kinki Yasuda eintrat. »Ich mußte noch eine Information abwarten, die ich soeben erst erhielt. Um es kurz zu machen: wenn mir auch noch jeder Beweis fehlt, ich glaube endlich zu wissen, wer die vier Waffentransporter auf den Grund des Meeres geschickt hat.«

Kinki Yasudas Augen blitzten. »Und Okada-san haben mich dazu auserkoren, die Beweise zusammenzutragen?«

Der Oberst lächelte süffisant. »Ja, Sie sollen den Täter überführen. Und zwar aus zwei Gründen. Einmal, weil ich befürchte, daß unser Widersacher die Kunst des ›Nicht-gesehen-Werdens‹ geradezu meisterhaft beherrscht; dann aber auch, weil Sie ihn schon so gut kennen, daß es ihm nicht auffallen wird, wenn Sie sich nunmehr intensiv mit ihm beschäftigen, das heißt, ihn Tag und Nacht überwachen.«

Kinki Yasuda verlor alle Farbe. Sie wußte, was es zu bedeuten hatte, wenn von einer ›intensiven, sich über Tag und Nacht erstreckenden Überwachung‹ die Rede war. Ihre Gedanken überschlugen sich. »Okada-san«, sagte sie flehend. »Ich weiß nicht, ob ich...«

Der Oberst unterbrach sie mit einer herrischen Bewegung und gab Kinki Yasuda zu verstehen, ihm zu folgen.

Sie gehorchte und ging hinter ihm auf das Bild des Kaisers zu, das in einem goldenen Schrein hing.

Einen kurzen Augenblick wartete Oberst Okada, bis seine Untergebene unmittelbar neben ihm stand, dann verneigte er sich und sagte mit erhobener Stimme: »Ich gelobe Treue bis in den Tod!«

Kinki Yasuda, die sich ebenfalls ehrfürchtig verbeugt hatte, wiederholte seine Worte. Ihr war zumute, als würde sie zur Schlachtbank geführt. Sie war nicht mehr davon überzeugt, daß das Gesetz der bedingungslosen Unterwerfung auch dann seine Gültigkeit behalten müsse, wenn die zwangsläufig mit ihm verbundene Auflösung der Individualität dem Menschen die Seele raubt. Kon-kims Einfluß hatte sie gewandelt. Ohne sich dessen bewußt zu sein, hatte er ihr die Augen geöffnet. Ihr Herz lag nicht mehr im Panzerschrank der Nation.

Aber auch die veränderte Kinki Yasuda konnte sich nicht auflehnen. Japan, der Kaiser und die aufgehende Sonne waren von Jugend an ihr tägliches Brot gewesen, und Japan, der Kaiser und die aufgehende Sonne ruhten als religiöse Begriffe in ihrem Herzen.

Der Chef der *Kempetai*, der in dieser Stunde nur daran dachte, daß die Gunst des Kaisers Tau spenden und ihn zum General befördern würde, wenn er denjenigen zur Strecke brachte, der vier wertvolle Schiffe vernichtet hatte, schritt mit undurchdringlicher Miene zu seinem Schreibtisch zurück, wo er beinahe feierlich erklärte: »Der Mann, von dem ich sprach und den Sie von nun an Tag und Nacht ›beschatten‹ sollen, ist der Chinese Lee Kon-kim.«

Kinki Yasuda griff sich erschrocken an den Hals.

»Ich weiß, daß Sie dem Gelbgesicht nichts Schlechtes zutrauen«, fuhr Oberst Okada hastig fort. »Aber es steht heute fest, daß er Sie getäuscht hat. Sie und uns alle hat er an der Nase herumgeführt. Wenn ich an die rührende Geschichte denke, mit der er seine Anwesenheit in Whampoa erklärte, könnte ich mich ohrfeigen. Ich begreife nicht, wieso wir auf seinen Trick hereinfallen konnten. Wir wissen doch, daß an Herz und Mitgefühl appellierende Lügen die größten Aussichten auf Erfolg haben, weil sie mis mitleiden machen und unser selbständiges Denken ausschalten. Ein raffinierter Teufel ist dieser Mister Lee.«

Kinki Yasuda, die abwechselnd rot und blaß geworden war, dankte dem Himmel, daß der Oberst sie während seiner Selbstanklage nicht ansah, sondern sich angelegentlich mit der exakten Ausrichtung seiner Bleistifte beschäftigte.

»Und wodurch sind Sie auf den Gedanken gekommen, daß Mister Lee der Täter sein könnte?« fragte sie, um aus der Beklemmung herauszukommen, in die sie geraten war.

»Durch nüchternes Denken und eine vorausschauende Maßnahme«, erwiderte der Chef der *Kempetai* voller Stolz. »Ich rechnete damit, daß ein viertes Schiff an die Reihe kommen würde«, fuhr er nach einer wohlberechneten Pause fort und erzählte, was er veranlaßt und festgestellt hatte.

»Und unsere Rechercheure haben Mister Lees Yacht inzwischen heimlich durchsucht?« erkundigte sie sich mit klopfendem Herzen.

Der Oberst nickte. »Leider wurde weder ein Funkgerät noch sonst etwas gefunden, das als Belastungsmaterial dienen könnte. Wäre das der Fall gewesen, brauchte ich Sie nicht zu bemühen. So aber...« Er hob die Schultern. »Ich sehe wirklich keine andere Möglichkeit, als Sie zu beauftragen, das Gelbgesicht zu überwachen.«

»Das leuchtet mir nicht ein«, entgegnete Kinki Yasuda, obwohl sie genau wußte, welche Antwort ihr der Oberst auf die Frage geben würde, die sie aus taktischen Gründen nun stellen wollte. »Warum geben Sie nicht Befehl, seine Wohnung in Kamakura und sein Zimmer im *Imperial* zu durchsuchen?«

Oberst Okada sah sie vorwurfsvoll an. »Wo sind Sie mit Ihren Gedanken, Yasuda-san. Sie wissen doch, daß intelligente Verbrecher ihr Arbeitsmaterial niemals in ihrer Nähe aufbewahren.«

Kinki Yasuda senkte die Lider. »Sie haben recht, Okada-san. Ich war unverzeihlich gedankenlos.«

»Was ich angesichts des Ihnen erteilten Auftrages verstehen kann«, erwiderte der Oberst nachsichtig. »Aber was hilft es: Sie müssen ihn ausführen. Für mich steht außer Frage, daß Mister Lee der Täter ist. Im Laufe meiner fast dreißigjährigen Praxis hat sich bei mir so etwas wie ein sechster Sinn entwickelt. Seit langem schon fühle ich, daß Mister Lee der Mann ist, den wir suchen. Denken Sie nur an Ihren Ausflug zum Yamanaka-See!«

»Damals kann er es aber nicht gewesen sein«, widersprach sie energisch.

»Gewiß, er persönlich scheidet in diesem Fall aus, weil wir wissen, daß er Sie nicht verlassen hat. Aber können Sie beschwören, daß er nicht mit irgendwelchen Komplicen arbeitet?«

»Natürlich nicht«, antwortete Kinki Yasuda nervös.

»Sehen Sie«, erwiderte der Oberst. »Und eben deshalb bin ich gezwungen, Sie einzuschalten. Tag und Nacht muß Mister Lee nun überwacht werden. Jeder Winkel in seiner Wohnung ist heimlich zu durchsuchen. Er muß ein Funkgerät, Chiffriertabellen und dergleichen haben. Achten Sie außerdem auf Henry Dymont. Ich habe das sichere Gefühl, daß zwischen ihm und dem Gelbgesicht eine enge

Verbindung besteht. Mich wird es jedenfalls nicht wundern, wenn sich herausstellen sollte, daß Mister Lee noch ganz andere Dinge auf dem Kerbholz hat.«

»Zum Beispiel?«

Der Chef der *Kempetai* erhob sich und ging einige Schritte auf und ab. »Sie kennen die Berichte unseres chinesischen Agenten. Wäre es nicht denkbar, daß Mister Lee der große Unbekannte ist, der die Nankinger Nachrichtenzentrale über Dinge informiert, von denen selbst wir nichts wissen?«

»Das kann ich mir nicht vorstellen«, antwortete Kinki Yasuda aus ehrlicher Überzeugung. »Wenn das der Fall wäre, müßte er Beziehungen zu unseren höchsten Beamten unterhalten. Und davon ist uns nichts bekannt.«

»Warten wir es ab«, entgegnete der Oberst vielsagend. »Für Sie beginnt jetzt eine schwere Zeit, in der Sie selbstverständlich von allen anderen Aufgaben befreit sind. Ich verspreche Ihnen aber, daß Sie Seiner Majestät, dem Kaiser *Hirohito*, auf dem nächsten Chrysanthemenfest im Schloß von Akasaka vorgestellt werden, wenn Sie den Ihnen heute übertragenen Auftrag zur Zufriedenheit lösen. Sie brauchen sich nicht regelmäßig zu melden, ich bitte jedoch darum, mich durch Anrufe auf dem laufenden zu halten.«

Kinki Yasuda wankte plötzlich.

»Ist Ihnen schlecht?« fragte Oberst Okada erschrocken.

Sie lächelte verkrampft. »Ich weiß nicht, was es war. Mit einem Male drehte sich alles. Aber es geht schon wieder.«

»Wirklich?« fragte der Chef der *Kempetai* besorgt.

»Ganz gewiß«, erwiderte sie und verneigte sich vor ihm.

Kinki Yasuda war dem Weinen nahe, als sie die Holzbaracke hinter dem Kaiserlichen Kriegsministerium verließ. Sie konnte nicht glauben, daß Kon-kim ein Mann war, der kaltblütig Schiffe in die Luft sprengte. Die Erinnerung an ihren gemeinsamen Ausflug zum Yamanaka-See aber wälzte sich wie ein Stein auf ihr Herz.

Er kann es nicht gewesen sein, beschwor sie sich. Ein Zufall ließ ihn an jenem Tag ausgerechnet zu der Zeit, in welcher der Funkspruch aufgenommen wurde, zur Werkstatt fahren. Und ein Zufall ist es heute, daß er eine Yacht besitzt. Was ist damit schon bewiesen? Nichts! Oberst Okada muß sich verrannt haben. Sein sechster Sinn spielt ihm einen Streich, der mir – Tücke des Schicksals – den

Weg in die Ehe öffnen wird. Denn nun bin ich beauftragt, mit allen mir zur Verfügung stehenden Mitteln zu kämpfen. Wer will es mir da verübeln, wenn ich an dem Tage, an dem sich herausstellt, daß Kon-kim nichts Unrechtes getan hat, in aller Offenheit erkläre: Ich habe meine Rolle so echt gespielt, daß ich mich tatsächlich verliebt habe.

Während ihre Augen noch gehetzt wirkten, lachte ihr Herz bereits der Zukunft entgegen. Am liebsten wäre sie sofort zu Kon-kim gelaufen, um ihm zu sagen: Geliebter, das Unwahrscheinliche ist eingetreten! Man hat mich beurlaubt. Ich kann nun immer bei dir sein.

In der Nacht konnte sie ihn natürlich nicht aufsuchen, aber sie fuhr gleich in der Frühe des nächsten Morgens zu ihm und weidete sich an seiner verdutzten Ungläubigkeit.

»Treib keinen üblen Scherz mit mir«, warnte er sie.

Sie lachte ihn an. »Habe ich dich jemals in deiner Wohnung besucht?«

»Weiß der Himmel, das hast du nie getan.«

»Dann müßte dir mein heutiges Erscheinen eigentlich eine Bestätigung sein.«

Er schloß sie in die Arme. »Dann werden wir uns als erstes ein Haus mieten!«

»Auf keinen Fall«, widersprach sie.

»Und warum nicht?«

»Weil ich vorerst nur beurlaubt bin. Ich möchte, daß wir eine Steigerungsmöglichkeit behalten, und bitte dich, erst ein Haus zu mieten, wenn ich endgültig entlassen bin.«

»Nun gut«, sagte er, da ihm ihre Auffassung gefiel. »Aber werden uns diese beiden Räume genügen?«

»Vollkommen«, antwortete sie.

Er sah sie verliebt an. »Ich habe ja auch noch mein Zimmer im *Imperial*, das ich natürlich gegen ein Doppelapartment tauschen werde.«

Dagegen erhob sie keinen Einwand, und nach einer kurzen Rücksprache mit dem alten Antiquitätenhändler, den sie um die Einwilligung baten, die von Kon-kim gemieteten Räume gemeinsam bewohnen zu dürfen, fuhren sie zunächst zu Kinki Yasudas Wohnung und anschließend nach Tokyo, wo es Kon-kim unschwer gelang, im *Imperial* zwei schöne geräumige Zimmer zu erhalten.

Innerhalb von wenigen Stunden hatte sich beider Leben von Grund auf gewandelt, und Kon-kim dachte an diesem Abend voller Befriedigung: Es ist gut, daß ich nicht gedrängt habe und die Zeit das ihre tun ließ. Wer unten steht, kann nur erhoben werden.

Traumhaft erschien ihm plötzlich alles. Wohin er mit Kinki Yasuda kam, stellte er sie stolz als seine zukünftige Frau vor.

Sie war ihm dankbar dafür, da es ihr nicht recht gewesen wäre, von seinen Bekannten als ›blumenhaftes Trostmädchen‹ angesehen zu werden. Unabhängig davon gab es ihr die Möglichkeit, dem Chef der *Kempetai* zu melden, daß Mister Lee es ihr sehr leicht gemacht habe, ihre Aufgabe zu übernehmen. Gleich beim ersten Treffen habe er sie gefragt, ob sie bereit sei, seine Frau zu werden, was sie unter den gegebenen Umständen selbstverständlich sofort bejaht hätte.

Der über ihr schnelles Handeln begeisterte Oberst lobte sie in den höchsten Tönen und versicherte ihr nochmals, sie dem Kaiser vorzustellen, wenn sie ihre Aufgabe zur Zufriedenheit löse.

Sehr unterschiedlich aber war das Reagieren von Kon-kims Freunden und Bekannten. Dory Dymont zerfloß vor Wonne, als sie Kinki Yasuda kennenlernte. Ihr Mann hingegen zeigte sich zurückhaltend. Er erinnerte an einen gutmütigen Hund, der eine Katze in seinem Korb entdeckt und nicht so recht weiß, wie er sich verhalten soll.

David Hamilton aber strahlte, als habe *er* und nicht sein Freund eine Eroberung gemacht. Ohne große Worte zu verlieren, umarmte er als *Bruder durch Zuneigung* seine *Schwester durch Zuneigung* und knurrte zufrieden: »Das muß gefeiert werden.«

Vera McLean wiederum verzog ihr Gesicht zu einem maliziösen Lächeln und sagte an Kinki Yasuda gewandt: »Wer hätte das gedacht. Ich sehe noch heute, wie Sie schüchtern an Deck des Schiffes standen und kein Wort hervorbringen konnten. Und nun diese Entwicklung. Mein Kompliment. Aber jetzt bitte ich mich zu entschuldigen: ich muß zum Friseur.«

»Vergiß die Gesichtspackung nicht!« rief David Hamilton hinter ihr her.

Vera McLean flog herum. Ihre Augen brannten wie glühende Kohlen.

»Beg your pardon«, wandte sich der Amerikaner an Kinki Yasuda. »Das war häßlich von mir. Seid froh, daß ihr euch gefunden habt. Euch steht die Sauberkeit auf der Stirn geschrieben. Ihr werdet niemals ...« Er unterbrach sich und machte eine wegwerfende Bewegung. »Kommt, ich lade euch zu einem Drink ein.«

Kinki Yasuda sah ihn bittend an. »Das sollten wir jetzt nicht tun.«

»Warum nicht?«

»Es könnte die Spannung erhöhen.«

»Sie hat recht«, kam ihr Kon-kim zu Hilfe. »Du hast Vera beleidigt.«

»Das ist meine Sache.«

»Natürlich. Aber gerade darum sollten wir nun nicht zusammen in die Bar gehen.«

»Okay. Ich verzichte, wenn ihr mir versprecht, heute abend mit uns zu essen.«

»Aber bitte keine neue Szene.«

»Was seid ihr doch für liebe Kinder«, erwiderte der Freund und benutzte die Gelegenheit, Kinki Yasuda nochmals zu umarmen.

Sie wußte nicht, wohin sie schauen sollte. Später jedoch, als sie mit Kon-kim die Hoteltreppe emporstieg, sagte sie beinahe verträumt: »Dav ist mir von allen der Liebste.«

Kon-kim nickte. »Mir auch. Unmittelbar nach ihm folgt Henry Dymont.«

»Hast du ihn hier kennengelernt?« fragte sie, da sie sich an den Hinweis erinnerte, den Oberst Okada ihr mit auf den Weg gegeben hatte.

»Ja«, erwiderte er, während er die Tür zu ihrem Apartment aufschloß. »Doktor Haji, von dem ich schon oft erzählte, gab mir ein Empfehlungsschreiben an ihn. Die beiden waren früher in Kalkutta zusammen.«

Seine Antwort klang so natürlich, daß sie beruhigt dachte: Oberst Okada täuscht sich auf der ganzen Linie. Mir soll es recht sein. Seine Fehlannahme gibt mir die Möglichkeit, über den Abgrund hinwegzukommen, den ich für unüberbrückbar hielt.

Das mit David Hamilton vereinbarte Abendessen verlief in einem bedrückend verbindlichen Gleichmaß: ohne Lachen, ohne anregende Unterhaltung und ohne Störung. Dabei gab sich jeder, auch Vera McLean, durchaus natürlich. Aber etwas Lähmendes lag in der Luft.

Kon-kim fühlte sich deshalb wie erlöst, als die Engländerin, die ein tief dekolletiertes giftgrünes Abendkleid trug, nach dem Dinner fragte: »Wollen wir den Mokka in der Bar trinken?«

»Gerne«, antwortete Kinki Yasuda, deren golddurchwirkter scharlachroter Kimono ihrem zarten Gesicht ein ätherisches Aussehen gab.

Sie erhoben sich, und David Hamilton, der während des Essens kaum gesprochen und einen zerstreuten Eindruck gemacht hatte, raunte Kon-kim zu: »Wir beide setzen uns für einen Moment an den Bartisch.«

»Das ist unmöglich«, erwiderte Kon-kim unauffällig. »Wir können Vera und Kinki nicht alleine lassen.«

Der Freund warf einen kurzen Blick zu Vera McLean hinüber und entgegnete gedämpft: »Rede keinen Quatsch und komm.«

Kon-kim begriff, daß David Hamilton ihm etwas sagen wollte, das die Engländerin nicht hören sollte. »Geh vor«, sagte er kaum hörbar. »Ich komme nach.« Dann führte er Kinki Yasuda und Vera McLean in eine vom Bartisch entfernt gelegene Nische und stellte sich erstaunt, als er sah, daß sein Freund auf einem Hocker Platz nahm.

»Dav scheint verrückt geworden zu sein«, sagte er an die Damen gewandt. »Entschuldigt mich einen Moment. Ich werde ihn holen.«

»Setzen wir uns doch alle an die Bar«, schlug Vera McLean vor.

»Das geht nicht«, erwiderte Kon-kim und wies auf Kinkis Kimono. »Außerdem hocken wir drüben wie die Hühner auf der Stange und können uns nicht richtig unterhalten.«

Die Engländerin nagte an ihren Lippen und blickte verbissen zu David Hamilton hinüber.

Kon-kim spürte, daß etwas nicht stimmte, und warf seiner Geliebten einen aufmunternden Blick zu. »Ich komme gleich wieder.«

Als er an den Bartisch herantrat, fuhr sich der Freund mit beiden Händen durch das Haar und fragte, ohne den Kopf zu wenden: »Hat Vera gemeutert?«

»Ein bißchen.«

»Whisky?«

»Bitte mit Soda.«

Der Amerikaner bestellte das Gewünschte und zog eine Zigarettenschachtel aus der Tasche. »Mich kotzt alles an.«

»Was nennst du: alles?«

»Vera, dieses Hotel, die Japaner... Ich glaube, ich haue ab.«

»Wohin?«

»Das weiß ich noch nicht. Wenn ich an deiner Stelle wäre, wüßte ich es. Dann würde ich Kinki in Watte packen und mit ihr so schnell wie möglich in eine Gegend fahren, in der die Japsen nichts zu sagen haben.«

»Und warum so schnell wie möglich?« erkundigte sich Kon-kim. Die Duplizität der Empfehlung machte ihn stutzig.

Der Amerikaner hob sein Glas. »Das solltest du selber wissen. Kinki ist ein Geschöpf, das auf dem Boden der Freiheit besser gedeiht als in einem Staat, der das Denken unter Kontrolle stellt. Haut also ab.«

»Damit ist noch nicht geklärt, warum du sagtest: So schnell wie möglich.«

»Siehst du denn nicht, daß Japan einen Kurs steuert, der über kurz oder lang zu einem neuen Weltkrieg führt!«

»Wieso?«

»Glaubst du etwa, daß wir Amerikaner uns alles gefallen lassen? Die Abwertung des Yen hat zu einem Dumping geführt, das uns mächtig zu schaffen macht. Die japanischen Preise sind jetzt so niedrig, daß niemand mehr dagegen ankommen kann. Dazu der neuerdings erfolgte Austritt aus dem Völkerbund... Ich sage dir: es dauert nicht lange, dann bumst es! Wozu also warten, wenn man es nicht nötig hat?«

Kon-kim konnte sich nicht des Eindruckes erwehren, daß andere Gründe den Freund bewogen, ihm die Abreise nahezulegen. Im Bestreben, ihn auszuhorchen, entgegnete er: »Möglich, daß du recht hast. Aber bevor es bumst, wird noch viel Wasser den Yang Tze hinabfließen.«

»Dennoch würde ich an deiner Stelle nicht warten, bis es soweit ist. Ich persönlich würde meine Siebensachen schon morgen pakken, wenn ich es könnte. Leider muß ich noch etliche Dinge abwikkeln.«

»Und was macht Vera McLean, wenn du Japan verläßt?« fragte Kon-kim in der Hoffnung, auf diese Weise eine Antwort auf die ihn bewegende Frage zu erhalten.

Der Amerikaner zuckte die Achseln. »Das weiß ich nicht und interessiert mich nicht. Wir können uns nicht mehr ausstehen.«

»Und bewohnt gemeinsam ein Apartment?«

David Hamilton leerte sein Glas. »Haßliebe«, sagte er und fuhr sich über den Mund, als wollte er einen ekelhaften Geschmack fortwischen. »Ja, so was gibt's. Das Leben macht mit einem, was es will.«

Kon-kim schüttelte den Kopf. »Sollte es nicht umgekehrt sein? Machen *wir* nicht mit dem Leben, was wir wollen? Ohne Sinn und Verstand, ohne Verantwortungsbewußtsein, ohne daran zu denken, was daraus wird?«

»Vielleicht.«

»Das Schlimmste tun wir uns doch selber an.«

Der Amerikaner nickte. »Etwas Ähnliches habe ich heute nachmittag auch gedacht.«

»Bei welcher Gelegenheit?« fragte Kon-kim. Er spürte, daß er an dem Punkt angelangt war, der den Freund innerhalb von wenigen Stunden so merkwürdig verändert hatte.

David Hamilton drückte seine Zigarette aus und warf einen Blick zu Vera McLean hinüber. »Ach, weißt du, ich sprach mit jemandem über einen Bekannten, der sorglos hätte leben können, sich aber unglücklich machte, weil er sich in Dinge mischte, die ihn nichts angingen. Jetzt kann ihm niemand mehr helfen. Du hast schon recht: das Schlimmste tun wir Menschen uns selber an. Und hinterher, wenn es uns dreckig geht, machen wir den lieben Gott verantwortlich.«

Kon-kim lachte. »Du bist wenigstens ehrlich.«

»Und in meiner Ehrlichkeit sage ich dir, daß Vera uns umbringen wird, wenn wir noch lange hier sitzen bleiben. Schau nicht zu ihr hinüber. Sie kocht vor Wut! Und beherzige meinen Ratschlag: Haut ab und genießt das Leben. Es kann so schön sein.«

Vera McLean konnte ihre Erregung wirklich nicht mehr verbergen, und Kon-kim, der unter den gegebenen Umständen kein Interesse daran hatte, weiterhin in der Bar zu sitzen, erklärte kurzentschlossen, noch einen Abendbummel über die erleuchtete *Ginza* machen zu wollen. Anstandshalber fügte er hinzu: »Habt ihr nicht Lust, mitzukommen?«

Die Engländerin wies auf ihr Abendkleid. »In diesem Aufzug?«

Er deutete auf seinen Smoking. »Ich muß mich auch umziehen.«

»Nein, danke«, entgegnete sie. »Ich mische mich nicht gerne unter das Volk.«

Er unterdrückte eine scharfe Erwiderung, verabschiedete sich und ging mit Kinki Yasuda davon.

Sie hatten den Raum kaum verlassen, da verlor Vera McLean die Beherrschung. »Worüber habt ihr gesprochen?« fuhr sie David Hamilton an.

»Über einen alten Bekannten«, antwortete er gelassen. »Was geht dich das überhaupt an?«

»Sehr viel«, erregte sie sich. »Wenn du Kon-kim erzählt hast, was wir heute nachmittag hörten...«

»Hältst du mich für blöd?« unterbrach er sie aufgebracht.

»Bestimmt nicht. Aber Kon-kim ist dein Freund, und Männer können sich Freunden gegenüber manchmal recht komisch verhalten.«

»Auch wenn der Betreffende einen womöglich geschädigt hat?«

»Womöglich? Er hat uns geschädigt! Ich fühle es!«

David Hamilton blickte gottergeben zur Decke empor. »Natürlich fühlst du es jetzt. Bis heute mittag war das aber nicht der Fall. Und was mich anbelangt: ich glaube nicht daran, daß Kon-kim etwas mit der Sache zu tun hat. Oberst Okada glaubt es ebenfalls nicht. Sonst hätte er ihn verhaften lassen.«

»Er steht immerhin unter Verdacht.«

»Wie jeder zur Zeit hier lebende intelligente Chinese. Und der Oberst hat uns nur informiert, weil er wissen wollte, ob wir mit Kon-kim über unsere Geschäfte gesprochen haben.«

»Er hat aber auch erklärt, daß wir künftighin jedem unnötigen Gespräch mit ihm aus dem Wege gehen sollen.«

»Deshalb habe ich mich ja an den Bartisch gesetzt«, konterte David Hamilton scheinheilig. »Wenn Kon-kim mir dorthin folgt, kann ich unmöglich sagen: ›Mach, daß du fortkommst. Du stehst im Verdacht, etliche Schiffe versenkt zu haben.‹«

Vera McLean blickte erschrocken um sich. »Noch ein bißchen lauter, und es können dich alle hören.«

»Das kommt dabei heraus, wenn du einen mit lächerlichen Verdächtigungen zur Weißglut bringst. Du tust ja geradeso, als wäre ich fähig, Kon-kim zu warnen.«

Sie erwiderte nichts, sondern kramte in ihrer Handtasche.

David Hamilton hielt es für angebracht, den Bogen nicht zu überspannen. »Komm, laß uns vernünftig sein«, sagte er mit einer fahrigen Bewegung. »Wir sind beide übernervös. Eines aber darfst du mir glauben: wenn sich herausstellt, daß Kon-kim unser Widersacher ist, liefere ich ihn ans Messer.«

Vera McLean zündete sich eine Zigarette an und blies den Rauch nachdenklich vor sich hin. »Das wäre nicht sehr klug«, sagte sie nach einer Weile.

»Und warum nicht?«

»Ist dein Freund nicht steinreich?«

Dem Amerikaner schoß das Blut in den Kopf; es gelang ihm jedoch, sich zu verstellen und einen vielsagenden Pfiff auszustoßen.

Sie lächelte. »Wie findest du den Gedanken?«

»Toll! Seit dann hast du ihn?«

»Er ist mir eben erst gekommen. Wenn du Kon-kim gegebenenfalls nicht der *Kempetai* übergibst, sondern ihn mir überläßt, werde ich ihm schon abnehmen, was wir brauchen.«

»Die Idee ist wirklich großartig«, erwiderte er anerkennend. »Ich verstehe nur nicht, warum du dich einschalten willst. Das kann ich doch selber machen.«

Ihr Lächeln wurde mokant.

»Als *Bruder durch Zuneigung*?«

»Damned, du hast recht. Ich muß in der Kulisse bleiben.«

Während Vera McLean noch über die Chance nachgrübelte, die sich ihr bieten würde, falls Kon-kim derjenige war, der die Schiffe versenkt hatte, verließ dieser mit Kinki das Hotel, um an den Auslagen der Hauptgeschäftsstraße entlangzubummeln. Er sah aber weder die verwirrende Vielfalt der Lichtreklamen noch die Buntheit der promenierenden Menschenmenge. Seine Gedanken weilten noch immer beim Gespräch mit David Hamilton, der ihm so dringend nahegelegt hatte, das Land der aufgehenden Sonne zu verlassen. Möglich, daß der Freund tatsächlich nur an die allgemeine politische Lage gedacht hatte. Aber konnten ihn nicht auch andere Gründe bewogen haben?

»Sollen wir für ein paar Tage fortfahren?« fragte er Kinki, die allen guten Sitten widersprechend neben ihm ging.

»Nur zu gerne«, antwortete sie beglückt.

»Und wohin?«

»An den Yamanaka-See«, erwiderte sie, um Gewißheit darüber zu gewinnen, ob Kon-kim sie seinerzeit getäuscht hatte oder nicht. Konnte er ihr die Autowerkstätte zeigen, die er damals angeblich aufgesucht hatte, dann war der letzte Zweifel an seiner Redlichkeit beseitigt. Gab es in dem betreffenden Dorf aber keine Reparaturwerkstatt...

Kinki Yasuda bereute plötzlich, den Vorschlag gemacht zu haben; sie sah aber keine Möglichkeit, ihn zu ändern, da Kon-kim ihr bereits begeistert zustimmte. Es gab kein Zurück mehr, und als sie am darauffolgenden Nachmittag den Yamanaka-See und das auf Pfählen in ihn hineingebaute Hotel erreichten, war sie so blaß, daß Kon-kim glaubte, durch ihre Haut hindurchsehen zu können.

»Dir fehlt doch etwas«, sagte er besorgt, als sie in dem Zimmer waren, in dem der Mondgott *Yüeh Lao Yeh* sie zusammengeführt hatte.

Sie schüttelte den Kopf. »Mir ist die Fahrt nicht bekommen. Wenn ich mich etwas ausgeruht habe, wird es mir wieder besser gehen.«

Er zog sie an sich. »Ist es wirklich kein anderer Grund?«

Sie lächelte schwach. »Ganz gewiß nicht. Mach einen Spaziergang oder fahre mit einem Boot hinaus. Ich würde jetzt gerne eine Weile allein sein.«

Kon-kim entsprach ihrer Bitte, und als er gegangen war, legte sie sich auf eine Rohrmatte und schloß die Augen, um zu versuchen, Klarheit in ihre Gedanken zu bringen. Sie gab sich keinen Illusionen mehr hin: Kon-kim hatte sie hinters Licht geführt. In dem von ihm bezeichneten Dorf gab es keine Autowerkstätte. Er mußte also derjenige sein, der den aufgefangenen Funkspruch abgesetzt hatte. Und damit stand fest, daß er ein Agent war. Wie sie selbst!

Die letzte Überlegung half ihr weiter. Kon-kim tut das gleiche wie ich, sagte sie sich. Beide erfüllen wir unsere Pflicht. Der Unterschied ist nur, daß wir verschiedenen Nationen angehören. Würde er mich der Gerechtigkeit ausliefern, wenn wir heute in China wären und er feststellen müßte, daß ich eine japanische Agentin bin?

Sie war der festen Überzeugung, daß Kon-kim ihr in diesem Fall sagen würde: Was ist das für eine Gerechtigkeit, der ich dich ausliefern soll. Unsere Tätigkeit unterscheidet sich nur durch ihre Vorzeichen. Es wäre unmenschlich, wenn wir uns gegenseitig verraten würden.

Kinki Yasuda rang mit sich. Sie dachte nur noch als Mensch und nicht mehr als Mitglied einer Nation. Es schien ihr plötzlich wichtiger zu sein, einen Menschen nicht zu enttäuschen, als einem Volk in Treue zu dienen. Und wenn sie hundertmal dafür bestraft werden sollte. Sie entschied sich für Kon-kim, obwohl sie wußte, daß sie sich damit aus dem Paradies verbannte, in dem sie bisher gelebt hatte. Von nun an mußte sie alles mit sich alleine ausmachen.

In den nächsten Tagen war sie oftmals nahe daran, Kon-kim zu bitten, mit ihr das Land zu verlassen. Sie fürchtete sich vor dem, was noch kommen konnte, ahnte aber auch, daß die *Kempetai* sofort aufhorchen und einschreiten würde, wenn einer von ihnen den Versuch machte, sich auf ein Schiff zu begeben.

Zu allem Übel erhielt sie bald darauf den Beweis dafür, daß ihr Geliebter tatsächlich der Akteur war, den Oberst Okada suchte. Es entging ihr nicht, daß Kon-kim eines Morgens, nachdem er eine belanglose Postkarte mit unleserlicher Unterschrift erhalten hatte, seine ursprünglich für diesen Tag gefaßten Pläne plötzlich fallenließ und erklärte, seinen Wagen in Yokohama durchsehen lassen zu müssen. Er brachte ihn auch tatsächlich in eine Werkstätte, suchte anschließend jedoch auffallend zielstrebig das *Café Verdi* auf, wo er ›zufällig‹ einen älteren häßlichen Herrn traf, den er ihr als Baron Tokugawa vorstellte.

Wie Schuppen fiel es ihr von den Augen, als sie diesen Namen hörte. Selbst wenn sie nicht bemerkt hätte, daß Kon-kim während der nachfolgenden belanglosen Unterhaltung die Zahl ›11‹ auf den Rand einer Zeitung notierte, die der Baron vor sich liegen hatte, würde sie am Abend, als er kurz vor elf Uhr erklärte, noch einen Spaziergang machen zu wollen, dennoch sofort gewußt haben, daß er beabsichtigte, den Baron aufzusuchen.

Sie ließ sich jedoch nichts anmerken und verbrachte eine unruhige Stunde, bis Kon-kim zurückkehrte, sich äußerst müde stellte und ihr gute Nacht wünschte.

Kinki Yasuda spürte, daß Kon-kims Gedanken anderswo waren. Er beabsichtigte auch nicht, sofort zu schlafen, sondern verfaßte im Geist einen Bericht, den er noch in dieser Nacht aufsetzen, chiffrieren und hinausfunken wollte. Zu wichtig erschien es ihm, was er von Baron Tokugawa erfahren hatte. Seinen Informationen zufolge mußte das vor längerer Zeit versuchte Attentat auf den Kaiser im Zusammenhang mit den erfolgten Ermordungen des Finanzministers Inouye sowie des Ministerpräsidenten Inukai gesehen werden. Hinter diesen Taten standen junge Offiziere, die eine Militärdiktatur zu errichten wünschten und den Plan hegten, einen Pakt mit Deutschland abzuschließen, der ihnen ein schnelleres und energischeres Vorgehen in China ermöglichen sollte. Ihr Endziel lautete: Schaffung eines großostasiatischen Wirtschaftsraumes unter japanischer Führung.

Während Kon-kim den Schlaf seiner Geliebten heimlich belauschte, grübelte er über das Ziel der jungen Offiziere nach, das er im Prinzip bejahte. Immer mehr gelangte er zu der Überzeugung, daß China eine Führung brauchte, die den Bruderkrieg unterbinden könnte.

Wohl eine halbe Stunde stellte Kon-Kim die unterschiedlichsten Überlegungen an. Dann prüfte er, ob Kinki Yasuda eingeschlafen war, und als er sich vergewissert hatte, daß sie ihn nicht hörte, erhob er sich behutsam und ging in den Nebenraum, in dem er seinen Bericht aufsetzte und verschlüsselte. Anschließend entschloß er sich nach kurzer Überlegung, ausnahmsweise einmal nicht von einer entlegenen Stelle, sondern direkt von Kamakura aus zu funken. Er wußte, daß das leichtsinnig war, wollte seine Geliebte aber nicht lange alleine lassen und sagte sich: Sollte man mich wirklich auspeilen und hierherkommen, wird man nichts finden, selbst wenn man das ganze Haus durchsucht. Mein Code ist ein englischer Roman, und das Schema, nach dem ich den Text verschlüssele, habe ich im Kopf.

Ohne ein Geräusch zu verursachen, schlich er über den Balkon in den Garten und von dort zu seinem Wagen, der wie immer seitlich neben dem Haus stand. Es dauerte nicht lange, bis er die Antenne ausgespannt hatte. Dann funkte er etwa sieben Minuten hindurch unter zweimaligem Frequenzwechsel.

Unglücklicherweise wählte er als erste Frequenz ausgerechnet jene, die bei seinem letzten Funkspruch aufgefangen worden war und seitdem Tag und Nacht überwacht wurde. Es dauerte nur Sekunden, bis alle Peiler in Aktion traten, und dieses Mal gelang es der Funküberwachungsstelle, den Standort des Senders so genau zu ermitteln, daß mit Bestimmtheit gesagt werden konnte: die Morsezeichen wurden am nordwestlichen Stadtrand von Kamakura ausgestrahlt.

Dennoch vergingen kostbare Minuten, bis der sofort informierte Chef der *Kempetai* die Ortspolizei von Kamakura verständigt und ihr den Auftrag erteilt hatte, unverzüglich das in Frage kommende Gebiet zu kontrollieren und festzustellen, in welchem Haus noch Licht brenne.

»Achten Sie dabei besonders auf das Anwesen des Antiquitätenhändlers!« hatte er noch hinzugefügt.

Keine Minute verging, bis zwei Beamte auf ihre Fahrräder sprangen und davonjagten. Ihre Feststellung war jedoch wenig ermutigend. Nirgendwo brannte Licht, und in dem mit besonderer Sorgfalt in Augenschein genommenen Haus des Antiquitätenhändlers war beim besten Willen nichts Verdächtiges zu entdecken.

Kon-kim aber, der unmittelbar nach Verlassen des Wagens zwei Gestalten auf Fahrrädern hatte kommen sehen, war ohne sich zu besinnen in den Garten und dort hinter einen Busch gesprungen, von wo aus er jedes Wort hörte, das die Beamten sprachen.

»Hier schlafen alle«, sagte einer von ihnen.

»Faß den Kühler des Wagens mal an.«

»Warum?«

»Damit wir sagen können, ob der Motor warm oder kalt war. Kennst doch die Neunmalklugen vom Sicherheitsdienst. Die gebärden sich wie Verrückte, wenn man ihnen nicht auf alles eine Antwort geben kann.«

Der Angesprochene trat an den Wagen. »Der Kühler ist kalt.«

»Dann schlafen die hier auch.«

Merkwürdige Logik, dachte Kon-kim. Die Kehle war ihm wie zugeschnürt. Kein Zweifel konnte darüber bestehen, daß man ihn ausgepeilt hatte. Ausgerechnet in dieser Nacht mußte das passieren! Vielleicht ist es aber auch mein Glück, sagte er sich. Wäre ich irgendwo hingefahren, würde ich bestimmt angehalten und der Wagen durchsucht worden sein. Das kann natürlich auch morgen noch geschehen. Es hilft nichts: das Funkgerät muß verschwinden. Kinki darf auf keinen Fall in Gefahr geraten.

Es dauerte lange, bis Kon-kim den Mut fand, sein Versteck zu verlassen. Als er einwandfrei festgestellt hatte, daß niemand in der Nähe war, ging er schnell zum Wagen, holte den Sender und die Antenne heraus, schlich in den Laden des Antiquitätenhändlers und verstaute die Sachen in einer von etlichen Dingen verstellten Sandelholztruhe, die seit Jahren unbenutzt in einer Ecke stand. Danach ging er erneut zum Wagen, um den doppelten Boden und die Steckdose zu entfernen, die ihm jahrelang gute Dienste geleistet hatten. Als er damit fertig war, verschmierte er die verbliebenen Bohrlöcher mit Sand und suchte den Garten auf, wo er das Bodenbrett unter einem Abfallhaufen verschwinden ließ.

Kinki Yasuda hatte während der ganzen Zeit auf dem Balkon gestanden, und ihr war weder das Gespräch der Polizeibeamten noch Kon-kims Wirken entgangen. Sie war aber nicht unzufrieden, dankte vielmehr dem Himmel dafür, daß ihr Geliebter Zelte abbrach, die er offensichtlich nicht neu errichten wollte.

Aber sie sagte ihm nicht, daß sie ihn beobachtet hatte, sondern stellte sich schlafend, als er über den Balkon in die oberen Räume zurückkehrte und sich behutsam ihrem Lager näherte.

Zu ihrer Verwunderung schlief Kon-kim beinahe augenblicklich ein, nachdem er sich neben sie gelegt hatte. Aus ihrer Verwunderung aber wurde Bewunderung, als er sie wenige Stunden später ohne die geringste Spur der Übernächtigung mit einem frisch klingenden ›Ohayo gozai masu – Guten Morgen‹ begrüßte.

»Hast du gut geschlafen?« fragte sie.

»Wie ein Murmeltier«, antwortete er, sich reckend. »Und ich habe geträumt, wir hätten Japan verlassen.«

Sie ahnte, daß er das nicht geträumt, sondern während seiner nächtlichen Aufräumungsarbeit gedacht hatte. Da sie befürchtete, er könnte einen entsprechenden Vorschlag machen, den sie unter allen Umständen ablehnen mußte, wenn sie die Aufmerksamkeit der *Kempetai* von ihm ablenken wollte, erwiderte sie mit trauriger Stimme: »Schade, daß dein Traum nicht jetzt schon wahr werden kann.«

Kon-kim erhob sich und schlüpfte in einen weiten *Hakimono*. »Warum sollte er noch nicht wahr werden können?«

»Weil ich vorerst nur beurlaubt bin.«

Er machte eine unwillige Bewegung. »Vorgesetzte hin, Vorgesetzte her: Wer will uns daran hindern, Japan zu verlassen?«

»Die Auswanderungsbehörde. Ohne ihren Stempel wird uns kein Schiff aufnehmen.«

»Und so was nennt sich Land der aufgehenden Sonne«, entgegnete er zynisch.

Sie überhörte diese Bemerkung und fragte, ob es nicht zweckmäßig sei, für ein paar Wochen ans Meer zu fahren und dort die Zeit abzuwarten, die noch verstreichen müsse, bis sie wegen ihrer endgültigen Freigabe vorstellig werden könne.

Davon wollte Kon-kim nichts wissen. Wenn er schon bleiben mußte, dann wollte er tätig sein. Er beabsichtigte zwar nicht, den Funkverkehr in absehbarer Zeit wieder aufzunehmen, wünschte jedoch, bis zu seiner insgeheim bereits in Aussicht genommenen Abreise noch so viel wie möglich zu erfahren.

Kinki Yasuda hingegen hatte nur noch den Gedanken, Kon-kim räumlich so weit wie möglich von Baron Tokugawa zu trennen und ihn mehr an David Hamilton und Vera McLean heranzuführen. Sie sagte deshalb: »Wenn du schon nicht an die See fahren willst, dann laß uns wenigstens eine Weile in Tokyo bleiben, damit wir Theater und Konzerte besuchen können und ich Gelegenheit habe, mich in unauffälliger Weise um die Beschleunigung meiner Freigabe zu kümmern.«

Damit war er sehr einverstanden, und er hatte auch großes Verständnis dafür, daß sie sich schon jetzt einige Kleider im westlichen Schnitt besorgen wollte.

Noch am gleichen Tage fuhren sie nach Tokyo, wo Kinki lange überlegte, ob sie Oberst Okada anrufen solle. In Anbetracht der Dinge, die sich in der letzten Nacht ereignet hatten, schien es ihr richtiger zu sein, sich zunächst nicht zu melden.

Aber kaum hatte sie das *Imperial* erreicht, da wußte sie, daß der Oberst sie zu sprechen wünschte. Im Vestibül saß ein ihr bekannter Agent der *Kempetai*, der eine Hand an sein Ohr legte, als sie an ihm vorüberging und damit zu verstehen gab, daß Oberst Okada um einen Anruf bitte.

Sie ließ sich jedoch Zeit und telefonierte erst in der Abendstunde, als Kon-kim mit David Hamilton die Bar aufsuchte.

»Ich konnte mich nicht eher melden«, sagte sie, nachdem die Verbindung zustande gekommen war.

»Ist Mister Lee in Ihrer Nähe?« fragte der Chef der *Kempetai*.

»Nein. Er sitzt mit seinem Freund zusammen.«

»Gut. Ich habe eine wichtige Frage: Wo waren sie heute nacht?«

»In Mister Lees Wohnung.«

»Ist etwas Besonderes vorgefallen?«

»Mir ist nichts bekannt.«

»Wann haben Sie sich zur Ruhe begeben?«

»Genau kann ich es nicht sagen«, erwiderte sie scheinheilig. »Es war spät geworden, da wir uns lange unterhalten hatten. Es dürfte zwischen zwölf oder ein Uhr gewesen sein.«

»Und er hat den Raum anschließend nicht verlassen?«

»Nein. Ich wäre Ihnen nun jedoch dankbar, wenn Sie mir sagen würden, worum es geht. Vielleicht kann ich Ihnen dann eine klare Auskunft geben.«

Oberst Okada zögerte.

»Um es kurz zu machen: der von uns kürzlich ausgepeilte Sender hat heute nacht wieder gearbeitet.«

»Um welche Zeit?«

»Kurz vor drei Uhr.«

Sie stöhnte. »Dann, Okada-san, wird mein Opfer umsonst gewesen sein.«

»Wäre es nicht denkbar, daß Mister Lee Sie heimlich verließ?«

Sie antwortete nicht sogleich. »Theoretisch selbstverständlich. Es wäre falsch, diese Möglichkeit auszuschließen. Aber überlegen Sie selbst, Okada-san: Kann ein Mensch, der neben Ihnen liegt, Ihr Zimmer verlassen und zurückkehren, ohne daß Sie es merken?«

»Es kommt darauf an, wie man schläft«, antwortete der Oberst ausweichend.

»Natürlich«, erwiderte sie. »Ich weiß aber, daß ich einen sehr leichten Schlaf habe.«

Der Oberst räusperte sich. »Wenn das der Fall ist, könnte es allerdings sein, daß ...«

»Sprechen Sie nicht weiter«, flehte sie. »Mein Opfer darf nicht umsonst gewesen sein. Vielleicht habe ich in der letzten Nacht tatsächlich fester als sonst geschlafen. Möglich wäre es, weil ich entsetzlich müde war.«

Es entstand eine Pause, nach der Oberst Okada sagte: »Sie sind sehr tapfer, Yasuda-san. Der Himmel segne Sie.«

Kinki Yasuda bedankte sich mit tränenerstickter Stimme. Hatte der Oberst nicht kürzlich gesagt: Wir wissenn doch, daß an Herz und Mitgefühl appellierende Lügen die größten Aussichten auf Erfolg haben, weil sie uns mitleiden machen und unser selbständiges Denken ausschalten.

Vera McLean konnte ihre Enttäuschung nur schlecht verbergen, als der Chef der *Kempetai* ihr und David Hamilton anläßlich einer neuerlichen Unterredung bedeutete, daß er den über Kon-kim geäußerten Verdacht nicht aufrechterhalten könne.

»Das verstehe ich nicht«, erwiderte sie erregt. »Vor ein paar Tagen waren Sie der festen Überzeugung, daß er und niemand anderer der Täter sein müsse.«

»Ich weiß«, entgegnete Oberst Okada. »Seitdem hat sich aber etwas ereignet, das darauf schließen läßt, daß Mister Lee nicht der Mann ist, den wir suchen. Jedenfalls hat er sich zu einem bestimmten Zeitpunkt anderswo befunden als dort, wo er sich hätte befinden müssen, wenn er...« Der Oberst unterbrach sich. »Für mich war es ein harter Schlag.«

Vera McLean war nicht gewillt, ihre bereits gehegten Hoffnungen ohne weiteres preiszugeben. »Sie halten Mister Lee für völlig entlastet?«

»Ich würde es Entlastung mangels Beweises nennen«, antwortete der Oberst. »Die mit der Angelegenheit betraute Agentin gibt zu, daß die Möglichkeit einer Täuschung besteht.«

Der Hinweis auf die Agentin ging Vera McLean nicht aus dem Kopf. Sie glaubte plötzlich zu wissen, wer diese Agentin war, aber sie schwieg, weil sie über ihre Vermutung nicht in Gegenwart von David Hamilton sprechen wollte. Wenn sie sich nicht täuschte, ergab sich für sie eine ungeahnte Möglichkeit, Kon-kim vermittels einer Intrige in die Hand zu bekommen.

Gleich auf dem Rückweg zum Hotel begann sie mit der Durchführung ihres jäh gefaßten Entschlusses. Mit der Begründung, noch einige Einkäufe tätigen zu müssen, bat sie David Hamilton, sie an der *Ginza* abzusetzen. Doch kaum hatte er ihrer Bitte entsprochen, winkte sie ein Taxi heran, mit dem sie unverzüglich zum Kaiserlichen Kriegsministerium zurückkehrte.

Der Chef der *Kempetai* war erstaunt, als ihm die Engländerin erneut gemeldet wurde. Seine Verwunderung steigerte sich aber noch, als sie mit einem süffisanten Lächeln erklärte, daß er gewiß nicht erraten könne, weshalb sie ihn nochmals und nunmehr ohne Mister Hamilton aufsuche.

Er bestätigte ihr, daß er wirklich keine Vermutung habe.

»Möglich, daß Sie gleich über mich lachen werden«, entgegnete sie leichthin, während sie Platz nahm und ein Bein über das andere schlug. »Es könnte aber auch anders sein, und aus diesem Grund hielt ich mich für verpflichtet, Sie erneut aufzusuchen.«

»Ich würde mir niemals erlauben, über Sie zu lachen«, versicherte der Oberst.

Sie zupfte an ihrem Rock. »Ihre vornehme Art macht es mir leicht, mit Ihnen über das zu sprechen, was mich vorhin aufhorchen und nach einigen Überlegungen zurückkehren ließ. Sie erwähnten eine Agentin, die zugibt, daß sie sich getäuscht haben könnte, nicht wahr?«

Das Gesicht des Obersten wurde maskenhaft. »Ja, das tat ich.«

»Gehe ich fehl, wenn ich annehme, daß es sich dabei um eine Agentin handelt, die den Auftrag erhielt, Mister Lee zu ›beschatten‹?«

»Ich weiß nicht, worauf Sie hinauswollen, aber Ihre Vermutung ist richtig.«

»Dann dürfte diese Agentin Kinki Yasuda heißen«, triumphierte Vera McLean.

»Kinki Yasuda?« wiederholte der Chef der *Kempetai* den Namen, ohne die geringste Verwunderung zu zeigen. »Wer ist das?«

Vera McLeans Überlegungen brachen wie ein Kartenhaus zusammen. »Sie kennen sie nicht?«

»Nein. Ich höre den Namen zum erstenmal.«

»Dann war mein Weg umsonst«, erwiderte sie kleinlaut. »Schade. Mir kam der Gedanke, Kinki Yasuda sei Ihre Agentin. Wäre das der Fall gewesen...« Sie unterbrach sich, bat um Entschuldigung für die Störung und erhob sich.

Der Oberst begleitete sie zur Tür. »Es tut mir leid, daß Sie sich vergeblich hierher bemüht haben. Aber es würde mich interessieren zu erfahren, wer jene Kinki Yasuda ist.«

Vera McLeans Lippen nahmen einen spöttischen Ausdruck an. »Ein junges Mädchen, das Mister Lee auf der Überfahrt nach Japan kennenlernte und das er mit einem Male überall als seine zukünftige Frau vorstellt.«

»Eine Japanerin?« fragte Oberst Okada.

»Ja.«

»Und wie kommen Sie darauf, daß dieses Mädchen meine Agentin ist?«

»Weil jene Kinki Yasuda, die man jahrelang nicht an Lee Konkims Seite sah, genau zu dem Zeitpunkt auftauchte, da Sie uns erklärten, daß Mister Lee verdächtig sei.«

»Ah, ich verstehe«, erwiderte der Oberst. »Ich durchschaue nur Ihre weiteren Gedankengänge nicht. Was würden Sie mir empfohlen haben, wenn dieses Mädchen meine Agentin gewesen wäre?«

Vera McLean schnippte mit dem Finger. »Ihr nichts mehr zu glauben!«

Der Chef der *Kempetai* stutzte. »Und warum nicht?«

»Weil Mister Lee einen Charme besitzt, dem jede Frau erliegt. Auch eine Agentin. Ich erinnere mich noch genau an den Abend, an dem ich ihn kennenlernte. Wie er die Hände vor der Brust gegeneinanderlegte, das war faszinierend. Doch genug der Schwärmerei über einen Mann, der mir womöglich ein Vermögen raubte.«

Der Oberst lächelte säuerlich.

Vera McLean reichte ihm die Hand. »Ich bitte nochmals darum, die Störung zu entschuldigen. Im übrigen bin ich nach wie vor der Überzeugung, daß Lee Kon-kim der Mann ist, den Sie suchen. Mister Hamilton ist natürlich anderer Meinung. Aber die beiden sind ja schließlich Freunde.«

Vera McLean war nicht unzufrieden, als sie die Holzbaracke der *Kempetai* verließ. Sie glaubte, zumindest das Vertrauen Oberst Okadas zu David Hamilton erschüttert zu haben. Auch konnte sie sich nicht des Gefühls erwehren, daß der Oberst ihr etwas vorgeschwindelt hatte. Sein Interesse an ihren Überlegungen war zu groß gewesen. Es bestand durchaus die Möglichkeit, daß Kinki Yasuda doch seine Agentin war.

Der Gedanke erregte sie sehr. All ihre Überlegungen kreisten nur um die Frage, wie sie ohne David Hamilton gegen Kon-kim vorgehen könnte.

Dem Amerikaner aber war nicht entgangen, daß Vera McLean, unmittelbar nachdem er sie abgesetzt hatte, ein Mietauto herbeiwinkte. Er hatte es im Spiegel seines Wagens gesehen, und ein ungutes Gefühl veranlaßte ihn, das Vorzimmer des Chefs der *Kempetai* anzurufen und auf gut Glück zu fragen, ob sich die Engländerin bei Oberst Okada aufhalte.

Der Adjutant bedeutete ihm, daß sie das Haus bereits wieder verlassen habe, woraufhin David Hamilton erklärte, daß sie dann sicherlich schon auf dem Weg zu ihm sei.

Dem Adjutanten kam die Rückfrage merkwürdig vor. Er informierte deshalb den Oberst, der verwundert die Lippen spitzte.

»Da stimmt etwas nicht«, sagte er. »Vera McLean hat durch eine beachtliche Kombination herausgefunden, daß Kinki Yasuda unsere Agentin ist, was ich natürlich abgestritten habe. Sie suchte mich auf, um mich mißtrauisch zu machen.«

»Gegen Yasuda-san?« fragte der Adjutant empört.

»Ja. Bis zu diesem Augenblick maß ich der Sache keine Bedeutung bei, weil ich glaubte, daß Eifersucht die Veranlassung gewesen sei. Der Anruf des Amerikaners läßt die Sache jedoch in einem anderen Licht erscheinen. Zweifellos wollte er feststellen, ob Vera McLean erneut bei mir war. Er hatte also eine dahingehende Vermutung, und da er ein Freund Mister Lees ist, muß ich annehmen, daß er befürchtet, Vera McLean könnte mir etwas sagen, das diesen belastet. Da die Engländerin aber vor Kinki Yasuda warnte, besteht die Möglichkeit, daß er gerade dies befürchtete, und das würde bedeuten, daß mit Yasuda-san tatsächlich etwas nicht in Ordnung ist. Auf jeden Fall dürfen wir die Warnung nicht unbeachtet lassen.«

Die Augen des Adjutanten weiteten sich. »Ich kann mir nicht vorstellen...«

»In unserem Beruf kommt man nur weiter, wenn man sich alles vorstellen kann«, unterbrach ihn der Oberst zurechtweisend. »So furchtbar es ist: ich habe schon einmal einen General verhaften lassen müssen. Wer gibt mir eine Garantie dafür...« Er schwieg plötzlich, als wage er es nicht, den Satz zu Ende zu sprechen. »Verbinden Sie mich mit unserer Außenstelle in Hakodate. Wir müssen Yasuda-san von Agenten überwachen lassen, die sie nicht kennt.«

Oberst Okada liebte keine Halbheiten. Nicht weniger als sechs Agenten und Agentinnen erhielten den Auftrag, Lee Kon-kim und Kinki Yasuda zu ›beschatten‹. Was diese im Verlauf der nächsten vierzehn Tage meldeten, stimmte jedoch absolut mit den Berichten überein, die Yasuda-san telefonisch erstattete. Nichts deutete darauf hin, daß sie auch nur das geringste verschwieg. Mister Lee schien wirklich der Mann zu sein, den sie von Anfang an geschildert hatte. Er arbeitete nicht, fuhr viel spazieren, segelte gelegentlich mit den Generalstabsoffizieren Maeda und Hirai, traf in dieser Zeit aber nicht ein einziges Mal mit Henry Dymont zusammen.

Das von der Engländerin geweckte und durch den Anruf des Amerikaners geschürte Mißtrauen begann schon zu schwinden, als einer der eingesetzten Agenten den Oberst eines Nachmittags von einem öffentlichen Fernsprecher aus Kamakura anrief und ihm mitteilte, daß General Maeda kurz vor drei Uhr im Hotel *Imperial* erschienen sei und nach Mister Lee gefragt habe.

»Der Besuch des Generals machte mich an sich noch nicht stutzig«, berichtete er. »Aber unmittelbar nach dem Gespräch, das ungefähr fünf Minuten dauerte und an dem auch Yasuda-san teilnahm, erklärte Mister Lee, wie ich im Vorbeigehen hörte, daß er nach Kamakura fahren müsse, um etwas zu holen, das er vergessen habe mitzunehmen. Um was es sich handelte, kann ich nicht sagen. Ich gewann jedoch den Eindruck, daß Yasuda-san mit der Fahrt nicht ganz einverstanden war. Mister Lee muß sich aber durchgesetzt haben, denn sie fuhren wenige Minuten später nach Kamakura, wo sie sich zur Zeit im Haus des Antiquitätenhändlers aufhalten.«

»Gut«, erwiderte der Oberst. »Besteht die Möglichkeit, daß Ihre Verfolgung bemerkt wurde?«

»Nein. Ich konnte genügend Abstand halten.«

»Lassen Sie Ihren Wagen dennoch in Kamakura stehen, und benützen Sie auf dem Rückweg ein Taxi.«

Der Agent legte den Telefonhörer auf und begab sich zum *Kwannon*-Tempel, von dem er das Haus des Antiquitätenhändlers gut beobachten konnte. Es dauerte nicht lange, bis er sah, daß Kon-kim und Kinki Yasuda zu ihrem Wagen zurückkehrten und davonfuhren. Dabei entging es ihm nicht, daß Kon-kim ein Buch bei sich trug, das er achtlos auf den rückwärtigen Sitz warf, und er bildete sich ein, daß seine Begleiterin einen bedrückten Eindruck machte.

Kinki Yasuda war tatsächlich wie gelähmt. Sie ahnte, warum ihr Geliebter den englischen Roman unbedingt noch an diesem Abend haben wollte. Das Buch mußte der Code sein, nach dem er seine Funksprüche verschlüsselte. Sie hatte längst festgestellt, daß er über keine Chiffriertabellen verfügte. Und die Tatsache, daß er den sonst nie beachteten Roman nach der mit dem General geführten Unterredung plötzlich zu lesen wünschte, sagte ihr genug. Ihm schien es nur darum zu gehen, der Heimat so schnell wie möglich mitzuteilen, daß General Maeda, der sich wegen eines ihm jäh übertragenen Kommandos in aller Eile bei Kon-kim verabschiedet hatte, beauftragt worden war, sich mit zwanzigtausend Mann nach Shanghai einzuschiffen. Aus der Internationalen Siedlung heraus sollte er einen großangelegten Angriff auf Nanking starten.

So schmerzlich es für Kinki Yasuda war, sie konnte verstehen, daß Kon-kim die im Überschwang von General Maeda gemachte Andeutung über den geplanten Angriff auf den Sitz der Regierung Tschiang Kai-scheks noch in dieser Nacht seinen Landsleuten zur Kenntnis bringen wollte. Aber lief er nicht Gefahr, erneut ausgepeilt zu werden? Und durfte sie tatenlos zusehen, daß eine Meldung in den Äther gejagt wurde, die für Tausende von Japanern den Tod bedeutete?

Der Gedanke, daß Kon-kim sein Funkgerät nicht mitgenommen hatte, beruhigte sie. Aber bestand nicht die Möglichkeit, daß er in Tokyo über einen zweiten Sender verfügte? Im Bestreben, ihren Geliebten von einer für ihn gefährlichen und für ihr Land verhängnisvollen Aktion abzuhalten, bat sie ihn während der Rückfahrt, ihr einmal einen richtig turbulenten Abend zu schenken: in europäischer Kleidung, mit Tanz, Champagner und Ausgelassenheit.

Ihr Vorschlag kam ihm wie gerufen. Sie ist keine Getränke gewöhnt und wird somit anschließend abgrundtief schlafen, dachte er. Ich kann dann in aller Ruhe arbeiten und brauche nicht zu befürchten, daß sie aufwacht, bevor ich wieder im Hotel bin.

»Eigentlich wollte ich heute abend ja lesen«, antwortete er nach kurzem Zögern. »Aber ich will kein Spielverderber sein. Wenn es dir Spaß macht, wird heute gefeiert.«

Sie lehnte erleichtert ihren Kopf an seine Schulter. »Welches Kleid soll ich anziehen? Das helle oder das dunkle?«

Er warf ihr einen verliebten Blick zu. »Das, in dem du am verführerischsten aussiehst. Wir werden im *Zakuro* essen und später einen Nacht-Club aufsuchen.«

Sie klatschte vor Freude in die Hände. »Dann schlage ich das *Casino Tokyo* vor, von dem ich schon viel gehört habe.«

Kon-kim war es recht, und beide gerieten in eine ausgelassene Stimmung, als sie nach dem Dinner das exquisite Tanzlokal aufsuchten und sich eine Flasche Champagner bestellten.

Kinki Yasuda war kaum wiederzuerkennen. Das enganliegende schwarze Seidenkleid betonte ihre zarten Körperformen, und ihr volles, nun in europäischer Weise gestecktes Haar gab ihr ein irgendwie sinnliches Aussehen. Schwierigkeiten bereiteten ihr jedoch die Schuhe mit den ungewohnten Absätzen, die ihr das Tanzen unmöglich machten. Aber sie war nicht traurig darüber, da es ihr gelungen war, Kon-kim von einem Unternehmen fernzuhalten, das er zweifellos in dieser Nacht hatte durchführen wollen. Außerdem mundete ihr der Champagner ganz ausgezeichnet. Sie fühlte sich beschwingt und losgelöst.

»Bist du zufrieden?« fragte Kon-kim belustigt, als er erkannte, daß Kinki Yasuda einen kleinen Schwips bekommen hatte, der sie vergnügt vor sich hin lachen ließ.

»Sehr«, erwiderte sie. »Wir sollten des öfteren in einen Nacht-Club gehen. Hier scheinen alle Menschen verliebt zu sein. Wie du und wie ich. Dabei ist das unmöglich. Es kann einfach niemand so verliebt sein, wie wir es sind. Oder?«

»Ganz gewiß nicht«, antwortete er und gab dem Kellner zu verstehen, noch eine Flasche zu bringen. »Wir bilden selbstverständlich eine Ausnahme, müssen aber anerkennen, daß auch andere Liebespaare Ausnahmen bilden können.«

Sie sah ihn aus geweiteten Augen an. »Das verstehe ich nicht.«

Er streichelte ihre Hand. »Jedes wirklich verliebte Paar wird der Auffassung sein, daß es auf der ganzen Erde nicht seinesgleichen gibt. Und das stimmt, weil jeder Mensch in seiner Art einmalig ist. Also auch jedes Liebespaar.«

»Jetzt hörst du aber auf«, schalt sie ihn. »Wer Empfindungen seziert, wirkt desillusionierend. Es bleibt dabei, daß wir eine Ausnahme bilden.«

Er lachte und hob sein Glas. »Du hast so recht, daß wir darauf anstoßen müssen.«

Kinki Yasuda strahlte und bemerkte nicht, daß Kon-kim kaum trank und sein Glas beim Absetzen mit einer unauffälligen Bewegung im Eiskübel entleerte.

Eine der vom Chef der *Kempetai* eingesetzten Agentinnen aber sah dies und verließ daraufhin für eine kurze Weile den Raum, um Oberst Okada über Kon-kims Verhalten in Kenntnis zu setzen.

Der Oberst kombinierte sogleich richtig. »Das Gelbgesicht scheint Yasuda-san betrunken machen zu wollen«, sagte er seinem Adjutanten, den er unmittelbar nach Erhalt der Information anrief. »Das bedeutet, daß er noch heute etwas unternehmen will.«

»Und daß Yasuda-san auf unserer und nicht auf seiner Seite steht!« entgegnete der Adjutant wie erlöst.

»Bravo!« erwiderte der Oberst. »Verständigen Sie sogleich den Offizier vom Dienst, die Peilstationen und alle Amateurfunker. Und alarmieren Sie auch die Motorradstaffel. In spätestens einer halben Stunde bin ich im Amt.«

Kon-kim achtete weder auf die Japanerin, die in der Nähe seines Tisches saß, noch auf den Herrn, der diese einige Male zum Tanz aufforderte und sich schließlich zu ihr setzte. Es entging ihm daher, daß beide wenig miteinander sprachen, sich aber bedeutungsvoll ansahen, als er seiner immer ausgelassener werdenden Geliebten eine weiße Tablette reichte und ihr empfahl, sie unzerkaut zu schlucken.

»Aber warum denn?« fragte Kinki Yasuda abwehrend. »Ich fühle mich so frisch wie ein Fisch im Wasser.«

»Ich weiß«, erwiderte er beinahe väterlich. »Du sollst das Medikament ja auch nur nehmen, damit du morgen früh keine Kopfschmerzen hast.«

Sie entsprach seiner Bitte und schluckte die harmlose Schlaftablette, die er eingesteckt hatte, um sie ihr kurz vor dem Verlassen des Nacht-Clubs zu geben. Er glaubte zwar, daß seine Geliebte nach dem ungewohnten Genuß des Champagners auch ohne Medikament fest schlafen würde, hielt es aber für richtiger, ein übriges zu tun.

Bald darauf führte er Kinki, der das Gehen auf den Absätzen nun besonders schwerfiel, zum Wagen, in dem sie aufseufzend Platz nahm.

»Ich ziehe die Schuhe aus und gehe auf Strümpfen durch die Hotelhalle«, sagte sie voller Übermut, als er angefahren war.

»Tu das!« erwiderte er mit einem Blick auf die Wagenuhr. »Es ist halb zwölf. Um diese Zeit werden nur noch wenige Gäste in der Halle sitzen.«

Sie scheute sich tatsächlich nicht, mit den Schuhen in der Hand durch das Vestibül zu gehen.

»Wir bilden eben in jeder Hinsicht eine Ausnahme«, sagte sie an einen Herrn gewandt, der ihnen entgegenkam und voller Verwunderung stehenblieb. »In jeder Hinsicht!« bekräftigte sie und schwenkte ihre Schuhe.

Der Hotelgast verneigte sich. »Wenn ich Ihr Gatte wäre, würde ich Sie jetzt tragen.«

Das ließ sich Kon-kim nicht zweimal sagen. »Herzlichen Dank für den Hinweis«, entgegnete er, hob Kinki auf die Arme und trug sie unter dem Applaus aller Anwesenden die Treppe empor.

In ihrem Zimmer angekommen, legte er sie auf ihr Bett, und es dauerte nicht lange, bis sie mit einem Lächeln auf den Lippen eingeschlafen war.

Eine Weile blieb er noch bei ihr stehen, dann ging er in das Bad, um sich zu erfrischen. Anschließend schaute er nochmals nach ihr, und nachdem er sie behutsam zugedeckt hatte, suchte er den Wohnraum auf, in dem er fast eine Stunde damit beschäftigt war, einen Bericht über den bevorstehenden Angriff auf Nanking zu verschlüsseln.

Währenddessen wurde der im *Imperial* eingesetzte Agent der *Kempetai*, der aufgrund einer ihm von Oberst Okada übermittelten Information mit einem baldigen Wiederauftauchen Kon-kims gerechnet hatte, von Minute zu Minute nervöser. Immer erneut trat er vor den Hoteleingang, um sich zu vergewissern, ob Kon-kims Wagen auch noch vorhanden sei. Als schließlich eine Stunde verstrichen war, suchte er die Telefonzelle auf, um den Oberst davon in Kenntnis zu setzen, daß sich noch nichts ereignet habe.

»Das brauchen Sie mir nicht mitzuteilen«, fuhr ihn der inzwischen ebenfalls unruhig gewordene Chef des Geheimdienstes ungnädig an. »Ihre Aufgabe ist es, mich anzurufen, sobald das Gelbgesicht auftaucht.«

Der Agent begab sich verärgert in die Bar, von der das Vestibül gut zu übersehen war, doch gerade diesem Umstand verdankte es Kon-kim, daß er kurz darauf das Hotel verlassen konnte, ohne bemerkt zu werden. Um auf keinen Fall mit David Hamilton zusammenzutreffen, der sich zu später Stunde vielfach in der Bar aufhielt, wählte er nicht den Hauptausgang des *Imperial*, sondern die zum *Hibiya*-Park führende Westpassage. Die Folge war, daß er sich bereits in Kamakura befand, als der Agent auf einem neuerlichen Kontrollgang das Fehlen von Kon-kims Wagen bemerkte.

Damit hatte Kon-kim einen Vorsprung erreicht, der nicht mehr einzuholen war. Er verstaute schon das geräuschlos aus der Sandelholztruhe des Antiquitätenhändlers hervorgeholte Funkgerät im Kofferraum seines Wagens, als der völlig verdatterte Agent dem Chef der *Kempetai* die Hiobsbotschaft meldete. Und noch bevor dieser eine Gegenmaßnahme einleiten konnte, fuhr Kon-kim nach Enoshima, wo er unangefochten die Leinen seiner Yacht löste, den Motor anließ und sich mit zunächst gedrosselter Kraft von der Küste entfernte.

Nachdem er etwa zwei Meilen zurückgelegt hatte, arretierte er das Steuer, gab Vollgas und begann mit dem Ausspannen der Antenne. Wenig später drückte er versuchsweise einige Male auf die Morsetaste, und als er sah, daß der Zeiger seines Amperemeters vorschriftsmäßig ausschlug, stellte er den Motor ab und ließ das Boot treiben. Er funkte jedoch nicht sofort, sondern schaute zum glasklar leuchtenden Himmel empor, als suche er hinter den Sternen das Bild Kinki Yasudas, deren Lippen bei seinem Fortgang immer noch gelächelt hatten.

Wir werden Japan bald verlassen, dachte er, während er seinen Kopfhörer aufsetzte. Und dann wird es keine Lügen, kein Versteckenspiel und keine Schlaftabletten mehr geben.

Mit geübtem Griff befestigte er die von ihm vorbereitete Meldung auf dem Boden der Yacht, richtete die Taschenlampe darauf und begann zu funken.

Im selben Augenblick verließ ihn das Glück, das ihn jahrelang begleitet und geschützt hatte. Schon der erste Ton, den er in den Äther jagte, wurde von einem Amateurfunker aufgefangen, der sofort die Funküberwachungsstelle anrief, die ihrerseits innerhalb weniger Sekunden sämtliche Peiler und die Zentrale der *Kempetai* verständigte. Es dauerte keine zwei Minuten, bis der Standort des Senders ermittelt war.

Oberst Okada, der sich auf den Weg nach Kamakura begeben hatte, erhielt die Meldung am Stadtrand von Yokohama durch einen Beamten der dortigen Polizeidienststelle. Er raste sogleich weiter, da er annahm, daß sein engster Mitarbeiter ebenfalls die vorsorglich nach Kamakura entsandte motorisierte Staffel informiert und an die zur Villa Henry Dymonts gehörige Bootsanlegestelle beordert hatte.

Seine Vermutung war richtig. Der Adjutant hatte an alles gedacht, sogar daran, den in der Bucht von Tokyo patrouillierenden Küstenbooten Anweisung zu geben, eine eventuell gesichtete Motoryacht keinesfalls zu behelligen, damit ihr Besitzer nicht dazu verleitet werde, belastendes Material über Bord zu werfen.

Und doch waren es gerade die gut überlegten und absolut richtigen Anordnungen, die Kon-kim in letzter Minute retten sollten. Denn als er seinen Funkspruch abgesetzt hatte und sich im beginnenden Morgengrauen mit gedrosseltem Motor der Küste näherte, entdeckte er eine Motorradkolonne, die in wahnwitzigem Tempo über die lange Holzbrücke nach Enoshima fuhr.

Das kann nur eine Polizeieinheit sein, dachte er erschrocken und warf im nächsten Moment das Steuer herum, um mit Vollgas zurückzujagen.

Sein Herz klopfte bis zum Zerspringen, aber noch während er sich fragte, ob man ihn gesehen haben könne, flogen sein Sender und die säuberlich zusammengerollte Antenne in das Meer. Dann suchte er den Horizont nach Küstenbooten ab, und erst als er weit und breit kein Positionslicht entdeckte, wurde ihm wieder wohler zumute. Im Schutz der wie ein mächtiger Kürbis aus dem Wasser herausragenden Insel steuerte er auf die offene Bucht hinaus, so daß es aussah, als wolle er die gegenüberliegende Küste erreichen. Nachdem er jedoch etwa zehn Meilen zurückgelegt hatte und wußte, daß er keinesfalls mehr beobachtet werden konnte, änderte er die Richtung und nahm geradenwegs Kurs auf Atami. Wenn die Motorradkolonne seinetwegen nach Enoshima entsandt worden war, stand ihm nur noch wenig Zeit zur Verfügung. Er vermutete, daß man seinen Funkspruch aufgefangen und den Sender ausgepeilt hatte. Die einzige Chance, zu entkommen, bestand jetzt darin, so schnell wie möglich einen entlegenen Küstenstreifen anzusteuern, die Yacht zu versenken, an das Ufer zu schwimmen und sich auf eine entbehrungsreiche Zeit einzustellen.

Doch so klar Kon-kim erkannte, was er tun mußte, so unklar und verworren waren seine Überlegungen hinsichtlich Kinki Yasudas. Was mochte sie denken, wenn sie wach wurde und sah, daß er auf und davon war? Unablässig kreisten seine Gedanken um sie, bis er sich angesichts der näher kommenden und immer heller werdenden Küste gewaltsamm zwang, nur noch an die vor ihm liegende Aufgabe zu denken.

Mit dem an Bord befindlichen Fernglas suchte er das Ufer ab, an dem er wenige Meilen vor Atami eine bewaldete, unbewohnte Landzunge entdeckte, die er beherzt ansteuerte, bis ihn höchstens noch fünfhundert Meter von der Küste trennten. Hier drosselte er den Motor, nahm eine Axt aus der Werkzeugkiste und stieg in die Kajüte hinab, in deren Boden er mit kräftigen Hieben ein Loch schlug, durch das augenblicklich Wasser eindrang. Anschließend zertrümmerte er auch die Seitenwände an mehreren Stellen, so daß die Yacht binnen kurzem sinken mußte. Dann kletterte er eilig wieder an Deck, brachte den Motor noch einmal auf volle Touren und steuerte die äußerste Spitze der Landzunge an.

Knapp hundert Meter vor dem mit Bäumen und Sträuchern dicht bestandenen Ufer schaltete er die Zündung aus, und noch während das bereits träge werdende und schon sichtbar tiefer im Wasser liegende Boot auslief, sprang er über Bord und schwamm der rettenden Küste entgegen, die er mühelos erreichte.

Er glaubte Glück im Unglück gehabt zu haben, als er zu der immer schneller sinkenden Yacht hinüberblickte. Wenn sein Kurswechsel nicht beobachtet worden war, durfte er hoffen, daß man ihn auf der anderen Seite der Bucht und nicht zwischen Atami und Enoshima suchen würde.

Daß seine Vermutung richtig war, bewies das Reagieren des Chefs der *Kempetai*, der in ohnmächtiger Wut den Führer der Motorradstaffel anschrie, als er die zur Villa Henry Dymonts gehörige Anlegestelle erreichte und erfuhr, daß sein beinahe schon greifbar gewesenes Opfer in letzter Sekunde gewendet hatte. »Sie haben ihn vertrieben!« tobte er mit sich überschlagender Stimme.

»Wir erhielten den Auftrag, so schnell wie möglich hierherzufahren und den Inhaber der Yacht zu verhaften«, verteidigte sich der Staffelführer. »Wenn wir ein paar Minuten später gekommen wären, hätten wir ihn gehabt und...«

»Dennoch hätten Sie die Scheinwerfer löschen müssen«, unterbrach ihn der Oberst wütend. »Sie fahren jetzt sofort... Nein, halt«, korrigierte er sich und blickte mit verbissener Miene zum Haus des Engländers empor. »Warten Sie hier.«

Oberst Okada eilte mit erstaunlicher Behendigkeit zur Villa Henry Dymonts hinauf, an deren Portal er Sturm läutete, bis ein Diener erschien, den er rücksichtslos zur Seite schob. »Wo befindet sich das Telefon?«

Noch bevor der verdatterte Diener antworten konnte, rief eine Stimme aus der Diele: »In meinem Arbeitsraum.«

Oberst Okada stutzte, und gleich darauf stand Royal-Dymont vor ihm.

»Wer sind Sie, und was gibt Ihnen das Recht, zu nächtlicher Stunde in mein Haus einzudringen?« polterte der Engländer drauflos. »Vergegenwärtigen Sie sich, ich würde mich heute in Tokyo aufhalten, wo ich meistens wohne: meine Frau würde vor Aufregung keine Luft mehr bekommen!«

»Das interessiert mich nicht«, entgegnete der Oberst unwirsch und zog einen Ausweis aus der Tasche, der auf der Vorderseite eine sechzehnblättrige goldene Chrysantheme zeigte. »Ich nehme an, daß Ihnen das Symbol des Kaisers genügend sagt.«

»Sie befinden sich hier auf meinem Grund und Boden, und ich möchte wissen, warum Sie unsere Nachtruhe stören.«

»Das ist meine und nicht Ihre Sache. Ich fordere Sie im Namen des Kaisers auf, mich unverzüglich telefonieren zu lassen.«

Henry Dymont vollführte eine einladende Bewegung. »Nun weiß ich, was Sie wollen. Bitte, treten Sie ein. Mein Telefon ist allerdings ein verdammt altes Modell. Meine Frau hat mir schon oft gesagt, ich solle einen neuen Apparat kaufen. Ich sehe das aber nicht ein. Ich finde, der alte Kasten paßt gut zu diesem Haus. Aber Sie werden die Frauen ja kennen. Immer wollen sie etwas Neues haben.«

»Ich muß Sie jetzt ernstlich bitten, mich weiterhin nicht aufzuhalten!« fiel der Chef der *Kempetai* erregt ein.

Der Engländer stellte sich erschrocken. »Oh, Pardon, ich habe nicht geahnt, daß Ihre Angelegenheit so eilig ist. Bitte, wenn Sie mir folgen wollen. Aber seien Sie vorsichtig, gleich kommt eine Stufe. Wenn Sie fallen, könnte meine Frau denken, ich sei es gewesen. Das müssen wir unbedingt vermeiden, weil sie sich dann furchtbar aufregen würde. Sie hat ein Herzleiden. So, da sind wir«, unterbrach er sich und öffnete die Tür zu seinem Arbeitsraum. »Sie sehen, der Apparat ist verdammt vorsintflutlich. Vielleicht besorge ich Dory doch einen neuen.«

Dem Oberst riß die Geduld. »Nun schweigen Sie endlich«, schrie er aufgebracht. »Ich habe Ihnen gesagt, daß ich dringend telefonieren muß, und fordere Sie letztmalig auf, mich in meiner Amtshandlung nicht zu stören.«

Royal-Dymont, der vom Knattern der Motorräder wach geworden war und Kon-kims Flucht vom Fenster aus beobachtet hatte, zuckte die Achseln und schwieg, um den Bogen nicht zu überspannen. Er wußte, daß der ungeduldige Japaner der Chef der gefürchteten *Kempetai* war.

»Er ist entkommen«, hörte er den Oberst sagen, als die gewünschte Verbindung endlich hergestellt war. »Die Motorradstaffel hat ihre Lichter nicht gelöscht und ihn dadurch gewarnt. Geben Sie sofort Alarm an alle Küstenboote und Polizeistationen. Ich vermute, daß er versuchen wird, die andere Seite der Bucht zu erreichen.«

Was sein Gesprächspartner daraufhin sagte, konnte Henry Dymont nicht verstehen. Offensichtlich war es eine Frage, denn der Oberst erwiderte:

»Selbstverständlich ist Agentin tausendsechsunddreißig weiterhin zu ›beschatten‹. Wenn er entkommen sollte, wird er garantiert versuchen, mit ihr in Verbindung zu treten. Lassen Sie also auch die Telefonleitung überwachen.«

Erneut wurde eine Frage an ihn gerichtet, die er mit ›Ja‹ beantwortete. Dann legte er den Hörer auf und wandte sich an den Engländer. »Und nun zu Ihnen!«

Henry Dymont, der in einem Sessel Platz genommen hatte, stellte sich erschrocken. »Ihr Gespräch ist bereits beendet?«

Der Chef der *Kempetai* schnaubte. »Wer ist Eigentümer der Segelyacht, die an Ihrer Anlegestelle liegt?«

»Die Yacht gehört einem gewissen Lee Kon-kim, der vielfach mit zwei guten Freunden von uns segelt«, antwortete der Engländer, der augenblicklich erkannte, daß der Oberst vermittels einer Fangfrage zu ergründen suchte, ob ihm das Fehlen des Bootes bereits bekannt war. »Unsere Freunde dürften Ihnen bekannt sein. Es sind die Generalstabsoffiziere Maeda und Hirai. Darum habe ich auch gestattet, daß die Yacht an meiner Anlegestelle liegt.«

»Und wann haben Sie die Yacht zum letztenmal gesehen?«

»Wann?« wiederholte Royal-Dymont nachdenklich. »Das kann ich nicht genau sagen. Ich vermute, am letzten Wochenende. Ich wohne meistens im *Imperial*, weil ich mein Büro in Tokyo habe. Dadurch brauche ich nicht täglich...«

»Bleiben Sie bei der Sache«, unterbrach ihn der Chef der *Kempetai*. »Warum vermuten Sie, die Yacht am letzten Wochenende und nicht gestern gesehen zu haben?«

»Weil ich gestern erst in der Dunkelheit heimgekommen bin. Aber jetzt möchte ich wissen, warum Sie das interessiert?«

»Weil das Boot verschwunden ist.«

»Gestohlen?« entsetzte sich der Engländer und schlug auf die Sessellehne. »Da wird sich Mister Lee aber ärgern. Ach, und meine Frau erst! Sie darf es auf keinen Fall erfahren.«

»Warum nicht?«

»Die Yacht war auf ihren Namen getauft. ›Dory‹ hieß das schmucke Boot! Nein, wenn sie hört, daß es gestohlen ist, bekommt sie einen Herzanfall.«

Oberst Okada wurde es zuviel. Er wandte sich um und verließ den Raum.

Während Kon-kim seine Kleidung zum Trocknen ausbreitete und Oberst Okada höchst unzufrieden nach Tokyo zurückkehrte, führte Henry Dymont ein belanglos scheinendes Telefongespräch mit einem seiner Angestellten, das zur Folge hatte, daß außer dem zur

Beobachtung von Kinki Yasuda im *Imperial* anwesenden Agenten des Sicherheitsdienstes noch ein weiterer Herr im Vestibül des Hotels Platz nahm. Dieser aber hatte nicht Kon-kims Geliebte zu beobachten, sondern festzustellen, ob Kinki Yasuda ›beschattet‹ werde.

Royal-Dymont vermutete dies aufgrund des vom Chef der *Kempetai* geführten Telefongespräches. Er wollte sich Gewißheit verschaffen, um Kon-kim warnen zu können, falls dieser sich mit ihm in Verbindung setzen sollte. Er rechnete hiermit, weil er der festen Überzeugung war, daß es dem sympathischen Chinesen gelingen würde, irgendwo an Land zu kommen. Seit langem schon wußte er, daß Kon-kim des Nachts heimliche Bootsfahrten unternahm, die darauf schließen ließen, daß er ein Doppelleben führte. Welchem Zweck seine Unternehmungen dienten, hatte er nicht herausfinden können. Er hatte jedoch in Erfahrung gebracht, daß sich Kon-kim trotz gegenteiliger Behauptung oftmals mit Baron Tokugawa traf, und er schloß daraus, daß sein geschätzter Hausgast für den Untergang der vier Munitionstransporter verantwortlich sei. Dies war nur eine Annahme, aber wenn sie zutraf, stand nicht zu befürchten, daß Kon-kim den Häschern der Geheimpolizei wie ein Tölpel in die Arme laufen würde. Doch das war für Henry Dymont kein Grund, die Hände in den Schoß zu legen. Er half jedem, der aus politischen Gründen in Not geriet. Auch er führte ein Doppelleben, wenngleich seine Tätigkeit völlig anders gelagert war. Er trieb nicht Spionage im Sinne des Wortes, sondern erstattete ›Informations-Berichte‹, die zu den besten zählten, die der *Secret Service* jemals aus Japan erhalten hatte. Und da er wußte, daß der Chef der *Kempetai* ihn seit Jahren beobachten ließ, bereitete es ihm Freude, diesem einmal ins Handwerk zu pfuschen.

Der Gedanke, daß Kinki Yasuda eine Agentin sein könnte, bedrückte ihn allerdings. Er wollte es noch nicht recht glauben, aber wenn sich herausstellte, daß sie um ihrer Sicherheit willen ›beschattet‹ wurde, dann gab es keinen Zweifel mehr.

In dieser Hinsicht täuschte sich Henry Dymont, der die am Telefon gemachte Bemerkung Oberst Okadas mißdeutete. Woher hätte er auch wissen sollen, daß Kon-kims Geliebte in den Verdacht des Verrates geraten war. Hätte er dieses gewußt, würde er gewiß sofort etwas zu ihrer Rettung unternommen haben. So aber ließ er sie in ihr Verderben hineinrennen. Seinen Anfang nahm es wenige

Stunden später in einem Gespräch, das der übernächtigte Chef der *Kempetai* mit seinem nicht minder erschöpften Adjutanten führte.

»Es ist jetzt bald zwölf«, sagte der Oberst mißgestimmt. »Wie deuten Sie es, daß uns Yasuda-san das Verschwinden des Gelbgesichtes immer noch nicht gemeldet hat?«

Der Adjutant blickte zu Boden. »Ich bin erschüttert.«

Oberst Okada erhob sich. »Ich werde sie verhaften lassen. Natürlich erst, wenn wir den Schurken gefaßt haben.«

»Befürchten Sie nicht, daß er uns noch entkommen könnte?«

»Sie meinen, weil seine Yacht nicht gefunden wurde? Ein Boot kann man anbohren und verschwinden lassen, sich selbst aber nicht. Er wird irgendwo auftauchen. Ohne Nahrung kann kein Mensch leben.«

Das wußte auch Kon-kim, der bereits am Nachmittag unter Durst litt. Er versuchte sich durch Gedanken an Kinki Yasuda abzulenken, doch je mehr sich die Sonne dem Horizont näherte, um so quälender wurden die Stunden, die noch verstreichen mußten, bis er sich aus seinem Versteck herauswagen und den Versuch machen konnte, sich Wasser und Nahrungsmittel zu besorgen.

Er war sich darüber im klaren, daß er von diesem Augenblick an Gefahr lief, entdeckt zu werden. Aber es blieb ihm nichts anderes übrig. Ein Erkundungsgang über die dicht bewaldete Landzunge hatte ihm gezeigt, daß es auf ihr weder eine Quelle noch Früchte oder Beeren gab.

Unabhängig davon konnte er sich nicht ewig auf der Landzunge aufhalten. Er mußte etwas einleiten, das ihm die Möglichkeit bot, ungesehen nach Yokohama und von dort auf ein Schiff zu gelangen.

Aber es kostete Überwindung, bei Einbruch der Dunkelheit die Landzunge zu verlassen, die in ihrem oberen Teil von einer nach Atami führenden Chaussee begrenzt wurde. Neben dieser Straße gehend, näherte Kon-kim sich dem Stadtrand, wo er eine Weile einen einfachen Kramladen beobachtete, den er erst betrat, nachdem er gesehen hatte, daß sich in ihm nur eine alte Frau und ein junges Mädchen aufhielten. Und da ihn beide ohne Anzeichen der Verwunderung begrüßten, bat er kurzentschlossen darum, ihm ein Paket mit Reiseproviant zusammenzustellen, da er beabsichtige, einige Tage an der Küste entlangzusegeln.

»Hai, hai«, sagte die Alte und fügte mit kümmerlicher Fistelstimme hinzu, daß ihre Söhne Fischer seien und sie genau wisse, was man auf See benötige.

»Vor allen Dingen Wasser«, erwiderte Kon-kim ermutigt. »Können Sie mir ein paar Flaschen mitgeben?«

Die Alte nickte.

Er fragte, ob sie ihm auch einen Briefbogen und ein Kuvert mit Marke verkaufen könne. Seine Eltern würden sich sicherlich freuen, wenn er ihnen noch ein paar Zeilen sende.

Briefbogen und Umschlag konnte sie ihm geben, aber keine Briefmarke.

»Ich laufe schnell zu Ebisu«, sagte das junge Mädchen. »Der hat immer Marken.«

»Das ist sehr freundlich von Ihnen«, erwiderte er dankbar. »Ich kann den Brief dann inzwischen schon schreiben.«

Das Glück stand wieder auf seiner Seite. Innerhalb von wenigen Minuten erhielt er alles, was er brauchte, und als er mit einem ansehnlichen Paket in der Dunkelheit verschwand, lag sein an das Servierfräulein Maya gerichtetes Schreiben bereits in einem Postkasten. Kon-kim zweifelte nicht daran, daß die für China tätige Agentin seinem Wunsche entsprechen und an einem der nächsten Abende von Atami aus etwa zwei Meilen in Richtung Enoshima gehen würde. Seinen Namen hatte er freilich nicht genannt; er hatte vielmehr, wie früher schon einmal, ihre Agentennummer an den Rand des Briefes gesetzt, so daß sie sich ihren Teil denken konnte.

Voller Hoffnung kehrte er in sein Versteck zurück, wo er mit Heißhunger aß und trank. Dann legte er sich unter einen Strauch, und es dauerte nicht lange, bis die Natur ihr Recht forderte: er schlief ein, noch während er sich Kinki Yasudas Gesicht vergegenwärtigte und sich fragte, ob die Polizei ihr Schwierigkeiten bereiten würde.

Eine ähnliche Frage stellte sich auch Vera McLean, als der Chef der *Kempetai* ihr und David Hamilton zu später Stunde eröffnete, daß er sie zu sich beordert habe, um sie zu verpflichten, ihn unverzüglich zu informieren, wenn der flüchtig gewordene Lee Kon-kim, dessen Schuld nunmehr erwiesen sei, den Versuch machen sollte, sich mit ihnen ins Benehmen zu setzen.

»Sie nehmen doch hoffentlich nicht an, daß ausgerechnet wir Leidtragenden Mister Lee helfen würden«, empörte sich die Engländerin. »Wäre es nicht angebrachter, die Braut jenes sauberen

Herrn unter die Lupe zu nehmen? An sie und nicht an uns wird er sich wenden. Und sie dürfte auch bereit sein, ihm beizustehen.«

Der Oberst lächelte nachsichtig. »Sie können unbesorgt sein, gnädige Frau. Wenn Mister Lee sich an seine Geliebte wendet, ist er verloren.«

David Hamilton brummte der Schädel, als er mit Vera McLean zum Hotel zurückfuhr. »Mir ist es, als hätte ich einen Schlag vor den Kopf bekommen«, sagte er mit heiserer Stimme. »Nie im Leben würde ich es für möglich gehalten haben, daß Kon-kim so gerissen ist. Aber dem werde ich es geben! Dem werde ich...«

»Rede keinen Unsinn«, unterbrach sie ihn. »Überlege lieber, was wir anstellen können, um ihn in unsere Hände zu bekommen. Jeden Preis wird er jetzt zahlen, wenn wir ihm die Flucht ermöglichen.«

Der Amerikaner entgegnete abfällig: »Nachdem du den Oberst auf Kinki aufmerksam gemacht hast, dürfte unsere letzte Chance dahin sein.«

»Das habe ich bewußt getan. Ich wollte wissen, ob der Weg über die Yasuda bereits versperrt ist. Wäre er noch offen gewesen, hätte ich das Frauenzimmer in den nächsten Minuten fortgeschafft und mir ein Lösegeld für den Fall gesichert, daß es deinem himmlischen *Bruder durch Zuneigung* ohne unsere Hilfe gelingt, aus Japan herauszukommen.«

»Alle Achtung«, knurrte er verbissen. »Von dir kann man allerhand lernen.«

»Wenn du das nur einsiehst.«

David Hamilton erwiderte nichts und wandte sich der Bar zu, als sie das Hotel erreichten.

Vera McLean versuchte ihn zurückzuhalten. »Du solltest jetzt nicht trinken. Ein klarer Kopf ist nun wichtiger als alles andere.«

Er nickte. »Ich werde mir höchstens zwei Whisky genehmigen.«

Henry Dymont, der an diesem Abend nicht ohne Grund in der Bar Platz genommen hatte, kreuzte sofort den Weg des Amerikaners, als dieser auf den Bartisch zuging. »Gut, daß ich Sie erwische«, sagte er und klopfte ihm vertraulich auf die Schulter. »Ich möchte ein Geschäft mit Ihnen machen.«

David Hamilton sah ihn verwundert an. Er besaß nicht den geringsten Kontakt mit dem Engländer.

»Setzen Sie sich zu mir. An meinem Tisch können wir alles in

Ruhe besprechen«, forderte ihn Royal-Dymont auf und fügte gedämpft hinzu: »Es geht um Ihren Freund.«

»Um Kon-kim?«

»Leise«, zischte der Engländer und lachte im nächsten Moment polternd. »Was darf ich für Sie bestellen?«

David Hamilton begriff, daß Henry Dymont aus irgendeinem Grund Theater spielte. »Na, schön«, antwortete er, nun ebenfalls lachend. »Wenn es so ist, dann schlage ich einen doppelten Whisky vor.«

Der Engländer gab dem Kellner einen entsprechenden Auftrag und zündete sich umständlich seine Pfeife an. »Wissen Sie, daß die Polizei hinter Ihrem Freund her ist?«

»Wer hat Ihnen das erzählt?«

»Ihre Gegenfrage beweist, daß Sie im Bilde sind. Woher haben Sie Ihre Information?«

»Soll das ein Verhör sein?«

Henry Dymont antwortete nicht sogleich, sondern wartete, bis der Kellner den Whisky gebracht hatte. »Your health!« sagte er und hob sein Glas. »Und damit wir nicht länger um den heißen Brei herumlaufen: ich stelle kein Verhör an, sondern möchte wissen, wie Sie zu Ihrem Freund stehen.«

David Hamilton leerte sein Glas. »Ein Vermögen wäre es mir wert, wenn ich ihn in Sicherheit bringen könnte.«

Der Engländer winkte den Kellner herbei. »Noch zwei Doppelte.«

»Sie wissen, wo Kon-kim ist?« fragte der Amerikaner gedämpft, als sie wieder allein waren.

Henry Dymont schüttelte den Kopf. »Ich weiß nur, daß seine geehrte Braut ihm die Falle gestellt hat.«

David Hamilton verschlug es die Sprache. »Das glaube ich nicht«, sagte er, nachdem er sich vom ersten Schock erholt hatte. »Das ist völlig ausgeschlossen.«

»Urteilen Sie selbst«, erwiderte der Engländer und berichtete mit wenigen Worten, was er gesehen, erlebt und gehört hatte. »›Agentin tausendsechsunddreißig‹, sagte der Chef der *Kempetai* am Telefon, und ich habe inzwischen einwandfrei ermitteln können, daß in diesem Hotel nur ein Mensch ›beschattet‹ wird: Kinki Yasuda!«

Der Amerikaner fuhr sich über die Stirn. »Mir geht ein Licht auf. Vera McLean und ich wurden vorhin zu Oberst Okada gerufen, der uns verpflichtete, ihn sofort zu informieren, wenn Kon-kim sich an uns wenden sollte. Daraufhin machte Vera McLean eine Bemerkung über Kinki Yasuda, die der Oberst mit der Feststellung quittierte: ›Sie können unbesorgt sein. Wenn Mister Lee sich an seine Geliebte wendet, ist er verloren.‹«

»Na, bitte! Seine Braut ist die Agentin tausendsechsunddreißig!«

»Dann ist Kon-kim wirklich verloren.«

»Nur wenn er sich an sie wendet, was er niemals tun wird.«

»Warum nicht?«

»Strengen Sie Ihr Köpfchen an. Fall eins: er ahnt, daß Kinki Yasuda ihn verraten hat; dann wird er sich hüten, mit ihr in Verbindung zu treten. Fall zwei: er glaubt an sie; dann wird er sich nicht bei ihr melden, weil er sich ausrechnen kann, daß die Polizei seine Braut nicht unbeobachtet läßt.«

»That's right«, erwiderte der Amerikaner. »Jetzt möchte ich nur noch wissen, warum Sie sich in dieser heiklen Sache an mich gewandt und damit gefährlich exponiert haben?«

Henry Dymont grinste. »Exponiert habe ich mich erst, nachdem Sie Farbe bekannt haben. Und angequatscht habe ich Sie, weil ich Oberst Okada in die Suppe spucken möchte und vermute, daß Mister Lee bei einem von uns beiden Hilfe suchen wird. Wahrscheinlich bei Ihnen, da Sie sein *zugeneigtes* Bruderherz sind. Nolens volens mußte ich Sie über Kinki Yasuda informieren.«

David Hamilton hob sein Glas. »Cheerio! Und zwar darauf, daß Kon-kim dem Teufel von der Schaufel springt.«

»Und daß er die Yasuda so schnell wie möglich vergißt. Ist doch furchtbar mit den Weibern.«

Der Amerikaner nickte und leerte sein Glas. »A propos: Weiber. Sprechen Sie um Gottes willen nicht mit Vera McLean.«

Royal-Dymont tippte sich an die Stirn. »Sehe ich so aus? Aber sollte Ihr Freund sich bei Ihnen melden: ich stehe Ihnen jederzeit zur Verfügung. Nur nicht telefonieren! Die geehrten Affen sind mit dem Abhören schnell bei der Hand.«

Drei Abende später stand Kon-kim in unmittelbarer Nähe der von Atami nach Enoshima führenden Chaussee hinter einem Baum und blickte in die Richtung, aus der die Agentin Maya kommen mußte, wenn sie seinem Wunsche entsprach. Eine Nacht hatte er bereits vergeblich auf sie gewartet. Er befürchtete schon, daß sie auch an diesem Abend nicht kommen würde, als er Schritte hörte und bald darauf die Konturen einer Gestalt sah, die langsam in Richtung Enoshima ging.

Er rührte sich nicht, sondern ließ sie eine Weile weitergehen, um festzustellen, ob ihr jemand folge. Erst als er sich vergewissert hatte, daß sie wirklich alleine war, trat er auf die Straße und rief ihren Namen. Die Agentin zeigte nicht die geringste Verwunderung, als sie Kon-kim im spärlichen Nachtlicht erkannte. Im Gegenteil, sie begrüßte ihn wie einen Vertrauten und sagte: »Wer hätte gedacht, daß wir uns so wiedersehen würden.«

Ihre Reaktion verwirrte ihn. »Das sieht ja aus, als hätten Sie gewußt, wer hier auf Sie wartet.«

»Gewußt habe ich es nicht«, erwiderte sie lächelnd. »Ich habe es aber geahnt, weil Ihr Bild seit gestern in allen Bahnhöfen angeschlagen ist. Darüber steht in dicken Lettern: *Fünftausend Yen Belohnung!* Aus diesem Grund möchte ich auch vorschlagen, nicht hier stehenzubleiben, sondern dort drüben in Deckung zu gehen.«

Er ergriff ihren Arm. »Herzlichen Dank für den Hinweis. Ich scheine meinen Kopf verloren zu haben.«

Sie kicherte. »Nach allem, was ich über Sie gelesen habe und mir inzwischen zusammenreimte, möchte ich das bezweifeln. Sie sind doch der Mann, der mich vor Jahren in den Park von Yokohama bestellte.«

»Wie haben Sie das herausgefunden?«

»Ihr neuerlicher Brief öffnete mir die Augen. Es war schon raffiniert, mir nebenbei den Auftrag zu geben, festzustellen, wer der Herr sei, der Sie selber waren.«

Kon-kim blieb stehen. »Vergessen wir den Abend, der mir immer noch im Magen liegt, weil ich Ihnen einen Auftrag erteilen mußte, auf den ich nicht zurückzukommen brauchte, weil er sich von selbst erledigt hatte.«

»Solche Aufträge sind die angenehmsten«, bemerkte sie trocken. »Der Abend braucht Ihnen also nicht im Magen zu liegen.«

»Aber ich hatte Sie auf den Baron angesetzt.«

»Der sehr, sehr nett zu mir ist«, erwiderte sie, jedes Wort betonend. »Ich bereue es nicht, ihn kennengelernt zu haben, und ich darf Ihnen sagen, daß wir heiraten werden.«

Kon-kim verschlug es die Sprache.

»Und nun zu Ihnen«, fuhr die Agentin erstaunlich selbstsicher fort. »Mir ist klar, was Sie von mir erwarten, und ich habe mich vorsorglich bereits für einige Tage beurlauben lassen. Ich kenne auch jemanden, der es übernehmen würde, Sie auf einem mit Kisten beladenen Lastwagen zu meinem Haus zu bringen, in dem ich Sie für eine gewisse Zeit verstecken könnte. Die Sache hat aber zwei entscheidende Haken. Erstens, wo nehmen wir das Geld her, das der Fahrer des Lastkraftwagens verlangen wird?«

»Ich stelle jede Summe zur Verfügung«, erklärte Kon-kim.

»In bar und sofort?«

»Das natürlich nicht. Ich kann im Augenblick ja nicht zur Bank gehen. Aber ich überweise jede verlangte Summe, sobald ich außer Landes bin.«

»Was ich Ihnen ohne weiteres glaube. Der Fahrer wird jedoch Bargeld sehen wollen.«

»Wieviel?«

»Ich habe mich darüber noch nicht mit ihm unterhalten, schätze aber, daß er einige tausend Dollar verlangen wird.«

»Und was ist der zweite Haken?«

»Wie wollen Sie auf ein Schiff kommen? Und welche Reederei wird Sie mitnehmen? Meines Erachtens keine, weil jede Gesellschaft weiß, daß ihre Schiffe nie wieder einen japanischen Hafen anlaufen dürfen, wenn die Sache herauskommt.«

»Dann muß ich eben einen Fischkutter benutzen und außerhalb der Drei-Meilen-Zone übersteigen.«

Die Agentin schüttelte den Kopf und warf sich beinahe gleichzeitig mit Kon-kim zu Boden, da auf der Chaussee das Licht eines Wagens auftauchte.

Kon-kim schaute zu den Bäumen empor, deren Blätter im Kegel der Scheinwerfer wie junge Triebe leuchteten.

»Auf das Übersteigen eines politischen Flüchtlings wird sich kein Kapitän einlassen«, nahm die Agentin das Gespräch wieder auf, als der Wagen vorübergebraust war. »Das Risiko wäre ihm zu groß. Das gleiche gilt für jeden Fischer. Die wären erledigt und könnten Japan nicht wieder betreten.«

Kon-kim erhob sich. »Mit anderen Worten: Sie sehen nur die Möglichkeit, mich von hier in Ihr Haus zu bringen.«

»Ja, dazu bin ich bereit. Voraussetzung ist allerdings das von mir erwähnte Bargeld.«

Kon-kim fuhr sich durch die Haare. »Ich sehe jetzt um vieles klarer und bin Ihnen für Ihre Offenheit und Ihr Anerbieten sehr dankbar. Haben Sie ein Blatt Papier und etwas zu schreiben?«

Sie öffnete ihre Handtasche und reichte einen Notizblock und einen Bleistift.

Ohne sehen zu können, schrieb Kon-kim: ›*Lieber Tsching-bum. Gib der Überbringerin 10000 Dollar, und sprich mit niemandem darüber.*‹ Den Zettel übergab er der Agentin mit der Bitte, ihn sicher aufzubewahren, und er schilderte ihr, wohin sie sich wenden solle, worauf sie zu achten habe und daß sie seinen Freund nur ansprechen dürfe, wenn dieser allein sei und keinerlei Gefahr bestehe, daß jemand sie belauschen könne. »Ich muß damit rechnen, daß alle meine Bekannten überwacht werden. Sie sind der einzige Mensch, von dem niemand weiß, daß ich Sie kenne. Seien Sie also vorsichtig. Wenn die Verbindung zu Ihnen abreißt, bin ich verloren. Im übrigen wird dies der letzte Auftrag sein, der an Sie herangetragen wird. Das garantiere ich Ihnen.«

In einen weinroten Kimono gekleidet, betrat die Agentin Maya am darauffolgenden Morgen das *Imperial*. Ihr Haar hatte sie unberechtigterweise zur *Marumage*, zur Frisur der verheirateten Frauen hochgesteckt. Zielstrebig trippelte sie dem Zeitungsstand entgegen und ließ sich ein Magazin und einige Postkarten geben. Dann ging sie auf einen freien Tisch zu und winkte einen Pagen heran, den sie um eine Schale Tee bat.

Wer sie sah, gewann den Eindruck, die verwöhnte Frau eines Industriellen vor sich zu haben, die sich darauf einstellt, eine Weile auf ihren in einer Konferenz befindlichen Mann warten zu müssen. Und genau diesen Eindruck wollte sie erwecken. Gelangweilt blätterte sie in ihrem Magazin, und niemand hätte bemerken können, daß ihre Aufmerksamkeit ausschließlich den Herren galt, die das Vestibül passierten. Auch die Postkarten, die sie zwischendurch schrieb, dienten nur der Täuschung.

Schon nach einer Stunde wußte sie, daß David Hamilton, den Kon-kim ihr genau beschrieben hatte, durch die Halle gegangen war. Leider befand er sich in Begleitung der ihr ebenfalls geschilderten Engländerin, so daß sie keine Möglichkeit hatte, sich ihm zu nähern, was sie im Hotel ohnehin vermeiden mußte. Doch sie kannte ihn nun und verließ das *Imperial*.

Draußen stellte sie fest, daß der Amerikaner mit dem ihr von Kon-kim bezeichneten *Cadillac*, den sie sich zuvor schon angesehen hatte, davongefahren war. Sie suchte deshalb eine am *Hibiya*-Park stehende Bank auf, von der sie den Platz überschauen konnte, auf dem die Hotelgäste ihre Wagen abstellten.

Kurz vor Mittag sah sie, daß Kon-kims Freund allein zurückkehrte. Sie begab sich sofort in das in unmittelbarer Nähe gelegene *Mitsui*-Gebäude, von dessen Telefonzelle aus sie das *Imperial* anrief und David Hamilton zu sprechen verlangte. Es dauerte ungewöhnlich lange, bis die Verbindung zustande kam, aber als der Amerikaner sich meldete, sagte sie hastig: »Bitte, sofort fahren mit Wagen zur Mitsui-Bank. Dort aufnehmen Japanerin in Kimono rot, die wichtige Nachricht hat.«

David Hamilton ahnte augenblicklich, daß der Anruf Kon-kim betraf. »Okay!« erwiderte er. »Ich bin in zwei Minuten da.«

Er brauchte praktisch nur um die Ecke zu fahren und feixte wie ein dreister Bauernbursche, als er neben der im weinroten Kimono vor dem *Mitsui*-Gebäude stehenden Japanerin anhielt. »Come in«, sagte er, nachdem er die Wagentür aufgestoßen hatte.

Die Agentin stieg ein und bat ihn in gebrochenem Englisch, eine Gegend aufzusuchen, in der er nicht Gefahr laufe, von Bekannten gesehen zu werden.

»Sie scheinen an alles zu denken«, erwiderte er aufgekratzt. »Hat mein Freund Sie geschickt?«

Sie reichte ihm den von Kon-kim beschrifteten Zettel.

David Hamilton überflog ihn und sah seine Begleiterin prüfend an. »Ganz schönes Geschäft, das Sie da machen.«

Der Agentin schoß das Blut in den Kopf. »Nicht ich, anderer machen Geschäft. Ich Ihren Freund will retten.«

»Wenn das der Fall ist, bitte ich um Verzeihung. Ich dachte schon... Woher kennen Sie Kon-kim?«

Ihre Hand beschrieb einen Bogen, als wolle sie die Frage fortwischen. »Nicht wichtig. Werden Sie geben das Geld?«

Er blickte auf die vor ihm liegende Fahrbahn. »Zunächst möchte ich wissen, wer es bekommt.«

»Ein Mann, der Mister Lee wird bringen in mein Haus. Was dann soll werden, wir noch nicht wissen, weil sehr schwierig mit Schiff.«

Das Girl scheint nicht zu lügen, dachte David Hamilton und fragte: »Wo hält sich mein Freund zur Zeit auf?«

»In kleine Wald.«

Der Amerikaner bog an der *Kanada-Bashi* nach links ab und schlug die Richtung zur *Hosei*-Universität ein. »Und derjenige, der meinen Freund zu Ihnen bringen will, verlangt zehntausend Dollar?«

Sie lächelte. »Oh, nein. Ich hoffe, daß viertausend ist genug. Andere Geld sollen sein Reserve für Weiterkommen.«

»Das hört sich schon anders an«, erwiderte er erleichtert. »Und Sie glauben, daß der Mann nicht hinterher zur Polizei laufen und reden wird?«

»Unmöglich. Soll er sagen, daß er hat gemacht verbotene Sache für Geld? Man ihn würde einsperren.«

Das Argument war einleuchtend, und David Hamilton stellte die nächste Frage: »Werde ich meinen Freund sprechen können?«

Sie zuckte die Achseln. »Ich nicht kann sagen. Er muß entscheiden, weil sehr gefährlich, da möglich, daß jemand Ihnen folgt. Bis jetzt niemand weiß, daß Mister Lee mich kennt. Wenn Sie kommen, sofort beginnt Verdacht.«

»Damned, Sie haben recht. Aber ich muß ihn sprechen.«

»Warum?«

»Sie haben doch gesagt, daß Sie nicht wissen, wie er auf ein Schiff kommen soll. Wir müssen also versuchen, einen Weg zu finden. Das macht es notwendig, mich mit ihm zu besprechen.«

»Gut, ich werde ihm sagen.«

»Und wo kann ich Sie erreichen?«

Sie zögerte mit der Antwort. »Wenn Sie heute geben Geld, ich Ihren Freund kann holen morgen in mein Haus. Dann ich mit ihm rede und komme übermorgen elf Uhr wieder vor *Mitsu*-Bank. Ist das gut?«

»Sogar ausgezeichnet«, erwiderte der Amerikaner mit einem Blick auf seine Armbanduhr. »Ich setze Sie jetzt am *Yasukuni-Jinja* ab und fahre zu meiner Bank. Sie bleiben währenddessen im Ehrentempel der Gefallenen, wohin ich zurückkomme, um Ihnen das Geld zu geben. Anschließend rauschen Sie ab, und übermorgen um elf treffen wir uns an der Stelle, wo ich Sie heute aufgenommen habe.«

»Sie können sich auf mich verlassen.«

»Vergessen Sie nicht, meinem Freund zu sagen, daß ich bestimmt ein Loch finde, durch das er schlüpfen kann. Bis dahin soll er, und das binden Sie ihm auf die Seele, mit niemandem in Verbindung treten. Mit *niemandem!* Er könnte sonst im Nu seinen Kopf verlieren.«

Noch am gleichen Abend fand David Hamilton Gelegenheit, Henry Dymont in die Bar zu locken, wo er ihn über sein Gespräch mit der Japanerin informierte und bat, sich Gedanken darüber zu machen, wie man Kon-kim auf sicherem Wege aus Japan herausschaffen könne.

Der Engländer war überzeugt, Kon-kim auf irgendeine Weise in Sicherheit bringen zu können. Er machte allerdings kein Hehl daraus, daß aller Voraussicht nach sowohl er selbst als auch David Hamilton ein beachtliches Risiko eingehen müßten, fügte aber hinzu, daß er sich nach dem chinesischen Sprichwort richten wolle, das da lautet: ›Willst du das Geld am Schaf verdienen, dann mußt du auch mit ihm schlafen.‹

»Unabhängig davon«, fuhr er mit plötzlich ungewohnt ernster Miene fort, »hege ich die Auffassung, daß es in einer Welt, die unehrlich und schnöde geworden ist, für Männer nichts Schöneres als den echten Freundschaftsbeweis gibt. Zumal es letzten Endes völlig gleichgültig ist, ob man schnell läuft oder langsam geht: jeder Weg hört einmal auf.«

David Hamilton sah Royal-Dymont verwundert an und fragte ihn, woher er Kon-kim kenne.

Der Engländer stopfte seine Pfeife. »Doktor Haji, ein gemeinsamer Bekannter, bat mich, ihm unter die Arme zu greifen.«

»Ja, richtig«, erwiderte der Amerikaner. »Kon-kim hat es mir erzählt. Und Sie haben nicht gewußt, daß er in einer besonderen Mission hierherkam?«

Royal-Dymont schmunzelte. »Heute können wir offen miteinander reden. Gewußt habe ich es nicht. Aber ich vermutete es, weil mir bekannt war, daß Doktor Haji in gewissem Sinne für die nationalchinesische Regierung tätig ist.«

David Hamilton hob sein Glas. »Mich hat die Tätigkeit meines edlen Freundes eine verdammte Stange Geld gekostet.«

Der Engländer sah ihn betroffen an. »Sie waren also doch an Vera McLeans Geschäft beteiligt?«

»Vertrauen gegen Vertrauen.«

»By Jove, das habe ich nicht gewußt. Ursprünglich hatte ich es ja angenommen. Als ich von Ihrem Freund aber hörte, wann und unter welchen Umständen Sie meine attraktive Landsmännin kennenlernten, wurde ich anderer Meinung.«

Der Amerikaner leerte sein Glas. »Tut mir leid, daß ich Sie enttäuschen muß. Wir haben eben alle Dreck am Stecken.«

»Um so anständiger von Ihnen, daß Sie Ihr *zugeneigtes* Bruderherz jetzt nicht im Stich lassen.«

David Hamilton machte eine wegwerfende Bewegung. »Jeder Mensch hat mal das Bedürfnis, seine Seele zu waschen, und jeder tut es auf seine Weise: der eine betet, der andere beichtet, der dritte zündet ein Opferstäbchen an.«

Royal-Dymont klopfte ihm auf die Schulter, und sie kamen überein, sich bin auf weiteres nicht mehr in der Bar zusammenzusetzen, um nicht die Aufmerksamkeit Vera McLeans oder eines Beobachters auf sich zu ziehen. Als künftigen Treffpunkt vereinbarten Sie Henry Dymonts Büro, das David Hamilton erstmalig aufsuchte, nachdem er sich erneut mit der Agentin Maya getroffen hatte.

»Ist er in Sicherheit?« bestürmte ihn der Engländer.

Der Amerikaner nickte und ließ sich in einen Sessel fallen. »Three cheers für das japanische Girl, das ihn jetzt auf ihrem Dachboden versteckt hält. Und von den zehn Dollarpaketen hat sie noch sieben.«

Henry Dymont rieb sich die Hände. »Freuen sie sich nicht zu früh. Sie wird noch weitere herausrücken müssen.«

»Wofür?«

»Für die Fahrt zum Hafen.«

David Hamilton war wie elektrisiert. »Sie haben schon etwas unternommen?«

»Die Maschine ist bereits angeheizt. Bevor ich Ihnen aber alles erzähle, muß ich wissen, ob Sie Ihren Freund noch heute sprechen können.«

»Ich denke schon. Er ist damit einverstanden, daß ich komme. Ich treffe mich mit der Kleinen um drei Uhr vor der *Mitsui*-Bank, um weiteres zu verabreden.«

»Sie müssen Mister Lee noch heute nacht aufsuchen. Sagen Sie ihm, daß sein Schiff übermorgen abdampft!«

»Dann brauche ich jetzt dringend einen Drink. Ist ja toll. Schon übermorgen soll er...?«

Der Engländer entnahm einem Wandschrank eine Flasche. »Die Sache ist relativ einfach. Ich habe gestern ein Gespräch mit dem Chiefsteward und dem Zahlmeister der zur Zeit im Hafen liegenden *Greenholm* geführt, in dessen Verlauf jeder der beiden Herren tausend Dollar kassierte. Außerdem zahlte ich für Mister Lee und für einen meiner Angestellten die Passage nach Hongkong, wobei selbstverständlich nur letzterer in der Passagierliste geführt wird. Zu seinem Gepäck gehört eine große Kiste mit Umzugsgut im Gewicht eines Menschen, die morgen nachmittag bei der hiesigen Zollbehörde ordnungsgemäß vorgeführt wird, um sie registrieren und versiegeln zu lassen. Siegel, beziehungsweise Plombe, werden unmittelbar darauf von einem Spezialisten nachgemacht und am nächsten Morgen an einer völlig gleichen Kiste angebracht, nachdem Ihr Freund in diese eingestiegen ist. Gleichzeitig werden dem Fahrer, der Mister Lee aus dem Wald holte, neben der Summe, die er für den neuerlichen Transport verlangt, die von der Zollbehörde ausgestellten Begleitpapiere übergeben. Und dann fährt er zum South Pier in Yokohama, an dem die *Greenholm* liegt. Dort erwartet ihn mein Angestellter, der gemeinsam mit dem Chiefsteward dafür sorgt, daß die Kiste nicht gestürzt und so in den Gepäckraum gestellt wird, daß sie zu einem späteren Zeitpunkt, nämlich nach Verlassen der Drei-Meilen-Zone, geöffnet werden kann.«

»Großartig! Ist der Plan von Ihnen?«

»Teamwork«, antwortete Royal-Dymont augenzwinkernd und füllte die Gläser. »Ihre Aufgabe ist nun, Mister Lee zu informieren und einen genauen Zeitplan auszuarbeiten.«

David Hamilton war begeistert, wenngleich er befürchtete, daß die Durchführung des zweifellos gut durchdachten Planes noch auf Schwierigkeiten stoßen würde. Denn wo gab es einen Platz, an dem Kon-kim ungefährdet in die Kiste klettern und diese unbemerkt vernagelt und versiegelt werden konnte? Darüber hinaus wollte es ihm nicht gefallen, daß die Aktion in die Hände von Menschen gelegt werden sollte, die er nicht kannte.

Henry Dymont verwarf die Bedenken des Amerikaners und erklärte, daß er für die Zuverlässigkeit seiner Leute sowie des Chiefstewards einstehe. »Und dem Fahrer dürfen wir nicht mißtrauen, nachdem er bereits bewiesen hat, daß man sich auf ihn verlassen kann«, fügte er hinzu. »In dieser Hinsicht hege ich nicht die geringste Befürchtung. Im Gegenteil. Gerade der Umstand, daß niemand mit der Sache befaßt ist, der Ihren Freund kennt, spricht für das Gelingen des Unternehmens.«

David Hamilton gab dem Engländer recht und schnitt das Thema Kinki Yasuda an. »Wie verhalte ich mich da? Soll ich schweigen, soll ich reden?«

»Selbstverständlich reden«, erwiderte Royal-Dymont. »Die volle Wahrheit müssen Sie ihm sagen. Schon allein, weil die Möglichkeit besteht, daß er erklärt: Ohne Kinki gehe ich nicht.«

Verständlich, daß sich der Amerikaner nicht wohl in seiner Haut fühlte, als er nach Einbruch der Dunkelheit mit einem Taxi nach Yokohama fuhr, wo er sich um elf Uhr mit der Agentin Maya treffen wollte. Damit Vera McLean keinen Verdacht schöpfte, hatte ihm der Engländer eine Einladung zu einem an diesem Abend im *Aoyama Corner House* tagenden italienischen Herren-Club zuleiten lassen. Aber je näher Yokohama heranrückte, um so bedrückter wurde er. Es war klar, daß die Mitteilung über Kinki Yasuda den Freund schwer treffen würde. David Hamiltons Gesichtsausdruck war so ernst, daß er der Japanerin einen Schrecken einjagte, als sie ihn zur verabredeten Zeit auf sich zukommen sah.

»Wurden Sie verfolgt?« fragte sie hastig.

Er schüttelte den Kopf. »Wie kommen Sie darauf?«

»Sie sein anders als sonst. Nicht klappt, was besprochen?«

»Doch, doch«, antwortete er. »Es ist alles in Ordnung.«

»Dann wir fahren mit Taxi kurzes Ende. Anschließend wir müssen gehen. Ihr Freund sehr glücklich über gute Nachricht und darüber, daß Sie kommen bereits heute.«

David Hamilton dachte: Nachher wird er mich verfluchen.

Die Japanerin winkte einen Mietwagen heran, mit dem sie etwa zehn Minuten fuhren. Dann gingen sie durch etliche winkelige Gassen, bis sie eine Straße erreichten, deren Holzhäuser von kleinen Gärten getrennt waren. Hier und dort brannten noch Lichter und bewegten sich die Schatten einiger Hausbewohner wie Scherenschnitte über die zugeschobenen Reispapierwände.

»Wir da sein«, sagte die Agentin leise, nachdem sie sich vergewissert hatte, daß kein Mensch zu sehen war. »Ich vorgehe.«

»Okay«, erwiderte David Hamilton gedämpft.

Sie schloß eine zu ebener Erde gelegene Tür auf, zupfte den Amerikaner am Ärmel und dirigierte ihn in einen schmalen Gang. »Kleine Moment«, sagte sie, während sie die Haustür von innen verriegelte. Dann machte sie das Licht an und wies auf eine enge Treppe, die so schwach aussah, daß David Hamilton befürchtete, sie könnte unter seinem Gewicht zusammenbrechen.

Er grinste die Japanerin an. »Wenn das nur gutgeht.«

Sie nickte ihm aufmunternd zu. »Bitte, gehen. Oben ist Leiter für Luke zum Dachboden. Auch Vorsicht mit Kopf. Sonst stoßen.«

»Schon geschehen«, stöhnte er und rieb sich den Schädel.

Sie kicherte. »Japaner viel kleiner als Amerikaner.«

Die Decke der oberen Etage war so niedrig, daß David Hamilton nicht gerade stehen konnte. »Wie wäre es, wenn wir meinen Freund herunterkommen lassen würden?«

In diesem Augenblick wurde die über ihnen befindliche Luke hochgehoben, und Kon-kims Kopf erschien über dem Rand der Öffnung. »Etwas mehr Ruhe, wenn ich bitten darf«, sagte er mit gespielt grimmiger Miene. »Bei dem Lärm kann man beim besten Willen nicht schlafen.«

Der Amerikaner vergaß die unerfreuliche Seite seines Auftrages und drohte mit der Faust. »Du Schurke! Um mein ganzes Geld hast du mich gebracht! Aber komm erst mal herunter.«

Kon-kim steckte die Beine durch die Luke, ließ sich hinabgleiten und schloß den Freund in die Arme. »Daß du mich einmal retten würdest, hätte ich mir nicht träumen lassen.«

»Und ich nicht, daß du mich vorher um ein Vermögen bringen würdest.«

Kon-kim lachte. »Die Zehntausend bekommst du wieder.«

»Auch das, was du in die Luft gesprengt hast?«

Kon-kims Augen weiteten sich.

David Hamilton klopfte ihm auf die Schulter. »Das war ein kleiner Scherz. Ich schlage vor, daß wir ihn vergessen und uns zunächst einmal setzen. Ich bekomme sonst Genickstarre.«

Die Agentin bat darum, sie für eine Weile zu entschuldigen.

Kon-kim warf ihre einen dankbaren Blick zu.

Der Amerikaner schaute hinter ihr her. »She is a damned nice girl, isn't she?«

»Bleiben wir bei dem von dir angeschnittenen Thema«, erwiderte Kon-kim nüchtern.

David Hamilton tippte sich an die Stirn. »Glaubst du, ich wäre gekommen, um mich mit dir über deine Heldentaten zu unterhalten?«

»Natürlich nicht. Aber nachdem du...«

»Red keinen Unsinn«, unterbrach ihn der Freund. »Du warst in deinem und ich in meinem Sinne tätig, und wenn unsere Wege sich dabei kreuzten, dann sollte das so sein.«

»Dennoch möchte ich wissen...«

»Also gut«, unterbrach ihn der Amerikaner erneut, nun aber wütend. »Wir brauchen uns nichts mehr vorzumachen. Wenn du es unbedingt wissen willst, dann nimm zur Kenntnis, daß ich der Kompagnon von Vera McLean bin. Zufrieden?«

Kon-kim war sekundenlang unfähig, etwas zu erwidern.

David Hamilton zündete sich eine Zigarette an. »Willst du auch eine?«

»Nein, danke. Aber ich muß dir sagen, daß ich das nicht gewußt habe.«

Der Amerikaner lehnte den Kopf an die Wand und blies den Qualm von sich. »Sei froh darüber. Du hättest sonst womöglich Seelenblähungen bekommen.«

»Und du willst mir dennoch helfen?«

»Warum nicht? Du hast ja nicht gegen mich, sondern für deine Heimat gearbeitet; ich hingegen für meine eigene Tasche. Ohne Geschäftsrisiko geht so was nicht.«

»Du scheinst heute deinen großzügigen Tag zu haben«, erwiderte Kon-kim. Die Offenheit des Freundes machte ihn ratlos.

David Hamilton zuckte die Achseln. »Ich würde es die ›Amerikanische Krankheit‹ nennen. Sie überfällt uns manchmal. Dann triefen wir vor Gutmütigkeit.«

»Ein sympathischer Zug.«

»Der uns oft handicapt. Reden wir also von naheliegenderen Dingen. Zum Beispiel von deinem Abtransport.«

Kon-kim blickte zu Boden. »Ganz schön, wie du mich beschämst.«

David Hamilton stieß gegen Kon-kims Bein. »Ich habe den Eindruck, daß du mit den Nerven heruntergekommen bist. Das kann ich ja verstehen. Aber was sollte ich für ein Interesse daran haben, dich zu beschämen. Wir sind doch Freunde.«

Kon-kim hob den Kopf. »Well. Reden wir von der Kiste, in die ihr mich stecken wollt. Maya hat mir schon alles erzählt. Ich finde die Idee großartig.«

»Sie stammt von Henry Dymont.«

»Von wem?« fragte Kon-kim erstaunt. »Woher weiß der...?«

»Nur keine Aufregung«, unterbrach ihn der Studienkamerad und erzählte in aller Ausführlichkeit, wie es zu dem Gespräch zwischen ihm und dem Engländer gekommen war.

Kon-kim schüttelte den Kopf, als der Amerikaner redete. »Ich habe gewußt, daß Dymont ein anständiger Kerl ist, hätte es aber nicht für möglich gehalten, daß er sich so für mich einsetzen würde.«

»Du hast eben mehr Freunde, als du ahnst. Doch nun müssen wir uns über den Abtransport und speziell über das noch ungelöste Problem Numero eins unterhalten. Wo kannst du ungesehen in die Kiste einsteigen, die dann sofort vernagelt und versiegelt werden muß?«

»Das Problem hat Maya bereits gelöst. Die Kiste wird auf einen mit einer Abdeckplane überzogenen Lastwagen gelegt, der mich etwa fünfzig Meter von hier entfernt um vier Uhr morgens aufnimmt. Wir steigen dann sofort in die Kiste, die der Siegelspezialist während der Weiterfahrt vernagelt und versiegelt. Wenn er damit fertig ist, stellt der Fahrer den Wagen in seinem Hof ab. Punkt zehn Uhr fährt er erneut los und bringt die Kiste, und damit uns, zum Schiff in Sicherheit.«

»Moment«, erwiderte der Amerikaner. »Der Plan ist ausgezeichnet. Aber wieso redest du von *wir* und *uns?*«

Kon-kim grinste. »Ich vergaß dir zu sagen, daß Kinki natürlich mitkommen muß. Ohne sie bringe ich mich nicht in Sicherheit. Wer weiß, was die Polizei mit ihr anstellt, wenn herauskommt, daß ich außer Landes bin. Glaubst du, man würde ihr dann die Ausreise genehmigen?«

»Nein«, antwortete David Hamilton, wobei er wie gedankenverloren die Maserung des Fußbodens nachzeichnete. »Die Ausreise wird ihr nicht genehmigt, weil sie nicht im Traum daran denkt, einen entsprechenden Antrag zu stellen.«

Kon-kim sah ihn belustigt an. »Was willst du damit sagen?«

Der Finger des Amerikaners fuhr weiterhin an der Holzmaserung entlang. »Genau das, was ich sagte!«

»Red nicht in Rätseln«, fuhr Kon-kim den Freund an.

Der schnitt eine Grimasse. »Jetzt kommt der unangenehme Teil meines Besuches. Ich habe dir etwas höchst Unerfreuliches mitzuteilen.«

»Quatsch nicht, sondern rede!« brauste Kon-kim auf. »Will Kinki womöglich nicht bei mir bleiben?«

»Erraten.«

Kon-kim wurde blaß. »Sag, daß das nicht wahr ist.«

»Es ist wahr.«

Sekundenlang war nur Kon-kims Atem zu hören. »Hat sie dir das gesagt?« fragte er schließlich.

»Nein.«

Kon-kim fuhr wie von einer Feder getrieben in die Höhe. »Woher weißt du dann, daß sie nicht mitkommen will?«

Der Amerikaner rieb sich die Nase. »Ob du es glaubst oder nicht: Kinki Yasuda war es, die dich erledigt hat. Sie ist eine Agentin der *Kempetai.*«

»Das ist nicht wahr!« schrie Kon-kim.

David Hamilton sprang auf und hielt Kon-kim den Mund zu. »Idiot!« zischte er. »Willst du die Nachbarschaft wachschreien? Was kann ich dafür, wenn Kinki dich aufs Kreuz gelegt hat?«

Kon-kim sackte wie ein angestochener Ballon zusammen. Er keuchte. Seine Lippen wurden blutlos, die Wangen weiß. Mit geschlossenen Lidern lehnte er sich an die Wand. »Erzähl, was du weißt.«

David Hamilton entsprach dieser Bitte.

Kon-kim hörte ihm schweigend zu und öffnete die Augen erst, als der Amerikaner endete. »Ich kann jetzt nicht klar denken«, sagte er nach einer Weile. »Eins aber weiß ich bestimmt: daß ich nie begreifen werde, wie sich ein Mensch so verstellen kann. Wenn Kinki jetzt hier wäre, würde ich sie umbringen.«

»Rede nicht solchen Unsinn«, entgegnete der Freund ungehalten. »So einfach kann man es sich nicht machen. Und außerdem wäre es verdammt ungerecht.«

»Wieso?« erregte sich Kon-kim.

»Hast du dich etwa nicht verstellt?«

»Nein, meine Liebe war echt.«

David Hamilton wurde böse. »Deine Liebe mag echt gewesen sein. Darüber hinaus aber war alles Lüge. Was würdest du wohl sagen, wenn ich dich jetzt niederknallte, nur weil du dich mir gegenüber verstellt hast und meine Dollars auf den Grund des Meeres schicktest?«

»Das tat ich im Interesse meiner Heimat.«

»Und in welchem Interesse handelte Kinki?«

Kon-kim schlug mit der Faust auf den Boden. »Ich weiß, worauf du hinauswillst. Und dennoch besteht zwischen ihr und mir ein riesiger Unterschied. Ihr Kampf war nicht fair; sie hat Liebe geheuchelt.«

»Im Kampf sind alle Mittel erlaubt.«

»Eben nicht«, widersprach Kon-kim. »Wer sich über menschliche Gefühle und Empfindungen hinwegsetzt, stellt sich außerhalb der menschlichen Gemeinschaft.«

David Hamilton rümpfte die Nase. »Hochtrabende Worte, nach denen sich niemand richtet, wenn es darauf ankommt. Auch du nicht. Oder hast du an die Gefühle und Empfindungen der Menschen gedacht, die ihre Angehörigen durch deine Aktionen verlieren mußten?«

Kon-kim stützte den Kopf in die Hände. Er hörte den Freund, dachte aber an Kinki Yasuda. Sein Herz verkrampfte sich. Ein Abgrund tat sich vor ihm auf. Der Schrei ungezählter Menschen drang an sein Ohr. Dazwischen immer wieder: Kinki! Kinki!

»Na, also«, fuhr der Amerikaner fort. »Zeig nicht auf andere, wenn deine Hände nicht ausreichen, die eigenen Fehler zu verdekken. Wir alle tun Dinge, die uns im Grunde genommen gegen den Strich gehen. Betrachte nur dich! Die chinesische Regierung wird dir gesagt haben: Wir brauchen einen Agenten in Japan. Well, du handeltest als guter Sohn deines Vaterlandes. Kinki Yasuda dürfte es ähnlich ergangen sein. Und mir sagten amerikanische und kanadische Senatoren: Aus diesen und jenen Gründen haben wir ein Interesse daran, Waffen an Tschiang Kai-schek zu liefern. Go on, boy! Wirst 'ne schöne Stange Geld daran verdienen.«

Kon-kims Gedanken kreisten um Kinki Yasuda. Niemand aber sollte erfahren, was er dachte und empfand. Auch sein *Bruder durch Zuneigung* nicht. »Was hast du mit Tschiang Kai-schek zu tun?« fragte er wie mit letzter Kraft. »Vorhin hast du erklärt, ein Kompagnon Vera McLeans zu sein.«

»Stimmt. Ich stieg in ihr Geschäft ein, um sie zwingen zu können, mir die Lieferungen an Tschiang Kai-schek zu überlassen, an denen sie natürlich ebenfalls profitierte.«

»Ihr habt kaltschnäuzig an beide Seiten geliefert?«

»Und verdient!« fügte David Hamilton in rücksichtsloser Offenheit hinzu.

Kon-kim faßte sich an den Kopf. »Allmählich bleibt mir der Verstand stehen. Aber du hast recht: meine Worte waren hochtrabend. Wir tun wirklich alle Dinge, die uns im Grunde genommen gegen den Strich gehen. Und warum ist das so? Weil wir unter Anrufung höchster Ideale zu Stimmvieh, zu Kanonenfutter und Marionetten degradiert werden, wodurch wir zwangsläufig vom rechten Weg abkommen und das geheimnisvolle Recht einbüßen, das uns über nichtdenkende Individuen erhebt.«

»That's right!« erwiderte David Hamilton lebhaft. »Und ich sage dir: Wenn das so weitergeht, werden wir eines Tages keine Menschen mehr sein, nur noch willenlose Geschöpfe: Sand! Sand in Gottes Mühlen!«

»Sand, der zermahlen wird«, entgegnete Kon-kim voller Bitterkeit. Er dachte an Kinki Yasuda und hörte das Knirschen der Mühle, in die er geraten war.

»So habe ich es nicht gemeint«, protestierte der Amerikaner. »Ich wollte vielmehr sagen, daß wir Menschen allmählich zu Sand werden, der das Getriebe der göttlichen Mühle überbeansprucht und es eines Tages zerstört! Aber dann gnade uns Gott! Dann wird ein Tohuwabohu ausbrechen und die Erde vom milliardenfachen Schrei denkunfähig gewordener Individuen erfüllt sein.«

»Hör auf«, erregte sich Kon-kim.

David Hamilton erkannte, daß es keinen Sinn hatte, das von ihm bewußt ausgedehnte Gespräch weiterhin zu verlängern. Er erhob sich und klopfte Kon-kim auf die Schulter.

»Es bleibt also dabei. Übermorgen um vier Uhr steigst du in die Kiste, und um zehn bringt sie der Fahrer zum Schiff, das fahrplanmäßig um zwölf auslaufen soll. Nimm dir vorsorglich etwas zum Knabbern mit.«

»Vielleicht auch noch eine Trompete, damit ich mir notfalls den letzten Marsch blasen kann?«

Der Amerikaner bleckte die Zähne. »So gefällst du mir schon besser. Im übrigen möchte ich dir empfehlen, mich gelegentlich in Singapore zu besuchen. Wenn alles klappt, werde ich mich dort ansässig machen.«

»Wieder als Journalist?«

Der Freund grinste. »Lieber nicht. Du könntest mir erneut in die Quere kommen.«

»Ganz bestimmt nicht. Ich habe die Schnauze voll und werde

versuchen, mich vom Sandkorn zum Menschen zurückzuentwikkeln.«

»Ein prächtiger Vorsatz. Vielleicht mache ich mit.«

»Du steckst zu tief im Waffenhandel.«

»Aus dem in Singapore ein offizielles Geschäft werden soll. Wahrscheinlich gründe ich mit Henry Dymont, der mir den Tip gegeben hat, eine Firma. Regierungsaufträge und so.«

Kon-kim reichte ihm die Hand. »Ich wünsche euch Glück und werde mich melden, wenn übermorgen nichts schiefgeht.«

Kon-kim war wie ausgebrannt, als er in sein Versteck zurückkletterte. Während all den in Japan verbrachten Jahren hatte er sich nie so verstellen müssen wie in der letzten Viertelstunde. Manchmal war er nahe daran gewesen, aufzuschreien. Doch dann hatten ihn Schmerz und Stolz gezwungen, seine Schwäche zu verbergen.

Auf dem dunklen Dachboden liegend aber wurde er sich erst so recht der Ungeheuerlichkeit dessen bewußt, was ihm der Freund mitgeteilt hatte. Erst jetzt begriff er ganz, was er verloren hatte: nicht nur die Geliebte, sondern den Glauben an die Frau schlechthin. Jederzeit wäre er bereit gewesen, sein Leben für Kinki Yasuda hinzugeben. Er konnte sich nicht vorstellen, daß ihr Herz ausschließlich dem Staat gehört haben sollte.

Scham überkam ihn, wenn er an die Zärtlichkeiten dachte, die sie ausgetauscht hatten. Tränen standen ihm in den Augen, wenn er sich vergegenwärtigte, mit welchen Worten er Kinki Yasuda getröstet hatte, als sie über das Nichterscheinen der heiligen Karpfen verzweifelt gewesen war.

Unwillkürlich dachte er an seine Mutter, die ihm einmal gesagt hatte: ›Eine Frau kann in der Liebe wohl größer, aber auch grausamer als der Mann sein.‹

Der Satz brachte ihn in solche Erregung, daß er ernstlich überlegte, ob er Kinki Yasuda aufsuchen solle, um an ihr den Spruch der Mutter ad absurdum zu führen.

Doch das waren nur Aufwallungen. Er konnte nicht über die Hürden hinwegspringen, die Vernunft und Liebe vor ihm errichteten. Wenn er es auch nicht wahrhaben wollte, er liebte Kinki Yasuda auch jetzt noch und war außerstande, das Erlebte zu negieren und als unwahr auf den Scherbenhaufen zu werfen, auf den er sich plötzlich gestellt sah. Wenn sie es fertiggebracht hatte, sich ihr Herz aus dem Leibe zu reißen, um es auf den Altar des Vaterlandes zu legen, dann war sie zu bedauern und das Regime zu bemitleiden, das den Individualismus so weit ausmerzt, daß derartige Forderungen erhoben werden können.

Aber es blieb nicht beim Bemitleiden der Nation, die das Einzelwesen mißachtet und auf den Weg des Elends stellt, wenn Gründe der Staatsraison solches erfordern. Aus der Auflehnung wurde Verachtung, und daraus erwuchs ein Haß, der in Wahrheit nur der Blitzableiter für den Schmerz war, den er empfand und für den er nicht jenen Menschen verantwortlich machen wollte, den er mit allen Fasern seines Seins geliebt hatte und noch liebte.

Schon in dieser Stunde wußte Kon-kim, daß er Kinki Yasuda niemals vergessen würde. Er war sich aber nicht bewußt, daß er bereits damit begonnen hatte, aus seinem Herzen eine Grube zu machen, die seinem Leben eines Tages eine entscheidende Wende geben sollte. Ihm fiel vielmehr der greise Vater ein, der ihm, an den weisen *Kung-tse* erinnernd, vor seiner Reise nach Amerika gesagt hatte: ›Als ich fünfzehn Jahre alt war, hatte ich mich zum Lernen entschlossen; mit dreißig stand ich fest auf den Beinen; mit vierzig war ich frei von Zweifeln; mit fünfzig erkannte ich den Willen des Himmels; mit sechzig waren mir Weisheiten nicht mehr fremd; und mit siebzig konnte ich den Wünschen meines Herzens folgen, ohne gegen bestehende Regeln zu verstoßen.‹

Werde auch ich einmal so sprechen können, fragte sich Kon-kim. Er bezweifelte es, da er sich in eine Zeit gestellt sah, über die ein Orkan hinwegfegte, der die schöpferische und natürliche Unruhe des Herzens raubt und eine Leere hinterläßt, die den Menschen so einsam macht, daß er den Sinn des Lebens nicht mehr erkennen kann und in Gründe hinabtreibt, die destruktives Denken zeugen und gebären.

Keine Minute konnte er in dieser Nacht schlafen. Unablässig kreisten seine Gedanken um Kinki Yasuda, und gar manches Mal preßte er die Zähne aufeinander, um ihren Namen nicht auszusprechen.

Dafür ging ihr Name um so leichter über die Lippen Vera McLeans, als David Hamilton in dieser Nacht in das *Imperial* zurückkehrte.

»Du wirst es nicht für möglich halten«, begrüßte sie ihn aufrecht in ihrem Bett sitzend, »aber mein Instinkt hat mich nicht getäuscht.

Ich habe wieder einmal recht behalten. Die Puppe Kinki Yasuda war tatsächlich eine Agentin der *Kempetai!*«

Der Amerikaner warf seinen Hut in einen Sessel und gab sich einen verwunderten Anschein. »Woher weißt du das?«

»Von Oberst Okada, den ich zufällig in der Hotelhalle traf. Und jetzt halte dich fest: das kleine Luder hatte sich in Kon-kim verliebt und sich auf seine Seite geschlagen.«

David Hamilton, der sich gerade eine Zigarette anzünden wollte, fiel das Streichholz aus der Hand.

Vera McLean griff nach einer neben ihr liegenden Bonbonniere. »Schau schnell in den Spiegel! Ein dümmeres Gesicht hast du noch nie gemacht.«

»Sie hat sich auf Kon-kims Seite geschlagen?« fragte er entgeistert.

»Ja«, antwortete Vera McLean.

»Und der Oberst weiß das?«

Sie nickte und wählte eine Likörbohne, die sie zunächst anknabberte und erst dann in den Mund steckte. »Du machst dir keinen Begriff, in welcher Verfassung er war. Aschgrau ist er gewesen. Nun ja, ich kann das verstehen. Kon-kim spurlos verschwunden, die Yasuda nicht zu finden... Es wird ihn die Stellung kosten.«

»Kinki ist fort?« rief David Hamilton wie elektrisiert.

»Ach, das weißt du ja noch nicht«, fuhr sie scheinheilig fort. »Den reinsten Film hat diese kleine Lotosblüte gedreht. Wie sie entkommen ist, weiß man nicht genau. Die Tatsache aber, daß ihr Zimmerfenster offenstand und keiner der benachten Hotelausgänge von ihr benutzt wurde, spricht dafür, daß sie des Nachts über die Feuerleiter hinabgestiegen sein muß. Wahrscheinlich schon vor drei Tagen, da das Personal übereinstimmend aussagt, sie seitdem nicht mehr gesehen zu haben. Ist das nicht toll?«

Die Gedanken des Amerikaners überschlugen sich. »Und sie ist spurlos verschwunden?«

»*Ist? War*, mein Lieber. Heute nachmittag wurde sie in der Bucht von Enoshima angeschwemmt. Gar nicht weit von der Anlegestelle entfernt, an der Kon-kim seine Yacht liegen hatte.«

David Hamiltons Denkvermögen setzte aus. Unfähig, sich über Vera McLean zu erregen, ließ er sich in einen Sessel sinken, wo er geistesabwesend vor sich hin starrte und nicht mehr hörte, was Vera McLean des weiteren im Plauderton erzählte. Nur einmal noch horchte er auf, als von einem Zettel die Rede war, den man in Kinki Yasudas Schmuckschatulle gefunden hatte.

»Was sie geschrieben hat, soll ein *Haiku* sein«, sagte Vera McLean. »Weißt du, eines dieser unsinnigen Gedichte der Japaner. Ich habe es mir vorsorglich notiert, weil ja immer noch die Möglichkeit besteht, daß Kon-kim sich an uns wendet. Es macht dann einen guten Eindruck, wenn wir ihm alles erzählen können.«

David Hamilton erhob sich wie mit letzter Kraft. »Wo finde ich das Gedicht?«

Sie warf ihm eine neben ihr liegende Zeitung zu. »Irgendwo auf dem Rand.«

Er nahm das Blatt und las: *›Eines Zufalls Laune brachte Erfüllung mir – ich danke dafür.‹*

Mein Gott, dachte er. Warum habe ich nicht einige Stunden früher erfahren...

Sein Blick fiel auf Vera McLean, die genießerisch eine weitere Praline anknabberte. Er hätte ihr ins Gesicht schlagen mögen, verließ statt dessen aber den Raum, um den Portier um ein Einzelzimmer zu bitten.

Gleich in der Frühe des nächsten Morgens suchte David Hamilton das Büro Henry Dymonts auf, dem er voller Verzweiflung erzählte, was er seinem Freund über Kinki Yasuda gesagt und kurz danach von Vera McLean erfahren hatte.

Der Engländer war erschüttert, widersprach aber energisch, als der Amerikaner den Vorschlag machte, Kon-kim über den Tod Kinki Yasudas zu informieren.

»Das wäre unverantwortlich«, beschwor er ihn. »Unabhängig davon, daß Sie verfolgt und beobachtet werden könnten, wenn Sie das *Café Verdi* aufsuchen, besteht durchaus die Gefahr, daß Mister Lee nach Erhalt dieser Nachricht die Nerven verliert und Amok läuft. Und das wenige Stunden vor seiner Rettung!«

»Aber wir können ihn doch nicht in dem Glauben belassen, daß Kinki ihn verraten hat«, erregte sich David Hamilton.

»Das müssen wir sogar! Versetzen Sie sich in seine Lage! Würden Sie keinen Schock bekommen, wenn Sie erfahren, daß Ihre Geliebte, durch Ihre Handlung bedingt, in den Tod flüchtete? Nein, mein Lieber, das Risiko dürfen wir nicht eingehen. Wenn Ihr Freund jetzt die Wahrheit erfährt, macht er garantiert die größte

Dummheit seines Lebens. Und was wird dann aus der Japanerin, die sich für ihn eingesetzt hat? Was aus dem Kraftfahrer, aus Ihnen und mir? Dann kommt doch alles heraus! Im übrigen ist es für Mister Lee weitaus besser, zu denken, von einer Frau verraten zu sein, als zu wissen, den Tod eines geliebten Menschen verschuldet zu haben. Sie werden ihn also nicht informieren; weder jetzt noch später.«

Die Argumente des Engländers verfehlten nicht ihre Wirkung, und Kon-kim, der in der Dunkelheit des darauffolgenden Morgens auf einen nur kurz anhaltenden Lastwagen sprang und sich gleich darauf in eine mit kleinen Luftlöchern versehene Kiste legte, trug ein verhärtetes Herz in sich, das kälter schlug als der Hammer, mit dem die Kiste während der Weiterfahrt vernagelt wurde. Aber bezeichnend schien es ihm zu sein, daß er Japan gewissermaßen in einem Sarg verließ. Und auch das Rasseln der Ketten, die später um die Kiste gelegt wurden, um ihn an Bord und in die Freiheit zu hieven, betrachtete er als äußerst bedeutungsvoll.

Zweites Buch

Der Rebell

Der Edle
ist in der Armut
nicht unwürdig
und im Reichtum
nicht hochmütig.

Kung-tse

Das Tor der verachteten Liebe

Während der Überfahrt nach Hongkong stand Kon-kim des Nachts regelmäßig einige Stunden am Heck des Schiffes, um in die Richtung des Landes zurückzublicken, das ihm neben vielen aufregenden Jahren auch die schönsten Stunden seines Lebens geschenkt hatte. Zu seiner eigenen Verwunderung konnte er ohne Bitterkeit an Kinki Yasuda denken. Sein Herz war empfindungslos geworden. Nur des Morgens, wenn er erwachte und sich bewußt wurde, was er verloren hatte, verspürte er einen Schmerz, als würde er von einem Dolch durchbohrt. Aber auch in solchen Augenblicken quälte ihn kein verletzter Mannesstolz. Es war vielmehr die grenzenlose Enttäuschung, die ihn immer neu erfaßte und die er mit der Lektüre alter chinesischer Zeitungen zu überwinden versuchte, die der Chiefsteward in seine Kabine gelegt hatte.

Ihnen konnte er entnehmen, daß nationale Truppen sich geweigert hatten, den von Tschiang Kai-schek befohlenen ›Ausrottungsfeldzug‹ gegen die in die Provinz Shensi geflüchteten Kommunisten durchzuführen. Der Generallissimus war daraufhin nach Sian geflogen, um die Situation zu klären. Seine eigene Truppe setzte ihn jedoch gefangen und forderte Frieden mit den Kommunisten und Widerstand gegen die immer stärker in China einfallenden Japaner. Davon wollte Tschiang Kai-schek nichts wissen. Er beharrte auf seinem Standpunkt und drohte selbst als Gefangener, daß er jeden rebellierenden Offizier und Soldaten erschießen lassen werde, sobald er wieder frei sei. Mit der Zeit wurde ihm freilich klar, daß seine Position die schwächere war, und erst als es in der Nankinger Regierung zu Streitigkeiten unter seinen Anhängern kam, von denen viele seine Politik selbst auf die Gefahr hin aufrechterhalten wollten, daß er, Tschiang Kai-schek, von der eigenen Truppe umgebracht werde, erklärte er sich zu dem von seinen Offizieren geforderten Gespräch mit Chou En-lai bereit.

Das Treffen kam zustande, und im Verlauf von mehreren Unterredungen gewann der Generalissimus die Überzeugung, daß die eigene Truppe ihn tatsächlich töten würde, wenn er keinen Frieden mit den Kommunisten schließe, die gewillt waren, ihn als Staatsoberhaupt zu akzeptieren, falls er mit ihnen eine gemeinsame Front gegen die japanischen Aggressoren bilde.

Dennoch gab Tschiang Kai-schek nicht gleich nach. Er stellte weitere Forderungen und erreichte, daß die Kommunisten sich verpflichteten, den von ihnen gegründeten unabhängigen Titularstaat aufzugeben und in ›Gebietsverwaltung‹ umzubenennen. Außerdem machten sie die Zusage, die ›Rote Armee‹ als ›Achte Feldarmee‹ unter seine strategische Führung zu stellen.

Die von Chou En-lai und Mao Tse-tung gemachten Konzessionen waren beachtlich, und die Bevölkerung jubelte. Unfaßbar schien es ihr, daß es eine Partei gab, die ihre Interessen denen des Vaterlandes unterordnete, und von Stund an stieg das Ansehen der Kommunisten in den Augen aller nationalgesinnten Chinesen.

Kon-kim blieb trotz des positiven Bildes, das die Zeitungen über die derzeitige Lage in der Heimat gaben, nach wie vor skeptisch. Er konnte sich nicht des Eindruckes erwehren, daß die Kommunisten der Öffentlichkeit Sand in die Augen streuten. Und da die innere Befriedung nicht durch einen Sieg, sondern durch einen Vertrag erreicht worden war, erschien es ihm fraglich, ob beide Parteien ehrlich gewillt waren, den Frieden auf die Dauer zu erhalten. Darüber hinaus war es auch möglich, daß Mao Tse-tung und Chou En-lai den Kampf gegen die einfallenden Japaner lediglich propagierten, um den Generalissimus zu zwingen, seine Armeen in Gefechte zu schicken, aus denen sie nur geschlagen zurückkehren konnten, da ihnen die Japaner in Ausrüstung und Ausbildung weit überlegen waren.

Wegen dieser Gefahr hatte sich Tschiang Kai-schek schon lange geweigert, den Kampf mit den Japanern aufzunehmen. Wenn seine Heere unterlagen, und damit mußte er rechnen, dann blühte der kommunistische Weizen. Er konnte sich nur retten, indem er ›Raum verkaufte, um Zeit zu gewinnen‹.

Doch so verständlich es für Kon-kim war, daß sich der Generalissimus über die politische Entwicklung grämte, er empörte sich, als er in Hongkong erfuhr, daß Tschiang Kai-schek unmittelbar nach seiner Freilassung den Befehl gegeben hatte, alle Mitglieder der Familie jenes Offiziers zu töten, der ihn gefangengenommen und zum Gespräch mit Chou En-lai gezwungen hatte. Einen Feldzug der Rache ließ er veranstalten, in dem 124 unschuldige Menschen hingerichtet wurden.

Sand in Gottes Mühlen, dachte Kon-kim, als ihm der kleine Chinese Ta Tso-lin, den er vor Jahren in der Hongkonger Fremdenpension kennengelernt und nun erneut dort getroffen hatte, von Tschiang Kai-scheks Feldzug der Rache berichtete. »Aber das ist noch nicht alles«, fuhr der sonst ruhige ältere Herr erregt fort. »Tschiang Kai-schek hat auch...«

»Ich flehe Sie an, mich mit allem zu verschonen, was mit Politik zu tun hat«, unterbrach Kon-kim ihn ungewohnt heftig.

Der Chinese sah ihn verständnislos an. »Aber warum denn? Sie, der Sie im Auftrage Tschiang Kai-scheks nach Japan reisten, müssen doch ein Interesse daran haben, zu erfahren, wie es daheim aussieht.«

Kon-kim legte seine Eßstäbchen auf die vor ihm stehende Reisschale. »Woher wissen Sie, daß ich in besonderer Mission nach Japan fuhr?«

Ta Tso-lin lächelte hintergründig. »Heute kann ich es Ihnen sagen. Auch ich war ein Mitarbeiter Oberst Tushis, des Leiters der Nachrichtenzentrale von Whampoa, der inzwischen in das Lager Mao Tse-tungs hinüberwechselte. Er glaubte es nicht verantworten zu können, für eine Regierung tätig zu sein, die den Feind widerstandslos in das Land einfallen läßt. Doch das nur nebenbei. Oberst Tushi teilte mir seinerzeit mit, daß Sie bereit seien, als Agent nach Japan zu gehen, aber darauf bestünden, ohne Verbindungsleute zu arbeiten. Er hatte Verständnis dafür und bat mich, Ihren Namen in keiner Liste zu führen, jedoch dafür zu sorgen, daß sie einige Empfehlungsschreiben an in Japan lebende Persönlichkeiten erhielten. Ich entsprach seiner Bitte, indem ich Sie meinem Freund Doktor Haji empfahl.«

Kon-kim nahm seine Eßstäbchen wieder auf und stocherte in seiner Schale herum. »Bestand zwischen Oberst Tushi und Doktor Haji ebenfalls eine Verbindung?«

»Ja.«

»Und Sie glauben, daß der Oberst unsere Namen für sich behalten wird?«

»Wahrscheinlich nicht.«

»Also müssen Sie, Doktor Haji, ich und viele andere damit rechnen, schon heute auf Mao Tse-tungs Agentenliste zu stehen.«

»Das ist gut möglich«, erwiderte Ta Tso-lin gelassen. »Aber was spielt das für eine Rolle? Erstens sind wir nicht verpflichtet, für

Mao zu arbeiten, und zweitens dürften jedem von uns kommunistische Chinesen immer noch lieber sein als plündernde Japaner. Und über diese sowie über Tschiang Kai-scheks egozentrische Politik möchte ich mich mit Ihnen unterhalten.«

»Ich aber nicht«, entflog es Kon-kim. »Die zurückliegenden Jahre und ein scheußliches Erlebnis haben mir die Lust und die Kraft genommen, mich künftig mit politischen Dingen zu beschäftigen. Um meiner selbst willen muß ich jeder Debatte aus dem Wege gehen. Zumindest so lange, bis ich Abstand gewonnen habe.«

Ta Tso-lin zeigte Verständnis, schrieb aber noch am gleichen Abend einen Brief an Dr. Haji, dem er mitteilte, daß Lee Kon-kim völlig unerwartet und merkwürdig verändert aus Japan zurückgekehrt sei. Darüber hinaus informierte er den Inder über das mit Kon-kim geführte Gespräch und brachte zum Ausdruck, daß der chinesische Nachrichtendienst wahrscheinlich seinen besten Agenten verloren habe.

Ta Tso-lin täuschte sich nicht. Kon-kim war fest entschlossen, alle Brücken hinter sich abzureißen. Was er anfangen wollte, wußte er noch nicht, aber auf der Überfahrt nach Hongkong hatte er sich vorgenommen, in Zukunft mit Gelassenheit zu nehmen, was Volksführer geschäftig werden läßt, und geschäftig zu sein, wo Staatsmänner gelassen bleiben. So hatte sein Vater gehandelt, und nach dieser Devise lebten auch seine Mutter und Onkel Hu, in deren Nähe er seine verlorengegangene Ruhe wiederzugewinnen hoffte. Er meldete sich bei ihnen jedoch erst an, nachdem er sich in Hongkong neu eingekleidet und eine Dschunke gechartert hatte, so daß er sagen konnte, zu welcher Stunde er in Kanton eintreffen würde.

Bewußt fuhr Kon-kim nicht mit der Bahn nach Kanton. Er wollte die chinesische Landschaft auf sich einwirken lassen und jeden Meter genießen, der ihn näher an die *Stadt der Widder* heranbrachte. Ihn beglückte allein schon die Tatsache, wieder unter Chinesen zu sein, und voller Rührung blickte er über die mustergültig bestellten Felder zu beiden Seiten des Perl-Flusses, an dem hier und dort Wildenten aufstiegen und nackte Jungen schwerfällige Büffel durch den Uferschlamm in das Wasser trieben. Die zerfetzten Segel der Dschunken, die er auf der Ausreise als Symbol der chinesischen Tragödie angesehen hatte, wirkten nun jedoch malerisch inmitten der Armut, die jetzt selbst dem Landschaftsbild ihr Gepräge gab.

Lediglich die glasierten Dachziegel leuchteten noch in rubinroten und smaragdgrünen Farben. Die früher saphierblau und chromgelb gestrichenen Tore aber waren ebenso verblaßt wie die sie flankierenden verwitterten Säulen, deren roter Lack ehemals in der Sonne geglänzt hatte.

Armes China, dachte Kon-kim, als das wie von einer braunen Staubkruste überzogene Kanton näher heranrückte und die Spuren des Verfalls in schmerzhafter Deutlichkeit in Erscheinung traten.

Vom Fremdenhaß aber war nichts mehr zu bemerken. Der Hunger hatte die Menschen so stumpf gemacht, daß sie nur noch an ihr nacktes Leben dachten. Fremde und Besitzende waren ihnen gleichgültig geworden. Nicht vorwärts, sondern rückwärts war man marschiert. Man stand wieder dort, wo die drangsalierten Vorfahren gestanden hatten, die mit leeren Mägen die Felder der Reichen bestellt und ehrerbietig die Köpfe entblößt hatten, wenn kostbare Gewänder an ihnen vorüberrauschten. Das Elend der vergangenen Jahre, in denen sich die korrupten Offiziere und Beamten Tschiang Kai-scheks in unvorstellbaren Ausmaßen bereichert hatten, lastete wie Blei auf den Schultern des Volkes, und die diktatorischen Maßnahmen und willkürlichen Verhaftungen hatten es zu einem geprügelten Hund gemacht, der sich nicht auflehnt, sondern schreckerfüllt davonläuft, sobald er seinen Peiniger erblickt. Und wie jener Hund winselnd herankriecht, wenn ihm ein Knochen gezeigt wird, so duckte sich das unterdrückte Volk jetzt vor den Besitzenden, deren Reichtum es bestaunte.

Kon-kims Onkel Hu wußte dies. Er verzichtete deshalb nicht darauf, seinen Neffen in einer Sänfte abzuholen, die von Dienern in der provozierenden Kleidung vergangener Tage getragen wurde. Er selbst hatte ein golddurchwirktes Gewand angelegt und beim Aufsetzen der mit Purpurknöpfen versehenen Mandarinenkappe an Mutter Lee Wei gewandt gesagt: »Und wenn man mich einsperren sollte, heute werde ich es mir nicht nehmen lassen, das ehrwürdige Kleid des kaiserlichen Beamten zu tragen.«

Kon-kims Mutter hatte still vor sich hingelächelt. »Weißt du, was du erklärtest, als du uns damals zum Schiff brachtest?«

Er schüttelte den Kopf.

»Dem Inhalt nach das gleiche. Nur die Formulierung war anders. Du sagtest: ›Und wenn man mich steinigen und erschlagen sollte...!‹«

»Woraus du ersiehst, wie sich die Zeiten geändert haben«, antwortete er mit erhobenem Finger. »Damals fürchtete man das Volk, heute die Regierung.«

»Und wie wird es morgen sein?«

Er blickte nachdenklich vor sich hin. »Vielleicht wird man uns dann das Fürchten verbieten.«

Der kaum gealterte, aber noch korpulenter gewordene Onkel erinnerte sich an diese zynische Bemerkung, als er angesichts der herangleitenden Dschunke aus seiner Sänfte stieg und durch ein Spalier von Menschen schritt, die von allen Seiten herbeieilten, um den Mann zu bestaunen, der den Mut hatte, sich öffentlich in der Kleidung des ehemaligen kaiserlichen Beamten zu zeigen.

Unser Volk ist hoffnungslos geworden und hat damit die letzte Stufe erreicht, auf der man stehen kann, dachte er, als er mit gütigem Lächeln in die Gesichter der Menschen blickte. Nur mit Mühe gelang es ihm, zur Dschunke emporzuschauen, an deren Reling Kon-kim mit gegeneinandergelegten Händen stand und sich vor ihm verneigte.

Der Onkel erwiderte den Gruß und unterdrückte Tränen der Rührung, als sein Neffe bald darauf über eine an das Ufer geschobene Planke auf ihn zueilte. »Willkommen im Land deiner ehrenwerten Ahnen«, begrüßte er ihn mit erstickter Eunuchenstimme.

Kon-kim verbeugte sich erneut. »Ich bin glücklich, wieder bei euch zu sein.«

Der Onkel betrachtete ihn prüfend. »Du bist allein?«

Kon-kim nickte mit ausdrucksloser Miene.

Für den Bruchteil einer Sekunde flackerte das Auge des Onkels, dann hatte er sich in der Gewalt und sagte ablenkend: »Komm, meine Diener werden sich um dein Gepäck kümmern.« Mit keinem Wort erwähnte er Kinki Yasuda, die er in Begleitung von Kon-kim vermutet hatte. Er stellte auch keine diesbezügliche Frage, als sie in der Sänfte saßen und sich nach Hause tragen ließen. Der Gesichtsausdruck seines Neffen hatte ihm genügend gesagt.

»Wie geht es der Mutter?« fragte Kon-kim.

Onkel Hu gluckste zufrieden:

»Sie freut sich über deine Rückkehr wie ein junges Mädchen, zügelt das Gesinde wie eine reife Frau, kommandiert mich wie des Drachenkönigs Töchterlein, leitet den Haushalt, ohne ihn zu führen, behauptet furchtbar alt geworden zu sein, verschönte ihr Antlitz in Wirklichkeit durch Falten ehrwürdigen Leides und behielt das besorgte Herz einer Mutter, die auch im fünfunddreißigjährigen Sohn noch ein Kind erblickt.«

Kon-kim drückte dem Onkel stumm die Hand.

Der hielt sie fest, als wollte er sie nicht wieder loslassen. »Ich bin froh, daß du zurückgekommen bist, und ich hoffe, daß der Schoß der Familie dir nicht zu eng werden wird.«

»Ganz gewiß nicht«, erwiderte Kon-kim mit ernster Miene. »Die Weite der Fremde macht einsam. Überall muß ein Zoll Schatten mit einem Zoll Gold bezahlt werden.«

»Dieses Wissen wird dir helfen, mit dem hiesigen Leben, das sich sehr verändert hat, fertig zu werden«, erwiderte der Onkel. »Neben hochtrabenden Worten über unsere Zukunft gibt es nur noch Befehle, und neben dem Reichtum korrupter Beamter wuchert das größte Elend, das es geben kann. Die Masse lebt nicht mehr; sie vegetiert und gleicht einem Schatten im Wasser.«

»Und wo ist der einstmals von Borodin geschürte Fremdenhaß geblieben?«

»Gestorben. Wie das Leben.«

»Das hätte ich niemals für möglich gehalten.«

»Und es ist doch leicht zu erklären. Der Edle vergilt Haß mit Güte, der kleine Geist Güte mit Haß. Wen aber soll das Volk hassen, wenn es niemanden mehr gibt, der gütig zu ihm ist?«

Kon-kim sah den Onkel entgeistert an und dachte: Wie schlecht muß es um uns bestellt sein, wenn ein Mann wie Onkel Hu so ratlos werden kann, daß er überlieferte Weisheiten mit dialektischen Vernunftsschlüssen verknüpft. Er glaubte plötzlich zu wissen, was Soldaten empfinden, wenn sie nach einem verlorenen Krieg in die zerstörte Heimat zurückkehren und feststellen, daß sich neben dem äußeren Bild auch das Denken der Menschen verändert hat.

Ein Grauen erfaßte ihn und steigerte sein Verlangen, die Mutter in die Arme zu schließen. Er fieberte ihr förmlich entgegen, und als die Träger das Haus des Onkels erreichten und die Sänfte im Vorhof abstellten, setzte er sich über alle ehrwürdigen Gesetze hinweg und eilte in den *Garten des Balsams*, wo ihn die Mutter wie eine Königin mit klopfendem Herzen erwartete.

»Mutter!« rief er, umarmte sie und ließ sich auf die Knie sinken, um seinen Kopf in ihren Schoß zu vergraben.

Sie neigte ihr glattgescheiteltes Haupt und strich über sein wirres

Haar, als könne sie nicht begreifen, daß ihr sehnlichster Wunsch in Erfüllung gegangen war. Ihre Augen blickten verträumt. Um ihren Mund spielte ein leichtes Lächeln, das sich aber nur wenige Sekunden hielt und so plötzlich verschwand, daß es aussah, als habe sie sich bei etwas Unrechtem ertappt. »Stehe auf«, bat sie mit herber Stimme.

Er erhob sich und schaute ihr in die Augen. »Ich bin ja so froh, wieder bei dir zu sein. Und wie gut du aussiehst.«

Über ihr schmales Gesicht glitt ein von Rührung gerahmter Schatten. »Erspare dir Komplimente für jemand anderen«, entgegnete sie spröde. »Und laß jenen anderen und mich nicht ungebührlich warten.«

Kon-kims Lippen zuckten. »Ich bin allein, Mutter.«

Auf ihrer glatten Stirn bildete sich eine Falte, die jedoch gleich darauf wieder verschwand. »Setze dich«, forderte sie ihn auf. »Der Onkel kommt. Wir wollen Tee trinken.«

Der Onkel setzte sich neben ihn und gab einer in schwarz-glänzender Hose und weißer Weste gekleideten Dienerin das Zeichen, den Tee zu servieren.

»Es ist alles wie früher«, sagte Kon-kim im Bestreben, sich einen unbekümmerten Anschein zu geben.

»Ja«, erwiderte Onkel Hu. »Hier draußen ist noch alles wie früher, weil die Natur keinen falschen Ehrgeiz kennt und sich mit dem begnügt, was der Himmel spendet. Neues wächst nach und ersetzt altes, ohne das Alte zu verdammen und zu stürzen. Wir Menschen haben es verlernt, dem Flüstern der Natur zu lauschen.«

»Und wir übersehen darum immer mehr, daß alle Dinge vom Himmel gefügt sind und nichts von uns bestimmt werden kann«, setzte Mutter Lee Wei hinzu.

»Wohl dem, der darin Trost zu finden vermag«, entgegnete Kon-kim.

Die Mutter sah ihn vorwurfsvoll an. »Ich fand ihn in diesem Bewußtsein.«

Kon-kim dachte an die schweren Schicksalsschläge, die seine Mutter hatte erleiden müssen. Er bat um Verzeihung für seine unüberlegten Worte und erkundigte sich nach dem Ergehen seiner Schwester Li-tai.

Die entsetzten Gesichter der Mutter und des Onkels zeigten ihm, wie peinlich es sie berührte, daß er, der jahrelang in der Fremde geweilt hatte, in der Stunde des Wiedersehens eine so konkrete Frage an sie richtete.

»Die Ferne hat dich allem Anschein nach vergessen lassen, was Sitte und Brauch ist«, wies ihn die Mutter zurecht.

»Ich kann nur nochmals um Entschuldigung bitten«, erwiderte Kon-kim, dachte aber voller Verwunderung: Draußen steht eine Welt in Flammen; ihr Feuer vermag jedoch nicht über die Mauer zu dringen, die der Mensch um sich selbst errichtet. Das beweist, daß wir uns im Grund genommen alle schützen können. Wir müssen nur an den Himmel glauben und an dem festhalten, was unsere ehrenwerten Ahnen für gut befunden haben.

Illusionen gab sich Kon-kim allerdings nicht hin, er wußte, daß er nicht mehr die Fähigkeit besaß, im Geist seiner ehrenwerten Ahnen zu leben. Doch er fühlte sich wohl im *Garten des Balsams,* der ihn wieder zum Mitglied einer Familie machte. Ihm war es, als rücke eine unsichtbare Hand zurecht, was sich verschoben hatte.

Ein Glücksgefühl ganz seltener Art durchströmte Kon-kim, als er nach fast zweistündiger Unterhaltung das Zimmer aufsuchte, das er schon früher bewohnt hatte. Unwirklich und verträumt erschien ihm die Welt, in die er zurückgekehrt war, vergleichbar mit einer malerischen Felseninsel, der die stärkste Brandung nichts anhaben kann. Nichts hatte sich verändert. Der Alkoven war von den gleichen Brokatvorhängen verdeckt. An den Fenstern hingen noch immer die ein wenig altmodischen Muschelgardinen. Und auf dem leuchtendblauen Lacktisch vor der gemütlichen Sitzecke lag wie eh und je das *Buch der Wandlungen,* das *J. Ging,* das Kon-kim einst den Spruch: *Lebe in Harmonie mit dem Zeitalter, in dem du geboren bist,* geschenkt hatte.

Wie früher schon einmal, so nahm Kon-kim auch jetzt wieder das vom Priesterkönig Fu Hi zu Orakelzwecken geschaffene Werk in die Hand, um sich von ihm einen Spruch für den Lebensabschnitt geben zu lassen, dem er nun entgegenging.

Beherzt schlug er das Buch auf und las: *Wer das Wesen der ständigen Wandlung im Strom der Zeit erkannt hat, richtet seinen Sinn nicht auf die sich wandelnde Welle, sondern auf den unwandelbaren Strom, auf das Ewige, das in vielerlei Gestalt in allem Wandel wirksam ist.*

Den Spruch wiederholend, trat er auf den Balkon, um über das

Land hinwegzublicken, das er so lange nicht gesehen hatte. Er war glücklich, wieder daheim zu sein und dachte an das, was er sich auf der Überfahrt nach Hongkong vorgenommen hatte: In Zukunft mit Gelassenheit zu nehmen, was Volksführer geschäftig werden läßt, und geschäftig zu sein, wo Staatsmänner gelassen bleiben. Das *JGing* bestätigte die Richtigkeit seiner Überlegung und bekräftigte ihn in dem Vorsatz, seinem Leben eine neue Richtung zu geben.

Kon-kim dankte dem Himmel dafür, daß ihm die Möglichkeit gegeben war, sein Leben zu ändern. Noch in der gleichen Stunde suchte er mit Mutter Lee Wei und Onkel Hu die Ahnenhalle auf, wo der Onkel vor der aus Rosenholz geschnitzten Nordwand unter dem Bildnis Kung-tzes eine Weile meditierte und dann mit hoher Eunuchenstimme den ehrenwerten Ahnen meldete, daß Lee Kon-kim, der Sohn des ehrenwerten Lee Wu, nach langer Wanderung glücklich zurückgekehrt sei. Anschließend begaben sie sich in das Orchideenzimmer, um die letzte Flasche *Maotai*-Wein zu trinken, über die der Onkel noch verfügte.

»Ich habe sie in der Hoffnung aufbewahrt, sie eines Tages gemeinsam mit deiner Mutter und dir trinken zu können«, sagte er an Kon-kim gewandt. »Es heißt, daß man für diesen Wein seine Seele verkauft; die meine gebe ich her, wenn du bei uns bleiben und hier finden könntest, was du suchst.«

Kon-kim legte die Hände gegeneinander. »Wenn der Himmel es nicht anders bestimmt hat und du mir deine Bibliothek zur Verfügung stellst, werde ich nicht mehr fortgehen.«

»Du willst dich den Wissenschaften widmen?« fragten die Mutter und der Onkel wie aus einem Munde.

Kon-kim nickte. »Ich sehe keinen Sinn mehr in meinem bisherigen Tun.«

Der Onkel horchte auf. »Das habe ich kommen sehen, weil ich mir sagte, daß du es einmal leid werden wirst, dauernd im Gegenwind zu stehen.«

Mutter Lee Wei warf ihm einen unwilligen Blick zu. »Vergangenes soll uns nicht beschäftigen, wenn wir uns dem Kommenden zuwenden. Ich danke dem Himmel dafür, daß Kon-kim einen so großen Vorsatz gefaßt hat. Zumal ich mir nichts Schöneres denken kann, als sich den erhabenen Wissenschaften zuzuwenden.«

In dieser Hinsicht stimmte Kon-kim nicht ganz mit der Mutter überein. Er bekannte offen, daß er im Grunde genommen nur vor der Ausweglosigkeit flüchte, in die er geraten sei, erwähnte aber mit keinem Wort, was ihn in die Sackgasse getrieben hatte, in der er sich befand. Er sprach weder über seine Tätigkeit in Japan noch über Kinki Yasuda, und in all den nächsten Wochen und Monaten wurde auch nie eine diesbezügliche Frage an ihn gerichtet. Man war froh, ihn wieder daheim zu haben, und rührte nicht an Dinge, an die zu denken allein schon schmerzlich war.

Wenn Kon-kim auch erklärt hatte, sich den Wissenschaften widmen zu wollen, so waren Mutter Lee Wei und Onkel Hu doch verwundert, als sie sahen, mit welch fanatischem Eifer er sich in seine neue Aufgabe stürzte. Von morgens bis abends hockte er in der Bibliothek des Onkels, deren Tausende von Bänden eine unerschöpfliche Quelle für ihn bildeten, und nur äußerst selten warf er einen Blick in die Tageszeitung oder unternahm er einen Spaziergang durch die Stadt, um sich über den Lauf der Dinge zu informieren. Nur gelegentlich leistete er sich in der Dunkelheit den Luxus eines Stadtbummels.

Ihn befriedigten die nächtlichen Wanderungen. Sie zeigten ihm, daß die Not der Bevölkerung nicht so allgemein war, wie es bei seiner Rückkehr den Anschein gehabt hatte. Gewiß, die Kleidung der Menschen ließ sehr zu wünschen übrig, alles in allem aber war das Gesamtbild weitaus besser, als er es nach dem anfänglich Gesehenen erwartet hatte. Und überall sah man gutuniformierte Soldaten und Beamte, mit denen die Bevölkerung im besten Einvernehmen zu stehen schien. Schiefe und ängstliche Blicke, die vor Jahren an der Tagesordnung gewesen waren, wenn eine Uniform auftauchte, gab es nicht mehr, und es war offensichtlich, daß Tschiang Kaischek es unter den schwierigsten Umständen verstanden hatte, das Leben zu normalisieren und in geordnete Bahnen zu lenken.

Seinen Propagandarednern aber, die auf allen Plätzen das von ihm verkündete *Neue Leben* lauthals priesen, hörten nur wenige zu. Man kannte die Lehrsätze schon auswendig, wies verstohlen auf die Auslagen der Antiquitätenhändler, die kostbare Tempelschätze zum Verkauf anboten, und raunte: »Legales Plündern – Neues Leben.«

Es war erstaunlich, mit welcher Unverfrorenheit unersetzbare Kulturwerke, deren Herkunft eindeutig war, zu schwindelerregenden Preisen angeboten und ohne mit der Wimper zu zucken von

Ausländern gekauft wurden, über die nun aber nicht mehr das Volk, sondern die Regierung schimpfte. Es hatte sich eben vieles geändert.

Unter anderem auch die *Fünfstöckige Pagode*, deren Silhouette sich so beschwingt gegen den Himmel abhob, daß man versucht war, der Legende zu glauben, derzufolge sie zu Fuß von Peking nach Kanton gewandert sei, um den Perl-Fluß und die Weißen Berge zu sehen. An den Traufen ihrer geschwungenen Dächer hingen nicht mehr die silbernen Windglöckchen, deren zarte Klänge Kon-kim früher oftmals erfreut hatten. Sie waren abhanden gekommen, und niemand wußte, wer sie fortgeschafft hatte: das Militär, das immer Geld benötigte, oder ehrenwerte Familienväter, die nicht wußten, wie sie ihre Angehörigen satt bekommen sollten. Böse Zungen behaupteten, sie hätten sich auf den Weg nach Shanghai gemacht, um die Japaner aus der Internationalen Siedlung herauszuläuten und zu bitten, so schnell wie möglich nach Kanton zu kommen und dem Hickhack zwischen Kuomintang und Kommunisten ein befreiendes Ende zu bereiten.

Diese Deutung war gewiß gehässig. Sie drückte aber aus, was mancher Bürger insgeheim dachte. Man war den Krieg und das ständige Hin und Her zwischen den Parteien leid, die sich abwechselnd gnadenlos bekämpften und wortreich verbrüderten.

Kon-kim hatte sich vorgenommen, nur noch zu hören und zu sehen. Seine Welt war eine andere geworden, und je mehr er in den Büchern des Onkels las, um so größer wurde der Abstand von allem, was um ihn herum geschah.

Sehr zum Kummer seiner Mutter, die kein Verständnis dafür hatte, daß sich ihr Sohn restlos vom Leben zurückzog. Von Monat zu Monat festigte sich in ihr die Überzeugung, daß Kon-kim nicht um des Studiums willen vom frühen Morgen bis zum späten Abend in der Bibliothek hockte. Sie wurde ratlos und fragte sich schließlich, ob sie als Mutter nicht verpflichtet sei, ihren Sohn durch eine offene Aussprache in das reale Leben zurückzuzwingen. So glücklich sie darüber gewesen war, daß er sich den erhabenen Wissenschaften zuwenden wollte, sosehr litt sie nun unter der Vorstellung, daß er allein bleiben könne und keine Familie gründen würde. Sie fand aber nicht den Mut, das Thema anzuschneiden, da er sich schon bei der bloßen Erwähnung eines Frauennamens wie eine Schnecke in ihr Haus zurückzog.

Doch dann erhielt sie eines Tages einen Brief von ihrer Tochter Li-tai, der ihr die Möglichkeit zu geben schien, das sehnlichst erwünschte Gespräch herbeizuführen. Denn Li-tai teilte nicht nur mit, daß es ihr gut gehe und sie die Chance habe, einen angesehenen Gasthof zu kaufen, wenn ihr die Mutter die erforderliche Kaufsumme nach Sian überweise, sie schrieb auch ausführlich über Kon-kims ehemalige Braut Süa-tü, der in der kommunistisch verwalteten Provinz Shensi nun schon drei Ortschaften mit über zehntausend Einwohnern unterstanden.

Im Durst ist ein Becher Wasser wie süßer Wein, dachte Mutter Lee Wei, und noch am gleichen Abend sprach sie so nachhaltig und bewundernd über Süa-tü, daß Onkel Hu unruhig wurde und Konkim nervös überlegte, wie er auf den ungewöhnlichen Redestrom der Mutter reagieren solle.

Im Bestreben, ähnlich geartete Gespräche ein für allemal zu verbannen, entschloß er sich zur Flucht nach vorn. »Hör zu«, wandte er sich an die Mutter. »Du weißt, daß Süa-tü und ich durch widrige Umstände getrennt wurden, und du weißt auch, daß eine andere Frau in mein Leben trat, die ich dir als liebevolle Tochter ankündigte, aber nicht mitbrachte. Monatelang haben wir über diesen Punkt geschwiegen. Warum schneidest du ihn heute auf Umwegen an?«

Ihre dunklen Augen brannten plötzlich wie glühende Kohlen. »Weil du ein gesunder Mann bist und es in dieser Welt drei Arten von Pietätlosigkeit gibt, deren größte es ist, keine Nachkommen zu haben.«

Kon-kim stieg das Blut in den Kopf. »Wenn du mir das vorwirfst, muß ich dich an die Worte erinnern, die du am Abend meiner Rückkehr sprachst, als ich erklärte, mich den Wissenschaften widmen zu wollen. Damals sagtest du: ›Eine Landschaft mit Haus und Hof ist schön und gut, doch schöner noch sind Klöster und Tempelhöfe.‹ «

Mutter Lee erhob sich und erwiderte mit vor Erregung zitternder Stimme: »Ich weiß, daß ich das gesagt habe. Wenn du mir aber unterstellen willst, ich hätte damit zum Ausdruck bringen wollen, dich gerne in einem Kloster oder Tempel zu sehen, dann ziehe ich mich in mein Zimmer zurück und denke darüber nach, ob sich die Pflicht eines Sohnes darin erschöpft, seine Mutter den Verhältnissen entsprechend zu umsorgen. Man ist ja schließlich auch um das Wohlergehen von Hunden und Pferden besorgt. Worin besteht der Unterschied zwischen dem einen und anderen, wenn nicht in der Ehrfurcht?«

Kon-kim trat an die Mutter heran. »Es hat mir ferngelegen, dich durch eine Unterstellung zu kränken. Aber es gibt etwas, worüber ich noch nicht hinwegkomme. Laß mir also Zeit und sprich bis dahin nicht von Nachkommen und dergleichen.«

Der Ausdruck ihres schmalen Gesichtes wurde mild. »Könnte es dich nicht erleichtern, wenn du dich aussprechen würdest?«

Kon-kim schüttelte den Kopf.

»Zwing dich«, flehte sie ihn an. »Ein aufrichtiges Wort ist oft schwer für das Ohr, jedoch nützlich für das Handeln.«

»Gewiß«, entgegnete er. »Es gibt aber Situationen, in denen man schweigen soll.«

»Ich will dich nicht bedrängen«, erwiderte sie entmutigt. »Um eines nur bitte ich dich: mißhandle dich nicht selbst.«

Kon-kim streichelte ihre Wange. »Sei unbesorgt. Um dieses zu vermeiden, verbringe ich meine Tage in der Bibliothek.«

Onkel Hu, der schon eine Katastrophe hatte kommen sehen, faltete die Hände und legte sie wie erlöst auf seinen gewichtigen Bauch.

Wenige Tage nach dem so erregt begonnenen, aber friedlich beendeten Gespräch ereignete sich beim Frühstück etwas, das Mutter Lee Wei und Onkel Hu aufhorchen und erkennen ließ, welcher Art die von Kon-kim in Japan ausgeübte Tätigkeit gewesen war, über die er noch kein Wort verloren hatte. Es begann damit, daß der Onkel, der wie jeden Morgen nach der ersten Tasse Tee die Tageszeitung aufschlug, plötzlich wie erstarrt dasaß und mit bebenden Lippen stammelte:

»Die Japaner sind zum Angriff auf Nanking angetreten.«

Kon-kim, der in den letzten Monaten nur selten einen Blick in eine Zeitung geworfen hatte, riß ihm das Blatt förmlich aus der Hand und las den Artikel in verkrampfter Haltung, bis er schließlich aufatmend stöhnte: »Endlich scheint man auf mich gehört zu haben. Du lieber Himmel, wenn Maeda wüßte, daß ich es war...« Er unterbrach sich erschrocken und schaute unsicher von einem zum anderen.

»Wer ist Maeda?« fragte Onkel Hu.

»Ach, ein Bekannter von mir«, erwiderte Kon-kim wegwerfend. »Wir segelten oft zusammen.«

Die Mutter sah ihn erstaunt an. »Du hast gesegelt?«

»Ja, ich hatte mir eine Yacht gekauft. Der Sport hat mich schon immer interessiert, und da meine Bekannten versierte Segler waren, kaufte ich mir ein Boot.«

Der Onkel, der schnell nochmals einen Blick in die Zeitung geworfen hatte, sah Kon-kim lauernd an. »Hier ist von einem General Maeda, dem Befehlshaber der japanischen Truppen die Rede. Ist das dein Bekannter?«

Kon-kim nickte.

Onkel Hu kombinierte blitzschnell und dachte nicht daran, sich abschütteln zu lassen. »Komm, erzähle uns ein bißchen«, sagte er mit dem treuherzigsten Gesicht. »Was wolltest du zum Ausdruck bringen, als du sagtest: ›Wenn Maeda wüßte, daß ich es war...‹«

Kon-kim rettete sich aus der Klemme, indem er lachend erwiderte: »Du bist ein unangenehm aufmerksamer Zuhörer. An sich wollte ich die Geschichte für mich behalten, aber nun muß ich sie wohl zum besten geben. Um es kurz zu machen: General Maeda verplapperte sich eines Tages während einer Unterhaltung, wodurch ich Kenntnis von Plänen erhielt, die den jetzt erfolgten ›Angriff‹ betrafen. Daß ich mich daraufhin verpflichtet fühlte, Nanking zu verständigen, wirst du dir denken können.«

»Natürlich«, entgegnete der Onkel. »Per Luftpost und Einschreiben, wie ich vermute.«

Kon-kim grinste. »So ungefähr.«

»Und warum sagtest du: ›*Endlich* scheint man auf mich gehört zu haben?‹«

»Weil... Das ist doch ganz einfach. Weil in der Zeitung steht, daß der Angriff der Japaner blutig abgeschlagen wurde. Meine Meldung war also nicht umsonst, und ich gestehe, daß ich sehr glücklich darüber bin.«

»Ich nicht minder«, erwiderte der Onkel. »Damit ist aber das Wörtchen ›Endlich‹ noch nicht erklärt.«

Kon-kim zuckte die Achseln und erhob sich. »Ich weiß nicht, wovon du redest und muß jetzt arbeiten. Sayonara.«

»Ist das japanisch?«

»Ja. Und es heißt: Auf Wiedersehen.«

Onkel Hu schmunzelte. »Das Wort werde ich mir merken. Es

könnte ja sein, die Japaner besuchen uns eines Tages, dann weiß ich wenigstens, wie ich sie begrüßen kann.«

Mutter Lee Wei beugte sich erwartungsvoll zum Onkel hinüber, als Kon-kim den Raum verlassen hatte. »Weißt du bestimmt, daß er ›Endlich‹ gesagt hat?«

»Ganz bestimmt.«

»Das würde ja bedeuten, daß man vorher nicht auf ihn gehört hat.«

»Eben. Und daraus geht hervor, daß Kon-kim Nanking des öfteren über irgendwelche Dinge informierte. Wahrscheinlich über militärische Pläne, die er dem General Maeda entlockte.«

Die Mutter griff sich an den Mund. »Dann wäre er ja ein für China wichtiger Agent gewesen.«

»Daran zweifle ich keinen Augenblick mehr.«

»Der arme Junge«, jammerte Mutter Lee Wei. »Wenn ich mir vorstelle, was er ausgestanden haben muß!«

Onkel Hu erhob sich mit gewichtiger Miene. »Ausgestanden? Gelitten hat er, weil man nicht auf ihn hörte! Und wer hat nicht auf ihn gehört? Tschiang Kai-schek! Und warum hielt dieses nationale Unglück seine Ohren verschlossen? Weil ihm die Vernichtung kommunistisch gesinnter Chinesen wichtiger war als der Kampf gegen die einfallenden Japaner. Lies nur die heutige Zeitung. Die nunmehr von beiden Parteien gebildete Einheitsfront hat den anstürmenden Feind blutig zurückgeschlagen. Und Kon-kim war es, der den Angriffsplan aufdeckte!«

Mutter Lee Wei wäre keine Chinesin gewesen, wenn ihre Augen angesichts dieser Vorstellung nicht voller Stolz geleuchtet hätten.

»Und ich glaube jetzt auch zu wissen, warum Kon-kim so unerwartet zurückgekehrt ist«, fuhr der Onkel mit Nachdruck fort. »Irgend etwas wird passiert sein, das ihn zwang, das Land auf schnellstem Wege zu verlassen.«

»Du lieber Himmel«, stöhnte die Mutter. »Vielleicht hat er dadurch Kinki Yasuda verloren.«

»So wird es sein«, erwiderte der Onkel. »Und das erklärt auch, warum er so verändert ist. Kinki Yasuda wird etwas über seine Tätigkeit erfahren und sich von ihm abgewandt haben.«

Diese Möglichkeit schloß Mutter Lee Wei kategorisch aus. Wenn sich jemand abgewandt hatte, dann konnte es nur ihr Sohn gewesen sein.

Drei Monate kämpfte die aus nationalen und kommunistischen Verbänden gebildete chinesische Einheitsfront erbittert gegen die Nanking bedrohenden feindlichen Armeen, doch als die Stadt im Dezember 1937 in die Hände der Japaner fiel, hatten diese nur ein Häusermeer gewonnen, die Chinesen hingegen die Bewunderung der staunenden Welt.

Auch Kon-kim war stark beeindruckt, und er wandelte sich von diesem Tage an insofern, als er nun wieder regelmäßig die Zeitung las und alle Bewegungen der Japaner mit gespannter Aufmerksamkeit verfolgte. Er kannte ihre Pläne und sah, daß sie durchgeführt wurden, wie er es in seinen Funksprüchen gemeldet hatte. Die Armeen rückten an den großen Flüssen und Eisenbahnlinien vor und zwangen die chinesische Regierung, sich bis nach Tschungking, der Hauptstadt der entlegenen Provinz Szetschuan, zurückzuziehen.

Die weite Rückverlegung des Verwaltungsapparates machte deutlich, daß Tschiang Kai-schek nicht gewillt war, sich auf weitere blutige Gefechte mit den Japanern einzulassen. Er verkaufte erneut Raum, um Zeit zu gewinnen, weil er fest daran glaubte, daß Japan in einen über kurz oder lang ausbrechenden zweiten Weltkrieg verstrickt werden würde. Wenn dieser Fall eintrat, mußte seine Rechnung aufgehen, denn dann blieb den Japanern nichts anderes übrig, als ihre Armeen zurückzuziehen.

Die Masse verdammte die Handlungsweise des Generalissimus, Kon-kim hingegen nicht. Er war überzeugt, daß Tschiang Kaischeks Annahme keine graue Theorie sei, sondern sich auf Informationen stütze, die er aus naheliegenden Gründen nicht publizieren konnte. Dennoch sah er der Zukunft sorgenvoll entgegen, da sich durch einen unbegreiflichen Fehler der japanischen Führung, die ihren Truppen gestattete, mit außerordentlicher Brutalität gegen die Bevölkerung vorzugehen, überall chinesische Guerillaverbände formierten, die von erfahrenen kommunistischen Führern ausgebildet wurden und des Nachts ›Strafexpeditionen‹ unternahmen, bei denen kein Pardon gegeben wurde. Diese von Mao Tsetung unterstützten und nach seinem Lehrbuch unterwiesenen Partisanen waren es aber gerade, die den Japanern mit der Zeit schwer zu schaffen machten, was wiederum zur Folge hatte, daß das chinesische Volk den Widerstandskämpfern immer lauter zujubelte.

Tschiang Kai-schek konnte diese Entwicklung nicht gleichgültig sein. Die von Japanern gesäuberten Gebiete entwickelten sich mehr und mehr zu kommunistischen Hochburgen. Doch was sollte er tun? Den Kampf gegen den Feind untersagen? Er saß in einer Zwickmühle, und sein Unmut richtete sich erneut gegen die kommunistischen Führer.

Um dem Volk zu beweisen, daß nicht nur Kommunisten gegen Japaner zu kämpfen verstünden, versuchte auch er Guerillaverbände aufzustellen. Es blieb jedoch bei unkoordinierten Maßnahmen, die von den eifersüchtigen Armeeführern der regulären Formationen boykottiert und von der Regierung nur mit halbem Herzen unterstützt wurden.

Der Zündstoff zu einem neuen Konflikt lag in der Luft, und das zu einem Zeitpunkt, da damit gerechnet werden mußte, daß die Japaner zum entscheidenden Schlag gegen die Häfen der Südprovinzen ausholten.

Dieses bereitete Kon-kim nicht nur allgemeines, sondern auch persönliches Kopfzerbrechen. Er wußte, daß er in der Falle saß, wenn Kanton besetzt wurde. Es blieb ihm dann nichts anderes übrig, als zu flüchten. Keinesfalls durfte er in die Hände der Japaner geraten.

Oftmals überlegte er in diesen Tagen, ob er seine Mutter und den Onkel bitten solle, mit ihm nach Malaya auszuwandern. Er unterließ es jedoch, weil er immer noch hoffte, daß es den Söhnen Nippons nicht gelingen werde, China völlig einzukreisen.

Seine Hoffnung ging nicht in Erfüllung. Im Gegenteil, die Japaner rückten über Nacht in Südchina ein und eroberten Kanton nach Überwindung eines so geringen Widerstandes, daß offen von Verrat gesprochen wurde. Die letzte Verbindung mit der Küste war innerhalb von wenigen Stunden abgeschnitten, und für Kon-kim bestand keine Möglichkeit mehr, über den Perl-Fluß nach Hongkong zu entkommen.

»Laß das *Zur und von der Welt Tor* öffnen«, war das erste, was er seinem Onkel sagte, als bekannt wurde, daß die Japaner in die Stadt eindrangen. »Und weise die Dienerschaft an, sich niemandem zu widersetzen, jeden Befehl widerspruchslos zu befolgen und nicht zu lamentieren, wenn geplündert wird. Du selbst mußt versuchen, gleich einen Offizier zu erwischen, den du auf die im Hause vorhandenen Werte aufmerksam machst. Erkläre ihm, daß du ihm und auch anderen freiwillig geben willst, was sie haben wollen, wenn dafür gesorgt wird, daß die Kostbarkeiten in würdige Hände und nicht unter das Volk geraten. Ich kenne die Japaner. Wenn du in dieser Weise vorgehst, wird ein Posten vor das Tor gestellt und jedem Soldaten der Eintritt verwehrt.«

Der Onkel, der keinerlei Erregung zeigte, sah ihn verwundert an. »Du redest, als wolltest du uns verlassen.«

»Glaubst du, ich lege Wert darauf, mich köpfen zu lassen?« entgegnete Kon-kim. »Ich war drüben als Agent tätig. Mir bleibt nichts anderes übrig, als zu verschwinden, bevor jemand mit meinem Steckbrief auftaucht.«

Nun verlor der Onkel doch die Ruhe. »Was willst du machen?« stöhnte er.

»Flüchten. Natürlich nicht kopflos. Sag der Dienerschaft, daß sie mich wie ihresgleichen behandeln soll, wenn ich mich nachher als Gärtner verkleidet im Gesindehaus einquartiere. Und schärfe der Mutter ein, daß sie sich keine Sorgen machen und mich wie einen Untergebenen behandeln soll. Ich werde noch mit euch sprechen, bevor ich Kanton verlasse. Im Moment darf ich noch nichts unternehmen, da es auffallen würde, wenn ich mich jetzt auf den Weg machte.«

»Und wohin willst du gehen?«

Kon-kim zuckte die Achseln.

»Das kann ich beim besten Willen nicht sagen. Irgendwohin in das Innere des Landes.«

Der Onkel umarmte ihn. »Der Himmel sei mit dir.«

»Und mit euch«, erwiderte Kon-kim, dem das Herz in der Kehle klopfte. »Wenn man nach mir fragt, dann sagt, ihr hättet seit vielen Monaten nichts mehr von mir gehört.«

Onkel Hu nickte.

Kon-kim drückte ihm die Hand. »Lauf und ordne alles im besprochenen Sinne. Wo es Tiger gibt, soll man nicht spazierengehen.«

Es war erstaunlich, wie schnell Kon-kim sich umstellen konnte. Schon eine Viertelstunde später kniete er mit verschmutzten Haaren in einer blauen Arbeitsjacke im *Garten des Balsams* und zupfte Unkraut, wobei er weniger auf das Beet, als auf seine Fingernägel achtete, die er systematisch verletzte, um seinen Händen ein verarbeitetes Aussehen zu geben. Wie besessen wühlte er in der Erde, und als einige Stunden später die ersten Soldaten in den Vorhof des Hauses eindrangen, unterschied er sich in nichts von der Dienerschaft, mit der er schreiend vor einem Japaner zurückwich, der sie mit aufgepflanztem Bajonett ins Gesindehaus trieb.

Aber er war beruhigt, da ihm nicht entgangen war, daß das eingedrungene Kommando unter dem Befehl eines älteren Hauptmannes stand. Und ihm fiel ein Stein vom Herzen, als er bald darauf sah, daß die Soldaten in den Vorhof zurückkehrten und sich im Schatten der Mauer auf den Boden hockten.

Der Hauptmann dürfte das Geschäft seines Lebens machen, während Onkel Hu heimliche Tränen über den Verlust etlicher Kostbarkeiten weinen wird, dachte er nicht unzufrieden. Doch was macht das? Hauptsache, wir kommen mit heiler Haut davon.

Kon-kims Rechnung ging auf, allerdings nicht ganz so, wie er es sich vorgestellt hatte. Wohl wurde ein Posten vor das *Zur und Von der Welt Tor* gestellt, am Abend zogen jedoch noch weitere vier Offiziere in das Haus ein. Aber das war zu ertragen, da Mutter Lee Wei und Onkel Hu in den oberen Räumen bleiben und ihre Dienerschaft behalten durften.

»Über ›Andenken‹ will man sich später mit mir unterhalten«, fügte der Onkel seufzend hinzu, als er seinen Neffen zwischen Anweisungen, die er der Dienerschaft zu geben hatte, schnell informierte.

»Und mein Name ist gefallen?« fragte Kon-kim.

Onkel Hu verzog sein Gesicht. »Mehr als uns lieb war. Der Hauptmann war eigens deinetwegen gekommen. Wir machten aber wohl einen so zerfahrenen Eindruck auf ihn, daß er uns die von dir empfohlene Geschichte glaubte.«

Kon-kim atmete erleichtert auf. »Dann seid ihr gerettet, und ich kann verschwinden. Grüß Mutter und sprich mich nicht mehr an. Ich melde mich und unterschreibe meine Briefe als Bruder ›Lee Yui-kang‹ – ›Regenbogen‹. Ich befürchte nämlich, wieder einmal in allen Farben schillern zu müssen.«

»Unsere Gedanken werden immer bei dir sein«, erwiderte der Onkel mit erstickter Stimme und schlurfte wie mit letzter Kraft davon.

Kon-kim blickte hinter ihm her und konnte sich nicht des Gefühls erwehren, daß sich ihre Lebenswege nicht wieder kreuzen würden.

Am liebsten wäre er in das Haus gestürzt, um den Japanern die Kehle zu durchschneiden.

Längst vergessene Bilder stürzten auf ihn ein. In Bruchteilen von Sekunden zogen Jahre an ihm vorüber. Wohin sind wir gekommen, dachte er verzweifelt. Muß der Mensch denn immer den Menschen jagen?

Seine Empörung legte sich erst, als die Nacht hereinbrach und er sich des Weisen Tseng-kuang erinnerte, in dessen Werk er gerade vor wenigen Tagen gelesen hatte. ›Wenn selbst der Gelbe Fluß eines Tages klar sein wird, warum sollte dann nicht auch der Mensch eines Tages glücklich werden?‹

Die Weißen Berge lagen bereits im Licht der aufgehenden Sonne, als Kon-kim am nächsten Morgen mit einem Gemüsekorb unter dem Arm das Grundstück des Onkels durch das vom Garten zum Steilufer führende *Tor der Barmherzigkeit* verließ, an dem noch kein Hungernder vergeblich geläutet hatte. Ein letztes Mal schaute er zur Veranda empor, von der seine Mutter und Onkel Hu mit bleichen Gesichtern wie Statuen zu ihm hinabblickten. Dann wandte er sich um und stieg die beschwerlichen Stufen des schmalen Pfades zum Perl-Fluß hinab.

In seine verschlissenen Schuhe hatte er je ein Scheckbuch der *Hongkong & Shanghai Banking* und der *Chartered Bank of India, Australia & China* versteckt. Das war alles, was er außer der Gärtnerkleidung und einigen Reisbouletten besaß. Wie weit er wandern mußte, um in ein von den Japanern noch nicht kontrolliertes Gebiet zu kommen, wußte er nicht. Er vermutete, daß die feindlichen Truppen nur Kanton und Umgebung besetzt hatten und hoffte, sich von ihnen am schnellsten zu entfernen, wenn er die nördliche Richtung einschlug. Dabei mied er sowohl den Flußlauf des Pehkiang als auch die nach Tschangtscha führende Eisenbahnlinie, und er fühlte sich um vieles wohler, als er am Abend eine kleine Ortschaft erreichte, in der sich das Restkommando einer nationalen Einheit aufhielt.

Kon-kim suchte sofort den jungen Abteilungsleiter auf und erklärte ihm, daß er als Angehöriger der Kriegsakademie von Whampoa in einer Sondermission in Japan tätig gewesen sei und auf schnellstem Wege zur Regierung nach Tschungking gelangen müsse.

Sein energisches Auftreten hatte Erfolg. Bereits am nächsten Morgen fuhr er in Begleitung eines Unteroffiziers in einem von zwei Mauleseln gezogenen Feldwagen nach Tsingyün, wo er drei Tage auf den Zug warten mußte, der ihn zum Eisenbahnknotenpunkt Tschangtscha bringen sollte.

Mit dem Eintreffen des Zuges war aber nicht viel gewonnen. Überall ging es drunter und drüber. Für die rund sechshundert Kilometer weite Strecke benötigte Kon-kim insgesamt neun Tage, da der Zug nicht nach einem Fahrplan, sondern nach dem unerforschlichen Willen eines Transportführers fuhr, dessen Anordnungen rätselhaft waren. Aber er hatte den schönen Titel *Göttlicher Transportführer*, und Soldaten wie Offiziere betrachteten es als einen Wink des Himmels, daß der Zug stets zwischen Feldern anhielt, in denen goldgelbe Kürbisse, Lauch, Wurzeln, Sellerie, Melonen und andere willkommene Dinge wuchsen.

Auch Kon-kim ernährte sich auf diese Weise, doch der Geruch des Knoblauchs und Sesamöles, der wie eine Dunstglocke über allen Abteilen hing, in denen jeder nach eigenem Gutdünken kochte und brutzelte, ging ihm mit der Zeit so auf die Nerven, daß er sich entschloß, in Tschangtscha auszusteigen. Aber bald stellte sich heraus, daß er weiterreisen mußte, wenn er zu Geld kommen wollte. Die Telefonleitungen waren unterbrochen, wodurch sich die ortsansässige Bank außerstande sah, bezüglich der Deckung des von Kon-kim gewünschten Betrages entsprechende Erkundigungen einzuziehen.

»Wir können Ihnen beim besten Willen nicht helfen«, sagte einer der Schalterbeamten. »Sie müssen schon nach Tschungking fahren, wo alle Banken vertreten sind. Wie wir hörten, soll es ihnen zumeist auch gelungen sein, die Kontenblätter ihrer Kunden in Sicherheit zu bringen. Dort werden Sie also bestimmt zu Ihrem Geld kommen.«

Kon-kim fuhr sich erregt durch die Haare. »Das bedeutet für mich, daß ich höchstwahrscheinlich weitere vierzehn Tage in einem stinkenden Waggon hausen muß.«

Der Beamte beugte sich über den Schaltertisch und erwiderte gedämpft:

»Wenn Sie in der Lage sind, einen Flugschein zu bezahlen, könnte ich Ihnen vielleicht einen beschaffen. Er ist allerdings sehr teuer, und die Spesen...«

»Reden Sie nicht vom Preis, sondern sagen Sie mir, wieso hier eine Fluglinie existiert«, unterbrach ihn Kon-kim.

Der Beamte blickte prüfend um sich und flüsterte: »Eine richtige Fluglinie gibt es natürlich nicht. Nach Tschangtscha kommt aber alle zwei Wochen eine Maschine der deutsch-chinesischen Luftfahrtgesellschaft *Eurasia*, die den Geldtransport zwischen den Banken aufrechterhält. Ich kenne den Leiter des hiesigen provisorischen Flughafens und bin sicher, daß er Ihnen helfen wird. Aber wie gesagt: es kostet sehr viel Geld.«

»Ich zahle jeden Preis, wenn ich ihn in Form eines Schecks zur Verfügung stellen kann«, entgegnete Kon-kim. »Jeden!«

»Und der Scheck ist wirklich gedeckt?«

»Die Besatzung darf mich ohne Fallschirm abwerfen, wenn meine Bank das Papier nicht einlöst.«

Die Augen des Beamten leuchteten. »Gut, ich werde noch heute mit dem Flugleiter sprechen. Der Besatzung brauchen Sie von unserer Vereinbarung nichts zu sagen. Dem Piloten erklären Sie am besten, daß Sie als Beauftragter unserer Bank mitfliegen. Der Flugschein wird dann nämlich anders verrechnet«, fügte er hintergründig hinzu.

Kon-kim begriff, daß der Beamte und der chinesische Flugleiter im trüben fischen wollten und daß die *Eurasia* keinen Cent von der Summe erhalten würde, die er entrichten sollte. Aber das konnte ihm gleichgültig sein. »Abgemacht«, sagte er ohne zu zögern. »Ich gebe Ihnen den Scheck und werde mit der Besatzung nicht darüber reden.«

Der Beamte strahlte. »Dann kommen Sie morgen wieder zu mir. Die Maschine wird übermorgen mittag erwartet. Wenn es klappt, sind Sie noch am gleichen Tag in Tschungking. Ich muß schon sagen, daß Sie viel Glück haben.«

»Und Sie ausgesprochenes Pech«, erwiderte Kon-kim. »Denn jetzt müssen Sie mir zunächst einmal so viel Geld geben, wie ich für einen Anzug, zwei Übernachtungen und Verpflegung benötige. In meiner abgerissenen Kleidung kann ich unmöglich als Beauftragter Ihrer Bank in das Flugzeug einsteigen.«

Der Beamte nickte zustimmend. »Das ist richtig, aber...«

»Kein Aber«, unterbrach ihn Kon-kim. »Wer ein Geschäft machen will, muß etwas riskieren.«

»Und wenn ich das nicht will?«

»Dann werde ich auf andere Weise versuchen, den Flugschein zu erhalten. Ich weiß ja jetzt Bescheid.«

Der Beamte wurde nervös. »Haben Sie denn nichts, was Sie mir als Pfand geben könnten?«

»Nein«, antwortete Kon-kim eisig. Er hatte keine Lust, mit einem Menschen zu feilschen, der mit der Notlage anderer Geschäfte macht. »Flüchtlinge vermögen nichts als ihr Wort zu geben. Wenn Ihnen das nicht genügt, ist es mir egal, ob Sie mir helfen oder nicht.«

»Ich hätte große Lust, Sie stehenzulassen«, schnaubte der Beamte.

»Und ich wette, daß Ihre Lust, sich einen ansehnlichen Betrag zu verdienen, größer ist«, erwiderte Kon-kim kaltschnäuzig. »Reden wir also nicht aneinander vorbei. Ich habe Ihnen erklärt, daß ich jeden Preis zahlen werde, bin aber nicht bereit, obendrein in Ihr ehrenwertes Gesäß zu kriechen.«

Der Beamte sah aus, als hätte ihn ein Peitschenhieb getroffen, doch als Kon-kim die Bank verließ, besaß er neben dem Geld, das er erbeten hatte, auch die Gewißheit, in zwei Tagen mit einem Flugzeug nach Tschungking zu gelangen.

Der etwas über drei Stunden dauernde Flug wurde für Kon-kim zu einem unvergeßlichen Erlebnis. Auf Goldbarren und Geldsäcken sitzend, sah er karstige Berglandschaften, stufenförmig angelegte Reisfelder, Dörfer, Städte, Seen, Flüsse, Täler, Straßen und Eisenbahnen so geruhsam unter sich dahingleiten, daß er glaubte, das Flugzeug stehe still und die Erde würde langsam unter ihm fortgezogen. Nur das Dröhnen des Motors der *Junkers W 34* und gelegentliche Böen erinnerten daran, daß die aus Wellblech geformte Maschine flog und nicht an einem Faden hing.

»Ihr Beruf muß wundervoll sein«, sagte der dem Piloten, als dieser ihn aufgefordert hatte, einen Blick in den Führerraum zu werfen.

»That's right«, erwiderte der ausgezeichnet englisch sprechende Deutsche. »Wir sind heute hier und morgen dort.«

Die Bemerkung brachte Kon-kim auf einen verwegenen Gedanken. »Wäre es möglich, Ihre Maschine zu einem Flug nach Hongkong zu chartern?«

Der Pilot schüttelte den Kopf. »Sorry, Sir. Hongkong ist englisches Territorium. Wir gehören zur *Eurasia*, einer von der *Deut-*

schen Lufthansa gegründeten chinesischen Fluggesellschaft. Wir dürfen nur innerhalb von China fliegen.«

»Schade«, sagte Kon-kim enttäuscht. »Ich muß nach Hongkong und weiß nicht, wie ich es anstellen soll, nachdem unsere Häfen von den Japanern besetzt wurden.«

»Wenn Sie Kies haben, können Sie sich einen Leichenfledderer schnappen«, warf der Funkmaschinist ein.

Kon-kim sah ihn fragend an. »Was ist Kies? Und was sind Leichenfledderer?«

Der Deutsche grinste. »Kies ist Geld. Und Leichenfledderer nennen wir unsere smarten kanadischen, englischen und amerikanischen Kollegen, die mit ihren Privatmaschinen für gesalzene Preise überall hinfliegen. Wenn es sein muß, sogar zum Nordpol. Aber wie gesagt: verdammt teuer. Unter zweitausend Dollar kurbeln die Brüder ihren Motor nicht an. Und dann verlangen sie noch mindestens zehn Dollar für die Meile.«

Kon-kims Wangen glühten. »Könnten Sie mich mit einem dieser Piloten zusammenbringen?«

»Warum nicht? Aber seien Sie vorsichtig. Die Jungens schießen aus der Hüfte, wenn sie genarrt werden.«

»Macht nichts«, entgegnete Kon-kim.

Schon zwei Stunden später führten ihn die Deutschen zu einem in einer Baracke hausenden Kanadier, der auf einer Feldpritsche lag und nicht daran dachte, sich zu erheben, als er hörte, worum es ging. Er zog lediglich einen abgegriffenen Kalender aus der Brusttasche seines Khakihemdes, blätterte eine Weile darin herum und sagte schließlich: »In dieser Woche bin ich besetzt, und am Sonntag und Montag wird mein Drachen durchgesehen. Am Dienstag muß ich nach Sian fliegen. Ich könnte Sie frühestens am Mittwoch nach Hongkong bringen. Bedingung...«, er klappte sein Taschenbuch zu und blickte zur Decke empor, »...dreitausend Dollar Startgeld und dreißig pro Meile.«

»Ihr werdet ja immer unverschämter«, empörte sich der deutsche Flugkapitän.

»Wer nicht will, braucht ja nicht«, antwortete der Kanadier gelassen. »Eure Firma arbeitet mit Staatsgeldern, ich hingegen mit eigenen Mitteln. Und hier ist Krieg! Wie komme ich dazu, auf die in aller Welt jedem Soldaten gewährte ›Frontzulage‹ zu verzichten, wenn ich über Gebiete fliegen soll, in denen heute dieser und morgen jener regiert? Nach Hongkong muß ich sogar über die Japsen hinwegspringen.«

»Ich akzeptiere Ihre Bedingungen«, sagte Kon-kim im Bestreben, den Piloten nicht zu verstimmen.

»Zahlung in bar vor Antritt des Fluges«, entgegnete der Kanadier ungerührt. »Es dürften etwa sechstausend Dollar werden. Den genauen Preis rechne ich noch aus.«

Kon-kim nickte. »Well. Eine Frage habe ich aber noch. Sie sagten eben, daß Sie Dienstag nach Sian fliegen müssen. Könnten Sie mich da mitnehmen?«

Der Pilot kniff die Augen zusammen. »Was wollen Sie dort?«

»An sich nichts. Ich habe drüben eine Schwester und eine gute Bekannte, die ich gerne aufsuchen würde, wenn die Möglichkeit dazu besteht.«

»Sie wissen, daß Shensi kommunistisch verwaltet wird?«

»Natürlich.«

»Ich habe einen hohen Funktionär nach Sian zu bringen und möchte Ihretwegen keinen Ärger haben. Sind Ihre Papiere in Ordnung?«

Kon-kim schlug sich vor die Stirn. »Ich habe ja ganz vergessen... Ich mußte von den Japanern flüchten und durfte meinen Paß aus Sicherheitsgründen nicht mitnehmen. Aber ich werde mir sofort einen neuen besorgen.«

Der Kanadier lachte. »Etwa bei der Regierung?«

»Bei wem denn sonst?«

»Sie Neuling! Wenn Sie einen Paß haben wollen, müssen Sie monatelang antichambrieren und bestechen. Und damit ist alles gesagt. Bye, Sir. Ihr Flug nach Hongkong fällt ins Wasser. Wenn Sie Ihre Papiere haben, dürfen Sie sich wieder bei mir melden.«

Kon-kim hielt ihm die Hand hin. »Wollen wir wetten, daß ich übermorgen im Besitz eines neuen Passes bin?«

Der Kanadier räkelte sich von seiner Pritsche hoch und schlug ein. »Top! Wenn Sie es fertigbringen, in zwei Tagen einen neuen Paß zu erhalten, bin ich Sportsmann genug, Ihnen tausend Dollar Rabatt zu gewähren.«

»Und ich zahle zweitausend, wenn ich verliere«, erwiderte Kon-kim selbstsicher. »Richten Sie sich also darauf ein, daß ich mit Ihnen nach Sian fliegen werde. Und anschließend bringen Sie mich nach Hongkong.«

Der Pilot rieb sein Kinn. »Damned, ich habe das unangenehme Gefühl, eben einen Tausender verloren zu haben.«

Kon-kim grinste. »Auch darauf gehe ich jede Wette ein.«

Der Kanadier stemmte die Hände in die Hüfte. »Die tausend Dollar verliere ich gerne, wenn es jemanden gibt, der sich bei den hiesigen korrupten Faulenzern durchsetzen kann.«

Kon-kim verabschiedete sich und ritt neben den Deutschen, die sich beide ein Gewehr umgehängt hatten, auf einem Steppenpferd der gut zehn Meilen entfernten, inmitten einer trostlosen Landschaft liegenden Provinzstadt entgegen, die zum Sitz der nationalen Regierung geworden war. Und hier erlebte er gleich in der ersten Nacht einen Luftangriff der Japaner. Die Wirkung der Bomben war relativ gering, da sie fast alle zu früh abgeworfen wurden. Erschütternd aber war es zu sehen, wie die Menschen um ihr Leben rannten. Wie von Sinnen rasten sie aus der Stadt heraus, um Schutz in den unterhalb von Tschungking gelegenen Höhlen zu suchen. Jeder Gemeinschaftsgeist war erstorben. Männer kümmerten sich nicht um ihre Frauen, Mütter nicht um ihre Kinder; alle stürmten und rannten über Menschen hinweg, die gestolpert waren und nach dem Angriff zu Hunderten zertrampelt auf den Straßen lagen.

Das Grauen packte Kon-kim. Er hatte nur noch einen Wunsch: so schnell wie möglich das Land zu verlassen, das verdammt zu sein schien, im Chaos zu enden.

Kon-kim erreichte, was er dem kanadischen Piloten prophezeit hatte. Innerhalb von zwei Tagen erhielt er einen neuen Reisepaß. Es fiel ihm nicht schwer, zu beweisen, daß er der Agent gewesen war, der von Japan aus die aufsehenerregenden Geheiminformationen erstattet hatte. Man bewunderte seine Leistung und versuchte mit Engelszungen ihn zu bewegen, weiterhin für die Armee tätig zu sein. Doch er lehnte ab und begründete seine Stellungnahme mit einem angeblich erlittenen Nervenzusammenbruch, der es ihm im Augenblick unmöglich mache, auch nur die geringste Aufgabe zu übernehmen. Angesichts seiner Verdienste und der hinter ihm liegenden schweren Jahre zeigte man dafür Verständnis, und man schied im besten Einvernehmen, nachdem Kon-kim angedeutet hatte, daß seine derzeitige Ablehnung nicht als endgültig anzusehen sei.

Das wäre geschafft, dachte er erleichtert, als er die im Palast eines ehemaligen ›Kriegsherrn‹ untergebrachte Dienststelle verließ. Kurz vor Erreichen der in den Park führenden Freitreppe blieb er jedoch plötzlich stehen. Keine zwanzig Meter von ihm entfernt unterhielt sich Tschiang Kai-schek mit einem höheren Offizier, den er offensichtlich gerade getroffen hatte.

Wie schon in Kanton, wo Kon-kim den Generalissimus in Begleitung von Dr. Sun Yat-sen und Michael Borodin in einem Restaurant gesehen hatte, so war er auch jetzt wieder von dem feingliedrigen Mann fasziniert, der es unerschrocken gewagt hatte, in die Speichen des chinesischen Schicksalsrades zu greifen. Seine dunklen und scharf blickenden Augen hatten nichts von ihrem früheren Glanz verloren und ließen noch immer den zum Staatsmann geborenen Realisten erkennen. Aber nervös schien er geworden zu sein; jedenfalls erweckte die hastige und laufend wechselnde Art der Bewegung seines Fächers, mit dem er sich ununterbrochen Luft zuwedelte, diesen Eindruck.

Auffallend war auch die Veränderung seiner Kleidung. Er trug weder die einstmals von ihm geschätzte khakifarbene Bluse noch die später von ihm bevorzugte ordenslose schwarze Jacke, sondern eine erstklassig geschneiderte grünlich-braune Uniform mit den fünf Sternen des Oberbefehlshabers der chinesischen Streitkräfte.

Gerne hätte Kon-kim ihn eine Weile beobachtet, er konnte sich aber unmöglich länger in seiner Nähe aufhalten.

Bei der Bank ließen sich seine Angelegenheiten mühelos regeln, und noch am gleichen Tage fuhr er zum Flughafen hinaus, wo er dem verblüfften kanadischen Piloten seinen neuen Paß präsentierte und gleichzeitig zehntausend Dollar mit dem Bemerken überreichte, daß er keinen Cent zurückverlange, falls der Kanadier bereit sei, in Sian eine Ruhepause von einer Woche einzulegen und ihn erst dann nach Hongkong zu fliegen.

Der Pilot erklärte sich einverstanden und zeigte Kon-kim seinen *Stinson*-Hochdecker, um den er einen Bretterzaun errichtet hatte, der Tag und Nacht von drei Mongolen bewacht wurde. »Wie gefällt Ihnen der Vogel?« fragte er voller Stolz.

»Gut«, erwiderte Kon-kim, der nichts von Flugzeugen verstand. »Die Maschine sieht schneller aus als die deutsche *Junkers*, mit der ich hierherkam.«

Der Kanadier nickte. »Das ist sie auch.«

»Und was hat Sie nach China verschlagen?«

Der Pilot schneuzte ungeniert in den Sand. »Daheim gibt es viele arbeitslose Flugzeugführer. Ich gehörte zu ihnen und habe meinem Onkel, der ein Sägewerk besitzt, so lange auf die Zehen getreten, bis er mir diesen Schlitten kaufte. Er gehörte einem Shanghaier Zeitungskönig, der sich nach Amerika absetzte, als es hier anfing, mulmig zu werden. Seitdem spiele ich Luft-Taxi für reiche Leute, die das Pech haben, den Anschluß zu verpassen.«

Kon-kim gefiel die offene Art des Kanadiers, der vollkommen für sich allein lebte und selten die Stadt aufsuchte. Sein Flugzeug war seine Welt. Er sparte jeden Cent, um sich eine noch schnellere Maschine kaufen zu können. Ihm ging es nur darum zu fliegen, und das von ihm recht rigoros betriebene Geldverdienen betrachtete er als notwendiges Übel.

Daß letzteres keine Redensart war, erkannte Kon-kim beim Start zum Flug nach Sian, der verabredungsgemäß am Dienstag der folgenden Woche durchgeführt wurde. Der Kanadier war völlig verändert und saß wie eine geballte Kraft hinter seinem Steuer; es sah aus, als sei er zu einem Teil des Flugzeuges geworden.

Einen ganz anderen Eindruck erweckte der kommunistische Funktionär, der neben Kon-kim im hinteren Teil der viersitzigen Kabine Platz genommen hatte und mit undurchdringlicher Miene auf die unter ihnen dahingleitende Landschaft hinabschaute. Er trug eine blaue Leinenjacke mit einem roten Abzeichen und schien nicht gewillt zu sein, sich zu unterhalten. Dabei sah er nicht unfreundlich aus, aber in seinem Gesicht lag etwas, mit dem man nicht ohne weiteres fertig werden konnte. Unnahbar wirkten seine flachen Wangen, fanatisch seine schwarzen Augen, abweisend sein energisches Kinn, verbittert sein herabgewinkelter Mund.

Kon-kim machte keinen Versuch, mit ihm in ein Gespräch zu kommen. Fasziniert betrachtete er das karstige Bergland, das aus dem Hochdecker wesentlich besser zu sehen war als aus der deutschen Maschine, deren Tragflächen sich stark in das Blickfeld geschoben hatten. Fast zwei Stunden dauerte der Flug, der wie ein Traum endete, aus dem man mit Bedauern erwacht.

Der Funktionär, der von einem vorsintflutlich anmutenden Wagen abgeholt wurde, bot dem Piloten und Kon-kim an, sie mit in die Stadt zu nehmen, doch der Kanadier lehnte dankend ab.

»Fragen Sie ihn, wo er schlafen will«, wandte sich der Kommunist, der die englische Sprache nicht beherrschte, an Kon-kim.

Der Pilot wies auf sein Flugzeug. »In der Kabine.«

»Und wo will er essen?«

Der Kanadier lachte. »Ich habe genügend Konserven und einen Spirituskocher bei mir. Und was ich sonst noch brauche, das bekomme ich schon.«

Kon-kim übersetzte das Gehörte, und als er im Wagen Platz genommen hatte, sagte der Funktionär sichtlich beeindruckt: »Der Kanadier gefällt mir. Ohne es zu wissen, trägt er den Kommunismus im Herzen. In ihm ist die alte und neue Welt wie in einer Retorte vereinigt. Er ist der schlagende Beweis dafür, daß unser seit Jahrtausenden unterdrücktes Volk durchaus befähigt ist, sich in kurzer Zeit mit der modernen Technik vertraut zu machen, sie zu beherrschen und zum Wohle aller weiterzuentwickeln. Nicht der Lebensstandard, sondern der Wille entscheidet.«

Kon-kim unterdrückte einen Seufzer, und der Kommunist, der offensichtlich eine Zustimmung erwartet hatte, erkundigte sich plötzlich ungehalten nach dem Grund seiner Reise.

Kon-kim sagte ihm, daß er seine Schwester und eine gute Bekannte aufsuchen wolle, die als Kommissarin tätig sei.

Das versöhnte den Funktionär, und er wurde sogar recht umgänglich, als er erfuhr, daß Süa-tü die Bekannte seines ihm schon verdächtig erschienenen Begleiters war. Er empfahl Kon-kim, im *Hotel zur Freiheit* abzusteigen, von wo er sich über die direkte Leitung der Ortskommandantur mit der neuerdings in Hsienjang stationierten Süa-tü verbinden lassen könne.

Im Hotel erlebte Kon-kim etwas, das ihm das Blut in den Kopf trieb. Der Portier, bei dem er sich nach dem Gasthof erkundigte, zu dessen Ankauf Mutter Lee Wei seiner Schwester die erbetene Summe überwiesen hatte, grinste vielsagend und gab ihm zu verstehen, daß das betreffende Haus erst am Abend öffne und er sich somit wohl oder übel gedulden müsse, wenn er sich der *Himmlischen Erleichterung* hingeben wolle. Kon-kim war es zumute, als habe er einen Schlag ins Gesicht erhalten. Es wollte ihm nicht in den Kopf, daß Li-tai die Inhaberin eines Freudenhauses geworden war. Er überlegte ernstlich, ob er sich nicht sofort nach Hongkong fliegen lassen sollte. Scham und eine nie gekannte Wut kämpften in ihm. Er war wie gelähmt, und es dauerte lange, bis er sich dazu entschloß, einen letzten Versuch zu machen, seine einstmals so rührend kindliche Schwester in ein anderes Leben zurückzuführen.

Er beschloß, das Haus in der Abendstunde aufzusuchen und nach Li-tai zu fragen.

»Oh, die ist gerade nicht frei«, erklärte ihm ein heruntergekommenes Frauenzimmer, das im Bestreben, ihre Körperformen besser zur Geltung zu bringen, eine Hand auf die Hüfte stützte und ein Knie anwinkelte, als er nach Li-tai fragte: »Es wird aber nicht lange dauern. Nehmen Sie solange im *Puppenzimmer* Platz.«

»Ich werde draußen warten«, erwiderte er angewidert. »Sagen Sie Li-tai, daß jemand da sei, der sie sprechen müsse.«

Das Weibsbild änderte seine Haltung und sah ihn scheel an. »Sind Sie von der Partei?«

Er gab keine Antwort, sondern ging ins Freie, wo er sich an eine Mauer lehnte. Die Kehle war ihm wie zugeschnürt.

Wie lange er wartete, hätte er nicht sagen können. Er wußte nur, daß er noch nie einen solchen Ekel empfunden hatte. Doch dann sah er eine zierliche Gestalt aus dem ›Gasthof‹ heraustreten.

Es war seine Schwester, die ihn mit einer eigenartig sonoren und brüchig klingenden Stimme fragte: »Was wünschen Sie von mir?«

Er stieß sich von der Mauer ab und blickte in ein Gesicht, das von einer streng geschnittenen Frisur in Form des europäischen ›Pagenkopfes‹ umrahmt war. »Erkennst du mich nicht?«

Sie stieß einen Laut des Erschreckens aus.

»Komm«, sagte er tonlos.

Sie vergrub ihr Gesicht an seiner Schulter.

Er schloß die Augen und drehte den Kopf zur Seite, um ihr billiges Parfüm nicht riechen zu müssen.

Sie schluchzte und stammelte seinen Namen.

Mit aller Gewalt bemühte er sich, die Vorstellung zu verbannen, daß sie eben noch in den Armen eines Mannes gelegen hatte.

Li-tai hob ihr Gesicht und fuhr sich mit dem Handrücken über die Augen.

Er reichte ihr sein Taschentuch, das sie sich vor die Nase hielt, als wolle sie den sauberen Geruch in sich aufnehmen.

Da Kon-kim nicht wußte, wohin er gehen sollte, schlug er die Richtung ein, aus der er gekommen war.

»Nicht dorthin«, bat sie ihn. »Da liegt die Hauptstraße.«

Ihr ›Revier‹, dachte er und blieb stehen. »Wohin?«

Sie wies in die entgegengesetzte Richtung. »Nicht weit von hier ist ein Tempel. Er ist verwahrlost, aber da können wir uns hinsetzen.«

Ohne zu sprechen durchquerten sie dunkle Gassen, in die nur hin und wieder ein spärlicher Lichtschein fiel.

Das Schweigen wurde zur Qual, und im Bestreben, es zu beenden und einen leichten Übergang zu finden, fragte Kon-kim schließlich: »Wodurch bist du eigentlich nach Sian gekommen?«

»Durch Tsai Fu«, antwortete sie kaum hörbar.

Kon-kim dachte voller Grimm an den Unteroffizier, der ihm einstmals das Leben zur Hölle gemacht hatte. »Ist er hier?«

»Im Augenblick bildet er Guerillas aus. Er ist Major.«

»Und er hat dich verlassen?«

»Ja.«

»Ist das der Grund, warum du diesen furchtbaren ›Gasthof‹ gekauft hast?«

Li-tai strich ihr Haar zur Seite. »Der gehört mir gar nicht. Ich habe Mutter das nur geschrieben, um Geld zu erhalten.«

»Und was hast du damit gemacht?«

»Es Tsai Fu gegeben.«

Kon-kim wurde ratlos. »Aber warum denn?«

»Er hatte versprochen, zu mir zurückzukommen, wenn ich die Summe beschaffe. Er war noch Hauptmann und sagte, daß er nicht eher Major werden würde, bis er einen *Großen Tiger*, wie man hier korrupte Vorgesetzte nennt, das Geld gegeben habe. Die Kommunisten führen zwar einen *San Fan*, einen Feldzug gegen die Korruption, aber wer kümmert sich schon darum.«

»Und Tsai Fu hat natürlich nicht Wort gehalten. Du lieber Himmel, Li-tai, wie konntest du nur auf diesen Menschen hereinfallen?«

Sie erwiderte nichts, sondern hockte sich auf eine der zum Tempel führenden Stufen, die sie gerade erreichten.

Er setzte sich neben sie und ergriff ihre Hände. »Entschuldige meine dauernde Fragerei, aber ich muß jetzt alles wissen. Seit wann bist du in diesem ›Gasthof‹?«

»Seit Beendigung des *Langen Marsches*. Wir mußten damals vor Tschiang Kai-scheks Armeen durch ganz China flüchten. Die meisten starben, weil wir nichts zu essen hatten. Es war furchtbar. Und als wir hier ohne Geld ankamen und nicht wußten, wovon wir leben sollten, sagte Tsai Fu, im Krieg müsse jeder Opfer bringen, und ich solle gegen Lebensmittel... Er drohte, mich in die Berge zu jagen, wenn ich mich nicht solidarisch erklären würde.«

»*Solidarisch* hat er das genannt?«

»Ja. Seine Kameraden sind aber nicht so. Die sind ganz anders. Darum hassen sie ihn auch. Ich habe eben Pech gehabt und mir schon oft gewünscht, die Banditen hätten mich damals umgebracht wie Vater und Große Schwester Han. Dann wäre mir vieles erspart geblieben.«

Kon-kim konnte seine Erschütterung kaum verbergen. »Du kommst mit mir«, sagte er eindringlich. »Und dann fängst du ein neues Leben an.«

Sie schüttelte den Kopf. »Dafür ist es zu spät.«

»Nie ist es zu spät«, beschwor er sie. »Ich weiß nicht, warum alles so hat sein müssen, aber ich danke dem Himmel, daß er mich hierhergeführt hat. Deine Worte beweisen eindeutig, daß du den Schock überstanden hast, der dich in jener grausamen Nacht verwandelte. Und es ist ebenso offensichtlich, daß du mit Tsai Fu nichts mehr zu tun haben willst.«

»Das ist richtig«, erwiderte sie. »Doch was nützt das? Anstelle des Schocks ist etwas anderes getreten: die Angst, in die frühere Welt zurückzukehren. Glaube mir, ich habe es manchmal vorgehabt, aber die nicht zu leugnende Tatsache, daß mein bisheriges Leben mein Gesicht gezeichnet hat, hinderte mich daran und wird mich immer daran hindern.«

Kon-kim preßte ihre Hände. »Ich flehe dich an, so etwas nicht zu sagen. Du mußt mit mir kommen!«

Li-tai seufzte. »Schau mich erst einmal bei Tag an. Du wirst noch froh sein, ohne mich fahren zu können. Als ich Süa-tü besuchte, hat sie sich angewidert von mir gewandt.«

»Ich denke, ihr versteht euch gut.«

»Das habe ich nur geschrieben, um Mutter zu beruhigen. Süa-tü würde sich hüten, mir die Hand zu reichen. Sie ist durch und durch Kommunistin, lebt ausschließlich für die ihr gestellte Aufgabe und predigt von morgens bis abends, daß Stahl auch aus altem Eisen gewonnen werden kann. Für asoziale Elemente, zu denen die Kommunisten uns armselige *Meisterinnen der Liebe* zählen, hat sie nicht das geringste Verständnis.«

»Das darfst du ihr nicht verübeln«, erwiderte Kon-kim in seiner Ratlosigkeit.

Li-tai entzog ihm ihre Hände. »Das habe ich auch nicht getan. Aber ein gutes Wort hätte sie mir sagen können. Statt dessen hat sie über die morbiden Erscheinungen des kapitalistischen Systems getobt und von ausgleichender Gerechtigkeit geredet. ›Leihe dir eine Hacke und hilf den Armen‹, hat sie mich angeschrien. Als wenn ich das nicht gerne getan hätte! Aber Tsai Fu ... Ich kam nicht von ihm los, und als ich mich Süa-tü erklären wollte und versehentlich das Wort *Liebe* gebrauchte, hat sie mich hinausgeworfen und hinter mir hergerufen: ›Es gibt nur eine Liebe, und die ist nicht körperlich, sondern geistig und gilt der kommunistischen Idee.‹«

Kon-kim legte den Arm um Li-tais Schulter und sagte mit weicher Stimme: »So kommen wir nicht weiter. Was Süa-tü denkt und sagt, interessiert mich nicht. Als dein Bruder bitte ich dich, meine Hand zu ergreifen und einen Schlußstrich unter dein bisheriges Leben zu ziehen. Ich bin mit einem Flugzeug hier. In wenigen Tagen kannst du außer Landes sein und dich niederlassen, wo du willst.«

»Das ist unmöglich«, stöhnte sie.

»Und warum?«

»Weil ich es einfach nicht kann.«

»Man kann alles, was man will«, widersprach er energisch. »Wenn man sich genügend Mühe gibt, gelingt es einem sogar, eine Eisenstange zur Stricknadel umzuschmieden.«

»Dazu fehlt mir die Kraft.«

»Ich werde sie dir geben.«

Li-tai stützte den Kopf in die Hände. »Du bist so gut zu mir.«

»Gut sein heißt, seine Pflicht erfüllen. Für mich gibt es im Augenblick keine größere Pflicht, als dich hier herauszuholen. Mach es mir also nicht unnötig schwer.«

Eine Weile sagte sie nichts, dann fragte sie: »Hast du nicht Angst, daß es wieder wie in Hongkong oder Singapore sein könnte?«

»Nein.«

»Wenn das der Fall ist«, erwiderte sie beinahe träumerisch, kann ich in Ruhe mit dir gehen.«

Kon-kim zog sie an sich. »Versprich es mir!«

Sie erhob sich und ging einige Schritte. »Ich begreife es selber noch nicht, aber du hast recht. Ich darf nicht mehr zögern. Der Himmel hat dich gesandt. Ich muß dieses Leben beenden und begleite dich, wohin du willst.«

»Dann wird alles gut«, entgegnete er wie erlöst und ging auf sie zu. »Von mir aus können wir schon morgen fliegen.«

»Das geht nicht«, erwiderte sie hastig. »In meiner augenblicklichen Verfassung darfst du mich nicht sehen. Ich brauche einige Tage, um mir ein neues Kleid zu schneidern und mich etwas zurechtzumachen. Hier kann man nichts kaufen. Es gibt nur die blaue Einheitskleidung.«

»Das habe ich bereits bemerkt.«

»Außerdem muß ich dich um etwas Geld bitten. Ich habe Schulden. Nicht viel. Mit fünfzig Dollar ist es getan. Aber wenn du mir noch etwas mehr geben könntest, wäre ich sehr glücklich. In diesem Tempel ist ein Buddha, dessen Vergoldung abgekratzt wurde. Ich habe oft bei ihm Trost gesucht. Dürfte ich ihn mit neuem Blattgold versehen?«

»Ist das denn in Sian zu bekommen?« fragte er verwundert.

»An sich nicht«, antwortete sie. »Ein Juwelier, mit dem ich schon einmal darüber gesprochen habe, würde mir jedoch die notwendige Menge geben. Er will nach Tschungking, weil er hier keine Geschäfte mehr machen kann. Der Besitz von Gold ist verboten.«

Kon-kim zog seine Brieftasche. »Ich gebe dir fünfhundert Dollar, mache aber zur Bedingung, daß du den ›Gasthof‹ nie wieder betrittst.«

»Das verspreche ich dir beim Leben unserer Mutter«, erwiderte sie. »Ich kenne ein Hotel, in dem ich bleiben kann.«

»Und wann wirst du reisefertig sein?«

Sie überlegte einen Moment. »Sagen wir in drei Tagen. Heute ist Dienstag. Komm am Samstag um acht Uhr zu diesem Tempel. Du findest mich beim Buddha.«

Kon-kim umarmte seine Schwester. »Weißt du, was Mutter vor kurzem sagte? Vergangenes soll uns nicht beschäftigen, wenn wir uns Kommendem zuwenden. Richte dich danach und denke daran, das Feuer im Herzen zu löschen, bevor du die Lampe vor Buddha entzündest.«

Am darauffolgenden Morgen regnete es in Strömen, und Kon-kim würde gewiß erst gegen Mittag aufgestanden sein, wenn das ihm zugewiesene Hotelzimmer freundlicher gewesen wäre und an den Wänden nicht etliche Spruchbänder gehangen hätten, deren zum

Teil kindlich anmutende, dann wieder hetzerischen Worte ihn bis zum Überdruß reizten.

Sammelt Unterschriften für den Frieden!, hieß es da. Oder: *Wir appellieren an das Gewissen der Welt! Zerschmettert den fliehenden Feind! Jagt die Kapitalisten! Verfolgt die Großen Tiger! Nieder mit den Gutsbesitzern!*

Kon-kim zog es vor, das Zimmer zu verlassen. Er konnte die Sprüche, die die Vorstellung eines Hammers in ihm wachriefen, der pausenlos auf einen leeren Amboß herabsaust, nicht mehr ertragen. Er war erleichtert darüber, daß Li-tai ihr bisheriges Leben aufgeben wollte. Seine Erleichterung aber glich jener, die ein Soldat nach Beendigung eines verlorenen Krieges empfindet.

In der zugigen und nur notdürftig eingerichteten Halle des *Hotels zur Freiheit*, das früher *Schatten der Seligkeit* geheißen hatte, hingen Plakate, die mit Ausländern abgeschlossene *Ungerechte Verträge* aufzählten, deren sofortige Annullierung gefordert wurde. Daneben Spruchbänder gegen den Imperialismus, gegen die Existenz ausländischer Missionen und gegen Internationale Siedlungen.

Kon-kim wurde es leid, den ganzen Tag zwischen schreierischen Plakaten und Transparenten zu verbringen. Obwohl er sich nach dem Gespräch mit Li-tai vorgenommen hatte, seine ehemalige Braut nicht aufzusuchen, ließ er sich nun doch telefonisch mit ihr verbinden. Er befürchtete zwar, eine fanatisierte Süa-tü anzutreffen, die alles Gute, Edle, Saubere und Anständige als kommunistische Errungenschaft bezeichnen und alles Böse, Schlechte, Unsaubere und Widerwärtige als zur kapitalistischen Welt gehörig verdammen würde. Aber was sollte er in den drei Tagen unternehmen, die noch verstreichen mußten, bis Li-tai reisefertig war? Unabhängig davon konnte er nicht leugnen, daß er Süa-tü wirklich geliebt hatte und nur schwer über ihren Verlust hinweggekommen war.

Die Verständigung war äußerst schlecht, doch der erregten Stimme Süa-tüs war unschwer zu entnehmen, wie sehr sie sich über Kon-kims Anruf freute. Sie bedauerte, nicht nach Sian kommen zu können, und bat ihn flehentlich, sich in den nächsten Omnibus zu setzen, der gegen Mittag direkt nach Hsienjang fahre.

Kon-kim sagte zu, ohne zu ahnen, welch primitivem Fahrzeug er sich anvertrauen mußte. Denn der ›Bus‹, der eine gewagte Eigenkonstruktion darstellte, bestand im wesentlichen aus einem hastig ratternden Motor, dem während der Fahrt immer wieder der Atem ausging; einem Kühler, aus dessen Stutzen unablässig ein munterer Geysir sprudelte; vier Rädern, deren abgenützte Reifen vorsorglich mit Hanfseilen umwickelt waren; und einer aus primitiven Hölzern zusammengebastelten riesigen Karosserie, durch deren unverglaste Fenster der Wind den Regen in das Innere peitschte.

Kon-kim, der von allen Seiten schief angesehen wurde, weil er nicht die blaue Einheitskleidung trug, die zur Erinnerung an die während des *Langen Marsches* getragenen Baumwolljacken zum ›Ehrenkleid‹ der Provinz Shensi geworden war, würde schon bald ausgestiegen sein, wenn er Süa-tü nicht versprochen hätte, sie noch an diesem Tage aufzusuchen. Die dauernden Stöße des ungefederten Fahrzeuges, das sich mühsam über das gelb-braune Band der Schlaglöcher hinwegquälte, zerrten an seinen Nerven. Und das, obwohl er das Glück gehabt hatte, einen Fensterplatz zu erhalten.

Über sechs Stunden dauerte die nur dreißig Meilen weite Fahrt, die immer wieder unterbrochen werden mußte, um den Kühler mit neuem Wasser zu versehen. Dann aber wurde der Süa-tü als Kommissarin unterstellte Ort erreicht, der die Reisenden mit einem hölzernen Torbogen begrüßte, an dessen Seiten Transparente verkündeten: *Hier arbeitet die Bevölkerung von Hsienjang für die Zukunft Chinas und für den Frieden in der Welt! Nieder mit den Verrätern! Nieder mit den Grundbesitzern! Nieder mit den Kapitalisten!*

Süa-tü erwartete Kon-kim an der Omnibushaltestelle auf dem *Platz der Solidarität,* der früher einmal *Shou-shu-ti,* Platz der Geschichtenerzähler, geheißen hatte. Ihre rundlicher gewordenen Wangen waren gerötet und gaben ihr ein frauliches Aussehen, das jedoch durch ihre militärisch anmutende blaue Baumwolljacke stark gemindert wurde. Aber sie strotzte vor Gesundheit, und es war ihr anzusehen, daß sie es gewohnt war, Anordnungen zu erteilen, die keinen Widerspruch duldeten. Ihre Augen leuchteten und ihre Zähne blitzten, als sie ihren früheren Verlobten ungeniert umarmte.

»Kon-kim!« jubelte sie beglückt. »Du ahnst nicht, wie ich mich freue, dich wiederzusehen! Wenn ich auch keine Lee *Fuh-ren* geworden bin, so möchte ich dich in dieser Stunde doch als *Dzang Fuh* begrüßen.«

Ihre Worte verwirrten ihn, da *Dzang Fuh,* Starker Held, die in den Oberschichten der Bevölkerung übliche Bezeichnung für den Ehemann war. Verhört haben konnte er sich nicht, denn Süa-tü hatte ebenfalls gesagt: Wenn ich auch keine Lee *Fuh-ren* geworden bin, keine dem Menschen Lee zugehörige Frau. »Du machst mich sehr glücklich«, erwiderte er in seiner Ratlosigkeit. »Mich hat noch niemand *Dzang Fuh* genannt.«

Sie sah ihn verwundert an. »Du bist nicht verheiratet?«

Er schüttelte den Kopf.

Süa-tü lachte verlegen. »Ich auch nicht. Aber darüber können wir uns später unterhalten. Jetzt gehen wir erst einmal zu mir. Hat die Fahrt dich sehr angestrengt?«

Er grinste. »Meine Wirbelsäule wurde ganz schön zusammengestaucht.«

»Ja, mit den Verkehrsmitteln sieht es noch übel bei uns aus.«

»Dafür ist dein Aussehen um so prächtiger.«

»Soll das ein Kompliment sein?«

»Sogar ein dickes.«

Sie gab ihm einen Stoß. »Mach mich nicht verlegen. Hier kennt man keine Komplimente.«

Er betrachtete sie unauffällig von der Seite. »Das ist aber sehr schade. Dir müßte man morgens, mittags und abends sagen, wie fantastisch du aussiehst.«

Süa-tü errötete. »Hör auf mit dem Unsinn und erzähl mir lieber, wie du nach Sian gekommen bist. Zur Zeit geht doch überhaupt kein Zug.«

»Ich hatte Glück: erwischte ein Flugzeug.«

»Hui«, machte sie. »Kapitalist bleibt Kapitalist.«

»Pech gehabt!« erwiderte er triumphierend. »Nicht ich, sondern einer eurer hohen Funktionäre charterte die Maschine. Ich habe mich nur hinten drangehängt.«

In ihren Augen lag Schalk. »Einem Kommunisten habe ich es also zu verdanken, daß ich dich wiedersehe. Ich sage ja immer: wir Kommunisten sind die besten Menschen in der Welt.«

»Und die größten Dialektiker, wie ich nach dieser Beweisführung neidlos anerkennen muß.«

Sie lachten beide und überquerten die Straße.

Süa-tü wies auf ein von vielen Fähnchen umrandetes Plakat, das an dem Haus prangte, auf das sie zugingen. »Das ist meine Dienststelle«, sagte sie stolz. »Und darüber habe ich meine Wohnung.«

»›Zentrale der sozialistischen Siedlung *Gelbe Erdfurche*‹«, las Kon-kim laut und fragte: »Soll Hsienjang einen neuen Namen bekommen?«

»Vielleicht«, antwortete sie achselzuckend. »Heute läßt sich das noch nicht sagen. Zunächst bauen wir vor den Toren dieser Stadt eine neue Siedlung, und wenn sie fertig ist, wird hier alles dem Erdboden gleichgemacht.«

»Seid ihr verrückt geworden?« entsetzte sich Kon-kim.

»Kaum«, entgegnete sie gelassen. »Die Selbstsucht der früheren Landherren zwingt uns zu solchen Maßnahmen. Hier ist alles so verludert, daß die Ratten die Oberhand gewinnen. Die Folge: Seuchen ohne Ende. Uns bleibt nichts anderes übrig, als eine neue Siedlung zu erstellen, die Menschen umzuquartieren und alles Vorhandene den Flammen zu überantworten.«

»Das ist ja unfaßbar«, erwiderte Kon-kim.

Süa-tü öffnete eine Tür, die schief in den Angeln hing. »Wir sind da, und ich heiße dich in meinem bescheidenen Heim, über dessen verfallenen Aufgang ich hinwegzusehen bitte, herzlich willkommen.«

Kon-kim dankte ihr und stieg eine Treppe hinauf, von der er glaubte, sie müsse jeden Moment zusammenbrechen. Süa-tüs Wohnung aber, die nur aus einem Zimmer und einer winzigen Küche bestand, war frisch gekalkt und machte einen für chinesische Verhältnisse ungewöhnlich sauberen Eindruck, wenngleich es nichts gab, was sie hätte behaglich erscheinen lassen können. Die Einrichtung bestand aus vier ungleichen Stühlen, einem niedrigen Tisch, der mit rührender Sorgfalt für zwei Personen gedeckt war, und einem aus rohen Brettern genagelten Lager, auf dem einige exakt ausgebreitete Wolldecken lagen.

»Ich hoffe, du hast nicht mehr erwartet«, sagte Süa-tü unsicher, da sie Kon-kims wandernden Blick bemerkte.

»Nicht mehr, aber auch nicht weniger«, erwiderte er in aller Offenheit. »Der Raum atmet deine Sauberkeit, und ich kann nur bedauern, daß das Schicksal gegen uns war.«

Süa-tü seufzte.

»Und wie es gegen uns war! Aber jetzt nimm erst einmal Platz. Ich hole schnell den Tee.«

Kon-kim entdeckte auf dem Tisch kantonesische Mondkuchen, deren dicken Rändern anzusehen war, daß bei ihrer Herstellung

Enteneier, Schinken, kandierte Früchte und Nüsse eine große Rolle gespielt hatten. »Wo hast du die nur hergezaubert?«

»In der nächsten Woche ist das Mondfest«, antwortete sie im Hinausgehen. »Ich hatte dafür gespart und entschloß mich nach deinem Anruf, das Fest vorzuverlegen.«

»Du bist eine großartige Frau«, sagte er in ehrlicher Bewunderung, als Süa-tü zurückkehrte und zitronengelben Tee einschenkte.

Sie sah ihn vorwurfsvoll an. »Habe ich dich nicht gebeten, mich nicht verlegen zu machen?«

»Das möchte ich aber«, entgegnete er gutgelaunt.

»Und was hast du davon?«

»Sehr viel, weil du mich dann wie früher anschaust und wieder die kleine intelligente Süa-tü bist, die außerordentlich selbständig denkt und handelt, bei gewissen Dingen aber doch recht verlegen werden kann.«

Sie lachte. »Weißt du noch, wie wir das Küssen ausprobiert haben?«

»Und enttäuscht waren!«

»Nur zuerst«, widersprach sie. »Nachher hat es uns gefallen.«

Der Ausdruck seines Gesichtes wurde ernst. »Und beide ahnten wir nicht, was uns erwartete.«

»Ich sah an jenem Abend den Feuerschein und rannte in meiner Angst um dich los; den Banditen direkt in die Hände.«

»Und ich war dem Wahnsinn nahe, als ich es am nächsten Tag erfuhr. Ich wollte dich holen und mit zu meinem Onkel nach Kanton nehmen. Du mußt Furchtbares durchgemacht haben.«

»Was mit mir geschah, kannst du dir denken. Ich habe immer nur an dich gedacht und den Himmel angefleht, mir zu sagen, was ich tun soll. Im Morgengrauen hörte ich dann, wie einer der Soldaten sagte: ›Ach wo, die brauchen wir nicht zu bewachen. Die ist fertig und hat keine Kleider. Wie soll sie da flüchten?‹ Mir war es, als hätte der Himmel zu mir gesprochen. Mit letzter Kraft raffte ich mich auf und lief davon. Nackt. Einem Wachtposten in die Arme. Der und sein Kamerad... Ich konnte plötzlich nicht mehr, ergriff die am Boden liegende Pistole des einen und drückte ab. Dann nochmals. Beide brachen zusammen.«

Kon-kim schloß die Augen.

Süa-tü blickte ausdruckslos vor sich hin.

»Ich kann dir nicht erzählen, was dann im einzelnen geschah. Es war entsetzlich. Aber mit einem Male stand ein alter Krieger neben mir, der die anderen fortstieß und mit zwei Revolvern bedrohte. ›Ich habe selber Töchter und knalle jeden nieder, der sich diesem Mädchen nochmals nähert‹, schrie er. Und an mich gewandt: ›Nimm meinen Überwurf und lauf los. Ich gebe dir Rückendeckung.‹ Da nahm ich seinen Mantel und sagte: ›Ich bleibe, weil sie dich und mich erschießen, wenn ich jetzt fortlaufe. Da ist es besser, deine Töchter behalten ihren Vater.‹ Doch es geschah nichts. Es war wie ein Wunder. Ich blieb, und niemand hat mich jemals wieder angerührt.«

»Du bist bei ihnen geblieben?« entsetzte sich Kon-kim.

»Bei dem Alten. Er war wie ein Vater zu mir.«

Kon-kim fuhr sich durch das Haar. »Ich glaube, du hast wirklich ein Wunder erlebt.«

»Bestimmt. Das Schicksal hat gewollt, daß ich durch die Banditen in das Lager eines ›Kriegsherren‹ kam, den Tschiang Kai-schek später vernichtete. Der Alte trat daraufhin in die ›Vierte Armee‹ ein, die eines Tages meuterte und als ›Rote Armee‹ in die Berge von Kiangsi zog. Dort vereinigten wir uns mit den Kommunisten, mit denen wir unter der Führung von Mao Tse-tung hierherflüchteten. Es war ein grauenhafter Marsch. Aber das wirst du wissen. Erzähl jetzt, wie es dir ergangen ist.«

»Das kann ich beim besten Willen nicht«, erwiderte Kon-kim. »Dafür geht mir deine Geschichte viel zu sehr im Kopf herum. Du lieber Himmel, dieses China...«

»Es geht ja nun aufwärts«, tröstete ihn Süa-tü. »Die Kleidung der hiesigen Bevölkerung wird dir schon aufgefallen sein. Bei uns ist jeder sauber angezogen. Das Schuhwerk ist bei niemandem mehr durchlöchert. Alle strahlen Zufriedenheit aus.«

»Und sind uniform geworden und von ihren Mitmenschen kaum noch zu unterscheiden«, warf Kon-kim ein, fügte jedoch abschwächend hinzu: »Für die *Lao be shin*, die arme Bevölkerung, die nie etwas besaß, ist die von euch eingeführte Einheitskleidung natürlich ein Segen. Dennoch stehe ich auf dem Standpunkt, daß der Mensch ein Individualist ist und es bleiben muß, damit...«

»...er individualistisch hungert und friert?« unterbrach ihn Süa-tü erregt.

Kon-kim erhob sich und legte seine Hände auf ihre Schultern. »Meiden wir den Boden der Politik. Unsere Ansichten sind zu verschieden. Mit einer so hübschen Frau, wie du es bist, unterhalte ich mich entschieden lieber über andere Themen.«

Sie blickte unwillig zu ihm hoch. »Wenn du dir doch endlich merken wolltest, daß Komplimente mich nervös machen. Mir sind bourgeoise Redensarten zuwider. Kannst du das nicht verstehen?«

»Nein.«

»Schau, ich bin eine überzeugte Kommunistin, der Aufgaben wichtiger als Komplimente sind. Uns Kommunisten interessiert nicht unser Aussehen, sondern das Soll, das zu erfüllen ist. Und wenn wir Zeit haben, reden wir nicht über irgend etwas, sondern wir überlegen gemeinsam, wie wir unser Soll zum Wohle des Volkes steigern können. Das ist unser Leben, und du darfst mir glauben, daß es ein schönes, befriedigendes und großes Leben ist.«

»Einverstanden«, erwiderte Kon-kim. »Aber neben Soll und politischen Debatten gibt es ja auch noch andere Dinge.«

»Zum Beispiel?«

»Die Familie.«

Süa-tü machte sich frei. »Du scheinst noch nicht gehört zu haben, in welch großzügiger Weise sich der kommunistische Staat gerade der Familie annimmt. Die Kinder werden in Gemeinschaftsheimen erzogen, lernen dort lesen, rechnen und schreiben. Die Eltern brauchen sich um nichts mehr zu kümmern. Sie können dadurch den ganzen Tag über zum Wohle ihrer Familie und des Volkes arbeiten.«

Kon-kim sträubten sich die Haare. »Übernimmt der Staat bei euch auch die Liebe?« fragte er zynisch.

Süa-tü erhob sich. »Wenn du die Liebe zwischen Mann und Frau meinst, so muß ich dir sagen, daß wir für sie leider keine Zeit haben. Aber mach nicht uns dafür verantwortlich. Die Schuld liegt bei denen, die unser Volk seit Generationen ausgesaugt und jede Entwicklung unterdrückt haben. Du kennst viele Länder und weißt aus eigener Anschauung, daß wir heute dort stehen, wo die Weißgesichter vor hundert Jahren standen. Hundert und mehr vergeudete Jahre müssen von uns eingeholt werden. Können wir das, wenn Mann und Frau sich wie Vögel auf einen Ast setzen und süße Lieder zwitschern? Wenn wir unser Ziel erreichen wollen, dürfen wir keine Minute verschenken und müssen Liebesstunden in Arbeitsstunden verwandeln. Aus Liebe zu unseren Nachkommen, denen es einmal besser als uns ergehen soll.«

»Das ist heller Wahnsinn«, empörte sich Kon-kim. »Ihr könnt doch nicht einfach hingehen und erklären: So, nun wollen wir schnell mal hundert Jahre einholen. Das geht nicht! Das ist Vergewaltigung des Lebens!«

»Und wie nennst du das, was die Feudalherren mit dem Leben ihrer Untertanen machten?« ereiferte sich Süa-tü.

»Laß uns aufhören«, bat Kon-kim. »Wir geraten in einen Disput, den wir beide nicht wollen. Wie wäre es mit einem Spaziergang? Es hat aufgehört zu regnen.«

»Einverstanden«, antwortete sie. »Eines möchte ich dir aber noch sagen: Wir werden die hundert Jahre aufholen! Und wenn die Welt sich auf den Kopf stellt!«

Der von Süa-tü eingeschlagene Weg war morastig wie das hinter ihr und Kon-kim liegende Leben. Beiden aber war es gelungen, sich zu erhalten, was den Menschen ausmacht. Sie waren geblieben, was sie bei der Geburt gewesen waren; sie trugen die ihnen auferlegte Bürde wie etwas Gegebenes; sie hatten Verständnis füreinander, obwohl die Verschiedenheit ihrer Umgebung sie verändert hatte.

Der Himmel wurde immer klarer, und auf den braunen Felsen der Berge lag der Glanz der untergehenden Sonne, als Süa-tü beiläufig erwähnte, daß sie sich am Abend für etwa eine Stunde trennen müßten, da sie an der täglichen Bauernversammlung teilzunehmen habe.

Um ihr eine Freude zu bereiten, fragte Kon-kim: »Kann ich dich nicht dorthin begleiten?«

»Selbstverständlich«, antwortete sie beglückt. »Es wäre sogar sehr schön. Du darfst nur nichts Großes erwarten. Es sind einfache Menschen, die nach der Last des Tages zusammenkommen, um von ihren Sorgen und Nöten zu sprechen.«

»Und das machen sie täglich?«

»Jeden Abend.«

»Freiwillig oder gezwungen?«

Sie lachte.

»Ich weiß, daß vielfach behauptet wird, wir setzten die Menschen unter Druck. Das stimmt aber nicht. Im Gegenteil, für unsere Bauern ist die Abendstunde geradezu ein Fest. Du wirst es erleben. Urteile, wenn du sie gesehen hast.«

Süa-tü hatte nicht übertrieben. Dennoch wäre Kon-kim am liebsten davongelaufen, als er in der Versammlung saß und erkannte, warum die Menschen täglich voller Begeisterung zusammenkamen. Jeder von ihnen wartete darauf, einmal in den Mittelpunkt gestellt zu werden. Denn jeden Abend wurden fünf bis sechs Männer oder Frauen aufgefordert, die Rednertribüne zu besteigen und zu erzählen, wie sehr sie darben und leiden mußten, bevor die Kommunisten die Gutsbesitzer enteignet und das Land unter der Bevölkerung aufgeteilt hatten. Sie brauchten nicht einmal zu lügen; die Ausbeutung hatte wirklich Orgien gefeiert. Aber war es zu verantworten, das menschliche Geltungsbedürfnis in dieser Weise zu mißbrauchen und einen grenzenlosen Haß zu schüren?

Voller Entsetzen sah Kon-kim, wie sich Hunderte von Menschen an den Qualen früherer Zeiten weideten, wie sie schmerzerfüllt schluchzten und stöhnten, wenn eine Frau in erschreckend realistischer Form eine an ihr ausgeübte Vergewaltigung schilderte. Das ganze war ein scheußlich raffiniertes Theater, in dem die Anwesenden zugleich Zuschauer und Akteure waren. Wer seinen Auftritt hinter sich gebracht hatte, war ein Held und verließ das Podium mit glühenden Wangen.

Schlimmer aber noch war der Abschluß der Versammlung, den vorgetragene Selbstanschuldigungen bildeten. Es begann damit, daß jemand plötzlich schrie, die soeben vernommene Pein der Genossen zwinge ihn, sofort zu bekennen, in welch unglaublicher Weise er sich am Volk versündigt habe.

An diesem Abend war es ein junger Mann, der förmlich auf die Rednertribüne stürzte und mit glänzenden Augen rief, daß er sich seit Wochen täglich mindestens eine halbe Stunde heimlich von seinem Arbeitsplatz entfernt habe. Er flehte um Bestrafung und bat händeringend darum, sein Soll für die Dauer von zwei Monaten zu verdoppeln, damit er wieder reinen Herzens zur Volksgemeinschaft gehöre.

Frenetischer Beifall belohnte sein Bekenntnis, und als er das Podium verließ, eilten weitere Burschen auf die Tribüne, um sich in ähnlicher Weise anzuklagen und um Bestrafung zu bitten.

Kon-kim wurde es zuviel. »Komm«, sagte er an Süa-tü gewandt. »Ich halte das nicht mehr aus.«

Sie warf ihm einen warnenden Blick zu. »Du kannst jetzt nicht gehen.«

»Und warum nicht?« zischte er verärgert.

»Weil du damit eine Katastrophe heraufbeschwören würdest. Du mußt nun bleiben, bis die Versammlung zu Ende ist.«

Kon-kim blieb, aber er machte aus seinem Herzen keine Mördergrube, als er später mit Süa-tü nach Hause ging. »Das war das Übelste von allem, was ich je erlebt habe«, wetterte er mit bleichem Gesicht. »Ihr verhetzt die Menschen nicht nur, sondern raubt ihnen auch noch die Seele. Ihr predigt den Humanismus und entwurzelt diejenigen, die Wurzeln schlagen sollen. Ihr sprecht von der Abschaffung der Ungerechtigkeit und lehrt die Menschen, sich selbst zu verstümmeln. Ihr lobt die Gleichheit und tötet das Gleichmachende: das Menschliche in uns. Einen perfekten Mechanismus der Existenz wollt ihr schaffen; wohlan, das ist wunderbar, und dagegen ist nichts zu sagen. Was ihr mit euren Methoden aber schafft, ist die Existenz von Mechanismen. Und die sind nicht einmal perfekt. Ich kann euch nur empfehlen, einer avantgardistischen Maschinenfabrik den Auftrag zu erteilen, selbstzeugende Roboter zu entwickeln, Roboter, die es dem Allmächtigen gestatten, den denkenden, individualistischen Menschen abzulösen.«

»Bist du jetzt fertig?« fragte sie, als er tief Atem holend schwieg.

»Es wäre noch vieles zu sagen«, entgegnete Kon-kim aufgebracht. »Aber das erspare ich mir lieber.«

Sie strich sich über die Stirn. »Darf ich nun einige Fragen an dich richten?«

»Wozu?« erwiderte er abweisend. »Es kommt ja doch nichts dabei heraus. Unsere Welten sind zu verschieden.«

»Du hast geredet, also mußt du auch mich einmal sprechen lassen.«

Er zuckte die Achseln. »Bitte.«

»Frage eins: Was hat dich an unserer Abendversammlung so gestört, daß du glaubst, uns derart massive Vorwürfe machen zu müssen?«

»Das ist schnell gesagt. Erstens: das Wühlen in einer zweifellos scheußlich gewesenen Vergangenheit. Ihr appelliert an das Geltungsbedürfnis des kleinen Mannes und benützt dessen menschliche Schwäche, um erlittene Not in Haß umzumünzen. Das ist verwerflich. Zweitens: die Selbstanklage. Ihr fördert sie, um den Menschen kleinzuhalten und zur Erhöhung seines Solls zu zwingen. Daß ihr ihm damit die Seele raubt, sagte ich bereits.«

Süa-tü blieb ruhig. »Wenden wir uns meiner zweiten Frage zu: Erhebst du die gleichen Vorwürfe gegen die christliche Kirche?«

»Natürlich nicht.«

»Und warum nicht?«

Kon-kim schüttelte den Kopf. »Ich weiß nicht, worauf du hinauswillst, aber was hat die christliche Kirche mit dem zu tun, wovon wir sprechen?«

»Sehr viel!« antwortete Süa-tü triumphierend. »Ihre Lehren, und mehr noch ihre Methoden, dienen uns als Vorlage.«

»Soll das ein Witz sein?«

Sie legte ihre Hand auf seinen Arm. »Denke einmal ein paar Minuten über Christus nach. War er etwa kein Kommunist? Sprach er nicht alle Menschen als Brüder und Schwestern an? Ließ er sich nicht für seine Ideen an das Kreuz nageln?«

Kon-kim lachte schallend. »Jetzt möchte ich bloß wissen, wer dir das erzählt hat.«

»Ich habe viele Vorträge darüber gehört, und wir haben stundenlang über dieses Thema debattiert.«

»Schade um die Zeit«, erwiderte er abfällig. »Wieviel Felder hättet ihr da bestellen können. Entschuldige, Süa-tü, aber die Sache fängt an komisch zu werden. Ich kenne mich in der christlichen Lehre natürlich nicht genau aus, weiß aber bestimmt, daß es absurd ist, Christus als Kommunisten zu bezeichnen. Mit demselben Recht könnte man dann auch behaupten, Buddha, Lao-tse und Mohammed seien Kommunisten gewesen. Das ist doch Unsinn. Religionsstifter sind gütige Geister, die das Üble auf dieser Erde anprangern. Ihre Lehren basieren aber auf Liebe und nicht auf Haß.«

»Und du bist jetzt gehässig«, erwiderte sie erregt. »Der Kommunismus ist eine Lehre der Liebe, und eben darum haben wir uns dazu entschlossen, die erfolgreichen Methoden der christlichen Missionare als Modell für unser Vorgehen anzusehen.«

Kon-kim griff sich an den Kopf. »Modell! Wenn ich so etwas schon höre!«

»Von mir aus kannst du es nennen, wie du willst. Auf jeden Fall wenden wir christliche Methoden an.«

»Als da sind?«

»Zum Beispiel die von dir mit bitteren Worten bedachte Abendversammlung. Sei ehrlich: liefen die Christen in deiner Heimatstadt nicht auch jeden Abend zu ihrem Missionar? Ich weiß, daß er sie mit Reis heranlockte, was wir nicht nötig haben. Aber was machten sie während ihrer Gemeinschaftsversammlungen? Einer nach dem anderen kam an die Reihe und mußte die Leiden schildern, die Christus und seine Anhänger durchgestanden haben. Und wenn das geschehen war, wurden die eigenen Leiden mit denen der ersten Christen verglichen. Nicht um Haß zu säen, wie du behauptest, sondern um zu erkennen, daß es anderen noch schlimmer als einem selber ergangen ist. Das tröstet, und darauf kommt es uns an. Wir machen keinen Hehl daraus, daß wir den Missionaren alles abgeschaut haben; auch die Selbstanklage, die sie Beichte nennen. Du hältst diese Methode für unmenschlich; ich aber sage dir, daß das Bekennen einer verbotenen Tat den Menschen reinigt und erlöst. Wir sind nur fortschrittlicher als die Christen, die Beichten geheim abhalten und begangene Sünden mit Gebeten bestrafen. Das gibt es bei uns nicht. Wir sind aufrecht, bekennen vor aller Welt, was wir getan haben, und bestrafen uns selbst mit Aufgaben, die dem Volke zugute kommen. Denn wir kämpfen nicht für eine Glückseligkeit im Jenseits, sondern für Gerechtigkeit und Zufriedenheit hier auf Erden. Das ist der Unterschied zwischen ihnen und uns: die Christen denken an die Ewigkeit, wir an das Dasein. Sie glauben an Gott, wir an den Wert des Menschen.«

»Und trampelt auf ihm herum.«

»Das ist nicht wahr!« empörte sich Süa-tü.

»Doch. Ihr wißt es nur nicht. Deine Worte haben es eben deutlich gezeigt. Ich will nicht bestreiten, daß ihr Gutes wollt und sicherlich auch viel Gutes tut. Wenn ihr euch aber einbildet, auf billige Weise im Fahrwasser eines Religionsstifters segeln zu können, dann seid ihr auf dem Holzweg.«

»Beenden wir das Thema«, erwiderte Süa-tü niedergeschlagen. »Es ist zu schmerzlich, einen geliebten Menschen mit fremder Zunge reden zu hören.«

»Geliebter Mensch?« fragte er aufhorchend.

»Ja, geliebter Mensch!«

»Heißt das, daß du mich immer noch liebst?«

»Allerdings!«

Kon-kim hielt sekundenlang den Atem an, dann sagte er plötzlich: »Komm mit mir, Süa-tü. Werde meine Frau.«

Sie blieb stehen.

»Bist du hierhergekommen, mir das zu sagen?«

»Nein. Ich fühle jetzt aber, daß wir trotz allem zusammengehören.«

»Unterstellen wir, es wäre so. Wer oder was gibt mir das Recht, Menschen über Bord zu werfen, die meiner bedürfen?«

»Sie werden auch ohne dich leben. Wenn du mich liebst, und das hast du gesagt, mußt du mit mir kommen.«

»Mit der gleichen Logik könnte ich erklären: Wenn du mich liebst, mußt du hierbleiben.«

»Das ist richtig.«

»Dann ziehe die Konsequenzen und bleibe.«

»Du weißt, daß ich hier eingehen würde.«

»Und warum? Weil du nur an dich und nicht an die notleidende Bevölkerung denkst. Es ist immer wieder dasselbe. Männer, die echte Führungskräfte sein könnten, kommen nicht zu uns, weil sie nicht bereit sind, ihr bequemes Leben aufzugeben. Was glaubst du, wieviel Schwierigkeiten uns erspart blieben, wenn man uns helfen würde. Aber nein, man liebt Banknoten, Diener und dergleichen angenehme Dinge und interessiert sich nicht für das Volk, das den verwegenen Wunsch hat, endlich einmal nicht mehr geschlagen und ausgebeutet zu werden. Bienen für die Reichen durften wir sein, nun aber, da wir uns für unser eigenes Wohlergehen abrackern, schimpft man uns Ameisen.«

Kon-kim seufzte. »Wir sind wieder bei dem Thema, das du beenden wolltest.«

»Ach, Kon-kim, warum muß alles so sein?«

Er blickte zu Boden. »Ich kann es dir nicht sagen, habe leider nun aber erfahren, daß die chinesische Tragödie die Menschen nicht bindet, sondern entfremdet, wodurch sie zur menschlichen Tragödie wird.«

Nach einer schlaflosen Nacht, die Kon-kim in eine Decke eingehüllt auf dem Boden in Süa-tüs Zimmer verbrachte, reichte er ihr am nächsten Vormittag zum Abschied stumm die Hand. Auch sie brachte kein Wort über die Lippen. Ihre Kehlen waren wie zugeschnürt. Sie wußten, daß ihre Trennung nun endgültig und für immer sein würde.

Nationale Empfindungen raubten mir Kinki Yasuda, dachte Kon-kim, als er wie verloren zum *Platz der Solidarität* ging, um in den Omnibus nach Sian einzusteigen. Ideologische Ungereimtheiten entfremdeten mir Süa-tü. Was mag nun kommen? Er warf einen letzten Blick zurück, geradeso, als hoffe er, daß Süa-tü ihm doch noch folge.

Sie stand am Fenster und blickte schmerzerfüllt hinter ihm her.

Zu der mit Li-tai verabredeten Zeit begab sich Kon-kim zu dem Tempel, auf dessen Stufen er mit seiner Schwester in der Nacht des Wiedersehens gesessen hatte. Das verwahrloste Aussehen der Weihestätte, die er bei Tag noch nicht gesehen hatte, entsetzte ihn. Die steinernen Löwen zu beiden Seiten des Aufganges waren zerschlagen, überall wucherte Gras, und das weitausladende Dach war zum größten Teil seiner Ziegel beraubt.

Der Himmel wendet sich ab von denen, die ihn verlassen, dachte er, als er sich dem Portal näherte. Über den Boden huschten einige Geckos, und aus den Bäumen der einstigen Parkanlage drang das monotone Zirren der Zikaden. Weitere Lebewesen schien es nicht zu geben.

Ein Gefühl der Verlassenheit beschlich Kon-kim, und als er die im Halbdunkel liegende Tempelhalle aufsuchte, glaubte er zu wissen, warum Li-tai sich ausgerechnet hier mit ihm hatte treffen wollen: sie scheute sich, ihm im vollen Tageslicht zu begegnen.

Doch kaum war er in das Innere des Tempels gelangt, blieb er mit angehaltenem Atem stehen. In der Mitte des Raumes brannte ein kleines Licht, das in die Hände eines riesigen Buddhas gestellt war, dessen nach innen gekehrter Blick eine unendliche Ruhe ausstrahlte. Aber weder das Licht noch der Ausdruck der Statue machten ihn stutzig. Es war vielmehr das glanzlose Aussehen des Buddhas, der nicht mit neuem Blattgold überzogen war, wie Kon-kim es erwartet hatte.

Unwillkürlich rief er den Namen seiner Schwester, die er in der Nähe der Statue vermutete, jedoch nicht entdecken konnte.

Er erhielt keine Antwort.

»Li-tai!« rief er nochmals.

Das Wort fiel kalt von den Wänden zurück.

Ein drittes Mal rief er ihren Namen, und als er wiederum keine Antwort erhielt, beschlich ihn ein unheimliches Gefühl. Sie hat mich belogen, durchfuhr es ihn in grenzenloser Enttäuschung. Wie immer. Und ich hätte meine Hand dafür ins Feuer gelegt, daß sie ihr bisheriges Leben nun tatsächlich beenden würde. Ihr ging es lediglich darum, einige Dollars zu ergattern. Für Blattgold, wie sie sagte. Und ich Narr habe ihr geglaubt!

Er ballte die Hände und hatte nur noch einen Gedanken: auf schnellstem Wege nach Hongkong zu gelangen.

Einen Fehler machen und sich nicht bessern, das erst heißt wirklich fehlen, empörte er sich voller Zorn. Als er sich aber umwandte, um den Tempel zu verlassen, sah er neben der Buddha-Statue eine in ein weißes Gewand gehüllte Gestalt liegen.

»Li-tai!« schrie er und stürzte auf sie zu.

Sie rührte sich nicht.

Er kniete sich neben sie und erstarrte. Auf ihren Lippen waren Spuren von Blattgold zu sehen.

»Li-tai!« rief er verzweifelt.

Ihre Augen blickten gebrochen zur Decke empor.

»Kleine Schwester«, stammelte er hilflos.

Vergebens. Sie hatte Gold geschluckt, um Ruhe im *Goldenen Tod* zu finden.

Kon-kim legte ein Tuch über ihr Gesicht.

Li-tai hatte das Feuer ihres Herzens gelöscht, bevor sie die Lampe vor Buddha entzündete.

Das Tor des glücklichen Lebens

Kon-kim sah um Jahre gealtert aus, als er sich in Hongkong von dem kanadischen Piloten verabschiedete, der ihn wohlbehalten über das von den Japanern besetzte Gebiet hinweg in die britische Kronkolonie geflogen hatte. Nur wenige Worte wechselten sie miteinander. Der Kanadier spürte, daß sein Fluggast etwas Schweres erlebt hatte, und Kon-kim war ihm dankbar dafür, daß er keine Frage an ihn richtete. Er hätte ihm ohnehin keine Antwort geben können. Mit Li-tais Tod mußte er allein fertig werden.

Und doch erlöste ihn der Gedanke, daß sie von allen Widerwärtigkeiten befreit war. Ihre Selbstentleibung aber hatte auf unerklärliche Weise die ihm vom Leben geschlagenen Wunden erneut aufgerissen. Der Mord an seinem Vater und seiner Schwester Han, der Raub Süa-tüs, der Verrat Kinki Yasudas: alles stand plötzlich wieder vor ihm, als sei es eben erst geschehen. Und das in einem

Augenblick, da er sich gezwungen sah, die Heimat für immer zu verlassen.

Kon-kim gab sich keinen Illusionen hin. Er hatte die Japaner kennengelernt und wußte, daß sie nicht in China eingefallen waren, um das Land nur für kurze Zeit zu besetzen. Ihr Lebensraum war zu klein geworden. Sie brauchten Rohstoffe, über die das einstmals mächtige, sich nun aber im Bruderkrieg verblutende chinesische Reich in Hülle und Fülle verfügte. Wer wollte es ihnen verargen, daß sie nach einer Frucht griffen, die ihnen förmlich in den Schoß fiel? Den Niedergang Chinas hatten nicht sie, sondern chinesische Staatsführer verschuldet.

Kon-kim versuchte, die Entwicklung objektiv zu betrachten, brachte es aber trotz aller Bemühungen nicht fertig, den immer stärker in ihm werdenden Haß gegen die Japaner zu dämpfen. Es gelang ihm einfach nicht, sich von dem Stachel zu befreien, der seit dem Verlust Kinki Yasudas in ihm steckte. Unentwegt mußte er an seine einstige Geliebte denken. Er tat es jedoch nicht verständnisvoll wie ehedem, sondern voller Auflehnung und Empörung. Was diesen Wandel herbeigeführt hatte, war ihm nicht bewußt. Vielleicht rief das Wissen, Familie und Heimat endgültig verloren zu haben, die Vorstellung in ihm wach, daß alles leichter zu ertragen wäre, wenn Kinki Yasuda, mit der er oft über den Aufbau eines neuen Lebens in einem friedfertigen Land gesprochen hatte, jetzt an seiner Seite stünde. Sehnsüchte und Wunschträume umgaukelten ihn, und je öfter er sich zurückliegende Zeiten vergegenwärtigte, um so mehr verdichtete sich sein Schmerz. Am liebsten hätte er zur Waffe gegriffen, um zu kämpfen. Die Vernunft sagte ihm jedoch: Vergiß das Gewesene und geh hin und arbeite. Tausend Tage ein Geist zu sein, ist nicht so viel, wie ein Tag Mensch zu sein.

Dennoch setzte Kon-kim seinen bereits gefaßten Entschluß, nach Malaya auszuwandern, nicht sofort in die Tat um. Der Gedanke, nur wenige Meilen von der Mutter entfernt zu sein, ließ ihn nicht zur Ruhe kommen und trieb ihn in das Lager der nach Hongkong geflüchteten Kantonesen, denen er märchenhafte Summen für den Fall anbot, daß sie sich bereit erklärten, seine Angehörigen über jene Schleichwege in die englische Kolonie zu führen, die sie auf ihrer Flucht benutzt hatten. Niemand aber war gewillt, ein derartiges Risiko auf sich zu nehmen. Sie alle hatten die von den Japanern entlang der Grenze aufgespießten Köpfe derjenigen gesehen, denen die Flucht nicht gelungen war.

Einer derartigen Gefahr wollte Kon-kim Mutter Lee Wei und Onkel Hu natürlich nicht aussetzen, doch es fiel ihm schwer, seine im stillen gehegte Hoffnung zu begraben und ein Schiff zu besteigen, dessen Musikkapelle sich sichtlich bemühte, die Auswanderer aufzumuntern. Die meisten der Reisenden waren dankbar dafür, Kon-kim aber ekelte das hektische Treiben der Passagiere an, die voller Ausgelassenheit im gerade in Mode gekommenen Swingstil tanzten und die Nacht zum Tag und den Tag zur Nacht machten.

Fünf Tage dauerte die Reise, die eine wohltuende Wirkung auf Kon-kim ausübte und ihn Abstand von den Ereignissen der letzten Wochen gewinnen ließ. Und als das in der Morgensonne liegende Singapore am Horizont auftauchte, war er im Grunde genommen recht froh, durch niemanden belastet zu sein. Er brannte darauf, Banken und Makler aufzusuchen, um einen Überblick über die Möglichkeiten zu gewinnen, die sich ihm hinsichtlich der Gründung oder des Aufkaufes eines Erfolg versprechenden Unternehmens in Malaya boten. Dank der klugen Wirtschaft seiner arbeitsreich und bescheiden gewesenen ehrenwerten Ahnen und seiner eigenen geschickten finanziellen Transaktionen war er in der glücklichen Lage, über namhafte Beträge zu verfügen, und es war ihm gleichgültig, welche Art von Betätigung er fand. Wichtig erschien es ihm nur, sich schnellstens einer Aufgabe zu widmen, die ihn ablenkte und nichts mit Politik zu tun hatte. Das bisherige Leben war ihm wie Sand durch die Hände geronnen.

Beinahe fiebernd schaute er nach Singapore hinüber, dessen zum Meer ausgerichteten Baulichkeiten trotz deren antiquiert wirkenden Türmen und Türmchen, Kuppeln und Säulen etwas Imponierendes anhaftete. Im Geiste sah er sich schon durch das farbige Durcheinander von Völkern und Rassen aller Art gehen, durch die von Malaien, Indern, Chinesen, Arabern, Europäern, Japanern und Indonesiern gebildete bunte Palette, die Singapore zu dem macht, was es ist: zum Schmelztiegel Südostasiens.

Kon-kim spürte, daß er richtig gehandelt hatte, als er das Schiff bestieg, um für immer nach Malaya auszuwandern. Dort gab es weder sinnlose Machtkämpfe noch zerstörenden Fremdenhaß, dort war man tolerant und stellte den Menschen über Religion, Rasse und Nation.

Kon-kim konnte es kaum erwarten, an Land zu kommen. Doch als es endlich soweit war und er die Gangway hinabsteigen wollte, stand plötzlich der weiß-livrierte indische Chauffeur Dr. Hajis vor ihm und nahm ihm nach einer ehrerbietigen Verneigung die Aktentasche aus der Hand.

»Welcome in Singapore«, sagte er zufrieden lächelnd und wies auf einen in der Nähe stehenden Wagen. »Ich glücklich, daß Sie sind gekommen. Auch Doktor Haji sich sehr wird freuen. Bitte einsteigen, dann wir fahren, und alles very well.«

Kon-kim sah ihn ratlos an. »Woher wußten Sie, daß ich heute hier eintreffe?«

Der Inder lachte glucksend. »Wir nicht genau gewußt, aber Mister Ta Tso-lin hat gegeben Telgramm, daß wahrscheinlich Sie kommen. Darum vorsorglich ich bin gefahren.«

Kon-kim schüttelte den Kopf. »Woher weiß Mister Ta Tso-lin...? Ich habe ihn dieses Mal überhaupt nicht getroffen und auch nicht die Absicht gehabt, Doktor Haji zur Last zu fallen.«

Der Chauffeur sah ihn vorwurfsvoll an. »Das besser, wenn Sie ihm nicht sagen. Er sonst sehr traurig.«

Kon-kim erkannte, daß er in eine peinliche Situation geraten war. Um völlig unabhängig zu sein, hatte er Dr. Haji, den er selbstverständlich zu einem späteren Zeitpunkt aufsuchen wollte, nicht über seine Reise verständigt. Und dieser sandte ihm nun seinen Wagen! Unmöglich konnte er den Fahrer mit einer fadenscheinigen Begründung zurückschicken.

Der Inder bemerkte Kon-kims Zögern und sah ihn unterwürfig an. »Bitte, einsteigen«, sagte er flehend. »Ich mich um Ihr Gepäck kümmere, dann wir fahren und alles very well.«

Kon-kim klopfte ihm leutselig auf die Schulter. »Im Grunde genommen preise ich mich ja glücklich, daß Mister Ta Tso-lin, der irgendwie erfahren haben muß, daß ich hierherreise, Doktor Haji davon in Kenntnis setzte.«

Die Augen des Fahrers strahlten, als hätte er ein fürstliches Geschenk erhalten. »Doktor Haji immer von Ihnen gesprochen, wie von Sohn. Er sehr alt geworden. Manchmal ich glaube, er bereits hat erreicht *Nirwana.*«

Die Worte des Inders bewegten Kon-kim. Er verehrte Dr. Haji und hatte sich lediglich aus der Sorge heraus, gleich wieder in politische Gespräche verwickelt zu werden, nicht bei ihm angemeldet.

Er wollte vorwärtsschreiten und nicht mehr zurückblicken. Wenn Dr. Haji jedoch, wie der Fahrer andeutete, so gealtert war, daß er schon nahe dem *Nirwana* stand, dann brauchte er keine Diskussionen zu befürchten.

Als er im Wagen Platz genommen hatte und der Fahrer seine Koffer verstaute, wanderten seine Gedanken in vergangene Zeiten. Vor ihm lag das Hafengebäude, auf das er einstmals mit Dr. Haji von der Reling des Schiffes hinabgeblickt hatte, das ihn nach Japan brachte. Kaleidoskopartig glitten längst vergessene Bilder an ihm vorüber. Als wäre es erst gestern gewesen, sah er im Geiste die in leuchtende Kimonos gekleideten Japanerinnen vor sich stehen, die mit ihm gereist waren. Unter ihnen Kinki Yasuda!

Kon-kim fuhr sich über die Augen, als wollte er die Bilder verbannen, die sich ihm aufdrängten.

Gleich darauf schob sich der Inder hinter das Steuer des Wagens. »Heute es wird werden sehr heiß.«

Kon-kim nickte.

»Dabei wir hatten letzte Nacht schwere *Sumatra*. Ganze Land war überschwemmt. Aber jetzt alles wieder very well.«

Kon-kim schmunzelte über das beständige ›Very well‹ des Inders, und da er nicht recht wußte, was er erwidern sollte, erkundigte er sich, ob die malaiischen Hütten der vielfachen Tropengewitter wegen auf Pfählen gebaut seien.

Der Fahrer bejahte und begann eine Erzählung von Land und Leuten, in deren Verlauf er kein Hehl daraus machte, daß er sich in Malaya wohler fühle als in Indien, wenngleich alle Malaien Mohammedaner seien. »Ich selbst nicht weiß, warum ich hier so glücklich«, fügte er hinzu und strich über seinen vom Betelkauen blutroten Mund. »Vielleicht, weil alle Menschen hier sind leise. Niemand schreit. Und mit jedem man kann gut auskommen. Keiner hat Dünkel. Alle lieben Tiere und gutes Essen.«

»Und wie sieht es mit der Arbeit aus?« fragte Kon-kim hintergründig.

Der Inder lachte. »Malaien lieber schlafen. Darum Chinesen hier machen große Geschäft.«

Kon-kim erinnerte sich daran, wie sehr es seine Mutter befriedigt hatte, als er ihr auf der Fahrt von Singapore nach Johore Bahru erzählte, daß es Chinesen seien, die das Herz Malayas pulsieren ließen. Damals hätte er nicht gedacht, daß auch er eines Tages nach

Malaya auswandern und auf dem Weg zu Dr. Haji darüber nachgrübeln würde, wo und wie er ein neues Leben beginnen könne.

Am Straßenrand wachsende Bananenstauden ließen ihn an die Errichtung einer riesigen Bananenplantage denken. Auf Lastwagen vorüberrollende Mastschweine riefen die Vorstellung einer mustergültigen Schweinezucht in ihm wach. Holztransporte gaukelten ihm mächtige Sägewerke vor. Kon-kim fieberte der Zukunft entgegen. Nur mit halbem Ohr hörte er auf das, was ihm der Fahrer erzählte. Er war nur noch Auge. Hinter allem, was er sah, suchte er ein für sich geeignetes Betätigungsfeld.

Eine Gruppe armseliger *Tamil*-Weiber, die mit langen Sichelmessern dafür sorgten, daß die durch den Dschungel führende Fahrbahn von üppig wuchernden Pflanzen freigehalten wurde, ließ ihn bewußt werden, wie gut es ihm trotz allem ging. Sein Leben war gewiß nicht befriedigend verlaufen, aber wieviel Menschen gab es, die das Glück hatten, sich nie finanzielle Sorgen machen zu müssen?

Der Fahrer drosselte den Motor, da sie die Grenzstation erreichten. Doch noch bevor die Räder stillstanden, gaben die Beamten das Zeichen zur Weiterfahrt.

»Ihnen für Kontrolle jetzt zu heiß«, sagte der Inder grinsend. »Außerdem sie wissen, daß ich nicht schmuggel.«

»Und wenn sie es nun doch tun würden?«

»Dann ich es Ihnen vorher würde sagen. Sie dann schließen Augen und erhalten Anteil.«

Kon-kim lachte. »Ich erinnere mich an Ihre damalige Erzählung über den Schmuggel der hiesigen Fischer.«

»Ja, die es haben gut«, erwiderte der Fahrer beinahe träumerisch, während er den Wagen über den etwa einen Kilometer langen Steindamm steuerte, der die Insel Singapore wie eine Nabelschnur mit Malaya verbindet. »Fischer nicht können lesen und schreiben, leben ganz arm in Hütten, klagen, daß Herz wird weich, machen aber große Geschäfte mit Polizei. Alles very well.«

Kon-kim schaute zu der auf einem sanften Hügel gelegenen *Abu Bakar Moschee* hinüber, die ihn wiederum, wie bei der ersten Fahrt nach Johore Bahru, an ein Bild aus Tausendundeiner Nacht erinnerte. Ihm war zumute, als sei er niemals fort gewesen. Wie anders war es in der Heimat gewesen, wie farblos war dort selbst das Bild der Landschaft geworden!

Der Fahrer verlangsamte das Tempo auf der am Ufer entlangführenden *Jalan Skudai* und bog bald darauf in einen von einer dichten Hecke umgebenen Park ein, in dem zwischen feuerroten und goldgelben Blumenbeeten das breit angelegte, niedrige Landhaus Dr. Hajis lag. Tausend Erinnerungen stürzten auf Kon-kim ein. Das Herz klopfte ihm in der Kehle, als der Wagen vor dem mit Oleander flankierten Portal anhielt und die Türen von malaiischen Dienern aufgerissen wurden, die schwarzsamtene Kopfbedeckungen, weiße Uniformblusen und eng um die Taille gewickelte *Sarongs* trugen. Zur Begrüßung legten sie eine Hand an die Stirn.

Kon-kim dankte ihnen und ging auf Dr. Haji zu, der, auf einen Ebenholzstock gestützt, mit vorgebeugtem Oberkörper im Hauseingang stand. Nur mühsam gelang es Kon-kim, seine Erschütterung über das veränderte Aussehen des Inders zu verbergen. Sein Haar war schlohweiß geworden, und die Wangen seines kupferbraunen, schmalen Gesichtes waren eingefallen. Aber seine dunklen Augen hatten ihre leuchtende Klarheit nicht verloren und strahlten noch immer die ihnen eigene Wärme und Güte aus.

»Dem Himmel sei Dank, daß er Sie nochmals zu mir führte«, begrüßte ihn Dr. Haji mit brüchig klingender Stimme, wobei er für einen Augenblick den Stock hob und die Hände in Brusthöhe gegeneinanderlegte.

Kon-kim stammelte Worte des Dankes und bat um Entschuldigung dafür, daß er sich nicht angemeldet und seine Reise nach Singapore verschwiegen habe.

Der Inder stützte sich auf Kon-kims Arm und wies mit dem Stock in das Hausinnere. »Um ehrlich zu sein, als mein Freund Ta Tso-lin, der durch Zufall von Ihrer Abreise erfuhr, mir vor zwei Tagen eine entsprechende Mitteilung machte, war ich nach kurzer Überlegung glücklich, daß Sie mich nicht verständigt haben. Das mag paradox klingen«, fuhr er hastig fort, als er sah, daß Kon-kim ihn verwundert anblickte. »Sie dürfen aber nicht vergessen, daß ich, wie Ta Tso-lin Ihnen nach Ihrer Rückkehr aus Japan sagte, eine bestimmte Aufgabe erfülle, durch die mir jeder entscheidende Schritt bekannt ist, den Sie in den letzten Jahren getan haben. Und zwar nicht nur in Japan. Ich habe zum Beispiel auch erfahren, daß Sie aus Kanton flüchten mußten, sich nach Tschungking durchschlugen, dort neue Papiere erhielten, eine weitere Verwendung als Agent ›vorerst‹ ablehnten und ein Flugzeug charterten, das Sie über Shensi nach

Hongkong brachte. Wenn man das alles weiß und plötzlich erfährt, daß Sie sich auf dem Weg nach Singapore befinden, fragt man sich natürlich, warum Sie sich nicht gemeldet haben. Und wenn man intensiv darüber nachdenkt und dabei berücksichtigt, welch aufregende Zeiten hinter Ihnen liegen, gibt es nur eine Erklärung: Sie wollen Brücken abreißen und von der hinter Ihnen liegenden Zeit nichts mehr wissen. Habe ich recht?«

Kon-kim war es zumute, als stünde er nackt da. »Ich bewundere Ihre Kombinationsgabe«, antwortete er verlegen.

»Verstehen Sie jetzt, warum es mich glücklich machte, daß Sie sich nicht bei mir anmeldeten? Ich begrüße Ihren Entschluß, ganz neu anzufangen, zumal die Tatsache, daß Sie ohne Begleitung reisen, vermuten läßt, daß das Leben nicht gerade zart mit Ihnen umging. Bitte, mißdeuten Sie diese Bemerkung nicht«, fügte er besorgt hinzu. »Ich bin weder neugierig noch möchte ich mit Ihnen über Dinge sprechen, von denen Sie sich befreien wollen.«

Kon-kim war gerührt. Er fand jedoch keine Gelegenheit, etwas zu erwidern, da sie in diesem Augenblick eine in der Mitte der Halle befindliche Sesselgruppe erreichten und Dr. Haji ihn bat, ihm beim Platznehmen behilflich zu sein. Und als wollte der Inder ihn auch weiterhin daran hindern, Worte des Dankes anzubringen, winkte er einen Diener herbei, den er aufforderte, seinen Gast in das für ihn vorbereitete Zimmer zu führen.

»Erfrischen Sie sich in aller Ruhe«, sagte er und legte seinen Stock auf ein niedriges Tischchen. »Ich lasse uns inzwischen einen Willkommenstrunk mixen.«

Kon-kim konnte nichts anderes tun, als sich verneigen und dem Diener zu folgen. Und während er mit diesem durch die ihm wohlbekannten und vom aromatischen Duft indischer Räucherstäbchen erfüllten Räume schritt, an deren Decken sich lautlose Ventilatoren drehten, dachte er an die Worte des ›Very-well-Chauffeurs‹, der ihm gesagt hatte: ›Doktor Haji immer von Ihnen gesprochen wie von Sohn.‹

Der Inder behandelte ihn wirklich, als sei er sein Vater, und Kon-kim wußte nicht, womit er sich diese Ehre verdient hatte. Unwillkürlich erinnerte er sich an einen Ausspruch der Mutter, die ihm einmal gesagt hatte: ›Es gibt mancherlei, was nicht erfunden wird, aber nichts, was nicht Wirklichkeit werden könnte. Alles in der Welt hat vielerlei Gründe; man muß das Leben nehmen, wie es ist.‹

Eine Woche lang nahm Kon-kim das Leben, wie es sich ihm bot, wenngleich er in keiner Stunde vergaß, warum er nach Malaya ausgewandert war. Er zügelte seinen Tatendrang, weil er sah, wie glücklich Dr. Haji über die Gespräche war, die sie miteinander führten. Und es bereitete ihm selbst große Freude, den Worten des Inders zu lauschen, dessen Auffassungen und Ansichten jene hohe geistige Warte erkennen ließen, die der Mensch nur durch Überwindung aller Leidenschaften zu erringen vermag.

Über alles mögliche unterhielten sie sich, nie aber über Politik oder Dinge, die sie persönlich betrafen. Bis Kon-kim eines Abends während eines schweren *Sumatras*, dessen Blitze und metallisch schmetternde Donnerschläge jede ruhige Unterhaltung unmöglich machten, wie beiläufig fragte: »Stehen Sie noch mit jemandem in Verbindung, der im besetzten Gebiet meiner Heimat lebt?«

Dr. Haji nickte: »Warum fragen Sie?«

»Ich würde meiner Mutter und meinem Onkel gerne eine Nachricht zukommen lassen.«

»Ihre Mutter lebt?« rief der Inder überrascht. »Warum haben Sie mir das nicht gesagt? Sie müssen sie natürlich sofort hierherkommen lassen. Selbstverständlich auch Ihren Onkel. Ich verstehe nicht, warum Sie nicht längst mit mir darüber gesprochen haben. Ich mied das Thema, weil ich befürchtete, Ihre Angehörigen seien beim Einmarsch der Japaner ein Opfer Ihrer früheren Agententätigkeit geworden.«

Kon-kim schüttelte den Kopf. »Wir hatten viel Glück. Ich werde Ihnen alles erzählen, möchte Sie zunächst jedoch bitten, mir zu sagen, ob Sie wirklich eine Möglichkeit sehen, meine Mutter und meinen Onkel aus Kanton herauszuholen.«

Der Inder entnahm einer vor ihm stehenden Elfenbeindose eine Papyros. »Einfach wird es nicht sein. Sie dürfen sich aber darauf verlassen, daß ich alles in meiner Macht Stehende tun werde, um Ihre Angehörigen sicher hierherzubringen.«

Kon-kim reichte Dr. Haji Feuer. »Ich erfuhr in Hongkong, daß die Japaner die Köpfe derjenigen, die auf der Flucht ertappt werden, an der Grenze auf Pfählen aufspießen.«

Der Inder stieß den Rauch unwillig vor sich hin. »Ich bin darüber informiert und werde nicht leichtsinnig handeln. Und im Hinblick auf die Söhne Nippons sage ich Ihnen, daß derjenige, der Unrecht tut, sich selbst schadet. Schlechtes verbreitet sich mit Windeseile über Tausende von Meilen. Die Niedertracht der Japaner beraubt sie schon jetzt aller Chancen, die sich ihnen boten. Ihr Plan, einen großostasiatischen Wirtschaftsraum unter japanischer Führung zu schaffen, wird durch ihre Untaten undurchführbar, und ich bin versucht zu sagen: leider! Denn die Japaner dürften heute die einzigen sein, die den in Ihrer Heimat sich immer stärker ausbreitenden Kommunismus fortfegen könnten. Tschiang Kai-schek erhält weder von Europa noch von Amerika die erforderliche Unterstützung. Die westliche Welt klammert sich an ihre Kolonien und einstmals errungenen Privilegien und erkennt nicht die Gefahr, die sich in China zusammenbraut. Sie spricht vom Kommunismus wie von einer Partei und übersieht, daß der Weltkommunismus eine Art Pseudo-Religion darstellt. Dabei gibt es genügend Männer – ich erinnere nur an den katholischen Philosophen Jacques Maritain –, die das klar erkannt haben. Doch was nützt es? In Europa und Amerika haben die Menschen eine Religion, die das Herz befriedigt, eine Wissenschaft und Philosophie, die den Kopf zufriedenstellt, und genügend Nahrung, so daß auch der Magen nicht rebelliert. Sie können wohl nicht so besorgt sein, wie wir es sind, und wir müssen uns damit abfinden. Wenden wir uns deshalb wieder unseren persönlichen Problemen zu. Ich schlage vor, daß Sie Ihrer Mutter noch heute einen Brief schreiben, den ich gleich morgen weiterleiten werde. Alles andere bitte ich mir zu überlassen.«

Kon-kim reichte dem Inder die Hand. »Ich weiß nicht, wie ich Ihnen danken soll. Ich kann nur hoffen…«

Dr. Haji unterbrach ihn unwillig. »Es gibt nichts Schöneres, als einem Menschen behilflich zu sein. Wem diese Freude nicht Dank genug ist, der wird nie das Glück erleben, im Einklang mit dem Rhythmus des Kosmos zu sein. Im übrigen steckt hinter meiner Hilfestellung auch eine gehörige Portion Selbstsucht. Sie, Kon-kim, werden bestenfalls einige Tage bei mir bleiben. Ihre kluge Mutter hoffe ich aber für längere Zeit hier festhalten zu können. Ebenfalls Ihren weisen Onkel. Ich freue mich schon auf Diskussionen mit ihm. Schreiben Sie also noch in dieser Stunde, und nachher erzählen Sie mir, wie es Ihnen gelungen ist, Ihre Angehörigen vor Repressalien zu schützen.«

»Einverstanden«, erwiderte Kon-kim und begab sich in sein Zimmer. Als er aber eine Stunde später mit einem umfangreichen Brief zurückkehrte, sagte ihm der Diener, Dr. Haji bitte um Entschuldigung dafür, daß er sich bereits zurückgezogen habe. Er sei plötzlich sehr müde geworden und erwarte seinen Gast am nächsten Morgen zur üblichen Zeit.

Kon-kim war nicht traurig darüber. Die Möglichkeit, die Mutter und den Onkel nach Malaya zu holen, bewegte ihn zu sehr. Unabhängig davon hatte das von ihm verfaßte Schreiben schmerzliche Erinnerungen an Li-tai wachgerufen. In seinem Brief hatte er nicht erwähnt, daß er in Shensi gewesen war, und er wollte Dr. Haji bitten, diese Tatsache seiner Mutter gegenüber zu verschweigen. Er wünschte sie in dem Glauben zu belassen, daß Li-tai noch lebte. Wenn keine Post von ihr eintraf, lag das eben an den überaus widrigen Umständen in der Heimat.

Der nächste Morgen war von strahlender Schönheit, und schillernde Pfauen und dickbäuchige Mynah-Vögel stolzierten wichtigtuerisch zwischen den feuerroten und goldgelben Blumenbeeten umher, als Dr. Haji und Kon-kim das Haus verließen, um einen Spaziergang zur nahegelegenen *Abu Bakar Moschee* zu machen. Eine himmlische Stille lag über den smaragdgrünen Rasenflächen, auf denen einige *Sandelholz*-Ponies des Sultans von Johore weideten.

Der langsam gehende Inder kam auf das Thema des vergangenen Abends zurück, und Kon-kim schilderte ihm, auf welche Weise es ihm gelungen war, die in die Besitzung seines Onkels eindringenden Japaner zu düpieren.

Dr. Haji war begeistert. »Und wie gelangten Sie nach Tschungking?«

»Zu Fuß, mit der Bahn und schließlich mit einem deutschen Flugzeug«, antwortete Kon-kim zurückhaltend, wobei er einen Zweig aus dem Gebüsch herausbrach, an dem sie gerade vorübergingen. »Es gibt da nicht viel zu erzählen. Ich hatte einfach Glück. Wie so oft in meinem Leben, wenn es brenzlig wurde. Es ist eigenartig: vieles, was ich erreichen möchte, ist mir nicht vergönnt. Komme ich aber in Gefahr, brauche ich nur die Initiative zu ergreifen, und schon läuft alles wie von selbst.«

Der Inder blickte nachdenklich vor sich hin. »Vielleicht erklärt das Ihre ungemein erfolgreiche Tätigkeit in Japan. Ich habe mich manchmal gefragt, wie Sie es zuwege gebracht haben, all das zu erfahren, was Sie melden konnten.«

Kon-kim warf den Zweig, den er gerade abgebrochen hatte, mit einer heftigen Bewegung fort.

Dr. Haji legte seine Hand auf Kon-kims Arm. »Entschuldigen Sie, wenn ich an etwas rührte...«

»Das haben Sie nicht getan«, unterbrach ihn Kon-kim. »Japan ist für mich allerdings ein rotes Tuch geworden. Das mag kindisch klingen, aber persönliche Erlebnisse... Ich hoffe, Sie nehmen mir mein mimosenhaftes Reagieren nicht übel.«

»Wie käme ich dazu«, erwiderte der Inder. »Ich habe mich nicht umsonst der Wissensbildung zugewandt, die meines Erachtens die einzige Möglichkeit bietet, unser verlorengegangenes Herz wiederzufinden.«

Kon-kim seufzte. »Ich versuchte gleiches und muß gestehen, daß es mir entscheidend half. Aber dann kamen die Japaner und raubten mir die Ruhe, die ich in der Bibliothek meines Onkels gefunden hatte.«

Dr. Haji blieb stehen. »Hätten Sie Lust, bei mir weiterzustudieren?«

Kon-kim schüttelte den Kopf. »Es würde nicht mehr gehen. Wahrscheinlich bin ich noch nicht reif genug.«

»Und in welcher Absicht sind Sie hierher gekommen?«

»Ich will arbeiten und etwas aufbauen. Was, das ist mir gleichgültig: Schweinezucht, Gummiplantage, Sägewerk oder sonst irgend etwas. Wichtig ist nur, daß ich dahin zurückkehre, wo meine ehrenwerten Ahnen standen und auch ich stehen durfte, bevor ich in jener unglückseligen Nacht mit meiner Mutter und Schwester flüchten mußte. Unter Bauern war ich damals, inmitten echter Menschen und blühender Felder. Nach nichts anderem sehne ich mich, und ich hoffe, daß mein Wunschtraum in Malaya in Erfüllung geht. Die Voraussetzungen sind ja gegeben. Hier gibt es keinen Krieg und keine Feindseligkeiten; hier zieht man den Käfig mit dem geliebten Singvogel des Morgens zum Dach empor, damit er das ihn umschließende Gitter angesichts der Schönheit der Natur vergißt; hier grüßen sich arm und reich; hier schlägt niemand einen Hund und übergießt man die Büffel bei der Arbeit mit Wasser, um ihnen Kühlung zu bringen. Man hat hier eben Herz. Die zurückliegenden Jahre haben mir gezeigt, daß der moderne Mensch es verlernt hat, wirklich zu leben. Er hetzt durch sein Dasein, als läge dahinter ein zweites.«

»Ihre Worte lassen erkennen, daß Sie auf dem richtigen Weg sind«, entgegnete der Inder nachdenklich. »Darüber hinaus glaube ich, Ihnen auch sagen zu können, warum Sie keine Bibliothek mehr benötigen. Sie haben Ihr verlorengegangenes Herz bereits wiedergefunden! Und bei dem anderen kann ich Ihnen behilflich sein.«

Kon-kim blickte zu Dr. Haji hinüber. »Wie soll ich das verstehen?«

»Das ist schnell gesagt. Auf einem Bankett des Kronprinzen Ismail Tengku Mahkota traf ich kürzlich die Witwe eines mir aus Indien bekannten Engländers, die sich mit dem Gedanken trägt, ihre bei Ipoh gelegene Zinn-Mine zu verkaufen. Wäre das nichts für Sie?«

»Und ob!« frohlockte Kon-kim. »Aber ich kann mir nicht vorstellen, daß jemand eine Zinn-Mine verkaufen will. Eine bessere Rendite gibt es doch nicht.«

»Das ist richtig«, bestätigte Dr. Haji. »Der Witwe meines früheren Bekannten ist das aber gleichgültig. Sie will von dem Unternehmen nichts mehr hören und sehen.«

»Könnten Sie sich mit ihr ins Benehmen setzen?«

»Selbstverständlich. Sie wohnt zur Zeit keine drei Meilen von meinem Haus entfernt. Wenn Sie wollen, lade ich sie zum Tee ein. Sie können sich dann mit ihr über das Projekt unterhalten. Ich möchte allerdings schon jetzt darauf aufmerksam machen, daß der Spaß viel Geld kosten wird.«

»Haben Sie eine Ahnung, wieviel?«

»Etwa eine Million US-Dollar. Aber dann beginnt es erst.«

»Was?«

»Das Geldausgeben«, antwortete Dr. Haji und erzählte, daß die zur Debatte stehende Mine nur dann lukrativ arbeiten könne, wenn beachtliche Summen investiert würden. Sein Bekannter habe große Pläne gehegt und sich dementsprechend viel Grund und Boden, Wasserquellen, notwendige Rechte und dergleichen gesichert. Doch dann habe die Weltwirtschaftskrise alle Berechnungen über den Haufen geworfen. Von heute auf morgen gingen die flüssigen Mittel aus, und der vorgesehene Ausbau, der das Unternehmen erst rentabel machen und die angelegten Gelder wieder einbringen sollte, mußte unterbleiben. Die Folge: die Mine florierte nicht, und der unternehmungslustige, jedoch ungewöhnlich herrisch veranlagte Engländer verlor die Nerven und überwarf sich mit jedem, der sich nicht bereit erklärte, ihm zu helfen. »Am schlimmsten aber verfuhr er mit seinen Arbeitern, als diese ihren Lohn verlangten«, fuhr Dr. Haji nach kurzer Pause fort. »Er züchtigte sie mit der Peitsche, so daß sie sich zusammenrotteten und ihn über die Böschung in die Mine warfen. Zum Glück brach er sich nur etliche Knochen, aber er kam über sein Mißgeschick nicht hinweg und starb gewissermaßen vor Kummer.«

Kon-kim kribbelten die Finger vor Aufregung. »Ich möchte die Mine kaufen, koste sie ein Vermögen. Mich reizt die Tatsache, daß sie nicht floriert. Das bringt Arbeit und all das, was ich mir wünsche. Bitte, laden Sie Ihre Bekannte so bald wie möglich ein.«

Er sah nicht mehr die Schönheit der Landschaft und roch nicht den roten Jasmin, der neben der Bank blühte, auf der sie eine Ruhepause einlegten. Seine Gedanken weilten bereits in Ipoh. Er wußte, daß diese Stadt in der nördlichen Provinz Perak lag, und er zitterte bei der Vorstellung, die Chance, die sich ihm jäh durch eine Laune des Schicksals bot, könnte wie eine Seifenblase platzen.

Ein Stein fiel ihm deshalb vom Herzen, als ihm Dr. Haji, der nach dem Spaziergang gleich ein längeres Telefongespräch führte, augenzwinkernd erklärte, die Inhaberin der Mine, Mistreß Jane Lawrence, werde zum Fünf-Uhr-Tee kommen und sei gerne bereit, in Verkaufsverhandlungen einzutreten.

Von dieser Minute an saß Kon-kim geschlagene vier Stunden in der Bibliothek des Inders und las alles, was er über Zinn, dessen Gewinnung, Aufbereitung und Verwendung finden konnte. Sein technisches Verständnis kam ihm dabei zustatten, und als er sich zum Tee umkleidete, war er durchaus in der Lage, einen kleinen Vortrag über das ›graue Gold‹ zu halten.

Das erste Treffen mit der annähernd fünfzigjährigen Engländerin verlief jedoch anders, als Kon-kim und Dr. Haji es sich vorgestellt hatten. Denn als der ›Very-well-Chauffeur‹, der beauftragt worden war, Jane Lawrence abzuholen, in den Park einbog, preschte plötzlich hinter dem Wagen ein orientalischer Vollbluthengst hervor, der von einer jungen Dame geritten wurde, die im Vorbeijagen diabolisch lachend mit ihrer Peitsche auf das Wagenverdeck schlug.

»Brrr!« rief sie gleich darauf, zog die Zügel straff und brachte das Pferd unmittelbar vor Dr. Haji und Kon-kim zum Stehen, die gerade aus dem Haus heraustraten, um die Engländerin zu begrüßen.

Der Inder blickte unwillig zu ihr hoch, während Kon-kims Augen sich vor Erstaunen weiteten. Nie zuvor war ihm eine so sportlich, temperamentvoll und verführerisch aussehende Frau begegnet. In ihrem goldblonden Haar knisterte die Sonne, und ihre großen blauen Augen blitzten voller Übermut. Ihre hohe Stirn zeigte Intelligenz, ihr kräftiges Kinn verriet Energie und Trotz, und die Art, mit der sie vom Pferd herabsprang, ließ deutlich erkennen, wie durchtrainiert sie war. Atemraubend aber war die Frechheit, mit der sie alles tat. Sie scherte sich nicht im mindesten darum, daß sie sich auf fremdem Boden befand und in einen Empfang hineinplatzte, drückte vielmehr einem der verdutzt dastehenden Diener die Zügel in die Hand und ging, ohne den Hausherrn zu beachten, auf den vorfahrenden Wagen zu, dessen Tür sie aufriß, noch bevor er angehalten hatte.

»Hast du dich erschreckt, als ich auf das Dach knallte?« rief sie der vor Erregung kreidebleichen Jane Lawrence entgegen.

»Wie kannst du dich unterstehen, hierherzureiten!« empörte sich die Engländerin.

»Denkst du, ich will nicht sehen, wer die *Albion-Tin-Works* kaufen will?« brauste die Reiterin auf. »Mich geht das Geschäft ja schließlich auch etwas an. Und wenn du vergißt, darauf aufmerksam zu machen, daß ich zur Zeit in Johore Bahru bin, dann lade ich mich eben selber ein.«

Jane Lawrence stieg aus dem Wagen und eilte auf den Inder zu. »Ich muß sehr um Entschuldigung für diesen peinlichen Zwischenfall bitten«, jammerte sie. »Ich vergaß am Telefon zu erwähnen, daß meine Tochter...« Sie schluchzte und verbarg ihr Gesicht.

Dr. Haji ergriff ihre Hände. »Aber gnädige Frau«, sagte er mit gütiger Stimme, obwohl ihm anzusehen war, daß er seinen Zorn nur mühsam unterdrücken konnte. »Wozu die Aufregung? Nachdem ich weiß, daß die tollkühne Reiterin Ihre Tochter ist, bin ich froh sie hier zu sehen. Ihr Auftritt ist gewiß ungewöhnlich, aber waren nicht auch wir einmal wie ungebärdige Fohlen?«

»Thank you!« mischte sich die ungeniert hinzutretende Reiterin in das Gespräch. »Ich bin froh, daß Sie meiner Mutter das mal sagen. Sie glaubt immer, mich an die Kandare legen zu müssen.«

»Es ist nicht die rechte Stunde, um über Erziehungsfragen zu sprechen«, entgegnete der Inder kühl. »Gestatten Sie mir, daß ich zunächst Ihre hochgeschätzte Mutter begrüße.«

»Bitte«, erwiderte sie arrogant und warf einen Blick zu Kon-kim hinüber, der betreten auf ihre salopp-elegante Reithose starrte.

Dr. Haji überhörte den deplacierten Einwurf und hieß Jane Lawrence betont herzlich willkommen. Anschließend stellte er ihr Kon-kim vor und bat darum, ihn und Mister Lee mit der jungen Dame bekannt zu machen.

Ihr Vorname gefiel Kon-kim. Patrice, dachte er fasziniert, und beobachtete, wie sie Dr. Haji die Hand reichte und, einer jähen Regung folgend, um Entschuldigung für ihren ungebührlichen Auftritt bat. Aber schon im nächsten Moment brach ihr unbeherrschtes Temperament wieder durch. Anstatt auch Kon-kim zu begrüßen, fragte sie Dr. Haji, ob der Herr bereits da sei, der die Zinn-Mine zu kaufen beabsichtigte.

Der Inder wies auf Kon-kim. »Mister Lee ist der Interessent.«

Patrice Lawrence straffte sich und schob ihr weißes, ein wenig hochgerutschtes Sporthemd energisch in den Bund ihrer Reithose, wodurch ihre wohlgeformte Brust noch plastischer in Erscheinung trat. »Das kommt überhaupt nicht in Frage!« ereiferte sie sich, ohne Kon-kim auch nur eines Blickes zu würdigen. »Die von meinem Vater gegründeten *Albion-Tin-Works* werden wir niemals einem Chinesen anvertrauen.«

Kon-kims Augen wurden zu winzigen Schlitzen.

»Bist du von Sinnen!« rief ihre Mutter voller Entsetzen.

»Das geht zu weit!« empörte sich Dr. Haji, wobei er seinen Stock auf den Boden stieß. »Entschuldigen Sie, Madam, aber ich kann es nicht dulden, daß einer meiner Gäste in meiner Gegenwart beleidigt wird. Bitte, haben Sie Verständnis dafür, daß ich Ihre Tochter ersuchen muß, mein Grundstück unverzüglich zu verlassen.«

Patrice Lawrence warf den Kopf in den Nacken, drehte sich um und ging mit festen Schritten auf ihr Pferd zu.

»Ich bin verzweifelt«, stammelte ihre Mutter.

Der Inder bot ihr seinen Arm. »Ihre Tochter ist noch sehr jung, und mir würde ihre Taktlosigkeit nichts ausgemacht haben, wenn Sie nicht zugegen gewesen wären. Dann hätte ich ihr klargemacht, warum es von Übel ist, in völkischen und rassischen Fragen moralische Urteile zu fällen. Vergessen wir also das turbulente Intermezzo und wenden wir uns der sonntäglichen Alltagsstunde, dem *Five o'clock tea*, zu.«

Es war bewundernswert, mit welch souveräner Gelassenheit

Dr. Haji Öl auf die Wogen der Erregung goß. Daß er sie nicht völlig glätten konnte, war nur natürlich. Aber wenn das Vorgefallene die nachfolgende Unterhaltung auch lähmte, so ließ das von ihm nach anfänglichen konventionellen Phrasen behutsam auf den Zweck des Treffens geführte Gespräch doch bald erkennen, daß die Engländerin ernstlich gewillt war, ihre Zinn-Mine zu verkaufen. Besonders wichtig war es dabei für Kon-kim, daß Jane Lawrence ihm unumwunden erklären konnte, das alleinige Verfügungsrecht zu besitzen, so daß ihre Tochter bei einem eventuellen Vertragsabschluß nicht hinzugezogen werden mußte. Ihr verstorbener Mann hatte lediglich bestimmt, daß im Falle eines Verkaufes die Hälfte des Erlöses auf ein Konto zugunsten von Patrice Lawrence einzuzahlen und bis zu deren einundzwanzigstem Lebensjahr durch ein Vormundschaftsgericht zu verwalten sei.

Auch hinsichtlich des Kaufpreises gab es keine langen Debatten. Dr. Haji hatte gut geschätzt. Die Engländerin verlangte eine Million US-Dollar, zahlbar bei Vertragsabschluß, wobei als festgelegt gelten sollte, daß dieser Preis alle Grundstücke, Liegenschaften, Rechte, Maschinen und Geräte einschloß, die ihr Mann im Raum von Ipoh erworben beziehungsweise in die von ihm gegründeten *Albion-Tin-Works* eingebracht hatte, mit Ausnahme eines in der Nähe von Tanjong Rambutan auf einer Anhöhe gelegenen Landhauses, das Jane Lawrence für sich behalten wollte.

Kon-kim bedeutete ihr, daß er in der Lage sei, die geforderte Summe sofort zu bezahlen, und er bat sie, ihn zu ermächtigen, die Mine zu besichtigen sowie Einblick in die Geschäftsbücher der Firma und des zuständigen Grundbuchamtes zu nehmen.

Sie entsprach seiner Bitte und fertigte eine entsprechende Legitimation aus, die sie ihm mit den Worten übergab: »Wenn ich auch hoffe, daß Sie alles so antreffen, wie Sie es sich erwünschen, so muß ich doch gestehen, daß mich der Gedanke, das Werk meines Mannes vielleicht schon in Kürze übergeben zu sollen, etwas schwindelig werden läßt. Aber ich glaube, daß es bei Ihnen in guten Händen wäre, und ich würde mich deshalb freuen, wenn Sie sich zum Kauf entschließen könnten.«

Kon-kim verneigte sich und ließ nicht erkennen, daß er die *Albion-Tin-Works* um jeden Preis erwerben wollte. Schon Patrice Lawrence wegen, der er zu zeigen wünschte, daß man einen Chinesen nicht ungestraft beleidigen kann.

Bereits im Morgengrauen des darauffolgenden Tages fuhr Kon-kim mit einem ihm von Dr. Haji zur Verfügung gestellten Wagen in Richtung Ipoh davon. Er steuerte das Fahrzeug selbst, und der neben ihm sitzende indische Chauffeur freute sich, einmal nach Herzenslust aus dem Fenster schauen zu können. Zu sehen gab es zwar nichts Besonderes. Der hervorragend angelegte Fahrdamm wurde zu beiden Seiten von der undurchdringlichen grünen Mauer des Dschungels begrenzt, hinter der Elefanten, Nashörner, Tiger, Tapire, Affen, Riesenschlangen und ungezählte Arten von Tropenvögeln hausten. Unmittelbar neben der Chaussee lagen Gebiete, die noch nie ein Mensch betreten hatte. Der Urwald war in weiten Distrikten so dicht, daß es nur mit unendlicher Mühe gelungen war, eine Straße und eine Eisenbahnlinie durch ihn zu führen. Alle Versuche, weiter in den Dschungel einzudringen, um sich seiner riesigen und begehrten Teakholzstämme zu bemächtigen, waren an den hohen Kosten und den unvorstellbar schnell nachwuchernden Farngewächsen und Lianen gescheitert.

Etwas Bedrückendes ging von der ewig grünen Dschungelmauer aus, und Kon-kim atmete erleichtert auf, als sie nach etwa zweihundert Kilometern den Eisenbahnknotenpunkt Gemas erreichten und knapp ein Drittel der Strecke bewältigt hatten, die sie an diesem Tag zurücklegen wollten. Die Stadt mit ihren weißen Häusern und rosa Dächern war eine Wohltat für das Auge, aber die Erholung währte nur fünf Minuten, dann lag die Chaussee wieder vor ihnen und erneut senkte sich die Monotonie der unaufhörlichen Vegetation über sie.

Kon-kim übergab dem Inder das Steuer, und von nun an wechselten sie sich regelmäßig jede Stunde ab. Über Seremban ging es nach Kuala Lumpur, der Hauptstadt Malayas, die einen nachhaltigen Eindruck auf Kon-kim machte und ihn sehr nachdenklich stimmte. Schon die kurze Fahrt durch die Metropole ließ ihn erkennen, daß die britische Kolonialpolitik anders sein mußte, als es vielfach behauptet wurde. Großzügig angelegte Avenuen mit prächtigen, der überwiegend mohammedanischen Bevölkerung Rechnung tragenden Bauwerken im maurischen Stil bewiesen neben zahllosen Schulen, ruhig gelegenen Krankenhäusern, Parkanlagen und modernen Verkehrsverhältnissen, daß die Engländer dem Land außerordentlich viel gegeben und seine Einwohner weder unterdrückt noch ausgepowert hatten.

»Fantastisch!« begeisterte sich Kon-kim, den die Schönheit Kuala Lumpurs in den Bann schlug. »Auf der Rückfahrt müssen wir hier unbedingt übernachten.«

Der indische Fahrer strahlte über das ganze Gesicht. »Kuala Lumpur sein nachts sehr interessant. Viel Lichter und schöne Mädchen; alles very well. Überall man kann...« Er unterbrach sich plötzlich und schaute angespannt hinter einem Sportwagen her, der sie mit hoher Geschwindigkeit überholte und von einer jungen Dame gesteuert wurde, deren goldblondes Haar im Fahrtwind wirbelte. »Sie gesehen?« rief er, erregt auf den Wagen weisend. »Miß Lawrence das war!«

»Zum Teufel!« fluchte Kon-kim und gab unwillkürlich Vollgas. Er ahnte, warum die temperamentvolle und unbeherrschte Engländerin die gleiche Strecke fuhr. Zweifellos führte sie etwas im Schilde. Er erkannte jedoch bald, daß der schnelle Sportwagen nicht einzuholen war und gab die Verfolgung auf. Wozu auch? Er konnte Patrice Lawrence nicht daran hindern, den Versuch zu machen, seine Pläne zu durchkreuzen. Die Entscheidung aber lag nicht bei ihr, sondern bei ihrer Mutter, die ihn ermächtigt hatte, sich den notwendigen Einblick zu verschaffen. Im übrigen wurde es Zeit, eine Pause einzulegen.

»Das nicht gut«, sagte der Inder.

»Was?« fragte Kon-kim, der in Gedanken versunken nach einem geeigneten Lokal Ausschau hielt.

»Das mit junge Miß.«

Kon-kim machte eine wegwerfende Bewegung.

Der Inder grollte verstimmt: »Sie hat gestern geschlagen Beule in mein Auto, und ich nicht konnte hingehen und hauen Beule in ihr Pferd. Aber jetzt ich weiß, was ich tue. Ich werde sehen kleine Sportwagen in Ipoh, und dann: peng, und alles very well.«

Kon-kim lachte herzhaft, warnte den Inder aber, keine Dummheiten zu machen.

»Sie doch auch hat getan«, erboste sich der Fahrer. »Warum ich nicht?«

»Weil die Schuld eines Menschen, der den Fehler eines anderen nachmacht, größer ist als die Schuld desjenigen, der ihn zunächst begeht. Unabhängig davon, würden Sie mir damit nur Schwierigkeiten bereiten.«

Der Inder strich über seinen vom Betelkauen blutroten Mund.

»Das ich natürlich nicht will. Schade.«

Kon-kim wies auf eine einfache Gaststätte. »Dort werden wir jetzt erst einmal etwas essen.«

Sie bestellten sich *Satai*, auf dünne Holzstäbchen aufgespießtes Hühner- und Rinderfleisch, das in eine pikante Soße eingetaucht und ohne Besteck vom Spieß gegessen wird. Kon-kim hatte am Schluß zehn Stäbchen neben sich liegen; eine geradezu beleidigende Fehlleistung, wie der Fahrer konstatierte, nachdem er vierundzwanzig Portionen verschlungen hatte und sein Wohlbehagen durch Rülpsen zum Ausdruck brachte.

Nur eine Stunde währte die eingelegte Mittagspause, dann ging es weiter durch endlose Dschungelgebiete, in die sich nach dem Passieren enger Serpentinen immer häufiger größere Lichtungen mit fruchtbaren Ebenen schoben, auf denen Reis, Zuckerrohr, Kaffee, Tee, Kakao, Tabak, Tapioka und Ananas angebaut wurden. Und überall waren Bananenstauden und mit Bombenlasten von Kokosnüssen behangene Palmen zu sehen.

Kon-kim genoß die Fahrt durch diesen Streckenabschnitt, der oftmals grandiose Ausblicke auf das über zweitausend Meter hohe *Cameron Highland* bot, und er würde restlos glücklich gewesen sein, wenn ihn der Gedanke an die vorauseilende Patrice Lawrence nicht doch ein wenig beunruhigt hätte. Je öfter er sich vergegenwärtigte, daß sie es auf sich nahm, an einem Tag eine Strecke von siebenhundert Kilometern zu durchrasen, um so nervöser wurde er. Bestand für sie vielleicht doch die Möglichkeit, ihm Schwierigkeiten zu bereiten? Er wußte es nicht und mußte die Dinge an sich herankommen lassen. Auf jeden Fall aber war es gut, daß der Inder die Engländerin erkannt hatte. Ihr Auftauchen konnte ihn jetzt nicht mehr überraschen, und er nahm sich vor, sich durch nichts provozieren zu lassen.

Das Gelände vor Ipoh wurde zusehends flacher, und als sich die Sonne dem Horizont näherte, tauchten die ersten Zinn-Minen auf, in deren Umgebung der Boden eintönig grau aussah.

Kon-kim steigerte die Geschwindigkeit, um die Stadt noch bei Tageslicht zu erreichen, und es überraschte ihn sehr, als er gewahrte, daß sich das Bild der Landschaft mit der Annäherung an Ipoh wieder restlos wandelte. Aus dem Dschungel der östlich gelegenen Berge traten bizarr geformte rote, weiße und grüne Felspartien hervor, die an chinesische Malerei erinnerten.

Eine Industriestadt hatte Kon-kim erwartet. Nun sah er mit Erstaunen, daß Ipoh nicht nur zwischen malerischen Bergen lag, sondern auch über herrliche Parkanlagen verfügte. Die Straßen waren ungewöhnlich sauber, und je mehr er sich dem Stadtzentrum näherte, um so sichtbarer wurde die großzügige Hand der Engländer, die auch hier den mohammedanischen Malaien zuliebe fast alle Verwaltungsgebäude im orientalischen Stil errichtet hatten. Und in der *Brewster-Road*, der Hauptgeschäftsstraße Ipohs, wetteiferte das Publikum an Eleganz. Die meisten waren europäisch gekleidet; überall sah man jedoch auch Chinesinnen und Malaiinnen, die bunte Nationaltrachten trugen, ganz zu schweigen von den Inderinnen, die in ihren leuchtenden und über alle Maßen weiblich wirkenden *Saris* wie exotische Königinnen einherschritten.

Kon-kim mußte sich zwingen, auf den Verkehr zu achten. »Wir fahren jetzt erst zum *Eastern Hotel*«, sagte er an den Inder gewandt, nachdem er sich bei einem adrett gekleideten Polizisten über die in Frage kommenden Hotels erkundigt hatte. »Sie achten darauf, ob Sie dort den Sportwagen von Miß Lawrence sehen. Wenn er da ist, fahren wir weiter zum *Grand-Hotel*.«

»Das gut«, erwiderte der Fahrer mit sichtlicher Genugtuung.

Kon-kim vermutete die Engländerin im *Grand-Hotel*, dem ersten Haus am Platze. Zu seiner Verwunderung stand ihr *Alfa Romeo* jedoch vor dem im amerikanischen Stil errichteten *Eastern Hotel*. Er fuhr deshalb gleich weiter, aber kaum hatte er hundert Meter zurückgelegt, da erwachte in ihm der ehemalige Agent. Kurz entschlossen beauftragte er den Inder, sich in das *Eastern Hotel* zu begeben und festzustellen, ob sich Miß Lawrence dort zufällig in der Halle oder in der Bar befinde. »Wenn ja«, fügte er hinzu, »dann achten Sie darauf, ob sie allein oder in Gesellschaft ist. Sollte letzteres der Fall sein, dann sehen Sie sich den oder die Betreffende genau an und kommen anschließend in das *Grand-Hotel*, wo ich inzwischen Quartier machen werde.«

Schon eine Stunde später wußte er, daß Patrice Lawrence mit einem etwa dreißigjährigen Briten zusammensaß, der glatt wie ein Offizier aussah, eine helle Breecheshose und gelbbraune Stiefel trug. Und da er inzwischen vom Portier erfahren hatte, daß die Büros der *Albion-Tin-Works* in der Nähe des *Eastern Hotels* lagen, kombinierte er, daß der Miß Lawrence Gesellschaft leistende Engländer der Geschäftsführer der Mine sei, an den ihn Jane Lawrence verwiesen hatte. Wenn das zutraf, mußte er damit rechnen, daß ihre Tochter und deren Begleiter Verbündete waren und ihm Ärger bereiten würden.

Obwohl Kon-kim hundemüde war, grübelte er an diesem Abend noch lange darüber nach, wie er sich in einem solchen Falle verhalten solle, bis ihm ein Gedanke kam, der ihn den Nachtportier anrufen ließ, dem er den Auftrag erteilte, ihn und seinen Chauffeur um fünf Uhr zu wecken.

Die Straßen von Ipoh waren noch menschenleer, als Kon-kim und der Inder am nächsten Morgen in den Wagen einstiegen, um zu der gut zehn Meilen außerhalb der Stadt befindlichen Zinn-Mine zu fahren, deren Lage ihnen der Portier anhand einer Karte beschrieben hatte. Von der Überlegung ausgehend, daß ihn Patrice Lawrence und der Geschäftsführer der *Albion-Tin-Works* – gleichgültig, ob es der Engländer mit den gelb-braunen Stiefeln war oder nicht – am Vormittag in der Verwaltung, niemals aber am Abbaugelände erwarten würden, wollte er dieses so zeitig wie möglich aufsuchen, um ungestört einen Überblick über das Werk und den dazugehörigen Grundbesitz zu gewinnen. Geschäftsbücher interessierten ihn vorerst nicht. Wenn er das Unternehmen kaufte, mußte er ohnehin Investitionen vornehmen, die alle augenblicklichen Rentabilitätsberechnungen über den Haufen warfen. Wichtig waren zunächst allein die Grube und die sich aus dem vorhandenen Grundbesitz ergebenden Ausdehnungsmöglichkeiten. Und irgend jemand mußte an der Mine sein, den er gegen Vorlage seiner Legitimation auffordern konnte, ihm alles zu zeigen und zu erklären.

Kon-kim täuschte sich nicht. Gleich am Rand des eigenartig grauen, sonst aber wie eine Braunkohlengrube aussehenden Abbaugeländes traf er einen *Towkay*, einen mit einem Bauchladen ausgerüsteten chinesischen Händler, der ihm bedeutete, daß sich die Arbeiter der *Albion-Tin-Works* in einem etwa zweihundert Meter weiter gelegenen Holzschuppen aufhielten, wo sie sich zur Schicht fertig machten.

Kon-kim wies den Inder an, beim Wagen zu bleiben und suchte den Schuppen auf, der einen wenig vertrauenerweckenden Eindruck machte. In ihm hockten etwa dreißig Malaien und Chinesen, die zum Teil bis zur Hüfte reichende Gummistiefel trugen. Er begrüßte sie in malaiischer Weise und sagte auf englisch, daß er den Schichtführer zu sprechen wünsche.

»I'm the boss«, erwiderte ein pockennarbiger Malaie, der einen samtenen *Songkok* trug und schwerfällig auf ihn zuging.

Kon-kim nannte seinen Namen und übergab das von Jane Lawrence erhaltene Schriftstück mit der Bitte, den Inhalt vertraulich zur Kenntnis zu nehmen.

Der Malaie las die Legitimation in aller Ruhe, und seine Augen glänzten, als er das Blatt zurückreichte. »Sie wollen...?« Er unterbrach sich. »Vielleicht ist es besser, wenn wir nach draußen gehen. Ich heiße Haron Ismail.«

Kon-kim reichte ihm die Hand. »Freut mich, Sie kennenzulernen.«

Als sie im Freien waren, sagte der Malaie: »Ich hoffe, Sie verübeln es mir nicht, wenn ich Sie zunächst noch bitte, mir Ihren Paß zu zeigen.«

»Im Gegenteil«, erwiderte Kon-kim und übergab seinen Ausweis. »Ihre Forderung beweist nur, daß Sie korrekt handeln.«

Der Grubenaufseher prüfte den Paß, bedankte sich und stellte die Frage, die ihm schon im Holzschuppen auf der Zunge gelegen hatte. »Sie wollen die Mine kaufen?«

»Vielleicht.«

»Wenn Sie es können, dann tun Sie es!« beschwor ihn Ismail.

»Zu welchem Preis?«

»Um jeden Preis! Die Wirtschaftskrise ist vorbei. Aufträge gibt es in Hülle und Fülle. Alle Minen florieren, nur hier geschieht nichts. Dabei könnten wir in ein paar Jahren ganz obenauf sein. Mister Lawrence, der Himmel sei ihm gnädig, hat alle Voraussetzungen dafür geschaffen. Er war ein tüchtiger Mann, leider nur schrecklich unbeherrscht.«

»Ich bin im Bilde«, erwiderte Kon-kim. »Seine Tochter scheint seine Veranlagung geerbt zu haben.«

Haron Ismail zuckte die Achseln, enthielt sich jedoch einer Stellungnahme.

Kon-kim gefiel die Zurückhaltung, und um möglichst schnell ein klares Bild über den Malaien zu gewinnen, fragte er ihn, wie er den Geschäftsführer der *Albion-Tin-Works* beurteile.

Haron Ismail wurde verlegen.

»Ich bin Grubenaufseher und kann nichts über ihn sagen. Unsere Aufgaben sind zu verschieden.«

»That's right«, entgegnete Kon-kim. »Ich erkundigte mich auch nur, weil ich glaube, ihn von Ansehen zu kennen. Trägt er gerne Breeches und gelb-braune Stiefel?«

»Ja.«

Ich habe mich also nicht getäuscht, dachte Kon-kim befriedigt und ersuchte den Aufseher, ihm innerhalb von drei Stunden einen möglichst umfassenden Überblick über das Abbaugelände zu geben.

Haron Ismail führte ihn an den Rand der Grube und zeigte ihm zunächst, in welcher Weise das Grundprodukt gewonnen wurde. Der Vorgang war denkbar einfach. Starke, auf die Sandwände gerichtete Wasserwerfer schwemmten die zinnhaltige Erde zur tiefer gelegenen Mitte der Mine, von wo das Wasser mit dem Sand durch Rohre auf ein hohes Gerüst gepumpt wurde, an das sich ein langes, treppenförmiges Gefälle anschloß, über das die graue Brühe träge dahinfloß. Dabei war das Gefälle so gehalten, daß nur die schwere zinnhaltige Substanz Zeit zur Ablagerung fand; alles übrige wurde fortgespült. Man benötigte also riesige Wassermengen, und der Gründer des Unternehmens hatte in kluger Voraussicht das Recht erworben, die Quellen eines etwa zehn Meilen entfernt gelegenen Berges ausschließlich für sich nutzbar zu machen. Und damit ihm niemand in das Gehege kommen konnte, hatte er auch gleich einen zu den Quellen führenden, mit Gummibäumen bestandenen Landstreifen in einer Breite von annähernd hundert Metern aufgekauft.

Der Malaie bedeutete Kon-kim, daß allein der Baumbestand ein Vermögen darstelle, fügte allerdings bedauernd hinzu, daß der Wald seit Jahren nicht mehr die geringste Pflege erhalte.

»Und warum nicht?« fragte Kon-kim.

»Sie werden wissen, was hier vorgefallen ist, als der Chef die Nerven verlor«, antwortete der Grubenaufseher. »Seitdem liegt alles im argen. Wenn heute jemand echten Schwung in die *Albion-Tin-Works* bringen würde, könnten hier in kurzer Zeit Hunderte von Familien ihr sicheres Auskommen finden. Statt dessen arbeiten zur Zeit achtundzwanzig Mann in der Mine. Und im Wald sind keine zehn Zapfer tätig.«

»Sie würden das Unternehmen also kaufen, wenn Sie das Geld dazu hätten?«

»Nein«, erwiderte Haron Ismail in entwaffnender Offenheit. »Das Geld wäre verloren, weil ich kein Organisator bin. Ich verstehe etwas von meiner Arbeit, war in Australien und habe dort fünf

Jahre in den Goldminen von Kalgoorlie gearbeitet. Aber ein Werk könnte ich nicht leiten.«

Der pockennarbige Malaie gefiel Kon-kim immer besser. »Sie haben vernünftige Ansichten«, erwiderte er angetan. »In China sagen wir: Wer am Morgen das richtige Prinzip erkannt hat, kann am Abend ruhig schlafen.«

Der Grubenaufseher nickte. »So ist es.«

Kon-kim forderte ihn auf, ihm nunmehr das gesamte abbaufähige Terrain, dann die weiteren Grundstücke und schließlich den zu den Quellen führenden Waldstreifen zu zeigen.

Wohl über zwei Stunden benötigten sie, um das verhältnismäßig ebene und nur von Sträuchern bestandene Werkgebiet abzugehen. Dabei wies der Malaie darauf hin, daß im letzten, wesentlich tiefer gelegenen Distrikt keine Grube angelegt werden könne, weil man dort schon nach wenigen Metern auf Grundwasser stoße.

»Die Anschaffung eines Schiffsbaggers, der vom festen Boden aus in die Tiefe gräbt, bis das Grundwasser erreicht wird, wodurch er von selbst ins Schwimmen kommt, ist auf die Dauer nicht zu umgehen«, fügte er erläuternd hinzu. »Ein Schiffsbagger kostet natürlich viel Geld, hat aber den Vorteil, daß man kein Wasser heranschaffen muß.«

Kon-kim rieb sich die Nase. »Ich sehe schon kommen, daß das von meinen ehrenwerten Ahnen erarbeitete Vermögen restlos draufgehen wird.«

Haron Ismail sah ihn erwartungsvoll an. »Sie haben ernstlich vor, das Werk zu kaufen?«

»Würde es Ihnen Freude machen?«

»Einen Luftsprung würde ich tun. Sie sind anders als alle, die sich die Mine bisher angesehen haben. Die kamen immer mit großem Gefolge, blickten ein bißchen in der Gegend herum und hatten Angst, sich ihre Schuhe schmutzig zu machen. Mit Geld allein ist es hier nicht getan. Die *Albion-Tin-Works* brauchen einen Mann, der sich um alles kümmert.«

Kon-kim blickte nachdenklich vor sich hin. »Wird man sich nicht daran stoßen, daß ich Chinese bin?«

Der Grubenaufseher schüttelte den Kopf. »Es gibt natürlich immer *Shu Tsais*, Dschungelratten, denen es mißfällt, daß Engländer und Chinesen vermögender sind als Einheimische. Aber das hat nichts zu sagen.«

»Dann wollen wir jetzt schnell noch zum Berg hinüber fahren, damit ich auch den Wald gesehen habe.«

Der Weg war nicht weit, und Kon-kim erkannte auf den ersten Blick, was los war. Zwischen den gradlinig angepflanzten Bäumen wuchs hüfthohes *Lallang*-Gras, und viele der wertvollen Gummibäume waren durch Aufschlitzen zum ›Verbluten‹ gebracht.

»Wer hat das getan?« fragte er voller Empörung.

»Das kann ich nicht sagen«, antwortete der Malaie ohne zu zögern.

»Warum nicht?«

»Die Männer wurden geschlagen.«

Kon-kim nagte an seinen Lippen und blickte an den endlosen Baumreihen entlang. »Haben Sie eine Ahnung, wieviel Stämme aufgeschlitzt wurden?«

»Zirka tausend.«

»Und wieviel Bäume hat der Wald?«

»Schätzungsweise fünfzig- bis sechzigtausend.«

Kon-kim wandte sich um. »Ich sehe jetzt um vieles klarer, und Sie werden der erste sein, den ich verständige, wenn der Kauf perfekt geworden ist. Bis dahin wird geschwiegen.«

»Sie können sich auf mich verlassen, Mister Lee!«

Eine halbe Stunde später suchte Kon-kim die Behörde auf, die das Grundbuch führte, und als er sich davon überzeugt hatte, daß die den *Albion-Tin-Works* gehörenden Grundstücke nicht belastet waren, sprach er bei der *Chamber of Commerce & Industry* und anschließend bei einem Notar vor, mit dem er eine längere Unterhaltung hatte, die damit endete, daß der Hüter des Rechts versicherte, den besprochenen Vertrag bis zum nächsten Abend aufzusetzen.

Einen dem Kaufabschluß hemmend entgegenstehenden Faktor mußte Kon-kim allerdings selbst noch aus dem Wege räumen: sein chinesischer Paß besaß in Malaya nur eine beschränkte Gültigkeit. Er konnte den beabsichtigten Vertrag erst unterzeichnen, wenn er neben der chinesischen Staatsangehörigkeit auch die britische erworben hatte, deren Erlangung jedoch keine Schwierigkeit bereitete, da die Engländer in dieser Hinsicht sehr großzügig verfuhren.

Es war erstaunlich, was Kon-kim in einem Tage alles schaffte, und als er am Abend in der weiten Halle des *Grand-Hotel* Platz nahm, hatte er bereits zwei Telefongespräche mit Johore Bahru geführt und von Jane Lawrence die Zusage erhalten, daß sie in der Frühe des nächsten Morgens in den Zug steigen und nach Ipoh kommen würde, um den Vertragsentwurf mit ihm und dem Notar zu besprechen. Und im Hotel war ein fürstliches Zimmer für sie reserviert.

Eine Bedingung hatte sie jedoch gestellt: sie wünschte ihre Tochter nicht zu treffen, und Kon-kim hatte ihr leichten Herzens versichert, daß sie sich diesbezüglich keine Sorge zu machen brauche. Er wußte, was er wollte, und wenn er sich vergegenwärtigte, was er sich für den nächsten Vormittag vorgenommen hatte, dann rieb er sich insgeheim schon die Hände.

Zunächst aber bestellte er sich eine Flasche Champagner, den er ebenso genoß wie den Anblick einiger junger Tanzpaare, denen die Musik im Blut zu liegen schien. Und da in seiner Nähe etliche zarte chinesische und malaiische *Tai-Tais* saßen, die ihr saures Brot damit verdienten, daß sie gegen Abgabe eines Coupons mit den Herren der Schöpfung tanzten, überlegte er, ob er sich nicht auch einige Gutscheine kaufen und einmal ausgelassen sein sollte. Doch dann erinnerte er sich an den letzten Abend mit Kinki Yasuda, und die eben erst in ihm aufgekommene frohe Stimmung verflog im Nu und schlug in das Gegenteil um. Er trank den Champagner mit einem Male hastig und verbittert, bis er spürte, daß der Alkohol ihn erreichte und ihm Wünsche vorgaukelte, die sein Blut in Wallung brachten. Schmerz, Sehnsucht, Liebe und Haß kämpften in ihm und vermischten sich jäh in irrsinnigem Wirbel zur Gestalt von Patrice Lawrence, die er im Geiste vor sich stehen sah, wie er sie an jenem Nachmittag gesehen hatte: in Reithosen, in deren Bund sie ihr ein wenig hochgerutschtes Sporthemd energisch hineinschob. »Patrice!« stöhnte er, ohne sich dessen bewußt zu sein.

»Wie bitte?« fragte ihn ein in diesem Augenblick vorbeikommender Kellner.

Die Ernüchterung war vollkommen. »Salah, salah – Ein Mißverständnis«, entgegnete Kon-kim. »Ich möchte zahlen.«

Wie in Trance verließ er die Hotelhalle. Er konnte nicht verstehen, warum ausgerechnet das Bild der arroganten Engländerin so verheißungsvoll vor ihm aufgetaucht war.

Wir rechnen noch miteinander ab, dachte er, als er sein Zimmer aufsuchte. Schon morgen soll sie erfahren, daß sie mit mir nicht machen kann, was sie will. Sie wird sich noch wundern.

Patrice Lawrence verschlug es tatsächlich sekundenlang die Sprache, als Kon-kim am nächsten Vormittag im Büro des Geschäftsführers der *Albion-Tin-Works* erschien und nicht das geringste Erstaunen über ihre Anwesenheit zeigte. Einen vollen Tag hindurch hatte sie vergeblich auf diese Minute gewartet, nun aber, da der große Augenblick endlich gekommen war, schritt dieser Mister Lee an ihr vorbei, als sei sie Luft.

»Haben Sie keine Augen im Kopf?« fuhr sie ihn an, als er auf den hinter einem schweren Schreibtisch sitzenden Engländer zuging.

Kon-kim blieb stehen und gab sich einen verwunderten Anschein.

»Wie kommen Sie darauf?«

»Ja, sehen Sie denn nicht, wen Sie vor sich haben?«

»Doch«, erwiderte er in aller Ruhe. »Ein Mädchen, das sich in meiner Gegenwart einmal so schlecht benommen hat, daß ich es vorziehe, die mit ihm gemachte Bekanntschaft zu ignorieren.«

Patrice Lawrence schoß das Blut in den Kopf. Aber noch bevor sie etwas entgegnen konnte, wandte sich Kon-kim an den Geschäftsführer, der voller Empörung aufsprang.

»Gut, daß ich Sie nicht mehr auffordern muß, sich zu erheben«, sagte Kon-kim mit einer jeden Widerspruch im Keim erstickenden Stimme. »Mein Name ist Lee. Ich möchte Sie nur kurz darüber informieren, daß ich die *Albion-Tin-Works* übernehmen werde und noch heute nach Johore Bahru reise, um einen gestern hier vorbereiteten Vertrag mit Mistreß Lawrence abzuschließen. Ich habe mir bereits alles angesehen und ersuche Sie, die Übergabe vorzubereiten. Bis dahin bitte ich darum, nicht am Schreibtisch sitzen zu bleiben, wenn ein Gast eintritt. Das wäre es für heute«, fügte er sarkastisch hinzu, drehte sich um und verließ den Raum in der unumstößlichen Gewißheit, daß sich Patrice Lawrence schon in der nächsten Stunde hinter das Steuer ihres Sportwagens setzen und nach Johore Bahru zurückjagen würde. Ihre Mutter aber saß inzwischen bereits im Zug nach Ipoh.

Die Gunst der Zeit ist nichts gegen den Vorteil der Lage, dachte Kon-kim mit sich selbst zufrieden, als er das Gebäude verließ. Aber dann erinnerte er sich an den Weisen Meng-tse, der erklärt hatte: Die Einigkeit der Menschen ist tausendmal wichtiger als der Vorteil der Lage.

Seine Gedanken wanderten zum Geschäftsführer der *Albion-*

Tin-Works zurück, der ihm plötzlich ebenso leid tat wie Patrice Lawrence, von der er annahm, daß sie nach ihrer Ankunft in Johore Bahru etliche Dinge zerschlagen würde.

Drei Tage dauerte es, bis der Kaufvertrag zur Zufriedenheit beider Partner formuliert war und die für Kon-kim unvergeßliche Minute heranrückte, in der er mit Überreichung von zwei Schecks der Inhaber der *Albion-Tin-Works* wurde.

Jane Lawrence standen Tränen in den Augen, die jedoch schnell versiegten, als Kon-kim sie und den Anwalt zu einem kleinen Festessen einlud, von dem er, wie er an die Engländerin gewandt sagte, zuversichtlich hoffe, daß es eine dauerhafte Freundschaft einleite. Er spürte, daß Jane Lawrence trotz des Vermögens, über das sie nun in bar verfügte, im Grunde genommen ein armer Mensch war. Die Unbeherrschtheit ihrer Tochter überschattete ihr Dasein, und Kon-kim, der zwangsläufig an seine Mutter und Li-tai dachte, nahm sich vor, die Engländerin hin und wieder aufzusuchen, wenn sie sich in dem ihr verbliebenen Landhaus bei Tanjong Rambutan aufhielt. Vielleicht bot sich ihm dort auch die Möglichkeit, ihrer Tochter einmal gründlich die Meinung zu sagen. Sein Erfolg mußte ihr zeigen, daß sie nicht gegen ihn ankommen konnte, und er war der festen Überzeugung, daß sie noch sehr kleinlaut werden würde, wenn sie erst sah, was er aus den *Albion-Tin-Works* zu machen verstand.

Aber nur für den Bruchteil einer Sekunde beschäftigte sich Kon-kim in dieser für ihn so bedeutenden Minute mit Jane Lawrence und deren Tochter. In Gedanken war er bereits in der Zinn-Mine. Er bat den Notar, unverzüglich eine Kopie des soeben abgeschlossenen Vertrages dem Geschäftsführer der *Albion-Tin-Works* mit der Weisung überbringen zu lassen, sich um vier Uhr an der Grube einzufinden.

Kalt und berechnend beorderte Kon-kim den Engländer zum Werksgelände, wo er den pockennarbigen Malaien über die Vertragsunterzeichnung informieren und den Briten entweder für sich gewinnen oder mit ihm brechen wollte.

Der indische Kraftfahrer sah Kon-kim erwartungsvoll an, als dieser am Nachmittag mit gerötetem Gesicht aus dem Hotel heraustrat.

»Vertrag endlich geklappt?« fragte er hastig.

»Abwarten«, erwiderte Kon-kim. »Zunächst müssen wir zum Abbaugelände. Fahre so schnell es geht.«

Der Inder tat sein Bestes, und als sie die Mine erreichten, forderte Kon-kim ihn auf, ihm zu folgen.

Der Fahrer lief wie ein schwanzwedelnder Hund hinter ihm her.

Kon-kim blickte über den Rand der Zinngrube, in der Haron Ismail gerade damit beschäftigt war, einen Wasserwerfer neu auszurichten. »Halloh ...!« rief er ihm zu.

Der Malaie blickte zu ihm empor.

»Schluß machen für heute!«

Haron Ismail hob die Arme. »Sind Sie der neue Chef?«

»Ja! Und ich stifte so viel Bier, wie ihr haben wollt! Kommt herauf, boys. Drei Tage Feierschicht!«

Die Arbeiter johlten und liefen hinter ihrem Aufseher her, der wie ein Wiesel auf die aus der Mine herausführende Leiter losrannte.

Der Inder gebärdete sich, als hätte er das Große Los gewonnen. »Ich gewußt, daß alles wird very well.«

Kon-kim ging den Arbeitern entgegen und schüttelte ihnen die Hand.

Derartiges hatten sie noch nicht erlebt, und als Kon-kim ihnen erklärte, daß die *Albion-Tin-Works* nun richtig in Schwung gebracht würden und er keine Arbeiter, sondern nur Arbeitskameraden kenne, da überschlugen sich die Wogen der Erregung. Das Stimmengewirr verstummte jedoch, als in der Nähe ein Wagen anhielt, dem der Geschäftsführer entstieg, der mit federndem Gang auf die Gruppe zuging und bei jedem Schritt mit einer Reitpeitsche gegen seine gelb-braunen Stiefel schlug.

Kon-kim blickte ihm gelassen entgegen, und als der Engländer ihn erreichte und in beinahe militärischer Haltung vor ihm stehenblieb, bot er ihm die Hand und sagte mit gewinnendem Lächeln: »Ich hoffe auf gute Zusammenarbeit, möchte allerdings darauf aufmerksam machen, daß sie nur möglich werden wird, wenn Sie Ihre Peitsche verschwinden lassen.«

»Wie bitte?« fragte der Brite mit ungläubiger Miene.

»Sie wissen, was hier geschehen ist«, erwiderte Kon-kim. »Belegschaftsmitglieder wurden mit einer Peitsche geschlagen. Ich kann es deshalb nicht dulden, daß ein solches Instrument auf dem Werksgelände zur Schau gestellt wird. Werfen Sie das Ding also fort.«

Dem Engländer schoß das Blut in den Kopf. »Sie können von mir nicht verlangen, daß ich...«

»Sie sollen Ihre Peitsche in die Mine werfen!« unterbrach ihn Kon-kim mit einer Schärfe, die ihm niemand zugetraut hätte.

»Ich denke nicht daran!« empörte sich der Geschäftsführer.

Er hatte es kaum ausgesprochen, da riß Kon-kim ihm die Peitsche aus der Hand und schleuderte sie über den Rand der Grube. »Schade«, sagte er und gebot den begeistert aufschreienden Arbeitern zu schweigen. »Ich hatte gehofft, daß Sie mir diese Szene ersparen würden. Aber ich habe für alles Verständnis und trage Ihnen nichts nach, wenn Sie jetzt erklären, weiterhin für die *Albion-Tin-Works* tätig sein zu wollen.«

Der Engländer sah ihn verächtlich an. »Danke, mein Bedarf ist gedeckt.«

»Dann beurlaube ich Sie für das nächste Jahr und ersuche Sie, sich die Ihnen zustehenden Bezüge auszahlen zu lassen.«

Der Geschäftsführer straffte sich und ging erhobenen Hauptes davon.

Kon-kim blickte eine Weile hinter ihm her. Dann wandte er sich an die Arbeiter. »Man mag über ihn sagen, was man will: fest steht, daß er Haltung bewiesen hat. Und das muß man achten.«

Die Männer, die schon hatten fluchen wollen, nickten plötzlich zustimmend, und Kon-kim wußte, daß die von ihm inszenierte ›Schau‹ wie ein Lauffeuer durch sämtliche Zinn-Minen rasen und mit einem Schlage den Makel fortwischen würde, der dem Namen des Unternehmens anhaftete. Unabhängig davon hatte er die Arbeiterschaft auf billige Weise hinter sich gebracht; es lag auf der Hand, daß er nun zu gegebener Zeit die besten Kräfte des Landes erhalten konnte. Und um den Personenkreis nicht zu verstimmen, an den er sich wenden mußte, um erfahrene Verwaltungsangestellte zu erhalten, hatte er den bisherigen Geschäftsführer in großzügiger Weise abgefunden.

Kon-kim zweifelte nicht daran, daß sein Vorgehen kolportiert werden würde. Er war seiner Sache so sicher, daß er noch am gleichen Abend eine Annonce aufsetzte, in der er den Besitzwechsel der *Albion-Tin-Works* anzeigte und Führungskräften verlockende Angebote machte. Dann schlief er sich gründlich aus und fuhr am nächsten Morgen in bester Stimmung nach Johore Bahru zurück, um seine Sachen zu holen und verschiedene Banken in Singapore aufzusuchen, deren Hilfestellung er voraussichtlich in absehbarer Zeit benötigte. Er verfügte zwar immer noch über ein beachtliches Vermögen, konnte sich jedoch ausrechnen, daß dieses schnell dahinschmelzen würde, wenn er den *Albion-Tin-Works* die ihm vorschwebende Ausweitung gab.

Dennoch war er restlos glücklich. Seit seiner Flucht aus dem Elternhaus sah er sich erstmalig wieder in die Lage versetzt, konkret zu planen und den Blick in eine verheißungsvolle Zukunft zu richten. Ein Gefühl der Dankbarkeit durchströmte ihn, wenn er der ehrenwerten Ahnen gedachte, deren Fleiß und Bescheidenheit ihm den Erwerb einer ungewöhnlich ausbaufähigen Zinn-Mine ermöglicht hatten. Ihnen und dem Schicksal, das es so gewollt hatte, verdankte er es, daß er über Nacht zu einem kleinen König geworden war.

Aber er wurde nicht überheblich, sondern hörte im Geiste seine Mutter sagen: Vergiß nicht, daß alle Dinge vom Himmel bestimmt sind. Das winzigste Flüstern schon ist im Himmel wie ein Donner hörbar, und ein Herz ohne Demut offenbart sich dem Auge des Allmächtigen wie ein Blitzstrahl.

Drei Tage weilte Kon-kim in Johore Bahru, von wo er zweimal nach Singapore fuhr, um mit seinen Banken zu verhandeln. Nach Kenntnisnahme des von ihm abgeschlossenen Kaufvertrages erklärten sich die zuständigen Direktoren sofort bereit, ihm mit Krediten zu dienen, falls seine Mittel zum Ausbau der *Albion-Tin-Works* nicht ausreichen sollten. Gleichzeitig kaufte er sich ein elfenbeinfarbenes Kabriolett, das er voller Stolz dem über die günstige Entwicklung der Dinge glücklichen Dr. Haji vorführte. Immer wieder begeisterte sich der Inder über die raffinierte Art, mit der Kon-kim Patrice Lawrence ausgeschaltet hatte.

»Ich bin überzeugt, daß Sie alles richtig machen«, sagte er beinahe väterlich, als Kon-kim sich von ihm verabschiedete. »Dennoch möchte ich Ihnen in dieser Stunde raten, in Zukunft stets zu bedenken, daß es viel Ärger bringt, wenn man in allem nur dem Vorteil nachgibt.«

Kon-kim versicherte Dr. Haji, die Mahnung zu beherzigen. Dann bat er nochmals darum, ihn sofort anzurufen, wenn eine Nachricht von seiner Mutter oder seinem Onkel eintreffen sollte.

Stärker denn je hoffte er, dem Inder möge es gelingen, seine Angehörigen aus Kanton herauszubringen. Die Nachrichten aus

China wurden immer bedrückender. Tschiang Kai-scheks Truppen unternahmen nicht den geringsten Versuch, verlorene Gebiete zurückzuerobern. Sie beschränkten sich darauf, einige Pässe zu halten und die für die Versorgung der Armee unentbehrliche ›Reisprovinz‹ Hunan zu verteidigen. Doch während der Generalissimus geduldig auf den Ausbruch des von ihm prophezeiten neuen Weltkrieges wartete, von dem er sich eine entscheidende Wende im Konflikt mit Japan erhoffte, bemühten sich die Söhne Nippons, die letzten Nachschubwege nach China abzuriegeln. Wenn Mutter Lee Wei und Onkel Hu nicht bald über die Grenze geführt wurden, bestand für sie wahrscheinlich nie mehr die Möglichkeit, in die freie Welt zu gelangen.

Aber so schmerzlich dieser Gedanke auch war, Kon-kim mußte ihn von sich schieben und beherzt die Führung der *Albion-Tin-Works* übernehmen. Tausend Dinge warteten auf ihn. Nachdem er sich im *Grand-Hotel* einquartiert hatte, suchte er den pockennarbigen Haron Ismail auf, den er zum Oberaufseher über alle Arbeitsplätze ernannte und beauftragte, unverzüglich den zu den Quellen führenden verwahrlosten Waldstreifen in einen mustergültigen Zustand zu bringen.

»Ich überlasse alles Ihnen«, sagte er ihm. »Sie können einstellen, wen Sie wollen, und ich ermächtige Sie, nach eigenem Ermessen Aufseher zu ernennen und ihnen das Recht einzuräumen, jeden zu entlassen, der sich als Drückeberger erweist. Um meine grundsätzliche Einstellung zu den Arbeitern zu dokumentieren, erhöhe ich die Löhne mit sofortiger Wirkung um zehn Prozent.«

Der Malaie machte ein bedenkliches Gesicht. »Ich möchte Ihnen dringend raten, davon Abstand zu nehmen.«

»Warum?« fragte Kon-kim verwundert.

»Weil Sie sonst Ärger mit den anderen Minenbesitzern bekommen. Unabhängig davon käme im Prinzip nichts dabei heraus, da sich fast alle Arbeiter auf Grund der Lohnverbesserung sofort eine zweite beziehungsweise dritte oder vierte Frau nehmen würden – je nachdem, wieviel der einzelne schon hat. Und mit jeder Frau wird es schlimmer.«

Kon-kim lachte. »Sprechen Sie etwa aus Erfahrung?«

Der Malaie schmunzelte. »Erst stellt man es sich schön vor, ein paar Frauen zu haben, später aber... Als ich aus Australien zurückkehrte, handelte ich nach dem Motto: Je mehr Frauen, desto größer das Ansehen. Das stimmt auch. Die Zufriedenheit und Ruhe schwinden aber in gleichem Maße dahin. Erhöhen Sie die Löhne also nicht oder höchstens um fünf Prozent, wenn Sie Ihr soziales Empfinden zum Ausdruck bringen wollen. Und darauf dürfte es Ihnen ja wohl ankommen.«

Kon-kim nickte. »Anständig von Ihnen, daß Sie kein Blatt vor den Mund nehmen. Mir geht es tatsächlich darum, den Arbeitern zu zeigen, daß mein Glück auch das ihre sein soll.«

»Wenn alle so denken würden, gäbe es keine Kommunisten«, erwiderte der Malaie.

Kon-kim zuckte die Achseln. »Möglich. Aber ich sehe ein, daß es unter den gegebenen Umständen richtiger ist, den Lohn nur um fünf Prozent zu erhöhen.«

Es war gut, daß Kon-kim auf Haron Ismail hörte. Schon die fünfprozentige Lohnerhöhung verursachte einen solchen Ansturm von Arbeitskräften, daß sich der zum Oberaufseher ernannte Malaie in aller Ruhe die vertrauenerweckendsten unter ihnen aussuchen und unverzüglich mit der Pflege des verwahrlosten Kautschukwaldes beginnen konnte. Über hundert Frauen und Männer erhielten den Auftrag, das hochstehende *Lallang*-Gras zu jäten und Bäume zu fällen, die ›verblutet‹ waren. Und eine Kolonne versierter Zapfer marschierte hinter ihnen her, um jeden einzelnen der im gleichen Abstand voneinander stehenden Stämme gewissenhaft zu kontrollieren. Wo unter den spiralförmig abgeschälten Rinden das Sammelgefäß fehlte, ersetzten sie es durch einen neuen Auffangbehälter, um dann mit einer rasiermesserscharfen Klinge einen millimeterbreiten Span von der Rinde abzuheben, so daß der *Latex* in das Gefäß fließen konnte.

In der Zinn-Mine ging indessen die Arbeit ihren gewohnten Gang. Eine Produktionssteigerung konnte erst in Angriff genommen werden, wenn die am äußersten Ende des Gummiwaldes gelegenen Quellen die erforderlichen Wassermengen lieferten. Und das war frühestens in einem halben Jahr der Fall, weil das Wasser durch weite Rohre zur Grube geleitet werden mußte, die nur von Europa oder Amerika bezogen werden konnten.

Um die britischen Behörden für sich zu gewinnen, erteilte Kon-kim einer englischen Firma den Auftrag, die vom Gründer der *Albion-Tin-Works* bereits projektierte Wasserleitung so schnell wie möglich zu erstellen. Er war sich bewußt, daß er den Preis unter den gegebenen Umständen nicht aushandeln konnte, nahm diese Tatsache jedoch aus taktischen Gründen gerne in Kauf. Lehrgeld mußte er so oder so zahlen. Er wußte aber auch, daß jeder Tag, der bis zur Produktionserweiterung herausgewirtschaftet wurde, bares Geld bedeutete und vieles wieder wettmachte.

Kon-kim kam es darauf an, Zeit zu gewinnen. Und damit die Produktion an dem von ihm in Aussicht genommenen ›Tag X‹ auch sofort auf volle Touren gebracht werden konnte, beauftragte er Haron Ismail, umschichtig schon jetzt die für später vorgesehenen Arbeitskräfte für die Dauer von acht bis vierzehn Tagen zur Einarbeit zu beschäftigen. Gleichzeitig ließ er am Rand der Mine ein Gebäude errichten, in dessen unterem Teil sich die Umkleide-, Wasch- und Aufenthaltsräume der Arbeiter befanden. Die obere Etage diente zur Aufnahme der Werksverwaltung, die er nicht in der Stadt belassen wollte. Sorge bereitete ihm nur die Tatsache, daß sich auf seine Annonce weder ein kaufmännischer Direktor noch ein technischer Leiter um die vakanten Posten beworben hatte. Er überlegte schon, wohin er sich hilfesuchend wenden sollte, als ihn Haron Ismail auf einen jungen Chinesen aufmerksam machte, den er als Aufseher eingestellt hatte.

»Mit dem sollten Sie sich einmal unterhalten«, forderte ihn der Malaie vielsagend auf.

»Weshalb?« fragte Kon-kim.

»Seinen Papieren zufolge ist er Ingenieur. Er hat sich aber nur als Aufseher beworben.«

»Herzlichen Dank für den Tip«, erwiderte Kon-kim und schlenderte auf den Chinesen zu, den er prüfend ansah und fragte: »Kennen wir uns nicht irgendwoher?«

»Ich wüßte es nicht«, antwortete der Aufseher in breitem Hakka-Chinesisch.

»Möglich, daß ich mich täusche«, erwiderte Kon-kim. »Aber aus Kanton sind Sie bestimmt.«

Der Chinese lachte. »Das wird man mir wohl bis zu meiner letzten Stunde anhören.«

Kon-kim nickte. »Wann haben Sie die Stadt verlassen?«

»Vor gut fünf Jahren.«

»Warum?«

»Es ging nicht mehr. Ich war als junger Mann in die kommunistische Partei eingetreten und...«

»Verstehe«, unterbrach ihn Kon-kim. »Was haben Sie seither gemacht?«

Der Chinese senkte den Kopf. »Ich will Sie nicht belügen. Ich bin Ingenieur, habe in Shanghai studiert und war in den letzten drei Jahren der technische Leiter einer hiesigen Mine. Mir unterlief bei der Berechnung eines neuen Ablaufgerüstes ein Fehler, der zur Folge hatte, daß die Konstruktion zusammenbrach und fünf Arbeiter erschlug.«

»Das ist allerdings scheußlich«, erwiderte Kon-kim. »Sind Sie verheiratet?«

»Ja. Ich habe vier Kinder. Zwei Jungen und zwei Mädchen.«

»Könnte Ihnen nochmals eine falsche Berechnung unterlaufen?«

»Bestimmt nicht. Aber was nützt das? Die Männer sind tot, und meine Ingenieurlaufbahn ist zu Ende. Niemand wird es wagen, mich einzustellen. Und wer es riskieren würde, müßte damit rechnen, daß ihm die Arbeiter davonlaufen.«

»Meine würden bleiben, weil Führung und Arbeiterschaft in meinem Betrieb wie eine Familie sind«, widersprach Kon-kim. »Ich kann es mir also leisten, Sie einzustellen, und da ich der festen Überzeugung bin, daß Ihre Berechnungen in Zukunft stimmen werden, engagiere ich Sie hiermit als technischen Leiter.«

Der Ingenieur zitterte plötzlich. »Ist das Ihr Ernst?«

»Ja«, antwortete Kon-kim gut gelaunt und reichte ihm die Hand. »Sie haben mein Wort. Nur Ihren Namen müssen Sie mir noch nennen.«

Der Chinese ergriff die dargebotene Hand. »Ich heiße Go Cho Hong und werde arbeiten wie nie zuvor. Sie können sich auf mich verlassen, das schwöre ich Ihnen.«

»Daran zweifle ich nicht. Nur die Allerweisesten und die Allerdümmsten ändern sich niemals. Laufen Sie also los und grüßen Sie Ihre Frau.«

Kon-kim wußte, daß er einen technischen Leiter gefunden hatte, wie er ihn sich besser nicht wünschen konnte. Und Go Cho Hong enttäuschte ihn nicht. Er kümmerte sich von diesem Tage an um alles und saß bis tief in die Nächte hinein über Plänen, Tabellen und Aufstellungen, so daß Kon-kim sich des öfteren gezwungen sah, ihn mit Gewalt aus dem Büro zu vertreiben.

Die technische Leitung lag damit in guten Händen, was noch fehlte, war ein versierter kaufmännischer Direktor. Doch noch bevor dieser gefunden war, erhielt Kon-kim einen Anruf von David Hamilton, der seinen bereits in Japan erwähnten Plan, mit Henry Dymont eine Waffenhandelsfirma zu gründen, verwirklicht und sich in Singapore etabliert hatte.

Kon-kim glaubte nicht richtig zu hören, als er am Telefon die Stimme seines Freundes vernahm. »Woher weißt du, daß ich in Ipoh sitze?« erkundigte er sich atemlos.

»Von Royal-Dymont«, antwortete der Amerikaner aufgekratzt. »Und der erfuhr es von Doktor Haji, den er gestern abend aufsuchte. Die beiden haben sofort versucht, dich anzurufen, bekamen aber keine Verbindung. Ist ja toll, was man von dir hört. Wie fühlst du dich als Zinn-König?«

»Zunächst noch wie ein Affe im Frack. Ich weiß nicht viel damit anzufangen. Und wie geht es dir?«

»Ausgezeichnet. Ich habe mit Henry *The International Arms Company* gegründet. Müßte eigentlich ein gutes Geschäft werden, da die Welt sich die Frechheit der Japsen bestimmt nicht mehr lange gefallen lassen wird.«

»Du arbeitest also weiterhin für den Krieg?«

David Hamilton lachte. »Du etwa nicht? Oder glaubst du, aus deinem Zinn werden nur Zinn-Soldaten gepreßt?«

»Natürlich nicht.«

»Rede also keinen Unsinn, sondern setz dich in den nächsten Zug und komm nach Singapore. Diesen Anstandsbesuch bist du Royal-Dymont und mir schuldig.«

»Weiß der Himmel. Ohne euch wäre ich nicht aus Japan herausgekommen. Ich bin im Augenblick allerdings maßlos in Druck, weil ich noch keinen geeigneten kaufmännischen Leiter gefunden habe.«

»Den besorge ich dir!« rief David Hamilton. »Wirf dich also in den nächsten Zug und vergiß vor allen Dingen nicht, mir die anläßlich deiner Flucht verauslagten zehntausend Dollar mitzubringen. Ich habe sie jetzt dringend nötig.«

Kon-kim stieg das Blut in den Kopf. Er hatte völlig vergessen, seinem Freund das Geld zu überweisen. Nachdem er sich entschuldigt hatte, versprach er, spätestens in zwei Tagen in Singapore zu sein. Und schon in der darauffolgenden Nacht stieg er in den Zug.

Wohltuend empfand er die Reise in dem mit einer Klimaanlage versehenen Schlafwagen, und er fühlte sich frisch wie ein Fisch im Wasser, als der Zug am nächsten Morgen gegen zehn Uhr in Singapore einlief, wo er sich ein Taxi nahm, das ihn in wenigen Minuten zum Büro der Freunde brachte, die ihm einen turbulenten Empfang bereiteten.

»Hast du mein Geld mitgebracht?« waren die ersten Worte David Hamiltons, der ihn umarmte, als wollte er ihm die Rippen brechen.

»Zum Teufel«, stöhnte Kon-kim. »Willst du mich unbedingt in ein Krankenhaus bringen?«

»Was meinen Sie, was Dory mit Ihnen anstellen würde, wenn sie hier wäre«, grölte der Engländer, wobei er eine Flasche *Johnnie Walker* ergriff und Kon-kim erbarmungslos zwang, sie an die Lippen zu setzen. »Sie würde Sie minutenlang an ihren beachtlichen Busen drücken. Sie wissen doch, daß sie einen Narren an Ihnen gefressen hat. An Dav übrigens auch. Aber bei Ihnen entwickelt sie mütterliche Gefühle. Na ja, Frauen, die keine Kinder haben...«

»Es soll Menschen geben, die sich totquatschen, wenn väterliche Empfindungen in ihnen aufsteigen«, unterbrach David Hamilton den Engländer. »Jetzt bin ich erst mal an der Reihe. Mein lieber Kon-kim! Ich nehme an, daß du mein Geld mitgebracht hast und heiße dich somit herzlich willkommen. Im übrigen erwarten wir von dir, daß du uns einige eines Zinn-Königs würdige Tage bereitest. Cheerio!«

Kon-kim ließ sich wie ermattet in einen Sessel fallen. »Man sollte es nicht für möglich halten! Um keinen Deut habt ihr euch verändert.«

»Ich wüßte auch nicht, warum wir das sollten?« entgegnete Royal-Dymont glucksend. »Das Leben bringt genügend Veränderungen mit sich. Dory sagt immer...« Er unterbrach sich. »Ich hab' Ihnen ja noch gar nicht gesagt, daß Dory im Augenblick im Indischen Ozean schwimmt. Sie fährt nach England, um sich von den Strapazen der letzten Wochen zu erholen. Was meinen Sie, was wir zu packen hatten!«

Der Amerikaner stieß Kon-kim in die Rippen. »Habe ich mir nicht einen herrlichen Kompagnon ausgesucht? Mit seiner Quatscherei bringt er die Menschen dahin, daß sie sich das Leben nehmen wollen, und wenn es soweit ist, tauche ich auf und verkaufe ihnen die dazu erforderliche Waffe. Ich sage dir: wir sind ein großartiges Team!«

»Den Eindruck habe ich auch«, erwiderte Kon-kim.

David Hamilton grinste. »Jetzt fahren wir erst mal zum *Raffles Hotel,* bo wir ein Zimmer für dich reserviert haben. Und wenn du dich erfrischt hast, gondeln wir schön langsam zum Kap Kling hinaus. Du wirst staunen, was für ein phantastisches Restaurant es dort gibt.«

»Im Prinzip bin ich einverstanden«, erwiderte Kon-kim. »Du hast nur vergessen, daß ich Chinese bin. *Raffles Hotel* wird mich nicht aufnehmen.«

»Der Fall ist bereits geklärt«, polterte Dymont. »Dem Portier haben wir deutlich zu verstehen gegeben, daß wir Waffenhändler sind und das idiotische Theater nicht mitmachen. Ist doch ein tolles Stück, die Menschen heute noch nach Gesichtsfarben trennen zu wollen.«

»Ich weiß Ihre Einstellung zu schätzen«, entgegnete Kon-kim. »Für mich ist es aber dennoch peinlich...«

»Unsinn«, unterbrach ihn David Hamilton. »Wenn wir bereit sind, ein Exempel zu statuieren, darfst du nicht kneifen. Wir wohnen auch im *Raffles* und gewannen den Eindruck, daß du nicht der erste Asiat sein wirst, der dort absteigt. Die Zeit ist nicht stehengeblieben.«

Es sollte sich bald erweisen, daß die beiden Freunde Kon-kim keinen guten Dienst erwiesen hatten. Er erhielt zwar das reservierte Zimmer, aber die meisten der vermögennden Hotelgäste rümpften die Nase oder wichen gar zur Seite, wenn sie Kon-kim erblickten. Auf der Straße erhoben sie keinen Einspruch gegen asiatische Völker und Rassen, mit denen sie sich nur zu gerne fotografieren ließen, um daheim zeigen zu können, wo überall sie gewesen waren. Im weltberühmten *Raffles Hotel* wollten sie jedoch die gepflegten Innenhöfe mit ihren gleich priesterlichen Wedeln zugeschnittenen Palmen für sich allein genießen.

»Wenn man sieht, wie sie sich benehmen, braucht man sich nicht zu wundern, daß der Kommunismus auch in Südostasien immer stärker um sich greift«, grollte Royal-Dymont.

»Ich habe geahnt, daß die Geschichte peinlich für mich wird«, entgegnete Kon-kim verstimmt. »Nun ist aber nichts mehr zu ändern, und ich denke nicht daran, mich jetzt verdrängen zu lassen.«

»Das wäre ja auch noch schöner«, erwiderte David Hamilton, der sich ostentativ bei Kon-kim einhakte. »Ich könnte hier allen in die Fresse schlagen.«

Kon-kim zog seinen Freund mit sich fort. »Brech jetzt bloß keinen Streit vom Zaun!«

»Er hat recht«, pflichtete ihm Royal-Dymont bei. »Wir sind am Schluß nur die Dummen und müssen ausziehen.«

»Ich denke, wir wollen ein Exempel statuieren«, erboste sich der Amerikaner.

»Aber nicht gleich mit Pauken und Trompeten«, wies ihn der Engländer zurecht. »Verlassen wir die ungastliche Stätte. Die am Kap Kling stehenden Palmen sind ohnehin schöner als die hier zurechtgestutzten Pharaonenwedel.«

Kon-kim atmete erleichtert auf, als sie David Hamiltons Wagen erreichten, in dem sich sein Freund als erstes die mitgenommene Flasche an die Lippen setzte.

»So«, sagte er, als er einen gehörigen Schluck getrunken hatte. »Nun ist mir wohler.«

Die Stimmung stieg schlagartig wieder, und Kon-kim genoß die üblichen Witzeleien seines Studienkameraden ebensosehr wie die wirren und endlosen Monologe Henry Dymonts. Alle drei aber waren zuhöchst erstaunt, als sie nach fast zweistündiger Fahrt plötzlich feststellten, daß das Meer unmittelbar vor ihnen lag und keiner das geringste von der reizvollen Landschaft gesehen hatte, durch die sie gefahren waren.

»Verglichen mit uns sind Tratschtanten die reinsten Waisenkinder«, sagte der Amerikaner, als sie ausstiegen und auf den Strand zugingen. Die Luft flimmerte, und die der Küste vorgelagerten Inseln tanzten in der Hitze vor einem Himmel, dessen Farbe vom pastellgetönten Horizont zum Zenith in ein leuchtendes Azurblau überging.

»Hier kann man es aushalten«, sagte Kon-kim zufrieden und atmete mit tiefen Zügen die frische Brise ein. »Der Herrgott hat schon grandiose Plätze geschaffen.«

»Die wir neunmal klugen Menschen mit Geschützen bestücken«, entgegnete Royal-Dymont und wies auf eine in der Nähe gelegene, äußerst geschickt am Ufer getarnte Befestigungsanlage.

David Hamilton rang die Hände. »Und so was nennt sich Waffenlieferant! Stell dir lieber vor, was wir verdienen würden, wenn wir die Kasematten mit neuen Geschützen ausrüsten müßten!«

Kon-kim schüttelte den Kopf. »Kannst du überhaupt nichts Vernünftiges mehr reden?«

Der Amerikaner bleckte die Zähne. »Wünschst du ein Gespräch über Politik?«

»Nein, danke.«

»Na schön, dann bist du an der Reihe. Erzähle von deiner Zinn-Soldaten-Mine.«

Dieser Aufforderung kam Kon-kim nur zu gerne nach, und Royal-Dymont wie David Hamilton erkannten an der ungewohnt temperamentvollen Schilderung ihres sonst nur selten aus sich herausgehenden Freundes, daß dieser eine Aufgabe gefunden hatte, die ihn erfüllte. Es war daher verständlich, daß sie in einem Augenblick, da Kon-kim sie für eine Minute alleine ließ, schnell beratschlagten, ob sie ihrem Vorsatz treu bleiben und Kon-kim über Kinki Yasudas Freitod informieren sollten.

»Wenn wir ihm jetzt reinen Wein einschenken, reißen wir eine Wunde auf, die noch nicht vernarbt ist«, gab Royal-Dymont zu bedenken. »Es hilft nichts: wir müssen schweigen, damit er seine Arbeitskraft nicht verliert.«

»Er kommt«, flüsterte der Amerikaner und blickte Kon-kim lachend entgegen. »Erleichtert?«

»Und wie! Ich habe übrigens gerade gedacht, daß es schön wäre, wenn ihr mich mal in Ipoh besuchen würdet.«

»Keine schlechte Idee«, antwortete Henry Dymont. »Wir müssen ohnehin in Kürze nach Kuala Lumpur, um einen Kotau vor dem dortigen Kommandierenden General zu machen.«

»Das trifft sich glänzend! Ich hole euch dann ab. Von Kuala Lumpur sind es nur hundertvierzig Meilen.«

David Hamilton deutete nach Westen, wo sich die Sonne wie ein feuriger Ball dem Horizont näherte. »Wenn ihr für einen Moment schweigt, können wir sie untergehen hören.«

Die Sonne stand knapp über dem Meer, das aufzuschäumen schien und sich blutrot verfärbte. Der Himmel flammte in Blau und Gold, und die Silhouetten der über das Wasser hinausragenden Palmen erinnerten an demütige Priester, die sich vor dem Allmächtigen verneigen. Der Seewind war plötzlich eingeschlafen. Kein Lüftchen regte sich mehr.

Wie gebannt blickten die Freunde in die Ferne, bis die Sonne nach einem letzten Aufglühen hinter dem Horizont verschwand und ein bleigraues Meer zurückließ, das frieren machte und an den reitenden Tod erinnerte.

»Kommt, wir wollen gehen«, sagte Royal-Dymont mit merkwürdig spröder Stimme.

Die Freunde nickten, und David Hamilton hakte sich bei Kon-kim ein, um ihn zu dem auf einer Anhöhe gelegenen Restaurant zu führen, von dem er geschwärmt hatte.

Die eigenwillige Einrichtung des Lokals überraschte Kon-kim. An den rauh verputzten Wänden hingen malaiische und indonesische Waffen traulich vereint mit Fischfanggeräten, Ochsenziemern, Masken und Seltenheiten aller Art. Und zwischen all diesem alten, aber dekorativ wirkenden Gerümpel standen mit erlesenem Geschmack gedeckte Tische, von denen man durch breite Fenster zu den nahegelegenen Inseln Merliman, Pesek und Ayer Chawan hinüberblicken konnte.

»Ein hübsches Restaurant«, sagte Kon-kim anerkennend, nachdem er sich ein wenig umgeschaut hatte. »Hat euch der Zufall hierhergeführt?«

David Hamilton schüttelte den Kopf. »Der Besitzer, ein bekannter Spediteur, mit dem wir vor einigen Tagen einen Vertrag abgeschlossen haben, lud uns hierher ein. Die Gastronomie ist sein Hobby.«

»Wahrscheinlich, um auf Kosten des Finanzamtes seinen Bedarf an hübschen Mädchen decken zu können«, fügte Henry Dymont trocken hinzu. »Aber Sie werden sich wundern, wie ausgezeichnet man hier ißt.«

Der Engländer hatte nicht übertrieben. Die Küche war wirklich hervorragend, und der Kellner stellte ein Menü zusammen das sich sehen lassen konnte. Als erstes servierte er *Chendawan*, Pilze, die auf der Zunge zergingen. Anschließend *Ayam goreng*, kaltes Huhn. Und dann in munterer Reihenfolge: *Kambing panggang*, zartes Hammelfleisch; *Udan goreng*, gebackene Langusten; *Kerabu ayam*, malaiischer Hühnersalat; *Gulai pedas ikam nasi*, heißer Fisch mit Curry und Reis. Und den Abschluß bildete *Mata kuching*, eine hervorragende, jedoch undefinierbare Nachspeise.

Das üppige, fast drei Stunden dauernde Essen war gerade beendet, als David Hamilton mit großen Augen zum Eingang hinüberstarrte. »Ich werde verrückt«, stöhnte er in gemachter Manier. »Nach diesem Mahl ein solches Weib – Herrgott, warum habe ich so viel gefressen!«

Royal-Dymont und Kon-kim schauten sich unwillkürlich um,

reagierten jedoch grundverschieden. Der Engländer spitzte die Lippen und gab wohlige Knurrlaute von sich, während Kon-kim den Kopf schnell zurückwandte und betreten vor sich hinblickte. Aber nur für den Bruchteil einer Sekunde, dann hatte er sich gefangen.

»Wenn man euch hört und sieht, könnte man meinen, balzende Hähne vor sich zu haben«, sagte er belustigt.

»Ist das ein Wunder?« verteidigte sich der Amerikaner. »Das Girl ist Klasse. Du hast es nur nicht richtig angesehen.«

»Sag das nicht«, entgegnete Kon-kim gelassen. »Ihre Augen sind blau, ihr Haar ist goldgelb, ihre hohe Stirn zeigt Intelligenz, ihr Kinn verrät Energie, und ihre Bewegungen sind elastisch und bestimmt.«

David Hamilton stemmte die Hände in die Hüften. »Wenn du jetzt noch erklärst, daß du das alles mit einem Blick gesehen hast...«

»Habe ich das behauptet?«

»Du kennst sie?«

»Erraten! Sie ist die Tochter jener Dame, die so vernünftig war, mir die Zinn-Mine zu verkaufen.«

»Und wer ist der Knülch, der sie begleitet?«

»Keine Ahnung.«

»Daß schöne Frauen nie allein sein können«, seufzte der Engländer.

Kon-kim lachte. »Wie heißt es im Buch der Christen? Du sollst nicht begehren deines Nächsten Weib!«

»Es wäre vernünftiger, wenn du die attraktive Göttin an unseren Tisch holen würdest«, erwiderte David Hamilton. »Ihren Begleiter übernehme ich. Hinter der Küche finde ich bestimmt einen geeigneten Mülleimer.«

Kon-kim verzog die Lippen. »Ich muß dich enttäuschen. Was du attraktive Göttin nennst...«

»Ssst!« machte der Freund und stieß Kon-kim so unmißverständlich an, daß dieser augenblicklich schwieg.

Gerade noch zur rechten Zeit, denn schon im nächsten Moment stand Patrice Lawrence am Tisch, nickte kurz zu Kon-kims Begleitern hinüber und fragte ihn mit der unschuldigsten Miene, ob sie ihn sprechen könne.

Kon-kim erhob sich und antwortete steif: »Bitte.«

Sie sah ihn unsicher an.

Royal-Dymont und David Hamilton wollten sich erheben, wurden jedoch durch eine herrische Geste Kon-kims davon abgehalten.

Patrice Lawrence strich nervös über ihr enganliegendes Kleid, dessen trapezförmigem Ausschnitt etwas Verführerisches anhaftete. »Muß es hier sein?«

»Ich habe vor meinen Freunden keine Geheimnisse.«

»Nun gut«, erwiderte sie achselzuckend. »Ich möchte mich bei Ihnen entschuldigen. Ich weiß heute, daß ich mich schlecht benommen habe und wäre Ihnen dankbar, wenn Sie jenen Nachmittag vergessen könnten.«

Kon-kim hielt ihr die Hand hin. »Der Fall ist erledigt und vergessen, und es wäre schön, wenn Sie und Ihr Begleiter uns Gesellschaft leisten würden.«

Patrice Lawrence nahm die Einladung dankend an, und Kon-kim machte sie mit seinen Freunden bekannt, die sich vor Beflissenheit förmlich überschlugen. Dann winkte sie ihren schüchtern im Hintergrund verbliebenen Begleiter herbei und stellte ihn den Herren vor.

Er war ein farbloser, vermögender Nichtstuer, der Patrice Lawrence so sehr langweilte, daß sie es vorzog, einen Canossa-Gang anzutreten, als den Abend weiterhin allein in seiner Gesellschaft zu verbringen.

Hätte Kon-kim dies gewußt, würde er die hübsche Engländerin gewiß nicht an seinen Tisch gebeten haben.

Patrice Lawrence hatte jedoch nicht ausschließlich ihres faden Bekannten wegen den Entschluß gefaßt, sich bei Kon-kim zu entschuldigen. Es war vielmehr die lautlose Art, mit der er sie in Ipoh kaltgestellt hatte, die sie zwang, ihr überhebliches Wesen zu unterdrücken und seine Nähe zu suchen. Hinzu kam der Reiz, den Menschen näher kennenzulernen, der die Initiative und Geschicklichkeit besaß, im Handumdrehen eine Zinn-Mine zu kaufen, den Geschäftsführer zu erledigen und die Arbeiter wie eine Phalanx hinter sich zu bringen. Sie war über alles informiert und hatte seinetwegen schon manch unruhige Nacht verbracht und immer wieder darüber nachgegrübelt, ob sie sich mit ihm versöhnen oder etwas gegen ihn unternehmen solle. Als sie ihn unerwartet in dem Restaurant entdeckte, hatte sie sich in Sekundenschnelle für eine Versöhnung entschieden.

Und Patrice Lawrence fiel es nicht schwer, Männer wie David

Hamilton und Henry Dymont im Nu für sich zu gewinnen. Bewußt beachtete sie Kon-kim etwas weniger als dessen Freunde. Sie lachte ihm zwar hin und wieder freundlich zu, nützte aber weitgehend die Chance, die ihr im besonderen Maße der ausgelassene Amerikaner bot. Sie flirtete mit David Hamilton, ohne sich etwas zu vergeben, reizte ihn zum Widerspruch und brillierte mit Paraden, die ihr niemand zugetraut hätte. Aber hinter allem, was sie sagte, stand jener giftige Stachel, den Kon-kim beim ersten Treffen zu fühlen bekommen hatte. Es war geradeso, als wünsche sie ihn eifersüchtig zu machen, um ihn an sich heranzuziehen, dann wieder vor den Kopf zu stoßen, um ihn von sich fernzuhalten. Dabei war sie klug genug, in heiklen Fällen anstelle einer eigenen Aussage eine kompetente Größe zu zitieren. Und auch das tat sie nicht plump, sondern äußerst geschickt.

So machte sie lediglich ein bedenkliches Gesicht, als der Amerikaner begeistert über die Prachtbauten der chinesischen Regenten sprach und unumwunden erklärte, daß ihm die östlichen Paläste tausendmal lieber seien als die europäischen Schlösser, deren Symmetrie ihn langweile. Die natürliche Folge ihres Reagierens war, daß David Hamilton sie fragte, ob sie anderer Meinung sei.

»Das möchte ich nicht sagen«, erwiderte sie, sich unsicher stellend. »Ich mußte nur an Daniele Varé denken. Er sagt in einem seiner Bücher: ›Prunk in östlichen Ländern ist zumeist nur eine Hülle für Dreck. Pracht und Unziemlichkeit gehen Hand in Hand.‹«

Kon-kim ahnte, was Patrice Lawrence mit dem Zitat bezweckte. Er ließ sich jedoch nichts anmerken, sondern erwiderte gelassen: »Daniele Varé hat recht. Ich befürchte nur, daß Sie ihn falsch verstanden haben. Seine Worte beziehen sich auf den Prunk der früheren Herrscherhäuser, bei denen Pracht, Dreck und Unziemlichkeiten tatsächlich Hand in Hand gingen. Aber wie war das in Europa? Ich erinnere an das Schloß von Versailles, in dem es weder ein Bad noch eine Toilette gab. Habe ich darum das Recht, daraus abzuleiten...«

»Warum nicht, wenn es Ihnen guttut?« unterbrach ihn Patrice Lawrence banal.

Kon-kim lehnte sich zurück. »Kann es einem jemals guttun, etwas Falsches abzuleiten? Mich persönlich könnte das nicht befriedigen.«

Patrice Lawrence spürte, daß sie Kon-kim nicht gewachsen war.

Sie ärgerte sich darüber, konnte aber nicht umhin, ihn zu bewundern. Er imponierte ihr, zumal er der einzige in der Runde war, der sich von ihrem guten Aussehen nicht beeindrucken ließ.

Darin täuschte sie sich. Kon-kim war keine kalte Natur, wenngleich er sich bei Frauen äußerst zurückhaltend zeigte. Sein Blut geriet öfter in Wallung, als ihm lieb war. Er dachte aber nicht daran, Feuer in Papier einzuwickeln. Und wenn er sich Patrice Lawrence gegenüber besonders reserviert verhielt, so lag das nicht nur an den Umständen, unter denen sie sich kennengelernt hatten. Er wußte, daß die Gefühle und Empfindungen eines Asiaten anders als die eines Europäers sind, und er spürte die Gefahr, die daraus erwachsen mußte. Ein Europäer mochte mit einer Asiatin auskommen, umgekehrt aber konnte nur eine Katastrophe daraus erwachsen.

Doch auch Kon-kim war von jener Vereinsamung ergriffen, die in fremde Länder verschlagene Menschen überkommt, und es war kein Wunder, daß die beinahe tragische Naivität, mit der Asiaten bereit sind, Ausländer zu verherrlichen, ihn dahin brachte, Patrice Lawrence nichts nachzutragen und ihr ehrlichen Herzens zu verzeihen. Im Bestreben sie dies fühlen zu lassen, machte er ihr im Verlauf der nächsten Stunden sogar einige Komplimente, die sie mit Genugtuung zur Kenntnis nahm, aber auch gleich wieder so überheblich werden ließ, daß der gut verlaufene Abend jäh mit einem schrillen Mißklang endete.

Es begann, als man sich gemeinsam zu den Wagen begab, wo Kon-kim sah, daß Patrice Lawrences Begleiter über keine Limousine, sondern über einen offenen Sportwagen verfügte. Da es kühl geworden war, fragte er ihn, ob er den Vorschlag machen dürfe, Miß Lawrence im geschlossenen Wagen seines Freundes nach Hause zu bringen.

»Selbstverständlich«, erwiderte der junge Mann bereitwillig.

Kon-kim wandte sich an die Engländerin. »Darf ich Sie dann bitten, bei uns Platz zu nehmen?«

»Nein, danke«, erwiderte sie hochnäsig und warf den Kopf in den Nacken. »Soweit geht die Freundschaft nun doch noch nicht.«

Es waren weniger ihre Worte, als die beleidigende Art, in der sie ausgesprochen wurden, die Kon-kim entsetzten.

Den anderen erging es ähnlich, wenngleich sie völlig verschieden reagierten. Ihrem Begleiter blieb vor Schreck der Mund offenstehen, Henry Dymont lachte nervös, und David Hamilton entflog die nicht gerade schöne Bezeichnung: »Blöde Ziege!« Gleich darauf ging er auf Patrice Lawrence zu, als wolle er ihr gründlich die Meinung sagen.

Kon-kim kannte seinen Freund und riß ihn zurück. »Wozu sich ereifern?«

Der Amerikaner machte sich frei und wandte sich erneut an die Engländerin. Doch da schob Kon-kim ihn kurzerhand in den Wagen, schlug die Tür hinter ihm zu und gab Royal-Dymont zu verstehen, daß er das Steuer übernehmen werde.

»So ein unverschämtes Biest«, tobte David Hamilton, als die beiden eingestiegen waren.

»Reg dich nicht auf«, erwiderte Kon-kim, legte den Gang ein und fuhr davon. »Die Schuld liegt bei mir. Ich hätte wissen müssen, daß nicht laufen kann, wer das Kriechen noch nicht erlernt hat.«

»Ich verstehe überhaupt nicht, was die Mistbiene mit ihrer Bemerkung bezweckte«, grollte David Hamilton erneut. »Dahinter steckte eine Absicht.«

»Ist doch gleichgültig«, entgegnete Kon-kim. »Ich jedenfalls bin um eine Erfahrung reicher. In Zukunft werde ich mich hüten, so mir nichts dir nichts jemandem zu verzeihen, der mich beleidigt hat.«

»Sie hat dich...«

»Ja«, unterbrach ihn Kon-kim erregt. »Aber verschone mich mit Fragen. Die Angelegenheit ist erledigt und hat nur die Richtigkeit des Spruches unter Beweis gestellt: ›Wen der Himmel strafen will, dem schickt er eine schöne Frau über den Weg.‹ Und jetzt ein anderes Thema! Ihr kennt das Sprichwort: ›Wen der Himmel liebt, dem läßt er einen Freund begegnen.‹ Ich lade euch zu einer Flasche Champagner ein.«

David Hamilton rieb sich die Hände. »Da wir zwei Freunde sind, wirst du zwei Flaschen bestellen müssen.«

»Well!« erwiderte Kon-kim, der froh war, verbergen zu können, wie getroffen er sich fühlte. Er, ein Asiat, hatte einer Europäerin verziehen, und diese dankte es ihm, indem sie ihm vor anderen eine Zurechtweisung erteilte, die er nicht verdient hatte. Er schwor sich, die erneute Unverfrorenheit nicht zu vergessen und Patrice Lawrence die ihr gebührende Antwort zu geben.

Nach zwei weiteren, harmonisch verlaufenen Tagen kehrte Kon-kim mit dem Nachtexpreß nach Ipoh zurück. Dort fand er einen

Brief vor, mit dem sich der Direktor eines Konkurrenzunternehmens um den Posten des kaufmännischen Leiters der *Albion-Tin-Works* bewarb. Kon-kim rief ihn gleich an und verabredete ein gemeinsames Abendessen im *Grand-Hotel.* Dann begab er sich in gehobener Stimmung zur Mine, vor der auf dem zukünftigen Verwaltungsgebäude gerade das Dachgerüst errichtet wurde.

»Morgen können wir das Richtfest feiern«, begrüßte ihn Haron Ismail freudestrahlend.

»Auch sonst alles in Ordnung?«

»Alles!«

»Was macht Go Cho Hong?«

»Einen besseren technischen Leiter hätten wir nicht finden können. Es gibt nichts, um das er sich nicht kümmert. Ich traf ihn sogar im Kautschukwald, wo er mir sagte, daß er mit dem *Latex* etwas Besonderes vorhat. Aber das muß er Ihnen selbst erzählen. Ich möchte ihm die Freude nicht verderben.«

Kon-kim gefiel die kameradschaftliche Haltung des Oberaufsehers, und er pfiff vergnügt vor sich hin, als er später allein über das Werksgelände ging. Und da er dachte, daß das Schicksal es doch recht gut mit ihm meine, nahm er sich vor, etwas für die Mönche zu tun, die nicht weit von der Zinn-Grube entfernt in einer Felsenhöhle lebten. Der Gedanke stimmte ihn froh, und er war mit sich und der Welt zufrieden, als er bald darauf den zum technischen Leiter ernannten jungen Chinesen traf, der ihm nach einem kurzen Bericht über die Arbeit der vergangenen Tage vorschlug, den im Gummiwald gewonnenen *Latex* künftighin nicht mehr zu Platten pressen zu lassen, sondern in Spezialtanks zu sammeln und in flüssiger Form nach Europa zu verschiffen, wodurch enorme Frachtkosten eingespart würden.

Kon-kims Augen blitzten. »Die Idee ist großartig. Wie sind Sie darauf gekommen?«

Go Cho Hong grinste hintergründig. »Ich habe einige *Rubbler* ausgehorcht, die bei einer englischen Firma beschäftigt sind.«

Kon-kim drohte mit dem Finger. »Grenzt das nicht an Werkspionage?«

Das Grinsen des technischen Leiters wurde breiter. »In Anbetracht der Tatsache, daß der *Latex* bei uns fast nebenbei anfällt, dürfte mein Aushorchen allenfalls mit der Neugier eines Bauern vergleichbar sein, der seinen Nachbar bei der Arbeit beobachtet.«

Kon-kim machte ein bedenkliches Gesicht. »Waren es nicht Marx und Engels, die die Dialektik in die materialistische Auffassung der Natur und Geschichte hineinnahmen?«

Go Cho Hong blickte verlegen zu Boden.

Kon-kim stieß ihn vor die Brust. »Also, die Tanks werden beschafft. Das andere überlassen wir in Zukunft aber denen, die sich dazu berufen fühlen. Einverstanden?«

Es war geschickt, wie Kon-kim mit seinen Leuten umging. Er ritt das Pferd der Kameradschaft und stellte niemals den Herrn zur Schau. Aber gerade darum war jeder bereit, sich ihm bedingungslos zu unterwerfen. Man spürte das Menschliche in seinem Wesen und fühlte sich geborgen.

So erging es auch Macolm Watt, dem Direktor des Konkurrenzunternehmens, mit dem sich Kon-kim zum Dinner verabredet hatte. Er war das Musterbild eines Schotten: groß, hager und drahtig segelte er wie eine verkantete Fregatte im Kielwasser eines ihn führenden Boys durch die Hotelhalle. Sein Haar war rötlich. Er begrüßte Kon-Kim mit einer Stimme, die an das saugende Geräusch eines ablaufenden Bades erinnerte.

»Freut mich, Ihre Bekanntschaft zu machen«, sagte er, nachdem er sich vorgestellt hatte. »An sich wollte ich Sie schon früher aufsuchen; es gab jedoch Gründe, die mich davon abhielten.«

Kon-kim überhörte den Hinweis und bat ihn, Platz zu nehmen. »Wünschen Sie einen Drink?«

»Ein Bier, wenn es Ihnen recht ist.«

Kon-kim gab einem Kellner eine entsprechende Weisung und wandte sich wieder dem Schotten zu. »Darf ich die Gründe erfahren, die Sie bislang abhielten, sich mit uns ins Benehmen zu setzen?«

»Selbstverständlich«, antwortete Macolm Watt in aller Offenheit. »Zunächst einmal, und das werden Sie mir gewiß nicht verübeln, wollte ich sehen, ob bei den *Albion-Tin-Works* wirklich ein neuer Wind weht. Ich bin in ungekündigter Position und möchte mich nicht gerade verschlechtern.«

»Dafür habe ich Verständnis«, entgegnete Kon-kim. »Aber warum wünschen Sie eine Veränderung?«

»Ein Sohn der Hauptgesellschafterin des heute von mir geleiteten Unternehmens ist soweit, daß er die Führung übernehmen kann. Für mich bedeutet das, daß ich sie über kurz oder lang werde übergeben müssen. Und damit komme ich zum zweiten Punkt meiner bisherigen Zurückhaltung. Ich wollte mich nicht an Sie wenden, ohne zuvor klare Verhältnisse geschaffen zu haben. Das konnte jedoch nicht eher geschehen, weil sich sämtliche Gesellschafter in den Ferien befanden. Die Entscheidung ist nun vor vier Tagen gefallen: ich bin frei!«

»Ab wann?«

»Man war sehr großzügig und stellte es in mein Belieben. Wenn ich will, kann ich das Feld noch in diesem Monat räumen.«

»Ihre Bedingungen?«

»Übernahme meines derzeitigen Vertrages unter Anrechnung meiner Dienstjahre.«

»Einverstanden!« erwiderte Kon-kim und zeichnete einen Bon ab, den ihm der Kellner vorlegte.

Der Schotte sah ihn verwundert an. »Bedeutet das, daß Sie mich einstellen wollen, ohne meine Papiere geprüft zu haben?«

»Warum nicht? In meiner Heimat sagt man: Wenn man einen Tiger malt, kann man zwar das Fell, nicht aber die Knochen malen. Wozu also Papiere prüfen?«

Macolm Watt lachte. »Eine entwaffnende Logik, die unter Umständen jedoch verhängnisvoll werden kann.«

»Nicht, sofern man die Augen offenhält«, widersprach Kon-kim. »Wie jeder Baum seine Rinde hat, so hat jeder Mensch sein Gesicht. Unabhängig davon muß ich gestehen, daß es mir bei Ihnen so vorkommt, als würden wir uns schon lange kennen. Wenn das beim ersten Zusammentreffen der Fall ist, lebt man in der Regel ohne Reue zusammen.«

»Ich darf mich also als Ihr kaufmännischer Leiter betrachten?«

»Ich möchte mich da etwas anders ausdrücken«, antwortete Kon-kim nach kurzer Überlegung. »Betrachten Sie sich als der kaufmännische Leiter der *Albion-Tin-Works,* deren Inhaber ich zufällig bin. Sie sollen nicht mir, sondern dem Werk dienen.«

Der nüchtern und real denkende Schotte wußte sekundenlang nicht, was er darauf erwidern sollte. »Entschuldigen Sie«, sagte er schließlich, »aber jetzt habe ich das Gefühl, in eine fremde Welt getreten zu sein.«

»Wieso?« erkundigte sich Kon-kim.

»Ich weiß nicht, wie ich mich ausdrücken soll. Ihre Worte sind nicht die eines ›Chefs‹, und ich fühle dennoch, daß Sie es in höchstem Maße sind. Das soll kein billiges Kompliment sein. Ich möchte Ihnen vielmehr sagen, daß ich mich darauf freue, mit Ihnen zusammen zu arbeiten.«

»Herzlichen Dank«, erwiderte Kon-kim.

Macolm Watt warf einen Blick auf seine Armbanduhr. »Wissen Sie, daß ich erst vor knapp fünf Minuten in das Hotel eintrat?«

Kon-kim nickte.

Der Schotte ergriff das Glas. »Es ist unglaublich, was man in fünf Minuten erleben kann.«

Ein Unternehmen kaufen und ausbauen kann jeder, der über die erforderlichen Mittel verfügt. Nur wenige aber vermögen ihren Arbeitern und Angestellten ein Gefühl der Zusammengehörigkeit zu geben. Kon-kim besaß diese Fähigkeit. Wahrscheinlich, weil er einer Familie entstammte, die seit Generationen Menschen geführt und erfahren hatte, daß sich aus den Zähnen einer Ratte kein Elfenbein machen läßt.

Wie sehr in ihm der Geist der Ahnen noch lebendig war, zeigte Ko-Kims Ansprache beim Richtfest des neuen Verwaltungsgebäudes. »Genug zu haben ist Glück«, sagte er. »Mehr als genug zu haben ist unheilvoll. Die *Alboin-Tin-Works* werden deshalb jeden Gewinn, der das ›Genug‹ übersteigt, der Allgemeinheit zur Verfügung stellen.«

Es war verständlich, daß Kon-kim in wenigen Monaten über eine Gefolgschaft verfügte, die bereit war, für ihn durchs Feuer zu gehen. Und hinter seinen Arbeitern und Angestellten standen deren Familien, die nicht begreifen konnten, daß sich der Inhaber einer Zinn-Mine dazu herabließ, sie in ihren Hütten aufzusuchen, um mit ihnen zu plaudern.

Kon-kim wiederum begriff nicht, daß die Menschen sich über sein Verhalten wunderten. Daheim war es für jeden Bauern eine Selbstverständlichkeit gewesen, daß das jeweilige Oberhaupt der Familie Lee zumindest einmal im Jahr auf dem Pachthof erschien, um sich nach den Sorgen und Nöten zu erkundigen. Außerdem bereitete es ihm ehrliche Freude, sich mit dem einfachen Volk zu unterhalten. Und warum sollte er, nachdem er über einen kaufmännischen und technischen Leiter verfügte, nicht einmal Dinge tun, die ihm Spaß machten? Wenn die zur Produktionssteigerung erforderlichen Wasserrohre erst eintrafen, gab es ohnehin keine freie Stunde mehr für ihn. Er nutzte deshalb die ihm bis dahin verbleibende Zeit weidlich aus und genoß jeden Tag, den der Himmel ihm schenkte.

Dabei vergaß er nicht, alle ihm auferlegten Verpflichtungen zu erfüllen. So fuhr er nach Tanjong Rambutan, wo er sich zwei Tage Jane Lawrence widmete, obwohl er am liebsten schon nach wenigen Stunden die Flucht ergriffen hätte, weil sich die verbitterte Engländerin nur über ihren Mann und ihre Tochter unterhalten konnte. Von ersterem war sie überzeugt, er habe die Größe eines Cäsar besessen und sei darum, wie dieser, ermordet worden. Und von ihrer Tochter behauptete sie, diese sei aus der Art geschlagen und lege es darauf an, sie, die Mutter, um ihr Vermögen zu bringen.

Es war für Kon-kim schwer, sich die endlosen und unsinnigen Tiraden einer Frau anzuhören, die in ihrer Ratlosigkeit nichts Besseres zu tun wußte, als in ihrem Schmerz herumzuwühlen. Wie gerädert war er, als er Jane Lawrence nach achtundvierzig Stunden verließ. Im Bestreben, etwas für sein seelisches Gleichgewicht zu tun, suchte er die in der Nähe der Zinn-Mine in einer Felsenhöhle lebenden buddhistischen Mönche auf.

Schon beim Betreten des chinesischen Felsentempels *Sam Poh Tong* erinnerte ihn die eigentümliche Stimmung der Grotte an Jugendtage, in denen sein Vater oft mit ihm in eine Höhle gegangen war. Er hatte dann stets von der großen Kraft gesprochen, die von ihr ausgehe, weil sie als Kehrseite des Weltberges den Menschen vom Irdischen abschließe und ihm die Möglichkeit biete, in die Tiefen seines eigenen Wesens einzudringen. Kon-kim war es in dieser Stunde, als stehe der greise Vater wieder neben ihm, bis er nach einem Gang durch den Höhlentempel mit Erstaunen feststellte, daß sich am Ende desselben eine von steilen Felswänden umgebene kleine Lichtung befand, in der die Mönche ein zierliches Kloster erbaut hatten, das von einem hübschen Garten umgeben war, in dem selbst ein winziger Teich nicht fehlte.

»Hier kann man wahrlich Ruhe finden«, begeisterte sich Kon-kim, als ein Buddhist mit verschränkten Armen auf ihn zuging.

Der Mönch nickte. »Wir danken unserem Schöpfer täglich dafür.«

Kon-kim blickte in die Höhe, und überrascht von der intensiven Farbe des Firmaments entgegnete er: »Das dürfte das schönste Blau sein, das ich je gesehen habe.«

Der Buddhist lächelte. »Das sagt fast jeder, der hierherkommt.

Dem Blau haftet etwas Geheimnisvolles an, etwas Unendliches, Ewiges.«

»Wahrscheinlich liegt es daran, daß man den Himmel von hier aus wie durch ein Rohr erblickt«, entgegnete Kon-kim. »Die Lichtbrechung wird eine andere sein.«

»Vielleicht haben Sie recht«, erwiderte der Mönch mit weicher Stimme und lud Kon-kim ein, auf einer am Teich stehenden Steinbank Platz zu nehmen. »Wir hoffen allerdings, daß die Ursache eine andere ist.«

»Nämlich?«

»Die Öffnung über uns ist so eng, daß Anruf und Gnade hier einen sehr schmalen Weg gehen müssen. Wäre es nicht denkbar, daß sie dabei zusammentreffen und in inniger Vereinigung die Farbe des Himmels intensivieren?«

Kon-kim verblüffte die sehnsüchtige Gläubigkeit, die aus den Worten sprach. »Ich hoffe mit Ihnen, daß es so ist«, antwortete er. »Zumal in physikalischen Gesetzen kein Glück zu finden ist.«

Der Mönch setzte sich neben ihn und wies auf zwei träge im Wasser liegende Schildkröten. »Möchten Sie sie füttern?«

»Gerne«, erwiderte Kon-kim und nahm ein Blatt aus einem Korb, der neben der Steinbank stand. »Aber warum erweisen Sie mir diese Ehre?«

»Weil ich meine Neugier stillen möchte. Die eine ist nämlich eine ›Götter-‹ und die andere eine ›Geisterschildkröte‹. Es interessiert mich, zu erfahren, welches der beiden Tiere das erste von Ihnen gereichte Blatt fressen wird.«

Kon-kim wußte um die Heiligkeit der Schildkröten, deren Rükken nach chinesischer Auffassung die Wölbung des Himmels verkörpert, während ihr flacher Bauch die ebene Erde versinnbildlicht. Auch war ihm bekannt, daß *fünftausendjährige Tiere* ›Götterschildkröten‹ und *zehntausendjährige* ›Geisterschildkröten‹ genannt werden, wobei von letzteren behauptet wird, daß sie sich wie Geister verwandeln können.

Im Bestreben, die träge im Wasser liegenden Tiere zu einem Wettkampf zu verleiten, warf Kon-kim das Blatt in die Mitte des Teiches, aber nur die ›Geisterschildkröte‹ setzte sich in Bewegung, während die andere faul liegenblieb. »Ist das nun ein gutes oder ein schlechtes Omen?« fragte er den Mönch.

»Ein außergewöhnliches!« rief der Buddhist. »Der Fall ist seit vielen Jahren nicht mehr eingetreten. Ich muß sofort meine Brüder holen. Wenn die Zeichen nicht trügen, wartet Großes auf Sie. Es besteht sogar die Möglichkeit, daß Sie sich eines Tages wie ein Geist verwandeln werden.«

Kon-kim glaubte nicht an Orakel und versuchte, das Thema zu wechseln. Davon wollte der Mönch aber nichts wissen. Er holte seine Glaubensbrüder, und erst nachdem das seltene Ereignis eingehend besprochen worden war, wandte sich die Unterhaltung Dingen zu, die Kon-kim mehr interessierten. Bis zum späten Abend blieb er bei den Buddhisten, und als er sich von ihnen verabschiedete, war er durchdrungen von der Überzeugung, daß jede Sekte ihre Wahrheit und jede Wahrheit ihre Sekte hat.

Das Tor der kichernden Mönche

Die zum Bau der projektierten Wasserleitung benötigten Stahlrohre wurden gerade angeliefert, als die Zeitungen eine Nachricht brachten, die Kon-kim aufhorchen ließ. Japanische und russische Truppen waren im Grenzgebiet der Sowjetunion aufeinandergestoßen, und es sah ganz danach aus, als ob sich aus den örtlichen Kämpfen ein regelrechter Krieg entwickeln würde. Beide Parteien schienen nicht gewillt zu sein, sich aus dem umstrittenen Gelände verdrängen zu lassen, und als die im Juli 1938 begonnenen Gefechte auch noch im August fortgesetzt wurden, hoffte Kon-kim, daß die drängenden Söhne Nippons über kurz oder lang Teile des von ihnen besetzten chinesischen Reiches aufgeben müßten. Er konnte sich jedenfalls nicht vorstellen, daß Japan nicht genötigt sein würde, seine Truppen zusammenzufassen, und oftmals in diesen Tagen wanderten seine Gedanken zu Tschiang Kai-schek, der noch immer in Tschungking saß und Raum verkaufte, um Zeit zu gewinnen.

Kon-kims Hoffnung ging nicht in Erfüllung. Der von vielen Chinesen herbeigewünschte offene Krieg zwischen Japan und Rußland wurde durch den Abschuß eines Waffenstillstandes gebannt, der die sowjetischen Truppen zum Rückzug zwang und Japans Position weiterhin verstärkte.

In Ipoh wurde indessen die von den Quellen zur Zinn-Mine führende Rohrleitung fertiggestellt, so daß die Produktion der *Al-*

bion-Tin-Works endlich in großem Maße gesteigert werden konnte. Sie reichte dennoch bei weitem nicht aus, um die plötzlich aus allen Ländern hereinflatternden Aufträge zu erfüllen. Kon-kim entschloß sich deshalb kurzerhand, einen kostspieligen Schiffsbagger zu kaufen, der im tiefer gelegenen Distrikt des Abbaugeländes mit der Erschließung eines weiteren Feldes beginnen sollte.

»Hoffentlich übernehmen wir uns nicht«, warnte ihn Macolm Watt, der sich im Laufe der vergangenen Monate als ein versierter und gewissenhafter Geschäftsführer erwiesen hatte.

»Bestimmt nicht«, erwiderte Kon-kim, dem die ruhige und bedächtige Art des Schotten gefiel. »Viel größere Sorgen bereitet mir der über Nacht geradezu unermeßlich gewordene Weltbedarf an Zinn. Ich kann mir nicht helfen: es riecht nach Krieg.«

Macolm Watt hob abwehrend die Hände. »Malen Sie den Teufel nicht an die Wand! Sie wissen, daß ich Sportflieger bin und damit rechnen muß, gleich am ersten Tage eingezogen zu werden.«

Kon-kim nickte gedankenvoll. »Hoffen wir, daß diejenigen, die diese Welt regieren, sich darüber im klaren sind, daß ein ausgesprochenes Wort nicht zurückgeholt werden kann. Und das große Dinge oft durch Kleinigkeiten verlorengehen.«

Seine Worte entsprangen dem bedrückenden Gefühl, am Vorabend einer weltweiten Auseinandersetzung zu stehen, die China, wie Kon-kim befürchtete, an den Rand des Abgrundes führen mußte. Denn wenn es zu einem neuen Weltkrieg kam, konnte seiner Meinung nach das Schwergewicht nur in Europa liegen, und es war vorauszusehen, daß dann alle Nationen so mit sich selbst beschäftigt sein würden, daß niemand mehr Zeit und Gelegenheit hatte, Tschiang Kai-schek zu helfen.

Kon-kims Befürchtungen hingen stark mit der Sorge zusammen, die er sich um seine Mutter machte. Das Herz blieb ihm deshalb fast stehen, als ihn Dr. Haji wenige Stunden nach der mit Macolm Watt geführten Unterredung anrief und ihm mit heiserer Stimme erklärte, daß er sich zu seinem Leidwesen gezwungen sehe, eine Nachricht zu übermitteln, die er seines schlechten körperlichen Zustandes wegen bedauerlicherweise nicht persönlich überbringen könne.

»Ist etwas mit meiner Mutter geschehen?« rief Kon-kim ahnungsvoll.

»Ja«, antwortete der Inder. »Ihre liebenswerte Mutter und Ihr

Onkel Hu haben die Reise zum Morgendämmer über den Bergen des ewigen Friedens angetreten.«

Es dauerte eine ganze Weile, bis Kon-kim etwas erwidern konnte. »Wissen Sie Näheres?« fragte er kaum hörbar.

Dr. Haji räusperte sich. »Sie starben vor drei Monaten. In der Nacht vom sechsten zum siebenten März.«

»Auf der Flucht?«

»Nein. Der von mir beauftragte Agent erhielt mein Schreiben außerordentlich verspätet und konnte das Haus Ihres Onkels erst Ende März aufsuchen. Vier Wochen früher, und Ihre Angehörigen wären gerettet gewesen.«

Kon-kim spürte, daß der Inder die letzte Bemerkung nur gemacht hatte, um nicht über die Todesursache sprechen zu müssen. Aber wie schwer sie auch sein mußte, er wollte nicht geschont werden und bat Dr. Haji, ihm nichts zu verheimlichen und alles zu sagen, was er erfahren habe.

»Es ist nur wenig, doch das wenige ist entsetzlich«, erwiderte der Inder. »Dem Bericht eines Dieners zufolge erhielt das im Haus Ihres Onkels untergebrachte japanische Kommando am sechsten März den Bescheid, daß es am darauffolgenden Tag durch ein neues ersetzt werde. In der Nacht wurde allenthalben gepackt, und als die Dienerschaft am nächsten Morgen das Haus aufsuchte, waren sämtliche wertvollen Gegenstände fortgeschafft, und Ihre ehrenwerte Mutter sowie Ihr Onkel lagen mit gebrochenen Gliedern tot im Garten. Die Dienerschaft vermutet, man habe sie vom Balkon herabgestoßen.«

Kon-kim hatte alle Farbe verloren. »Ich danke Ihnen«, sagte er mit matter Stimme. »Wir müssen uns daran gewöhnen, in einer Zeit zu leben, in der nicht normal gestorben wird.«

Macolm Watt war der erste, der nach dem Gespräch mit Dr. Haji in Kon-kims Arbeitszimmer eintrat. Da er erkannte, daß etwas Außergewöhnliches geschehen sein mußte, wollte er sich schon wieder zurückziehen, als Kon-kim ihn mit müder Geste daran hinderte.

»Ich werde morgen nicht kommen«, erklärte er, wobei er zu Boden blickte, als wolle er seine Augen verbergen. »Vielleicht auch übermorgen nicht. Machen Sie sich dann keine Gedanken.«

Der Schotte ging auf ihn zu. »Kann ich irgend etwas für Sie tun?«

»Nein, danke«, erwiderte Kon-kim und bat darum, ihn alleine zu lassen. Wenn man es doch den Japanern heimzahlen könnte, dachte er in ohnmächtigem Schmerz. Eine Nation, die den Krieg unter die Bevölkerung trägt...

Er preßte die Hände gegen die Schläfen. Die erschütternde Tatsache, daß von seinen Familienangehörigen niemand eines natürlichen Todes gestorben war und es keine Grabstätte gab, die er hätte aufsuchen können, raubte ihm fast den Verstand.

Sein Herz verhärtete sich, und seine Augen zeigten einen kalten Ausdruck, als er drei Tage später in sein Büro zurückkehrte. Eisig aber wurde er, als die Zeitungen im Juni 1939 meldeten, daß die nach Abschluß des Waffenstillstandes mit Rußland arrogant gewordenen Japaner sich nicht gescheut hatten, die Blockade der Fremdenniederlassung von Tientsin zu verfügen. Doch es kam noch schlimmer. Ein japanischer Sprecher forderte Großbritannien auf, die Regierung Tschiang Kai-scheks nicht mehr zu unterstützen und gemeinsam mit Japan an der Errichtung einer *Neuen Ordnung* in Ostasien zu arbeiten.

Jetzt haben sie den Bogen überspannt, dachte Kon-kim. Er zweifelte keine Sekunde daran, daß England das unglaubliche Ansinnen ablehnen und seine Flotte nach China schicken würde.

Er sollte sich täuschen. Trotz aller Entrüstung wurde innerhalb von zwanzig Tagen das nach seinen Verfassern benannte *Craigic-Arita-Abkommen* getroffen, mit dem Großbritannien die vollendeten Tatsachen und die besonderen Bedürfnisse der japanischen Truppen in China anerkannte.

Ein Keulenschlag hätte Kon-kim nicht schlimmer treffen können, und er nahm kein Blatt vor den Mund, als er sich drei Tage später mit Henry Dymont und David Hamilton in Kuala Lumpur traf. »Wißt ihr, was ihr Briten getan habt?« fuhr er den Engländer an, kaum daß dieser ihm die Hand gereicht hatte. »Verrat habt ihr geübt und eine Nation geopfert, die euch seit Generationen Häfen und Niederlassungen zur Verfügung stellt!«

»Uns blieb keine andere Wahl«, erwiderte Royal-Dymont. »Unser Verhältnis zu Deutschland spitzt sich im Augenblick so zu, daß die Möglichkeit eines Krieges in bedenkliche Nähe gerückt ist.«

Kon-kim ballte die Fäuste. »›Chien Men Chu Hu, Hou Men Chin Lang! – Man kann einen Tiger nicht durch die Vordertür hinausjagen und den Wolf beim Hintertor hereinlassen!‹ Wenn ihr befürchtet...«

»Beruhige dich«, unterbrach ihn David Hamilton und reichte ihm die neueste Tageszeitung. »In der Angelegenheit ist das letzte Wort noch nicht gesprochen. Amerika hat den seit dreißig Jahren bestehenden Handelsvertrag mit Japan gekündigt.«

Kon-kim überflog die Überschriften. »Alles schön und gut, aber was hilft das?«

»Im Moment vielleicht nicht viel. Die Tatsache jedoch, daß wir unseren Handelsvertrag zwei Tage nach Abschluß des *Cragic-Arita-Abkommens* gekündigt haben, beweist eindeutig, daß wir euch zurufen: Haltet aus! Wir kommen und stehen euch bei!«

»Wann?« ereiferte sich Kon-kim.

David Hamilton legte ihm die Hand auf die Schulter. »Du kennst uns Amerikaner. Wir überstürzen nichts. Sir Edward Grey sagte einmal: ›Die United States sind vergleichbar mit einem gigantischen Dampfkessel. Es dauert lange, bis er brodelt, aber wenn er angeheizt ist, werden der von ihm entwickelten Kraft eines Tages keine Grenzen gesetzt sein.‹«

Die angespannte politische Lage beherrschte die Gespräche dieses Tages. Dabei blieb es auch, als Henry Dymont und David Hamilton, die zwischendurch den Kommandierenden General von Kuala Lumpur aufsuchten, am Abend in Begleitung eines höheren Offiziers zurückkehrten.

Kon-kim, der den Freunden den Tod der Mutter und des Onkels verschwiegen hatte und auch nicht beabsichtigte, mit ihnen darüber zu sprechen, war es ganz lieb, daß sie den Abend nicht zu dritt verbrachten. Im Augenblick wäre es ihm schwergefallen, einen ausgelassenen David Hamilton zu ertragen.

»Sie werden sich vielleicht darüber wundern, daß Ihr Name mir bereits geläufig war, bevor die beiden Herren mir erzählten, daß wir Sie hier treffen würden«, sagte ihm der Commander nach den üblichen Vorstellungs- und Begrüßungsfloskeln.

»Und wodurch?« fragte Kon-kim erstaunt.

»Durch Jane Lawrence. Ich kannte ihren Mann gut und hätte Stein und Bein geschworen, daß die *Albion-Tin-Works* nicht mehr in die Höhe kommen würden. George Lawrence beging unverzeihliche Fehler, und nach seinem Tode übertrugen die Arbeiter ihre Rache auf alles, was er erworben und aufgebaut hatte. Und dabei wäre es geblieben, wenn ein Brite das Werk gekauft hätte. Bei Ihnen ist das etwas anderes. Sie sind Asiat und besitzen obendrein ein unerhörtes Geschick, mit Menschen umzugehen, wie mir der Standortälteste von Ipoh erzählte. Hätten Sie nicht Lust, die Führung eines Reservebataillons zu übernehmen, das aus Einheimischen gebildet werden soll?«

»Ich möchte Sie nicht beleidigen«, antwortete Kon-kim. »Aber es gibt lohnendere Aufgaben.«

Der Commander war anderer Meinung, und im Nu entstand eine lebhafte Debatte, die Kon-kim mehr und mehr in Harnisch brachte, weil David Hamilton und Henry Dymont unentwegt dem Offizier recht gaben. Er vermutete, daß sie einen vielleicht in Aussicht gestellten Waffenauftrag nicht gefährden wollten.

In seiner Auflehnung fragte er den britischen Offizier bewußt aggressiv: »Glauben Sie wirklich, daß eine gut ausgerüstete und nach Clausewitz'schen Regeln kämpfende europäische Armee die Japaner daran hindern könnte, Indochina, Malaya oder Indonesien binnen kürzester Frist zu besetzen?«

Der Commander lächelte mitleidig. »Ich möchte behaupten, daß allein das Vorhandensein unserer Truppen eine Garantie dafür bietet daß die Söhne Nippons niemals auf den Gedanken kommen werden, eines der von Ihnen genannten Länder zu überfallen.«

»Ich habe sieben Jahre Gelegenheit gehabt, den Japanern in die Karten zu schauen«, entgegnete Kon-kim gereizt. »Und ich schwöre Ihnen, daß das, was ich gesehen und gehört habe, so raffiniert angelegt ist, daß Sie eines Tages mit Entsetzen an unsere heutige Unterhaltung zurückdenken werden.«

Der Engländer schüttelte den Kopf. »Wissen Sie, wieviel hervorragend ausgebildete Soldaten uns beispielsweise in Malaya zur Verfügung stehen? Rund hunderttausend!«

Kon-kims Augen brannten. »Und alle Männer sind in der Lage, wochen- und monatelang im Dschungel zu leben?«

Der Commander sah Kon-kim an, als zweifle er an dessen Verstand. »Jetzt behaupten Sie bloß noch, daß die Japaner den Plan haben, ihre Schlachten im Urwald zu schlagen.«

»Das werden sie schön bleibenlassen. Aber wenn Ihre Soldaten nicht in den Dschungel ausweichen, um von dort einen erbarmungslosen Guerilla-Krieg zu führen, dann werden sie verteufelt schnell in die Gefangenschaft wandern.«

»Jetzt weiß ich nicht mehr, ob ich lachen oder weinen soll«, empörte sich der Engländer. »Nehmen wir einmal an, die Japaner würden Guerillas einsetzen: Meinen Sie, daß ein guter Soldat mit denen nicht fertig wird?«

»Ohne entsprechende Ausbildung auf keinen Fall! Ich empfehle Ihnen dringend, sich die von Mao Tse-tung herausgegebene Schrift ›*Guerilla-Krieg*‹ zu beschaffen. Wenn Sie seine Empfehlungen beherzigen, bleibt Ihren Soldaten vieles erspart.«

Der Commander lachte. »Mao Tse-tung contra Clausewitz! Ich freue mich, daß Sie auch witzig sein können.«

Kon-kim verneigte sich mit undurchdringlicher Miene. »Die durchschlagende Wirkung meines Witzes ermutigt mich, sie mit einem *Da capo* zu beglücken. Ich behaupte, daß fünftausend Guerillas einer in dieses Land einfallenden japanischen Armee mehr zusetzen können, als hunderttausend hervorragend ausgebildete Soldaten, wenn diese nicht auf den Dschungelkampf trainiert sind.«

Der Commander war verstimmt und das Dinner verlief anders, als es sich jeder erhofft hatte. David Hamilton und Royal-Dymont kochten innerlich und fragten sich, was Kon-kim bewogen haben mochte, so massiv zu werden. Um so bedauerlicher war es, daß dringende Geschäfte die beiden Freunde zwangen, von einer Weiterreise nach Ipoh Abstand zu nehmen. Kon-kim vermutete, daß sein unbeherrschtes Vorgehen die wahre Ursache der Umdisponierung sei, und erst als ihn David Hamilton zwei Tage später anrief und ihm erneut versicherte, daß es zwischen ihnen keinerlei Spannung gebe und sie wirklich nur der Not gehorchend nicht mit ihm gefahren seien, da stand sein Polarstern wieder am rechten Platz. Aber er ärgerte sich über sich selbst und nahm sich vor, künftighin zu bedenken, daß Streitigkeiten unvermeidbar sind, wenn man seine Meinung offen kundtut.

Es unterlag keinem Zweifel, daß der Tod Mutter Lee Weis Konkims Herz verhärtet und den zuvor schon schwelenden Haß auf die Japaner in eine lodernde Flamme verwandelt hatte. An keinem Balkon konnte er mehr vorübergehen, ohne sich vorzustellen, wie seine Mutter und sein Onkel von habgierigen und rücksichtslosen japanischen Offizieren in die Tiefe gestoßen worden waren. Ihr grauenhaftes Ende war auch die Hauptursache seines plötzlich so aggressiv gewordenen Gespräches in Kuala Lumpur gewesen. Er hatte den Commander weder attackieren noch beleidigen wollen. Ihm war es vielmehr darum gegangen, auf die Gefahren hinzuweisen, die den europäischen Truppen drohten, wenn deren Führer sich nicht intensiv mit dem Wesen der Japaner beschäftigten und weiterhin in überheblicher Weise darauf verzichteten, aus den Erfahrungen zu lernen, die man in China gemacht hatte.

Aber wenn er die eingetretene Mißstimmung auch bedauerte, so war er doch froh, daß er sich einmal hatte Luft verschaffen können. Er fühlte sich irgendwie erleichtert und dankte seinem Schöpfer dafür, daß er seine frühere Tätigkeit nicht mehr auszuüben brauchte und ein befriedigendes Arbeitsfeld gefunden hatte.

Über fünfhundert Arbeiter und Angestellte beschäftigte er bereits, und in den *Albion-Tin-Works* gab es niemanden, dessen Familie er nicht mindestens schon einmal aufgesucht hatte. Das einzige, was ihm fehlte und wonach er sich insgeheim sehnte, war eine Frau. Doch wenn er in der Hotelhalle oder auf dem Rennplatz die Töchter der angesehenen Familien musterte, sah er im Geiste Kinki Yasuda vor sich, die er im Grunde seines Herzens immer noch so sehr liebte, daß es ihm unmöglich war, sich die Ehe mit einer anderen Frau vorzustellen.

Und dennoch: Kon-kim wünschte sich nichts sehnlicher, als Patrice Lawrence nochmals zu begegnen. Als er sie nach einigen Monaten aber zufällig in einem hellen Staubmantel vor dem *Grand-Hotel* aus ihrem schnittigen *Alfa Romeo* aussteigen sah, trat er augenblicklich in das Hotel zurück und eilte durch die Halle, um ihr aus dem Wege zu gehen. Es dauerte jedoch nicht lange, bis ihn der Gedanke, mit der hübschen Engländerin unter einem Dach zu wohnen, so unruhig machte, daß er seinen Diener beauftragte, heimlich festzustellen, ob Patrice Lawrence nur für eine Nacht oder für mehrere Tage ein Zimmer gemietet habe.

Der über den ungewöhnlichen Auftrag verwunderte Chinese konnte ihm schon nach kurzer Zeit melden, daß die Engländerin das Wochenende in Ipoh verbringen und dann nach Tanjong Rambutan fahren würde.

Als Kon-kim diesen Bescheid erhalten hatte, verließ er das Hotel und fuhr zur Mine, um Macolm Watt unter einer fadenscheinigen Begründung zum Dinner einzuladen. Es war, als habe er Angst vor sich selbst bekommen, und er hätte sich ohrfeigen mögen, als er sich am Abend dabei ertappte, daß er sich angelegentlich im Spiegel betrachtete und selbstzufrieden dachte, mit seinen vierzig Jahren nicht nur gut auszusehen, sondern auch das richtige Alter für ein noch nicht ganz einundzwanzigjähriges Mädchen zu haben.

Kon-kim hatte sich tatsächlich kaum verändert. Er war nach wie vor sehr schlank, aber seine lebhaften dunklen Augen hatten viel von ihrem Glanz verloren.

An diesem Abend befürchtete Kon-kim ernstlich, sich selbst untreu zu werden. Deutlich spürte er, daß sein asiatischer Stolz in Widerstreit mit dem Verlangen lag, das ihn seit Monaten quälte. Er fühlte sich hin und her gezerrt, und als er sein Zimmer verließ, war er sich nicht darüber im klaren, wie er sich verhalten sollte, wenn er mit Patrice Lawrence zusammentraf. Grüßen mußte er sie, das war selbstverständlich. Begrüßen aber konnte er sie auf keinen Fall.

Doch was nützen tausend Überlegungen und Vorsätze, wenn eine bildhübsche Frau es sich in den Kopf gesetzt hat, dem ihr imponierenden Manne zu gefallen. Sie läßt die Waffen, die die Natur ihr gegeben hat, von geschickten Modekünstlern so raffiniert betonen, daß nur noch ein Eisblock ungerührt bleiben kann. Und dann tut sie genau das Gegenteil von dem, was man von ihr erwartet.

Patrice Lawrence bewies es. Kurz nach neun Uhr, zu einem Zeitpunkt also, da die überwiegende Mehrzahl der Hotelgäste bereits zum Dinner Platz genommen hatte, erschien sie im Speisesaal in einem schlichten stahlblauen Seidenkleid, das in der Taille von einem indischroten Ledergürtel gehalten wurde. Und als wäre es das Natürlichste von der Welt, ging sie, sich plötzlich freudig erregt stellend, mit schnellen Schritten auf Kon-kims Tisch zu, so daß es den Anschein hatte, als sei sie überrascht und glücklich, so unverhofft einen guten Bekannten zu treffen.

»Wie schön, daß ich Sie endlich einmal wiedersehe«, begrüßte sie Kon-kim und reichte ihm die Hand, als habe es nie eine Verstimmung zwischen ihnen gegeben.

Kon-kim erhob sich und hatte nur den Gedanken, sich keine Blöße zu geben. »Ich freue mich ebenfalls«, erwiderte er gezwungen lächelnd. »Wenn ich gewußt hätte, daß Sie in Ipoh sind, würde ich mich natürlich frei gemacht und Sie eingeladen haben. So ist das leider nicht möglich.«

Patrice Lawrence schaute wie Hilfe suchend zu seinem Begleiter hinüber, der unwillkürlich aufstand und sich verneigte.

Kon-kim blieb nichts anderes übrig, als Macolm Watt vorzustellen, fügte aber gleich hinzu: »Wir sind gerade in einer wichtigen

Besprechung. Ich bedauere es lebhaft, Sie nicht bitten zu können, uns Gesellschaft zu leisten. Hoffentlich sind Sie für längere Zeit in Ipoh, damit ich Gelegenheit habe...«

»Ich bin nur für ein paar Tage hier«, unterbrach sie ihn.

Kon-kim sah die Formen ihrer Figur und spürte, daß es für ihn kein Entrinnen mehr geben würde, wenn er nun nicht standhaft verleugnete, was sein Blut in Wallung brachte. Im Bestreben, die ihm dringend notwendig erscheinende Absetzbewegung einzuleiten, sagte er wie betrübt: »Schade, daß Sie nur für ein paar Tage in Ipoh sind. Vor Mitte nächster Woche kann ich mich unmöglich frei machen.«

»Auch nicht am Abend?« fragte sie enttäuscht.

»Leider auch nicht am Abend!« antwortete er, um keine Brücke stehen zu lassen, über die er hätte schleichen können, wenn Träume und Sehnsüchte erneut den Versuch machen sollten, ihn umzustimmen.

Kon-kims klare Erwiderung wirkte auf Patrice Lawrence wie eine kalte Dusche. Sie begriff, daß sie eine Abfuhr erlitten hatte, bewahrte aber Haltung und sagte mit maliziösem Lächeln: »Die Hochachtung, die ich für meinen Vater empfinde, wird immer größer. Er starb lieber, als sich zu Tode zu arbeiten. Good-bye, Sirs! Und entschuldigen Sie die Störung.« Damit nickte sie beiden Herren freundlich zu und begab sich, ohne auch nur die geringste Verlegenheit zu zeigen, zu einem in der Nähe befindlichen freien Tisch, an dem sie so Platz nahm, daß Kon-kim und Macolm Watt in ihrer Blickrichtung saßen.

Sie läßt sich durch nichts aus der Fassung bringen, dachte Kon-kim in stiller Bewunderung, da er erkannte, daß Patrice Lawrence es ihm unmöglich gemacht hatte, sich weiterhin ungeniert mit seinem Begleiter zu unterhalten. Er schlug deshalb vor, den Mokka in der Bar zu trinken.

Der Schotte, der taktvoll genug gewesen war, weder eine Frage zu stellen noch eine Bemerkung zu machen, war einverstanden. Sie erhoben sich und begaben sich in die Bar, in der etliche zum Wehrdienst beorderte Engländer ihren Abschied feierten.

»Noch singen sie«, sagte Kon-kim, als das Lied ›We go out hanging our washes on the *Siegfried-line*‹ angestimmt wurde. »In ein paar Monaten dürften sie stiller geworden sein.«

Macolm Watt zündete seine Pfeife an. »Mir ist es unverständlich, wie man angesichts eines soeben ausgebrochenen Weltkrieges so ausgelassen sein kann.«

Kon-kim nickte. »Wenn ich an die Polen denke, die ihre Heimat innerhalb eines Monats verloren haben, läuft es mir kalt über den Rücken. Halten Sie es für möglich, daß es den Franzosen ähnlich ergehen könnte?«

Der Schotte schüttelte den Kopf. »Das glaube ich nicht, wenngleich der deutsche Blitzkrieg beweist, daß wir eine harte Nuß zu knacken haben werden. Dazu die Achse ›Rom–Berlin‹ und der Nichtangriffspakt mit Moskau... Wir sind in eine prekäre Lage geraten, und ich mache kein Hehl daraus, daß ich froh bin, noch nicht eingezogen zu sein. Ich befürchte allerdings, daß man mich bald holen wird, da man aus Sportfliegern schnell Jagdflieger machen kann.«

Kon-kim packte plötzlich die Lust, das Fliegen zu erlernen, und er fragte den Schotten, wie lange es dauere, aus einem Normalbürger einen akzeptablen Piloten zu machen.

Macolm Watt fingerte an seiner nicht richtig brennenden Pfeife herum. »Eine Norm läßt sich da nicht aufstellen«, antwortete er, während er ein neues Streichholz entzündete. »Wenn man nicht ganz untalentiert ist und jeden Morgen und Abend drei Platzrunden absolviert, erledigt man nach etwa zehn Tagen seinen ersten Alleinflug. Nach zwei weiteren, mit Trainingsflügen angefüllten Wochen folgen die sogenannten Ziellandungen und der Höhenflug, bei dem man sich mindestens eine Stunde in einer Höhe von über siebentausend Fuß aufhalten muß. Den Abschluß bildet ein Überlandflug mit zwei Außenlandungen. That's all.«

»Das mach' ich!« rief Kon-kim begeistert. »Wissen Sie, wer mir hier das Fliegen beibringen kann?«

Der Geschäftsführer grinste. »Wenn Sie sich gut mit mir stellen, übernehme ich diese Aufgabe. Ich habe vor zwei Jahren die Lehrqualifikation erhalten.«

Kon-kim war Feuer und Flamme und verabredete mit dem Schotten, gleich am nächsten Morgen mit den Übungsflügen zu beginnen. Und schon acht Tage später kletterte Macolm Watt aus dem vorderen Sitz der offenen Schulmaschine und klopfte Kon-kim vielsagend auf die Schulter.

»Hals- und Beinbruch!« rief er gegen den Propellerwind an. »Und vergessen Sie nicht, daß der Vogel jetzt länger anschwebt, weil mein Gewicht fehlt. Das Gas also etwas zeitiger herausnehmen!«

Der Start gelang, wenngleich das Flugzeug zunächst seitlich ausbrechen wollte. Kon-kim spürte das Herz in der Kehle, aber als er die Maschine abgehoben hatte und die ersten Bäume unter sich hinwegstreichen sah, hätte er vor Glück schreien mögen. Über fünfzig Trainingsflüge lagen hinter ihm, doch was bedeuteten sie schon gegen diesen einmaligen und nie wiederholbaren ersten Alleinflug! Jetzt erst, da er ganz auf sich selbst gestellt war und sein Herz vor Aufregung die wildesten Sprünge machte, flog er wirklich.

»Ich fliege!« schrie er überschwenglich. Als aber die erste, nur etwa drei Minuten dauernde Platzrunde zu Ende war und die Räder den Boden berührt hatten, ohne daß es krachte, da rollte er erleichtert zur Halle zurück.

Er hatte jedoch nicht mit seinem Fluglehrer gerechnet, der energisch widersprach, als er den Motor abstellen wollte. »Das kommt überhaupt nicht in Frage. Bevor Sie nicht Ihren zweiten und dritten Alleinflug erledigt haben, lasse ich Sie nicht aussteigen.«

Der Schotte wußte, warum er Kon-kim sofort wieder davonjagte, und dieser war ihm zehn Minuten später dankbar dafür. Denn jetzt erst war er innerlich frei und konnte sich bis zum nächsten Alleinflug nicht mehr die Sorge einschleichen, daß er bei der ersten Landung vielleicht nur Glück gehabt habe.

In diesen Tagen, in denen Kon-kim förmlich auflebte, erhielt er von Dr. Haji einen Brief, der ihn voller Wehmut an seinen verstorbenen Onkel denken ließ. Der Inder schickte ihm die behördlich beglaubigten Sterbeurkunden seiner Angehörigen und teilte ihm mit, daß er vor einigen Monaten von einem Direktor seiner Bank zufällig erfahren habe, daß sein Onkel der *First National City Bank of New York* die Order gegeben habe, sein bei der Singaporer Filiale deponiertes Vermögen im Falle seines Todes seinem Neffen Lee Kon-kim zur Verfügung zu stellen. Er, Dr. Haji, habe sich daher erlaubt, das der Bank vorzulegende Dokument in Kanton zu besorgen, und er überreiche dieses nebst der Sterbeurkunde seiner Mutter in der Hoffnung, damit einen Wunsch der Verstorbenen erfüllt zu haben.

Kon-kim, der nie an das Vermögen seines Onkels gedacht hatte, rief Dr. Haji noch in der gleichen Stunde an, um sich bei ihm zu bedanken.

Der Inder nahm jedoch keine Dankesbezeugungen entgegen. Er erklärte kurz und bündig: »Ich tat meine Pflicht, und wenn es Ihnen ein Bedürfnis ist, sich erkenntlich zu zeigen, dann setzen Sie sich gelegentlich auf die Bahn und besuchen Sie mich für ein paar Tage.«

»Das verspreche ich Ihnen«, erwiderte Kon-kim frohgestimmt. »Ich werde aber nicht mit der Bahn, sondern mit einem Flugzeug kommen, das ich selber steuere. Ich erwerbe gerade den Piloten-Ausweis und habe mir bereits eine Maschine bestellt.«

»Das ist ja phantastisch«, rief der überraschte Inder.

»Und mir kommt gerade ein guter Gedanke«, fiel Kon-kim ein. »Ich werde dem Flugzeug den Namen meines Onkels geben und es mit dem von ihm geerbten Geld bezahlen. Und mit dem verbleibenden Rest werde ich in irgendeiner Weise gegen die Japaner arbeiten. Sein Vermögen soll sie schädigen, so gut es geht.«

Der Inder war betroffen und bat flehend darum, derartiges zu unterlassen.

»Aber warum?« ereiferte sich Kon-kim. »Die Japaner haben meine Mutter und meinen Onkel umgebracht, und ich finde, daß es nicht mehr als recht und billig ist...«

»Ich verstehe Sie«, unterbrach ihn Dr. Haji ungehalten. »Aber gerade darum muß ich Ihnen sagen, daß der Himmel nur denjenigen segnet, der anderen verzeiht. Wer seine Mitmenschen benachteiligt, gleichgültig, aus welchem Grunde, den trifft Unheil. Vergessen Sie das nicht.«

Kon-kim schlug die Warnung in den Wind und grübelte in den nächsten Wochen immer wieder darüber nach, wie er das über eine Million Dollar betragende Vermögen seines Onkels zum Schaden der Japaner anlegen könne. Hin und wieder gab er sich allerdings auch redlich Mühe, seinen grenzenlos gewordenen Haß zu dämpfen. Der Anblick eines Balkons aber genügte, um sein Denken erneut unerbittlich werden zu lassen. In solchen Stunden stürzte er sich wie ein Verzweifelter in die Arbeit, deren es seit Ausbruch des Zweiten Weltkrieges in überreichlichem Maße gab.

Die Belegschaft der *Albion-Tin-Works* war auf tausend Mann angewachsen, die in drei Schichten arbeiteten. Das gesamte Abbaugelände wurde des Nachts von riesigen Scheinwerfern erhellt, und auch der Schiffsbagger, ausgerechnet ein japanisches Modell, war in Betrieb genommen. Zu tun gab es also genug, und es war erstaunlich, daß Kon-kim nicht die geringsten Ermüdungserscheinungen zeigte, obwohl er vom frühen Morgen bis zum späten Abend auf den Beinen war. Nebenbei absolvierte er noch das Flugtraining, das ihn jedoch, wie er behauptete, nicht anstrengte, sondern seine Spannkraft erhöhte.

Oft dachte er in dieser Zeit an Patrice Lawrence, er fragte sich manches Mal, warum er sich das Leben eigentlich unnötig schwer mache. Und das angesichts eines Krieges, dessen Weiterentwicklung nicht abzusehen war! Fest stand nur, daß der Schwerpunkt der Auseinandersetzung in Europa lag und mit einer entscheidenden Verlagerung des Kriegsschauplatzes nicht gerechnet werden konnte. China war den Japanern preisgegeben, und Tschiang Kaischek hatte nicht Raum für Zeit, sondern für Spott verkauft. Die Zeit, die er hatte gewinnen wollen, arbeitete nunmehr für die Kommunisten, deren Guerillaverbände den Japanern das Leben zur Hölle machten. Ihr verwegener Kampf begeisterte die Bevölkerung, die ihnen zujubelte und nichts mehr von den sich dauernd zurückziehenden Truppen des Generalissimus wissen wollte.

Kon-kim ahnte, daß seine Heimat nicht mehr zu retten war. Er würde jedoch niemals auf den Gedanken gekommen sein, daß eine Niederlage Frankreichs den Krieg nach Südostasien tragen könnte. Aber es war so, und Kon-kim erfaßte blitzschnell die heraufziehende Gefahr, als die japanische Regierung im Juni 1940, also unmittelbar nach Beginn der erfolgreichen deutschen Offensive gegen Frankreich, das Recht forderte, den nördlichen Teil Französisch-Indochinas zu besetzen, um in der Lage zu sein, eine der letzten Nachschubstraßen nach China zu blockieren.

»Wer den Japanern dieses Recht einräumt, übergibt ihnen den Schlüssel zum Tor Südostasiens!« wetterte Kon-kim im Büro seines Geschäftsfreundes. Und er zweifelte an der Vernunft der Europäer, als Frankreich die Sperrung der Nachschubstraße tatsächlich verfügte. Dabei aber blieb es nicht! Unter dem Eindruck der Niederlage von Dünkirchen schloß England, dem Wunsch Japans gemäß, auch die Burmastraße, so daß es keinen nach China führenden Weg mehr gab.

Kon-kim war verzweifelt, und es nützte ihm wenig, daß er in diesen Tagen eine unerwartete Genugtuung erfuhr. Der Commander, der sich einst über seine Ansichten erbost hatte, rief ihn an und bat um eine Unterredung über die politische Entwicklung.

Kon-kim erklärte sich bereit, ihn jederzeit zu empfangen, und der britische Offizier erschien schon wenige Stunden später in Begleitung eines Generals, der kein Hehl daraus machte, daß er von der seinerzeitigen Kontroverse gehört habe und eigens nach Ipoh gefahren sei, um zu erfahren, was Kon-kim im einzelnen über die Pläne der Japaner wisse.

»Nicht mehr als Sie«, erwiderte Kon-kim. »Was ich bei den Japanern lernte, entspricht der Fähigkeit eines versierten Schachspielers, dem bestimmte Züge seines Gegners zeigen, was folgen wird. Verstehen Sie, was ich damit sagen will?«

»Gewiß«, antwortete der General. »Und wie würden Sie, um bei Ihrem Beispiel zu bleiben, die letzten Züge der Japaner analysieren?«

Kon-kim trat an eine Weltkarte, in der die Kunden der *Albion-Tin-Works* durch kleine Fähnchen gekennzeichnet waren. »Sehen Sie sich die Lage Französisch-Indochinas einmal genau an«, sagte er beinahe dozierend. »Japan erklärt, es müsse Tonking besetzen, um den Nachschub nach China zu unterbinden. Das kann aber nicht stimmen. Ein einziger Blick auf die Karte zeigt, daß die durch Französisch-Indochina verlaufenden Nachschubwege viel zu unbedeutend sind. Daraus ergibt sich, daß der wahre Grund ein anderer sein muß. Und ich will ihn Ihnen nennen: Japan geht es darum, sich eine Ausgangsbasis zur Eroberung Malayas, Singapores, Indonesiens und Burmas zu schaffen!«

»Belieben Sie zu scherzen?« entrüstete sich der General.

»Ich weiß nicht, warum Europäer immer annehmen, daß man scherzt, wenn man großräumig denkt«, erwiderte Kon-kim ärgerlich. »Vielleicht liegt es daran, daß die europäischen Länder so klein sind, daß sie zwischen unseren Grenzen zehn-, zwanzig- und dreißigmal untergebracht werden könnten.«

»Aber Japan ist doch selbst irrsinnig klein«, warf der Commander ein.

Kon-kim rümpfte die Nase. »Hat der japanische Generalstab mit der Besetzung Chinas nicht bewiesen, daß er großräumig zu denken vermag? Daß Japan über ein unerhörtes Menschenreservoir verfügt, brauche ich Ihnen nicht zu erzählen. Warum soll es also an den Schätzen Südostasiens vorbeigehen, wenn diese zu erringen sind? Nach den letzten Geschehnissen hat Japan den Schlüssel zur Schatzkammer bereits in der Tasche, und ich gehe jede Wette ein, daß Französisch-Indochina besetzt wird, wenn Frankreich von

Deutschland geschlagen werden sollte. Und dann setzen die japanischen Truppen mit einem Katzensprung über Thailand nach Malaya hinüber, und von diesem Augenblick an stehen Ihnen, Herr General, als Kampfgelände lediglich zwei durch den Dschungel führende Straßen und Eisenbahnlinien zur Verfügung.«

»Eben!« rief der General triumphierend. »Eine idealere Verteidigungsmöglichkeit kann man sich nicht wünschen. Insgesamt sind nur *vier* Wege abzuriegeln. Wer sie beherrscht, besitzt dieses Land.«

Kon-kim faßte sich an den Kopf. »Vergessen Sie denn völlig, daß wir im Zeitalter des Flugzeuges leben? Bei nur vier Wegen genügen ein paar Bomberverbände, um einer Armee, die nicht im Dschungel leben und somit nicht in den ausweichen kann, das Laufen beizubringen. Und Sie, Sir, werden den Befehl dazu geben, weil Sie es nicht verantworten können, Ihre Männer im Bombenhagel erschlagen zu lassen.«

Das Gesicht des Generals wurde eisig. »Ich weiß, daß Ihr Stekkenpferd der Guerillakrieg ist. Aber seien Sie überzeugt, Mister Lee, wir verstehen etwas von unserem Beruf. Die von Ihnen erwähnten Bomberverbände werden von unseren Jägern abgefangen, und ein guter Soldat hat es nicht nötig, sich auf die Stufe von Partisanen zu stellen.«

»Dann kann ich nur hoffen, daß der Himmel Ihre Männer davor bewahrt, jemals gegen Guerillas kämpfen zu müssen.«

Der General schnaubte.

»Verstehen Sie mich nicht falsch, wenn ich in diesem Zusammenhang an das Debakel von Dünkirchen erinnere«, fuhr Kon-kim unbeirrt fort. »Es gibt Dinge, die man nicht bewältigen kann, und es liegt mir fern, Sie oder Ihre Nation zu kränken. Im Gegenteil, wir brauchen Ihre Hilfe. Wenn Ihre Truppen hier eine Schlappe erleiden, sind *wir* verloren, Großbritannien aber noch lange nicht.«

»Und sie meinen, mit Partisanen-Methoden wäre alles gewonnen?«

»Guerillas können selbstverständlich nichts anderes tun, als einem eingefallenen Feind das Leben zur Hölle zu machen. Hinauswerfen können sie ihn nicht. Unser Thema war aber auch ein anderes. Sie wollten etwas von mir hören, und ich machte Sie auf die japanische Gefahr aufmerksam. Und um meinen Ansichten ein stärkeres Gewicht zu verleihen, möchte ich Ihnen nun im Vertrauen sagen, daß ich sieben Jahre als Agent für die Armee Tschiang Kai-scheks in Japan tätig war. Bitte, behalten Sie dieses für sich. Ich erwähne es nur, damit Sie meine Auffassungen nicht als die eines Großsprechers abtun.«

Der General sah Kon-kim entgeistert an. »Entschuldigen Sie, Mister Lee, aber das wußte ich nicht. Ihre Ansichten sind mir jetzt verständlicher, ich halte sie aber dennoch für – sagen wir: äußerst phantastisch, weil ich mir einfach nicht vorstellen kann...«

»...daß wahr ist, was nicht wahr sein darf!« beendete Kon-kim den Satz.

Der General zuckte die Achseln. »Hoffen wir, daß Sie nicht recht behalten.«

Kon-kim nickte. »Ich bin der letzte, der das nicht wünscht.«

Man trennte sich im besten Einvernehmen, Kon-kim aber blieb von einer Unruhe erfüllt, die ihn wie ein Gespenst verfolgte. Der Gedanke, daß japanische Einheiten die malaiische Halbinsel überfallen könnten, legte sich wie ein Alpdruck auf ihn. Er würde dann erneut flüchten müssen. Verzweiflung packte ihn, wenn er sich vergegenwärtigte, daß er wieder in das sinnlose Dasein zurückgestoßen werden könnte, dem er glücklich entronnen war.

Sein Schicksal gönnte ihm nicht die ersehnte Ruhe, und Kon-kim ahnte, was auf ihn zukam, als das nach Abschluß des *Dreimächtepaktes* mit Japan verbündete Deutschland zu immer schwereren Schlägen ausholte und schließlich sogar in Rußland einfiel. Der unaufhaltsame Vormarsch der grauen Bataillone mußte die Japaner ermutigen, auch ihrerseits zum Großangriff anzutreten, und als die deutschen Heere im September 1941 die Kesselschlacht von Kiew siegreich beendet und den Dnjepr überschritten hatten, besetzte Japan kurzerhand den Nordteil Französisch-Indochinas und zwang Laos und Kambodscha, die ihnen von Frankreich zugesprochenen Teile ihrer Länder an Thailand zurückzugeben, das sich daraufhin zu einem Bündnisvertrag mit Japan bereit erklärte.

Für Kon-kim waren die Signale auf Sturm gesetzt. Über Nacht sah er sich vor die Entscheidung gestellt, entweder Malaya zu verlassen oder *va banque* zu spielen, das heißt, zu bleiben und zu kämpfen.

Der Entschluß fiel ihm schwer, und in Erinnerung an Napoleons Ausspruch: *›Fixer les objets longtemps sans être fatigué‹*, versuchte er den mit diesen Worten zum Ausdruck gebrachten Wert der Fähigkeit, sich lange mit einem Gegenstand zu befassen, ohne zu ermüden, dadurch zu erreichen, daß er sich eine erstklassige Landkarte beschaffte und alle Chancen prüfte, die Malaya einem Angreifer bot. Anschließend überlegte er ebenso gewissenhaft, welche Gegenmaßnahmen ein Verteidiger ergreifen konnte, und erst nachdem er tagelang jedes Für und Wider sorgfältig gegeneinander abgewogen hatte und zu der Überzeugung gelangt war, daß Malaya keinesfalls zu verteidigen, aber geradezu ideal zur Entfesselung eines nervenaufreibenden Bandenkrieges sei, entschloß er sich, nicht nochmals zu flüchten, sondern bei seinen Angestellten und Arbeitern zu bleiben und mit ihnen aus dem Dschungel heraus zu kämpfen.

Noch am gleichen Abend rief er David Hamilton an, den er bestürmte, ihm unverzüglich die von Mao Tse-tung verfaßte Schrift ›*Guerilla-Krieg*‹ zu besorgen. »Und wenn du alle Buchhandlungen und Kioske ablaufen mußt!« fügte er drängend hinzu. »Ich brauche die Anleitung so schnell wie möglich.«

Der Amerikaner lachte aus vollem Halse. »Willst du etwa unter die Kommunisten gehen?«

»Als Millionär bleibt einem ja nichts anderes übrig«, erwiderte Kon-kim im gleichen Tonfall.

»Rede keinen Quatsch, sondern sag, wozu du die Schrift brauchst.«

»Und wenn du erneut wie ein Pferd wieherst«, entgegnete Kon-kim, »ich möchte meine Mine verteidigen, wenn die Japaner kommen.«

»Blöder Kerl!« entflog es dem Freund. »Solange die Japsen ihr Ziel in China nicht erreicht haben, werden sie sich hüten, ihre Front zu verlängern.«

»Besorgst du mir die Schrift: ja oder nein?«

»Ich schicke sie dir, wenn ich sie bekommen sollte, erlaube mir aber festzustellen, daß ihr alle nicht mehr normal seid.«

Kon-kim horchte auf. »Ihr alle?« fragte er hastig. »Von wem sprichst du?«

»Von dir, Royal-Dymont und sämtlichen befreundeten Idioten. Ich könnte mir die Haare ausraufen. Henry ist schon wieder für den Geheimdienst tätig. Und warum das ganze Affentheater? Nur weil die Japaner Tongking besetzt haben und der französische Generalgouverneur im Moment nichts dagegen unternehmen kann.«

»Du hast gut reden«, rief Kon-kim aufgebracht in die Sprechmuschel hinein. »Wenn es eines Tages kritisch wird, setzt du dich auf ein Schiff und fährst nach Amerika.«

David Hamilton lachte hölzern. »Sorry, Sir, bis dahin befinden auch wir uns in des Teufels Küche. Spätestens in ein paar Monaten geht unser Film gegen Japan und Deutschland über die Bühne. Roosevelt treibt und wird von Churchill getrieben. Das Volk will natürlich nichts davon wissen...«

»Ich weiß«, unterbrach ihn Kon-kim bissig. »Ich konnte ja lesen, daß einer eurer berühmtesten Professoren erklärt hat: ›Das Leben eines amerikanischen G. I. ist mehr wert als vierhundert Millionen Chinesen.‹«

»Blödes Gerede ist das«, entgegnete David Hamilton. »Die Mehrheit ist bei uns gegen den Krieg, aber...«

»Sag mir lieber, ob du wirklich davon überzeugt bist, daß Roosevelt auf eine Auseinandersetzung mit Japan drängt«, fiel Kon-kim unbeherrscht ein.

»Selbstverständlich!« antwortete der Freund. »Und hinter ihm steht nicht nur Churchill, sondern die gesamte amerikanische Hochfinanz. Prima Geschäft, sagt man in der Wall Street. Schon allein, weil wir unsere Arbeitslosen dann mit einem Schlag loswerden.«

Eine merkwürdige Gedankenassoziation erinnerte Kon-kim an einen Spruch, den ihm sein verstorbener Onkel mit auf den Weg gegeben hatte, als er zum ersten Mal die Heimat verließ und nach Amerika fuhr. Gleichzeitig aber dachte er auch an das ihm vom Onkel vermachte Vermögen, das er irgendwie zum Schaden der Japaner anlegen wollte. »Hör zu, Dav«, rief er wie elektrisiert. »Kannnst du mir schnellstens Waffen besorgen?«

»Kommt drauf an, welche. Kanonen, Panzer und Kriegsschiffe habe ich zur Zeit nicht auf Lager.«

»Mach jetzt keine Scherze. Mir ist es bitterernst.«

»Also, ich notiere: was möchtest du haben?«

»Revolver, Gewehre, Buschmesser, Dolche, Parangs...«

»Wieviel willst du haben?«

Kon-kim nagte an seinen Lippen. »Sagen wir je fünftausend.«

»Bist du übergeschnappt?«

»Nein, Dav! Ich habe dir erklärt, daß ich nicht spaße. Ich zahle bar!«

»Na, schön. Mir soll es recht sein, wenn Zinn-Könige neuerdings Waffen fressen. Wieviel Munition brauchst du?«

»Was würdest du sagen?«

»Als versierter Waffenhändler empfehle ich tausend Schuß pro Schießeisen. Das gibt dem Auftrag ein hübsches Gewicht.«

»Einverstanden. Liefere alles, was fünftausend Dschungelkämpfer benötigen. Besorg dir die Schrift Mao Tse-tungs und lese darin nach, was versierte Guerilla-Kämpfer brauchen. Und solltest du von der Kampfanweisung hundert oder mehr Exemplare bekommen können, dann behalte eine für dich und schick mir den Rest schnellstens zu. Ist das klar?«

»Absolut.«

»Noch etwas: organisiere schon fünftausend Gummizapfer-Anzüge.«

David Hamilton holte tief Luft. »Mein lieber *Bruder durch Zuneigung!* Ich weiß ja, daß du ein verrückter Hund bist, aber allmählich gewinne ich den Eindruck, daß du dich verrennst.«

»Wenn du nicht liefern willst, wende ich mich an deine Konkurrenz.«

»Unterstehe dich!«

»Du wirst also liefern?«

»Was bleibt mir anderes übrig. Ich muß nur noch wissen, wohin das Spielzeug geschickt werden soll.«

»Alles so schnell wie möglich nach Ipoh. Vorhandenes schon morgen verladen lassen. Mein Name darf aber nirgendwo in Erscheinung treten. Du weißt, daß ich auf der Liste der Japaner stehe.«

»Geht in Ordnung. Ich werde mich noch heute mit unserem Spediteur in Verbindung setzen. Spätestens übermorgen rollen die ersten Knallbonbons ab, und ich erlaube mir schon jetzt, dir auch im Namen meines Kompagnons für den wirklich reizenden Auftrag unseren tiefempfundenen Dank zu sagen. Die Schriften Mao Tsetungs werden wir selbstverständlich nicht berechnen.«

Als Kon-kim den Telefonhörer auf die Gabel zurücklegte, begriff er selbst nicht, was er getan hatte. Er wußte nur, daß er nach tagelangen Überlegungen zu dem Entschluß gelangt war, Malaya keinesfalls zu verlassen und gegen die Japaner zu kämpfen. Während des Gespräches war ihm dann plötzlich der verstorbene Onkel eingefallen, und im Bruchteil einer Sekunde hatte er sich dazu entschlossen, dessen Vermögen zum Ankauf von Waffen zu benutzen. Daß er damit einen Weg betreten hatte, der ihn zwangsläufig zum Führer einer Guerilla-Gruppe machen mußte, ging ihm erst auf, als das Gespräch beendet war. Der Gedanke belastete ihn so sehr, daß er gleich am nächsten Morgen den britischen Commander in Kuala Lumpur anrief, um ihn über den erteilten Auftrag zu informieren.

Der Engländer protestierte zunächst energisch, beruhigte sich jedoch, als Kon-kim ihm bedeutete, die Absicht zu haben, sich mit seinen Männern dem Ortskommandanten zu unterstellen.

»Allerdings nur, bis Japaner in Malaya einfallen«, fügte er unmißverständlich hinzu. »Von diese Augenblick an gilt für mich ausschließlich das Gesetz des Krieges.«

Der Commander erhob noch mancherlei Einwände, war im Prinzip aber einverstanden und ersuchte Kon-kim, baldmöglichst nach Kuala Lumpur zu kommen, um Details zu besprechen.

Drei Tage später flog Kon-kim mit seinem gerade erhaltenen Flugzeugführerschein in einer gecharterten Maschine nach Kuala Lumpur, wo er mit den zuständigen Offizieren schneller einig wurde, als er vermutet hatte. Man gestattete ihm die Aufstellung eines sogenannten ›Heimatverbandes‹ und sicherte ihm zu, seinen Namen in keiner Akte in Erscheinung treten zu lassen. Dann flog er nach Ipoh zurück, wo er sich bis spät in der Nacht mit Macolm Watt, Haron Ismail und dem technischen Leiter Go Cho Hong besprach, die gleich ihm der Auffassung waren, daß es gegebenenfalls richtiger sei, einen erbarmungslosen Guerilla-Krieg zu führen, als die Hände in den Schoß zu legen oder zu flüchten.

Von diesemm Abend an glich Kon-kims Büro einem Taubenschlag. Einzeln empfing er über fünfzig Aufseher und Vorarbeiter, denen er zunächst – gewissermaßen vertraulich und von Mann zu Mann – auseinandersetzte, worum es ihm ging, um ihnen dann ein Exemplar der glücklicherweise in großer Anzahl erhaltenen Schrift ›*Guerilla-Krieg*‹ in die Hand zu drücken und sie zu militärischen ›Gruppenführern‹ zu ernennen.

Die vertraulich aufgezogenen Unterredungen erweckten in jedem das Gefühl, ein Auserwählter zu sein, und jeder brannte plötzlich darauf, Kon-kim zu zeigen, daß er sich auf ihn verlassen könne.

Das allein genügte ihm nicht. Im Bestreben, jeden Arbeiter zu einem verläßlichen Kämpfer zu machen, suchte er im Verlauf der nächsten zwei Wochen sämtliche Arbeitskolonnen auf, denen er mit knappen Worten die drohende Gefahr schilderte, um dann jedem einzelnen mit Handschlag zu versichern, daß er im Falle einer kriegerischen Auseinandersetzung mit ihnen in den Dschungel gehen und notfalls alle Mittel der *Albion-Tin-Works* für den Kampf um die Freiheit Malayas zur Verfügung stellen würde.

Kon-kim bewies in diesen Tagen nicht nur, daß er es vortrefflich verstand, die Menschen zu begeistern. Er entwickelte auch ein Organisationstalent, das seinesgleichen suchte. Die bei David Hamilton in Auftrag gegebenen und nun laufend anrollenden Waffen und Kleidungsstücke wurden sofort verteilt beziehungsweise in Depots gebracht, die Kon-kim in aller Eile auf drei in der weiteren Umgebung von Ipoh gelegenen Bergen einrichten ließ: auf den *Korbu* bei Tanjong Rambutan, auf den *Bubu* in der Nähe von Rengas und auf den *Batu Puteh* bei Tapah. Außerdem sorgte er dafür, daß die Transporte dorthin jeweils von den Arbeitsgruppen durchgeführt wurden, die im Kriegsfall in den betreffenden Räumen operieren sollten. Ein jeder sollte schon jetzt sein zukünftiges Kampfgebiet kennenlernen.

Es war unglaublich, was Kon-kim innerhalb kürzester Frist zuwege brachte. Bereits vier Wochen nach dem Gespräch mit David Hamilton war das gesamte in Auftrag gegebene Material im Dschungel verschwunden, und Kon-kim bedrückte nur noch die Sorge, daß die Japaner seinen Namen erfahren und sich an seine Fersen heften könnten. Denn je mehr er sich in die sich selbst gestellte Aufgabe vertiefte, um so klarer erkannte er, daß er zwischen den verschiedenen Abteilungen hin und her pendeln mußte, wenn er den notwendigen Überblick behalten und die Kampfmaßnahmen koordinieren wollte. Sein Name durfte keineswegs in Erscheinung treten. Um dies zu erreichen, kam er mit seinen ›Abteilungsleitern‹ Macolm Watt, Haron Ismail und Go Cho Hong überein, ihn vor den ›Gruppenführern‹ sowie bei der Mannschaft nur noch ›Puma‹ zu nennen, wie man ihn einst in Whampoa genannt hatte.

Der Name des Raubtieres war nicht schlecht gewählt, und er bürgerte sich im Nu bei der Belegschaft der *Albion-Tin-Works* ein. Gerade noch zur rechten Zeit, denn der politische Himmel verfinsterte sich in erschreckendem Tempo.

Roosevelt, der den *Dreimächtepakt* bereits als eine Drohung bezeichnet hatte, erklärte in einem am 6. Dezember 1941 an den japanischen Kaiser Hirohito gerichteten Appell ultimativ, daß die sofortige Zurückziehung der japanischen Truppen aus Französisch-Indochina eine unerläßliche Vorbedingung für die Erhaltung des Friedens sei. Die Folge war verheerend: der japanische Außenminister überreichte in der Frühe des 7. Dezember den Botschaftern Großbritanniens und der Vereinigten Staaten ein ›Schlußmemorandum‹, das zum Ausdruck brachte, daß der bestehende Konflikt nicht mehr mit friedlichen Mitteln gelöst werden könne. Und bereits um 7 Uhr 55 griffen dreihundertsechzig japanische Bomber unter Jagdschutz Pearl Harbor an, wo innerhalb von einer halben Stunde 19 Kriegsschiffe und 177 Flugzeuge zerstört wurden und 2729 Offiziere und Mannschaften ihr Leben verloren.

Eine Welle der Empörung lief durch Amerika, die sich allerdings auch gegen das US-Kriegsministerium richtete, als bekannt wurde, daß es nach Erhalt des japanischen ›Schlußmemorandums‹ nicht für notwendig erachtet hatte, Pearl Harbor auf schnellstem Wege zu alarmieren.

»Das Ganze ist eine unglaubliche Schweinerei«, tobte David Hamilton, als er am darauffolgenden Tage mit Kon-kim telefonierte. »Mich würde es nicht wundern, wenn es Absicht war.«

»Aber warum denn?« entsetzte sich Kon-kim.

»Unser Volk will vom Krieg nichts wissen. Vielleicht sollte es auf diese Weise in Rage gebracht werden. Ein hinterhältiger Angriff und große Verluste bringen selbst den friedfertigsten Yankee auf die Palme. Aber na, Tschiang Kai-schek bekommt jetzt wenigstens Hilfe. Unser Kessel hat den erforderlichen Überdruck erreicht, und es gibt keine Arbeitslosen mehr. Hipp, hipp, hurra! Der Sand knirscht in Gottes Mühlen, und kein Aas hält sich die Ohren zu. Solltest du übrigens noch Waffen brauchen: ich veranstalte einen Schlußverkauf zu erhöhten Preisen.«

»Weißt du, was du bist? Ein Ekel!«

David Hamilton lachte. »Warum so empört? Es ist selbstverständlich, daß du Mengenrabatt erhältst. Für dich ändern sich die Preise nicht.«

»Letzte Frage«, entgegnete Kon-kim. »Bleibst du in Singapore?«

»Kommt drauf an. Im Augenblick kann ich noch nichts sagen.«

»Na schön. Vorsorglich wollen wir uns verabschieden. Wenn es losgeht, bin ich nicht mehr zu erreichen.«

»Du willst also wirklich in den Dschungel gehen?«

»Natürlich.«

»Mensch, Kim«, erwiderte der Freund und fügte gleich darauf bedrückt hinzu: »Mach's gut. Ich halte dir die Daumen. Sollten Henry und ich Singapore verlassen müssen, dann wende dich an unseren Spediteur, wenn du Waffen benötigst. Er hat ein hübsches Lager unter die Erde gebracht. Ich werde ihm sagen, daß du jederzeit darüber verfügen kannst. Wegen der Abrechnung brauchst du dir keine Gedanken zu machen. Wir regeln das später, sofern wir es dann noch können.«

»Bist doch kein Ekel.«

»Dann bin ich zufrieden. Und jetzt: bye, Kim!«

»Bye, *Bruder durch Zuneigung!*«

»Ich Trottel!« rief David Hamilton. »Das Wichtigste hätte ich beinahe vergessen! Seit Monaten wollte ich dich schon fragen, ob du eine Nachricht von meiner *Mutter durch Zuneigung* erhalten hast.«

»Ja«, antwortete Kon-kim nach kurzem Zögern, wobei er seine Hände auf die Telefongabel legte, um sie sofort hinabdrücken zu können. »Sie und dein *Onkel durch Zuneigung* wurden von den Japanern umgebracht.«

Die Ereignisse überstürzten sich. Am 7. Dezember 1941 war Pearl Harbor bombardiert worden, drei Tage später versenkten japanische Torpedoflieger vor der malaiischen Küste die eilends nach Singapore beorderten britischen Schlachtschiffe *›Prince of Wales‹* und *›Repulse‹*, und am 15. Dezember trat das japanische Heer von Thailand aus zum Angriff auf Malaya an.

Kon-kim, der die Hiobsbotschaft kurz nach fünf Uhr erhielt, gab sofort den Befehl, die seit Tagen zur Alarmierung der Werksmannschaft schußbereit stehenden Mörser abzufeuern. Jede Minute war jetzt kostbar. Die thailändische Grenze lag nur hundert Meilen von Ipoh entfernt. Es mußte damit gerechnet werden, daß japanische Flieger die Hauptstraße unter Beschuß nahmen. Kon-kim hatte deshalb vorsorglich angeordnet, daß sich die entsprechend den Arbeitsschichten in drei Kampfabteilungen aufgegliederte Belegschaft der *Albion-Tin-Works* nach Abfeuern der Werksmörser an verschiedenen Punkten sammeln und eine halbe Stunde später unter Führung der Abteilungsleiter auf unterschiedlichen Wegen in die ihnen zugewiesenen Operationsgebiete begeben sollte.

Die dem pockennarbigen Malaien unterstellte und an diesem

Morgen noch nicht abgelöste Nachtschicht war als erste abmarschbereit. Sie begrüßte ihren ›Puma‹ mit einem wilden Freudengeschrei, das Kon-kim lächelnd quittierte, obwohl ihm nicht danach zumute war. Die übernommene Verantwortung lag wie Blei auf seinen Schultern. Prüfend betrachtete er seine Arbeiter, die in ihren grünen und mit Waffen aller Art behangenen Gummizapferanzügen einen verwegenen Eindruck machten.

»Wir wollen jetzt wenig Worte verlieren«, sagte er mit fester Stimme. »Die Japaner sind im Morgengrauen über die Grenze gerückt. Ich vermute, daß die Briten trotz ihrer guten Ausbildung und Ausrüstung nicht in der Lage sein werden, den feindlichen Vormarsch aufzuhalten. Malaya läßt sich nicht ohne weiteres verteidigen. Seine Dschungelgebiete sind aber auch nicht zu erobern und geben uns somit die Möglichkeit, den überheblichen Söhnen Nippons das Leben gründlich zu vergällen. Und das ist die Aufgabe, die wir übernehmen. Handelt, wie ihr es mit eueren Gruppenführern in den letzten Wochen geübt habt. Sägt an unübersichtlichen Stellen Bäume an und stürzt sie, wenn eine Militärkolonne vorüberfährt, so auf die Straße, daß zehn bis zwanzig Wagen eingekeilt werden. Keinesfalls mehr! Und dann schießt aus dem Hinterhalt nieder, was sich bewegt. Aber nur von einer Straßenseite aus und längstens zwei bis drei Minuten. Laßt das Feuer dann schwächer werden und erweckt den Anschein, als müßtet ihr euch infolge Munitionsmangels zurückziehen. Vorher selbstverständlich eine Gasse in den Dschungel schlagen, in die der Feind in dem Glauben hineinrennen soll, sie sei euer Fluchtweg. In Wirklichkeit flüchtet niemand. Vorne gehen alle in Deckung und am Ende der Gasse bereitet sich eine Gruppe zum Empfang mit Maschinenpistolen vor. Auch hier wieder nur von einer Seite schießen, damit kein eigener Mann in das Schußfeld gerät! Zur gleichen Zeit eröffnet die an der Straße verbleibende Gruppe erneut das Feuer und knallt diejenigen ab, die zurückflüchten oder bei den Fahrzeugen geblieben sind. Wenn ihr so vorgeht, schicken zwei Gruppen von nur vierzig Mann in wenigen Minuten an die hundert japanische Teufel in die Hölle. Dann aber verschwinden und im undurchdringlichen Dschungel untertauchen. Und beim nächsten Mal eine andere Stelle wählen! Die Japaner sollen ihr blaues Wunder erleben, wenn sie glauben, mit *Shu-Tsais*, Dschungelratten, fertig werden zu können.«

Den Augen der Männer war anzusehen, daß sie es kaum erwarten konnten, sich auf den in das Land eingefallenen Feind zu stürzen.

Kon-kim klopfte einigen in seiner Nähe stehenden Arbeitern auf die Schulter. »Ich fahre jetzt zu den anderen Abteilungen und komme nach, sobald es mir möglich ist. Im Moment ist noch allerhand zu erledigen. Vergeßt nicht, unterwegs Nahrungsmittel zu organisieren. Und erklärt der Bevölkerung, auf welche Weise sie euch in Zukunft versorgen soll. Eure Gruppenführer wissen Bescheid und werden euch alles Notwendige erzählen.«

»Wie heißt unsere Losung?« rief Haron Ismail überschwenglich, als Kon-kim geendet hatte.

»Mit ›Puma‹ für Malaya!« schrien die Männer.

Kon-kim hob warnend die Hand. »Ich weiß, daß ihr es gut meint. In dieser Minute aber wollen wir den Himmel anrufen und ihn bitten, unseren Kampf zu segnen.«

Seine Worte hatten eine unerwartete Wirkung. »Allahu akbar!« rief einer der Männer, und sämtliche Mohammedaner wandten sich augenblicklich nach Westen und sprachen mit erhobenen Armen in Richtung auf Mekka: »Allah ist groß, und Mohammed ist sein Prophet.« Dann warfen sie sich nieder, um die Erde mit der Stirn zu berühren und den Allmächtigen anzuflehen, Malaya von den Feinden zu befreien.

Es war ein eindrucksvolles Bild, die mit Gewehren, Revolvern, Messern und Schwertern behangenen Männer beten zu sehen, und Kon-kim, der wohl wußte, daß Mohammedaner selbst bei der Arbeit zu den vorgeschriebenen Zeiten das *Takbir* murmeln, nahm sich vor, im Falle eines günstigen Ausganges des Krieges eine Pagode an der Stelle errichten zu lassen, an der sie in diesem Augenblick standen.

Auch bei der zweiten und dritten Abteilung, die Malcolm Watt und der technische Leiter Go Cho Hong anführten, hielt Kon-kim eine kurze Ansprache. Danach kehrte er auf schnellstem Wege zur Mine zurück, wo ein Restkommando damit beschäftigt war, unter den Ablaufgerüsten und Wasserrohren äußerlich nicht sichtbare Sprengladungen anzubringen, so daß die Zinnförderung jederzeit unterbunden und für Monate unmöglich gemacht werden konnte. Hier und dort gab er kurze Anweisungen, dann rief er die Militärkommandantur in Kuala Lumpur an und bat den Commander, ihm mindestens drei tragbare Funksprechanlagen zur Verfügung zu stellen, da es ihm sonst unmöglich sei, die Verbindung zwischen seinen Abteilungen aufrechtzuerhalten.

Der britische Offizier wand sich wie ein Aal, sicherte ihm die Geräte aber schließlich zu, und Kon-kim schickte sofort den letzten ihm noch zur Verfügung stehenden Lastwagen in die Hauptstadt, um die für ihn wichtigen Anlagen holen zu lassen.

»Sollten die Japaner schneller vorrücken, als ich annehme, dann versteckt die Geräte irgendwo im Dschungel und schlagt euch zu Fuß nach Ipoh durch«, sagte er den beiden Fahrern. »Kontaktmann ist der am Eingang des *Grand-Hotels* sitzende alte indische Schlangenbeschwörer. Sprecht ihn aber nicht an, sondern werft eure Meldung mit einer Münze in seinen Beutel und wartet zu Hause, bis ihr einen Bescheid erhaltet.«

Nachdem die Kraftfahrer losgebraust waren, suchte Kon-kim den britischen Standortältesten auf, der nahe daran war, die Nerven zu verlieren. »Es ist zum Verzweifeln«, stöhnte der weißhaarige Engländer entmutigt. »Die Provinz Kedah ist schon abgeschnitten, und auf dem Weg zu uns wurde Lawin bereits besetzt! Und wissen Sie, wie die Infanterie vorrückt? Auf Fahrrädern, die ihnen in Grik von einem japanischen Händler übergeben wurden! Die Fahrräder lagerten in Malaya, und kein Mensch hat etwas davon gewußt! Die Spitze kommt dadurch vermutlich schnell vorwärts. Wir müssen damit rechnen, daß sie den Chenderoh-See inzwischen erreicht hat.«

»Und was haben Sie veranlaßt?« fragte Kon-kim hastig.

»Die sofortige Sprengung der über den Seitenarm des Sees führenden Straße. Hoffentlich klappt es noch.«

Kon-kim rannte davon und jagte mit seinem Wagen hinter der von Macolm Watt geführten Abteilung her.

»Vier Mann zu mir!« schrie er seinen Leuten zu, als er die Lastwagenkolonne überholte.

Im Nu sprangen vier verwegen aussehende Gestalten in sein Kabriolett, und dann ging es in rasendem Tempo nach Kangsar, wo sich die Bevölkerung vor dem heranrückenden Feind bereits verkrochen hatte.

Der Zufall wollte es, daß sie einen Verkehrsschutzmann entdeckten, der eilends an den Häusern entlanglief.

»He!« rief Kon-kim ihn an. »Wissen Sie, wo der Fahrradhändler von Kangsar sein Lager hat?«

»In der Anson-Road.«

Wenige Minuten später hielten sie vor einem Haus, neben dem sich ein ansehnlicher Schuppen befand.

Kon-kim sprang aus dem Wagen und bedeutete seinen Männern, ihm zu folgen.

Die Haustür war verschlossen, das Namensschild aber zeigte, daß seine Bewohner Japaner waren. Kon-kim trommelte mit den Fäusten gegen die Tür und rief auf japanisch: »Aufmachen! Wir sind Freunde!«

Im Haus wurden Schritte laut. Gleich darauf erschien ein Japaner, der Kon-kim und sein Gefolge besorgt musterte. »Sumi masen... – Ich bin untröstlich...«

Weiter kam er nicht, da Kon-kim ihn abrupt unterbrach: »Ich weiß, daß ich jetzt sehr unhöflich bin, aber die Zeit drängt. Jeden Augenblick können unsere Freunde eintreffen. Haben Sie alles vorbereitet?«

»Wakari masen – Ich verstehe Sie nicht.«

»Stellen Sie sich nicht so an«, entgegnete Kon-kim unwillig. »Ich spreche von den zu übergebenden Fahrrädern.«

Das Gesicht des Japaners erhellte sich. »Hai, hai, wakari masu – Ja, jetzt verstehe ich. Es ist alles auf das beste vorbereitet.«

»Wieviel Leute stehen Ihnen zur Verfügung?«

»Fünf Mann.«

»Holen Sie sie, und führen Sie uns in das Lager. Ich möchte es gesehen haben, bevor ich weiterfahre. Übrigens nach Ipoh!« fügte er vielsagend hinzu. »Die Stadt soll noch heute besetzt werden.«

»So desuka – Tatsächlich?« rief der Händler hocherfreut und trat eilig in das Haus zurück.

Kon-kim warf seinen Männern einen warnenden Blick zu. »Wir werden gleich mit sechs Japanern in den Schuppen gehen. Haltet eure Spritzen bereit. Wir müssen die Kerle umlegen und das Lager anzünden.«

Die Männer nickten, als seien sie es gewohnt, Menschen zu erschießen, Kon-kim aber war die Kehle wie zugeschnürt, als der Händler in Begleitung von fünf Japanern, die sich stumm vor ihm verneigten, aus dem Haus heraustrat.

»Konnichiwa – Guten Tag«, sagte er und deutete zum Lager hinüber. »Gehen wir. Die Zeit drängt.«

Was folgte, war das Werk einer Minute. Etliche Schüsse peitschten durch den bis zur Decke mit Fahrrädern angefüllten Schuppen, dann wanden sich sechs Menschen im Todeskampf und züngelten an mehreren Stellen die ersten Flammen hoch.

Auf der Rückfahrt sprach niemand ein Wort. Das Gesetz des Krieges hatte jeden in die Zange genommen.

Kon-kim starrte auf die Fahrbahn. Pausenlos hörte er das verräterisch von ihm ausgesprochene ›Konnichiwa – Guten Tag‹. Unerbittlich marterte ihn das Wort. Im Rhythmus des Motors, im Surren der Räder und im vorbeistreichenden Fahrtwind hämmerte es: Konnichiwa, Konnichiwa, Konnichiwa!

Seine Gedanken überschlugen sich. Er ahnte, daß ihn von nun an jede Entbietung der Tageszeit in der gleichen Weise an die sechs Japaner erinnern würde, wie ihn der Anblick eines Balkons an den Tod der Mutter und jedweder Alkoholdunst an die sieben Marodeure denken ließ, denen er in jener unseligen Nacht die Kehlen durchschnitten hatte. Er war der Meinung gewesen, daß ihn der gewaltsame Tod seiner Angehörigen hart gemacht hätte, hart genug, um eine Welt verteidigen zu können, die er als ›frei‹ erachtete. Er hatte aber nicht bedacht, daß der Preis der Verteidigung nicht in der Möglichkeit liegt, sterben zu können, sondern in der Pflicht, töten zu müssen.

Die Unergründlichkeit des Daseins erinnerte ihn an den weisen Meng-tse, der erklärt hatte: ›Menschenliebe ist die natürliche Gesinnung des Menschen. Pflicht ist der natürliche Weg des Menschen. Wie traurig ist es, wenn man seinen Weg verläßt, wenn man nicht mehr auf ihm wandelt, wenn man sein Herz verliert und es nicht wiederzufinden weiß.‹

Kon-kim zwang seine Gedanken in eine andere Richtung. Er hatte sich der Pflicht unterworfen, Malaya zu verteidigen, und er hoffte, sein Herz auf diesem Wege nicht zu verlieren.

Doch in einem anderen Sinne sollte es ihm noch an diesem Tage geraubt werden, und zwar so plötzlich, daß er nicht begreifen konnte, wie es geschah.

Er hatte die vier von Macolm Watts Abteilung übernommenen Männer abgesetzt und fuhr mit dem Schotten sowie einigen Kampfgruppen nochmals etwa zehn Kilometer in Richtung Kangsar bis zu einer Stelle zurück, wo sich die von der thailändischen Grenze nach Ipoh führende Straße gabelte und den Japanern die Möglichkeit bot, den letzten Streckenteil auf zwei Wegen zurückzulegen. Um sie zu zwingen, über Tanjong Rambutan zu fahren, wo sich die Gruppen Macolm Watts im Dschungel überfallbereit machten, ließ er die zweite Straße in aller Eile an mehreren Stellen sprengen und durch gefällte Baumriesen sperren. Es dauerte jedoch Stunden, bis die Chaussee so nachhaltig zerstört und verbarrikadiert war, daß sie nach menschlichem Ermessen erst in Wochen wieder passierbar gemacht werden konnte.

In dieser Zeit waren die Japaner schon bis über Kangsar hinaus vorgedrungen, und als Kon-kims Männer sich gerade abfahrbereit machten, jagte ein englisches Militärflugzeug an ihnen vorbei, dessen Besatzung ihnen zurief, daß die japanische Vorhut höchstens noch zwei Meilen entfernt sei.

Es wurde höchste Zeit, und Kon-kim verabschiedete sich von Macolm Watt, dem er erklärte, in Ipoh noch versuchen zu wollen, die von den Briten zugesagten Funksprechgeräte in Sicherheit zu bringen.

Der lange Schotte machte ein bedenkliches Gesicht. »Riskieren Sie nicht zuviel. Wenn Sie ausfallen, bricht alles zusammen.«

»Hals- und Beinbruch«, erwiderte Kon-kim, stieg in seinen Wagen und raste los.

Kurz vor Tanjong Rambutan informierte er einige in Deckung liegende Wachtposten. Dann jagte er weiter, bis ihm plötzlich Jane Lawrence einfiel, deren Landhaus in der Nähe der Ortschaft lag.

Wer weiß, was die Japaner mit ihr machen, wenn meine Leute ihnen die erste Lektion erteilt haben, dachte er besorgt. Ich muß sie in Sicherheit bringen.

Ohne zu zögern bog er von der Hauptstraße ab, doch als er Jane Lawrences Landhaus erreichte, glaubte er nicht richtig zu sehen. Nur mit einem Badeanzug bekleidet, sonnte sich ihre Tochter in einem Liegestuhl.

»Patrice!« rief er außer sich. »Die Japaner sind im Anmarsch!«

»Ich weiß«, gab sie gelassen zurück. »Das Radio hat es schon in aller Frühe gemeldet.«

Kon-kim trat an sie heran. »Seien Sie vernünftig! Ich bin nicht aus Spaß hierhergekommen. Wo ist Ihre Mutter? Die Japaner stehen kurz vor der Ortschaft.«

Sie lachte verächtlich. »Das glauben Sie doch selber nicht!«

»Ich schwöre es Ihnen!« entgegnete er aufgebracht. »Und jetzt sagen Sie mir, wo Ihre Mutter ist!«

»Im Dschungel.«

»Wo?« fragte er fassungslos.

»Im Dschungel! Sie ist geflüchtet, weil das Taxi uns im Stich gelassen hat, das wir nach der Radiomeldung hierherbeorderten. Mein Wagen ist im Eimer; ich bin vor einen Baum geknallt.«

Kon-kim war nahe daran, die Beherrschung zu verlieren. »Und Sie lassen Ihre Mutter einfach fortrennen und legen sich in die Sonne, als lebten wir im tiefsten Frieden?«

»Hören Sie doch endlich auf«, fuhr sie ihn böse an. »Sie tun ja gerade so, als könnten die Japaner hexen. Im übrigen wirkt eine Frau im Badeanzug nicht kriegerisch. Die Inselzwerge werden also Stielaugen machen und nicht schießen, wenn sie wirklich kommen sollten.«

»Die Japaner werden etwas ganz anderes mit Ihnen machen!« schrie Kon-kim erbost. »Los, holen Sie Ihre Kleider! Ich nehme Sie mit.«

Patrice Lawrence erhob sich. »Das Anerbieten nehme ich trotz Ihres rauhen Tones an.«

»Zuvor aber sagen Sie mir, in welche Richtung Ihre Mutter gelaufen ist.«

Die Engländerin schaute zum Wald hinüber, der den Park nach drei Seiten umgab. »Ich kann es Ihnen beim besten Willen nicht sagen. Wir saßen gerade beim Tee, als Mama plötzlich wie von Sinnen davonrannte.«

Ein jäh anschwellendes Motorengeräusch ließ Kon-kim aufhorchen. »Das ist ein Japaner«, rief er warnend, und schon im nächsten Moment donnerte ein Jagdflugzeug über sie hinweg, das unmittelbar darauf steil hochgezogen und in eine Kurve gelegt wurde, aus der es Sekunden später wie ein Raubvogel herabschoß.

»In Deckung!« schrie Kon-kim und riß Patrice Lawrence hinter einen Baum, wo er sie rücksichtslos zu Boden stieß.

Gerade noch zur rechten Zeit. Vom Himmel jagte eine Salve herab, die ringsum Erde aufspritzen ließ. Dann donnerte die Maschine dicht über sie hinweg.

Da Kon-kim ahnte, daß der Pilot nun von der anderen Seite kommen würde, sprang er schnell auf und zog Patrice Lawrence mit sich fort. »Zum Haus!« rief er atemlos.

Sie rannten über den Rasen und warfen sich hinter die Hausmauer.

Patrice Lawrence umklammerte Kon-kim und vergrub ihren Kopf.

Er roch ihr Haar und spürte die Wärme ihrer von der Sonne noch heißen Haut.

Das Motorengeräusch kam näher.

Ihr volles Haar fiel über sein Gesicht.

»Keine Sorge«, sagte er gedämpft. »Wir sind hier in Sicherheit.«

Das Maschinengewehrfeuer setzte ein.

Patrice Lawrence preßte sich noch enger an Kon-kim.

Geschosse prasselten gegen die rückwärtige Hauswand und durchschlugen den frei stehenden Wagen.

Sie stöhnte und stammelte Kon-kims Namen.

Er spürte ihren Körper...

Das Maschinengewehr hämmerte weiter.

Sie drehte sich zur Seite, so daß ihre Lippen vor seinem Mund lagen.

Ihr Atem verwirrte ihn.

Das Jagdflugzeug dröhnte über sie hinweg.

Kon-kim rührte sich nicht und verfolgte die Maschine, bis er sah, daß sie nicht zurückkehrte. Und plötzlich war ihm alles gleichgültig. Er küßte Patrice Lawrence wie ein Verdurstender und achtete nicht auf das Haar, das zwischen ihren Gesichtern lag.

Freude, Zorn, Trauer, Furcht, Liebe, Haß und Lust ballten sich jäh in elementarer Gewalt. Es gab kein Denken mehr, nur noch Leidenschaft, duftende Erde und einen am Himmel dahinfliegenden Feind, der bestrebt gewesen war, sein Heldentum auf billige Weise zu dokumentieren, aber – zwei Menschen vereint hatte.

Später, als Kon-kim sich erhob, um nach seinem Wagen zu sehen, war mit einem Male alles anders. Die Erde, auf der sie gelegen hatten, fühlte sich nun hart an, die Luft war schwül, das Tageslicht blendete, und die Farbe von Patrice Lawrence Lippen war scheußlich verwischt.

»Du mußte dich anziehen«, sagte Kon-kim, wobei er sich mit einem Tuch über den Mund fuhr. »Wenn mein Wagen hinüber ist, müssen wir uns zu Fuß durchschlagen.«

Ihre blauen Augen blickten wässerig. »Und wohin, Sir?«

»Stell jetzt keine dummen Fragen, sondern beeil dich«, antwortete er und lief auf sein Kabriolett zu. »Halt die Daumen, daß der Motor nichts abbekommen hat.«

Sie erhob sich, nahm ihren Badeanzug und stieg die Stufen zur rückwärtigen Veranda empor, auf der sie hinter einer Blumenstaude stehenblieb und zu Kon-kim hinüberschaute, der gerade den Anlasser betätigte.

Der Motor sprang an.

»Alles in Ordnung!« rief er. »Wir haben nur Löcher in der Karosserie und im Polster. Beeil dich!«

Patrice Lawrence war wie verwandelt. Das Erlebte und die Möglichkeit, noch vor Eintreffen der Japaner flüchten zu können, trieb sie zu höchster Eile an. Kon-kim fiel ein Stein vom Herzen, als er sie schon nach wenigen Minuten in einem einfachen Waschkleid auf sich zulaufen sah.

»Das ging wirklich fix«, sagte er anerkennend, als sie in den Wagen einstieg.

Sie zuckte die Achseln. »Ich wollte lediglich unter Beweis stellen, daß eine Frau sich auch schnell anziehen kann.«

Kon-kim überhörte die frivole Bemerkung und jagte davon. Bald darauf gab er Vollgas, da aus Richtung Kangsar die ersten Maschinengewehrsalven zu vernehmen waren. »Wir haben mehr Glück als Verstand«, knurrte er verbissen, als sie die Chaussee nach Ipoh erreichten und mit Höchstgeschwindigkeit durch das wie ausgestorben daliegende Tanjong Rambutan rasten.

»Und was werden Sie in Ipoh machen?« fragte Patrice Lawrence, als er das Tempo in einer Kurve für einen Moment verringerte.

»Das weiß ich noch nicht. Aber du hast dich versprochen.«

»Wieso?«

»Du hast nicht das vertrauliche ›You‹ gebraucht.«

Patrice Lawrece bemühte sich, den Rock ihres hochwehenden Kleides festzuhalten. »Ich habe mich nicht versprochen und möchte, daß wir auch weiterhin beim betonten ›You‹ bleiben.«

Er warf ihr einen schnellen Blick zu.

Sie griff mit einer Hand nach ihrem Haar, das vom Fahrtwind umhergewirbelt wurde. »Ich bin der Meinung, daß es einen schlechten Eindruck macht, wenn wir... Sie sind Chinese, ich bin Europäerin! Meine Bekannten würden mich schneiden, wenn sie erführen, daß Sie und ich...«

Kon-kim gefror zu Eis.

Sie schaute verstohlen zu ihm herüber. »Sind Sie jetzt böse?«

Er gab keine Antwort, obwohl er am liebsten geschrien hätte:

Verlogenes Subjekt! Du redest von Bekannten und meinst dich selber. Kaum sind deine Sinne befriedigt, da stuft dein überheblicher Kopf die Menschen schon wieder nach Farben und Rassen ein.

Patrice Lawrence räkelte sich tiefer in den Sitz hinein. »Keine Antwort ist auch eine Antwort. Wenn Ihnen die letzte Stunde nicht deutlich gemacht hat, daß ich anders als die meisten Europäer denke, dann kann ich Ihnen nicht helfen. Auf jeden Fall ist es häßlich von Ihnen, mir zu verübeln, daß ich auf meine Bekannten Rücksicht nehmen möchte.«

»Wenn Ihnen so sehr daran gelegen ist, sollten Sie sich die Lippen neu anmalen«, entgegnete er voller Auflehnung.

Von diesem Augenblick an wurde kein Wort mehr gesprochen.

Als Ipoh unmittelbar vor ihnen lag, entdeckte Kon-kim in etwa fünfhundert Meter Entfernung drei am Stadtrand stehende japanische Panzerspähwagen. Er trat im selben Moment auf die Bremse, setzte den Wagen zurück und jagte in die entgegengesetzte Richtung davon.

»Um Gottes willen«, rief Patrice Lawrence erschrocken. »Was machen wir nun?«

Er blickte suchend an der Chaussee entlang. »Hier in der Nähe muß ein Feldweg sein, über den wir einen Teil der Stadt umfahren können. Ich habe ihn einmal benutzt und kam auf der *Lahat Road* heraus.«

»Können da nicht auch schon Japaner sein?«

»Das glaube ich kaum. Die Panzerspähwagen dürften eine Vorhut sein, die auf das Gros wartet.«

Kon-kims Vermutung war richtig, und es gelang ihm, unbehelligt in die Stadt zu kommen, in der die Menschen wie aufgescheuchte Ameisen umherhasteten. Die Geschäfte wurden gestürmt. Allenthalben sah man Europäer, die in überladenen Wagen in Richtung Kuala Lumpur flüchteten.

Kon-kim fuhr auf schnellstem Wege zum *Grand-Hotel*, wo er mit Genugtuung feststellte, daß der alte Schlangenbeschwörer seinen Platz nicht geräumt hatte. Er blies zwar nicht die *Okarina*, sah den kommenden Ereignissen jedoch mit der Gelassenheit eines Menschen entgegen, der nichts zu verlieren hat und genau weiß, daß Boas und Pythons auch feindlichen Truppen Achtung einflößen. Aber er hatte flinke Augen, und noch bevor Kon-kim ausgestiegen war, deutete er kaum sichtbar zum Hoteleingang hinüber, neben dem ein in Lumpen gekleideter chinesischer Wahrsager hockte, der niemand anderer als Kon-kims Diener war.

Kon-kim kaufte von ihm im Vorübergehen das Horoskop des Tages, blieb aber unwillig stehen, als er sah, daß sich Patrice Lawrence nicht an die mit ihm getroffene Absprache hielt, sondern seinen Wagen verließ und sich anschickte, die Straße zu überqueren. »Patrice!« rief er ärgerlich hinter ihr her. »Wohin wollen Sie?«

Sie blickte über die Schulter zurück. »Nach Singapore. Byebye!«

»Sie wissen doch gar nicht, ob Sie Ihre Bekannten noch antreffen!«

»Ich treffe immer jemanden«, entgegnete sie arrogant und eilte davon.

Kon-kim war drauf und dran, hinter ihr herzulaufen, aber dann zog er es doch vor, die auf den Rand des Horoskops gekritzelte Meldung zu lesen, die ihm vorsorglich schon jetzt in der von ihm für die Zukunft befohlenen Form gegeben wurde.

Die Nachricht besagte, daß die nach Kuala Lumpur entsandten Fahrer wohl die Funksprechgeräte, nicht jedoch die dazugehörigen Stromerzeugungsaggregate erhalten hatten.

Sekundenlang überlegte er, was er tun sollte. Ohne Strom ließen sich die Anlagen nicht bedienen. Wenn er in ständigem Kontakt mit seinen Abteilungen bleiben wollte, mußte er unverzüglich nach Kuala Lumpur fliegen und auf Biegen und Brechen versuchen, die fehlenden Aggregate zu bekommen.

Als hätte ihn das erstandene Horoskop nicht befriedigt, kaufte er ein zweites, wobei er seinem Diener zuflüsterte, daß er sich voraussichtlich einige Tage nicht melden werde. Dann stieg er in seinen Wagen und fuhr in Richtung Flughafen davon. Aber schon in der Vorstadt erkannte er an den mit Europäern zurückrasenden Wagen, daß die Japaner die nach Kuala Lumpur und zum Flughafen führende Hauptstraße abgeschnitten haben mußten. Seine Vermutung bestätigte sich bald darauf. Um einen letzten Versuch zu machen, aus Ipoh herauszukommen, schlug er einen Seitenweg ein, der an der Zinn-Mine vorbei nach Batu Gajah führte. Erreichte er diesen Ort, dann konnte er ohne Schwierigkeit auf die Hauptstraße nach Kuala Lumpur gelangen.

Das Glück war ihm nicht hold. Der Weg nach Batu Gajah führte an einem Bahndamm entlang, auf dem Kon-kim schon von weitem japanische Posten stehen sah. Wenn er nicht Gefahr laufen wollte, zur willkommenen Zielscheibe zu werden, mußte er auf der Stelle kehrtmachen.

Er war in eine gefährliche Lage geraten und überlegte fieberhaft, war er unternehmen könne, um seine Arbeiter und Angestellten, die sich ihm bedinungslos anvertraut hatten, nicht zu enttäuschen. Er mußte sich zu ihnen durchschlagen! Aber wie? Den Wagen durfte er nicht länger benützen, da dieser auf seinen Namen zugelassen war und ihn im Falle einer Festnahme verraten würde. Es blieb ihm nichts anderes übrig, als sich schnellsten von ihm zu trennen.

Kon-kim schaute sich schon nach einem günstigen Versteck um, als er erkannte, daß er sich in unmittelbarer Nähe des Felsentempels *Sam Poh Tong* befand, dessen buddhistische Mönche er einmal aufgesucht hatte. Kurz entschlossen fuhr er den Wagen in ein Gebüsch und lief querfeldein auf die Felsenhöhle zu.

Die Mönche atmeten erleichtert auf, als sie Kon-kim erblickten, dessen in der Grotte laut hallende Schritte sie bereits einem feindlichen Soldaten zugesprochen hatten.

»Daß Sie uns in dieser Stunde besuchen, ist ein gutes Omen!« frohlockte der Mönch, der ihn einst aufgefordert hatte, die Schildkröten zu füttern.

Seine Worte erinnerten Kon-kim an die frühere Unterhaltung, und einer jähen Eingebung folgend, erwiderte er: »Sie haben recht: es ist ein gutes Omen. Ich *mußte* heute zu Ihnen kommen.«

Die Augen des Mönches weiteten sich.

»Haben Sie damals, nachdem die ›Geisterschildkröte‹ das erste von mir geworfene Blatt fraß, nicht gesagt, daß ich mich möglicherweise eines Tages wie ein Geist verwandeln würde?«

»Gewiß«, antwortete der Buddhist.

Kon-kim blickte von einem zum anderen. »Ihnen allen habe ich seinerzeit erklärt, daß ich Orakeln gegenüber sehr skeptisch bin, und ich gestehe, daß ich meine Meinung inzwischen nicht geändert habe. Dennoch suche ich Sie heute auf, um mich – bildlich gesprochen – mit Ihrer Unterstützung in einen Geist zu verwandeln, der Ihnen und mir Hilfe bringen soll.«

Die Mönche drängten näher an Kon-kim heran. »Wie sollen wir das verstehen?«

»Die Sache ist ganz einfach«, erwiderte er. »Unsere Interessen begegnen sich in dieser schweren Stunde. Sie möchten den Tempel vor der Zerstörung bewahren, während ich aus besonderen Gründen so schnell wie möglich aus Ipoh herauskommen muß. Vereinen wir uns also, indem wir vermittels einer kleinen Notlüge zu einer Kriegslist greifen, die uns allen helfen wird, wenn einer von Ihnen mit einer weißen Flagge auf die Straße geht und dem ersten vorbeikommenden Japaner einen von mir beschriebenen Zettel übergibt. Ich beherrsche die japanische Sprache und werde die Japaner in meiner Mitteilung bitten, unverzüglich ins Kloster zu kommen, um einen im Dienste der *Kempetai* stehenden Geheimagenten zu retten, der – wie ich behaupten werde – hier seit Tagen verstecktgehalten wird. Alles Weitere überlassen Sie mir. Ich werde den Japanern erzählen, daß ich nicht mehr leben würde, wenn Sie, die Mönche von *Sam Poh Tong*, mir nicht geholfen hätten. Auf leichte Weise erhalten Sie so eine Garantie dafür, daß dem Tempel nichts geschehen wird.«

»Und was wird aus Ihnen?« fragte das Oberhaupt des Klosters benommen. »Wie wollen Sie aus Ipoh herauskommen?«

»Das muß sich aus der Situation ergeben«, antwortete Kon-kim. »Irgendwie werde ich es schon schaffen. Wir müssen uns nur darin einig sein, daß ich vor drei Tagen hier aufgetaucht bin und um Schutz bat, meinen Namen nicht nannte, seither unter dem Dachboden verstecktgehalten werde und Ihnen den Zettel mit der Bitte übergab, ihn dem ersten vorbeikommenden Japaner in die Hand zu drücken.«

Die meisten der ängstlichen Mönche schauten betreten vor sich hin, aber in der nachfolgenden Debatte gelang es Kon-kim, das Oberhaupt für seinen aus dem Stegreif ersonnenen Plan zu gewinnen.

Und seine Rechnung ging auf. Schon eine Stunde später wurde er aus dem inzwischen gewählten Versteck herausgeholt und zu einem jungen Leutnant geführt, der mit mehreren Soldaten im Klosterhof stand und ihm skeptisch entgegenblickte.

Kon-kim ging mit schnellen Schritten auf ihn zu und rief, noch bevor er ihn erreichte: »Gut, daß Sie gekommen sind! Wenn diese Mönche nicht gewesen wären...« Er unterbrach sich, ergriff spontan die Hände des Klosteroberhauptes und sagte, an den Offizier gewandt: »Entschuldigen Sie, aber ich muß mich zunächst bedanken.«

Der Leutnant lächelte, und Kon-kim umarmte den Buddhisten. Dann verneigte er sich vor den übrigen Tempelhütern, um sich schließlich dem Japaner zuzuwenden. »Schauen Sie sich bloß diese Mönche an«, sagte er kopfschüttelnd. »Erst retten sie mich, und nun, da alle Gefahr vorüber ist, machen sie Gesichter, als sollten sie für ihre edle Tat bestraft werden. Erklären Sie ihnen, daß sie ohne Sorge sein können.«

Der junge Offizier schmunzelte. »Das müssen Sie ihnen schon selber sagen, da sie meine Sprache nicht verstehen würden.«

Kon-kim hob die Hand und rief: »Unser japanischer Freund bittet mich, Ihnen zu übermitteln, daß alles in Ordnung ist und Sie lachen und nicht Trübsal blasen sollen.«

Die Mönche, die ihre Erregung kaum noch verbergen konnten, fingen an zu kichern. Zunächst schamhaft, dann aber, als der Leutnant ihnen aufmunternd zunickte, immer freier und gelöster werdend.

Kon-kim atmetet erleichtert auf. »Und nun wollen wir keine Zeit verlieren«, wandte er sich an den Japaner. »Ich bin im Auftrage der *Kempetai* tätig; meine Nummer ist achthundertsieben. Was mich im Moment am meisten bewegt: wurde der Vormarsch durch Guerillas erschwert?«

»Allerdings«, erwiderte der Offizier verblüfft. »Ganz unverhofft wurden wir angegriffen.«

»Aus dem Dschungel heraus?«

»Ja.«

»Ich habe es geahnt«, stöhnte Kon-kim und gab sich einen verzweifelten Anschein. »Hatten Sie große Verluste?«

»Beim ersten Überfall fast hundert Mann. Beim zweiten etwas weniger und beim dritten über hundertfünfzig. Schlimmer aber noch ist die Tatsache, daß unser Zeitplan in Unordnung geraten ist. Unser Tagesziel war Tapah. Wir kommen jedoch nicht über Ipoh hinaus.«

»Und wo liegt der Generalstab?«

»In Betong.«

»Besteht schon telefonische Verbindung?« fragte Kon-kim, obwohl er genau wußte, daß eine Feldleitung noch nicht gelegt sein konnte.

Der Japaner schüttelte den Kopf. »Sie vergessen, daß wir seit heute morgen hundertsechzig Kilometer zurückgelegt haben.«

Kon-kim fuhr sich durch das Haar. »Dann müssen Sie mir sofort ein Fahrzeug besorgen. Noch heute muß ich nach Betong. Wenn ich es nicht schaffe, kostet es Tausenden das Leben.«

Der Offizier sah ihn betroffen an. »Das ist unmöglich! Versetzen Sie sich in meine Lage. Würden Sie einem Zivilisten, der behauptet, Agent der *Kempetai* zu sein, ohne weiteres einen Wagen übergeben?«

»Natürlich nicht«, antwortete Kon-kim entwaffnend. »Aber habe ich diese Forderung gestellt? Sie sollen mir kein Fahrzeug übergeben, sondern einem Ihrer Männer den Befehl erteilen, mich schnellstens zum Generalstab zu bringen.«

Der Leutnant betrachtete ihn lauernd. »Ist Ihre Meldung wirklich von solcher Dringlichkeit?«

»Ich sagte bereits, daß es Tausenden das Leben kosten wird, wenn ich nicht noch in dieser Nacht...«

»Also gut«, unterbrach ihn der Japaner. »Ich stelle Ihnen meinen Wagen und Fahrer zur Verfügung, muß Sie jedoch bitten, in Kangsar meinen Regimentskommandeur zu informieren.«

»Wird gemacht«, erwiderte Kon-kim. »Weiß mein Begleiter, wo wir ihn finden?«

»Hai, hai. Gleich am Stadtausgang.«

Kon-kim bedankte sich, und wenige Minuten später brauste er in einem Kübelwagen davon.

»Wir schneiden ein ganzes Ende ab, wenn Sie an der nächsten Kreuzung nicht links abbiegen, sondern geradeaus fahren«, sagte er dem gutmütig und bäuerlich aussehenden japanischen Soldaten, als sie sich Ipoh näherten. »Es ist zwar nur ein Feldweg, aber er erspart uns die Stadtdurchfahrt. Wollen wir ihn benutzen?«

Der Fahrer nickte.

»Dann werde ich Sie führen.«

Es war klar, daß Kon-kim den Japaner zum Flugplatz dirigierte, wo er mit Erleichterung feststellte, daß der Holzschuppen unbeschädigt und weit und breit niemand zu sehen war. Aber sein Herz klopfte wie ein Hammer, als er, fast ohne sich zu bewegen, seine Pistole aus der Tasche zog und sie entsicherte. Dann führte er seinen Arm behutsam hinter den Fahrer, dem er die Mündung plötzlich in den Rücken drückte.

Der Japaner fuhr zusammen.

»Tomatte kudasai – Stop!« kommandiere Kon-kim.

Der Fahrer dachte nicht daran, sondern stieß Kon-kim mit einer heftigen Bewegung zur Seite und griff blitzschnell nach seiner am Koppel hängenden Revolvertasche.

Kon-kim blieb nichts anderes übrig, als zu schießen und zu versuchen, das Steuer zu ergreifen.

Zu spät. Der Wagen krachte gegen eine Böschung.

Der Japaner gab sich nicht verloren und umklammerte Kon-kim.

Zwei weitere Schüsse peitschten durch den beginnenden Abend.

Der Soldat sank über das Steuer.

Kon-kim sprang aus dem Wagen und lief über das Landefeld auf den Schuppen zu, an dessen Rückseite sich neben der Werkstatt die Unterkunft des Flugzeugwartes befand, den er eilig heraustrommelte. »Ist die Maschine startklar?«

»Natürlich«, antwortete der Monteur. »Aber die Japaner sollen schon in der Stadt sein.«

»Darum brauche ich den Vogel«, rief Kon-kim und rannte in die Halle, um das Tor zu öffnen. »Und du wirst mit mir fliegen. Keine dreihundert Meter von hier entfernt habe ich einen Japaner umlegen müssen. Wenn er gefunden wird, bist du erledigt.«

Fünf Minuten später hob Kon-kim ein kleines Sportflugzeug vom Boden und flog in Baumwipfelhöhe davon.

Das Tor des toten Herzens

Das Licht des Tages war bereits gebrochen, als Kon-kim in Kuala Lumpur landete. Seine Nerven vibrierten. Am liebsten hätte er die Augen geschlossen und geschlafen. Der Gedanke an seine im Dschungel kämpfenden Männer trieb ihn jedoch weiter, und als er das Flugzeug abgestellt hatte und bei der Luftaufsicht erfuhr, daß im gegenwärtigen Durcheinander kein Taxi zu erhalten sei, machte er sich auf den Weg in die gut fünf Kilometer entfernt gelegene Stadt, um den Commander aufzusuchen, den er nicht eher wieder verlassen wollte, bis er die zu den Funksprechanlagen gehörigen Stromaggregate erhalten hatte. In der Militärkommandantur traf er den Briten nicht an, und da ihm ein Leutnant erklärte, daß sich alle höheren Offiziere in einer Lagebesprechung befänden, deren Ende nicht abzusehen sei, begab er sich zum Hotel *Majestic*, um sich ein Quartier zu beschaffen. Wo man ihn unterbrachte, war ihm gleichgültig; er brauchte nur einen Platz, auf dem er einige Stunden schlafen konnte. Doch das *Majestic* und alle anderen Hotels waren von Flüchtlingen so überfüllt, daß nicht einmal ein Sessel zu erhalten war. Und in den Speisesälen herrschte ein derartiger Betrieb, daß Kon-kim es vorzog, ein einfacheres Restaurant aufzusuchen. Wie groß aber war sein Erstaunen, als er in einem an der *Campbell Road* gelegenen chinesischen Lokal Patrice Lawrence entdeckte. Sie saß mit vier englischen Soldaten an einem Tisch und aß munter plaudernd *Satay*.

Es ist nicht zu glauben, dachte er und trat an sie heran. »Schmeckt es?« fragte er und beugte sich über ihre Schulter.

Sie blickte zu ihm hoch, als gewahre sie einen Geist. »Du lieber Gott! Kon-kim, wo kommen Sie her?«

»Von Ipoh«, antwortete er trocken.

Sie ergriff seine Hand. »Wissen Sie, daß ich für Sie bereits das Schlimmste befürchtete? Wenige Minuten nachdem wir uns getrennt hatten, stoppten diese Herren mit ihrem Militärfahrzeug neben mir und riefen: ›Schnell, wenn Sie noch aus der Stadt herauskommen wollen! Die Chaussee nach Kuala Lumpur wird abgeschnitten!‹ Und dann saß ich auch schon im Wagen, und wir brausten davon.«

Kon-kim nickte anerkennend. »Sie hatten also recht, als Sie sagten, daß Sie immer jemanden treffen.«

Patrice Lawrence lachte. »Und wie sind Sie herausgekommen?«

Kon-kim spielte den Überlegenen. »Ich habe es mir etwas einfacher gemacht. Nachdem ich meine Sachen gepackt und im Hotel meine Rechnung bezahlt hatte, bin ich zum Flugplatz gefahren, um mit meiner Maschine hierherzufliegen.«

Patrice Lawrence starrte ihn an. »Sie haben ein Flugzeug?«

Er stellte sich verwundert. »Wußten Sie das nicht?«

Sie schüttelte den Kopf. »Warum haben Sie mir das nie erzählt?«

»Wir trafen uns zu selten. Und das letztemal fand ich keine Gelegenheit, antwortete er hintergründig und zog einen Stuhl heran. »Gestatten Sie, daß ich mich zu Ihnen setze?«

»Das ist doch selbstverständlich«, erwiderte sie und rutschte eilfertig zur Seite.

Kon-kim bestellte sich ebenfall *Satay*, das er in aller Eile aß. Dann erklärte er, das Militärgouvernement aufsuchen zu müssen.

Patrice Lawrence machte ein enttäuschtes Gesicht. »Und wo bleiben Sie heute nacht?«

Er zuckte die Achseln. »Wahrscheinlich am Flugplatz. Es war mir nicht möglich, ein Quartier zu bekommen.«

Sie erhob sich mit ihm. »Ich begleite Sie noch ein paar Schritte.«

Kon-kim verabschiedete sich von den Soldaten und verließ das Lokal.

Patrice Lawrence hakte sich bei ihm ein. »Werden Sie weiter nach Süden fliegen?«

Er schüttelte den Kopf. »Wozu? Irgendwo wird man ja doch überrollt.«

Sie sah ihn erstaunt an. »Sie wollen in Malaya bleiben?«

»Natürlich.«

»Mir scheint, Sie sind wahnsinnig geworden.«

»Möglich.«

»Ich verstehe Sie nicht«, entgegnete sie ärgerlich. »Sie sind doch unabhängig. Warum fahren Sie nicht nach Indien und warten dort das Ende des Krieges ab?«

»Haben Sie das vor?«

»Allerdings. Ich gehe an den Dal-See, ein paar Meilen von Srinagar entfernt. Das Tal von Kaschmir ist ein Paradies auf Erden. Hätten Sie nicht Lust, mitzukommen?«

»An sich schon«, antwortete Kon-kim belustigt. »Aber ich befürchte nur, daß Ihre Bekannten Sie dann schneiden werden.«

Sie drückte seinen Arm. »Ich würde mir nichts daraus machen.«

»Wie großzügig von Ihnen.«

»Seien Sie jetzt nicht garstig.«

»Sie haben recht«, erwiderte er. »In der Stunde der Trennung soll man nett zueinander sein.«

Patrice Lawrence blieb stehen. »Sie wollen wirklich hierbleiben?«

»Ja, weil ich den Japanern…« Er schwieg, als erscheine es ihm müßig, darüber zu reden.

»Haben Sie etwa vor, gegen die Japaner zu kämpfen?«

»Vielleicht.«

Sie seufzte. »Ich verstehe Sie nicht, Kon-kim.«

»Wie sollten Sie auch. Aber ich bin dennoch sehr froh, daß wir uns getroffen haben. Als Sie in Ipoh fortliefen, hätte ich Sie verprügeln mögen.«

Patrice Lawrence strich sich eine Haarsträhne aus der Stirn.

»Schade, daß Sie das nicht getan haben. Ich möchte manchmal, daß jemand kommt, der mich...« Sie zog ihn an sich. »Bitte, bleiben Sie.«

Er spürte ihren Körper. »Ich habe Ihnen erklärt, daß ich zum Militärgouvernement muß.«

»Und wie lange haben Sie dort zu tun?«

»Ein oder zwei Stunden. Möglicherweise auch nur zehn Minuten. Sie wissen doch, daß alles drunter und drüber geht.«

»Gut«, entgegnete sie nach kurzem Zögern. »Dann warte ich auf Sie in dem Restaurant, in dem wir uns getroffen haben. Und wenn es Stunden dauert.«

»Und dann?«

»Nehme ich Sie mit zu mir. Ich habe in dieser Straße ein kleines Zimmer erhalten. Es ist sehr schmutzig, aber es hat vier Wände. Werden Sie kommen?«

Er gab keine Antwort.

Sie preßte sich an ihn. »Bitte, sag ja! Es ist vielleicht das letzte Mal, daß wir uns sehen.«

Kon-kim seufzte. »Wenn du doch nicht eine so schreckliche Verführerin wärest!«

Etwa eine halbe Stunde später empfing ihn der britische Commander. Er sah gehetzt aus und lachte hysterisch, als Kon-kim ihm erklärte, daß er ihn nicht aufhalten wolle und nur gekommen sei, um die zu den Funksprechanlagen erforderlichen Stromaggregate zu holen.

»Wenn es Ihnen Spaß macht, können Sie sogar das ganze Depot übernehmen! Wir haben den Befehl erhalten, uns nach Jahore abzusetzen und den feindlichen Vormarsch nur durch leichte motorisierte Kräfte zu behindern. General Wavell, der Oberste Alliierte Befehlshaber in Südostasien, hält eine längere Verteidigung von Malaya und Singapore unter den gegebenen Umständen für ausgeschlossen. Ja, Sie haben recht behalten. Die Japaner rasen buchstäblich an der Küstenstraße entlang.«

»Es soll überhaupt nicht gekämpft werden?« entgeisterte sich Kon-kim.

»Wir haben Weisung, uns in Jahore zu formieren. Bedienen Sie sich also der hiesigen Depots, die spätestens morgen mit allem in die Luft gesprengt werden, was wir nicht mitnehmen können. Stromaggregate werden Sie allerdings nicht finden.«

Trotz der deprimierenden Nachricht erkannte Kon-kim die einmalige Chance, die sich ihm bot. Er mußte versuchen, so viel Heeresgut wie möglich an sich zu bringen. Aber wie sollte er es forttransportieren »Können Sie mir Lastwagen zur Verfügung stellen?« erkundigte er sich, obwohl er ahnte, daß seine Frage müßig war.

»Wenn wir genügend Fahrzeuge hätten, würden wir das Material selber mitnehmen«, antwortete der Commander gereizt.

Kon-kim erinnerte sich daran, daß der Brite ihn früher einmal aufgefordert hatte, die Führung eines einheimischen Reservebataillons zu übernehmen. Wenn es in Kuala Lumpur ein solches gab... Noch bevor er den Gedanken zu Ende gedacht hatte, fragte er den Commander, ob die seinerzeit erwähnten Reserveverbände aufgestellt worden seien.

»Nur zum Teil«, antwortete der Engländer zerstreut. »Es gibt drei Einheiten: eine in Kuala Lumpur, eine in Gemas und die dritte in Kluang. Alles in allem etwa fünfzehnhundert Mann.«

»Und was geschieht mit den Leuten?«

Der Commander zuckte die Achseln.

»Sie nehmen sie nicht mit?«

»Wozu? Sie würden uns nur im Wege stehen, wenn es in Jahore zur Schlacht kommen sollte. Außerdem fehlen uns Transportmöglichkeiten.«

»Und wer führt die Einheiten?«

»Gediente Einheimische, die einem Major unterstellt sind. Gerade vor wenigen Minuten habe ich ihm gesagt, daß er den Befehl zur Auflösung geben soll. Die Japaner würden die Männer nur massakrieren.«

Kon-kims Augen brannten. »Wenn Sie mich auf elegante Weise loswerden wollen, dann bringen Sie mich schnellstens mit dem Major zusammen.«

»Haben Sie etwa die Absicht, Ihre Guerilla-Kämpfer zu verstärken?«

»Unter anderem.«

»Des Menschen Wille ist sein Himmereich«, erwiderte der Commander und beauftragte einen Schreiber, Kon-kim zu dem Major zu führen.

Schon nach einer viertelstündigen Unterredung verließ dieser mit Kon-kim die Militärkommandantur, um zu einem Malaien zu fahren, der bei der *Mata-Mata,* der Polizeitruppe, gedient hatte und trotz seiner gutmütig dreinschauenden Augen einen verwegenen Eindruck machte. Sein Name war Sulaiman, seine Stimme dröhnte wie ein schwingender Gong.

»Dies ist Mister Lee, dem ich soeben das Kommando über alle Reserveverbände übertragen habe«, erklärte ihm der Major ohne Umschweife. »Sie unterstehen ab heute ihm und nicht mehr dem Militärgouvernement. Alles Weitere wird Ihnen Mister Lee sagen.«

Der stämmige Malaie musterte Kon-kim, als wollte er sagen: Den mach' ich im Handumdrehen fertig.

Kon-kim spürte die Auflehnung, ließ sich aber nichts anmerken, sondern verabschiedete den Major, der sichtlich erleichtert verschwand. Dann wandte er sich an den ehemaligen Polizeisergeanten und sagte bewußt aggressiv: »So, nun möchte ich zunächst einmal wissen, was Ihnen an mir mißfällt. Ist es meine Nasenspitze?«

Der Malaie stutzte und lachte: »Sie meinen, weil es eine typisch chinesische ist?«

»Nehmen Sie Anstoß daran?«

»Nein, das ist es nicht.«

»Was ist es denn? Sprechen Sie sich ruhig offen aus.«

»Na, schön. Um es kurz zu machen: ich bin Soldat, Sie nicht. Wie komme ich dazu...«

»Moment«, unterbrach ihn Kon-kim. »Ich garantiere Ihnen, daß ich es mit einem Soldaten Ihres Kalibers jederzeit aufnehme.«

Der Malaie grinste verächtlich.

Kon-kim stieß ihn vor die Brust. »Los, greifen Sie mich an, wenn Sie mich auf die Probe stellen wollen.«

Die Augen Sulaimans wurden zu Schlitzen. »Das lasse ich mir nicht zweimal sagen«, brüllte er und sprang Kon-kim an.

Der drehte sich blitzschnell und schleuderte seinen Angreifer mit einem Judo-Griff auf den Boden. »Ich hoffe, daß Ihnen die Kostprobe genügt.«

Der Malaie rieb sich sein Handgelenk. »Den Trick müssen Sie mir beibringen.«

Kon-kim lachte: »Einverstanden, wenn ich daraus schließen darf, daß Sie bereit sind, mit mir zusammenzuarbeiten?«

Sulaiman nickte. »So hat mich noch keiner aufs Kreuz gelegt.«

»Dann ernenne ich Sie hiermit zu meinem Stellvertreter. Neben der Führung Ihres Bataillons übernehmen Sie ab sofort auch das Kommando über die in Gemas und Kluang stehenden Reserveeinheiten. Und ich werde Ihnen jetzt erzählen, was Sie bis morgen abend geschafft haben müssen.«

Über eine Stunde redete Kon-kim auf Sulaiman ein, und als er ihn verließ, besaß er die Gewißheit, daß weitere fünfzehnhundert Einheimische ihre Wohnungen mit dem Dschungel vertauschen und noch in dieser Nacht jeden greifbaren Lastwagen und mindestens fünfhundert Fahrräder requirieren würden.

Der Commander traute seinen Ohren nicht, als Kon-kim ihm am nächsten Morgen meldete, das Reservebataillon Kuala Lumpur sei auf dem Wege zum Depot, wo es sechsunddreißig Transportfahrzeuge mit Waffen und Munition beladen werde, um anschließend auf Fahrrädern nach Kajang zu fahren und im Dschungel unterzutauchen.

Der Brite sah ihn entgeistert an. »Glauben Sie wirklich, sich für eine Weile im Dschungel halten zu können?«

»Wenn es sein muß, sogar jahrelang«, antwortete Kon-kim. »Ich habe dem Führer des hiesigen Bataillons den Auftrag erteilt, die in Gemas und Kluang gebildeten Heimatverbände zusammenzutrommeln, und Sie bitte ich, umgehend dafür zu sorgen, daß die Abteilung Kluang von der Truppe Waffen und Munition erhält. Gemas übernehmen wir. Kluang ist zu weit für uns.«

Der Commander versprach es ihm und fügte bedrückt hinzu: »Ich wollte, ich könnte mehr für Sie tun.«

»Das können Sie!« erwiderte Kon-kim wie aus der Pistole geschossen. »Den drei Reservebataillon habe ich fünf Operationsgebiete zugewiesen; ich brauche also außer den mir fehlenden Stromaggregaten weitere fünf komplette Funksprechgeräte. Weisen Sie Ihre zuständige Dienststelle in Singapore an, mir die Anlagen auszuhändigen.«

»Sie wollen nach Singapore?«

»Ich fliege noch heute mit meiner eigenen Maschine dorthin.«

Der Engländer stemmte die Hände in die Hüften. »Sie scheinen wirklich ein Teufelskerl zu sein. Haben Sie eventuell einen Platz für unseren General frei?«

»Bedaure«, antwortete Kon-kim. »Ich verfüge nur über ein kleines Sportflugzeug.«

Daß er das Nützliche mit dem Angenehmen verbinden und Patrice Lawrence nach Singapore bringen wollte, verschwieg Kon-kim. Aber nicht ihretwegen hatte er sich zu dem Flug entschlossen.

Es ging ihm vielmehr darum, David Hamilton aufzusuchen, von dem er hoffte, daß er ihm in irgendeiner Form helfen könne, die Funksprechgeräte in die einzelnen Operationsgebiete zu schaffen.

Patrice Lawrence war natürlich glücklich, von Kon-kim nach Singapore gebracht zu werden, und ihre vom Fahrtwind massierten Wangen glühten, als er sie am Nachmittag wohlbehalten auf dem unmittelbar am Meer gelegenen Landefeld absetzte.

»Diesen Flug werde ich nie vergessen«, sagte sie begeistert, als sie ihre Kopfhaube abstreifte und ihr volles Haar schüttelte. »Ich kann es gar nicht abwarten, dir dafür zu danken.«

Er nahm ihr die Haube ab. »Fahr gleich los und organisiere ein Zimmer im *Raffles-Hotel.* Mit einem entsprechenden ›Teegeld‹ wirst du es schon schaffen. Ich erledige inzwischen meine Sachen und komme so bald wie möglich.«

Sie warf ihm einen verliebten Blick zu. »Hoffentlich läßt du mich nicht wieder so lange warten wie in der letzten Nacht.«

»Ich werde mein Bestes tun«, erwiderte er und begab sich zur Flugleitung um David Hamilton anzurufen, der glücklicherweise in seinem Büro war und sich sofort bereit erklärte, ihn abzuholen.

Es dauerte nicht lange, bis der Freund erschien. »Ich bin froh, daß wir uns noch einmal treffen«, rief er schon von weitem. »Stell dir vor: heute nacht geht mein Schiff!«

»Nach Hause?«

»Sofern die Reise nicht auf dem Grunde des Meeres endet«, antwortete David Hamilton. »Die Japaner sollen Spielzeuge haben, die ganz leise herankommen und einen entsetzlichen Lärm machen, wenn sie irgendwo anstoßen.«

»Geh den Dingern doch aus dem Weg und bleib hier.«

»Sorry, Sir, ich bin einberufen. Zur Marine! Dort werden dringend Leute gebraucht, die wegen Seekrankheit immer an der Reling stehen und auf das Wasser starren. Aber das schwöre ich dir: wenn ich so ein ekelhaftes Spielzeug auf mich zukommen sehe, halte ich mir die Ohren zu.«

»Was ich sofort tun werde, wenn du mich weiterhin zum Narren halten willst.«

»Bitte, ich kann auch anders. Nach letztem ›on dit‹ beabsichtigt general Wavell, Mister Churchill auf einige Dinge aufmerksam zu machen, die ihm die Prothesen aus dem Mund fallen lassen werden. Unter anderem will er ihm erzählen, daß die Nordseite Singapores nicht befestigt ist, es dem Feind somit keine Schwierigkeit bereiten wird, die Straße von Johore zu überqueren. Ferner wird er ihm sagen, daß die hier installierte Küstenartillerie infolge der gestreckten Flugbahn ihrer Geschosse nicht zur Bekämpfung feindlicher Batterien eingesetzt werden kann. Eine Verteidigung der Insel ist also unmöglich. Und im Falle eines Rückzuges auf die Insel muß der nach Johore Bahru führende Damm mitsamt der einzigen Wasserleitung gesprengt werden, die Singapore versorgt. Kurzum, der Herr Oberste Alliierte Befehlshaber ist über die hiesige Schlamperei entsetzt und sieht sich genötigt, geziemend auf eine bevorstehende unrühmliche Niederlage aufmerksam zu machen*.

»Weißt du, was das für mich bedeutet?« rief Kon-kim außer sich.

»Daß du mit deinen Männern in wenigen Tagen ohne Nachschub und Rückendeckung sein wirst! Mach Schluß, bevor es zu spät ist. Über kurz oder lang werdet ihr den Dschungel verlassen müssen. Und was ist dann? Abschlachten wird man euch! Du kennst die Japaner. Vor einer schönen Blume verbeugen sie sich, ein Menschenleben aber ist ihnen keinen Pfifferling wert.«

»Hör auf!« unterbrach ihn Kon-kim unwillig. »Ich weiß, warum ich kämpfe. Und wenn man mich vierteilen sollte: ich werde keine Menschen im Stich lassen, die an mich glauben. Im übrigen haben meine Männer bereits am ersten Tag über dreihundert Japaner umgelegt, und kein geringerer als ein japanischer Offizier hat mir dies berichtet. Wir werden den Kerlen das Leben zur Hölle machen. Und sollten wir den Dschungel eines Tages verlassen müssen, wird es in einer anderen Form geschehen, als du glaubst.«

David Hamilton zuckte die Achseln. »Dein Wille und deine Ideale in Ehren, aber von beidem hast du zuviel.«

»Sag mir lieber, wo sich dein Spediteur aufhält.«

»Was willst du von ihm?«

»Ich muß mich mit ihm über unauffällige Transportmöglichkeiten unterhalten.«

* Winston Churchill schreibt hierzu in seinen Memoiren: »Auch war es mir nie in den Sinn gekommen, daß der Rücken der berühmten Festung nicht durch einen Kranz unabhängiger, selbständiger Forts geschützt sein könnte. Ich kann nicht begreifen, wieso ich das nicht wußte. Aber keiner der Offiziere an Ort und Stelle und keiner meiner Sachverständigen zu Hause scheint sich dieses furchtbaren Mangels bewußt gewesen zu sein.«

Der Amerikaner schüttelte den Kopf, brachte Kon-kim aber mit seinem Geschäftsfreund zusammen, der in einem altmodischen Bürohaus hinter einem mit Schweinsleder überzogenen Schreibtisch residierte.

Der betont modisch gekleidete Transportunternehmer gefiel Kon-kim, obwohl er stark nach Juchten duftete. Als Kon-kim ihm aber auseinandersetzte, worum es ihm ging, erklärte der Spediteur mit abwehrend erhobenen Händen, daß er für kein Geld der Welt bereit sei, den Ast abzusägen, auf dem er sitze.

»Ich kann Ihnen jedoch einen Tip geben«, fügte er augenzwinkernd hinzu. »Mir sind einige Schmuggler bekannt, die die Straße von Malacca wie ihre Westentasche kennen. Übergeben Sie ihnen die Funksprechanlagen und bestimmen Sie, an welchen Küstenpunkten sie abgeliefert werden sollen. Die Burschen sind zuverlässig, segeln nur in der Nacht und liegen tagsüber in unzugänglichen Buchten.«

Er trat an eine neben seinem Schreibtisch hängende Landkarte. »Das Gerät für Kluang würde ich an die Mündung des Simpang beordern und von dort mit einem Boot durch den Dschungel schaffen lassen. Da halten sich garantiert keine Japaner auf. Und das Gerät für Gemas müßte in der Mündung des Muar übernommen werden; das für Kajang im Langat und die Geräte für die nördlichsten Gruppen im Perak.«

»Ihr Vorschlag ist gut«, erwiderte Kon-kim nach kurzer Überlegung. »Zumal ich im Augenblick noch mit Kluang, Gemas und Kajang telefonieren und alles verabreden kann.«

»Sie müssen damit rechnen, daß Ihre Leute unter Umständen ein oder zwei Wochen an den Mündungen warten müssen«, gab der Spediteur zu bedenken. »Die als Fischer getarnten Schmuggler gehen auf Nummer Sicher und lassen sich Zeit.«

Kon-kim nickte. »Das ist besser als umgekehrt. Wäre es Ihnen möglich, mich noch heute mit den Männern zusammenzubringen? Die Angelegenheit eilt, da die telefonische Verbindung schon morgen abreißen kann.«

David Hamilton, der bis zu diesem Augenblick geschwiegen hatte, mischte sich in das Gespräch. »Hör zu, George«, sagte er, an den Transportunternehmer gewandt. »Mein Schiff geht in dieser Nacht. Du wirst verstehen, daß ich wenigstens noch ein paar Stunden mit meinem *Bruder durch Zuneigung* zusammen sein möchte.

Übernimm die Sache. Leg die Übergabeplätze fest, damit mein Freund seine Leute informieren kann, und morgen oder übermorgen erhältst du die Geräte und gibst sie weiter. Noch sind die Japaner ja nicht auf der Insel. Es kann dir also nichts passieren.«

Der Spediteur machte eine geldzählende Bewegung. »Und was sage ich den Schmugglern?«

»Was sie hören wollen«, antwortete Kon-kim. »Ich übergebe Ihnen einen Blankoscheck.«

Der Spediteur seufzte. »Well. Ich erledige die Sache.«

Eine halbe Stunde später war alles bis ins kleinste Detail festgelegt. Dann rief Kon-kim den ehemaligen Polizeisergeanten an, und als er diesen ausführlich informiert hatte, legte er den Hörer in dem Bewußtsein zurück, daß es für ihn in einigen Wochen kein Problem mehr sein würde, die Operationen der einzelnen Abteilungen aufeinander abzustimmen. Es war allerdings gut, daß er sich zuvor noch mit dem britischen Heereswaffenamt in Verbindung gesetzt hatte, das ihn auf die relativ geringe Reichweite der Funksprechgeräte aufmerksam machte und ihm dringend empfahl, eine Station zwischen Ipoh und Kuala Lumpur in Betrieb zu nehmen, damit diese die zwischen den nördlichen und südlichen Stationen zu führenden Gespräche vermitteln könne. Dies machte es notwendig, ein Gerät bei Tangi zu installieren.

»Ich bewundere deinen Mut«, sagte David Hamilton, als sie sein Büro aufsuchten, um noch eine Weile miteinander plaudern zu können. »Du übernimmst die Verantwortung für Tausende von Menschen, als wäre das nichts. Wie kannst du bloß noch ruhig schlafen?«

Kon-kim trat an das Fenster des Büros und blickte über den Hafen. »Wenn du glaubst, daß ich ruhig schlafe, täuschst du dich. Gerade das Gegenteil ist der Fall.«

»Und warum nimmst du das alles auf dich?«

»Weil ich das Leben und die Pflicht liebe und mich an die Pflicht halte, wenn ich beides nicht vereinigen kann. Und ich rege mich darüber auf, daß die Oberen, die sich das Recht zusprechen, Brände anzulegen, es dem Volk verwehren, seine Lampen anzuzünden.«

Der Freund rümpfte die Nase. »Das klingt kommunistisch.«

»Ist aber chinesisch gedacht. Und nun ein anderes Thema. Ich habe keine Lust, mich über Ideologien zu unterhalten.«

David Hamilton reichte ihm ein Glas. »Hast recht. Wozu von

Scheiße reden, wenn es Whisky gibt. Hoffen wir, daß wir uns eines Tages gesund wiedersehen.«

Als Kon-kim später zum *Raffles-Hotel* fuhr, war er froh, daß sein Freund sich weder nach seinem Quartier erkundigt hatte noch auf den Gedanken gekommen war, ihn zu fragen, auf welchem Weg er durch das von den Japanern besetzte Gebiet zu seinen Männern gelangen wolle. Auf beide Fragen hätte er mit einer Lüge antworten müssen. Im gegenwärtigen Zustand wäre es ihm zuwider gewesen, über Patrice Lawrence beziehungsweise über einen Plan zu sprechen, dessen Verwegenheit ihn selbst noch erschreckte.

Die Engländerin erwartete ihn bereits in der weitläufigen Hotelhalle und erzählte freudestrahlend, daß sie ein wunderschönes Zimmer erhalten habe. »Außerdem«, fügte sie schwärmerisch hinzu, »habe ich mir ein zauberhaftes Kleid und für dich einen dunklen Seidenanzug und Wäsche gekauft, so daß wir in aller Form dinieren können.«

Ihre Fürsorge versetzte Kon-kim in eine gehobene Stimmung, und nachdem er sich gebadet hatte und feststellte, daß der von Patrice Lawrence besorgte Anzug tadellos saß, verspürte er große Lust, den europäischen Hotelgästen zu zeigen, daß in Ostasien das Zeitalter der Diskriminierung seinem Ende entgegenging. »Krönen wir den Tag mit einem Dinner im *Elisabethanischen Saal*«, sagte er überschwenglich.

Patrice Lawrence sah ihn erschrocken an. »Verstehe mich jetzt nicht falsch, Kon-kim. Mir geht es darum, einen schönen Abend mit dir zu verleben. Ich befürchte jedoch, daß wir Ärger bekommen, wenn wir diesen Saal aufsuchen.«

»Das möchte ich bezweifeln«, widersprach er gut gelaunt. »Ärgern werden sich höchstens andere. Oder schämst du dich meiner?«

»Nein!« erwiderte sie ohne zu zögern.

»Dann begleite mich wie eine Königin und sei unbesorgt.«

Patrice Lawrence folgte ihm und ließ sich nicht anmerken, daß sie mit einem peinlichen Auftritt rechnete. Sie wußte, daß es noch kein Asiat gewagt hatte, im exklusiven *Elisabethanischen Saal* des *Raffles-Hotels* zu essen, und sie wunderte sich deshalb nicht über die gereckten Hälse und empörten Blicke der Hotelgäste, als sie durch den Speisesaal schritten.

Auch Kon-kim ließ sich nicht beirren. Zielstrebig ging er auf einen freien Tisch zu, neben dem er stehenblieb und Patrice Lawrence fragend anschaute. »Ist dir dieser Platz recht?«

Sie nickte.

Im selben Moment eilte der Oberkellner herbei und erklärte Kon-kim, daß er ihn ersuchen müsse, den Saal zu verlassen.

»Sehr schön«, erwiderte Kon-kim. »Dann nehmen wir diesen Tisch.« Damit zog er einen Sessel zurück und warf Patrice Lawrence einen aufmunternden Blick zu.

Seine Entschlossenheit imponierte ihr. Sie nahm Platz, als sei sie die Herrin des Hauses.

Kon-kim setzte sich neben sie.

Der Oberkellner schnappte nach Luft und hastete davon.

Patrice blickte lächelnd hinter ihm her. »Ich bin gespannt, wie es weitergehen wird.«

Kon-kim wollte gerade etwas erwidern, als der Oberkellner mit dem Geschäftsführer zurückkehrte, der ihn nun energisch aufforderte, augenblicklich den Speisesaal zu verlassen.

Kon-kim zog in aller Ruhe seine Pistole aus der Tasche, legte sie auf den Tisch und bat um die Speisekarte.

Der Geschäftsführer starrte entgeistert auf die Waffe und schluckte so heftig, daß sein Adamsapfel wippte.

»Um die Speisekarte habe ich gebeten!« ermahnte ihn Kon-kim.

»Sehr wohl«, erwiderte der Geschäftsführer, gab dem Oberkellner ein entsprechendes Zeichen und verschwand.

Patrice Lawrence geriet in eine Hochstimmung, die sich noch steigerte, als Kon-kim ihr nach dem Dinner bei einer Flasche Champagner sagte, daß er sich entschlossen habe, eine weitere Nacht in Singapore zu bleiben.

Wieder verband er das Nützliche mit dem Angenehmen. Das Gespräch mit David Hamilton hatte ihn nachträglich so beunruhigt, daß er es nicht wagte, Singapore zu verlassen, ohne zuvor mit den Männern gesprochen zu haben, die den Transport der Funksprechgeräte übernehmen sollten. Und es war gut, daß er sich am darauffolgenden Tag ausführlich mit ihnen unterhielt. Er erkannte bald, daß die Schmuggler nur zu gerne bereit waren, ihm auch in Zukunft behilflich zu sein. Deshalb vereinbarte er mit ihnen, daß sie grundsätzlich am Anfang eines jeden Monats mindestens drei Tage lang in der Mündung des Perak liegen sollten, um eventuelle Aufträge entgegenzunehmen. Und er sicherte ihnen für alle Fahrten volle Bezahlung zu, gleichgültig, ob ihre Hilfe in Anspruch genommen werde oder nicht.

Das Abkommen stimmte Kon-kim froh, wenngleich es ihn viel Geld kostete. Da er früher fertig geworden war, als er angenommen hatte, nützte er die günstige Gelegenheit, um schnell noch Dr. Haji aufzusuchen, dem er in einem längeren Telefongespräch versprochen hatte, sich wenn irgend möglich persönlich von ihm zu verabschieden.

Dem Inder ging es körperlich sehr schlecht. Seine durch die Krankheit unnatürlich geweiteten Augen sahen matt aus, als er in einem Rollstuhl in die Empfangshalle geschoben wurde und sichtlich bewegt Kon-kims Hände ergriff. »Ich bin glücklich, mich noch einmal mit Ihnen unterhalten zu können«, sagte er. »Aber fangen Sie nicht wieder an, mich zu bereden, das Land zu verlassen. Ich bleibe, was immer auch kommen mag.«

»Ich werde nicht mehr auf Sie einreden«, versprach Kon-kim. »Dennoch bedaure ich, daß Sie sich nicht in Sicherheit bringen wollen.«

»Wozu?« entgegnete der Inder mit müder Geste. »Wir stehen nicht am Beginn eines schrecklichen Krieges, sondern am Anfang des Niederganges einer großen Zeit. Das britische Empire geht unter und mit ihm eine ganze Welt. Ich beklage diese Tatsache, beweine sie aber nicht, da ich weiß, daß Neues kommen wird. Und Neues ist nicht unbedingt schlecht. Vieles mag uns zunächst befremdlich erscheinen; wenn ich jedoch die ›Von-der-Hand-in-den-Mund-Politik‹ der letzten Jahre betrachte, die kein konkretes Ziel erkennen ließ, und wenn ich sehe, wie die Alliierten ihren Krieg führen, dann muß ich an Demosthenes denken, der den von den Mazedoniern geschlagenen Athenern zurief: Ihr solltet euch schämen, weil ihr nicht begreifen wollt, daß man es sich im Krieg nicht erlauben kann, dem Befehl des Augenblicks zu gehorchen. Ihr führt die Auseinandersetzung wie ein Barbar, der im Ringkampf nichts Besseres zu tun weiß, als seine Hand auf die getroffene Stelle zu legen. Ihr schickt Hilfe, wenn ihr hört, daß Philipp die Chaeronea angegriffen hat. Ihr rennt nach Thermopylae, wenn gemeldet wird, daß er sich dorthin wendete. Ihr folgt ihm, als ob ihr nach seinen Befehlen handeln müßtet. Niemals habt ihr einen festen Plan, nirgendwo trefft ihr Vorsichtsmaßnahmen. Ihr wartet auf schlechte Nachrichten, bevor ihr handelt.«

»Bravo!« entflog es Kon-kim, der voller Interesse zugehört hatte.

Dr. Haji sah ihn erstaunt hat.

»Ich kannte diesen Ausspruch nicht, stimme Demosthenes aber voll und ganz zu, weil ich mir einbilde, in etwa gehandelt zu haben, wie er es sich von den Athenern erwünschte.«

»Sie?« fragte der Inder verwirrt.

Kon-kim nickte und berichtete, wozu er sich durchgerungen und was er eingeleitet hatte.

Als er endete, schloß Dr. Haji die Augen und lehnte den Kopf zurück. »Ich befürchte, Sie haben etwas getan, das sich wie ein Berg auf Sie wälzen wird. Denken Sie an das *Buch der Weisheit:* ›Es kommt der Tag, an dem im Werden begriffene Dinge nicht mehr geleitet werden können. Dann wuchern sie wie Lianen und werden zu übermächtigen Wesen, denen der Mensch machtlos gegenübersteht.‹ Deutschlands bedeutendster Dichter faßte den Sinn dieser Worte in die knappste Form: ›Das erste steht uns frei, beim zweiten sind wir Knechte.‹ Und ausgerechnet in Deutschland geschah jetzt das, wovor der große Geist warnte: ein paar Männer setzten etwas in Bewegung, das plötzlich sein Eigenleben bekam und Europa zu vernichten droht.«

»Ich begreife Ihre Sorge«, erwiderte Kon-kim. »Aber Sie gehen von falschen Voraussetzungen aus. Ich predige keine Lehre, sondern fordere zum Kampf gegen einen Feind auf, der ganz Ostasien unterjochen will.«

»Daß Sie sich dagegen auflehnen, verstehe ich«, entgegnete der Inder. »Aber mir gefällt die Art des von Ihnen gewählten Kampfes nicht. Ich bin der Meinung, daß derjenige, der beabsichtigt, einen Krieg so zu führen, daß die Getöteten die Straße bedecken, letztlich der Erde zumutet, Menschenfleisch zu fressen. Ein solcher Frevel kann nicht ungesühnt bleiben! Ich beschwöre Sie deshalb, sich dessen zu erinnern, was Buddha lehrte: Die Welt ist Leiden, das Leben ist Leiden; unser Ziel muß die Läuterung der Seele sein – das Aufgehen in das *Nirwana,* in das Nichts.«

Patrice Lawrence lag noch in tiefem Schlaf, als Kon-kim in der Frühe des nächsten Morgens lautlos das Zimmer verließ, um den Lesesaal des Hotels aufzusuchen, in dem er in aller Eile einen Brief schrieb, den er dem Portier mit der Bitte übergab, ihn in das Postfach des von ihm gemieteten Apartments zu legen. Dann regulierte er die Rechnung und ging über den *Nicoll Highway* zu dem nahe gelegenen Flugplatz hinüber.

Der Anblick der aufgehenden Sonne fesselte ihn und lenkte seine Gedanken von dem ab, was er nun auf Gedeih und Verderb unternehmen wollte. Seit Stunden schon hatte er nicht mehr schlafen können. Da war er schließlich aufgestanden und heimlich davongeschlichen. Er war sich darüber im klaren, daß er unkorrekt gehandelt hatte, aber er sagte sich: Patrice Lawrence ist keine Kinki Yasuda. Sie suchte ein Abenteuer, hat es gefunden und wird auf ihrer Überfahrt nach Indien nicht weinen, sondern flirten.

Als er den Flugplatz erreichte, begab er sich zunächst zur Luftaufsicht, wo ihm ein Beamter bedauernd erklärte, daß er nicht mehr nach Kuala Lumpur fliegen könne, da die Stadt vor wenigen Stunden von den Japanern besetzt worden sei. Kon-kim verlangte daraufhin nach Malacca abgefertigt zu werden, und als er sein Bordbuch erhalten hatte, suchte er die Wetterwarte und anschließend die Flugzeughalle auf, in der gerade die ersten aus England eingetroffenen *Hurricanes* in fieberhafter Eile zusammenmontiert wurden.

Unterstützt von einem Monteur, schob er seine Maschine ins Freie, um den Motor warmlaufen zu lassen. Danach ließ er die Tanks nochmals bis zum Rand füllen. Anschließend legte er seinen Fallschirm an, dessen Gurte er an diesem Morgen besonders straff anzog. Nachdem er sich vergewissert hatte, daß alles in Ordnung war und seine Pistole sowie ein Klappmesser in der Knietasche seiner Fliegerkombination steckten, kletterte er in den silberfarbigen Doppeldecker, mit dem er bald darauf zum Startplatz rollte. Ein letzter Blick galt den Motorüberwachungsinstrumenten, dann gab er Vollgas und flog davon. Kurs West-Nordwest. Ohne die übliche Platzrunde zu fliegen, steuerte er auf kürzestem Weg die hinter der Halbinsel von Pontian fast geradlinig verlaufende malaiische Westküste an, der er stur folgte, bis nach einer Flugzeit von etwa siebzig Minuten Malacca in Sicht kam.

Entgegen seiner bei der Flugleitung gemachten Angabe setzte er nicht zur Landung an. Er wechselte lediglich die Flughöhe und brauste im Tiefflug weiter an der Küste entlang, wobei er größere Buchten in direktem Kurs überflog. Um jeden Meter geizte er, da er sechshundert Kilometer zurücklegen wollte und wußte, daß sein Benzin bei den an diesem Tage herrschenden Windverhältnissen höchstens für sechshundertfünfzig Kilometer ausreichte. Sein Ziel lag im Norden des Landes, im vom Feind besetzten Gebiet. Es war der südlich von Rengas gelegene 1657 Meter hohe *Mont Bubu*, auf dem er das Depot für die Haron Ismail unterstellte Abteilung hatte errichten lassen.

Kon-kims Vorhaben war verwegen, aber er mußte alles auf eine Karte setzen, wenn er zu seinen Männern gelangen wollte. Doch je weiter die Zeit verstrich und je näher das Ziel heranrückte, um so unruhiger und nervöser wurde er. Er war in der Absicht gestartet, zum *Mont Bubu* zu fliegen, und er hatte die letzte Brücke hinter sich abgerissen, als er nicht in Malacca landete, sondern weiter nach Norden flog: vorbei an Port Swettenham, das die Japaner bereits besetzt hatten; vorbei an der Mündung des Perak, von der aus die letzten siebzig Kilometer über undurchdringlichen Dschungel führten. Nur einen Kontrollpunkt gab es noch für ihn: die von Ipoh über Batu Gajah zum Meer führende Straße. Wenn er sie überflog, befand er sich genau dreißig Kilometer vor dem gesetzten Ziel. Von diesem Zeitpunkt an mußte er seine Maschine selbst auf die Gefahr hin steigen lassen, von japanischen Fliegern entdeckt zu werden.

Das Herz klopfte ihm in der Kehle, als es schließlich so weit war, daß er die Drehzahl des Motors erhöhen und den *Bubu* ansteuern mußte, der sich wie eine grüne Kuppel gegen den blauen Himmel abhob. Unglaublich friedlich sah der Berg aus. Nichts verriet, daß sich unter seinen mächtigen Baumkronen ein Waffenlager und dreihundert Mann befanden.

Aber so befriedigend diese Feststellung auch war, Kon-kim blickte sorgenvoll auf das undurchdringliche Blattgewirr. Und als er die höchste Erhebung des Berges erreicht hatte und kein Zweifel darüber bestehen konnte, daß er sich genau über dem von ihm angelegten Depot befand, umkreiste er die Kuppe, wobei er den Motor mehrere Male jäh drosselte und dann wieder auf volle Touren jagte. Er hoffte, seinen Männern ein Zeichen zu geben, das verstanden werde. Danach ließ er die Maschine in einer Spirale um weitere fünfhundert Meter steigen. Noch einmal überflog er die Bergspitze, und als er sich – gegen den Höhenwind anfliegend – etwa vierhundert Meter von ihr entfernt hatte, handelte er kurz entschlossen. Mit energischer Bewegung schloß er den Brandhahn. Dann schaltete er die Zündung aus, riß den Anschnallgurt auf, kletterte aus seinem Sitz heraus und sprang in die Tiefe.

Der jähe Luftaufprall raubte ihm den Atem. Arme und Beine

wurden umhergewirbelt. Er zog den am Brustgurt seines Fallschirms befindlichen Griff. Es gab einen Ruck. Er glaubte, die Glieder würden ihm vom Leibe gerissen, doch dann wurde mit einemmal alles ganz weich, und eine beinahe beängstigende Stille breitete sich aus. Er hing am Fallschirm, der sich strahlend weiß über ihm wölbte.

Eine ungeheure Erleichterung überfiel Kon-kim. Dennoch war ihm zumute, als sei eine zu straff gespannte Seite in ihm gerissen. Er lachte hysterisch, bis er sah, daß der Dschungel rasend schnell auf ihn zukam. Ein letzter Blick zeigte ihm, daß er nicht weit von der Bergkuppe entfernt in die Baumkronen hineingleiten würde. Unwillkürlich winkelte er die Arme hoch, um sein Gesicht zu schützen. Er purzelte durch knorrige Äste, verhedderte sich, fiel drei, vier Meter und hing plötzlich wie ein am seidenen Faden sich drehender Weihnachtsengel zwischen mächtigen Baumriesen, in denen Affen erschrocken aufsprangen und ein wütendes Geschrei anstimmten.

Verwirrt versuchte Kon-kim zu schätzen, wieviel Meter ihn vom Boden trennten. Zwanzig waren es bestimmt. Vielleicht auch dreißig. Er konnte die mit *Kurkumagras* bedeckte Erde nur undeutlich erkennen; seine Augen hatten sich noch nicht an das diffuse Licht des Dschungels gewöhnt. Es war, als blicke er von oben in ein Aquarium hinein. Zwischen ihm und dem Waldboden wanden sich Girlanden von Lianen.

Riesige Falter taumelten an ihm vorüber. Aufgescheuchte Bankivahühner flatterten davon. Und über ihm, inmitten des wirren Gewebes von Ästen, Zweigen, Blättern, Orchideen und moosartigen Farnkräutern, das er im Fall durchschlagen hatte, stießen erboste Nashornvögel ihr kreischendes ›Kat-kat‹ aus.

»Nun gebt schon Ruhe«, schimpfte Kon-kim, während er einige in seiner Nähe hängende armdicke Lianen betrachtete und überlegte, ob er an ihnen in die Tiefe gleiten könne. Der Lärm um ihn herum wurde aber immer schlimmer. Die Affen veranstalteten ein solches Gekeife, daß er am liebsten die Pistole ergriffen und wild drauflosgeschossen hätte. Er beherrschte sich jedoch, weil er seine Munition erst abfeuern wollte, wenn sich die normalerweise nur in der Nacht krakeelenden Waldbewohner beruhigt hatten und Aussicht bestand, daß seine Schüsse gehört wurden. Er befürchtete allerdings, daß der Knall einer Pistole im dichten Dschungel nur auf kurze Entfernung zu vernehmen sei, und je länger er darüber nachdachte, um so überzeugter wurde er, daß das für die Mittagsstunde ungewöhnliche Gezeter der Tiere seine Männer veranlassen würde, die Ursache zu ergründen. Zumal sie das Flugzeug gehört und bemerkt haben mußten, daß der Motor mehrere Male gedrosselt und wieder auf Vollgas gebracht worden war.

Kon-kim machte deshalb zunächst keinen Versuch, sich von seinem in den Baumkronen verhedderten Fallschirm zu befreien und auf irgendeine Weise zur Erde zu gelangen. Er wartete vielmehr geduldig, und es war noch keine halbe Stunde vergangen, da vernahm er die dumpfen Schläge der *Coupe-coupe,* der sichelförmigen Messer, die einen Weg durch den Dschungel schlugen.

»Hallohhh...!« rief er mit vorgehaltenen Händen.

»Es ist der ›Puma‹!« hörte er Männer schreien. Und gleich darauf: »Wir kommen! Wir kommen!«

Die Schläge wurden hastiger, und es dauerte keine fünf Minuten mehr, bis ihn eine Gruppe von zehn Guerilla-Kämpfern erreichte, die ein ausgelassenes Freudengeheul anstimmten.

»Habt ihr ein Seil?« rief Kon-kim, als sie sich endlich beruhigt hatten.

»Ich hole eins!« schrie einer der Männer und lief davon. »Zum Depot sind es nur hundertzwanzig Meter.«

»Nur hundertzwanzig Meter?« frohlockte Kon-kim. Die vollbrachte navigatorische Leistung befriedigte ihn so sehr, daß er für eine Weile die von den Ausdünstungen einer allzu üppigen Vegetation unerträglich schwere Luft vergaß. Die unter ihm stehenden Männer trugen leichte Buschhemden, er aber war in eine Fliegerkombination gezwängt und hing in Fallschirmgurten, die es ihm unmöglich machten, seine Kleidung zu öffnen.

Es dauerte nicht mehr lange, bis etliche ›Dschungelratten‹ herbeieilten, die mit bloßen Füßen und nacktem Oberkörper wie Affen an den Baumstämmen emporkletterten, sich Stricke zuwarfen, die Fallschirmleinen kappten und Kon-kim abseilten, noch bevor er begriff, was mit ihm geschah.

Dann aber waren die auf ihn wartenden Kämpfer nicht mehr zu halten. Sie ergriffen ihren ›Puma‹, umarmten ihn und trugen ihn auf den Schultern zum Depot, wo er so stürmisch empfangen wurde, daß er darum flehen mußte, ihm wenigstens so lange Ruhe zu gönnen, bis er sich seiner Fliegerkombination entledigt habe.

Kon-kim machte die unangenehme Feststellung, daß seine am ersten Kriegstag in wenigen Stunden in den Dschungel geworfenen Arbeiter eine völlig falsche Vorstellung von den Anforderungen hatten, die auf sie warteten. Die meisten betrachteten den Aufenthalt in der Abgeschiedenheit als eine abenteuerliche Unterbrechung ihres bisherigen Daseins. Sie genossen es, einmal fern von der Familie ein ungezwungenes, männliches Lagerleben führen zu können. Kon-kim erkannte aber auch, daß er selbst sich manches leichter vorgestellt hatte, als es war. Die von ihm geplanten Kampfmaßnahmen konnten nur erfolgreich verlaufen, wenn entsprechende Voraussetzungen geschaffen wurden. Dazu gehörte, neben der straffen Schulung der Männer in militärischer und geistiger Hinsicht, auch die Errichtung eines sauber angelegten Lagers. Er befahl deshalb als erstes den Bau von fünfzehn Bambushütten, die er im Kreis angeordnet auf Pfählen aufstellen ließ.

Um den Feind kümmerte er sich in dieser Zeit überhaupt nicht, und als die Siedlung fertiggestellt war und mit der Ausbildung der Kämpfer begonnen werden konnte, schickte er Verbindungsleute zu Macolm Watt und Go Cho Hong, die er zum *Mont Bubu* beorderte, um sich mit ihnen zu besprechen.

Kon-kims Geduld wurde auf eine harte Probe gestellt. Über eine Woche dauerte es, bis sich die beiden Abteilungsleiter in mühseligen Nachtwanderungen zu ihm durchgeschlagen hatten. Und was sie ihm berichten mußten, war höchst unerfreulich. Beide Verbände, die im Gegensatz zur Gruppe Haron Ismails unmittelbar an der von Thailand nach Singapore führenden Hauptstraße lagen, hatten dem Feind zwar beachtliche Verluste beigebracht, in den letzten Tagen aber infolge unerwarteter Gegenmaßnahmen der Japaner selbst auch über hundert Mann verloren.

»Fällen wir jetzt einen Baumstamm über die Straße«, erklärte der übernächtigt aussehende Schotte, »dann springen die den Transport begleitenden Soldaten augenblicklich zu beiden Seiten in den Graben und werfen aus der Deckung heraus Unmengen von Handgranaten. Und wenn die Attacke beendet ist, fauchen mächtige Flammenwerfer auf uns los.«

Der Chinese Go Cho Hong nickte zustimmend. »Zu allem Übel wurden wir nach dem letzten Angriff auch noch mit Bomben belegt. Meine Leute sind nicht in bester Stimmung.«

»Die Schuld liegt bei mir«, erwiderte Kon-kim. »Ich habe einfach drauflos organisiert und nicht bedacht, daß uns allen die notwendige Ausbildung fehlt. Wir müssen den Kampf sofort einstellen und dürfen ihn erst wiederaufnehmen, wenn wir zu mustergültig aufeinander abgestimmten Bataillonen geworden sind. Und sollten Monate darüber vergehen.«

Vernünftiger hätte Kon-kim nicht handeln können. Seine Weisung brachte Ruhe und Ordnung in die Abteilungen und hatte überdies den Vorteil, daß die Japaner zu der Überzeugung gelangten, die Bildung von Guerilla-Gruppen im Keim erstickt zu haben. Und dieser Eindruck verstärkte sich noch, als auch die Einheiten des ehemaligen Polizeisergeanten Sulaiman, dem Kon-kim durch Boten einen entsprechenden Befehl übermittelte, sich jeglicher Kampfhandlungen enthielten.

Doch es war eine schwarze Zeit für Kon-kim, zumal die Nachrichten, die er erhielt, durchaus deprimierend waren. Den letzten Meldungen zufolge hatte Hongkong schon nach zehn Tagen kapituliert, und der japanische General Yamashita schickte sich an, die Insel Singapore von der Landseite her zu erobern. Die Engländer hatten den von Johore Bahru nach Singapore führenden Damm bereits gesprengt, und es konnte kein Zweifel mehr darüber bestehen, daß der Krieg verloren und Malaya den Söhnen Nippons wie eine reife Frucht in den Schoß gefallen war.

Entsetzlicher aber als alle militärischen Hiobsbotschaften waren die Berichte über das unmenschliche Vorgehen der Japaner gegen die Bevölkerung. Wahllos töteten sie Männer, Frauen und Kinder, deren auf Pfähle aufgespießte Köpfe zu Hunderten zur Schau gestellt wurden. Kon-kim konnte sich kaum noch beherrschen, als er von diesen Greueltaten hörte. Nicht daß er sich Illusionen hingegeben hätte. Er wußte, daß die Neigung zur Grausamkeit nicht nur im japanischen, sondern auch im chinesischen Volk schlummert. Das Zurschaustellen von abgeschlagenen Köpfen aber zeugte von einer Roheit, die keine Scham kennt.

»Dafür werden wir uns rächen!« schwor er seinen Leuten, und von dieser Stunde an konzentrierte er sich auf die Durchführung von Vergeltungsüberfällen, die er so raffiniert anlegte, daß sie unmöglich zu durchschauen waren.

Doch er ließ sich Zeit und schlug auch noch nicht zu, als alle Funksprechgeräte angeliefert waren und er sich jederzeit mit seinen Abteilungsleitern in Verbindung setzen konnte. Er wollte nun ganze Arbeit leisten, und erst nachdem sämtliche Einheiten die Beendigung der von ihm angeordneten Vorbereitungen gemeldet hatten, gab er den Befehl, mit den Überfällen zu beginnen, aber jede der von ihm bis ins Detail vorgeschriebenen Kampfmethoden nur ein einziges Mal anzuwenden und dafür Sorge zu tragen, daß kein Feind mit dem Leben davonkomme.

Er selbst übernahm das Kommando der am *Mont Bubu* eingesetzten Abteilung Haron Ismails, mit der er sich auf einem vorbereiteten Dschungelpfad im Nachtmarsch zu der von Kangsar nach Taiping führenden Straße begab, wo er in Abständen von je zwei Kilometern sieben Baumriesen so ansägen ließ, daß sie innerhalb weniger Sekunden über den Fahrdamm gestürzt werden konnten. An die beiden äußeren Bäume dirigierte er je fünfzehn Mann, die den Auftrag erhielten, die Stämme nur zu fällen, wenn eine größere Wagenkolonne an ihnen vorüber gefahren sei. Unmittelbar danach sollten sie sich in den Dschungel zurückziehen und sich keinesfalls auf ein Gefecht einlassen. An die auf die äußeren Sperren folgenden nächsten Baumstämme stellte er ebenfalls je fünfzehn Mann, deren Aufgabe die gleiche war, allerdings mit dem Unterschied, daß sie ihre Bäume *vor* und nicht *hinter* der Kolonne zum Sturz bringen und dann schnellstens verschwinden sollten.

Kon-Kim blieb bei den restlichen rund zweihundert Mann, die als eigentliche Kampfgruppe in der Nähe des in der Mitte der Strecke angesägten siebenten Baumstammes in Deckung ging. Er zweifelte nicht daran, daß sein Plan gelingen würde, aber er wurde doch unruhig, als sich den ganzen Tag über keine Militärkolonne zeigte. Hin und wieder flitzten zwar vereinzelte Kübelwagen vorbei, die jedoch im Interesse des großangelegten Unternehmens unbehelligt blieben.

Und dennoch gab es niemanden, der untätig gewesen wäre. Alle waren vollauf damit beschäftigt, sich von den Blutegeln zu befreien, die zu Tausenden aus dem Boden herauskrochen. Die Männer besaßen zum Teil schon ein großes Geschick darin, sich von den ekelhaften Plagegeistern zu befreien. Sie schaben sie mit Bambusstäbchen von ihren Beinen und ließen es nicht dahin kommen, daß sich die Parasiten vollsogen und dick wie Erbsen wurden.

Kon-kim riß die Blutegel anfangs noch einzeln fort, bis auch er Zuflucht zu einem Bambusholz nahm, mit dem er unentwegt über seine Beine schabte, die aus vielen Poren bluteten.

Unerträglich wurde der widerwärtige Abwehrkampf aber erst, als die Nacht einbrach und lautlos über die Köpfe dahinstreichende Schleiereulen die Nahrungsjagd der Tierwelt einleiteten. Nun sah man die wie Ameisen aus dem Sumpfboden herauskommenden Blutegel nicht mehr. Man konnte sie nur noch ertasten und wie eine weiche Masse mit einem kräftigen Ruck abreißen. Dazu das nicht enden wollende Affengekreische, das gebrochene Schluchzen der Gachos, der Lärm der Nashornvögel, das Pfeifen und Lallen der Gibbons und die grellen, beängstigenden Todesschreie gejagter Kreaturen. Man hörte gedämpftes Raubtierknurren und starrte in die Dunkelheit, die stellenweise von gespenstisch phosphoreszierenden Büschen erhellt wurde.

Es gehörten Nerven dazu, die Nacht im Dschungel zu verbringen, und die auf dem Boden liegenden Männer waren ihrem ›Puma‹ dankbar dafür, daß er das Hauptlager in der weniger sumpfigen und kühleren Höhe des *Mont Bubu* errichtet hatte. Nur selten wurde dort oben jemand von Blutegeln oder leuchtenden Skolopendern überfallen, deren Bisse üble Geschwülste und hohes Fieber hervorrufen.

In der Nähe von Kon-kim fluchten einige Männer, die sich wieder einmal Trauben von Blutegeln von den Beinen reißen mußten.

»Seid froh, daß die Biester da sind«, rief er ihnen zu. »Betrachtet sie als Panzer des Urwaldes, die uns vor jeder Verfolgung schützen.«

Es war ein schwacher Trost, aber er half den schon stark von Kon-kim beeinflußten Männern. Sie begriffen, daß die Widerwärtigkeiten, die sie auf sich nehmen mußten, den Feind daran hinderten, in den Dschungel einzudringen. Dennoch war es schwer, sich angesichts eines verlorenen Krieges einer schier unerträglichen Pein auszusetzen und nicht zu denken: Was vermögen zweitausendfünfhundert Partisanen schon gegen einen Feind auszurichten, der im Kampf um Singapore über sechzigtausend gut ausgebildete Soldaten gefangennehmen konnte!

Selbst Kon-kim überfielen derartige Gedanken. Er wartete sehnlichst darauf, sich und seiner Gefolgschaft zu beweisen, daß der Feind zu schlagen und die Freiheit zu verteidigen sei.

Der herbe Duft wilder Minze wurde vom penetranten Knoblauchgeruch der Guerilla-Kämpfer verdrängt, als diese sich im Morgengrauen des nächsten Tages erhoben und ihre gepeinigten Glieder rieben.

»Wenn heute keine Kolonne vorbeikommt, gehe ich nach Kangsar und bringe den erstbesten Japaner um, der mir über den Weg läuft«, schimpfte ein junger Malaie, dessen Wangen geschwollen und von weißen Blasen bedeckt waren.

Kon-kim ging auf den Malaien zu. »Ich verstehe deine Wut«, sagte er. »Aber nach Kangsar gehen wir erst in acht Tagen. In dieser Woche wird von jeder Einheit nur ein großer Straßenüberfall durchgeführt. Weiter nichts! Die Japaner sollen wissen, daß sie es mit organisierten Verbänden zu tun haben.«

Der Malaie sah ihn betroffen an. »Und was versprechen Sie sich davon?«

»Eine Beunruhigung des Feindes, die sich der Bevölkerung, auf deren Unterstützung wir angewiesen sind, mitteilen wird. Sie soll Kontakt mit uns suchen, damit wir in Zukunft über jede Bewegung der Japaner informiert werden. Wie von selbst muß sich ein Netz von Spionen und heimlichen Kämpfern bilden, die über Tag ihrer Arbeit nachgehen, des Nachts aber auf uns warten und den Feind von hinten angreifen, wenn wir ihn durch ein Scheingefecht aus seinem Bau herauslocken. Es darf kein Dorf und keine Stadt mehr geben, in der es nicht zu Sabotageakten und Überfällen kommt, und ich garantiere euch, daß wir dieses Ziel erreichen!«

Kon-kim war bei weitem nicht so zuversichtlich, wie er sprach. Ihm ging es darum, seine Männer in die rechte Kampfstimmung zu versetzen. Er wollte ihre Gedanken von der qualvoll gewesenen Nacht fortlenken und flehte den Himmel an, ihm baldmöglichst eine japanische Transportkolonne zu senden.

Eine Zentnerlast fiel ihm deshalb von den Schultern, als gegen elf Uhr das Rattern schwerer Lastwagen hörbar wurde, in das sich bald darauf das Niederkrachen eines über dreißig Meter hohen Baumstammes mischte, das den Beginn der sehnlichst erwarteten Aktion ankündigte.

Der Lärm des berstend aufschlagenden Dschungelriesen ließ den im Führungswagen der Transportkolonne sitzenden japanischen Offizier erschrocken zurückblicken. Er sah, daß unmittelbar hinter dem aus zweiundzwanzig Fahrzeugen gebildeten Convoy ein Baum über die Straße gefällt worden war, und gab sofort den Befehl, das Tempo zu steigern. Gleichzeitig ergriff er eine Signalflagge, um die

Kolonne jederzeit stoppen zu können, falls sich auf der vor ihm liegenden Strecke etwas ereignen sollte. Er schien jedoch nicht ernstlich damit zu rechnen, denn nachdem er prüfend an der friedlich aussehenden Dschungelmauer entlanggeblickt hatte, sagte er seinem Fahrer: »Ich glaube, wir haben Glück gehabt. Die Sperre sollte bestimmt nicht hinter uns errichtet werden. Die Guerillas dürften sich zuviel Zeit gelassen haben.«

Daß er sich getäuscht hatte, erkannte er schon eine Minute später, als sich plötzlich vor ihm ein schwerer Baum über die Chaussee neigte und dröhnend zu Boden schlug.

»Stop!« schrie er und schwenkte seine Flagge.

Die Räder der Lastwagen kreischten, aber noch bevor sie anhielten, sprangen von jedem Fahrzeug fünf Männer ab, die sich blitzschnell in die Straßengräben warfen und Handgranaten in den Dschungel schleuderten. Gleichzeitig machten sich auf allen Transportern je zwei mit Flammenwerfern ausgerüstete Soldaten kampfbereit, und als die in den Gräben liegende Truppe ihre dritte Granatensalve geworfen hatte, stürzten die Spezialkräfte wie auf ein Kommando über ihre Kameraden hinweg, um fast dreißig Meter lange Flammen in den Urwald zu werfen, der unter der ungeheuren Hitze wie ein Dampfkessel zischte. Vom Feind aber war weder etwas zu sehen noch zu hören, und der Transportoffizier, der voller Entsetzen erkannte, daß die Kolonne überhaupt nicht angegriffen wurde, schrie seinen Männern aus Leibeskräften zu, die Flammenwerfer abzustellen. Vergebens. Der Lärm war zu groß, und als er endete, war das Öl der Tornistergeräte verbraucht und der Gasdruck auf Null gesunken.

»Wir sind in eine Falle geraten!« rief er mit sich überschlagender Stimme. »Gewehre und Maschinenpistolen bereithalten! Der Feind kann jetzt von allen Seiten kommen! Besatzung der ersten fünf Wagen übernimmt den Deckungsschutz des Räumkommandos! Alle übrigen sichern zu den Seiten und nach hinten ab!«

Der Transportoffizier handelte folgerichtig. Er mußte sich auf einen Angriff gefaßt machen, den er nun nicht mehr mit Flammenwerfern und Handgranaten beantworten konnte. Auch wußte er nicht, wo der Feind lag, und er rechnete damit, daß dieser erst aus dem Dschungel herauskommen würde, wenn er auf der schmalen Straße den Versuch machte, die Wagen zu wenden. Er vermutete, daß man ihn zur Umkehr verleiten und einen Überfall an dem hinter der Kolonne gefällten Baum durchführen wollte. Er entschloß sich deshalb, nicht zurückzukehren, sondern das vordere Hindernis räumen zu lassen.

Aber er fühlte sich nicht mehr wohl in seiner Haut. Immer wieder vergegenwärtigte er sich, daß annähernd zweihundertfünfzig Soldaten unter seinem Kommando standen. Wenn große Verluste eintraten, blieb ihm nichts anderes übrig, als sich das Leben zu nehmen, denn im Falle einer Bestrafung – und es kam nur die Todesstrafe in Betracht – konnte er nicht in den Ehrentempel der Gefallenen einziehen.

Wie verzweifelt rannte er an den Lastwagen entlang, um jedem Soldaten einzuschärfen, was er bei einem eventuellen Überfall zu tun habe: »Schießen, schießen und nochmals schießen! Dem Feind muß es unmöglich gemacht werden, aus dem Dschungel herauszukommen!«

Daß dieser Befehl unüberlegt war, zeigte sich, als die Kolonne zum zweiten Mal von einem jäh auf die Chaussee krachenden Baumriesen gestoppt wurde. Sämtliche Soldaten sprangen nun im Nu in die Straßengräben und verschossen ihre Munition gegen einen nicht vorhandenen Feind. Zwei Kilometer weiter aber, vor dem mittleren der sieben angesägten Baumstämme, warteten zweihundert Guerilla-Kämpfer, die in aller Seelenruhe damit begannen, sich angriffsbereit zu machen. Fünfzig von ihnen kletterten auf die Bäume, der Rest legte sich auf den Boden und tarnte sich mit Zweigen.

Nur noch Kon-kim lag im Straßengraben und blickte zu der zum zweitenmal gestoppten Kolonne hinüber. Wenn deren Führer den Befehl zur Rückkehr gab, war alles vergebens gewesen.

Er ahnte, daß der erneut genarrte Transportoffizier es sich wohl überlegte, ob er das Hindernis beseitigen lassen oder zunächst umkehren sollte, um seine Soldaten mit neuer Munition, neuen Handgranaten und Flammenwerfern zu versorgen. Der Japaner wurde aber das Gefühl nicht los, daß sein unsichtbarer Gegner es darauf anlege, ihn zur Umkehr zu zwingen. Er blieb deshalb bei seinem einmal gefaßten Entschluß, weiterzufahren und sich durch nichts beirren zu lassen.

Wieder dauerte es fast eine halbe Stunde, bis die schwere Barrikade zur Seite geräumt war, und als sich der Convoy endlich in Bewegung setzte, hatten die Soldaten die Weisung erhalten, bei einem eventuellen dritten Hindernis das Feuer nicht sofort zu eröffnen, sondern schnellstens in Deckung zu gehen und die Dinge an sich herankommen zu lassen.

Alles trat so ein, wie Kon-kim es seinen Männern vorausgesagt hatte. Kaum senkte sich der vierte Baumstamm über den Fahrdamm, da wurden die Lastwagen gestoppt und sämtliche Japaner sprangen ohne zu schießen in die Straßengräben.

Die Guerilla-Kämpfer hatten sie nun zum Teil unmittelbar vor sich liegen, doch niemand gab einen Schuß ab. Etwa zwanzig Sekunden gingen so dahin, eine Zeit, die wie eine Ewigkeit anmutete und die erst endete, als sich der japanische Offizier erhob und mit seinen Soldaten auf die Straße zurücktrat. In diesem Augenblick eröffneten Kon-kims am Boden liegende Männer ein erbarmungsloses Feuer, das auf der Stelle über die Hälfte der Japaner zusammenbrechen ließ. Weitere dreißig bis vierzig stürzten auf der Flucht zur gegenüberliegenden Straßenseite, und der Rest verblutete in den nunmehr aus den Bäumen über die Lastwagen hinwegjagenden Salven.

Kaum ein Schuß fiel von der Gegenseite, und der einzige Japaner, der nach dem Feuerüberfall unversehrt angetroffen wurde, war der Fahrer des Führungswagens, der sich zwischen die Räder seines *Datsuns* verkrochen hatte. Hundertsechsundachtzig Tote und einundfünfzig Schwerverletzte bedeckten die Straße, und letztere ließ Kon-kim ausnahmslos erschießen. Lediglich dem Kraftfahrer schenkte er das Leben, um ihn aushorchen zu können. Als der Gefangene sich aber standhaft weigerte, die Zahl der Soldaten zu nennen, die den Transport begleitet hatten, erteilte Kon-kim den Befehl, ihn durch rücksichtsloses Auspeitschen zum Reden zu bringen. Gleichzeitig gab er Anweisung, die bereits angesägten, jedoch noch nicht gefällten Bäume über die Straße zu stürzen und die auf diese Weise nach beiden Seiten blockierte Strecke nach Versprengten abzusuchen.

Seine Maßnahme hatte Erfolg. Es wurden neun geflüchtete Japaner aufgestöbert und erschossen, und als Kon-kim dem bereits blutig geschlagenen Kraftfahrer auf den Kopf zusagte, daß der Convoy von einem Offizier und zweihundertsechsundvierzig Mann begleitet gewesen sei, brach der Gepeinigte zusammen. Außer ihm gab es keinen Überlebenden, der den Überfall hätte schildern können.

Kon-kim ließ den Gefangenen jedoch nicht töten, sondern befahl, ihn zu fesseln und zum *Mont Bubu* abzuführen, wo er ihn über etliche Dinge verhören und notfalls mit Gewalt zum Sprechen bringen wollte.

Indessen machte sich das Gros der Kämpfer daran, alle vorhandenen Lebensmittel und brauchbaren Waffen sowie Benzinkanister und Flammenwerfer in den Dschungel zu schaffen. Dann wurden die Fahrzeuge angezündet, und bereits eine Stunde nach dem vernichtenden Feuerhagel konnte der durch die erbeuteten Güter beschwerlich gewordene Rückmarsch zum Lager angetreten werden.

Im Gegensatz zu seinen Männern, die trotz der von ihnen zu tragenden schweren Lasten in bester Stimmung waren, machte Kon-kim einen verzagten Eindruck. Er sah im Geiste sein bisheriges Leben an sich vorüberziehen, das immer wieder anders verlaufen war, als er es gewollt hatte. Stets hatten die Verhältnisse ihn gezwungen, Dinge zu tun, die ihm zuwider waren. Mit Schrecken erkannte er, daß seine vor der Flucht aus Japan an David Hamilton gerichteten Worte an ihm selbst zur scheußlichen Wirklichkeit geworden waren. Damals hatte er gesagt: ›Überall werden wir Menschen unter Anrufung höchster Ideale zu Stimmvieh, Kanonenfutter und Marionetten degradiert, wodurch wir zwangsläufig vom rechten Weg abkommen und das geheimnisvolle Recht einbüßen, das uns über nichtdenkende Individuen erhebt!‹ War nicht auch er, der Getriebene, inzwischen zu einer jener treibenden und die Menschheit degradierenden Gestalten geworden?

Wenige Tage später wußte Kon-kim, daß die von ihm befohlene Überfallaktion von allen Abteilungen mit großem Erfolg durchgeführt worden war. Neunhundertsechzig Japaner hatten ihr Leben lassen müssen, hundertzwölf Fahrzeuge wurden vernichtet, und keine der acht im Dschungel hausenden Einheiten hatte einen Toten zu beklagen. Insgesamt gab es nur zwölf Verwundete, und wenn die Abteilungsleiter sich nicht täuschten, war es keinem feindlichen Soldaten gelungen, sich durch Flucht in Sicherheit zu bringen.

Aber was wollte das bei einem Gegner besagen, dessen Kräfte unerschöpflich zu sein schienen. Die von den ostasiatischen Kriegsschauplätzen herüberwehenden Hiobsbotschaften überschlugen sich förmlich. Japaner hatten die Philippinen angegriffen und Manila und Cavite eingenommen; der zu ihrer Verteidigung eingesetzte amerikanische General MacArthur mußte auf höheren

Befehl nach Australien ausweichen. Niederländisch Indien und die an Ölvorkommen überreiche Insel Tarakan gingen verloren; desgleichen Celebes und Borneo. Es folgte die Eroberung von Timor, das nach dem Schlag gegen Pearl Harbor von alliierten Truppen besetzt worden war. Java wurde überrannt. Auf Neu-Guinea landeten Truppen. Und die Briten sahen sich gezwungen, Rangun preiszugeben, noch bevor die Japaner nach Burma vorstießen und den letzten Nachschubweg nach China abschnitten.

Kon-kim fragte sich in diesen Tagen oft, ob der von ihm entfesselte Guerilla-Krieg nicht vergleichbar sei mit dem sinnlosen Unterfangen einer Mücke, die den Versuch macht, die Haut eines Elefanten zu durchstechen. Die überwältigenden Erfolge der Japaner gestatteten es einfach nicht mehr, hoffnungsvoll in die Zukunft zu blicken. Trotzdem mußte er weiterkämpfen, um eine Katastrophe zu verhindern, die unvermeidbar wurde, wenn er die ihn verehrenden Männer enttäuschte.

Mit den Worten: ›Das erste steht uns frei, beim zweiten sind wir Knechte!‹ hatte Dr. Haji ihn eindringlich gewarnt. Kon-kim erinnerte sich an diesen Ausspruch, als er den japanischen Kraftfahrer, dessen Standhaftigkeit er seit Tagen insgeheim bewunderte, erneut zum Verhör auf den freien Platz vor den Pfahlhütten führen ließ. Er bereute es längst, ihn nicht sofort erschossen zu haben; wenn er seinen gequälten Körper sah, hätte er am liebsten den Befehl gegeben, ihn laufenzulassen. Aber auch hier war er zum Knecht dessen geworden, was ihm freigestanden hatte: er mußte sein Gesicht wahren und weiterhin versuchen, den Gefangenen durch Gewaltanwendungen zum Reden zu bringen.

Kon-kim, der wie alle den grünen Gummizapferanzug trug, blickte dem schmächtigen Japaner mit undurchdringlicher Miene in die Augen. Er empfand Ekel vor sich selbst, sagte aber mit bewußt kalter Stimme: »Ich möchte Sie nicht im unklaren lassen, daß heute Ihre letzte Stunde schlägt, wenn Sie sich wiederum weigern, meine Fragen zu beantworten.«

Der Gefesselte verneigte sich in die Richtung, in der er Japan und den kaiserlichen Palast vermutete.

Kon-kim wußte augenblicklich, daß er einen Fehler gemacht hatte. Die Verbeugung drückte nichts anderes aus als die Bereitschaft, für den Kaiser zu sterben. Um dem Gefangenen die plötzlich aufgekommene Hoffnung, einen ehrenhaften Tod zu erleiden, unverzüglich zu rauben, sagte er zynisch grinsend: »Ich weiß, was Sie jetzt denken. Sie glauben, daß der Tod Sie befreien und in den Ehrentempel der Gefallenen führen wird. Ist es nicht so?«

Der Fahrer antwortete nicht, aber seine Augen blitzten in unverhohlener Genugtuung.

»Sie Narr!« schrie Kon-kim. »Wissen Sie denn nicht, daß im *Yasukuni Jinja* kein Platz für Soldaten ist, die kampflos, ohne sich zu verteidigen, in die Gefangenschaft geraten?«

Der Japaner erbleichte. »Aber Sie haben gesagt, daß Sie mich töten werden, wenn ich weiterhin schweige.«

»Das habe ich nicht gesagt! Ich habe lediglich erklärt, daß dann Ihre letzte Stunde schlagen wird. Wir werden doch einen Mann, der in Gefangenschaft geriet, nicht durch Erschießen in den Heldentempel befördern. Und Köpfe schlagen wir nicht ab. Aber wir rächen uns an einer Nation, die so etwas tut, indem wir ihre Mitglieder in einen Haufen Blutegel werfen, denen wir alles weitere überlassen. Jetzt wissen Sie, was Sie erwartet: kein *Yasukuni Jinja*, sondern Bestrafung für Mord!«

Kon-kim wußte, daß seine Worte verlogen waren, er kannte jedoch die Sehnsucht der Japaner, in den Ehrentempel der Gefallenen zu gelangen, und er hoffte, den Gefangenen durch sophistische Redereien verwirren zu können. Doch er täuschte sich. Der wenig intelligent aussehende Gefangene blieb standhaft, und Kon-kim sah keine Möglichkeit, sich von den Geistern zu befreien, die er gerufen hatte. Er befahl, den Japaner zu entkleiden und ihn gefesselt auf einen Haufen Blutegel zu legen.

Was folgte, war grauenhaft. Hunderte von Egeln bissen sich fest und saugten dem Wehrlosen das Blut aus den Adern. Der aber klagte nicht, sondern preßte die Lippen zusammen und schloß die Augen.

Kon-kim starrte auf die Blutegel, die schnell prall wurden und schon nach kurzer Zeit vier rote Längsstreifen zeigten. Unentwegt versuchte er zu errechnen, wie lange der Gefangene noch bei Besinnung bleiben würde. Er wußte, daß ein Egel etwa fünfzehn Gramm Blut aufzunehmen vermag und daß der Mensch über fünf bis sechs Liter verfügt. Aber sosehr er auch rechnete, er kam zu keinem Ergebnis. Er sah das beginnende Zittern der Glieder des Gefesselten und gewahrte voller Verwunderung, mit welcher Geschwindigkeit sich auf der Stirn eines Menschen Schweißtropfen bilden und vergrößern können. Die Lippen des Japaners öffneten sich. Seine Zunge wurde sichtbar.

»Wollen Sie sprechen?« rief Kon-kim in der Hoffnung, die Folterung beenden zu können.

Der Fahrer versuchte den Mund zu schließen. Es gelang ihm nicht. Sein Unterkiefer klappte herab.

Kon-kim blickte wie gehetzt zu seinen Kämpfern hinüber, die wie hypnotisiert auf den Japaner starrten. Ihm war es, als würde ihm die Kehle zugeschnürt.

»Schluß!« schrie er plötzlich. »Befreit ihn!«

Es war, als hätte sein Schrei einen Bann gebrochen. Fünf, sechs Männer stürzten sich auf den Gefangenen.

Kon-kim sagte wie mit letzter Kraft: »Bringt ihn in die Sanitätsstation.« Dann wandte er sich ab und ging davon.

Unter den hinter ihm her blickenden Männern gab es nur wenige, die keine Erleichterung darüber empfanden, daß er die grauenhafte Tortur beendet und nicht die Kraft gehabt hatte, einen Menschen zu Tode zu quälen. Als Kon-kim ihnen aber eine Woche später nach einem erfolgreichen Nachtüberfall auf die in Kangsar stationierte Besatzungstruppe erklärte, er habe sich dazu entschlossen, den Gefangenen als Äquivalent für die erlittene Pein auf freien Fuß zu setzen, entstand ein Aufruhr, der das Lager in zwei Parteien zu spalten drohte.

»Mir scheint, der Teufel ist in euch gefahren!« schrie Kon-kim die Wortführer an. »Habe ich jemals etwas angeordnet, das unbillig gewesen wäre?«

»Ganz gewiß nicht«, versuchte der pockennarbige Haron Ismail zu vermitteln. »Was Sie vorhaben, grenzt aber an Selbstmord. Der Japaner wird unser Lager verraten!«

»Da täuschen Sie sich gewaltig. Wie es für manche Tiere, die mit etwas Fremdem in Berührung gekommen sind, unmöglich ist, nochmals das eigene Nest aufzusuchen, so ist es für in Gefangenschaft geratene Japaner ausgeschlossen, im Falle ihrer Befreiung zur eigenen Truppe zurückzukehren. Wer es wagte, würde auf der Stelle hingerichtet. Nach japanischer Auffassung gibt es nichts Schändlicheres, als sich dem Feind ergeben zu haben. Wer einer drohenden Gefangennahme nicht durch Selbstmord ausweicht, hat sein Leben verwirkt und wird im Fall einer Übergabe gnadenlos liquidiert. Darum weigert sich unser Kraftfahrer so hartnäckig, eine

Aussage zu machen. Er hofft, daß wir ihn dafür bestrafen und zu Tode foltern. Es ist seine letzte Chance, in den *Yasukuni Jinja* zu kommen und für ewige Zeiten geehrt zu sein.«

Die Kon-kim umstehenden Männer schüttelten die Köpfe.

»Es ist ein perfides System, das geschaffen wurde, um eine Garantie dafür zu haben, daß niemand zum Verräter wird«, fuhr Kon-kim fort. »Versteht also, warum ich den armen Kerl laufenlassen will. Er ist der Verzweiflung nahe und soll nach all dem Vorgefallenen die Möglichkeit erhalten, sich selbst in den Ehrentempel zu befördern.«

»Wenn es so ist, können wir ihn ja auch erschießen«, warf einer der Männer ein.

»Natürlich«, erwiderte Kon-kim. »Damit würden wir ihm jedoch einen schlechten Dienst erweisen. Ich habe mich gestern lange mit ihm unterhalten. Nach seiner Auffassung versagte er in dem Augenblick, da er unter seinem Wagen hervorkroch, anstatt sich das Leben zu nehmen. Diese Schuld kann er nur noch sühnen, wenn er sich zu Ehren seines Kaisers den Bauch aufschlitzt. Deshalb will ich ihm die Chance geben, in seinem Sinne ehrenhaft zu sterben. Hebt also das Stilett nicht auf, das ich nachher wie zufällig vor seiner Hütte verlieren werde. Und unternehmt nichts, wenn ihr heute nacht seht, daß er die Flucht ergreift. Bewußt lasse ich seine Zelle unverriegelt.«

Der Japaner lag am nächsten Morgen mit aufgeschlitztem Leib auf seinem Lager. Man verscharrte ihn im Dschungel. Kein Wort wurde gesprochen, aber alle Lagerbewohner verneigten sich insgeheim vor dem Menschen, der dem Gesetz seiner Nation entsprechend seine Pflicht erfüllt hatte.

Wenige Stunden später nahmen die erbarmungslosen Überfälle ihren Fortgang. Woche um Woche und Monat um Monat wurden Tausende binnen weniger Minuten ins Jenseits befördert. Die japanische Führung war verzweifelt. Aus dem Dschungel und aus der Nacht heraus wurden ihre Soldaten angegriffen, und eines Tages trat ein, was Kon-kim prophezeit hatte: die Bevölkerung stellte sich hinter seine Verbände, und er hatte alle Mühe, dafür zu sorgen, daß die Zahl der aktiven Kämpfer nicht über fünftausend stieg. Er durfte nicht mehr Guerillas vereinigen, da er sonst Gefahr lief, an Versorgungs- und Nachschubschwierigkeiten zugrunde zu gehen.

Daran änderte auch die Tatsache nichts, daß die überfallenen Kolonnen viele Dinge mit sich führten, die als ›Lieferung frei Haus‹ betrachtet werden konnten. Zumeist handelte es sich jedoch nur um Waffen und Munition. Die dringend benötigten Lebensmittel mußten fast ausschließlich auf Schleichwegen herangeschafft werden, und ihren verfänglichen Transport übernahm ein Heer von Gummizapfern, die mit ihren Familien allmorgendlich in die Wälder gingen und zwischen ihren Schenkeln versteckt all das heranschafften, was die Widerstandskämpfer benötigten. Tausende wanderten so zu ihren Arbeitsplätzen, und es gab niemanden, der Verrat übte. Und die übrige Bevölkerung machte es sich zur Aufgabe, den Feind zu beobachten und seine Bewegungen einem Gummizapfer zu melden.

Die von allen Seiten gewährte Unterstützung machte die Kämpfe mit der Zeit um vieles leichter, gleichzeitig aber auch härter, weil die Japaner dazu übergingen, die Bevölkerung in der schrecklichsten Form zu drangsalieren. Allenthalben wurden Köpfe abgeschlagen und zur Schau gestellt, und Kon-kim fragte sich manches Mal, ob er unter den gegebenen Umständen nicht verpflichtet sei, den von ihm entfesselten Guerilla-Krieg zu beenden. Er glaubte ihn nicht mehr verantworten zu können, aber aus den ihm von allen Seiten zugehenden Berichten ging eindeutig hervor, daß das Volk in den scheußlichen Greueltaten des Feindes nur eine Bestätigung der Richtigkeit seines unerbittlichen Vorgehens erblickte. Hinzu kam, daß die Meldungen von den großen Kriegsschauplätzen überaus günstig waren. Japans und Deutschlands Glückssterne schienen zu verblassen. Die Amerikaner hatten Guadalcanar nach schweren Gefechten genommen und begannen mit der Rückeroberung Neu-Guineas. Die Russen waren zum Gegenangriff angetreten und hatten bei Stalingrad einen überwältigenden Sieg errungen. Den Allierten war es gelungen, auf Sizilien zu landen.

Diese Nachrichten, die Kon-kim erstmals wieder hoffen ließen, daß sein Kampf nicht vergeblich sei, trugen entscheidend dazu bei, daß er die Bedenken zur Seite schob, die das grausame Vorgehen der Japaner in ihm wachgerufen hatte. Den letzten Ausschlag aber gab ein Erlebnis, das ihn unnachsichtiger machte, als er je gewesen war.

Er hatte den Mut aufgebracht, am Steuer eines eroberten *Datsun* mit falschen Papieren in japanischer Uniform quer durch Malaya zu fahren, um alle Abteilungen zu inspizieren und neue Kampfmethoden zu besprechen, und auf eben dieser Fahrt suchte er als letzte Einheit den bei Tanjong Rambutan operierenden Verband Macolm Watts auf. Der Schotte zeigte eine bewundernswerte Haltung. Abgesehen von seinen erschreckend blassen und eingefallenen Wangen, deutete nichts auf die für einen Europäer schier unerträglichen Strapazen hin, denen er sich nun schon seit über einem Jahr ausgesetzt sah. Kon-kim empfand es als Wohltat, sich wieder einmal mit ihm unterhalten zu können. Zumal er auf den ersten Blick erkannte, daß sich Macolm Watts Lager ganz wesentlich von allen anderen unterschied. Nirgendwo, auch nicht auf dem *Mont Bubu*, gab es so sauber angelegte Bambushütten.

»Ich komme aus dem Staunen nicht heraus«, sagte Kon-kim anerkennend, als ihn Macolm Watt in eine behaglich eingerichtete Hütte führte, an deren Decke sich ein Propeller drehte. »Jetzt behaupten Sie bloß noch, ein eigenes E-Werk zu haben.«

Der einstige Geschäftsführer lachte und forderte Kon-kim mit einer Handbewegung auf, in einem aus Bambusrohren und Strohmatten gefertigten Liegestuhl Platz zu nehmen. »Ein E-Werk habe ich natürlich nicht. Aber wir besitzen viele Akkumulatoren, da wir keinen Wagen verbrennen, ohne zuvor die Batterien ausgebaut zu haben.«

»Ich könnte mich ohrfeigen, wenn ich bedenke, wie viele Akkus wir verbrannt haben«, erwiderte Kon-kim. »Doch nun zu Ihnen persönlich. Wie werden Sie mit der feuchten Hitze fertig?«

Macolm Watt zuckte die Achseln. »Es gibt scheußlichere Dinge. Zum Beispiel das Töten! Wenn man es wenigstens mit Anstand tun könnte. Ich werde mit den Überfällen aus dem Hinterhalt einfach nicht fertig.«

»Meinen Sie, mir ginge es anders?«

»Natürlich nicht«, antwortete der Schotte, wobei er eine japanische Zigarette zerbröselte und den Tabak in seine Pfeife stopfte. »Ich glaube dennoch, daß Ihre asiatische Lebensauffassung Ihnen in gewisser Hinsicht helfen wird.«

Kon-kim nickte. »Möglich. Ich kann das nicht beurteilen. Aber ich weiß bestimmt, daß ich mich glücklich preisen würde, wenn wir die Strategie meines Landsmannes Sun Tze Wu anwenden könnten, der einmal sagte: ›Es ist besser, ein Regiment, eine Abteilung oder eine Kompanie lebend zu fangen, als sie zu vernichten.‹ Doch was sollen wir machen? Wir können es uns nicht leisten, höflich zu sein, wo wir töten müssen.«

Macolm Watt lachte hölzern. »Eine umwerfende Formulierung.«

Sekunden später wurden draußen erregte Stimmen laut und ein Malaie trat in den Raum. Er meldete in knapper Form, ein Sicherungsposten habe in der Nähe des Lagers einen zwölfjährigen japanischen Jungen aufgegriffen, der leidlich englisch spreche und heulend darum bitte, nicht fortgeschickt zu werden, weil er gegen seine Landsleute kämpfen wolle.

Macolm Watt gab nach einem kurzen Blick auf Kon-kim den Befehl, den Jungen hereinzubringen. »Man sollte es nicht für möglich halten!« entrüstete er sich. »Ein Zwölfjähriger!«

»Hören wir uns erst einmal an, was der Bursche zu erzählen hat«, erwiderte Kon-kim. »Ein Junge geht nicht ohne weiteres los, um gegen die eigene Heimat zu kämpfen.«

Der Junge wurde hereingeführt. Er war schmächtig, machte einen verwahrlosten Eindruck und ging, als befürchte er, geschlagen zu werden. Unter dem Arm trug er eine verbeulte Blechdose.

»Wenn es Ihnen recht ist, möchte ich ihn verhören«, sagte Kon-kim. »Auf japanisch dürfte es einfacher sein.«

Macolm Watt nickte.

Der Junge blickte unsicher von einem zum anderen.

Kon-kim legte ihm die Hand unter das Kinn und richtete sein Gesicht zu sich hoch. »Eigo o hanashi masuka – du sprichst Englisch?«

Die wund aussehenden Augen des Jungen weiteten sich. »Nur wenig«, antwortete er auf japanisch.

»Wie heißt du?«

»Akira Ishii.«

»Von wo kommst du?«

»Aus Chemor, keine zehn Kilometer von hier entfernt.«

»Wohnen da deine Eltern?«

Der Junge verfiel in ein haltloses Schluchzen. »Bitte, lassen Sie mich hierbleiben. Ich will gegen Japaner kämpfen.«

»Gegen deine eigenen Landsleute?«

»Ich bin kein Japaner!« schrie der Junge böse. »Ich bin in Malaya geboren und will gegen Japaner kämpfen.«

»Aber warum?«

Akira Ishii bemühte sich, eine Antwort zu geben, brachte vor Aufregung aber kein Wort über die Lippen.

Kon-kim versuchte ihn zu beruhigen. »Jetzt erzähl erst mal, woher du gewußt hast, daß wir uns hier aufhalten.«

Der Junge wischte sich über die Augen. »Ich wußte, daß die Gummizapfer den Puma-Leuten immer was zu essen bringen. Da bin ich hinter ihnen hergegangen. Und später hinter den Männern, mit denen sie sich getroffen haben.«

»Ganz offen bist du ihnen gefolgt?«

Der Zwölfjährige schüttelte den Kopf und blickte verschämt zu Boden. »Immer von Baum zu Baum. Ich kann gut schleichen. Bitte, schicken Sie mich nicht fort. Ich will dem ›Puma‹ helfen, weil er gegen die Japaner kämpft.«

»Haben die dir etwas getan?«

Akira Ishii brachte es nicht fertig, eine Antwort zu geben; es war, als raube ihm die Erinnerung an ein furchbares Erlebnis den Atem.

»Nun hör mal gut zu«, sagte Kon-kim beinahe väterlich. »Du hast doch einen Namen, der *Harter Stein* bedeutet. Sei jetzt hart und erzähle mir, was dir die Japaner angetan haben.«

Akira Ishii blickte zu ihm hoch. Seine schmutzigen Wangen waren von Tränenstreifen durchzogen. »Gestern morgen«, begann er stockend, »kamen zwei japanische Soldaten zu uns. Ich wollte gerade in die Schule gehen. Sie sagten, mein Vater hätte gegen Japan gearbeitet; sie müßten ihn erschießen. Meine Mutter wurde ganz blaß, und mein Vater schwor, das wäre gelogen. Und das war es auch. Er hat immer nur gearbeitet, damit ich auf die höhere Schule komme. Da zog einer der Soldaten seine Pistole. Ich schrie: ›Tut ihm nichts! Laßt ihn am Leben! Er hat so ein gutes Herz!‹«

Die Erinnerung übermannte den Jungen und ließ ihn am ganzen Körper zittern.

Kon-kim zog ihn an sich. »Sprich weiter.«

Akira Ishii vergrub sein Gesicht. »Ich habe noch niemandem erzählt, was dann geschah.«

»Gerade darum sollst du es jetzt tun. Wenn du darüber gesprochen hast, wird es leichter für dich werden. Hat man deinen Vater erschossen?«

Der Junge schüttelte den Kopf. »Der Soldat lachte und steckte seine Pistole in die Tasche. ›Ja, wenn das so ist, dann sollst du das gute Herz behalten‹, sagte er. Ich dachte schon, mein Vater wäre gerettet, aber da zog der Soldat seinen Dolch. Meine Mutter schrie auf und ich...«

Er schluchzte plötzlich so heftig, daß er nicht mehr reden konnte.

Kon-kim nahm den Kopf des Jungen in die Hände.

»Ich weiß nicht, wie es weiterging«, jammerte Akira Ishii. »Plötzlich drehte sich alles. Als ich wieder wach wurde, sah ich, daß meine Mutter tot war. Und das Herz meines Vaters ...« Er unterbrach sich und öffnete die verbeulte Dose, die er bis dahin unter dem Arm gehalten hatte. »Hier, das ist das Herz meines Vaters. Es lag vor mir auf dem Boden.«

Kon-kim wußte sekundenlang nicht, was er tun sollte. Er preßte den Jungen an sich, um ihm nicht in die Augen schauen zu müssen. »Du wirst bei mir bleiben«, sagte er schließlich. »Und das Herz deines Vaters werden wir auf der Spitze des *Mont Bubu* in die Erde legen, damit du die Stelle immer wiederfinden kannst. Eines aber mußt du mir versprechen: daß du nie im Leben eine Waffe in die Hand nehmen wirst, es sei denn, du würdest angegriffen. Versprichst du mir das?«

Akira Ishii sah ihn groß an. »Und was wird aus den Japanern, die meine Eltern getötet und meinem Vater das Herz aus dem Leib geschnitten haben?«

»Die überlassen wir dem Auge des Himmels, das nichts übersieht. Jeder Frevel und alles Böse auf dieser Erde wird eines Tages vergolten; die Frage ist nur: früher oder später.«

So versöhnlich Kon-kim zu Akira Ishii gesprochen hatte, so unerbittlich waren die Befehle, die er noch in der gleichen Nacht, in der er mit dem Jungen zum *Mont Bubu* zurückkehrte, seinen Abteilungsleitern erteilte. Er ging zum Großangriff über, ohne das oberste Gesetz des Guerilla-Krieges zu mißachten, das kleine Formationen verlangt, die ›vorsichtig wie Jungfrauen und flink wie Kaninchen sein müssen, niemals einen vom Gegner gewünschten Kampf annehmen, bevorzugt an entlegenen Plätzen operieren und erst dann das ganze Land mit Widerstandsnestern überziehen, wenn die Mitarbeit der breiten Masse gesichert ist‹.*

Die malaiische Bevölkerung stand hinter Kon-kims Verbänden, und aufgewühlt von der Schilderung Akira Ishiis zögerte er nicht mehr, seine in acht Abteilungen zusammengefaßten fünftausend aktiven Kämpfer in zweihundertfünfzig Gruppen zu je zwanzig Mann aufzuteilen, denen er genau umrissene Operationsgebiete

* Mao Tse-tung: ›Guerilla-Krieg‹, 1937

zuwies und befahl, unverzüglich mit allen zur Verfügung stehenden Mitteln dem Feind das Leben zur Hölle zu machen.

Bereits achtundvierzig Stunden später war die von langer Hand vorbereitete Umgruppierung durchgeführt, und es begann ein Kampf, wie er gnadenloser nicht geführt werden konnte. In den Städten wurden allein gehende Japaner auf offener Straße hinterrücks erdolcht, auf den Chausseen gab es kein feindliches Fahrzeug mehr, das nicht irgendwann von einem Feuerhagel gestoppt wurde oder in jäh losfauchende Flammenwerfer geriet. Nacht für Nacht wurden Wachtposten überfallen, explodierten Bomben zwischen abgestellten Wagenkolonnen, flogen Handgranaten in Unterkünfte, brachen Brücken zusammen, fuhren Transportzüge auf Minen und wurden von den Japanern in Betrieb genommene Industrieanlagen gesprengt oder in Brand gesetzt. Zweihundertfünfzig mit erbeuteten Heeresgütern versorgte und ganz auf sich selbst gestellte Gruppen kämpfen, ohne jemals gesehen zu werden. Dem Feind blieb nichts anderes übrig, als sich einzuigeln. Flugzeuge wurden eingesetzt, die Tausende von Bomben in den Urwald warfen; doch was konnten diese in dem weiten Gebiet schon gegen Einheiten ausrichten, die nur zwanzig Mann stark waren? Nur drei Gruppen wurden durch Zufallstreffer vernichtet, und die Japaner mußten erkennen, was Napoleons Marschälle bereits 1803 im Krieg gegen Spanien erfahren hatten: daß Guerillas – spanisch: Kleinkrieger – nicht mit herkömmlichen Mitteln bekämpft werden können. Mao Tse-tung hatte geschrieben: ›Guerillas sind wie Fische, und das Volk ist das Wasser, in dem die Fische schwimmen. Wenn die Temperatur des Wassers richtig ist, werden die Fische gedeihen und sich vermehren.‹

Kon-kim richtete sich nach den Schriften Mao Tse-tungs. Sein Erfolg basierte auf der strikten Beachtung der von allen Militärs verächtlich belachten Lehre des chinesischen Kommunisten*. Dabei halfen ihm die Japaner allerdings entscheidend durch ihr unmenschliches Verhalten gegenüber der Bevölkerung, die sich zu einer verschworenen, jeden Guerilla-Kämpfer unterstützenden Gemeinschaft zusammenschloß.

* Präsident John F. Kennedy dürfte der erste Staatsmann der westlichen Welt gewesen sein, der seinen Offizieren in einer Rede offen erklärte: ›Gentlemen, lesen Sie die Schriften Mao Tse-tungs!‹

Hinzu kam die von Tag zu Tag sichtbarer werdende Überlegenheit der Alliierten, die endlich auf allen Kriegsschauplätzen Siege erringen konnten. Der amerikanische Dampfkessel stand unter höchstem Druck und entwickelte eine geradezu sagenhafte Kraft. Im Südpazifik gelangen Landungen auf Neu-Guinea, Rendova, Bougainville und auf den Gilbert- und Marshallinseln. Die deutschen Heere mußten die Ukraine räumen und wurden von den Russen hart bedrängt. Britische, amerikanische und chinesische Truppen eröffneten eine unter dem Oberbefehl von Lord Mountbatten stehende Offensive in Burma, um die Verbindung zu Tschiang Kai-schek wiederherzustellen. Und General MacArthur begann mit der Rückeroberung der Philippinen.

»Spätestens in einem Jahr ist der Krieg beendet«, sagte Kon-kim eines Abends dem kaum noch von seiner Seite weichenden Akira Ishii.

Der Junge, der vielfach auf einer kleinen Flöte wehmütige Melodien blies, sah ihn fragend an: »Woher weißt du das?«

Kon-kim wies nach oben. »Habe ich dir nicht gesagt, daß der Himmel immer dafür sorgt, daß Gutes und Böses vergolten wird?«

»Früher oder später, hast du hinzugefügt! Kann es nicht sein, daß die Japaner erst sehr viel später bestraft werden?«

Kon-kim schüttelte den Kopf. »Das glaube ich nicht. Die Japaner und ihre Verbündeten überschätzten ihre Kräfte und übernahmen sich. Wer mehr ißt, als er verdauen kann, bekommt Bauchschmerzen. Wenn du groß bist, sollst du studieren, wie deine Eltern es gewollt haben. Du wirst dann erfahren, daß es schon viele Herrscher gegeben hat, die sich widerrechtlich in den Besitz eines Landes setzten. Es gab aber noch keinen, der die ganze Erde erobern konnte. Versucht haben es einige, doch jeder von ihnen ging an seiner Maßlosigkeit zugrunde. Und darin liegt ein Trost für alle Geknechteten. Irgendwann überspannen Gewaltmenschen den Bogen, weil ihre Selbstherrlichkeit ihnen den klaren Blick raubt. Was sie dann in Händen halten, ist eine zerfetzte Sehne, mit der sich kein Pfeil abschießen läßt.«

Der zweite Weltkrieg ging seinem Ende entgegen, und fast zur gleichen Zeit, da britische Luftlandetruppen nach fünfzehn Monaten heroischen Kampfes die Burmastraße wieder in ihren Besitz brachten, teilte Deutschland der japanischen Regierung mit, daß es sich gezwungen sehe, einen *Sonderfrieden* abzuschließen. Zwei Monate darauf wurde Japan von den Teilnehmern der *Potsdamer Konferenz* zur bedingungslosen Kapitulation aufgefordert. Das japanische Kabinett wies dieses Ansinnen entrüstet zurück, woraufhin Präsident Harry S. Truman den Befehl gab, die erste Atombombe (Uranium) auf Hiroshima zu werfen, der drei Tage später die zweite Atombombe (Plutonium) auf Nagasaki folgte. Die verheerende Wirkung der neuartigen Waffe und die gleichzeitig erfolgte Kriegserklärung der Sowjetunion an Japan brachen den Widerstandswillen des japanischen Volkes und beendeten einen Krieg, der die Welt in unübersehbares Leid gestürzt hatte. Fünfundfünfzig Millionen Tote waren zu beklagen. Für Millionen von Gefangenen und Vertriebenen begann ein Marsch, wie ihn die Menschheit noch nicht erlebt hatte. Allein aus China mußten vier Millionen Japaner in ihre Heimat zurücktransportiert werden.

Aber so groß die allenthalben zu bewältigenden Probleme auch waren, die Menschheit atmete auf. Und den Alliierten fiel ein Stein vom Herzen, als ersichtlich wurde, daß sich die unerschrockenen Söhne Nippons der Kapitulationserklärung ihres Kaisers gemäß in mustergültiger Ordnung in Sammellager führen ließen, wo sie ihre Waffen widerstandslos ablieferten.

Kon-kim, der zunächst nicht begreifen konnte, daß der Krieg zu Ende gegangen war, löste seine Verbände mit einem Tagesbefehl auf, dessen letzte Worte lauteten: »Wenn ihr jetzt zu euren Familien zurückkehrt, dann vergeßt nicht, daß der glückliche Ausgang des Krieges uns verpflichtet, zu beweisen, daß wir den uns auferlegt gewesenen Ungeheuerlichkeiten zum Trotz keine Ungeheuer geworden sind. Wer sich als Sieger menschlich zeigt, hat ein Herz und keinen Stein im Leib, selbst wenn er tausendmal töten mußte. In der Not ist der Edle nicht unwürdig, im Reichtum nicht hochmütig.«

Die Männer gelobten, Kon-kims Worte zu beherzigen, aber sie waren enttäuscht, als er sich weigerte, mit ihnen im Gummizapferanzug nach Kuala Lumpur zu marschieren. Es kam darüber zu erregten Debatten, in deren Verlauf sich die Unzufriedenen erst beruhigten, als Kon-kim ihnen erklärte, seine Geldmittel seien erschöpft und er müsse schnellstens dafür sorgen, daß die *Albion-Tin-Works* wieder in Schwung gebracht würden.

»Ich tue es auch für euch«, sagte er und fügte augenzwinkernd hinzu: »Außerdem ist es dringend notwendig, daß ich noch in dieser Woche bei den zuständigen Behörden die Forderung erhebe, euch in irgendeiner Form für die drei im Dschungel verbrachten Jahre zu entschädigen.«

Dieser Hinweis blieb nicht ohne Wirkung, und nachdem Kon-kim Haron Ismail und den ehemaligen Polizeisergeanten Sulaiman zu seinen Stellvertretern ernannt hatte, begab er sich mit Macolm Watt und dem technischen Leiter Go Cho Hong nach Ipoh, um das Abbaugelände sowie die Maschinen und Geräte der *Albion-Tin-Works* zu inspizieren.

Das Werk war völlig verwahrlost. Kon-kim ließ den Kopf jedoch nicht hängen, sondern fuhr unverzüglich in einem requirierten Kübelwagen nach Singapore. Schon ein erster Überblick hatte ihn erkennen lassen, daß er die Zinn-Mine ohne Hilfestellung seiner Banken nicht wieder in Betrieb nehmen konnte.

Zwei Tage lang fuhr er an Trümmern vorbei, die ihm zeigten, in welch furchtbarem Ausmaße sein Wille die Landstraße zu einem Weg des Leides gemacht hatte. Wenn er darüber nachdachte, was er erreicht hatte, schauderte ihn der Preis, den der Feind hatte zahlen müssen.

Doch als Kon-kim Johore Bahru erreichte, glaubte er einer Halluzination zum Opfer gefallen zu sein: das Haus Dr. Hajis war unversehrt und stand nach wie vor inmitten eines gepflegten Parks, in dem schillernde Pfauen und dickbäuchige Mynah-Vögel wichtigtuerisch zwischen Blumenbeeten umherstolzierten. Nichts hatte sich geändert, und der indische Chauffeur, der Kon-kim zufällig am Eingang des Parks aus seinem Militärfahrzeug aussteigen sah, rannte strahlend auf ihn zu und erkundigte sich voller Verwunderung, warum er nicht zum Portal gefahren sei.

Die Selbstverständlichkeit, mit der der Inder seine Anwesenheit zur Kenntnis nahm, verblüffte Kon-kim und ließ ihn fragen: »Wie hat Doktor Haji den Krieg überstanden?«

»Glänzend«, antwortete der Chauffeur lachend. »Hier alles very well. Doktor erwartet Sie. Er gestern hat bekommen erstes Telefongespräch mit Ipoh und gehört, daß Sie kommen.«

Kon-kim lief auf das Haus zu. Aber noch bevor er es erreichte, vermeinte er zum zweitenmal einer Sinnestäuschung zu unterliegen. Dr. Haji, der sich vor drei Jahren kaum noch hatte bewegen können, eilte ihm ohne Stock entgegen und schloß ihn wie einen verloren geglaubten Sohn in die Arme.

»Dem Himmel sei Dank, daß er Sie beschützte«, stammelte der Inder mit bewegter Stimme.

»Und ich danke ihm für das Wunder, das er an Ihnen vollbracht hat«, erwiderte Kon-kim beglückt.

Dr. Haji lächelte. »Ein Wunder ist es nicht. Ich verdanke meine Genesung einem Arzt, der in den Krieg zog, um Wunden zu pflegen und Leiden zu mildern.«

»Einem Japaner?« fragte Kon-kim ahnungsvoll.

»Einem hervorragenden Arzt und vortrefflichen Menschen, der das hiesige Hospital übernahm und mit einigen seiner Kollegen in mein Haus einzog. Gleich am ersten Tage bat er darum, mich untersuchen zu dürfen. Das Ergebnis war verblüffend: ein Glied meiner Wirbelsäule hatte sich versetzt und einen Nerv gequetscht. Das war alles, und es war doch unendlich viel. Zumal es mir zeigte, daß es hüben wie drüben Könner und echte Menschen gibt. Man darf über die von einer Nation verübten Untaten nicht reden, ohne über die guten Seiten ihrer Mitglieder zu sprechen. Scheußlichkeiten sind in aller Welt anzutreffen.«

Kon-kim nickte. »Ich kann Ihnen nur beipflichten. In den letzten Jahren habe ich Unmenschlichkeiten erlebt, die mich zur Raserei brachten. Ich habe sie aber auch selber begangen. Als ich auszog, um die Freiheit Malayas zu verteidigen, sprach ich von der Aufrechterhaltung der Menschenwürde und sah im Geiste den Balkon vor mir, von dem meine Mutter und mein Onkel herabgestürzt wurden. Heute sehe ich neben meinen toten Angehörigen einen schmächtigen Japaner liegen, den ich foltern ließ, um seine Anständigkeit zu brechen und...«

»Hören Sie auf!« unterbrach ihn der Inder erregt. »Der Widerwärtigkeiten waren genug.«

Kon-kim blickte zu Boden. »Mir ging es darum, zum Ausdruck zu bringen, daß überall Dinge geschehen sind, die man ungeschehen machen möchte.«

Dr. Haji sah ihn prüfend an. »Töten müssen ist ein Gesetz des Krieges. Haben Sie außer der Befolgung dieses Gesetzes gemordet?«

»Nein. Aber einmal war ich nahe daran.«

»Was hielt Sie davon ab?«

»Ich konnte es nicht.«

Der Inder hakte sich wie erlöst in Kon-kims Arm ein. »Dann ist alles gut, und ich empfehle Ihnen dringend, jetzt in der Gegenwart zu leben und das Zurückliegende als Spiegel der Vergangenheit zu betrachten, ohne die es keine Zukunft gibt.«

Kon-kim war es, als spüle eine Welle alle ihn belastenden Schlakken fort. Er fühlte sich befreit und blieb drei Tage bei Dr. Haji, der sich rührend um ihn bemühte und ihm sofort finanzielle Hilfestellung anbot, als er hörte, daß der Dschungelkampf die Kassen der *Albion-Tin-Works* geleert hatte.

Davon wollte Kon-kim nichts wissen. Er bedankte sich für das Entgegenkommen und erklärte dem Inder, daß er nicht daran zweifle, die erforderlichen Mittel von seinen Banken zu erhalten.

In dieser Hinsicht war Dr. Haji weniger optimistisch. Er befürchtete, daß die früheren Bankdirektoren noch nicht zurückgekehrt seien, und verpflichtete Kon-kim, offen mit ihm zu sprechen, wenn er auf Schwierigkeiten stoßen sollte.

Kon-kim versprach es dem Inder und sicherte ihm zu, nicht zurückzureisen, ohne ihn nochmals aufgesucht zu haben. Er blieb jedoch länger in Singapore, als er vorgehabt hatte, da ihn Macolm Watt in dem nunmehr offiziell auch für Asiaten geöffneten *Raffles-Hotel* anrief und ihm zwei Telegramme übermittelte, die sein Herz höher schlagen ließen. Das erste war von David Hamilton. Es lautete: ›Telegrafiere, wenn du noch lebst. Fliege in den nächsten Tagen nach Singapore, wo ich dich zu treffen hoffe. Dein *Bruder durch Zuneigung*.‹ Das zweite Telegramm war in Singapore aufgegeben und hatte nur sechs Worte: ›Erwarte dich im *Raffles Hotel*. Patrice.‹

Kon-kim konnte es nicht erwarten, zu erfahren, ob sich die Engländerin schon im Hotel aufhielt. »Ich rufe Sie später an«, unterbrach er den Schotten, als dieser ihm weitere Dinge durchsagen wollte. Dann drückte er hastig mehrere Male auf die Telefongabel, und als sich die Vermittlung nicht gleich meldete, rannte er zur Rezeption und fragte, ob Miß Lawrence bereits eingetroffen sei.

»Yes, Sir«, antwortete der Portier. »Die Dame ist gestern angekommen und bewohnt das Appartement Numero fünfzig. Ich vermute, daß sie oben ist. Soll ich Sie anmelden?«

»Nein, danke«, erwiderte Kon-kim. »Wo bekomme ich hier Blumen?«

»Gleich links hinter dem Vestibül in der Geschäftsarkade.«

Kon-kim schwirrte der Schädel, als er die Blumenhandlung aufsuchte und sich dreißig dunkelrote Rosen geben ließ. Es wollte ihm nicht in den Kopf, daß er und Patrice Lawrence ohne es zu wissen im gleichen Hotel wohnten. Unwirklich erschien ihm plötzlich alles. Vor zwei Wochen hatte er noch wie ein Wilder im Dschungel gehaust, und jetzt stand er in sauberer Kleidung in einem Geschäft, und hinter ihm wartete ein beflissener Boy darauf, ihm die ›Last des Blumentragens‹ abzunehmen.

Wie in Trance durchschritt er den mit fächerartig zurechtgestutzten Palmen bestandenen Innenhof des Hotels, in dem ihn jäh die Lust überkam, Patrice Lawrence zu überraschen. »Hör zu«, sagte er dem Pagen, als sie die zu den oberen Räumen führende Marmortreppe emporstiegen. »Du klingelst und gibst das Bukett ab, während ich seitlich von der Tür stehenbleibe. Und wenn die Dame dich fragt, von wem die Blumen sind, behauptest du, es nicht zu wissen. Ist das klar?«

»Yes, Sir«, antwortete der Boy, baute sich in strammer Haltung vor der dunklen Apartmentstür auf und betätigte die Klingel.

Es vergingen einige Sekunden, bis eine Stimme rief: »Wer ist da?«

»Der Hotelpage! Ich habe Ihnen Blumen zu überbringen.«

»Ich bin im Bad«, rief sie zurück. »Die Tür ist nicht verschlossen. Leg die Blumen ins Zimmer.«

»Sehr wohl«, erwiderte der Boy und wollte schon nach der Türklinke greifen, als Kon-kim ihn blitzschnell daran hinderte.

»Verschwinde. Das weitere erledige ich.«

Der Page verneigte sich, und Kon-kim öffnete die Tür, um mit festen Schritten durch den am Bad vorbeiführenden Korridor in den Wohnraum zu gehen, wo er die Blumen auf einen Tisch legte. Dann kehrte er deutlich hörbar zur Tür zurück, um sie vernehmlich zu schließen und leise wieder in das Zimmer zu schleichen, in dem er sich behutsam in einen Korbsessel setzte und der Dinge harrte, die da kommen mußten. Er vernahm das Geräusch einer Flasche, die auf eine Glasplatte gestellt wurde, und ergriff eine in seiner Nähe liegende Zeitung, die er vorsichtig auseinanderfaltete, um sich hinter ihr verbergen zu können.

Minuten vergingen, bis die Badezimmertür geöffnet wurde und Schritte auf ihn zukamen, die plötzlich von einem Schrei übertönt wurden.

»Aber Liebling«, sagte er und ließ die Zeitung sinken. »Habe ich dich erschreckt?«

Patrice Lawrence, die noch nicht völlig angekleidet war und reizvolle, mit duftigen Spitzen besetzte Unterwäsche trug, lief auf Kon-kim zu, warf sich ihm in die Arme und bemühte sich angelegentlich, ihr eben erst sorgfältig zurechtgelegtes Haar binnen weniger Sekunden restlos in Unordnung zu bringen. Sie tat wirklich alles, um sich in kürzester Frist zu derangieren, und sie lachte lustvoll, als ein seidener Träger riß und es keinem Zweifel mehr unterliegen konnte, daß sie sich nochmals von Grund auf ankleiden mußte.

»Ich möchte wissen, was du nicht fertigbringst«, stöhnte sie, als Kon-kim wie erschöpft den Kopf zurücklehnte. »Kaum habe ich dir telegrafiert, da sitzt du schon in meinem Zimmer.«

Er schmunzelte. »Ich reagiere eben sehr schnell. Aber an die Möglichkeit, daß ich nicht mehr leben könnte, hast du allem Anschein nach überhaupt nicht gedacht.«

»Habe ich auch nicht«, erwiderte sie lachend. »Ich wußte, daß dir nichts geschehen wird.«

»Und wer hat dir das ins Ohr geflüstert?«

»Du selbst. Erinnert du dich daran, daß ich dich in Kuala Lumpur fragte, ob du nicht Lust hättest, mit mir nach Indien zu kommen?«

»Natürlich.«

»Deine damalige Antwort ließ unschwer erkennen, daß du dich mit dem Gedanken trugst, gegen die Japaner zu kämpfen. Und deinem zwei Tage später hier im Hotel hinterlegten Brief konnte ich entnehmen, daß du etwas Besonderes vorhattest. Da habe ich mir gesagt: Er ist ein Draufgänger und wird die Absicht haben, sich als Partisan zu betätigen. Und das dürftest du ja wohl getan haben.«

Kon-kim nickte. »Damit ist aber meine Frage noch nicht beantwortet.«

Sie sah ihn verwundert an. »Wieso nicht? Guerilla-Kämpfern kann doch nichts passieren, weil sie grundsätzlich nur aus dem Hinterhalt schießen.«

Kon-kim stöhnte. »Deine Logik ist entwaffnend. Doch du hast gar nicht so unrecht. Wenn einige britische Offiziere, mit denen ich mich vor Jahren über dieses Thema unterhielt, zumindest diesen Punkt erfaßt hätten, wäre vielleicht manches anders verlaufen.«

Sie warf ihm einen unwilligen Blick zu. »Laß uns lieber von etwas anderem reden. Vor allem möchte ich wissen, wie du so schnell nach Singapore gekommen bist. Mit dem Flugzeug?«

Er lachte. »Mit einem scheußlichen japanischen Militärwagen, den ich mir in Ermangelung eines besseren aneignete. Der Zufall wollte es, daß ich vor einer Stunde hier eintraf und bald darauf von meinem Geschäftsführer angerufen wurde, der mir dein Telegramm übermittelte.«

Sie umarmte ihn. »Dann hat das Schicksal es gewollt, daß wir uns so schnell treffen.«

»Das ist gut möglich.«

»Und was ist aus deiner Maschine geworden?«

»Die liegt irgendwo im Dschungel. An jenem Morgen, an dem ich dich schnöde verließ, bin ich an der Küste entlang in das von den Japanern besetzte Gebiet geflogen und westlich von Ipoh über dem *Mont Bubu* abgesprungen.«

Ihre Augen weiteten sich. »Mit dem Fallschirm?«

»Ja.«

Sie starrte ihn entgeistert an. »Bist du womöglich der ›Puma‹, von dem alle Welt spricht?«

Den Bruchteil einer Sekunde zögerte Kon-kim, dann aber antwortete er kurz entschlossen: »Nein!« Er befürchtete, Patrice Lawrence könnte ihr Wissen hinausposaunen, um sich selbst in ein schillerndes Rampenlicht zu setzen. Unabhängig davon zwang ihn ein im Unterbewußtsein aufflackerndes Warnsignal, Patrice Lawrence nicht in alles einzuweihen.

»Schade, daß du nicht der ›Puma‹ bist«, sagte sie sichtlich enttäuscht.

Kon-kim umarmte sie. »Kein weiteres Wort! Ich hole jetzt meine Sachen, und dann werden wir, wie vor unserer Trennung, im *Elisabethanischen Saal* zu Abend essen. Dieses Mal allerdings ohne Pistole auf dem Tisch. Einverstanden?«

»Sofern du mir noch einige Minuten Zeit zum Ankleiden gibst.«

»Einige?« fragte er blinzelnd.

Patrice Lawrence küßte ihn. »Im Höchstfall dreißig Minuten.«

Kon-kim war nicht in bester Stimmung, als er am darauffolgenden Mittag in das Hotel zurückkehrte. Er hatte bei seinen Banken die unangenehme Feststellung machen müssen, daß man sich hinsichtlich des von ihm erbetenen Kredites bei weitem nicht so entgegenkommend zeigte, wie er es angenommen hatte. Gewiß, man war nicht ablehnend gewesen und erklärte sich bereit, ihm eine Million Singapore-Dollar zur Verfügung zu stellen. Er benötigte jedoch mindestens den vierfachen Betrag, wenn die Produktion der *Albion-Tin-Works* wieder auf volle Touren gebracht werden sollte. Gerade dagegen aber lehnten sich die Bankdirektoren auf. Sie befürchteten, der Weltbedarf an Zinn könnte mit Beendigung des Krieges rapide sinken, wodurch das nunmehr praktisch ohne Eigenkapital arbeitende Unternehmen in kürzester Zeit in Zahlungsschwierigkeiten geraten würde.

Trotz dieser zweifellos bestehenden Gefahr dachte Kon-kim nicht daran, die Produktion zunächst gedrosselt anlaufen zu lassen. Ihm ging es darum, sämtliche ehemaligen Werksangehörigen so schnell wie möglich wieder zu beschäftigen und in ein normales Leben zurückzuführen. Es war deshalb ein harter Schlag für ihn, daß man ihm die erforderlichen Mittel aus grundsätzlichen Erwägungen verweigerte.

Patrice Lawrence erkannte auf den ersten Blick, daß er bedrückt war, und ihrer Art entsprechend fragte sie ihn gleich, ob er Ärger gehabt habe.

»Wie man es nimmt«, antwortete er ausweichend und ließ sich in einen Korbsessel fallen.

Sie setzte sich zu ihm. »Du bist ganz verschwitzt und mußt ein neues Hemd anziehen.«

Er nickte. »Es ist entsetzlich heiß heute.«

»Ich habe es gemerkt, da auch ich auf einen Sprung in der City war. Ich mußte meine Bank aufsuchen.«

»Da hätten wir uns treffen können«, erwiderte er und zog ein Tuch aus der Tasche, um sich den Schweiß von der Stirn zu wischen. »Hast du etwas über deine Mutter in Erfahrung gebracht?«

»Ja, sie lebt! Ihre in Johore Bahru wohnende Freundin sagte mir, daß sie sich in Penang aufhält, wo sie während des ganzen Krieges interniert war. Ich habe mir ihre Telefonnummer geben lassen und werde sie heute abend anrufen.«

»Auf der Stelle wirst du das tun«, entgegnete er ungehalten.

Sie sah ihn verwundert an. »Aber warum denn? Bis die Verbindung zustande kommt, vergehen bestimmt etliche Stunden.«

»Und wenn Tage vergehen sollten«, erwiderte er böse und griff nach dem Telefonhörer. »Du lieber Himmel, wenn ich meine Mutter anrufen könnte... Wie ist die Nummer?«

Patrice Lawrence kramte in ihrer Handtasche und zog ein Telegramm heraus, auf dessen Rückseite sie sich Notizen gemacht hatte. »Penang hundertsechsundachtzig.«

Kon-kim meldete das Gespräch an.

Patrice Lawrence wedelte sich mit dem von ihr bekritzelten Telegramm frische Luft zu.

»So«, sagte er, als er den Hörer auflegte. »Und nun wird gewartet, bis die Verbindung zustande gekommen ist.«

Sie lachte spöttisch und warf das Telegramm auf den Tisch. »Inzwischen kannst du das da lesen. Es wurde vorhin für dich abgegeben.«

Kon-kim wurde rot vor Empörung. »Wie kommst du dazu, meine Post zu öffnen?«

Ihre Augen flackerten. »Hab' ich dich gestern gefragt, mit welchem Recht du in mein Zimmer eingedrungen bist?«

Kon-kim gab keine Antwort und zog es vor, das in Honolulu aufgegebene Telegramm zu lesen, dessen Inhalt ihn jäh in eine ausgelassene Stimmung versetzte. »Jetzt kannst du reden, soviel du willst«, rief er jubelnd. »Ich ärgere mich über nichts mehr und flüchte notfalls in die Bar, um mich allein darüber zu freuen, daß Dav morgen kommt.«

»David Hamilton?« fragte sie überrascht. »Bezeichnet er sich als dein *Bruder durch Zuneigung*?«

»Er bezeichnet sich nicht als solcher, er *ist* es, da er von meiner Mutter mit allen Rechten und Pflichten in unsere Familie aufgenommen wurde. Und dich bitte ich um alles in der Welt, nett zu *deiner* Mutter zu sein, wenn du mit ihr sprichst. Hinter ihr liegen immerhin drei Jahre Internierungslager, die nicht spurlos an ihr vorübergegangen sein dürften.«

»Das brauchst du mir nicht zu sagen«, entgegnete sie bockig. »Viel vernünftiger wäre es, wenn du endlich zur Kenntnis nehmen wolltest, daß ich nicht sein würde, wie ich bin, wenn meine Mutter nett zu mir gewesen wäre.«

Kon-kims Gesichtsausdruck wurde skeptisch. »Ich kann mir nicht vorstellen, daß deine Mutter... Aber lassen wir das. Wo immer die Schuld auch liegen mag, du mußt versuchen, euer Verhältnis zueinander auf eine andere Ebene zu stellen. Ihr könnt doch nicht ewig wie Hund und Katze aufeinander losgehen. Und jetzt sage ich der Vermittlung, daß wir in die Bar gehen und das Gespräch dort erwarten.«

Es war wie immer: sie prallten aufeinander, um sich gleich darauf wieder zu vertragen. Die schnelle Beilegung der kleinen Kontroverse ließ Kon-kim jedoch hoffen, daß Patrice Lawrence trotz allem noch modellierbar sei. Er gab sich zwar keinen Illusionen hin und rechnete damit, daß Patrice Lawrence sich ihm nicht ohne weiteres unterwerfen würde. Niemals jedoch wäre er auf den Gedanken gekommen, daß der vor Jahren erfolgte Verkauf der *Albion-Tin-Works* noch immer wie ein Stachel in ihr steckte und daß ihr ganzes Sinnen und Streben nur dahin ging, ihren Anteil eines Tages zurückzuerwerben, um dann ihn, Lee Kon-kim, zu ihrem Sklaven zu machen. Dieses erkannte er erst im Verlauf der Unterhaltung, die sie später in der Hotelbar führten.

»Man könnte meinen, dir sei eine Laus über die Leber gekrochen«, sagte sie, als er sich unwillig über einen Keeper äußerte, der lächelnd zu ihr hinüberschaute und in gespielter Bewunderung seine Augen verdrehte.

»Eine Laus war es nicht«, erwiderte er unzufrieden. »Eher ein Bankdirektor. Aber reden wir von etwas anderem.«

»Nein, ich will jetzt wissen, was los ist«, bedrängte sie ihn. »Als du zurückkehrtest, habe ich gleich gespürt, daß du Ärger gehabt hast. Was ist geschehen?«

»Nichts. Der Krieg hat nur viel Geld gekostet, und ich brauche dringend einen Kredit, um die *Alboin-Tin-Works* wieder in Schwung zu bringen.«

»Und den hat man dir verweigert?«

»Ja und nein. Im Hinblick auf die noch ungeklärte Wirtschaftslage will man mir vorerst nur eine Million Singapore-Dollar geben.«

Patrice Lawrence zündete sich eine Zigarette an. »Das ist doch ein hübscher Betrag.«

»Gewiß«, erwiderte er und ergriff sein Glas. »Aber er reicht nicht aus, wenn man vier Millionen benötigt.«

»Wofür?«

»Für Maschinen, Geräte, Instandsetzungsarbeiten und Löhne.«

An Patrice Lawrences Hals bildeten sich hektische Flecken. »Weißt du, wieviel ich noch von den fünfhunderttausend US-Dollar besitze, die ich damals erhielt?«

Kon-kim zuckte die Achseln. »Wahrscheinlich sehr wenig.«

Sie blies den Zigarettenqualm genußvoll vor sich hin. »Du täuschst dich, mein Lieber. Der gesamte Betrag ist noch vorhanden. Ich habe ausschließlich von den Zinsen gelebt!«

Er warf ihr einen anerkennenden Blick zu. »Das hätte ich nicht für möglich gehalten.«

»Fünfhunderttausend US-Dollar sind beinahe zwei Millionen Singapore-Dollar«, sagte sie wie zu sich selbst. »Ich könnte dir also entscheidend helfen. Wenn dir mein Geld zur Verfügung steht, wird dir die Bank garantiert einen Kredit in Höhe von drei Millionen einräumen. Zusammen hättest du dann fünf, mit denen du wie in alten Zeiten loslegen könntest.«

Kon-kim verschlug es die Sprache.

Patrice Lawrence lachte. »Daß ich dir ein solches Angebot machen würde, hast du allem Anschein nach nicht für möglich gehalten.«

»Ganz bestimmt nicht«, gab er unumwunden zu. »Und ich bekenne offen, daß ich im Augenblick zu verwirrt bin, um...«

»Sag ja!« unterbrach sie ihn. »Nimm das Geld und bring das Werk meines Vaters wieder in die Höhe.«

Kon-kim schwirrte der Schädel. Er sollte von Patrice Lawrence Geld annehmen? Warum eigentlich nicht? Mit fünf Millionen konnte er wirklich wie in alten Zeiten loslegen. Patrice mußte natürlich abgesichert werden, aber das ließ sich ohne weiteres bewerkstelligen. Und ein Geschäft sollte sie auch dabei machen. Wenn sie keine extremen Forderungen stellte... »An welchen Zinssatz hast du gedacht?« fragte er.

»An überhaupt keinen.«

Er sah sie verwundert an. »Wie soll ich das verstehen?«

»Wie ich es sagte.«

Kon-kim schüttelte den Kopf. »Eine solche Abmachung würde gegen die guten Sitten verstoßen. Außerdem hast du eben erzählt, daß du von deinen Zinsen lebst!«

»Was hat das damit zu tun?«

Er stieß einen Seufzer aus. »Weibliche Logik scheint wirklich etwas ganz Besonderes zu sein. Nimm es mir deshalb nicht übel, wenn jetzt ich einmal einen Vorschlag mache. Ich biete dir zwei Prozent über dem üblichen Bankzinssatz.«

Patrice drückte ihre Zigarette aus. »Entweder hast du mich falsch verstanden, oder ich habe mich nicht klar genug ausdrückt. Ich will dir kein Darlehen gewähren, sondern möchte fünfzig Prozent der *Albion-Tin-Works* zu dem Preis zurückkaufen, den du damals zahltest.«

Kon-kim lachte schallend. »Ach, daher weht der Wind.«

»Ich weiß nicht, was es da zu lachen gibt«, ereiferte sie sich.

»Das kann ich dir genau sagen«, erwiderte er belustigt. »Wenn dir fünfzig Prozent der Zinn-Mine gehören würden, könnte ich nicht mehr nach eigenem Ermessen schalten und walten, sondern müßte immer hübsch nach deiner Pfeife tanzen.«

»Wieso?« fragte sie naiv.

»Stell dich nicht dümmer, als du bist«, antwortete er ärgerlich. »Du weißt genau, daß du dann gegen jede meiner Maßnahmen Einspruch erheben könntest.«

»Wer sagt denn, daß ich das tun würde?«

»Ich!«

»Das ist eine Unverschämtheit!«

»Sei ehrlich, Patrice! Jeder Mensch tut im Falle eines Streites Dinge, die er später bereut. Mit anderen Worten: die geringste Auseinandersetzung zwischen uns würde in das Geschäftsleben der *Albion-Tin-Works* hineinspielen und das Unternehmen eines Tages zurunde richten. Nein, als Mitinhaberin möchte ich dich nicht in Ipoh begrüßen.«

»Dann helfe ich dir eben nicht«, erwiderte sie patzig.

Er schlug die Hände zusammen. »Bildest du dir etwa ein, ich würde es ohne dich nicht schaffen?«

»Mit nur einer Million?«

»Zur Not geht es auch damit.«

»Aber du hast gesagt, daß du vier benötigst.«

»Stimmt. Wenn du aber glaubst, mich deshalb unter Druck setzen zu können, bist du auf dem Holzweg. Steig also getrost von dem Olymp herab, auf dem du dich bereits wähntest.«

»Wie du willst«, entgegnete sie verbissen. »Aber das sage ich dir: das nächstemal werde ich nur vierhunderttausend US-Dollar bieten!«

»Und das übernächste Mal dreihundert-, dann zweihundert- und schließlich hunderttausend Dollar! Nein, Patrice, so geht es nicht. Ich bewundere deine Schönheit, möchte dir jedoch dringend raten in Zukunft zu bedenken, daß derjenige, der hoch aufsteigen will, unten beginnen muß.«

Patrice Lawrence gelang es nur schwer, die plötzlich in ihr aufgekeimte Hoffnung zu begraben. Sie verstand es aber meisterhaft, ihre Enttäuschung zu verbergen.

Kon-kim hingegen dachte sich sein Teil.

Das unregelmäßige Klopfen eines Toctoc-Vogels weckte Kon-kim am nächsten Morgen und ließ ihn früher aufstehen, als er es vorgehabt hatte. Patrice Lawrence murmelte etwas von ›Verrücktheit‹ und drehte sich auf die andere Seite, und Kon-kim genoß es, in Ruhe frühstücken zu können. Gegen neun Uhr begab er sich in die Stadt, wo er die britische Adminsitration aufsuchte, um erste Verhandlungen über eine an die Widerstandskämpfer zu zahlende Entschädigung zu führen. Er fand jedoch niemanden, der bereit war, sich seine Wünsche anzuhören. Jeder erklärte ihm schon nach wenigen Worten, nicht zuständig zu sein, und in seiner Empörung über die dabei ungeniert zur Schau gestellte Hochnäsigkeit der in die Kronkolonie zurückgekehrten Verwaltungsbeamten verlangte er schließlich kategorisch den Kommandierenden General zu sprechen. Sein energisches Auftreten hatte Erfolg. Er wurde von einem zuvorkommenden älteren Briten empfangen, der sich seine Überlegungen und Vorschläge nicht nur mit Interesse anhörte, sondern ihm auch bestätigte, daß es dringend notwendig sei, die ehemaligen Dschungel-Kämpfer in ein geordnetes Leben zurückzuführen.

»Leider muß ich Ihnen aber sagen, daß die Angelegenheit nicht in meinen Befehlsbereich fällt«, fügte der sympathische Engländer bedauernd hinzu. »Ich bin für die Kronkolonie zuständig. Das Operationsgebiet der... Freiheitskämpfer, wie ich die Guerillas einmal nennen möchte, lag in Malaya. Sie müssen sich also an die Administration in Kuala Lumpur wenden.«

Kon-kim seufzte. »Ist es sehr unverschämt, wenn ich Sie bitte, mich dort zu avisieren?«

»Mir wird es ein Vergnügen sein, Sie dort anzumelden«, erklärte der General. »Wie war doch Ihr Name?«

»Lee«, antwortete Kon-kim.

»Ich werde den Kommandierenden General in Kuala Lumpur noch heute verständigen, Mister Lee.«

Kon-kim erhob sich. »Ich bin Ihnen sehr zu Dank verpflichtet und würde mich freuen, wenn ich Sie einmal in Ipoh begrüßen dürfte.«

Der General begleitete ihn zur Tür. »Das könnte vielleicht schon sehr bald der Fall sein, da ich in Kürze über Ipoh nach Penang reisen muß. Ich würde mir gerne einmal eine Zinn-Mine ansehen.«

»Darf ich Sie bitten, dann mein Gast zu sein? Man findet selten Menschen, mit denen man sich schnell versteht.«

Der General reichte ihm die Hand. »Das Anerbieten nehme ich dankend an. Aber jetzt habe ich noch eine Frage, die Sie mir hoffentlich nicht verübeln. Sind Sie der berüchtigte ›Puma‹?«

Kon-kim lag es auf der Zunge ›ja‹ zu sagen. Einer ihm selbst unerkärlichen Regung folgend, antwortete er jedoch: »Nein.« Einen Grund für sein merkwürdiges Verhalten hätte er nicht angeben können. Erst als er das Verwaltungsgebäude verließ und über seine Reaktion nachgrübelte, erinnerte er sich daran, daß er im Augenblick der Fragestellung wie elektrisiert gedacht hatte: Sei vorsichtig! Ein Zinngrubenbesitzer kann bei Europäern mehr erreichen als ein abenteuerlich anmutender Guerilla-Häuptling, den man sich verwildert und nach Knoblauch stinkend vorstellt.

Die Verschlagenheit des Asiaten, die Kon-kim im Interesse seiner Kampfgefährten instinktiv hatte die Unwahrheit sagen lassen, brachte ihn auf den Gedanken, zunächst bei der nun einmal aufgestellten Behauptung zu bleiben und sich erst zu decouvrieren, wenn er sein Ziel erreicht habe.

Aus der Position eines selbstlosen Gentlemans wollte er die Verhandlungen führen, und um mögliche Komplikationen weitgehend auszuschließen, rief er noch in der gleichen Stunde Macolm Watt an, den er bat, unverzüglich allen ehemaligen Abteilungsleitern und Gruppenführern auszurichten, daß sie und ihre Männer auf Befragen stets erklären sollten: Mister Lee hat den Kampf organisiert, geleitet aber hat ihn der ›Puma‹, ein im Guerillakrieg versierter Chinese, der früher in der Armee Mao Tse-tungs diente und nicht in Erscheinung treten will.

»Well«, erwiderte der Schotte. »Wenn ich den Sinn Ihres Wunsches auch nicht erfasse, ich werde die Leute informieren. Wesentlich mehr interessieren mich aber die Finanzen der *Albion-Tin-Works*! Wie stehen die Aktien?«

»Vorerst liegen sie noch. Eine Million will man uns geben.«

»Das ist ja lächerlich«, ereiferte sich Macolm Watt. »Ich habe gestern den ›Status‹ erstellt; selbstverständlich nicht ›frisiert‹. Der Gesamtwert des Werkes beläuft sich auf rund drei Millionen US-Dollar. Er ist also bedeutend höher, als wir geschätzt hatten.«

»Und das sagen Sie mir jetzt erst?«

Der Schotte lachte. »Sie haben mich ja nicht zu Wort kommen lassen, sondern asiatische Hintergründigkeiten über den ›Puma‹ zum besten gegeben.«

»Ich schicke Sie wieder in den Dschungel!« drohte Kon-kim.

»Und ich träume vom Heimaturlaub«, erwiderte Macolm Watt. »Der ›Status‹ ist übrigens schon auf dem Weg zu Ihnen. Ich denke, er wird die Banken großzügiger stimmen. Wenn Sie Erfolg haben, müssen Sie aber damit rechnen, daß ich mich in vier Wochen auf ein Schiff setze.«

Kon-kim schmunzelte. »Sagen wir in acht Wochen.«

»Na, schön. Aber keinen Tag später.«

»Einverstanden!«

Kon-kim geriet in eine Hochstimmung, als hätte er die benötigten Gelder bereits in der Tasche. Und wenn ich das ganze Werk sicherheitsübereignen muß, dachte er, ich werde wieder zufriedene Arbeiter um mich haben.

Patrice Lawrence war überrascht über die gute Laune, in der Kon-kim gegen Mittag zurückkehrte. »Was ist geschehen?« fragte sie ihn. »Hast du das Große Los gewonnen?«

»Das nicht«, antwortete er und rieb sich die Hände. »Aber ich habe ein großartiges Geschäft gemacht. Und zwar in dem Augenblick, da ich mich weigerte, dir fünfzig Prozent der *Albion-Tin-Works* für fünfhunderttausend US-Dollar zu verkaufen. Macolm Watt hat mir eben gesagt, daß das Werk alles in allem rund drei Millionen wert ist.«

Ihre Augen wurden brennend.

Kon-kim umarmte sie. »Entschuldige, es war häßlich von mir, das Thema aufzuwärmen.«

Patrice Lawrence machte sich frei. »Zunächst möchte ich wissen, von wo aus du mit Ipoh telefoniert hast.«

»Du wirst es kaum glauben: ich bin zur Post gegangen.«

»Das finde ich aber sehr merkwürdig.«

»Wieso?«

»Weil du es hier viel bequemer gehabt hättest!«

»Das ist richtig. Aber dann hättest du mithören können, was ich unbedingt vermeiden wollte. Ich hatte geschäftliche Dinge zu besprechen, und die trenne ich...«

»Das hast du mir schon gestern gesagt«, unterbrach sie ihn schnippisch.

Er umarmte sie ein zweites Mal. »Weißt du, was du bist? Ein herrlicher Frühlingswind, der berauschend wie Wein ist.«

»Sagt man das in China?«

»In bezug auf die Frauen. Der Sommerwind ist wohltuend wie Tee, der Herbstwind herb wie Rauch und der Winterwind scharf wie Ingwer.«

Sie gab ihm einen Kuß. »Ihr habt schöne Sprüche.«

»Wir sind ja auch ein Kulturland mit tausendjähriger Geschichte. Aber nun gehen wir zum Lunch. Ich vermute, daß Dav spätestens in ein bis zwei Stunden eintreffen wird.«

Ihre Augen leuchteten. »Ich freue mich schrecklich auf ihn. Wenn ich an den Abend am Kap Kling zurückdenke, weißt du, wo ich euch in dem netten Restaurant traf...«

»...und nachher furchtbar patzig wurdest!«

»...dann möchte ich dich bitten, letzteres zu vergessen und heute abend mit uns dorthin zu fahren.«

Kon-kim zog sie näher an sich. »Das hast du so nett gesagt, daß es mir schwerfällt, dir einen Korb zu geben. Bitte, verstehe mich nicht falsch, aber ich kann deinen Wunsch nicht erfüllen. Dav und ich haben uns drei Jahre nicht gesehen; da gibt es vieles zu erzählen, was dich nicht interessieren wird. Außerdem weiß er nicht, daß du und ich... Mit anderen Worten: ich möchte heute mit ihm allein sein, verspreche dir aber, daß wir morgen zu dritt hinausfahren. Was hältst du davon?«

»Wenig«, antwortete sie schmollend.

»Mach es mir nicht so schwer«, bat er lockend. »Der Frauen vorzüglichste Tugend ist die Nachgiebigkeit.«

Sie stieß einen Seufzer aus. »Gegen chinesische Weisheiten komme ich nicht an.«

»Und gewinnst damit mein Herz«, entgegnete er voller Wärme.

»Wirklich?«

»Wie könnte es anders sein. Wenn Menschen sich zueinander wie Gäste verhalten, wächst die Zuneigung ganz von selbst.«

Patrice Lawrence fiel es schwer, Kon-kims Wunsch zu entsprechen. Sie spürte jedoch, daß sie an diesem Tag nicht den Versuch machen durfte, sich durchzusetzen, und sie war klug genug, ihre Enttäuschung nicht erkennen zu lassen. Das hatte zur Folge, daß Kon-kim ihr nach dem Mittagessen eine wertvolle Jadefigur schenkte, die er in der Auslage eines der Arkadengeschäfte des Hotels entdeckte. Darüber freute sie sich so sehr, daß sie für ihn eine hübsche Krawattennadel erstand. Ohne es zu wollen, steigerten sich plötzlich beide in eine Verliebtheit hinein, die ihnen die schönste Stunde bescherte, die sie je miteinander verbracht hatten. Nicht in der Abgeschlossenheit ihres Zimmers erlebten sie dieses Glück, sondern im Freien vor dem Hotel, wo sie in Erwartung des Freundes auf- und abgingen, bis ein riesiges *Boeing*-Wasserflugboot über sie hinwegdonnerte und im Hafen zur Landung ansetzte.

Kon-kim tat es in diesem Augenblick leid, sich von seiner Geliebten trennen zu müssen. »Vielleicht sollten wir Dav doch zusammen begrüßen.«

»Auf keinen Fall«, antwortete Patrice Lawrence. »Es bleibt bei unserer Abmachung. Und damit: au revoir, Monsieur. Feiern Sie Ihr Wiedersehen in der gebührenden Form, ohne zu vergessen, daß jemand auf Sie wartet.«

Es ist erstaunlich, wie nett sie sein kann, dachte Kon-kim, als Patrice Lawrence davongegangen war und er ungeduldig in die Richtung blickte, aus der die Taxis von der Anlegestelle kommen mußten, die er nicht aufgesucht hatte, weil die genaue Landezeit der von Honolulu nach Singapore fliegenden Militärmaschine nicht bekannt gewesen war. Er brauchte jedoch nicht lange zu warten, bis ein Wagen erschien, aus dem ihm David Hamilton schon von weitem entgegenwinkte.

»Kim!« stammelte der Amerikaner bewegt, als er seinen Freund umarmte. »Daß wir uns...« Sein Gesicht zuckte verdächtig. Er brachte kein weiteres Wort über die Lippen.

Auch Kon-kim mußte mit sich kämpfen, um nicht weich zu werden. »Du siehst ja komisch aus«, sagte er in seiner Verlegenheit.

David Hamilton bleckte die Zähne und strich über sein kurzgeschorenes Haar. »Die Heldenfrisur haben wir den Preußen abgeschaut. Mit dem Erfolg, daß die Friseure daheim zur Zeit von all jenen Glücklichen überlaufen werden, die das Pech hatten, zu Hause bleiben zu müssen. Keine Frau will mehr was von ihnen wissen. Aber laß dich mal ansehen. Na ja, es geht. Jünger bist du auch nicht geworden. Und...« Er stutzte. »Ich werde verrückt. Ein Chinese mit graumeliertem Haar dürfte eine Attraktion sein. Sollen wir beide uns zur Schau stellen?«

»Gehen wir erst mal ins Hotel«, erwiderte Kon-kim. »Aber sprich ruhig weiter. Du ahnst nicht, wie schön es für mich ist, dich reden zu hören. Wie oft habe ich mich nach deinen Blödeleien gesehnt!«

»Und ich mich nach deinem edlen Antlitz und einer Flasche *Tiger*-Bier. Das Gebräu schmeckt zwar nicht besser als andere Marken, aber irgendwie liegt der Geruch Ostasiens darin.« Er legte den Kopf in den Nacken und schnupperte. »Wer einmal hier gelebt hat, hält es anderswo nicht mehr aus. In den Staaten ist natürlich alles viel bequemer und in gewisser Hinsicht auch schöner, aber ein Auto-Dschungel kann keinen Urwald ersetzen. Und Benzindünste sind kein Äquivalent für echten Gestank.«

Kon-kim grinste. »Ich freue mich, daß du der alte geblieben bist.«

»Täusch dich nicht«, widersprach David Hamilton. »Bei mir hat sich viel Galgenhumor eingeschlichen; die Scheiße war zu groß. Reden wir also von dir. Wie hast du es überstanden?«

»Wie man so etwas übersteht, wenn es einen nicht erwischt: heiler Körper – angeknacktes Innenleben.«

Der Freund hakte sich bei Kon-kim ein. »Ich war dem Wahnsinn nahe, als ich eines Tages hörte, daß eine malaiische Widerstandsgruppe den Japanern mächtige Schwierigkeiten bereite. ›Das ist mein *Bruder durch Zuneigung*!‹ habe ich gesagt und heimlich euren Buddha angefleht, die von mir gelieferten Waffen täglich gut zu ölen. Um ehrlich zu sein: nach unserem letzten Treffen befürchtete ich, dich nicht wiederzusehen. Wie bist du damals bloß durch die Front gekommen?«

»Mit meiner Maschine.«

»Konntest du noch irgendwo landen?«

»Ich bin abgesprungen.«

Der Amerikaner schüttelte den Kopf. »Dich wird man eines Tages ausstopfen und in ein Museum stellen.«

Sie erreichten die Portiersloge, wo David Hamilton seinen Paß abgab und die üblichen Formalitäten erledigte. Dann suchten sie das für ihn reservierte Apartment auf, das Kon-kim mit etlichen Flaschen ›geschmückt‹ hatte.

Der Freund kam aus dem Staunen nicht heraus. Auf jedem Tisch, neben dem Bett, im Bad und sogar auf dem Deckel der Toilettenschüssel stand eine Flasche Whisky. »Ist das dein Werk?« rief er begeistert.

Kon-kim nickte. »Ich kenne doch dein Leiden.«

David Hamilton füllte zwei Gläser. »Worauf trinken wir?«

»Auf die Zukunft, die hoffentlich weniger turbulent sein wird.«

Nachdem sie getrunken hatten, ließ sich der Amerikaner in einen Sessel fallen. »Und jetzt tratschen wir, bis uns die Zunge zum Halse heraushängt. Den Anfang machst du. Wie kamst du dazu, mit dem Fallschirm abzuspringen?«

Kon-kim nannte die Gründe, die ihn gezwungen hatten, *va banque* zu spielen. Er tat es mit unbewegter Miene und wurde erst lebhaft, als er den Flug, den Absprung und alles damit Zusamenhängende schilderte.

»Und wie ging es weiter? Hattet ihr schwere Kämpfe zu überstehen?«

»Wie man es nimmt«, antwortete Kon-kim zurückhaltend. »Wir haben immer nur aus dem Hinterhalt operiert. Die Belastung eines Guerillas liegt weniger im Kampf als im Ertragen von Widerwärtigkeiten aller Art. Der Dschungel kann einen so fertigmachen, daß du glaubst, verrückt zu werden, wenn du ihn nicht auf der Stelle verläßt. Das aber darfst du nur, um zu töten oder um Getötete nach Zigaretten und Fressalien zu durchsuchen. Für mich war die seelische Belastung ungleich größer als die körperliche. Aber jetzt erzähl von dir. Wo wurdest du durchgebeutelt?«

»Zunächst auf Guadalcanar. Ich gehörte zur Besatzung des Kreuzers *Northhampton,* von dem ich nach einem scheußlichen ›Bumser‹ in den Bach flog. Die Geschichte ging jedoch glimpflich ab, weil einige in einem Boot vorbeikommende Kameraden mich aufforderten, sie zu begleiten. Ich war ganz froh darüber und lernte auf diese Weise eine bildhübsche Bucht kennen, in der die Luft jedoch verdammt eisenhaltig war. Wir hielten uns aber so tapfer, daß man uns zur Belohnung einen Orden anheftete und ein halbes Jahr später nach Neu-Guinea schickte; gewissermaßen vom Regen in die Traufe, wie sich bald herausstellte. Auf alle Fälle lernte ich in der Schlacht bei Lae die Japaner von ihrer unfreundlichsten Seite kennen. Du machst dir keinen Begriff, wie die Burschen kämpfen können. Einfach sagenhaft! Und wenn es für sie keinen Ausweg mehr gab, preßten sie sich kaltschnäuzig ihre letzte Handgranate vor den Bauch, krümmten sich zusammen und... ab ging die Post. Auf direktem Weg in den Heldentempel.«

Kon-kim sah im Geiste den japanischen Kraftfahrer vor sich, der trotz Folterung nicht bereit gewesen war, Fragen zu beantworten.

»Und dann hatte ich das Glück, dem fünften amphibischen Korps zugeteilt zu werden«, fuhr David Hamilton genüßlich fort. »Ein großartiger Verein, mit dem ich den Marianen einen Besuch abstattete. Die Landung war etwas kompliziert und verpaßte meinem rechten Oberschenkel einen hübschen Durchschuß, der mich mit Engelsflügeln in die Staaten zurückbeförderte und in die Arme eines entzückenden Karbolmäuschens legte, das mit viel Takt und Geschick meine Wunde pflegte, sich aber blödsinnigerweise in meinen Stubenkameraden verliebte. Na ja, er war Captain – ich First Lieutenant. Da kann man nichts machen. Aber gefuchst hat mich die Geschichte. Die Kleine war wirklich süß; er dagegen ein Ekel. Außerdem hatte ich verdammte Langeweile. Tempi passati«, schloß David Hamilton lachend. »Hauptsache, der Krieg ist vorbei, und wir sitzen wieder zusammen.«

»Und was hast du für Pläne?« fragte Kon-kim. »Willst du dich weiterhin im Waffenhandel betätigen?«

Der Freund hob abwehrend die Hände. »Was ich gesehen habe, reicht für mehrere Menschenleben. Ich will mein Geld künftighin auf andere Weise verdienen. Das wird den Lauf der Welt zwar nicht ändern, mich aber hoffentlich zufriedenstellen. In Singapore regle ich nur noch die Dinge, die vor einer Firmenliquidation zu erledigen sind. Danach werde ich versuchen, so klug zu sein, wie du es warst. Ich möchte mir ein ausbaufähiges Unternehmen kaufen.«

Kon-kim sah den Freund verwundert an. »Kannst du eure Firma denn ohne weiteres liquidieren? Royal-Dymont ist schließlich dein Kompagnon!«

»Er ist einverstanden und bereits auf dem Wege hierher. Spätestens in vierzehn Tagen wird er eintrudeln. Wir haben etliche Telegramme miteinander gewechselt und uns einmal sogar telefonisch gesprochen. Er kommt nach Singapore, um das Netz des englischen Geheimdienstes neu aufzubauen.«

»In seinem Alter? Er ist doch mindestens sechzig.«

»Fünfundsechzig! Um zwanzig Jahre hat er uns überrundet.«

»Und da will er immer noch nicht Schluß machen?«

Der Amerikaner zuckte die Achseln und füllte die Gläser. »Ich glaube, er sehnt sich nur nach Ostasien. Seine Frau ist übrigens gestorben.«

»Das tut mir aber leid.« Kon-kim hob sein Glas. »Trinken wir auf Dory. Sie war immer so aufregend gemütlich.«

Der Freund lachte. »Wahrscheinlich schielte Henry deshalb ganz gerne mal zur Seite. Denkst du noch an den Abend am Kap Kling, als die... Herrgott, jetzt komme ich nicht auf ihren Namen.«

»Meinst du Patrice Lawrence?«

»Ja, richtig! Ich erinnere mich noch genau daran, wie sie an unseren Tisch kam. Henry strahlte wie ein Honigkuchenpferd.«

»Und du?«

»Hätte ich heulen sollen? Die Frau war doch Klasse.«

»In ihrer Art ist sie das auch heute noch.«

»Hast du sie getroffen?«

Kon-kim hob sein Glas. »Trinken wir zunächst mal auf Dory.«

David Hamilton stieß mit ihm an, stellte das geleerte Glas dann jedoch ungewöhnlich energisch auf den Tisch zurück. »Und nun heraus mit der Sprache: was bedeutet dein ›zunächst‹?«

»Daß ich dir etwas zu sagen habe. Um es kurz zu machen: Patrice Lawrence, du und ich werden morgen abend am Kap Kling unser Wiedersehen feiern.«

Der Amerikaner stieß einen Pfiff aus. »Der Dschungelkampf scheint dir gut bekommen zu sein.«

»Körperlich auf jeden Fall besser als seelisch und finanziell.«

David Hamilton horchte auf. »Steckst du in Schwierigkeiten?«

»Das nicht. Aber mein Privatkrieg hat mich aller flüssigen Mittel beraubt. Mir würde das nichts ausmachen, wenn die hiesigen Banken nicht so kleinlich wären. Die Herren Direktoren setzen auf Nummer Sicher, weil sie nicht wissen, wie sich die Weltwirtschaftslage entwickeln wird.«

»Leben die Kerle denn auf dem Mond?« erregte sich der Amerikaner. »Jedes Kind weiß doch, daß wir einem Boom entgegengehen, wie ihn die Welt noch nicht erlebt hat. Der unbefriedigte Bedarf von Jahren muß gedeckt werden, ganz zu schweigen von all den üblen Dingen, die sich am politischen Himmel schon wieder abzeichnen. Das sind unübersehbare Gefahren!«

Kon-kims Stirn legte sich in Falten. »Von welchen Gefahren sprichst du?«

»Von jenen, die wir überaus klugen Demokraten heraufbeschworen haben. Professor Spykmann von der *Yale-University* machte bereits in einem kurz nach Pearl Harbor erschienenen Buch darauf aufmerksam, daß die Vernichtung Deutschlands und Japans den Sowjets die Möglichkeit geben wird, Europa für sich zu öffnen. Wörtlich schrieb er: ›Ein russischer Staat vom Ural bis zur Nordsee ist keine große Verbesserung gegenüber einem deutschen Staat, der sich von der Nordsee bis zum Ural erstreckt.‹ Und Spykmann war nicht der einzige, der warnte. Doch was taten wir? Wir unterstützten die Russen, zogen mit Gottvertrauen in den Krieg und gehen jetzt nach Hause, als hätten wir ein Fußball-Match gewonnen. Wir lachen und feiern den Siegestag über Japan; wir lassen die Sowjets in die Mandschurei einmarschieren; wir schlagen unsere Flugzeuge und Waffen entzwei; wir übergeben den Russen deutsche Gefangene, wie man einem Spielpartner am Schluß den Ball überläßt. Kurzum, wir schließen überall die Augen, wo deutlich wird, daß die Dinge sich anders entwickeln, als wir es uns vorgestellt haben. Es wird schon nicht so schlimm werden, sagen unsere auf gute Stimmung bedachten Politiker. Die Herren der Rüstungsindustrie aber reiben sich die Händchen und erklären: Zerschlagt die veralteten Waffen! Wenn es zu einer Auseinandersetzung zwischen Ost und West kommen sollte, müßt ihr viel moderner gerüstet sein. Wir bauen euch Sachen mit einem Knöpfchen, auf das ihr bloß noch zu drücken braucht und – bums, sind alle mausetot!«

Kon-kim sah den Freund entgeistert an. »Bist du verrückt, oder ist das die Wirkung des Whiskys?«

David Hamiltons Mund wurde noch schiefer, als er es ohnehin war. »Weder noch. Was ich dir sagte, ist in den Staaten ein offenes Geheimnis.«

Kon-kim faßte sich an den Kopf. »Und wenn es hundertmal ein

offenes Geheimnis ist: ich kann mir nicht vorstellen, daß nach diesem Krieg noch irgend jemand... Das ist doch Wahnsinn!«

»Natürlich. Aber mach etwas dagegen. Die von uns zu Tisch gebetenen Sowjets haben Appetit beim Essen bekommen und leider auch erkannt, daß wir trotz der in uns steckenden unerhörten Energie letztlich große Kinder geblieben sind, die bedingungslos glauben, was man ihnen erzählt. Ich garantiere dir, daß sie das ausnützen werden. Über irgendwelche Zonengrenzen in Deutschland ist es bereits zu ersten Meinungsverschiedenheiten gekommen; andere werden folgen, und es wird nicht lange dauern, bis ein neues Wettrüsten einsetzt. Und damit stehen wir am Ausgangspunkt unseres Gespräches. So oder so gehen wir einem ungeahnten Wirtschaftsboom entgegen, und ich rate dir dringend, deine Produktion auf höchste Touren zu bringen.«

»Erzähl das meinen Bankiers, die befürchten, ich könnte in Zahlungsschwierigkeiten geraten, wenn ich gleich auf volle Kraft schalte«, erwiderte Kon-kim grimmig. »Aber ich gebe mich noch nicht geschlagen. Und schon gar nicht, nachdem mir mein Geschäftsführer gerade heute morgen sagen konnte, daß der inzwischen erstellte ›Status‹ der *Albion-Tin-Works* wesentlich besser aussieht, als wir es zunächst angenommen hatten.«

»Wieviel brauchst du denn?« fragte David Hamilton.

»Vier Millionen Singapore-Dollar.«

»Und was ist deine Mine wert?«

»Alles in allem etwa drei Millionen US-Dollar.«

»Das ist ja das Dreifache dessen, was du benötigst.«

»Eben.«

Der Freund ergriff sein Glas. »Yam seng!«

»Ex?«

»Yam seng auf die Idee, die mir gerade gekommen ist. Könntest du nicht einen Kompagnon brauchen?«

Kon-kim stutzte. »Denkst du an dich?«

David Hamilton nickte. »Ich sagte ja schon, daß ich irgendwo einsteigen will. Ich wäre in der Lage, dein hübsches Schiffchen wieder flottzumachen. Mensch, Kim, wir beide in einem Boot! Wäre das nicht 'ne Sache?«

»Yam seng!« rief Kon-kim überschwenglich und leerte sein Glas.

»Soll das heißen, daß du...?«

»Ja«, unterbrach ihn Kon-kim begeistert. »Ich bin bereit, fünfzig Prozent der *Albion-Tin-Works* an dich abzutreten.«

»Zu welchem Preis?«

»Was wäre dir die Sache wert?«

David Hamilton rieb sein Kinn. »Euer ›Drei-Millionen-Status‹ dürfte zur positiven Seite abgerundet sein. Die Hälfte wäre eineinhalb. Ich biete eine Million und dreihunderttausend US-Dollar. Das sind rund fünf Millionen Singapore-Dollar.«

Kon-kim sprang auf. »Ist das dein Ernst?«

»Wenn du willst, kannst du den Scheck gleich haben. Ich möchte dich natürlich nicht festnageln.«

»Idiot!« entflog es Kon-kim. »Sag mir lieber, daß du keinen üblen Scherz mit mir treibst.«

David Hamilton stieß ihn vor die Brust. »Von mir aus ist das Geschäft perfekt. Besiegel es mit einem eurer Sprüche.«

Kon-kim umarmte den Amerikaner. »Ein ferner Verwandter ist nicht so nützlich wie ein naher Freund.«

Als Kon-kim am nächsten Morgen erwachte, brauchte er eine ganze Weile, bis er wußte, daß ihn kein Traum genarrt hatte. Unbegreiflich erschien es ihm, daß sein *Bruder durch Zuneigung* durch eine Fügung des Schicksals zu seinem Geschäftspartner geworden war.

Patrice Lawrence, die ihn in den darauffolgenden Tagen voller Eifersucht beobachtete, erfaßte instinktiv, daß David Hamilton für sie zu einer Gefahr werden würde, wenn sie sich nicht ernstlich bemühte, ihr unbeherrschtes Temperament zu zügeln. Gleich am ersten Abend war er ihr kräftig über den Mund gefahren, als sie in ihrer Erregung darüber, daß Kon-kim es ablehnte, sie mit nach Ipoh zu nehmen, einen Streit vom Zaun brechen wollte. Sie hatte daraufhin geschwiegen und gehofft, ihren Geliebten in einem günstigen Augenblick doch noch umstimmen zu können. Kon-kim aber blieb bei seinem Entschluß, und Patrice Lawrence schob in ihrer Enttäuschung alle Schuld dem Amerikaner zu, den sie von dieser Stunde an förmlich haßte.

Dabei hatte David Hamilton lediglich seiner Art gemäß reagiert, als Patrice Lawrence kein Verständnis dafür aufbringen wollte, daß Kon-kim nicht bereit war, im gegenwärtigen Zeitpunkt private Wünsche vor das Wohl des Werkes und seiner Arbeiter zu stellen.

Der Abschied verlief dadurch frostiger, als es notwendig gewesen wäre. Kon-kim ärgerte sich darüber, dachte aber nicht daran, irgendwelche Zugeständnisse zu machen. Wenn Patrice Lawrence nicht einsehen wollte, daß er sich nun durch nichts von der Arbeit ablenken lassen durfte, dann war ihr nicht zu helfen.

David Hamilton befriedigte es, daß Kon-kim sich nicht beirren ließ. Ihn erinnerte Patrice Lawrence in unangenehmer Weise an Vera McLean, und er nahm sich vor, seinem Freund gelegentlich zu sagen, wie erlöst er gewesen war, als er sich nach jahrelangem Zögern endlich von ihr getrennt hatte.

Vorerst aber gab es wichtigere Dinge zu besprechen, und Kon-kim benutzte die zweitägige Fahrt nach Ipoh, um seinem neuen Kompagnon einen ersten Überblick über dessen zukünftigen Aufgabenkreis zu vermitteln. Sie waren übereingekommen, daß David Hamilton die kaufmännische Leitung übernehmen solle, nachdem der über die günstige Entwicklung hocherfreute Macolm Watt schon am Telefon darum gebeten hatte, ihn unter den gegebenen Umständen baldmöglichst von seinen Verpflichtungen zu befreien.

Es ließ sich also alles reibungslos regeln, und David Hamilton bedauerte es sehr, daß er nochmals nach Singapore zurückkehren mußte, um die mit Henry Dymont gegründete Waffenhandelsfirma zu liquidieren. Am liebsten wäre er gleich in Ipoh geblieben. Er hoffte jedoch, spätestens in vierzehn Tagen alles erledigt zu haben und bis zu seiner endgültigen Übersiedlung auch schon im Besitz des neuen *Cadillacs* zu sein, den er in San Francisco hatte verladen lassen.

Kon-kim hatte sich ebenfalls einen neuen Wagen bestellt und darüber hinaus auf Drängen seines Freundes ein Reiseflugzeug in Auftrag gegeben, eine fünfsitzige *Cessna*, die David Hamilton als das ideale Verkehrsmittel für Malaya bezeichnete. Augenzwinkernd hatte er noch hinzugefügt:

»Warum sollen wir uns keine komfortable Maschine leisten, die es uns im Bedarfsfall gestattet, kleine Herzen zum Zittern zu bringen.«

Wie eh und je erging sich der Amerikaner gerne in dummen Redensarten, die im Gegensatz zu früher allerdings nur selten einer überschäumenden Ausgelassenheit entsprangen. Er benutzte sie vielmehr, um sich hinter ihnen zu verstecken, wenn irgendwelche Probleme ihn bedrückten. Das tat er auch auf der Fahrt nach Ipoh, auf der ihm viele Plätze mit erschreckender Deutlichkeit zeigten, wie unerbittlich der Kampf gewesen sein mußte, den Kon-kim und seine Männer geführt hatten. Je weiter sie kamen, um so mehr verstand er den Wunsch des Freundes, die im Dschungel verwilderten Guerilla-Kämpfer so schnell wie möglich in ein geordnetes Leben zurückzuführen. Das aber setzte die Gewährung einer ausreichenden Entschädigung voraus, und als real denkender Mensch glaubte er nicht, daß die Engländer ohne weiteres bereit sein würden, rund fünftausend Mann einen ansehnlichen Betrag zur Verfügung zu stellen. Er wunderte sich deshalb nicht darüber, daß Kon-kim einen niedergeschlagenen Eindruck machte, als er von dem Kommandierenden General zurückkehrte, den er der günstigen Gelgenheit wegen in Kuala Lumpur aufgesucht hatte.

»Laß den Kopf nicht hängen«, versuchte er ihn zu trösten. »Derartige Dinge müssen reifen.«

»Das weiß ich selber«, erwiderte Kon-kim verbittert. »Ich bin nur über die grundsätzliche Einstellung der hohen Herren empört. Der hiesige General erklärte wörtlich: ›Ich sehe nicht die Berechtigung Ihrer Forderung. Die Guerillas mögen den Japanern einigen Schaden zugefügt haben, Malaya wurde aber nicht von ihnen, sondern von uns wiederbefreit!‹ *Wiederbefreit* sagte er! Ich habe mich nicht mehr beherrschen können und auf den Unterschied zwischen ›Wiederbefreiung‹ und ›Wiederbesetzung‹ hingewiesen.«

David Hamilton pfiff durch die Zähne. »Wie ging es weiter?«

»Hin und her und her und hin. Und zwischendurch wurde ich an die zehnmal gefragt: ›Wie war doch noch Ihr Name?‹ Ich kenne die Methode. Einschüchterungstaktik! Klein sollte ich mir vorkommen und wissen, daß ich nur ein Chinese bin. Beinahe mit jedem Satz hat er mich das fühlen lassen! Er sagte zum Beispiel: ›Wir werden jetzt manches tun, was vielleicht schon früher hätte getan werden sollen. Unter anderem wird Kuala Lumpur eine Universität erhalten; allerdings nur für Studenten, die malaiische Schulen besuchten.‹ Kann man sich noch deutlicher ausdrücken?«

David Hamilton schüttelte den Kopf.

»Und warum trifft man solche Entscheidungen? Weil man zwei Fliegen mit einer Klappe schlagen will. Auf der einen Seite soll den überaus fleißigen Chinesen die Möglichkeit genommen werden, Karriere zu machen; auf der anderen Seite wünscht man die zwischen Chinesen und Malaien bestehende Spannung zu steigern, um weiterhin Kolonialpolitik treiben zu können.«

David Hamilton gelang es nur schwer, Kon-kim zu beruhigen. Er war deshalb recht froh, als sie Ipoh erreichten, wo Macolm Watt die gesamte ehemalige Belegschaft der *Albion-Tin-Works* zusammengetrommelt hatte, die Kon-kim einen begeisterten Empfang bereitete und in stürmische Hochrufe ausbrach, als er erklärte, daß die Arbeit dank der Unterstützung seines Freundes und *Bruders durch Zuneigung* sofort wieder in der gewohnten Weise aufgenommen werden könne.

Und David Hamilton verstand es glänzend, sich im Handumdrehen bei den Arbeitern beliebt zu machen. »Krakeelt nicht allzusehr, wenn mir anfangs grobe Schnitzer unterlaufen«, rief er ihnen zu. »Es ist noch kein Meister vom Himmel gefallen. Ich bilde mir aber ein, einer werden zu können, wenn ihr mich ein bißchen beim Händchen nehmt. Die Gelegenheit dazu gebe ich euch, da ich alles von Grund auf kennenlernen will und zunächst einen Monat lang in der Mine, am Bagger und im Wald mit euch arbeiten werde.«

»Das haben Sie sauber hingekriegt«, lobte ihn Macolm Watt, als der Amerikaner von der Rednertribüne zurücktrat.

David Hamilton grinste. »Irgend etwas mußte ich ja sagen. Und ich möchte wirklich ganz von unten beginnen, schon damit mein *zugeneigtes* Bruderherz nicht eines Tages auf die Idee kommt, mich übers Ohr zu hauen.«

Es dauerte nur wenige Monate, bis die Produktion der *Albion-Tin-Works* das frühere Ausmaß erreicht und David Hamilton sich soweit eingearbeitet hatte, daß Macolm Watt mit gutem Gewissen in seine Heimat zurückkehren konnte. Ihm zu Ehren legte die Belegschaft noch einmal den Gummizapferanzug an, und in seiner Abschiedsrede versprach der Schotte der versammelten Mannschaft, in London alles in seiner Macht Stehende zu unternehmen, um die berechtigte Entschädigungsforderung der ehemaligen Guerilla-Kämpfer durchzudrücken.

Kon-kim war ihm dankbar dafür, denn in dieser Angelegenheit war er um keinen Schritt weitergekommen. Der General in Kuala Lumpur blieb unzugänglich wie am ersten Tag, und seine stetigen Vertröstungen fingen an, Kon-kim nervös zu machen, weil ihm der frühere Polizeisergeant Sulaiman und andere ehemalige Gruppenführer deutlich zu verstehen gegeben hatten, daß sie sich notfalls ›besorgen‹ würden, was man ihnen verweigere.

»Wenn das vertrackte Problem der Entschädigung nicht wäre, könnte ich restlos glücklich sein«, sagte Kon-kim, als er nach der Verabschiedung des Schotten mit David Hamilton ins *Grand-Hotel* zurückkehrte. »Wir beide ergänzen uns, wie es idealer nicht sein kann. Das Geschäft floriert, wir haben herrliche Wagen, ein fantastisches Flugzeug...«

»...sind nicht verheiratet und können tun und lassen, was wir wollen«, fiel der Amerikaner gut gelaunt ein. »Das alles aber genügt dir nicht.«

Kon-kim sah ihn verwundert an. »Erwartest du, daß ich mich um die Belange meiner Männer nicht mehr kümmere?«

»Hab' ich das gesagt? Ich möchte lediglich, daß du aus dem Problem kein Problem machst. Mehr als einsetzen kannst du dich nicht. Die Leute müssen das einsehen und sich gedulden. Und du solltest nicht nach Wolken Ausschau halten, wenn keine am Himmel zu entdecken sind. Genieß doch endlich das Leben und denke an Kung-tse, der da lehrte: ›Der Edle ist ausgeglichen und gelassen; nur der kleine Mann ist immer in Sorge und Angst.‹«

»Und er wird zum Dieb, wenn er Hunger hat und friert!« fügte Kon-kim ärgerlich hinzu.

»Ich mach' dir einen Vorschlag«, erwiderte David Hamilton. »Ruf Patrice an und sag ihr, daß du einen ›Zinn-Koller‹ hättest, von dem du dich befreien möchtest. Und dann fliegen wir für ein paar Tage nach Singapore, wo ich mich in gleicher Angelegenheit mit einer guten Bekannten unterhalten könnte, die übrigens bei Royal-Dymont tätig ist, den wir gemeinsam aufsuchen und bitten werden, dich in deinen Bemühungen zu unterstützen. Bei ihm laufen viele Fäden zusammen. Ich bin überzeugt, daß er dir helfen kann.«

Die letzten Worte verfehlten ihre Wirkung nicht, und Kon-kim meldete sofort ein Gespräch nach Johore Bahru an, wo Patrice Lawrence zur Verwunderung ihrer Bekannten den Haushalt ihrer Mutter führte und die brave Tochter spielte. Gewandelt hatte sie sich allerdings nicht. Es kam ihr nur darauf an, ihrem Geliebten zu imponieren, und sie hoffte, sich auf diese Weise in sein Herz einzuschleichen. Nachdem feststand, daß sie kein zweites Mal die Chance erhalten würde, Kon-kim durch finanzielle Hilfestellung an sich zu binden, hatte sie es sich in den Kopf gesetzt, seine Frau zu werden. Und wenn er hundertmal Chinese war: sie wünschte, die Herrin des von ihrem Vater gegründeten Werkes zu werden.

Kon-kims Anruf beglückte sie in hohem Maße, und sie brachte es sogar fertig, ihn mit Freudentränen zu begrüßen, als er wenige Tage später mit der neuen *Cessna* in Singapore landete.

»Ich bin ja so glücklich«, flüsterte sie ihm ins Ohr.

Kon-kim war beeindruckt von ihrem guten Aussehen, und es erfüllte ihn mit Genugtuung, daß sich auch David Hamilton und Henry Dymont ihrem Charme nicht entziehen konnten.

Der Engländer war sehr verändert. Er lachte kaum, sprach nur wenig und machte zumeist einen abwesenden Eindruck.

»Man könnte meinen, Sie hätten Sorgen«, sagte ihm Kon-kim in einem Moment, da Patrice Lawrence sich angelegentlich mit David Hamilton unterhielt.

Royal-Dymont seufzte. »Die politische Entwicklung in Ihrer Heimat macht mir auch Sorgen. Doch das Thema wollen wir in Gegenwart Ihrer hübschen Begleiterin lieber nicht aufgreifen.«

Patrice Lawrence mischte sich augenblicklich in das Gespräch. »Aber ich bitte Sie«, sagte sie an Henry Dymont gewandt. »Ich möchte keinesfalls, daß die Themen durch meine Anwesenheit bestimmt werden. Zumal es nur zu natürlich ist, daß sich Freunde, die sich lange nicht gesehen haben, einmal richtig aussprechen möchten. Ich werde mich deshalb jetzt zurückziehen.«

Klüger hätte Patrice Lawrence nicht handeln können, und ein dankbarer Blick Kon-kims verriet ihr, daß sie sich in den nächsten Stunden nicht umsonst langweilen würde.

Ihr Aufbruch leitete ein Gespräch ein, das Kon-kim, der jahrelang keinen authentischen Bericht über China gehört hatte, in atemlose Spannung versetzte.

»In den letzten Jahren gab es in Ihrer Heimat genaugenommen zwei Kriege«, begann Royal-Dymont. »Im Süden den passiven Stellungskrieg der Armee Tschiang Kai-scheks, im Norden und Nordosten den aktiven Guerillakrieg der Kommunisten. Zwischen beiden Kräften, die sich lediglich des eingefallenen Feindes wegen nicht selbst bekämpften, gab es jedoch keine Koordination und somit nur Mißerfolge, die schließlich im Oktober vierundvierzig zur Abberufung des nach China entsandten amerikanischen Generals Stillwell führten. Er wollte die Streitmacht Chinas vergrößern. Wie die Dinge lagen, mußte er bestrebt sein, alle verfügbaren Kräfte zu vereinen, woran Tschiang Kai-schek kein Interesse hatte. Für ihn waren die Kommunisten ein schlimmerer Feind als die Japaner.

Damit begann ein Debakel, das noch nicht beendet ist und das China eines Tages zur roten Hochburg unter den Völkern Ostasiens machen kann. Denn der Weltkrieg endete nicht so, wie Tschiang Kai-schek es sich vorgestellt hatte. Er glaubte, daß nach der Kapitulation Deutschlands eine amerikanische Landung erfolgen und ein Befreiungskrieg durch ganz China beginnen würde. Die Atombomben brachen jedoch den Widerstandsgeist der Japaner, so daß die bereits vorbereitete Invasion nicht mehr stattzufinden brauchte. Den Russen konnte das nur recht sein. Sie besetzten die Mandschurei, und die japanische Armee wartete befehlsgemäß mit dem Gewehr bei Fuß in den von ihnen während des Krieges besetzten Städten. Diese aber lagen durchweg in den von Mao Tse-tungs Einheiten beherrschten Gebieten, und es ergab sich plötzlich die Frage: Was nun? Wer entwaffnet die Japaner?

Die Alliierten hatten der nationalen Regierung die oberste Leitung zugesprochen, was bedeutete, daß Tschiang Kai-schek den militärischen Einsatz aller Kräfte befehlen konnte. Und das tat er ohne zu zögern. Er forderte die amerikanische Luftwaffe auf, seine Truppen in die besetzten Gebiete zu fliegen, und erteilte den Japanern den Befehl, sich nur seinen Einheiten zu ergeben und Mao Tse-tungs Leute zu bekämpfen.«

»Wissen Sie das bestimmt?« rief Kon-kim außer sich vor Entsetzen.

Der Engländer nickte. »Und der Befehl wurde durchgeführt. Aus Peking, Tientsin und vielen anderen Städten heraus wurden Mao Tse-tungs Einheiten plötzlich bekämpft.«

Kon-kim schlug mit der Faust auf den Tisch. »Wie konnten die Amerikaner sich dazu hergeben...?«

»Was hätten wir anderes tun sollen?« unterbrach ihn David Hamilton leidenschaftlich. »Für uns ist Tschiang Kai-schek das legitime Oberhaupt der chinesischen Regierung, Mao Tse-tung hingegen nur der Chef einer Partei. Und damit ist alles gesagt! So dumm und wahnwitzig das Vorgehen Tschiang Kai-scheks gewesen sein mag, wir durften uns seinen Anordnungen nicht widersetzen, weil wir sonst die Souveränität der Tschungking-Regierung geleugnet haben würden.«

»Souveränität hin, Souveränität her«, ereiferte sich Kon-kim. »Die Folgen dürften nicht abzusehen sein. Ich kenne meine Landsleute, und ich garantiere dir, daß sie sich nun auf die Seite Mao

Tse-tungs schlagen werden. Für das Volk ist Tschiang Kai-schek das Oberhaupt einer korrupten Diktatur, die ihresgleichen sucht. Es blickt zu Mao Tse-tung hinüber, der sich nicht scheut, unsaubere Beamte kurzerhand an die Wand zu stellen.

Entscheidend dafür aber, daß die Masse sich jetzt von Tschiang Kai-schek abwenden wird, dürfte die Angst sein, in einen neuen Bürgerkrieg verstrickt zu werden, der das Leid nicht nur vergrößern, sondern auch alle Errungenschaften vernichten würde, die Mao Tse-tung brachte.«

»Moment!« rief Henry Dymont verblüfft. »Was bezeichnen Sie als Errungenschaften?«

»»All jene Dinge, die in der westlichen Welt als selbstverständlich angesehen werden: Schuhe an den Füßen! Kleider statt Lumpen! Wenigstens so viel zu essen, daß ein Verhungern ausgeschlossen ist! Diese ›Errungenschaften‹ sind großen Teilen unseres Volkes nie bekannt geworden, beziehungsweise im Laufe der letzten dreißig Jahre abhanden gekommen. Wer das weiß, wird verstehen, wie glücklich viele Chinesen über das sind, was Mao Tse-tung ihnen präsentierte.«

»Das ist doch nur Einheitskleidung und Einheitsfraß!« rief David Hamilton.

»So kann man es auch nennen«, entgegnete Kon-kim aufgebracht. »Aber kommt man damit weiter? Wer die Verhältnisse in China aus europäischer oder amerikanischer Sicht betrachtet und sich nicht vorstellen kann, was es für einen ewig in Fetzen umherlaufenden Menschen bedeutet, plötzlich eine saubere blaue Jacke und richtige Schuhe zu erhalten, der wird nie begreifen, daß China dem Kommunismus verfallen muß, wenn ihm nicht schnellstens unter die Arme gegriffen wird. Das gleiche gilt für alle unterentwickelten Länder. Für meine Heimat ist es möglicherweise schon zu spät, weil Mao Tse-tung inzwischen bereits hundertfünfzig Millionen Menschen beherrscht und Tschiang Kai-schek sich selbst erledigt hat. Seine Unduldsamkeit und sein krankhafter Ehrgeiz haben nur Katastrophen heraufbeschworen. Uns bleibt nichts anderes übrig, als zu hoffen, daß die westliche Welt aus den gemachten Erfahrungen die Lehre zieht, sich künftig nicht erst zur Hilfe zu entschließen, wenn es zu spät ist.«

»Für Malaya glaube ich Sie dieser Sorge entheben zu können«, erwiderte Henry Dymont. »Es ist beabsichtigt, die *Straits Settle-*

ments ohne Singapore, das Kolonie bleiben soll, unter britischem Protektorat mit den übrigen Fürstenstaaten zur Malaiischen Union zusammenzuschließen, die sich als *Federation of Malaya* selbst regieren ...«

»... und nicht dulden soll, daß Chinesen die Universität besuchen«, fiel Kon-kim grimmig ein.

Der Engländer zuckte die Achseln. »Das ist eine Angelegenheit, die Malaien und Chinesen unter sich abmachen müssen.«

»Und wer muß die Widerstandskämpfer entschädigen, die den Japanern drei Jahre lang das Leben zur Hölle machten?« brauste Kon-kim auf.

Royal-Dymont sah ihn erstaunt an. »Von einer Entschädigung der Guerillas habe ich noch nichts gehört. Läuft da ein Antrag?«

Kon-kim schilderte seine vergeblichen Bemühungen und setzte mit bewegten Worten auseinander, warum er es für dringend notwendig halte, die Forderungen der ehemaligen Kämpfer schnellstens zu befriedigen. »Die Leute müssen in ein geordnetes Leben zurückgeführt werden, wenn aus ihnen keine Kommunisten werden sollen«, beschwor er Henry Dymont, der diese Auffassung voll und ganz teilte und ihm versicherte, sich als Leiter des *Secret Service* sofort der Sache anzunehmen.

»Gott sei Dank!« seufzte David Hamilton. »Dann bin ich dafür, daß wir zur Feier des Tages eine Flasche Champagner trinken.«

Sein Vorschlag fand einhellig Zustimmung, und als man sich zu später Stunde trennte, machte es eine Batterie von leeren Flaschen verständlich, daß alle drei mehr oder weniger unsicher gingen und mühsam mit Worten rangen, deren Aussprache ihnen normalerweise keine Schwierigkeiten bereitete.

»Eine – Frage – habe ich – noch«, lallte Royal-Dymont, wobei er Kon-kim die Hände auf die Schulter legte. »Ich bin – ja – immer – neugierig, wie Sie – wissen. Sind – sind Sie – der ›Puma‹?«

»Nein«, erwiderte Kon-kim ohne zu zögern.

Interessant, dachte der Engländer trotz seines angeheiterten Zustandes. In Anbetracht der vertilgten Champagnermenge hat mein guter Mister Lee viel zu schnell geantwortet. Ich hätte auf Davs Gesichtsausdruck achten sollen. Aber ich kriege schon noch heraus, ob Kon-kim der ›Puma‹ ist. »Kommt – bald – mal wieder«, rief er den Freunden zu, während er auf ein Taxi zuwankte. »War – ein – netter Abend.«

David Hamilton lachte hinter ihm her. »Meinst du – daß Patrice – das auch sagen – wird?«

Wider Erwarten zeigte Patrice Lawrence ein strahlendes Lächeln, als sich Kon-kim mit schuldbewußter Miene in ihr Zimmer schlich. Kein Wort des Vorwurfes kam über ihre Lippen. Sie amüsierte sich vielmehr über seine schwankenden Bewegungen und riet ihm dringend, sich abwechselnd heiß und kalt zu duschen, was er dann auch tat und nicht bereute. Am nächsten Morgen brummte ihm zwar der Schädel, aber nachdem er mit Patrice Lawrence einen ausgiebigen Stadtbummel gemacht und in einer Privatschule vorgesprochen hatte, die der kleine Japaner besuchen sollte, der seine Eltern auf so grausame Weise verloren hatte, ging es ihm schon viel besser. Zumal er sich darüber freute, daß Patrice Lawrence sich erbot, den verwaisten Akira Ishii an den Wochenenden in Johore Bahru zu betreuen.

Die folgenden Tage verliefen überaus harmonisch, und Kon-kim krönte sie mit einem kostbaren Ring, den er seiner Geliebten am letzten Abend mit der Bitte schenkte, es ihm nicht zu verübeln, daß er sie vorerst noch nicht mit nach Ipoh nehmen könne.

»Du denkst aber daran, mich eines Tages dorthin zu entführen?« fragte sie ihn zärtlich.

»Warum solltest du später nicht nach Ipoh kommen?« erwiderte er ausweichend, da ihm ihre Formulierung zu konkret erschien.

Sie spürte, was er dachte, ließ sich jedoch nichts anmerken, da sie mit dem Erreichten zufrieden sein konnte. Wenn sie sich weiterhin nachgiebig zeigte, eroberte sie sein Herz, und eines Tages mußte sie seine Frau und damit Herrin der *Albion-Tin-Works* werden.

Kon-kim wäre gewiß ernüchtert gewesen, wenn er Patrice Lawrences Gedanken gekannt hätte. Er bildete sich ein, ihre wohltuende Wandlung sei seinem Einfluß zuzuschreiben. Er versprach ihr deshalb beim Abschied, sie künftighin alle vierzehn Tage zu besuchen.

Patrice Lawrence war über diese Zusage sehr glücklich, und Kon-kim verbrachte von nun an jedes zweite Wochenende in Singapore. Zumeist begleitete ihn David Hamilton, der sich jedoch regelmäßig bereits auf dem Flugplatz von ihm trennte und erst kurz vor der verabredeten Startzeit wieder auftauchte.

Aber sosehr sich Patrice Lawrence ihrem weitgesteckten Ziel

auch näher kommen sah, es fiel ihr von einem zum anderen Treffen schwerer, es schweigend hinzunehmen, daß Kon-kim einen Teil der Wochenenden dazu benutzte, um Dr. Haji zu besuchen oder sich mit Royal-Dymont zu treffen. Am liebsten hätte sie ihm gründlich die Meinung gesagt. Sie beherrschte sich jedoch, und es gelang ihr monatelang, ihre Zunge zu hüten, bis sie eines Tages die Nerven verlor, als er ihr erzählte, daß er dem inzwischen in Singapore in die Schule gehenden Akira Ishii versprochen habe, ihn in Zukunft alle vier Wochen einmal zum Dinner einzuladen.

»Das kann nicht dein Ernst sein«, ereiferte sie sich.

»Und warum nicht?« fragte er erstaunt.

»Dieser Naseweis soll mit uns am Tisch sitzen? Womöglich noch im *Elisabethanischen Saal*? Du tust ja geradeso, als wäre er dein Sohn.«

Kon-kim, der bis zu diesem Augenblick der Meinung gewesen war, seine Geliebte habe den kleinen Japaner liebgewonnen, schüttelte ratlos den Kopf. »Ich verstehe dich nicht, Patrice. Hat sich Akira dir gegenüber schlecht benommen!«

Sie lachte abfällig. »Dann hätte ich ihm eine Ohrfeige gegeben, die er so schnell nicht vergessen würde. Nicht er, sondern du benimmst dich daneben! Auf der einen Seite hast du die Gnade, mich alle vierzehn Tage einmal zu besuchen; auf der anderen Seite versetzt du mich, wie es dir gerade auskommt. Und warum? Nur um dich mit diesem und jenem zu treffen. Und jetzt soll auch noch der dumme Bengel mit uns essen? Für wen hältst du mich eigentlich? Für eine Puppe, die du aufziehen und tanzen lassen kannst, wie es dir gefällt?«

»Nein«, erwiderte er mühsam beherrscht. »Für eine Puppe habe ich dich nie gehalten. Ich glaubte...« Er schwieg und trat mit zusammengepreßten Lippen an das Fenster.

»Sprich dich ruhig aus«, herrschte sie ihn an. »Ich bin sehr gespannt zu erfahren, was du geglaubt hast.«

Es dauerte eine ganze Weile, bis er sich ihr wieder zuwandte und beinahe tonlos sagte: »Wir wollen es kurz machen. Ich sehe, daß ich mich getäuscht habe, und es hat keinen Sinn, sich über Täuschungen zu unterhalten. Von nun an werde ich folgende Änderung eintreten lassen: Ich komme nach wie vor alle vierzehn Tage nach Singapore, stehe aber nur einmal im Monat ausschließlich dir zur Verfügung. Das andere Mal Akira Ishii, Royal-Dymont, Doktor

Haji und wer sonst noch da ist. Selbstverständlich auch dir, sofern du kommst, was ich in dein Belieben stelle.«

Patrice Lawrence erkannte mit Schrecken, daß sie einen kaum wiedergutzumachenden Fehler begangen hatte. »Verzeih mir«, stammelte sie, wobei sie versuchte, sich einen nervösen Anschein zu geben. »Ich weiß selbst nicht, wie ich dazu kam, so zu sprechen. Akira ist doch ein so netter Kerl. Mir ist einfach alles zuviel geworden. Ich wollte dir nicht sagen, daß sich meine Mutter in letzter Zeit wieder darin gefällt, mir entsetzliche Szenen zu machen. Wahrscheinlich habe ich mich dadurch verstärkt danach gesehnt, mit dir allein zu sein. Ich habe einfach die Nerven verloren.«

»War es wirklich nichts anderes?« fragte Kon-kim voller Skepsis.

Sie umarmte ihn.

»Bestimmt nicht. Sag schnell, daß du nicht böse bist.«

Er fühlte ihren Körper und gab ihr einen Kuß. »Bei der neuen Regelung wollen wir es aber belassen.«

Sie sah ihn flehend an. »Muß das sein?«

»Ja«, erwiderte er bestimmt. »Zumal sie dir nichts nimmt, sondern etwas gibt. Du weißt jetzt, daß ich einmal im Monat ausschließlich für dich da bin; das andere Mal für dich und meine Freunde.«

Der Friede war gerettet, Kon-kim aber war hellhörig geworden. Und Patrice Lawrence spürte, daß sie viel Terrain verloren hatte. Im Bestreben, es baldmöglichst zurückzugewinnen, überschüttete sie ihren Geliebten so nachdrücklich mit Zärtlichkeiten, daß er den unliebsamen Vorfall schon nach wenigen Wochen vergessen hatte. Und nicht nur das. An einsamen Abenden griff er nun häufig zum Telefon, um wenigstens ihre Stimme zu hören, und Patrice Lawrence verstand es dann jedesmal meisterhaft, seine Sehnsucht soweit zu steigern, daß er am liebsten noch in der Nacht nach Singapore geflogen wäre. Gewiß würde er es hin und wieder auch getan haben, wenn er nicht befürchtet hätte, sich damit vor seinem Freund eine Blöße zu geben. Im Widerstreit seiner Empfindungen fragte er sich schließlich, ob es nicht das vernünftigste sei, das Junggesellendasein aufzugeben und Patrice Lawrence zu heiraten. Dabei war er sich absolut darüber im klaren, daß nur Körperliches sie miteinander verband. Aber was sollte er machen? Er hatte sich im Laufe des letzten Jahres so sehr an sie gewöhnt, daß er sich nicht vorstellen konnte, jemals mit einer anderen Frau in Verbindung zu treten. Ihre Schönheit faszinierte ihn, und als Chinese empfand er höchste Genugtuung bei dem Gedanken, eine Europäerin errungen zu haben, deren attraktives Äußeres allgemeine Bewunderung hervorrief.

Dennoch brachte er es nicht fertig, sich David Hamilton anzuvertrauen. Um so erfreuter war er deshalb, als der Amerikaner eines Tages den Vorschlag machte, das ewige Hotelleben aufzugeben und ein hübsches Doppelhaus zu bauen.

»Damit bin ich sofort einverstanden«, erwiderte Kon-kim begeistert, wobei er insgeheim dachte, daß mit dem Haus schon eine wesentliche Voraussetzung dafür geschaffen sei, Patrice Lawrence in absehbarer Zeit nach Ipoh kommen zu lassen.

Bereits zwei Wochen später gelang es den Freunden, in der Nähe des Ipoher Rennplatzes ein Grundstück zu erwerben, das einen herrlichen Ausblick auf die zum Teil roten, grünen und weißen Felspartien der nahe gelegenen Berge bot. Und dann begann eine aufregende Zeit des Planens und Skizzierens, die David Hamilton allabendlich mit der Feststellung beendete, daß er Kon-kims Entwürfe erst gutheißen würde, wenn er sehe, daß das Haus zum Garten eine überdachte Holzveranda mit Honolulu-Kletterpflanzen erhalte.

Also bekam er seine Holzveranda mit Honolulu-Kletterpflanzen, und Kon-kim, den die Marotte des Freundes mehr belustigte als ärgerte, trieb den Bau des symmetrisch angelegten Doppelhauses so energisch vorwärts, daß David Hamilton aus dem Staunen nicht herauskam.

»Man könnte meinen, du erwartest ein Kind und möchtest vorher noch alles in Ordnung bringen«, sagte er eines Abends.

Kon-kim lachte. »Und wenn es so wäre?«

Der Freund schrak zusammen. »Bekommt Patrice...?«

»Ach wo.«

»Wirklich nicht?«

»Du kannst ganz beruhigt sein.«

David Hamilton stieß einen Seufzer aus. »Da hast du mir aber einen schönen Schrecken eingejagt.«

»Wieso?«

»Na, hör mal. Wie ich dich kenne, würdest du Patrice dann bestimmt heiraten.«

»Wäre das so schlimm?«

»Wie man es nimmt. Wenn ich sie sehe, muß ich immer an Vera denken. Ich kam nur darauf, weil ich plötzlich befürchtete, daß Patrice sich zwischen uns stellen könnte. Frauen wie sie sind herrschsüchtig und zeigen ihre Krallen erst, wenn sie verheiratet sind. Und Patrice ist keine Kinki.«

Bewußt hatte David Hamilton die Japanerin erwähnt, und er trug sich sekundenlang sogar mit dem Gedanken, Kon-kim über Kinki Yasudas bitteres Ende in Kenntnis zu setzen. Er unterließ es eigentlich nur, weil ihm der Augenblick zu unpassend erschien, nahm sich aber vor, seinem Freund bei der nächsten günstigen Gelegenheit die volle Wahrheit zu sagen.

Kon-kim dachte indessen: Was Dav sagte, habe ich selbst schon hundertmal gedacht. Dennoch bekümmerte ihn die Auffassung des Freundes so sehr, daß er tagelang bedrückt umherlief und erst wieder zu sich zurückfand, als ihn der Kommandierende General von Kuala Lumpur eines Morgens anrief und ihn aufforderte, baldmöglichst bei ihm vorzusprechen, da er eine erfreuliche Nachricht zu übermitteln habe.

»Wenn es Ihnen recht ist, suche ich Sie in zwei Stunden auf«, erwiderte Kon-kim ohne zu zögern.

»In zwei Stunden?« fragte der Engländer verwundert. »Haben Sie etwa Flügel, die Sie sich anschnallen können?«

»Das nicht. Aber ich habe ein Flugzeug, mit dem ich die Strecke in fünfzig Minuten bewältigen kann.«

»Was einmal mehr beweist, daß die in Malaya lebenden Chinesen im Geld ersticken«, knurrte der General verbissen.

Kon-kim ärgerte sich nicht über die unhöfliche Bemerkung, sondern flog in bester Stimmung nach Kuala Lumpur, wo er die Administration noch vor Ablauf der von ihm genannten Zeit erreichte.

Der General ließ ihn jedoch zunächst einmal eine halbe Stunde im Vorzimmer sitzen und begrüßte ihn dann mit dem Hinweis, daß er ihn auch sofort hätte empfangen können, es aber nicht gewagt habe, weil er wisse, daß es eine chinesische Sitte sei, Untergebene stets warten zu lassen. »Es war also nicht Gehässigkeit, sondern Höflichkeit von mir«, schloß er zynisch.

»Ich habe in London studiert und die Engländer in einem so hohen Maße schätzen- und liebengelernt, daß die Gehässigkeit eines einzelnen mich niemals zu falschen Rückschlüssen verleiten könnte«, erwiderte Kon-kim mühsam beherrscht.

»Bitte, nehmen Sie Platz«, erwiderte der Engländer und begab sich hinter seinen Schreibtisch. »Ich habe gar nicht gewußt, daß Sie in London studierten. Wie kamen Sie dazu?«

»Machen Sie sich um meinetwegen nicht so viel Mühe«, antwortete Kon-kim hintergründig. »Wir Chinesen lieben es zwar, nicht sofort zum Kern der Sache vorzustoßen, ich habe es mir inzwischen aber angewöhnt, auf blumenreiche Vorreden zu verzichten.«

Der General kniff die Lider zusammen. »Sie führen eine scharfe Klinge!«

Kon-kim deutete eine Verneigung an. »Ich sagte bereits, daß ich in England studierte, und es freut mich, wenn von dem dort Erlernten etwas hängengeblieben ist. Im übrigen hat mich auch der Dschungelkampf einiges gelehrt.«

»Zum Beispiel?«

»Daß derjenige, der sich zu weit vorwagt, schnell der Unterlegene ist.«

Der General machte eine wegwerfende Bewegung. »Mit chinesischen Weisheiten können Sie mir nicht imponieren. Kommen wir also zur Sache. Seine Majestät, der König von Großbritannien, hat geruht, den sogenannten Widerstandskämpfern von Malaya eine angemessene Entschädigung zu gewähren, sofern die Guerillas durch Unterschrift bekunden, daß sie sich mit Empfang des ihnen zugebilligten Betrages als abgefunden betrachten und sämtliche Waffen abliefern, über die sie verfügen.«

»Beides ist selbstverständlich, wenn es sich um eine wirkliche Entschädigung handelt«, erwiderte Kon-kim. »Ich wäre Ihnen deshalb dankbar, wenn Sie mir die Höhe der gewährten Summe nennen würden.«

Der General lehnte sich zurück. »Sie ist enorm: eine Million und fünfhunderttausend Singapore-Dollar!«

Kon-kim teilte den Betrag blitzschnell durch fünftausend. »Ist Ihnen da nicht ein Irrtum unterlaufen?« fragte er ungläubig. »Jeder Kämpfer soll für drei entbehrungsreiche Jahre nur dreihundert Singapore-Dollar erhalten?«

Der General stellte sich verwundert. »Nur, sagen Sie? Was haben Sie denn erwartet?«

»Einen Betrag, der den Männern die Möglichkeit gibt, sich eine bescheidene Existenz aufzubauen!« antwortete Kon-kim. »Also etwa das Zehnfache dessen, was Sie als eine angemessene Entschädigung bezeichnen.«

»Dreihundert Singapore-Dollar sind angemessen«, erwiderte der General. »Wir zwingen niemanden, das Geld anzunehmen.«

Kon-kims Gedanken überschlugen sich. Unfaßlich erschien es ihm, daß die Regierung eines die Erde umspannenden königlichen Reiches sich nicht scheute, seinen Widerstandskämpfern eine Summe anzubieten, die einem ›Teegeld‹ gleichkam. »Darf ich mich erkundigen, was Ihre Sekretärin monatlich erhält?«

»Das geht Sie nichts an!« brauste der General auf. »Ich verbitte mir derartig unverschämte Fragen!«

»Es liegt mir fern, unverschämt zu sein«, erwiderte Kon-kim erregt. »Ich wollte lediglich deutlich machen, daß das Monatsgehalt einer europäischen Sekretärin höher ist als der Betrag, der hier Soldaten für einen dreijährigen Dschungelkampf angeboten wird.«

»Guerillas bezeichnen Sie als Soldaten?« empörte sich der Engländer. »Wären sie Soldaten gewesen, hätten sie – das besagt schon der Name – Sold erhalten.«

»Und sich vielleicht ebenfalls zurückgezogen«, entflog es Kon-kim.

Der General schlug mit der flachen Hand auf den Tisch. »Das ist... Das ist..«

»...unfair von mir gewesen«, fiel Kon-kim ein. »Ich gebe es unumwunden zu, da ich es weder sagen wollte noch der Meinung bin, daß Ihre Truppen feige geflüchtet sind. Die damaligen Verhältnisse zwangen zur Aufgabe Malayas, und ich bitte um Entschuldigung dafür, daß mir...«

»Genug!« unterbrach ihn der General. »Ich habe Ihnen die gütige Entscheidung Seiner Majestät, des Königs von Großbritannien, zur Kenntnis gebracht, und ich überlasse es den Guerillas, die gebotene Entschädigung anzunehmen oder abzulehnen.«

Kon-kim erhob sich. »Die ›gütige‹ Entscheidung erinnert mich an einen chinesischen Spruch, mit dem ich mich verabschieden möchte: Höchste Güte ist wie das Wasser, dessen Güte es ist, allen Wesen ohne Lohn zu nützen.«

Nach tagelangen Gesprächen mit David Hamilton, Haron Ismail und dem technischen Leiter Go Cho Hong berief Kon-kim seine ehemaligen Abteilungsleiter und Gruppenführer nach Ipoh, um ihnen das niederschmetternde Ergebnis seiner Bemühungen bekanntzugeben und eine Entscheidung über Annahme oder Ablehnung der gewährten Entschädigung herbeizuführen.

Er hatte für die rund zweihundert Malaien und Chinesen den Umkleideraum seiner Arbeiter zu einer würdigen Versammlungsstätte herrichten lassen und war trotz des beleidigenden britischen Angebotes fest entschlossen, seine Annahme auf Biegen und Brechen durchzudrücken, weil ihn die von Woche zu Woche schärfer werdenden Stimmen derjenigen Widerstandskämpfer, die dem einstigen Polizeisergeanten Sulaiman unterstellt gewesen waren, das Schlimmste befürchten ließen. Er kannte seine Männer und wußte, daß sie Amok laufen würden, wenn es ihm nicht gelang, Öl auf die Wogen der Erregung zu gießen, die er mit der Bekanntgabe der britischen Stellungnahme zunächst selbst hochpeitschen mußte. Aber er hoffte, sich durchsetzen zu können, da ihm die Gefolgschaft der *Albion-Tin-Works* einen Trumpf in die Hand gegeben hatte, den er notfalls im entscheidenden Moment ausspielen wollte.

Die Bekanntgabe der Höhe der Entschädigungssumme entfesselte jedoch einen solchen Sturm der Entrüstung, daß es ihm unmöglich war, sich weiteres Gehör zu verschaffen. Jeder schrie, was ihm gerade in den Sinn kam. Der Tumult wurde schließlich so groß, daß Kon-kim keinen Einspruch erhob, als ihn der wie ein Bulle auf die Rednertribüne stürzende Sulaiman kurzerhand beiseite schob und sich an die Versammelten wandte.

»Kampf!« schrie er mit einer Stimme, die an einen über eine Brücke hinwegdonnernden Güterzug erinnerte. »Kampf und Tod all jenen, die den von uns geleisteten Widerstand mit weniger als dreißig Cent pro Tag vergelten wollen. Das ist keine Entschädigung, sondern eine Beleidigung! Ein Schlag in das Gesicht ist das! Aber wir werden zurückschlagen! Jetzt sollen die Briten am eigenen Leibe erleben, was ein Guerillakrieg ist! Abgehauen sind sie damals, um nun mit der frechen Behauptung zurückzukommen, sie hätten den Krieg gewonnen. Wir gehen jetzt wieder in den Dschungel und bleiben dort, bis unsere Forderung anerkannt wird!«

»Ich bin vollkommen Ihrer Meinung«, rief Kon-kim. »Wir müssen kämpfen, bis unsere Forderung anerkannt wird! Aber warum zur Abwechslung nicht einmal auf diplomatischer Ebene?«

»Indem wir unsere Waffen abgeben und unterschreiben, daß alles in Ordnung ist?«

Kon-kim schüttelte den Kopf. »Ich habe euch drei Jahre lang in keine Falle geführt, und ich würde mir eher eine Kugel in den Kopf schießen, als euch auch nur eine Minute lang zu gefährden. Erregen wir uns also nicht, sondern betrachten wir die Dinge, wie sie liegen. Etwa dreitausend ehemalige Kämpfer sind arbeitslos und haben zur Zeit keinen Cent in der Tasche. Zweitausend sind beschäftigt und leiden somit im Augenblick keine Not. Unterstellen wir einmal, mit Ausnahme von mir würden alle Guerillas unterschreiben, dann stünden erstens: den dreitausend Arbeitslosen je fünfhundert Singapore-Dollar zur Verfügung, wenn die Beschäftigten aus Gründen der Solidarität vorerst auf ihre Entschädigung verzichten würden. *Vorerst*, habe ich gesagt! Und damit komme ich zum Punkt zwei: Ich würde nicht unterschreiben, um einen Musterprozeß anstrengen zu können, der im Falle meines Obsiegens eure Unterschriften hinfällig werden läßt, beziehungsweise es uns leicht macht, die Nichtigkeit eurer Erklärungen durch einen zweiten Prozeß feststellen zu lassen.«

»Das ist doch Unsinn!« ereiferte sich Sulaiman. »Den Prozeß werden Sie nie oder frühestens in zehn Jahren gewinnen.«

»Ersteres wage ich zu bezweifeln«, entgegnete Kon-kim. »Letzteres ist möglich. Es wäre falsch, das nicht zuzugeben. Aber was ist besser: ein jahrelanger Dschungelkampf oder jahrelange Prozesse, die ich für euch führe? Und sind fünfhundert Singapore-Dollar für die Notleidenden unter uns im Augenblick nicht eine willkommene Hilfe?«

»Wer sagt denn, daß die Beschäftigten auf ihr Geld verzichten wollen?« konterte der einstige Polizeisergeant.

»Ich!« antwortete Kon-kim, der damit den Trumpf ausspielte, den die Belegschaft der *Albion-Tin-Works* ihm gegeben hatte. »Meine Arbeiter, und das sind immerhin rund tausend ehemalige Kämpfer, haben sich bereit erklärt, ihren Anteil bis zum günstigen Ausgang des von mir vorgeschlagenen Prozesses zur Verfügung zu stellen! Und ich verwette meinen Kopf, daß die weiteren tausend Beschäftigten genauso handeln werden.«

»Das kann ich nicht beurteilen«, erwiderte Sulaiman gereizt. »Aber selbst wenn sie es tun würden, wäre das immer noch keine Lösung, weil uns niemand garantieren kann, daß Sie Ihren Prozeß gewinnen. Denn was geschieht, wenn wir unsere Waffen abgegeben haben? Aus ist es dann! Ohne Waffen können wir nichts machen, und das wissen die Doggen sehr genau. Wehrlos wollen sie uns machen! Wir sollen wieder die Knechte von früher sein. Das kommt nicht in Frage. Wir denken nicht daran, unsere Waffen abzuliefern.«

»Hab' ich das verlangt?« fragte Kon-kim lauernd.

»Sie nicht!« rief Sulaiman. »Aber die Briten verlangen es.«

»Na, und? Wer weiß denn, wieviel Waffen wir haben? Wenn jeder ein Gewehr oder einen Revolver abgibt, ist unser Arsenal immer noch groß genug, um im Notfall etwas unternehmen zu können. Machen wir uns das Leben doch nicht schwerer, als es ist. Ich verspreche euch, wie ein Löwe für eine gerechte Entschädigung zu kämpfen, wenn ihr meinen Vorschlag annehmt und damit einverstanden seid, daß die jetzt zu erhaltende Summe den Arbeitslosen zur Verfügung gestellt wird.«

Das Raunen verstärkte sich, und die zweihundert Abteilungsleiter und Gruppenführer schlugen sich schon auf Kon-kims Seite, als Sulaiman ein Argument in die Waagschale warf, das alle aufhorchen ließ.

»Nehmen wir an, wir unterschreiben«, rief er mit verhaltener Stimme. »Drücken wir den Doggen damit nicht eine kostbare Liste in die Hand? Eine Liste mit den Namen sämtlicher Guerillas? Wie wollen wir dann, wenn etwas schiefgeht, für eine gerechte Entschädigung kämpfen? Jeden Tag können sie uns dann abholen beziehungsweise unsere Familien unter Druck setzen! Ich warne euch! Laßt euch auf keinen faulen Zauber ein!«

Sulaiman hatte die Achillesferse erkannt, und Kon-kim wußte augenblicklich, daß er nichts mehr erreichen konnte. Er wunderte sich deshalb nicht, als er am Ende nur achtundvierzig von insgesamt zweihundertelf abgegebenen Stimmen erhielt.

Die Würfel waren gefallen. Zwar wurde niemand gezwungen, sich an dem von Sulaiman propagierten Kampf zu beteiligen, doch es war offensichtlich, daß das Abstimmungsergebnis den ohnehin schon rabiat gewordenen Polizeisergeanten in seiner Absicht bestärkte, den Engländern einen folgenschweren Guerillakrieg zu liefern.

Kon-kim nahm ihn deshalb zur Seite und redete auf ihn ein, nichts zu unternehmen, was ihm eines Tages über den Kopf wachsen würde. Er sagte ihm schließlich sogar seine Hilfe zu, wenn er sich verpflichten würde, zunächst nur Maßnahmen zu ergreifen, die als Warnung aufgefaßt werden könnten. Vergebens. Sulaiman vertrat die Auffassung, daß ausschließlich Tote die Briten zur Vernunft bringen würden, und er war gewillt, ihnen diese so schnell wie möglich zu liefern.

»Und was machen Sie, wenn ich mich gegen Sie stelle?« drohte Kon-kim, als er keinen anderen Ausweg mehr sah.

Der ehemalige Polizeisergeant lachte verächtlich. »Dann mampus, lah! – Dann verrecken Sie wie ein Tier!«

Als Kon-kim an diesem Abend in das Hotel zurückkehrte, erkannte David Hamilton auf den ersten Blick, daß sein Freund sich nicht hatte durchsetzen können. »Jetzt wird erst mal ein Whisky getrunken«, sagte er im Bestreben, ihn aufzumuntern. »Und wenn du mir alles erzählt hast, überlegen wir gemeinsam, was zu tun ist.«

Kon-kim schilderte den Verlauf der Verhandlungen, und der Amerikaner wußte sich kaum zu beherrschen, als er hörte, in welcher Absicht ein Großteil der ehemaligen Guerillas davongegangen war.

»Da hilft alles nichts«, beschwor er seinen Freund. »Du mußt die Rädelsführer festnehmen lassen.«

Kon-kim sah ihn entgeistert an. »Ich soll den Engländern Leute übergeben, die jahrelang unter meinem Kommando gekämpft haben?«

»Du mußt! Die Aufrechterhaltung der Ordnung verpflichtet dich...«

»... Verrat zu üben?«

»Das ist kein Verrat!«

»Natürlich wäre es Verrat!« ereiferte sich Kon-kim. »Und dazu noch einer, der furchtbare Folgen haben würde, weil die Inhaftierung eines einzigen ›Rädelsführers‹ sofort zehn neue erstehen ließe. Du kennst die Malaien nicht. Wenn sie gereizt werden, sehen sie rot. Keine Macht der Welt kann sie dann halten. Sie würden eher in den Tod laufen als nachgeben. Und mit den *Albion-Tin-Works* wäre es ebenfalls vorbei. Innerhalb von wenigen Stunden würden alle Maschinen zerschlagen sein. Und das von unseren eigenen Arbeitern!«

David Hamilton wurde ratlos. »Bist du wirklich davon überzeugt, daß ein paar Verhaftungen derartige Folgen haben würden?«

»Darüber kann überhaupt kein Zweifel bestehen«, erwiderte Kon-kim mit Nachdruck.

»Dann sitzen wir ja in einer schönen Patsche.«

Kon-kim mußte an Dr. Haji denken, der ihn mit den Worten: ›Das erste steht uns frei, beim zweiten sind wir Knechte!‹ gewarnt hatte.

David Hamilton leerte sein Glas. »Ich mache dir einen Vorschlag. Du fliegst morgen nach Singapore und redest mit Royal-Dymont. Nicht um Verrat zu üben, sondern um ihn auf die Gefährlichkeit der Lage aufmerksam zu machen und ihn zu bitten, London dringend zu ersuchen, die genehmigte Entschädigung umgehend zu erhöhen. Für fünftausend Mann sind eineinhalb Millionen tatsächlich eine lächerliche Summe. Ein einziger Bomber kostet das Zehnfache. Wahrscheinlich wurde nicht mehr genehmigt, weil der verdammte General nicht mehr gefordert hat. In England wird man überhaupt nicht wissen, welche Gefahr hier droht. Mach Henry das klar und sag ihm, er soll telegrafieren und telefonieren, bis ihm die Zunge zum Halse heraushängt.«

Kon-kim sah den Freund bittend an. »Sollten wir nicht beide mit ihm sprechen? Du kennst ihn besser als ich.«

»Okay. Die Ruhe Malayas, sprich: der *Albion-Tin-Works*, ist mir ein Flug nach Singapore wert. Zumal...« Er grinste. »Ruf Patrice an. Rede aber nicht zu lange mit ihr. Ich möchte auch noch telefonieren.«

Schon am nächsten Morgen flogen sie nach Singapore, wo sie von Royal-Dymont gleich empfangen wurden. Aber er enttäuschte sie, da er ihre Bedenken nicht teilen und nicht glauben konnte, daß irgend jemand es wagen könnte, die englische Armee anzugreifen.

»Das sind doch nur Redensarten und leere Drohungen«, sagte er unwillig. »Die Kerle werden sich hüten, zu den Waffen zu greifen. Und sollten einige wirklich so verrückt sein, nun gut, dann werden wir sie wie Brösel vom Tisch hinunterfegen.«

Kon-kim faßte sich an den Kopf. »Ich verstehe Sie nicht, Henry. Sie täuschen sich jetzt genauso wie vor ein paar Jahren jener Commander.«

»Ich weiß, worauf Sie hinauswollen«, entgegnete der Leiter des *Secret Service*, noch bevor Kon-kim weitersprechen konnte. »Und ich erkenne neidlos an, daß Sie mit Ihrer damaligen Auffassung recht behalten haben. Sie vergessen aber, daß wir uns zur Zeit in keinem Krieg befinden. Das Volk wird also nicht hinter den Guerillas stehen.«

»Wissen Sie das so bestimmt?«

»Bestimmt weiß ich im Augenblick nur, daß Sie nicht der ›Puma‹ sind!« erwiderte Henry Dymont lachend.

»Wie kommen Sie darauf?« fragte ihn Kon-kim verwundert.

Der Engländer beschäftigte sich angelegentlich mit seiner Pfeife. »Um ehrlich zu sein: ich hätte schwören mögen, daß Sie der ›Puma‹ sind. Warum, das kann ich Ihnen nicht sagen. Vielleicht wegen Ihrer fantasievollen Eskapaden in Japan. Unser heutiges Gespräch hat mich jedoch eines Besseren belehrt. Denn wären Sie der ›Puma‹, würden Sie mich nicht aufgesucht haben, um mich über möglicherweise bevorstehende Unruhen zu informieren.«

»Könnte es nicht auch umgekehrt sein?« fragte Kon-kim, der in seiner langjährigen Agententätigkeit die Erfahrung gemacht hatte, daß es in Zweifelsfällen immer vorteilhaft ist, gegen sich selbst zu reden.

Royal-Dymont sah ihn lauernd an. »Wieso umgekehrt?«

»Wäre es nicht denkbar, daß ich zu Ihnen gekommen bin, um Sie zu täuschen?«

Der Engländer schmunzelte. »Sie mögen sehr raffiniert sein, aber auch wir verstehen etwas von unserem Metier. Der von Ihnen unterstellte Fall wäre denkbar, wenn nicht ich, sondern Sie die Rede auf den ›Puma‹ gebracht hätten.«

»Laß ihn doch den großen Helden spielen, wenn er es gerne sein möchte«, warf David Hamilton ein, weil er bemerkte, daß sein ehemaliger Kompagnon weniger auf seine Pfeife als auf ihn achtete.

»Ja, wenn es so ist, werde ich selbstverständlich nicht mehr dagegen reden«, erwiderte Henry Dymont spröde grinsend. »Und was London anbelangt«, fügte er ernster werdend hinzu, »ich verspreche euch, mein möglichstes zu tun, um eine Erhöhung der Entschädigung zu erwirken. Der gebotene Betrag ist wirklich zu gering.«

Das Ergebnis der Reise war höchst unbefriedigend, wenngleich Kon-kim recht angenehme Stunden mit Patrice Lawrence verbrachte. Doch sosehr ihn die Geliebte auch aufzuheitern versuchte, er mußte immer wieder an Henry Dymont denken, der im Anschluß an die mit ihm geführte Unterredung noch eine Weile über die weitere Entwicklung in China gesprochen hatte. Danach war es dem vom Präsidenten der Vereinigten Staaten nach China entsandten

Sonderbotschafter George C. Marshall trotz intensiver Bemühungen nicht gelungen, Tschiang Kai-schek und Mao Tse-tung zu einer Einigung zu bewegen. Aus seinem Bericht ging eindeutig hervor, daß infolge der verheerenden Korruption im Lager Tschiang Kai-scheks nur etwa zehn Prozent der amerikanischen Lieferungen an ihren Bestimmungsort gelangten, während der Rest in dunklen Kanälen versickerte. Unter diesen Umständen sah sich Amerika gezwungen, die Unterstützung seines bisherigen Bundesgenossen aufzugeben.

Aber nicht nur in China, auch in Malaya wuchsen die Spannungen. Die Fürstenstaaten hatten sich unter britischem Protektorat zur *Federation of Malaya* zusammengeschlossen, und die im Lande lebenden und durch ihren Fleiß zumeist bessergestellten Chinesen erregten sich darüber, daß ihnen weniger Rechte eingeräumt wurden als der malaiischen Bevölkerung, die sich wiederum über die schlechte Behandlung ihrer ›Freiheitskämpfer‹ empörte und Parteien gründete, die das Wort ›Unabhängigkeit‹ an ihre Fahnen hefteten und die völlige Löslösung von Großbritannien verlangten. Unter ihnen befand sich auch die besonders drängende *Practical Universal Malayare Organisation*, deren Abkürzung PUMO an den geheimnisvollen ›Puma‹ erinnerte, der über Nacht wieder in aller Munde kam. Und das nützte der rabiat gewordene ehemalige Polizeisergeant Sulaiman geschickt aus. Er ließ das Gerücht verbreiten, der ›Puma‹ bereite sich zum Befreiungskampf gegen die Engländer vor, und Kon-kim mußte es erleben, daß die Bevölkerung unverhohlen jubelte, als die Zeitungen eines Morgens von einem Überfall auf eine Militärkolonne berichteten, bei dem achtundvierzig Briten ihr Leben verloren hatten.

»Erkläre jetzt öffentlich, daß du der ›Puma‹ bist!« bestürmte David Hamilton seinen Freund. »Wenn die Bevölkerung weiß, daß sich der ehemalige Führer der Widerstandskämpfer von derartigen Überfällen distanziert, wird sie die meuternde Bande nicht unterstützen.«

»Ich habe selbst schon daran gedacht«, erwiderte Kon-kim. »Es würde die Lage aber nur verschlimmern, weil sich die ›meuternde Bande‹ aus schätzungsweise zwei- bis dreitausend Männern zusammensetzt. Sie würden die *Albion-Tin-Works* im Nu zerschlagen und damit tausend Arbeiter brotlos machen, die dann ebenfalls wieder in den Dschungel ziehen. Du weißt, welche Anstrengungen es mich gekostet hat, die Belegschaft auf meine Seite zu bringen. Der kleinste Anstoß würde genügen, das Solidaritätsgefühl stärker als alles andere werden zu lassen. Drei Jahre Dschungelkampf schweißen nun einmal zusammen.«

David Hamilton fuhr sich erregt durch das Haar. »Verdammte Situation! Aber ich gebe dir recht. Schon allein, weil ich an mein Geld denke.«

»Sag mir lieber, was ich tun soll.«

David Hamilton zuckte die Achseln. »Ich bin am Ende mit meinem Latein«.

Kon-kim war der Verzweiflung nahe. Er sah keine Möglichkeit, auch nur das Geringste zu unternehmen, ohne die Existenz der *Albion-Tin-Works* zu gefährden. Er fühlte sich deshalb wie erlöst, als ihn Royal-Dymont wenige Tage später anrief und ihn bat, so bald wie möglich nach Singapore zu kommen. Kon-kim glaubte zwar nicht, daß der Brite schon etwas erreicht haben könnte; er war aber dennoch hoffnungsvoll.

»Begleitest du mich?« fragte er seinen Freund.

Der zögerte. »Meines Erachtens dürfte es im Augenblick besser sein, wenn einer von uns hierbleibt.«

Kon-kim warf ihm einen dankbaren Blick zu. »Ich bin froh, daß ich dich als Kompagnon habe. Wenn ich jetzt allein wäre... In letzter Zeit verfolgen mich oft Träume, in denen Tote auftauchen, die mein Gesicht haben.«

»Du bist mit den Nerven herunter und solltest ein paar Wochen ausspannen«, riet ihm David Hamilton. »Hättest du nicht Lust, mit Patrice an die See zu fahren?«

Kon-kim schüttelte den Kopf. »Dort würde ich nur noch verrückter. Und was meine Traumerscheinungen anbelangt: ich habe sie bewußt erwähnt, weil ich mich mit dem Gedanken trage, Akira Ishii zu adoptieren. Hättest du als Mitinhaber der *Albion-Tin-Works* Bedenken?«

»Nicht die geringsten. Ich weiß doch, daß es für euch Chinesen gang und gäbe ist, Kinder zu adoptieren. Unklar ist mir nur, was dein Adoptionsplan mit deinen Traumerscheinungen zu tun hat.«

Kon-kim lachte hilflos. »Ob du es glaubst oder nicht: auch in mir steckt noch etliches von dem, was meine Ahnen lehrten. Zum Beispiel, daß derjenige, der im Traum seine Seele neben sich stehen sieht, daran denken soll, sich auf die Reise zum Morgendämmer über den Bergen des ewigen Friedens vorzubereiten.«

David Hamilton tippte sich an die Stirn. »Jetzt spinnst du aber ganz schön.«

»Hoffentlich«, erwiderte Kon-kim. »Ich würde nämlich gerne noch erleben, daß sich die Völker dieser Erde nicht mehr wie Katze und Hund gegenüberstehen. Ost und West sind für mich gewissermaßen die polaren Kräfte *Yang* und *Yin*, und ich hoffe immer noch, daß sie sich eines Tages wie Mann und Frau vereinen werden.«

Der schiefe Mund des Amerikaners stellte sich restlos schräg. »Hältst du auch Feuer und Wasser für polare Gegensätze? Nein, mein lieber, Ost und West können sich nicht vereinen. Aber dein Vergleich von Mann und Frau bringt mich auf die Idee, dir zu raten, Patrice von deinen Adoptionsabsichten nichts zu sagen. Wenn du dir Ärger ersparen willst, erzähle ihr die Geschichte erst, wenn die Angelegenheit abgeschlossen ist. Gegen Fakten kann man nicht anrennen.«

Merkwürdigerweise war es gerade der Hinweis des Freundes, der Kon-kim reizte, schon jetzt mit seiner Geliebten über die von ihm geplante Adoption zu sprechen. Er nahm von seinem Vorhaben jedoch Abstand, weil die Unterredung mit Royal-Dymont, den er gleich nach der Landung aufgesucht hatte, für ihn so anstrengend gewesen war, daß er sich nur noch nach Ruhe sehnte. Der Engländer hatte von ihm Namen und Wohnsitz des ›Pumas‹ erfahren wollen, und er war außerordentlich massiv geworden, als Kon-kim sich weigerte, ihm die erbetene Auskunft zu geben.

»Der Mann ist ein Verbrecher!« hatte Henry Dymont schließlich geschrien. »Wenn Sie ihn decken, machen Sie sich mitschuldig und Sie bringen mich in die peinliche Lage, Sie verhaften lassen zu müssen.«

»Mir wird das nichts ausmachen«, hatte Kon-kim geantwortet. »Ich verrate keinen ehemaligen Kameraden. Unabhängig davon brächte es Ihnen keinen Nutzen, wenn ich reden würde, mir aber erheblichen Schaden. Denn Sie können nichts gegen einen Mann unternehmen, der keine Familie hat und im Dschungel sitzt; ich hingegen erhielte eine Maschinengewehrsalve in den Bauch. Also gehe ich lieber in die Zelle. Und wie ich, so werden alle ehemaligen Guerillas handeln. Versuchen Sie es nur. Ich garantiere Ihnen, daß keiner reden wird. Das einzige, was Sie erreichen werden, ist genau das, was ich zu verhindern versuche: daß einer nach dem anderen verschwindet und die Dschungelarmee vergrößert. Und was ist dann? Außerdem nützt Ihnen der bürgerliche Name des ›Puma‹ nichts. Helfen kann hier nur das Militär, das ihn fassen und aburteilen muß.«

Royal-Dymont hatte erregt eine Zeitung aufgeschlagen, in der eine Karte von Malaya abgebildet war. »Sehen Sie sich diese Kreuze an! Sie kennzeichnen einundzwanzig über das ganze Land verteilte Plätze, an denen innerhalb von drei Tagen zweihundertsieben britische Soldaten viehisch abgeschlachtet wurden. Wie sollen wir den Kopf der Bande finden, wenn wir nicht einmal wissen, in welcher Gegend er sich aufhält.«

»Das weiß ich ebensowenig wie Sie«, hatte Kon-kim geantwortet. »Im malaiischen Dschungel verlieren sich zwei- bis dreitausend Männer wie Sandkörner im Meer. Ich habe alle in Frage kommenden Stellen gewarnt, und ich spreche heute die schreckliche Prophezeiung aus, daß die zweihundertsieben Toten nur die ersten von Tausenden sein werden. Der Dschungel ist eine nicht zu erobernde Festung. Jedes Tier kämpft dort auf der Seite der Guerillas. Blutegel übernehmen die Rolle von Panzern. Das Geschrei der Affen und Vögel zermürbt das menschliche Hirn. Heulende Bomben und berstende Granaten haben keine schlimmere Wirkung. Fordern Sie die verantwortlichen Herren doch auf, sich einmal für eine Woche in den Urwald zu begeben. Ich bin überzeugt, daß sie die verlangte Entschädigung dann schnell bewilligen werden.«

Über eine Stunde hatte Kon-kim auf Royal-Dymont eingeredet, und als er das Hotel aufsuchte, um sich mit Patrice Lawrence zu treffen, dachte er weder an seinen Adoptionsplan noch an das Gespräch, das er hierüber mit seiner Geliebten hatte führen wollen. Ihn beschäftigten vielmehr die in der einheimischen Presse wesentlich niedriger angegebenen Zahlen der Überfälle und Toten, die eindeutig bewiesen, daß sich das Militär bereits bemühte, seine Machtlosigkeit zu verbergen.

Patrice Lawrence entging Kon-kims Abgespanntheit nicht, und da er auch schon bei seinem letzten Besuch anders als sonst gewesen war, versuchte sie herauszufinden, was ihn bedrückte. »Hast du geschäftliche Sorgen?« fragte sie mitfühlend.

Er verneinte.

»Ärger mit Dav?« forschte sie weiter.

Kon-kim sah sie verständnislos an. »Dav und ich haben niemals Ärger miteinander, und dich möchte ich bitten, jetzt keine weiteren Fragen an mich zu richten. Es gibt Dinge, über die man nicht sprechen kann.«

»Auch nicht mit Dav?« fragte sie von plötzlicher Eifersucht ergriffen.

»Auch nicht mit Dav!« wiederholte er bestimmt.

Patrice Lawrence gelang es nur mit Mühe, nicht aufzubrausen, und sie beglückwünschte sich zu ihrer Selbstbeherrschung, als Kon-kim ihr sagte, daß er einige Tage ausspannen und nicht schon am nächsten Morgen nach Ipoh zurückfliegen wolle. Er blieb auch tatsächlich drei Tage in Singapore, und er wäre vielleicht noch länger geblieben, wenn er nicht am Morgen des vierten Tages in einer englischen Zeitung gelesen hätte, daß in den letzten achtundvierzig Stunden sieben weitere Überfälle stattgefunden hatten, die fünfundsiebzig Offizieren und Mannschaften das Leben kosteten.

»Ich muß fort«, erklärte er von einer zur anderen Minute, und bereits eine halbe Stunde später flog er nach Kuala Lumpur, um den General zu beschwören, seinen Widerstand aufzugeben und das den Guerillas gemachte Angebot zu revidieren.

Daß sich Patrice Lawrence über seinen jähen Aufbruch erregte, war um so verständlicher, als Kon-kim sich geweigert hatte, ihr den Grund seiner überstürzten Abreise zu nennen. Sie verlor darüber die Beherrschung und hatte ihm Grobheiten an den Kopf geworfen, die ihn schließlich wortlos davongehen ließen.

Für die ehrgeizige Engländerin war der Fall damit aber nicht erledigt. Sie versuchte herauszufinden, was ihren Geliebten so unversehens fortgetrieben haben könnte, und während sie noch darüber nachgrübelte, fiel ihr plötzlich ein, daß er seinen Entschluß ganz unvermittelt während der Lektüre der Zeitung gefaßt hatte. Sofort griff sie nach dem Morgenblatt, und als sie den Artikel über die neuerlichen Überfälle in Kuala Lumpur las, kam ihr ein Gedanke, der ihr Herz schneller schlagen ließ. Sollte Kon-kim womöglich doch der ›Puma‹ sein, fragte sie sich. Die Vorstellung faszinierte sie so sehr, daß sie augenblicklich zum Flughafen fuhr, wo sie sich bei der Luftaufsicht erkundigte, ob Mister Lee bereits abgeflogen sei.

»Ja«, antwortete der Beamte. »Vor zehn Minuten ist er gestartet.«

»Schade, ich hätte ihn unbedingt noch einmal sprechen müssen. Ist er nach Ipoh geflogen?«

»Nein, nach Kuala Lumpur.«

Ich habe es geahnt, dachte sie zufrieden. Er ist der ›Puma‹! Jetzt bekomme ich ihn in meine Hand.

Während Patrice Lawrence in bester Stimmung zum Hotel zurückschlenderte, steuerte Kon-kim die Hauptstadt Malayas an, die er gegen elf Uhr erreichte. Ohne sich um seine Maschine zu kümmern, fuhr er gleich zur Administration, wo ihn der Kommandierende General zu seiner Verwunderung bereits nach wenigen Minuten empfing; allerdings mit einem Gesicht, das Abscheu und Verachtung ausdrückte.

»Fassen Sie sich kurz!« schnarrte ihn der unzugängliche Brite an, ohne ihm einen Platz anzubieten.

»Sie wissen, daß ich Sie nicht in eigener Sache aufsuche«, erwiderte Kon-kim, durch den Befehlston gereizt. »Es wäre somit angebracht, mich nicht wie einen Lakaien zu behandeln. Das Wohl Ihrer Männer und nicht das meiner ehemaligen Kameraden hat mich zu Ihnen getrieben.«

»Interessant!« höhnte der General. »Mörder bezeichnen Sie als Ihre Kameraden?«

»Ich habe *ehemalige* Kameraden gesagt!« begehrte Kon-kim auf. »Wenn Sie mir meine Worte im Munde umdrehen wollen, dürfte es besser sein, gleich wieder zu gehen.«

Der Engländer schlug auf seinen Schreibtisch. »Das wäre es auch, da ich Sie ohnehin hinauswerfen lasse, wenn Sie sich nicht eines anderen Tones befleißigen.«

Kon-kims Augen wurden zu Schlitzen. »Tun Sie, was Sie wollen, Herr General, aber nehmen Sie mir nicht den Glauben an die Menschen der westlichen Welt.«

»Ich danke für einen Glauben, den wir mit Geld honorieren sollen.«

»Etwas Achtung und Gerechtigkeit würden genügen«, entgegnete Kon-kim beherrscht.

»Banditen sollen wir achten?«

Kon-kim rang die Hände. »Ich begreife Sie nicht.«

»Und ich Sie nicht! Ein Mann, der sich für subversive Elemente einsetzt, kann von mir keine Achtung erwarten. Und was die Gerechtigkeit anbelangt: ich verspreche Ihnen, daß sie den Mördern zuteil werden wird! Und wenn wir den ganzen Dschungel niederwalzen müssen!«

»Und wer zahlt die dadurch entstehenden Kosten?«

»Das ist unsere Sache und geht Sie nichts an.«

»Gewiß«, erwiderte Kon-kim. »Ich wollte auch nur darauf aufmerksam machen, daß Sie – von den Toten ganz zu schweigen – nunmehr wahrscheinlich das Tausendfache der Summe werden aufbringen müssen, die den Widerstandskämpfern verweigert wird.«

»Und wenn es das Hunderttausendfache kosten sollte«, schrie der General mit hochrotem Kopf. »Das Kommunistengesindel wird keinen Cent erhalten, sondern aufgeknüpft!«

»Ist das Ihr letztes Wort?«

»Ja! Und ich möchte Sie bitten, mich künftighin nicht mehr zu belästigen.«

Kon-kim fühlte sich wie gerädert, als er nach Ipoh zurückkehrte, wo ihn David Hamilton mit der Nachricht empfing, daß einem Anruf Royal-Dymonts zufolge in den letzten zehn Stunden acht neue Überfälle stattfanden, bei denen weitere dreiundfünfzig Briten ihr Leben verloren.

»Und was war der Grund seines Anrufes?« fragte Kon-kim mißtrauisch.

»Ich soll dich überreden, ihm zumindest einige Tips zu geben. Sie könnten ganz vage sein. Er garantiere dafür, daß niemand etwas erfahren würde.«

»Was hast du geantwortet?«

»Sorry, Henry. Das Hemd sitzt mir näher als die Hose. Ich bin Mitinhaber der *Albion-Tin-Works* und werde mich hüten, Kon-kim einen Rat zu erteilen, der mich mein Geld kosten könnte.«

»Thank you!« erwiderte Kon-kim erleichtert.

David Hamilton zündete sich eine Zigarette an. »Damit ist es nicht mehr getan.«

Kon-kim sah ihn fragend an. »Worauf willst du hinaus?«

Der Freund blies den Qualm vor sich hin. »Daß du in anderer Hinsicht etwas unternehmen mußt. Das einstmals in guter Absicht von dir beschworene Ungeheuer hat sich selbständig gemacht, weil derjenige, der es reiten kann, nicht auf seinem Rücken sitzt. Mit anderen Worten: nachdem keine Möglichkeit mehr besteht, das aus verständlichen Gründen rabiat gewordene Tier mit einer Entschädigungszahlung zu befriedigen, mußt du ihm die Krallen ausziehen.«

Kon-kim starrte den Freund entgeistert an. »Was willst du damit sagen?«

»Daß du die Zügel wieder in die Hand nehmen mußt! Ich sehe keine andere Möglichkeit, dich und uns aus der Zwickmühle herauszubringen. Deine Männer wollen eine Entschädigung erhalten; verständlich. Die Engländer weigern sich zu zahlen und sollen nun gezwungen werden; kann ich ebenfalls verstehen. Aber das Töten muß aufhören! Schwing dich auf deinen wild gewordenen Homunkulus und führe ihn auf einen anderen Weg. Laß ihn von mir aus täglich tausend Sabotageakte verüben, aber hindere ihn daran, sinnlos zu morden. Du bist der einzige, der das kann, und du bist es dir und allen Malaien schuldig, jetzt nicht mehr tatenlos zuzusehen.«

Kon-kim war zu verwirrt, um sofort Stellung nehmen zu können. »Laß mir Zeit«, bat er. »Ich werde es mir überlegen.«

Wie früher schon einmal, so erinnerte er sich auch in dieser Stunde an den Ausspruch Napoleons: ›*Fixer les objects longtemps sans être fatigué*‹, und erneut beschäftigte er sich tagelang mit der Landkarte von Malaya, um alle Möglichkeiten zu prüfen, die das Land einer Widerstandsgruppe bot, die es sich zum Ziel setzte, ohne zu töten den Verkehr so zu beeinträchtigen, daß Handel und Wandel zum Erliegen kommen mußten.

Das Ergebnis war klar. Aus dem Dschungel heraus ließ sich jeder Transport unterbinden, und nach eingehenden Besprechungen mit seinem zum engsten Vertrauten gewordenen *Bruder durch Zuneigung* flog Kon-kim nach Singapore, um sich mit den Schmugglern zu unterhalten, die ihm während des Krieges wertvolle Dienste geleistet hatten. Anschließend fuhr er zu Dr. Haji, den er im Einvernehmen mit David Hamilton über alle Gedanken und Pläne informierte und um Rat bat.

Dem Inder erging es, wie es Kon-kim zunächst ergangen war. Die Ungewöhnlichkeit des Vorhabens erschreckte ihn. Aber je länger er das Für und Wider erwog, um so mehr gelangte er zu der Auffassung, daß der Vorschlag des Amerikaners die einzige Möglichkeit biete, die außer Kontrolle geratenen Kräfte wieder in die Hand zu bekommen.

»Ihr Freund hat recht«, sagte er nach reiflicher Überlegung. »Es muß unbedingt etwas geschehen. Und da Ihnen Verrat nicht zugemutet werden kann und ein solcher unter den gegebenen Umständen die Mißstände nur verschlimmern würde, haben Sie die Pflicht, sich schnellstens an die Spitze Ihrer früheren Verbände zu stellen und diese so zu leiten, daß weiteres Blutvergießen vermieden wird. Wie es dabei in Ihnen aussieht, ist nebensächlich. Der Edle muß so groß sein, daß ihn die Welt nicht zu fassen vermag, und doch so klein, daß nichts in der Welt ihn zerteilen könnte.«

Kon-kim blickte nachdenklich vor sich hin. »Ich will nicht theatralisch werden, aber langsam gelange ich zu der Auffassung, ein Verdammter zu sein.«

Dr. Haji wurde unwillig. »Verdammt sind nur diejenigen, die schlechte Ziele verfolgen. Wer sein Ziel im Guten sucht, der leistet Arbeit am allgegenwärtigen Göttlichen. Gehen Sie also hin und lenken Sie Ihre Männer durch die Kraft Ihres Wesens. Wenn es Ihnen gelingt, werden Sie dem Nordstern gleichen, der, von allen Sternen umkreist, immer an seiner Stelle weilt.«

Die Worte des Inders halfen Kon-kim, befreiten ihn aber nicht von der Last, die sich auf ihn gewälzt hatte. Er spürte, daß er einer unerreichbaren Ferne entgegenging, und bat Dr. Haji, die Nacht in seinem Haus verbringen zu dürfen.

Das Tor des Erbarmens

Der Kraftfahrer Dr. Hajis brachte Kon-kim am nächsten Morgen nach Singapore, wo er sich in die von Akira Ishii besuchte Privatschule begab und den Vorsteher bat, ihm in aller Offenheit zu sagen, welches Bild er von dem nunmehr sechzehnjährigen Jungen gewonnen habe.

»Ich kann ihm das denkbar beste Zeugnis ausstellen«, erklärte der Direktor ohne zu zögern. »Er ist unser kameradschaftlichster und fleißigster Schüler.«

»Dann wäre ich Ihnen dankbar, wenn ich Akira eine Stunde mit mir nehmen dürfte«, erwiderte Kon-kim. »Ich beabsichtige, ihn zu adoptieren, und möchte ihn davon in Kenntnis setzen.«

Der Direktor ließ den Jungen holen, und bald darauf ging Kon-kim mit dem über den unerwarteten Besuch erfreuten Akira Ishii zur *Beach Road* hinunter, wo sie sich auf eine Bank setzten und eine Weile schweigend über das Meer blickten.

»Ich bin gekommen, um dich über zwei Dinge zu informieren«, sagte Kon-kim, nachdem sie sich zunächst über Alltägliches unterhalten hatten. »Und ich möchte es tun, ohne viel Worte zu verlieren.«

Der Junge sah ihn von der Seite an. »Ich kann mir schon denken, worum es sich handelt. Du willst wieder in den Dschungel gehen.«

»Wie kommst du darauf?«

»Ich weiß doch, daß du der ›Puma‹ bist.«

»Ja, darum muß ich das Kommando wieder übernehmen.«

»Tu es nicht«, bat Akira Ishii.

»Mir bleibt keine andere Wahl«, entgegnete Kon-kim. »Ich gehe, um Schlimmeres zu verhüten.«

»Dann komme ich mit.«

Kon-kim schüttelte den Kopf. »Du wirst die Schule absolvieren und studieren, wie dein Vater es gewollt hat. Im übrigen werden wir uns auch weiterhin regelmäßig sehen, weil ich nicht aktiv in den Kampf eingreifen, sondern ihn nur organisieren und leiten will. Ich führe in Zukunft gewissermaßen ein Doppelleben: hier im Gesellschaftsanzug, dort als Gummizapfer verkleidet.«

»Ist das nicht sehr gefährlich?« fragte der Junge besorgt.

»Nicht gefährlicher als das Fliegen«, antwortete Kon-kim. »Passieren kann überall etwas. Und damit komme ich zum zweiten Punkt, über den ich mit dir sprechen muß. Du weißt, daß mein *Bruder durch Zuneigung* und ich keine Nachkommen haben. Um zu verhindern, daß die *Albion-Tin-Works* eines Tages zerbröckeln, möchte ich dich an Sohnes Statt adoptieren. Dir werden also nach meinem Tod fünfzig Prozent der Mine gehören, die du mit meinem Freund weiterführen sollst. Ist das klar?«

Akira Ishii hakte sich in Kon-kims Arm ein. »Dann wirst du ja mein Vater.«

»So kann man es nennen. Denke aber an das auf dem *Mont Bubu* ruhende Herz! Ich möchte für dich bleiben, der ich bin: dein Freund!«

Als Kon-kim sich später von dem Jungen verabschiedete, verneigte sich dieser voller Demut in chinesischer Art mit vor der Brust gefalteten Händen.

Kon-kim sah ihm in die Augen. »Sei fleißig! Um gute Dinge zu lernen, genügen tausend Tage nicht; um Schlechtes zu lernen, ist eine Stunde schon zuviel.«

Nur wenige Worte wechselten sie noch miteinander, dann stieg Kon-kim in den Wagen Dr. Hajis, um sich zum Flughafen fahren zu lassen, von dem er bald darauf nach Ipoh startete. Er erreichte sein Ziel jedoch nicht auf direktem Weg, da ihn ein Zündkerzendefekt zu einer Zwischenlandung in Kuala Lumpur zwang. Der Schaden konnte aber schnell behoben werden, so daß Kon-kim mit nur einer halbstündigen Verspätung nach Ipoh gelangte.

Dennoch sollte die unbeabsichtigte Zwischenlandung eines Tages höchst unangenehme Folgen haben. Vorerst fand sie ihren Niederschlag nur in einem routinemäßig aufgegebenen Flugsicherungstelegramm, welches die Luftaufsicht in Singapore davon in Kenntnis setzte, daß die nach Ipoh abgefertigte Maschine in Kuala Lumpur gelandet sei.

In den nächsten Tagen besprach sich Kon-kim nochmals eingehend mit David Hamilton, Haron Ismail und Go Cho Hong, bevor er dreißig besonders zuverlässige und intelligente Werksangehörige beauftragte, sich in genau festgelegten Orten niederzulassen und dort eine Anstellung zu suchen. Ihre wahre Aufgabe war, sich mit Beamten und Angestellten der Bahn und des Transportwesens anzufreunden und diese durch Bestechung zu verpflichten, den ›Puma‹ täglich über alle Verladungen zu informieren, die britische Firmen in Auftrag gaben.

Darüber hinaus verteilte Kon-kim die im Krieg verwendeten acht Funksprechgeräte so über Malaya, daß er sich mit den von ihm geplanten neuen Einheiten jederzeit ohne Inanspruchnahme des öffentlichen Fernsprechers in Verbindung setzen konnte. Und eine dritte Gruppe begann damit, unter dem Dachboden des Verwaltungsgebäudes der *Albion-Tin-Works* eine Befehlszentrale einzurichten, die so getarnt angelegt wurde, daß selbst ein erfahrener Kriminalist sie nicht hätte ausfindig machen können.

Nach Abschluß der ›ersten‹ Vorbereitungen fuhr Kon-kim mit dem Wagen über Kuala Lumpur nach Kajang, um den in der Nähe dieses Ortes hoch in einem Berg gelegenen indischen Felsentempel *Batu Cave* aufzusuchen, zu dem eine schwindelerregende Treppe von weit über hundert Stufen emporführt. Oben angekommen, drückte er einem alten Bettler einen um eine Münze gelegten Zettel in die Hand, dann schlenderte er gemächlich durch die in mancherlei Hinsicht an die Felsenhöhle von Ipoh erinnernde Grotte, um schließlich nach Kajang zurückzukehren, wo er sich in ein unscheinbares Restaurant setzte, in dem er in aller Ruhe aß und darauf wartete, daß ein Melder ihm Bescheid geben würde.

Nachdem er sich etwa zwei Stunden in dem Lokal aufgehalten hatte, erschien ein mürrisch aussehender Gummizapfer, an dessen Hüfte ein *Changkol,* ein scharfer Spaten, baumelte. Er nahm am Nebentisch Platz und stützte den Kopf stöhnend in die Hände.

»Sakit? – Sind Sie krank?« fragte Kon-kim teilnahmsvoll.

Der Malaie nickte.

Kon-kim griff in die Tasche seines Jacketts. »Ich kann Ihnen eine Tablette geben, die Ihnen helfen wird.«

»Oh, danke, die nehme ich gerne«, erwiderte der Gummizapfer. »Bis zu meinem Revier ist es noch ein ganzes Ende. Ich arbeite beim Kilometerstein siebzehn in Richtung Telok Datok, und man kommt ins Schwitzen, wenn man zu Fuß gehen muß.«

Kon-kim wußte Bescheid. Er wurde an der bezeichneten Stelle erwartet und sollte ohne Wagen kommen. Nachdem er gezahlt und dem Gummizapfer gute Besserung gewünscht hatte, machte er sich auf den Weg. Das Hemd klebte ihm am Körper, als er den genannten Kilometerstein erreichte, an dem zwei verwegen aussehende Burschen aus dem Dschungel heraustraten und ihn nach kurzer Begrüßung über einen Schleichpfad zum Lager Sulaimans führten.

Der ehemalige Polizeisergeant erwartete Kon-kim mit einigen Abteilungsleitern und Gruppenführern vor einer windschiefen Bambushütte. Er hielt die Hände auf die Hüfte gestemmt und war sichtlich bestrebt, seinen Männern zu zeigen, daß *er* und nicht der ›Puma‹ der Befehlshaber der Truppe sei. »Erstaunlich, daß Sie den Mut gefunden haben, uns aufzusuchen«, sagte er verächtlich.

»Mut?« fragte Kon-kim und blickte von einem zum anderen. »Wieso gehört Mut dazu hierherzukommen?«

»Das wagen Sie zu fragen?« polterte Sulaiman wütend. »Haben Sie nicht Ihre Arbeiter und weitere fünfzehnhundert Mann dazu überredet, daheim zu bleiben, anstatt uns zu unterstützen? Das ist glatter Verrat!«

Er hat nur die Hälfte der ehemaligen Kämpfer hinter sich gebracht, dachte Kon-kim befriedigt und wandte sich an die Männer, die vor den nahe gelegenen Hütten hockten und neugierig herüberblickten. »Kommt mal her!« rief er ihnen zu.

»Was fällt Ihnen ein?« fuhr ihn Sulaiman an. »Hier befehle ich und nicht Sie!«

»Das weiß ich selber«, entgegnete Kon-kim. »Ich habe auch gar kein Interesse daran, hier zu befehlen. Aber wenn Sie mich des Verrats bezichtigen, dann rede ich und nicht Sie! Hört zu!« fuhr er an die Guerillas gewandt fort. »Ich bin gekommen, um euch Hilfe zu bringen, doch noch bevor ich den Mund aufmache, nennt Sulaiman mich einen Verräter. Wie ist eure Meinung? Haltet ihr mich für einen Verräter?«

»Natürlich ist er das!« schrie der ehemalige Polizeisergeant mit sich überschlagender Stimme. »Sagt es ihm! Und dann werden wir ihn nach den von ihm selbst erlassenen Bestimmungen aburteilen!«

»Was soll der Quatsch?« empörte sich einer der Abteilungsleiter. »Du weißt genau, daß der ›Puma‹ kein Verräter ist. Laß ihn also reden und hör dir an, was er zu sagen hat.«

»Hier befehle ich und nicht du!« schrie Sulaiman aufgebracht.

Kon-kim lachte. »Das bezweifelt doch niemand! Und das Recht macht Ihnen auch keiner streitig! Warum also die Aufregung?«

Die inzwischen herangekommenen Männer grinsten, und Kon-kim wußte, daß er halb gewonnen hatte. »Nun, wie ist es?« fragte er, in die Runde blickend. »Ihr könnt es mir ruhig sagen, wenn ihr mich für einen Verräter haltet.«

Niemand erhob seine Stimme.

»Los, schreit es ihm ins Gesicht!« wetterte der stiernackige Polizeisergeant.

Kon-kim schüttelte den Kopf. »Die Lüge setzt Lügner voraus. Echte Guerillas aber sind Kämpfer, die es nicht nötig haben, die Unwahrheit zu sagen. Geben Sie also endlich Ruhe und hören Sie sich an, was ich zu sagen habe. Ich bin nicht gekommen, um zu streiten, sondern um Hilfe zu bringen.«

»Unter Ihrem Kommando?«

»Jawohl, unter meinem Kommando, das ich wieder übernehme, weil Sie alles, aber auch alles falsch gemacht haben! Ich bin nicht gewillt, weiterhin zuzusehen, wie Sie unsere alten Kameraden um ihren verdienten Lohn bringen. Durch Ihre unkoordinierten und verantwortungslosen Überfälle haben Sie es dahin gebracht, daß es kaum noch möglich sein wird, die Engländer zu irgendeiner Zahlung zu bewegen. Mit jedem Toten wächst die Garantie dafür, daß unsere Leute nicht die geringste Entschädigung erhalten werden.

Sie haben den Bogen überspannt und dafür gesorgt, daß die Briten sich nicht mehr an einen Verhandlungstisch setzen können.«

»Darauf legen wir auch gar keinen Wert«, brüllte Sulaiman.

Kon-kim blickte von einem zum anderen. »Ja, wenn das so ist... Ich dachte immer, euer Wunsch sei es, gerecht entschädigt zu werden. Aber ihr müßt wissen, was ihr tut. Seid euch nur darüber im klaren, daß ihr bis zu eurem Lebensende im Dschungel hausen werdet, wenn ihr euch an keinen Verhandlungstisch setzen wollt.«

»Laßt euch nicht verwirren!« rief Sulaiman seinen Männern zu. »Das Ganze ist ein Trick, mit dem er euch verrückt machen will.«

Kon-kim schüttelte den Kopf. »Ihre Leute haben längst begriffen, daß die Engländer am längeren Hebelarm sitzen. Zugegeben, ihr schädigt sie empfindlich, seid aber niemals in der Lage, sie zu besiegen, und werdet somit immer im Dschungel bleiben müssen.«

»Der ›Puma‹ hat recht!« riefen einige Männer. »Wenn wir so weitermachen, kommen wir nie wieder nach Hause.«

»Bedankt euch dafür bei Sulaiman«, erklärte Kon-kim herausfordernd. »Sein Spatzenhirn erfaßt ja jetzt noch nicht einmal, worum es geht.«

Der ehemalige Polizeisergeant griff sich an den Hals. »Ich fange an zu begreifen... Sie haben tatsächlich recht. Aber wir können doch nicht einfach verzichten!«

»Hab' ich das jemals verlangt?« fragte Kon-kim eisig.

»Natürlich nicht. Sie wollen auf dem Prozeßweg...«

»Vorbei!« unterbrach ihn Kon-kim. »Den Weg haben Sie mir verbaut, als Sie diesen Krieg entfesselten, der nun wohl oder übel weitergeführt werden muß, wenn nicht viele von denen, die auf Sie gehört haben, für ihre Gutgläubigkeit am Galgen enden sollen. Ich kann jetzt nur noch fragen: Werden Sie sich meinem Kommando unterstellen, wenn ich den Versuch mache, Ihren im Dreck sitzenden Karren auf festen Boden zu stellen?«

Sulaiman nagte an seinen Lippen.

»Antworten Sie!« fuhr ihn Kon-kim an.

Der ehemalige Polizeisergeant schnaubte wie eine Lokomotive. »Ich muß zunächst wissen, was Sie vorhaben.«

»Das ist mit wenigen Worten gesagt«, antwortete Kon-kim innerlich aufatmend. »Als erstes wird das sinnlose Töten beendet, damit die durch Ihre Maßnahmen zugeschlagene Verhandlungstür langsam wieder geöffnet werden kann. Dann wird der Kampf, der sich nicht mehr gegen Menschen richten soll, neu organisiert und auf eine Lahmlegung des gesamten Verkehrsnetzes umgestellt. Kein Lastwagen und kein Zug, der nach England abgehende oder von dort kommende Güter befördert, darf an seinen Bestimmungsort gelangen.«

»Und was wollen Sie damit erreichen?«

»Daß alle Lieferanten und Empfänger unsere Verbündeten werden. Was meint ihr, welches Gezeter ausbrechen wird, wenn plötzlich überall die Waren verderben! Sämtliche Zweige der Industrie werden sich dafür einsetzen, daß wir eine gerechte Abfindung erhalten.«

Im jäh aufbrausenden Applaus wurde nur von wenigen bemerkt, daß Sulaiman Kon-kims Hand ergriff und beinahe hündisch erklärte: »Ich stelle mich unter Ihr Kommando.«

Kon-kim stieß ihn vor die Brust. »Vor Jahren mußte ich Sie körperlich niederringen, heute mit dem Verstand. Das nächste Mal kommen Sie nicht so glimpflich davon, das schwöre ich Ihnen.«

Über einen Monat dauerte es, bis die von Kon-kim angeordnete Umorganisation vollzogen war. Da er den strikten Befehl gegeben hatte, während dieser Zeit keinerlei Überfälle durchzuführen, wiegten sich die Engländer schon in dem Glauben, den ›kommunistischen Banden‹ sei die Munition ausgegangen. Um so entsetzter waren sie, als sich eines Morgens herausstellte, daß über Nacht alle von und nach Singapore, Port Swettenham, Port Dickson, Malacca und George-Town laufenden Transportzüge entgleist und die zu den Hafenstädten führenden Hauptstraßen durch Brückensprengungen und Baumsperren blockiert worden waren.

Das Militär wurde zur Behebung der Schäden sofort eingesetzt, doch kaum waren die Strecken wieder frei gemacht, sprangen die nächsten Transportzüge aus den Schienen und platzten sämtlichen Lastwagen die Reifen, weil alle Chausseen mit Glassplittern und Nägeln übersät waren. Und dann fiel in ganz Malaya die Telefonverbindung aus. Kon-kim und David Hamilton hatten ihre Auserwählten allerdings kurz vorher noch davon in Kenntnis gesetzt, daß sie am nächsten Morgen nach Singapore kommen würden, um eine Woche lang auszuspannen.

Die Idee, sich im gegenwärtigen Zeitpunkt dem süßen Nichtstun zu ergeben, stammte von David Hamilton, der Wert darauf legte, daß sein Freund sich in diesen kritischen Tagen für jeden sichtbar im *Raffles-Hotel* aufhielt. Aus gleichem Grund suchte er auch unmittelbar nach der Landung Henry Dymont auf, um ihn zu einem Dinner einzuladen.

»Heute kann ich mich unmöglich freimachen«, erklärte der Leiter des *Secret Service.*

»Und warum nicht?« fragte sein früherer Kompagnon scheinheilig.

Royal-Dymont fuhr sich wie verzweifelt durch sein spärlich gewordenes Haar. »Wenn du wüßtest, was sich im Augenblick alles tut! Sämtliche Telefonleitungen sind ausgefallen. Zum zweitenmal scheinen alle Transportzüge entgleist zu sein. Wir haben keinen Überblick mehr. Mir schwirrt der Schädel, als hätte ich zwei Flaschen Whisky getrunken. Die Militärsender funken alle paar Minuten neue Hiobsbotschaften. Deinen *Bruder durch Zuneigung* hätte ich in den letzten vierundzwanzig Stunden einige Male umbringen können.«

»Was hat Kon-kim damit zu tun?« empörte sich David Hamilton.

»Hat er die verdammte Schwefelbande nicht ins Leben gerufen?«

»Du weißt, daß damals Krieg war.«

»Das war doch nur so dahingeredet.«

David Hamilton bleckte die Zähne. »Dein Glück. Aber jetzt möchte ich wissen, wann wir uns treffen. Wir bleiben die ganze Woche hier.«

»Ihr habt's gut.«

»Dafür haben wir in letzter Zeit schwer arbeiten müssen. Also, wann kommst du?«

»Sagen wir übermorgen. Bis dahin wird sich der Rummel gelegt haben.«

David Hamilton verabschiedete sich und dachte beim Hinausgehen: Ohne es zu wollen, bin auch ich zum Akteur geworden. Doch was soll ich machen? Die Verhältnisse haben Kon-kim wieder einmal gezwungen, Dinge zu tun, die er überhaupt nicht tun will.

Indessen gab sich Kon-kim redliche Mühe, seine Geliebte in eine bessere Stimmung zu versetzen. Patrice Lawrence aber spielte die Beleidigte. Sie verübelte es Kon-kim, daß er sich acht Wochen lang nicht hatte sehen lassen. Es half ihm wenig, daß er nachdrücklich erklärte, in den letzten Monaten wirklich keine Zeit gehabt zu haben.

»Glaube es mir!« beschwor er sie. »Dav und ich waren Tag und Nacht auf den Beinen. Es mußten Abbaufelder erschlossen werden…«

»…die nicht du, sondern mein vorausblickender Vater gekauft hat!« unterbrach sie ihn aggressiv.

»Gewiß«, erwiderte er nachsichtig. »Aber wer hat sie von deiner Mutter für gutes Geld erworben?«

»Meine Mutter handelte gegen meinen Willen!«

Kon-kim legte ihr die Hände auf die Schulter und sah sie bittend an. »Was hast du davon, immer wieder in alten Geschichten herumzurühren?«

Sie stieß ihn unsanft zur Seite und griff nach ihrer Handtasche, der sie eine Zigarettenschachtel entnahm. »Vielleicht habe ich mehr davon, als du ahnst.«

»Du verrennst dich, Patrice!«

»Das glaube ich kaum«, entgegnete sie schnippisch und zündete sich eine Zigarette an. »Ich weiß genau, was ich will. Ich verlange, daß du den seinerzeit an mich gezahlten Betrag zurücknimmst und mir dafür einen entsprechenden Anteil an der Mine überträgst. Nachdem du Dav aufgenommen hast, dürfte es nicht mehr als recht und billig sein, nun auch mich, die Tochter des Gründers der *Albion-Tin-Works*, am Unternehmen zu beteiligen.«

Kon-kim seufzte. »Habe ich dir nicht die Gründe genannt, die mich zwingen, dich aus der Firma herauszuhalten?«

Patrice Lawrence trat an das Fenster und blickte in den Innenhof des Hotels. »Wir haben in Europa ein Sprichwort, das heißt: Eine Hand wäscht die andere. Mit anderen Worten: Tust du mir einen Gefallen, tu auch ich dir einen Gefallen.«

»Worauf willst du hinaus?«

Sie wandte sich ihm zu. »Ich erwarte, daß du mein Schweigen würdigst. Du wirst nicht daran vorbeikommen, mich für mein Schweigen zur Mitinhaberin der *Albion-Tin-Works* zu machen.«

Er betrachtete sie belustigt. »Wäre es nicht angebracht, mich zunächst einmal in deine Geheimnisse einzuweihen? Ich weiß überhaupt nicht, wovon du redest.«

»Vom ›Puma‹!« antwortete sie triumphierend.

Kon-kim verschlug es sekundenlang die Stimme.

Patrice Lawrence lachte hellauf. »Wenn du dein Gesicht jetzt sehen könntest, würdest du über dich selbst erstaunt sein.«

»Das glaube ich dir gerne, weil ich den Sinn deiner Worte beim besten Willen nicht zu erfassen vermag«, entgegnete er schlagfertig. »Erst sprichst du von einem Schweigen, das ich würdigen soll. Dann erwähnst du den ›Puma‹... Ich begreife nicht, was das eine mit dem anderen zu tun hat.«

»Willst du etwa behaupten, den ›Puma‹ nicht zu kennen?«

»Warum sollte ich das? Es ist doch allgemein bekannt, daß wir jahrelang zusammen im Dschungel gelegen haben.«

»Sieht er dir nicht sehr ähnlich?«

»Das hat mir noch nie jemand gesagt«, antwortete Kon-kim im Bestreben, Zeit zu gewinnen. »Er ist allerdings Chinese. Für einen Europäer mag somit eine gewisse Ähnlichkeit zwischen uns bestehen. Aber wie kommst du darauf?«

»Das ist ganz einfach: ich habe zufällig erfahren, daß *du* der ›Puma‹ bist!«

Kon-kim zwang sich zu lachen. »Wer hat dir den Floh ins Ohr gesetzt?«

»Das ist kein Floh, sondern eine Tatsache, die ich beweisen kann«, rief sie und öffnete ihren Koffer, dem sie eine Zeitung entnahm. »Schau dir dieses Blatt einmal etwas näher an und sag mir dann, ob du es kennst.«

Kon-kim nahm die Zeitung entgegen. »Ich glaube schon«, antwortete er nach einer flüchtigen Prüfung. »Wenn ich mich nicht täusche, las ich den Leitartikel an dem Morgen, an dem ich plötzlich abreisen mußte.«

»Eben. Und warum mußtest du Hals über Kopf aufbrechen? Weil du den Bericht über die Überfälle bei Kuala Lumpur gelesen hattest!«

Kon-kim hatte alle Mühe, seine Verblüffung zu verbergen. »Unterstellen wir, deine Behauptung würde stimmen: welche Rückschlüsse lassen sich daraus ziehen?«

»Das wirst du schon wissen. Ich habe jedenfalls richtig kombiniert und konnte einwandfrei feststellen, daß du an jenem Morgen nach Kuala Lumpur geflogen bist!«

Kon-kim nickte anerkennend. »Weiß der Teufel, du bist gut informiert. Ich bin tatsächlich nach Kuala Lumpur geflogen, weil ich dort dringend jemanden sprechen mußte. Aber ich verstehe nicht, was die Zeitung und mein Flug mit deiner Behauptung zu tun haben, ich sei der ›Puma‹.«

»Stell dich nicht so an«, entgegnete sie ungehalten. »Nachdem du den Bericht von den Überfällen bei Kuala Lumpur gelesen hattest, bist du sofort dorthin geflogen. Und warum? Wahrscheinlich, weil irgend etwas anders verlaufen war, als du – der ›Puma‹ – es befohlen hattest.«

Kon-kim fiel ein Stein vom Herzen. »Ist das deine ganze Beweisführung?«

»Ich denke, sie genügt!« antwortete sie selbstsicher.

Er spielte den Belustigten. »Ach, Patrice, wenn du wüßtest...! Nein, ist das komisch. Du sprichst vom ›Puma‹ und übersiehst, um nur ein Beispiel zu nennen, daß ich mich in Kuala Lumpur mit einer Bekannten getroffen haben könnte, an die ich mich durch die Erwähnung des Ortes in dem Zeitungsartikel plötzlich erinnerte.«

Ihre Augen weiteten sich, und Kon-kim wußte augenblicklich, daß er die schon des öfteren bei seiner Geliebten bemerkte Eifersucht angestachelt und damit ihren der Wahrheit gefährlich nahe gekommenen Überlegungen eine neue Richtung gegeben hatte.

»Sag, daß das nicht wahr ist«, herrschte sie ihn an.

»Was soll nicht wahr sein?« fragte er, sich dumm stellend.

»Daß du dich mit einer Bekannten getroffen hast.«

»Ich habe nur ein Beispiel genannt«, erwiderte er ausweichend, um ihre jäh eingetretene Unsicherheit weiterhin zu steigern.

»Ich sehe doch, daß du lügst!« ereiferte sie sich. »Sonst würdest du kurz und bündig erklären: Nein, ich habe mich in Kuala Lumpur mit keiner Frau getroffen!«

Kon-kim gab sich einen nervösen Anschein. »Ich weiß nicht, worauf du hinauswillst. Es gibt schließlich auch Geschäftsfrauen, die... Wie komme ich überhaupt dazu, mich vor dir zu verteidigen? Noch dazu in einem Augenblick, da ich allen Grund habe, mich darüber zu empören, daß du mir nachspionierst. Ich will dieses Mal nicht weiter darüber reden, aber sollte dich nochmals die Lust überkommen, meine Wege zu verfolgen, dann werde ich die Konsequenzen ziehen und mich von dir trennen.«

Patrice Lawrence stürzte aus allen Wolken. Eben noch hatte sie sich am Teilziel ihrer Wünsche gewähnt, und nun lag sie auf einem Scherbenhaufen, der all ihre ehrgeizigen Pläne zu vernichten drohte. Wenn es in Kon-kims Leben eine zweite Frau gab – und seine zweimonatige Abwesenheit sprach beängstigend dafür –, dann hatte sie den größten Fehler begangen, den sie begehen konnte, als sie auf erpresserische Weise versuchte, Mitinhaberin der Zinn-Mine zu werden. Sie beeilte sich deshalb, ihrem Geliebten zu erklären, daß alles nur ein Scherz gewesen sei.

Kon-kim gab sich den Anschein, als glaube er ihr, und er machte den Vorschlag, zur Versöhnung eine Flasche Champagner zu trinken und sich auf die vor ihnen liegenden acht Ferientage zu freuen.

Ihr war es, als fege eine frische Brise über sie hinweg, doch noch während sie Kon-kim wie erlöst umarmte, dachte sie voller Eifersucht: Ich muß ihn in dieser Woche dahin bringen, daß er mich mit nach Ipoh nimmt. Ich will mein Ziel jetzt endlich erreichen!

Mit Verbissenheit legte Patrice Lawrence es darauf an, die Zinn-Mine zurückzugewinnen. Sie bewunderte Kon-kims Leistungen und empfand wirkliche Hochachtung vor ihm, wenngleich sie sich als Europäerin seiner schämte. Aus diesem Widerstreit der Empfindungen resultierten ihr beständig wechselndes Wesen, ihr jähes Aufbegehren und ihre weiche Nachgiebigkeit.

Kon-kim würde außer sich gewesen sein, wenn er erfahren hätte, was seine Geliebte insgeheim dachte. Ihn begeisterte ihr attraktives Äußere im gleichen Maße, wie ihn ihr zerrissenes Wesen zeitweilig erschreckte. Doch selbst in Augenblicken, in denen er sich ihr Verhalten nicht erklären konnte, war er ihr nie ernstlich böse, weil er ihre Ungezügeltheiten dem weniger ausgeglichenen Temperament der weißen Rasse zuschrieb. Darin lag auch seine stete Bereitschaft begründet, sich immer sofort wieder mit ihr zu versöhnen. Er machte sich einfach keine Gedanken über die Ursachen der beständig aufflackernden Auseinandersetzungen, sondern war froh, wenn sich diese auf elegante Weise beilegen ließen.

Über die geradezu hysterische Eifersucht seiner Geliebten aber freute er sich an diesem Tage. Sie erfüllte ihn mit der merkwürdigen Befriedigung des Mannes, den Eifersucht nur stört, wenn sie berechtigt ist. Also genoß er es, sich in der darauffolgenden Woche von morgens bis abends verwöhnen zu lassen.

Währenddessen nahm der nach seinen Plänen entfesselte Kampf immer unheimlichere Formen an. Innerhalb von wenigen Stunden wurden in ganz Malaya die lebenswichtigsten Hochspannungsleitungen durch Sprengung von Hunderten von Masten unterbrochen. In den Hafenanlagen stürzten Kräne um und brannten Lagerhäuser nieder. Mit Latex gefüllte Kesselwagen liefen aus. An allen größeren Tankstellen war das Benzin plötzlich mit Wasser versetzt, so daß Tausende von Kraftfahrzeugen bewegungsunfähig an den Straßenrändern standen. Gleichzeitig entgleisten weitere Transportzüge, und allein in einer einzigen Nacht havarierten sieben britische Frachtdampfer, die in den Einfahrten der Häfen durch falsche Leuchtfeuer in die Irre geführt worden waren.

»Und nirgendwo hat sich ein Gegner gezeigt!« beklagte sich Royal-Dymont, der am dritten Abend zu dem mit David Hamilton verabredeten Dinner gekommen war und einen abgekämpften Eindruck machte.

»Ich habe Sie gewarnt«, sagte Kon-kim. »Und ich kann Ihnen nur den Rat geben, sich weiterhin dafür einzusetzen, daß den ehemaligen Widerstandskämpfern eine angemessene Entschädigung in die Hand gedrückt wird. Es wird sonst keine Ruhe geben.«

»Daran ist nicht mehr zu denken«, ereiferte sich der Engländer. »Abgesehen von den über sechshundert Toten der ersten Phase dieses Kampfes, dürfte der Sachschaden die Hundert-Millionen-Grenze längst überstiegen haben.«

Kon-kim nickte zustimmend. »Ein Bruchteil des Betrages hätte die Guerillas zufriedengestellt.«

»Sie wissen, daß ich dafür plädiert habe, den Männern das Zehnfache der gebotenen Summe zu geben. Aber jetzt kann ich mich nicht mehr für sie einsetzen. Die Staatsraison verlangt nun drakonische Maßnahmen.«

»Mit denen ebenfalls nichts erreicht werden wird«, entgegnete Kon-kim verächtlich. »Ich verstehe natürlich Ihren Standpunkt, bin jedoch der Meinung, daß es im Augenblick hundertmal wichtiger wäre, den aufsässig gewordenen Widerstandskämpfern eine Brücke zu bauen, über die sie den Dschungel verlassen und in ein geordnetes Leben zurückkehren könnten.«

»Dafür ist es zu spät.«

Kon-kim zuckte die Achseln. »Wenn das der Weisheit letzter Schluß ist, sage ich Ihnen einen jahrelangen Kampf voraus.«

Royal-Dymont machte eine wegwerfende Bewegung. »Irgendwann wird dem ›Puma‹ die Luft schon ausgehen.«

»Möglich«, erwiderte Kon-kim. »Wie ich ihn jedoch kenne...« Er unterbrach sich. »Es hat keinen Zweck, darüber zu reden. Er ist stur, die britischen Behörden sind stur... Es ist zum Verzweifeln, daß die zwischen den Fronten stehenden Bürger wieder einmal die Dummen sein werden.«

»Könnten Sie Ihren alten Kampfgefährten nicht aufsuchen und mit ihm reden?«

Kon-kim spürte, daß ihm eine Falle gestellt werden sollte.

»*Ich?*« fragte er mit abwehrend erhobenen Händen. »Nie im Leben würde ich das tun. Ich wüßte auch gar nicht, wohin ich mich wenden sollte. Selbst während des Krieges hatte der ›Puma‹ kein festes Quartier; wieviel weniger wird er es heute haben. Ich will froh sein, wenn er die *Albion-Tin-Works* ungeschoren läßt.«

Henry Dymont blickte nachdenklich vor sich hin. »Dann verraten Sie mir wenigstens, ob im Kriege auf den Landstraßen auch Convoys von fünfzig bis hundert Lastwagen überfallen wurden.«

»Das kam darauf an«, antwortete Kon-kim, der nach wie vor auf der Hut war. »Die Größe eines Verbandes gab nicht unbedingt den Ausschlag. Entscheidend war die Ladung, über die uns die Bevölkerung immer rechtzeitig informierte.«

»Das verstehe ich nicht«, entgegnete der Engländer naiv. »Was hat die Ladung damit zu tun?«

»Sehr viel. Ein Truppentransport von fünfzig bis hundert Lastwagen ist wesentlich schwerer zu erledigen als ein Gütertransport, der nur von relativ wenigen Soldaten begleitet wird.«

»Hoffentlich haben wir dann Glück«, sagte Royal-Dymont wie zu sich selbst und fügte gedämpft hinzu: »Wir müssen noch in dieser Woche einen riesigen Munitionstransport nach Kuala Lumpur durchführen.«

»Gefährliche Sache«, erklärte Kon-kim. »Sorgen Sie dafür, daß das niemand erfährt. Die Bevölkerung steht hinter dem ›Puma‹ und informiert ihn über alles. Und nun ein anderes Thema. Ich habe bereits viel zuviel geredet.«

Der Engländer blinzelte ihm zu. »Schönen Dank für den Tip.«

Kon-kim überhörte die Bemerkung und erkundigte sich, wie man in politischen Kreisen die Weltlage beurteile.

»Schlecht«, antwortete der Leiter des *Secret Service*. »Die Kommunisten erhalten immer mehr Zulauf, nachdem Mao Tse-tung die Herrschaft über ganz Nordchina errungen hat. Es heißt, daß er eine Volksarmee von über einer Million Mann zusammenstellt, mit der er den Yangtse überschreiten will. Wenn ihm das gelingt, dürften Tschiang Kai-scheks Tage gezählt sein.«

»Damit rechne ich seit langem«, entgegnete Kon-kim. »Und ich habe mich auch damit abgefunden, daß Mao Tse-tung der Sieger sein wird. Für meine Heimat ist es nur noch wichtig, daß der Krieg beendet wird. Stellen Sie sich vor: seit achtundzwanzig Jahren herrscht in China Krieg. Die meisten meiner Landsleute haben noch nie im Frieden gelebt!«

»Der scheint überhaupt abhanden zu kommen«, erwiderte der Engländer resigniert. »Vor drei Jahren wurde der Zweite Weltkrieg beendet, und jetzt knistert es bereits wieder an allen Ecken und Enden. In Deutschland mußten wir vor kurzem eine Luftbrücke zur Versorgung der Bevölkerung von Berlin einrichten. Der Wahnsinn feiert Orgien. Über die Köpfe unserer einstigen Verbündeten hinweg transportieren wir nun Nahrung und Kohle in das Lager unserer ehemaligen Gegner.«

»Wir hätten mit den Russen niemals paktieren sollen«, warf David Hamilton ein, der sich bis zu diesem Augenblick intensiv mit Patrice Lawrence unterhalten hatte, um Kon-kim die Möglichkeit zu geben, in Ruhe mit Henry Dymont zu sprechen. »Wer den Bock zum Gärtner macht, darf sich über zerstörte Beete nicht wundern.«

Royal-Dymont zog seine Pfeife aus der Tasche. »Seid froh, daß ihr in Ipoh sitzt. Ich muß ja doch mal kommen und mir euer neues Haus ansehen.«

Patrice Lawrence glaubte nicht richtig zu hören. »Ihr habt gebaut?« fragte sie außer sich.

David Hamilton warf seinem ehemaligen Kompagnon einen gottergebenen Blick zu und verdrehte die Augen, als wollte er sagen: Das hat uns gerade noch gefehlt.

»Nun ja«, antwortete Kon-kim verlegen. »Wir waren das ewige Hotelleben leid und haben uns ein Doppelhaus zugelegt. Jeder hat jetzt seine eigene Wohnung.«

»Und davon hast du mir nichts erzählt?«

»Wir sind noch nicht fertig«, entgegnete er ausweichend.

Sie warf ihm einen vernichtenden Blick zu. »Danke, das genügt mir! Wenn du...« Sie unterbrach sich und sprang auf, um die Tafel zu verlassen.

Royal-Dymont hielt sie zurück. »Bitte, machen Sie jetzt keine Dummheit. Ich habe allem Anschein nach einen blödsinnigen Fehler gemacht. Wahrscheinlich sollte der Neubau eine Überraschung für Sie werden.«

Patrice Lawrence sah Kon-kim fragend an.

Er nickte. »Nun, da es heraus ist, würde ich dir empfehlen, dich wieder zu setzen.«

Sie stutzte. Die in seinen Worten liegende Zurechtweisung war nicht zu überhören. »Was ist jetzt die Wahrheit?«

»Daß ich es nicht leiden kann, wenn sich jemand das Recht herausnimmt, eine Tischrunde zu sprengen. Setz dich also hin. Die Hotelgäste schauen bereits herüber.«

Patrice Lawrence verlor die Beherrschung. »Ich denke nicht daran, mich kommandieren zu lassen!« rief sie erregt.

»Dann wirst du wohl gehen müssen«, erwiderte er kalt. »Auf jeden Fall können wir uns so nicht weiter unterhalten.«

Sie drehte sich um und eilte davon.

»Da habe ich ja was Schönes angerichtet«, stöhnte Henry Dymont.

David Hamilton grinste. »Den Eindruck habe ich auch.«

»Ich konnte ja nicht wissen...«

»Natürlich nicht«, fiel Kon-kim ein. »Die Schuld liegt nicht bei Ihnen, sondern bei uns.«

»Und warum habt ihr euren Hausbau verschwiegen?«

»Na, warum schon?« kam der Amerikaner Kon-kim zu Hilfe. »Wovon träumt eine Frau, wenn sich ihr Busenfreund ein Haus baut? Ich wette hundert gegen eins, daß dies Thema heute nacht in allen Variationen...«

»Kümmere dich um deine Sachen«, wies Kon-kim ihn zurecht. »Ich werde mit dem Problem auch ohne dich fertig.«

Der Abend war mißlungen. Man trennte sich ungewöhnlich zeitig. Kon-kim äußerte den Wunsch, noch einen Spaziergang zu machen, und hierfür hatten Royal-Dymont und David Hamilton volles Verständnis.

Einer jähen Eingebung folgend, fuhr der Leiter des *Secret Service* jedoch nicht gleich in sein Büro, wie er es ursprünglich vorgehabt hatte. Er dirigierte seinen Wagen vielmehr um das Hotel herum und ging in die Richtung, die Kon-kim eingeschlagen hatte. Bald sah er ihn vor sich her gehen, und von diesem Augenblick an folgte er ihm in sicherem Abstand, bis Kon-kim auf einer am Ufer stehenden Bank Platz nahm und über das Meer blickte, das im Licht des hochstehenden Mondes wie ein schwarzer Spiegel glänzte.

Kon-kim ließ aber nicht das Bild der Nacht auf sich einwirken.

Er entnahm seiner Brieftasche einen Zettel, auf den er unbemerkt schrieb: ›*In dieser Woche von Singapore nach Kuala Lumpur fahrenden großen Militär-Convoy unbedingt passieren lassen. Falle! Puma.*‹ Anschließend steckte er die Notiz in die Rocktasche und überlegte, wie er sich Patrice Lawrence gegenüber verhalten solle. Etwa zehn Minuten verweilte er so auf der Bank, dann erhob er sich und ging gemächlich zum Hotel zurück.

Royal-Dymont, dem nach der Verabschiedung der Gedanke gekommen war, Kon-kim mache den Spaziergang womöglich nur, um sich mit jemandem zu treffen, atmete erleichtert auf und fuhr in sein Office, wo er sich mit dem Kommandierenden General der in Singapore stationierten Truppen verbinden ließ. Er ersuchte ihn, innerhalb der nächsten drei Tage fünfzig bis hundert mit Planen abgedeckte Lastwagen nach Kuala Lumpur zu schicken, auf denen sich mindestens je zwanzig schwerbewaffnete Soldaten verbergen sollten.

»Was ich damit bezwecke, ist folgendes«, fügte er lebhaft hinzu. »Ich habe jemandem, von dem ich vermute, daß er mit den Guerillas in Verbindung steht, eine Falschmeldung zugespielt, die mir Klarheit darüber verschaffen soll, ob mein Verdacht berechtigt ist oder nicht. Wird der Convoy überfallen, dann weiß ich, woran ich bin. Aufgabe Ihrer Männer muß es gegebenenfalls sein, die angreifende Truppe zu vernichten.«

Kon-kim hatte sich nicht getäuscht. Royal-Dymont hatte ihm eine Falle gestellt. Doch noch während der Leiter des *Secret Service* mit dem General telefonierte, verließ ein junger Malaie das *Raffles Hotel* mit dem Zettel in der Tasche, den Kon-kim beschriftet hatte. Und Kon-kim wußte, daß seine Meldung auf schnellstem Wege nach Johore Bahru gebracht und von der dort stationierten Funksprechstation an alle Abteilungsleiter durchgegeben wurde. Er war sich seiner Sache so sicher, daß er an die Angelegenheit bereits nicht mehr dachte, als er die Tür zu seinem Apartment öffnete und in der Überzeugung in den Raum eintrat, einer unerfreulichen Auseinandersetzung entgegenzugehen.

Kon-kim täuschte sich, denn Patrice Lawrence hatte sich nach reiflicher Überlegung dazu entschlossen, einmal ganz anders als sonst zu reagieren. Ohne Rücksicht auf mögliche Folgen hatte sie sich so lange Parfum in die Augen gestäubt, bis diese rot umrändert waren und den Eindruck erweckten, als hätte sie Ströme von Tränen vergossen. Dann hatte sie sich in einem hauchdünnen Negligé in ihr Bett gelegt, um ihren Geliebten wie eine Leidende zu empfangen. Die Rolle fiel ihr nicht schwer, weil sie wirklich litt. Die Tatsache, daß Kon-kim sich ein Haus gebaut hatte, ohne ein Wort darüber zu verlieren, schien ihr ein Beweis dafür zu sein, daß eine zweite Frau in sein Leben getreten war. Aber gleichgültig, ob sie sich täuschte oder nicht, sie war keinesfalls gewillt, ihre hochfliegenden Pläne aufzugeben. Und sie glaubte, am meisten erreichen zu können, wenn sie einen seelisch gebrochenen Eindruck machte.

Mit Genugtuung stellte sie fest, daß ihr Geliebter zutiefst erschrocken war, als er in das Zimmer eintrat und ihre krankhaft geröteten Augen sah.

»Aber, Patrice!« sagte er bestürzt. »Du siehst ja ganz verweint aus.«

Sie schluchzte.

»Und das alles nur, weil Dav und ich dir nicht erzählt haben, daß wir uns ein Haus bauten?«

»Oh, Kim!« rief sie und warf ihre Arme um seinen Hals. »Ich kann dich nicht verlieren. Warum bist du nicht zufrieden mit mir?«

Er sah sie verwundert an. »Ich weiß nicht, wovon du redest?«

Sie zog ihn zu sich herab. »Hörst du mein Herz? Es wird nicht mehr schlagen, wenn du mich verläßt. Ich nehme mir das Leben, wenn ich dich verliere.«

»Wer sagt denn, daß ich dich verlassen will?«

»Ich fühle es«, stöhnte sie verzweifelt. »Du hast das Haus gebaut, um mit der anderen Frau... Wahrscheinlich wird es die von Kuala Lumpur sein. Wenn du sie heiratest, geschieht ein Unglück.«

Kon-kim nahm ihr Gesicht in die Hände. »Du Närrin! Erst jetzt beginne ich zu begreifen, was geschehen ist. Du hast geglaubt, ich hätte dir von dem Haus nichts erzählt, weil eine andere Frau...« Er küßte ihre rot umränderten Lider. »Nun höre mal gut zu. Ich schwöre dir, daß es niemanden gibt, auf den du eifersüchtig sein müßtest. Niemanden!«

Sie sah ihn ungläubig an. »Und warum hast du mir nichts von dem Haus erzählt?«

»Ich befürchtete, daß du mich bedrängen würdest, dich mit nach Ipoh zu nehmen, was im Moment beim besten Willen nicht geht. Die Gründe kann ich im einzelnen nicht nennen; es muß genügen, wenn ich dir sage, daß ich zur Zeit keinerlei Belastung erfahren darf. Und es würde mich belasten, wenn ich dich im Haus sitzen wüßte und nicht zu dir kommen könnte.«

»Wie lange wird diese Zeit noch dauern?«

Kon-kim zuckte die Achseln. »Vielleicht ein paar Monate, vielleicht auch ein Jahr. Ich verspreche dir aber, dich nach Ipoh zu holen, sobald es möglich ist.«

»Und es existiert wirklich keine andere Frau?«

»Ganz gewiß nicht.«

Sie schloß ihn in die Arme. »Und was hast du seinerzeit in Kuala Lumpur gemacht?«

»Ich habe dort eine Besprechung gehabt. Die Frau habe ich nur erwähnt, um dich eifersüchtig zu machen. Es geschah aus einer verrückten Laune, und ich bitte dich ernstlich, nie wieder zu denken, daß es noch eine andere Frau an meiner Seite gibt.«

Der harmonische Verlauf der Ferienwoche war gesichert, wenngleich Patrice Lawrence ihrer entzündeten Augen wegen das Hotelzimmer nicht verlassen konnte. Sie hatte sich selbst eingesperrt. Aber sie zahlte den Preis gerne für die Gewißheit, daß es keine Rivalin gab und Kon-kim sie früher oder später nach Ipoh holen würde.

Dennoch gelang es ihr nur teilweise, sich von ihrer Eifersucht zu befreien. Die Angst, eine andere Frau könnte auftauchen und sie daran hindern, Herrin der *Albion-Tin-Works* zu werden, verfolgte sie wie ein Gespenst, und wenn Kon-kim für einige Stunden fortging, um sich mit Dr. Haji, Akira Ishii oder sonst jemandem zu treffen, wäre sie am liebsten hinter ihm hergelaufen, um ihn zu kontrollieren.

Am letzten Tag aber erstrahlte sie wieder in voller Schönheit, und sie war selig über ein bezauberndes Abendkleid aus gelbem Moiré, das Kon-kim in der Auslage eines bekannten Modesalons entdeckt und ihr mitgebracht hatte. Sie konnte das Dinner kaum erwarten, und sie glich einer Königin, als sie neben ihrem Geliebten, der zur Feier des Tages seinen Smoking angezogen hatte, durch die Hotelhalle schritt und in den *Elisabethanischen Saal* eintrat. Sie genoß die bewundernden Blicke der anwesenden Gäste, und sie nützte jede sich bietende Gelegenheit, um Kon-kim auf Herren aufmerksam zu machen, die sie kannte und deren formelle Verneigungen sie hoheitsvoll erwiderte.

Kon-kim amüsierte sich über ihr Bestreben, ihn eifersüchtig zu machen. Er ließ sich jedoch nichts anmerken und spielte die Rolle, die sie ihm zudachte.

Das Ergebnis war ein restlos gelungener Abend, der Patrice Lawrence so glücklich machte, daß sie ihr Endziel darüber vergaß und dankbar Kon-kims Vorschlag akzeptierte, ihn am nächsten Morgen nicht zum Flughafen zu begleiten, sondern sich gründlich auszuschlafen.

Kon-kim hatte nicht den geringsten Hintergedanken dabei gehabt, als er ihr empfahl, sich durch seine Abreise nicht stören zu lassen, aber gerade sein gutgemeinter Vorschlag sollte zu höchst unangenehmen Verwirrungen führen.

Zunächst jedoch verlief alles ganz normal. Er begab sich am folgenden Morgen zur verabredeten Startzeit zum Flughafen, wo ihn zu seiner Verwunderung nicht nur David Hamilton, sondern auch Royal-Dymont erwartete.

»Nanu«, begrüßte er den Engländer freudig überrascht. »Haben Sie sich endlich dazu durchgerungen, einmal mit nach Ipoh zu kommen?«

»Er muß nach Kuala Lumpur«, kam David Hamilton seinem ehemaligen Kompagnon zuvor. »Ich traf ihn zufällig gestern abend und habe ihm erklärt, daß wir ihn selbstverständlich mitnehmen und auf halber Strecke absetzen.«

»Das ist doch klar«, sagte Kon-kim an den Briten gewandt. »Zumal ich froh bin, wenn ich Ihnen einmal einen Gefallen tun kann. Ich stehe ja immer noch mächtig in Ihrer Schuld.«

»Wieso?«

»Haben Sie meine Flucht aus Japan vergessen?«

»Natürlich nicht. Aber deshalb...«

»Wir werden Sie in Kuala Lumpur absetzen«, unterbrach ihn Kon-kim. »Und ich werde es mir nicht nehmen lassen, Sie auch wieder nach Singapore zurückzufliegen.«

David Hamilton schlug Royal-Dymont auf die Schulter. »Was habe ich gesagt? Er bringt dich zurück!«

»Und es würde besonders schön sein, wenn ich meinen einstigen Retter aus höchster Not wenigstens für einen Tag nach Ipoh entführen dürfte«, fügte Kon-kim hinzu. »Wie lange haben Sie in Kuala Lumpur zu tun?«

»Bis heute abend.«

»Dann hole ich Sie so rechtzeitig ab, daß wir noch vor Eintritt der Dunkelheit in Ipoh landen können. Wird das gehen?«

»Gewiß. Aber ich muß spätestens morgen abend wieder in Singapore sein.«

»Das ist kein Problem. Wir fliegen dann gegen drei Uhr ab, und ich kehre auf der Hinterhand zurück. Einverstanden?«

»Abgemacht!«

Es wurde ein lustiger Flug, und Royal-Dymont war in besonders guter Stimmung, weil ihm die Tatsache, daß der von ihm inspirierte und inzwischen durchgeführte Lastwagen-Convoy nicht angegriffen worden war, einen riesigen Stein vom Herzen gewälzt hatte. Einen Augenblick lang war er sogar nahe daran, Kon-kim zu sagen, wessen er ihn verdächtigt hatte; er unterließ es jedoch, weil er befürchtete, sein Mißtrauen könnte Kon-kim beleidigen.

Ganz andere Befürchtungen hegte Patrice Lawrence, als sie schweißgebadet aus einem Traum erwachte, in dem sie ein Flugzeug abstürzen sah. Sie griff sofort zum Telefonhörer und rief die Flugleitung an, die sie wie eine Verzweifelte bat, ihr schnellstens zu sagen, ob Mister Lee gut in Ipoh gelandet sei.

»Moment«, antwortete der diensttuende Beamte. »Da muß ich in der Start- und Landekladde nachsehen. Passiert kann aber nichts sein, weil sonst eine Meldung vorliegen würde. Ah, da habe ich es schon. Die Landung erfolgte in Ipoh um...« Er unterbrach sich plötzlich. »Entschuldigen Sie, aber die Maschine wurde nicht nach Ipoh, sondern nach Kuala Lumpur abgefertigt, wo sie um neun Uhr zweiundfünfzig gelandet ist.«

Patrice Lawrence war wie gelähmt. »Wissen Sie – das – bestimmt?« rief sie nach Luft ringend.

»Natürlich.«

Wie in Trance legte sie den Telefonhörer zurück. Ihre Lippen zuckten. Vor ihren Augen tanzten Kreise. Er hat mich belogen, dachte sie. Argwohn und Stolz rissen sie hin und her, bis sie wie von Furien gepeitscht aus ihrem Bett sprang, um sich in hektischer Hast anzukleiden und zum Flugplatz zu fahren.

»Sie müssen sich geirrt haben«, bestürmte sie den Beamten, mit dem sie telefoniert hatte. »Mister Lee wollte nach Ipoh und nicht nach Kuala Lumpur. Besteht nicht die Möglichkeit, daß eine falsche Eintragung vorgenommen wurde?«

»Das ist ausgeschlossen«, antwortete der über Patrice Lawrences

Erregung verwunderte Luftaufsichtsbeamte. »Aber das läßt sich schnell kontrollieren«, fügte er hinzu und ergriff eine Akte, in der die Flugsicherungstelegramme abgelegt waren. »Bitte, hier ist die Meldung des Fernschreibers: Kuala Lumpur und nicht Ipoh gab die Landezeit durch. Wir haben Mister Lee ja auch nach dort abgefertigt.«

Sie preßte die Lippen zusammen und entnahm ihrer Handtasche eine Geldnote, die sie dem Beamten zuschob. »Würden Sie mir einen Gefallen tun? Ich möchte wissen, ob Mister Lee schon des öfteren von hier nach Kuala Lumpur gestartet ist.«

»Da müßte ich im Hauptbuch nachsehen. Dies ist die Tageskladde. Es wird natürlich einige Zeit dauern, weil ich Seite für Seite durchblättern muß und ...«

»Das können wir vereinfachen«, unterbrach sie ihn. »Es kommen nur ganz bestimmte Tage in Frage, die ich Ihnen nennen kann.«

»Dann ist die Sache schnell erledigt«, entgegnete der Beamte und holte einen Folianten herbei.

Patrice Lawrence zog ein Notizbuch aus ihrer Handtasche und nannte mehrere Daten, auf die der Beamte jedesmal »Ipoh« antwortete, bis sie den 15. Mai aufblätterte, von dem sie bereits wußte, daß Kon-kim an diesem Tag nach Kuala Lumpur geflogen war.

Einigermaßen beruhigt wollte sie ihr Büchlein schon schließen, als ihr der Aufsichtsbeamte sagte: »Ich sehe gerade, daß Mister Lee auch am zwanzigsten Mai in Kuala Lumpur gelandet ist.«

»Am *zwanzigsten*?« fragte sie ungläubig. »Sie müssen sich irren. An diesem Tage ist er überhaupt nicht in Singapore gewesen.«

»Doch«, entgegnete der Beamte bestimmt. »Mister Lee landete hier am neunzehnten und flog am nächsten Morgen wieder fort.«

Patrice Lawrence glaubte, der Boden würde ihr unter den Füßen fortgezogen. Weder am 19. noch am 20. Mai hatte sie Kon-kim getroffen. Wenn er an diesen Tagen in Singapore gewesen war, ohne sie zu verständigen ... »Schauen Sie nach, ob Mister Lee von diesem Zeitpunkt an noch öfters hier gelandet ist«, forderte sie herrisch.

Der junge Mann blickte erschrocken auf. »Ich hoffe, Sie bringen mich nicht in Schwierigkeiten. Wenn Mister Lee erfährt ...«

»Der erfährt nichts«, unterbrach sie ihn. »Die Sache bleibt unter uns.«

Bald darauf wußte Patrice Lawrence, daß Kon-kim seit dem 20. Mai – es war der Tag, an dem er nach dem Treffen mit Akira Ishii wegen eines Zündkerzenschadens in Kuala Lumpur hatte zwischenlanden müssen – nicht mehr nach Singapore gekommen war. Diese Tatsache gab ihr neue Hoffnung, doch als sie später im *Raffles Hotel* feststellte, daß er dort in der Nacht vom 19. zum 20. Mai nicht übernachtet hatte, wurde es für sie zur unumstößlichen Gewißheit, daß eine zweite Frau in sein Leben getreten sein mußte und daß diese in Kuala Lumpur wohne.

Wie eine Megäre raste sie erneut zum Flugplatz, wo sie dem Beamten zehn Dollar mit der Aufforderung in die Hand drückte, so schnell wie möglich festzustellen, wie lange sich Mister Lee jeweils in Kuala Lumpur aufgehalten habe.

Der Beamte hatte keine Bedenken, entsprechende Erkundigungen einzuziehen, und noch bevor der Tag sich seinem Ende zuneigte, erhielt Patrice Lawrence eine Aufstellung, aus der hervorging, daß Kon-kim das erste Mal – als er den General aufgesucht hatte – nach drei Stunden weitergeflogen war; das zweite Mal – nach Behebung des Motorschadens – fünfunddreißig Minuten später; und an diesem Morgen – an dem er Royal-Dymont in Kuala Lumpur abgesetzt hatte – bereits zwanzig Minuten nach der Landung. Die Gründe der kurzfristigen Aufenthalte kannte sie natürlich nicht, im Geiste aber sah sie in allen drei Fällen eine Frau in das Flugzeug einsteigen und mit Kon-kim nach Ipoh fliegen.

Noch unschlüssig, was sie nun unternehmen sollte, übergab sie dem Beamten ihre Visitenkarte mit dem Versprechen, ihn fürstlich zu belohnen, wenn er sie in Zukunft über alle von Mister Lee in Singapore beziehungsweise Kuala Lumpur durchgeführten Starts und Landungen informieren würde.

Der junge Mann quittierte das verlockende Angebot mit einem dankbaren Lächeln, und bereits vierundzwanzig Stunden später konnte er seiner Auftraggeberin melden, daß Mister Lee am gleichen Abend nochmals von Ipoh nach Kuala Lumpur und zurück geflogen und inzwischen auch wieder in Singapore gewesen sei.

Seine Mitteilung hatte die Wirkung eines Funkens im Pulverfaß. Patrice Lawrence sah nur noch rot und entschloß sich, in das Geschehen einzugreifen. Wenn es eine Rivalin gab, die ihr den Weg in die *Albion-Tin-Works* versperrte, dann sollte Kon-kim für sein Doppelspiel die Strafe erhalten, die sie für gerecht erachtete.

Wenige Stunden später stieg sie in den nach Ipoh fahrenden Zug. Dieser erreichte die Stadt jedoch erst in der Frühe des dritten Reisetages, da die Strecke von entgleisten Güterzügen blockiert gewesen war. Müde schleppte sie sich in einen kleinen Gasthof, in dem sie bald darauf wie eine Tote schlief, bis Angstträume ihr die Ruhe raubten. Dennoch blieb sie bis zum Eintritt der Dunkelheit im Bett, um wie eine Irre darüber nachzugrübeln, auf welche Weise sie sich am geschicktesten rächen könne, wenn sich in Kon-kims Haus eine Frau aufhalten sollte. Die unmöglichsten Dinge stellte sie sich vor: angefangen von einer ihr harmlos erscheinenden Brandstiftung bis zum lustvollen Erwürgen. Als sie jedoch durch die Nacht in Richtung des außerhalb der Stadt gelegenen Reitplatzes ging, in dessen Nähe das Doppelhaus an einsamer Stelle errichtet worden war, fürchtete sie sich plötzlich davor, überfallen zu werden. Das unheimliche und beklemmende Gefühl wich aber schlagartig von ihr, als sie das erleuchtete Haus entdeckte und Kon-kim und David Hamilton bei einem Windlicht auf einer überdachten Holzveranda sitzen sah. Außer den beiden Freunden war niemand zu sehen.

Ihr klopfte das Herz in der Kehle, als sie sich hinter einer Hecke näher an das Gebäude heranschlich und die Stimme Kon-kims hörte, der sich angeregt mit David Hamilton unterhielt und einige Male herzhaft lachte. Seine Fröhlichkeit empörte sie, wenngleich sie Erleichterung empfand. Sie mußte sich getäuscht haben, denn weit und breit war keine Frau zu sehen. Und alles deutete darauf hin, daß die Freunde ein regelrechtes Junggesellenleben führten. Sie tranken Bier, lasen in Zeitschriften und hörten sich die Nachrichten im Radio an, bis sie schließlich den Tisch abräumten und sich in ihre Wohnungen zurückzogen, in denen bald darauf die Lichter gelöscht wurden.

Entweder bin ich eine Närrin oder Kon-kim hat Glück gehabt, dachte Patrice Lawrence, als sie schweren Herzens in ihr unfreundliches Quartier zurückkehrte. Sie wünschte sich, daß sie ihn grundlos verdächtigte, war aber weit davon entfernt, an seine Unschuld zu glauben. Die Angst, nicht Herrin der *Albion-Tin-Works* zu werden, fraß wie ein Gift in ihr, und erst als sie acht Tage lang Abend für Abend hinter der Hecke gestanden hatte, ohne jemals eine Frau gesehen zu haben, fuhr sie nach Johore Bahru zurück. Allerdings nicht, ohne zuvor einem Angestellten des Gasthofes den Auftrag gegeben zu haben, Kon-kim künftig heimlich zu beobachten. Das Unwürdige ihres Tuns bereitete ihr weniger Kopfschmerzen als die Sorge, sich irgendwann einmal zu verplappern, wenn die

Rede auf das Haus und die Lebensgewohnheiten der beiden Freunde kommen sollte, über deren Bürgerlichkeit sie im übrigen verächtlich die Nase rümpfte.

Nachdem die chinesische Volksarmee in Stärke von einer Million Mann im April 1949 den Yangtse in breiter Front überschritten und Mao Tse-tung die *Chinesische Volksrepublik* proklamiert hatte, sah sich der hart bedrängte und von weiten Schichten der Bevölkerung verlassene Generalissimus Tschiang Kai-schek gezwungen, mit seiner korrupten Nationalregierung nach Tschengtu und schließlich nach Formosa zu flüchten. Damit war der seit neunundzwanzig Jahren herrschende Krieg plötzlich beendet.

Kon-kim las die Meldung mit gemischten Gefühlen. Ihn bedrückte der Ausgang des Kampfes, wenngleich er froh darüber war, daß seine Heimat endlich den langersehnten Frieden erhalten hatte. Er hoffte, daß diesem nicht Stille eines Grabes folgen würde und daß die Würde des Menschen, die er als gefährdet ansah, nicht mit Füßen getreten werde.

Aber wie sich die Verhältnisse in China auch entwickeln mochten, der Durchbruch des Kommunismus schlug Wellen, die nach all jenen griffen, die unzufrieden waren. In Malaya gab es deren viele unter den arbeitsamen, jedoch nicht gleichberechtigten Chinesen; sie waren aber auch zahlreich unter der einheimischen Bevölkerung vertreten, die den Augenblick für gekommen hielt, sich von der Fremdherrschaft zu befreien. Viele unterstützten die Guerillas, und es entwickelte sich eine Aufstandsbewegung, deren kommunistischer Akzent nicht zu übersehen war.

Kon-kim bemühte sich, der von allen Seiten einsetzenden Beeinflussung seiner Männer entgegenzutreten. Er erkannte jedoch bald, daß seinen Bemühungen kein Erfolg beschieden sein konnte, solange der von ihm geleitete Widerstand gegen die Staatsgewalt im Grunde genommen all jenen Parolen entsprach, die umstürzlerische Kräfte nun im ganzen Lande zur Erreichung politischer Ziele ausgaben. Er saß wieder einmal in der Zwickmühle, und im Bestreben, den um die Entschädigungszahlung entbrannten Streit so schnell wie möglich zu beenden, arbeitete er Pläne für eine Offensive aus, die das Verkehrswesen völlig lahmlegen sollte. Dazu benötigte er große Mengen von Minen und Sprengstoffen aller Art, doch er wäre nicht der im Kampf gegen die Japaner mit den unmöglichsten Wegen vertraut gewordene ›Puma‹ gewesen, wenn er diese Dinge nicht hätte beschaffen können. Innerhalb von kürzester Frist verschwanden allein aus dem Singaporer Militärdepot Waffen und Munition im Wert von über einer halben Million Dollar, und Offiziere und Mannschaften bemühten sich, diesen dreisten ›Diebstahl‹ zu vertuschen.

Kon-kim flog nun erneut regelmäßig alle vierzehn Tage nach Singapore, und weder David Hamilton noch Royal-Dymont ahnten, daß seine Flüge nur in zweiter Linie dazu dienten, sich mit Patrice Lawrence zu treffen, die sich auf Grund der Informationen des bestochenen Angestellten aus Ipoh wieder absolut sicher und als künftige Herrin der *Albion-Tin-Works* fühlte. Es verstimmte sie zwar, daß Kon-kim sie oft stundenlang sich selbst überließ, aber sie tröstete sich mit dem Gedanken, daß der durch den Koreakrieg rapide angestiegene Weltbedarf an Zinn, der eine weitere Produktionssteigerung erforderlich machte, eines Tages auch ihr zugute kommen würde.

Doch sie täuschte sich, wenn sie glaubte, daß Kon-kim in Singapore geschäftliche Verhandlungen führte. Er traf sich mit Agenten, die ihn in den Schalterräumen namhafter Banken erwarteten oder als Taxichauffeure Dienst taten, so daß er sich, ohne die geringste Aufmerksamkeit zu erregen, ungestört mit ihnen unterhalten konnte. Kein Mensch wäre auf den Gedanken gekommen, daß der unbesorgt von einem zum anderen Stadtteil fahrende Inhaber der *Albion-Tin-Works* der ›Puma‹ war, der mit nur dreitausend Männern eine Armee von fast fünfzigtausend Soldaten so sehr in Bedrängnis brachte, daß die ratlos gewordenen Generäle rundheraus erklärten, für die weitere Entwicklung keine Verantwortung mehr übernehmen zu können, wenn sich die Regierung Großbritanniens nicht dazu entschließe, die unzuverlässige malaiische Bevölkerung aus vielen Distrikten zu evakuieren und in polizeilich kontrollierte, umzäunte Siedlungen zu verbannen.

»Solange die Guerillas nicht von der Bevölkerung getrennt werden, bleiben wir machtlos«, erklärte der Kommandierende General von Kuala Lumpur. »Das Volk unterstützt die Kommunisten, wo es nur kann. Es trifft sich mit ihnen Nacht für Nacht und bringt ihnen außer Nahrungsmitteln jede nur denkbare Information. Wenn die Bevölkerung nicht hinter Stacheldraht gebracht wird und pausenlose Bombenangriffe das Leben im Dschungel nicht unmöglich machen, fällt in Malaya in wenigen Wochen das letzte Bollwerk gegen den Kommunismus.«

Von der Ursache der leichtfertig entfesselten Auseinandersetzung, die schon das Tausendfache dessen gekostet hatte, was die Widerstandskämpfer forderten, war nicht mehr die Rede. Man sprach vom ›letzten Bollwerk gegen den Kommunismus‹, obwohl jeder wußte, daß diese Formulierung die Wahrheit nur verbrämte.

Kon-kim erkannte mit Entsetzen, daß die Dinge anfingen, ihm über den Kopf zu wachsen. Sie führten plötzlich ihr Eigenleben, und es gelang ihm nur noch mit äußerster Mühe, den einstmals ins Leben gerufenen Teufel, dessen Zügel er der Not gehorchend nochmals in die Hand genommen hatte, zu bändigen. Der Geist der Truppe war nicht mehr wie früher. Wo im Krieg der Wille geherrscht hatte, frei zu sein und sich nicht unterjochen zu lassen, dominierten jetzt Verbitterung, Haß und Zorn.

»So geht es nicht weiter«, sagte er seinem Freund, als sie wieder einmal in Singapore gelandet waren und an Hunderten von Bombern entlangfuhren, die Tod und Verderben in den Dschungel tragen sollten. »Die Bevölkerung wird allenthalben evakuiert, um sie von den Guerillas zu trennen, und diese werden fanatisch und wollen blutige Rache nehmen. Überall tauchen subversive Kräfte auf, die einen Bürgerkrieg entfesseln möchten. Ich weiß manchmal nicht mehr ein noch aus und würde am liebsten alles hinschmeißen. Aber kann ich das verantworten? Wenn ich mich morgen abwende, geht es übermorgen los. Ich fühle mich wie jemand, der im Sumpf sitzt. Je mehr ich strampele, um so tiefer sinke ich.«

David Hamilton beobachtete ihn unauffällig von der Seite. »Wäre es nicht das vernünftigste, die Flucht nach vorne anzutreten und offen mit Henry zu sprechen?«

»Du weißt, daß er dann etliche Leute einsperren lassen müßte. Das käme einem Signal zum offenen Aufstand gleich. Und das angesichts der Verstärkung der englischen Armee, die in wenigen Wochen über hundertdreißigtausend Mann verfügen wird.«

»Woher weißt du das?«

»Von Sekretärinnen und so weiter.«

»Du steckst deine Nase in britische Behörden?«

»Ich unterlasse nichts, was meine Männer schützt.«

»Aber Kim! Sind hundertdreißigtausend Mann nicht eine Garantie dafür, daß jeder Aufstand im Keime ersticken wird?«

»Eben nicht! Wer im Dschungel sitzt, ist unangreifbar. Die Bevölkerung weiß das, und wenn Royal-Dymont heute einige Anführer hinter Schloß und Riegel bringen könnte, wäre der Verrat offensichtlich und würden morgen fünf- und übermorgen zehntausend hinter der grünen Mauer verschwinden. Die Masse ist nun einmal aufgewiegelt und macht keinen Unterschied mehr zwischen Engländern und Japanern. Und das ist mein Problem! Mit jedem nach Malaya geworfenen Soldaten verstärkt sich im Volk das Gefühl der Unterdrückung und wächst der Wille zum Widerstand. So paradox es klingen mag: ich muß in der gewohnten Weise weitermachen, wenn ich den Ausbruch eines offenen Aufstandes verhindern will.«

»Und wie sieht es mit der Verpflegung aus, wenn die Bevölkerung hinter Stacheldraht gebracht ist?«

»Nicht anders als im Krieg. Gummizapfer müssen in die Wälder und Bauern auf die Felder; die Guerillas bekommen also, was ihnen fehlt. Und ihre alleinstehenden Frauen werden weiterhin Kinder gebären. Im Krieg war es genauso. Da haben die Japaner geschrien: ›Woher bekommt ihr Babies, wenn eure Männer nicht da sind?‹ Und was haben die Weiber geantwortet? ›Von *Polons* und *Shaitans*‹ – Von Dämonen und Geistern.«

Daß Kon-kim sich nicht täuschte, bewies das folgende Jahr. Obwohl über eine halbe Million Menschen evakuiert und in dreihundert mit Stacheldraht umgebene *Neusiedlerlager* gepfercht wurden, erhielten die Guerillas weiterhin Nahrung und gebaren ihre Frauen legitime Kinder. Und die unablässig in den Dschungel hineinprasselnden Bomben erhöhten lediglich die Kosten des Krieges, die auf täglich fünfhunderttausend Dollar anstiegen, aber keinen Verkehrsweg auch nur annähernd sicher machten. Das Wirtschaftsleben erlahmte, und das Chaos drohte bereits auszubrechen, als sich etwas ereignete, das einen Stein ins Rollen brachte, der eine folgenschwere Lawine hinter sich herzog.

Es begann damit, daß Kon-kim und Akira Ishii einen Spaziergang machten, über den sich Patrice Lawrence ärgerte, weil er eine Stunde länger dauerte, als sie es mit Kon-kim verabredet hatte. Die Ursache der Verspätung war der nicht beabsichtigt gewesene Kauf eines Akkordeons, das sich Akira Ishii anläßlich seiner soeben mit Auszeichnung bestandenen Reifeprüfung gewünscht hatte und das er gleich im Geschäft so meisterhaft spielte, daß Kon-kim und der Musikalienhändler aus dem Staunen nicht herauskamen.

»Wo hast du das gelernt?« fragte Kon-kim verwundert.

»Gelernt habe ich es nicht«, antwortete Akira Ishii glücklich lächelnd. »Aber ein Klassenkamerad hat mir sein Instrument oft zum Üben geliehen. Ich habe dann immer so gespielt, wie ich die Melodie höre.«

Kon-kim fuhr ihm lachend durch das Haar. »Und was war das, was du soeben gespielt hast?«

Der Musikalienhändler kam dem Jungen zuvor. »Das erste waren Melodien aus Beethovens *Eroika*. Das zweite war die improvisierte *Sommernachtstraum-Ouvertüre* von Mendelssohn-Bartholdy. Aber was war das dritte?« fragte er Akira Ishii.

Der Junge strich über die Tasten des Akkordeons und blickte verlegen zu Kon-kim hinüber. »Die Melodie kam mir bei den letzten Worten, die du am *Mont Bubu* sprachst, als wir das Herz meines Vaters... Kannst du dich noch daran erinnern?«

Kon-kim nickte. »Spiel die Melodie noch einmal.«

Akira Ishii tat es, und unter den wehmütigen und sehnsuchtsvollen Klängen, die Trauer und Hoffnung auszudrücken schienen, sah Kon-kim plötzlich visionär einen Dschungelpfad vor sich, über den er hohlwangige Guerilla-Kämpfer aus dem stickigen Urwald an das freie Ufer des Meeres führte. Deutlich hörte er den verhaltenen Rhythmus gedämpfter Schritte, hinter denen unverkennbar die letzten Worte schwangen, die er an der Grabstätte auf dem *Mont Bubu* gesprochen hatte: ›Denn jeder Mensch hat nur ein Herz.‹

Wie benommen wanderte Kon-kim mit dem Jungen zum *Clifford Pier* hinunter, wo er stehenblieb und auf das Meer hinausblickend sagte: »Deine Melodie hat mich auf einen Gedanken gebracht, über den ich jetzt noch nicht sprechen möchte. Ich glaube aber, daß du mir den Weg gezeigt hast, den ich einschlagen muß. Die Vorstellung ist besonders schön für mich, weil ich dir gerade heute, am Tage deines Schulabgangs, sagen kann, daß deine Adoption rechtskräftig geworden ist. Damit hast du gleichzeitig die chinesische und die mir vor Jahren zugesprochene britische Staatsangehörigkeit erworben. Also, Lee Akira, mache unserem Namen Ehre und nimm mir meine formlose Art nicht übel. Du kennst mich ja. Wenn mein Herz anfängt zu sprechen, muß ich vor mir selber flüchten.«

Eine Weile gingen sie noch am Meer entlang, dann winkte Kon-kim ein Taxi herbei, das ihn in wenigen Minuten zum *Raffles Hotel* brachte, wo ihn Patrice verstimmt erwartete.

»Weißt du, wann du zurück sein wolltest?« fragte sie böse.

Er legte die Hände gegeneinander und verneigte sich wie ein buddhistischer Priester. »Ich kann dich nur bitten, die Verspätung zu entschuldigen und Gnade vor Recht ergehen zu lassen. Zumal es einen triftigen Grund gibt. Ich hatte vergessen, daß ich Akira zur Feier des Tages etwas schenken mußte.«

Ihre Lippen verzogen sich. »Hat der junge Herr ein Auto bekommen?«

Kon-kim sah sie unwillig an. »Was soll der gehässige Unterton?«

»Ich bin mir nicht bewußt, gehässig zu sein«, antwortete sie schnippisch, wobei sie mit einer fahrigen Bewegung über ihre auf dem Tisch liegende Reitpeitsche strich.

»Nun gut«, erwiderte er nachsichtig. »Dann will ich hoffen, daß die Angelegenheit mit der von mir ausgesprochenen Entschuldigung erledigt ist.«

Sie ging auf seine Worte nicht ein, sondern fragte: »Und was hast du Akira geschenkt?«

»Ein Akkordeon, das er sich wünschte. Du machst dir keinen Begriff, wie fantastisch der Junge darauf spielt. Beethoven, Mendelssohn-Bartholdy...«

Patrice Lawrence lachte schallend. »Beethoven auf dem ›Schifferklavier‹? Ich möche dir dringend raten, derartiges anderswo nicht zu erzählen. Du könntest dich sehr blamieren.«

Kon-kims Augen wurden zu Schlitzen. »Mir scheint, du willst einen Streit vom Zaun brechen.«

»Ich denke nicht daran«, ereiferte sie sich. »Aber bei der Vorstellung, Beethoven auf einem Akkordeon serviert zu bekommen, dreht sich einem Europäer der Magen um. Im übrigen hättest du Akira zur Reifeprüfung auch etwas Vernünftigeres als ein solches Instrument schenken können.«

Er stemmte die Hände in die Hüften. »Jetzt weiß ich nicht, woran ich bin. Sonst bist du der Meinung, daß ich Akira verwöhne, und nun... Aber ich kann dich beruhigen: er hat noch etwas anderes bekommen. Und er wie ich haben uns mächtig darüber gefreut.«

»Dann bitte ich höflichst darum, mich an eurer Freude teilhaben zu lassen«, entgegnete sie patzig.

»Gerne«, antwortete Kon-kim. »Ich habe ihm einen neuen Namen geschenkt. Er heißt jetzt Lee Akira und wurde gleichzeitig chinesischer und britischer Staatsbürger.«

Patrice Lawrence hob den Kopf. »Entschuldige, das verstehe ich nicht. Wieso heißt er jetzt Lee Akira? Und was hat die chinesische und britische Staatsangehörigkeit damit zu tun?«

»Das ist ganz einfach«, erwiderte er. »Ich habe ihn adoptiert, damit er nicht mehr allein im Leben steht.«

Ihre Augen weiteten sich.

»Du kennst die Umstände, unter denen ich ihn kennenlernte. Er hat Schreckliches durchgemacht, und ich möchte, daß er in Zukunft weiß, wohin er gehört.«

»Und er ist damit dein rechtmäßiger Erbe geworden?«

»Natürlich.«

Patrice Lawrence wurde kreidebleich. Im Bruchteil einer Sekunde sah sie alles zertrümmert, was sie seit Jahren zu erringen hoffte. Ihre Nerven rebellierten. Sie sah nicht mehr klar und holte mit der Peitsche zu einem Schlag aus, der den völlig überraschten Kon-kim mitten ins Gesicht traf und einen blutroten Streifen hinterließ. »Dreckiger Chinese!« schrie sie in ohnmächtiger Wut. »Bildest du dir etwa ein, mich mit einem Almosen abspeisen zu können? Mich, die Tochter des Gründers der *Albion-Tin-Works*? Was glaubst du, warum ich den Verlust meiner früheren Freunde, die mich schneiden, weil ich mit einem Chinesen...«

»Genug!« rief Kon-kim und riß ihr die Peitsche aus der Hand, die zum zweitenmmal durch sein Gesicht fahren sollte. »Weitere Worte kannst du dir sparen.« In seiner Erregung zerbrach er die Peitsche, warf sie auf den Tisch und verließ den Raum.

Der quer durch sein Gesicht verlaufende blutige Streifen brannte wie Feuer und ließ die ihm begegnenden Hotelgäste betroffen aufschauen. Kon-kim achtete nicht darauf. Erhobenen Hauptes ging er auf den Portier zu, den er um die Rechnung bat und beauftragte, seinen Koffer durch einen Hausdiener packen und zum Taxi bringen zu lassen.

Der Empfangschef wagte es kaum, ihn anzublicken. »Sie sind gestürzt?« erkundigte er sich in seiner Verlegenheit.

»Nein!« antwortete Kon-kim, wobei er etliche Geldscheine auf den Tisch legte. Dann verließ er das Hotel und nahm in einem der stets bereitstehenden Wagen Platz.

»Wohin darf ich Sie fahren?« fragte der Chauffeur, der wie gebannt auf den über Kon-kims Nase verlaufenden blutenden Striemen starrte.

»Wenn mein Gepäck gebracht ist, zum *Goodwood Hotel.*«

Es dauerte über zehn Minuten, bis ein Malaie mit seinem Koffer erschien.

Kon-kim drückte ihm einen Schein in die Hand und atmete auf, als der Wagen anfuhr. Er hatte mit dem Schlimmsten gerechnet und Patrice Lawrence sogar eine Szene auf offener Straße zugetraut.

Darin täuschte er sich. Ihr Peitschenhieb war eine Reflexbewegung gewesen. Sie bereute es allerdings nicht, ihm in ihrer Unbeherrschtheit einen sichtbaren ›Denkzettel‹ erteilt zu haben. Inzwischen aber überlegte sie in aller Nüchternheit, was sie unternehmen könnte, um richtige Rache zu nehmen. Keine Sekunde dachte sie an gemeinsam verlebte Stunden. In ihr bohrte der Schmerz über die verlorene Chance, sich durch Heirat in den Besitz jenes Anteiles der *Albion-Tin-Works* zu bringen, den sie verloren hatte.

Kein Mensch ist unverwundbar, sagte sie sich immer wieder, und im Bestreben, in Kon-kims Leben eine Angriffsfläche zu finden, durchforschte sie systematisch alle im Laufe der Jahre mit ihm geführten Gespräche. Stundenlang marterte sie ihr Hirn, bis ihr einfiel, daß Kon-kim förmlich erstarrt gewesen war, als sie ihm unumwunden erklärt hatte, daß er der ›Puma‹ sei.

Er hat mich damals irregeführt, indem er mich eifersüchtig machte, schoß es ihr durch den Kopf. Denn er war es, der andeutete, sich mit einer Bekannten in Kuala Lumpur getroffen zu haben. Das hat er getan, um mich von meiner Entdeckung abzulenken. Und ich durchschaute ihn nicht! Nun aber, nachdem ich weiß, daß er mit keiner anderen Frau in Verbindung steht, ist alles klar. Jetzt kenne ich den Grund seiner Landungen in Kuala Lumpur: er *ist* der ›Puma‹! Darum fährt er neuerdings oft von Ipoh mit dem Wagen nach Kuala Lumpur, wie mir der Angestellte des Ipoher Gasthofes mitteilte. Er wird dort sein Hauptquartier haben, und ich, die Tochter des Gründers der *Albion-Tin-Works,* werde es ausheben und ihn der gerechten Strafe überführen.

Patrice Lawrence war sich ihrer Sache so sicher, daß sie Henry Dymont noch in der gleichen Minute telefonisch um eine dringende Unterredung bat, und während Kon-kim im *Goodwood Hotel* seine brennende Wunde kühlte und versuchte, den Gedanken weiterzuverfolgen, der ihm bei Akiras wehmütigsehnsuchtsvoller Melodie gekommen war, stieg Patrice Lawrence die Treppen des grauen Gebäudes der *Special Branch* empor.

»Na, wo brennt es denn?« erkundigte sich der Engländer, nachdem er seine Landsmännin begrüßt und an einen Tisch geführt hatte, um den mehrere Sessel gruppiert waren.

»Ich habe Ihnen etwas Schreckliches mitzuteilen«, hauchte sie wie mit letzter Kraft.

»Dann wäre es vielleicht gut, wenn ich Ihnen zunächst einen Whisky anbiete«, erwiderte Royal-Dymont.

Patrice Lawrence nickte mit leidender Miene.

Der Leiter des *Secret Service* entnahm einem Seitenfach seines Schreibtisches eine Flasche und zwei Gläser. »Cheerio!«

Sie ergriff ihr Glas und leerte es in einem Zuge.

Viel zu schnell für einen Menschen, der sich elend fühlt, registrierte der Engländer nüchtern.

»Darf ich eine Zigarette rauchen?«

»Entschuldigen Sie, daß ich Ihnen keine angeboten habe«, antwortete er und öffnete eine auf dem Tisch stehende Dose. »Bitte, bedienen Sie sich.«

Ihre Hand zitterte, als sie sich eine Zigarette nahm.

Er reichte ihr Feuer. »Ah, das tut gut«, stöhnte sie und stieß den Qualm geräuschvoll aus. »Ich bin furchtbar erregt und nervös.«

»Das sehe ich«, entgegnete Henry Dymont hintergründig.

»Sie ahnen ja nicht, was ich Ihnen mitzuteilen habe. Mir bricht es fast das Herz. Aber das Wohl meines Landes ... Vielleicht würde ich dennoch schweigen, wenn ich nicht grenzenloses Vertrauen zu Ihnen hätte und davon überzeugt wäre, daß Sie die Angelegenheit so diskret wie möglich behandeln werden.«

»Das ist doch selbstverständlich«, erwiderte er und drückte unbemerkt auf einen Knopf, der eine im Nebenraum stehende Tonbandanlage einschaltete.

»Ich muß mit Ihnen über Kon-kim sprechen!«

Royal-Dymont stellte sich verwundert, obwohl er ähnliches erwartet hatte.

»Ich wage es kaum auszusprechen: Kon-kim ist der ›Puma‹!«

Der Leiter des *Secret Service* fuhr sichtlich zusammen. »Woher wissen Sie das?« fragte er erregt.

Sie kramte in ihrer Handtasche und zog ein Notizbuch hervor. »Erinnern Sie sich, daß vor zwei Jahren im Raum von Kuala Lumpur innerhalb von achtundvierzig Stunden fünfundsiebzig Offiziere und Mannschaften umgebracht wurden?«

»Gewiß.«

Sie warf einen Blick in ihre Aufzeichnungen. »Als Kon-kim diese Nachricht las – es war am Morgen des fünfzehnten Mai –, verließ er mich innerhalb von wenigen Minuten mit der Begründung, sofort nach Ipoh fliegen zu müssen. Durch Zufall erfuhr ich jedoch, daß er nicht nach Ipoh, sondern nach Kuala Lumpur flog. Ich machte mir meine Gedanken, stellte ihn auch zur Rede, wurde aber, wie ich später feststellte, in unglaublicher Weise von ihm getäuscht. Ich möchte Sie nicht mit Details aufhalten, sondern Ihnen weitere Tage nennen, an denen Kon-kim entgegen seiner Behauptung, nach Ipoh zu fliegen, stets in Kuala Lumpur landete.«

»Moment«, sagte Royal-Dymont und nahm einen Block von seinem Schreibtisch. »Ich möchte mir gleich einige Notizen machen. Also, das erste Mal war es vor zwei Jahren am fünfzehnten Mai, nicht wahr?«

»Ja.«

»Und dann weiter?«

»Fünf Tage später, am zwanzigsten Mai. An diesem Tag ist er übrigens in Singapore gewesen, ohne daß wir uns trafen. Ich wußte überhaupt nicht, daß er hier war. Und in der Nacht vom neunzehnten zum zwanzigsten hat er auch nicht im *Raffles* gewohnt, wo er sonst immer absteigt.«

Der Engländer räusperte sich.

»Ja, und dann ist er am fünften August vorigen Jahres zum drittenmal in Kuala Lumpur gelandet, nachdem er mir eindeutig erklärt hatte, nach Ipoh zu fliegen. Und am gleichen Tage ist er abends noch einmal von Ipoh nach Kuala Lumpur und zurück geflogen.«

»Haben Sie sonst noch Daten?« fragte Royal-Dymont, dessen Stirnadern plötzlich scharf hervortraten.

»Keine konkreten. Es ist mir aber bekannt, daß Kon-kim seit einem Jahr häufig mit dem Wagen von Ipoh nach Kuala Lumpur fährt. Spricht das nicht Bände? Warum fliegt er nicht dorthin? Und was macht er dauernd in einer Stadt, in deren Nähe die Guerillas besonders aktiv sind?«

Der Leiter des *Secret Service* erhob sich und bat darum, ihn für einen Augenblick zu entschuldigen, da er schnell etwas nachsehen wolle, was in Verbindung mit der gemachten Aussage von größter Wichtigkeit sein könne. Er kehrte tatsächlich schon nach wenigen Minuten zurück, setzte sich jedoch nicht zu Patrice Lawrence, sondern nahm hinter seinem Schreibtisch Platz. »Ich glaube, daß meine Ermittlungen Sie sehr in Erstaunen versetzen werden«, sagte er nach einem kurzen Blick auf seine Notizen. »Ich muß Sie nur bitten, sich noch eine kleine Weile zu gedulden, da ich einen Anruf erwarte, der mir den letzten Beweis liefern soll.«

»Dafür, daß Kon-kim der ›Puma‹ ist?«

»Oder es nicht ist«, antwortete er ausweichend.

»Und was geschieht mit ihm, wenn er es ist?«

Henry Dymont hob die Schultern. »Das müssen wir den Richtern überlassen. Wissen Sie, wo Kon-kim sich zur Zeit aufhält?«

Sie zuckte die Achseln.

»Wollte er nicht heute nach Singapore kommen?«

»Er kam auch, aber es gab Streit. Nach allem, was ich Ihnen erzählt habe, brauche ich die Gründe wohl nicht zu nennen.«

»Natürlich nicht. Mich interessiert nur noch, ob er das Hotel verlassen hat.«

»Ja. Irgendein Diener kam und packte seinen Koffer.«

»Kann Kon-kim vermuten, daß Sie mich aufsuchen?«

»Nein. Aber er ist bestimmt noch in Singapore.«

»Woher wissn Sie das?«

»Ich habe bei der Flugleitung angerufen. Seine Maschine steht in der Halle.«

»Sie sind ja die reinste Kriminalistin.«

Patrice Lawrence lächelte verkrampft. »Ich tat es im Interesse der Sache.«

Der auf dem Schreibtisch stehende Telefonapparat surrte, und Royal-Dymont nahm den Hörer ab.

Patrice Lawrence blickte gebannt zu ihm hinüber.

Er lauschte eine Weile und sagte schließlich: »Danke, das genügt.«

»Nun?« fragte sie erwartungsvoll, als das Gespräch beendet war.

Der Leiter des *Secret Service* erhob sich schwerfällig und erklärte mit gedämpfter Stimme: »Meine Ermittlungen haben folgendes ergeben: Am fünfzehnten Mai landete Mister Lee in Kuala Lumpur, um den dortigen Kommandierenden General aufzusuchen; ich konnte dies aus einem Bericht über die stattgefundene Unterredung ersehen, an den ich mich erinnerte. Am zwanzigsten des gleichen Monats mußte Mister Lee, wie mir gerade mitgeteilt wurde, eine Zwischenlandung in Kuala Lumpur vornehmen, um einen Zündkerzenschaden zu beheben. Und im letzten Jahr landete er am Vormittag des fünften August in Kuala Lumpur, um mich dort abzusetzen. Am Abend des gleichen Tages kam er nochmals zurück, um mich nach Ipoh abzuholen. Und damit dürfte alles geklärt sein. Ich bedaure außerordentlich, Sie nun bitten zu müssen, mich zu verlassen. Es beginnt in wenigen Minuten eine Konferenz, auf der ich nicht fehlen darf.«

Patrice Lawrence war es zumute, als habe sie einen Schlag ins Gesicht erhalten. Undenkbar erschien es ihr, daß sie sich so getäuscht haben sollte. Sie war jedoch weit davon entfernt, sich der Rolle zu schämen, die sie gespielt hatte. Im Gegenteil, die unerwartete Niederlage versetzte sie in solche Wut, daß sie mit bebenden Lippen schrie: »Für wie dumm halten Sie mich eigentlich? Wenn Sie sich einbilden, meine Anschuldigung mit der linken Hand abtun zu können, werde ich mich anderswo hinwenden. Ich habe die Landungen ja schließlich nur am Rande erwähnt; ausschlaggebend sind Kon-kims vielfältige und völlig unmotivierte Fahrten nach Kuala Lumpur!«

Royal-Dymont ging zur Tür und öffnete sie wortlos.

Patrice Lawrence ergriff ihre Handtasche. »Wie Sie wollen. In dieser Angelegenheit ist das letzte Wort aber noch nicht gesprochen!«

Der Leiter des *Secret Service* wartete stumm, bis seine Landsmännin den Raum verlassen hatte. Dann eilte er zum Telefon, um einen seiner Mitarbeiter zu beauftragen, sofort zu eruieren, wohin sich Mister Lee nach Verlassen des *Raffles Hotels* begeben habe. »Wenn der Portier es nicht weiß«, fügte er hinzu, »dann sprechen Sie mit dem Diener, der seinen Koffer gepackt hat. Er wird ihn zum Taxi getragen haben und den Chauffeur oder den Wagen bezeichnen können, mit dem Mister Lee fortgefahren ist.«

Bereits eine Stunde später wußte Royal-Dymont, daß Kon-kim im *Goodwood Hotel* abgestiegen war. Er verließ daraufhin sein Office, um den Freund seines ehemaligen Kompagnons aufzusuchen, den zu informieren er für seine Pflicht erachtete.

Hätte er gewußt, in welcher Verfassung er den Mann antreffen würde, dem er einmal zur Flucht aus Japan verholfen hatte, dann wäre er gewiß nicht zu ihm gefahren. So aber war er zutiefst erschrocken, als Kon-kim mit einem blutroten Striemen im Gesicht die Tür seines Apartments öffnete und ihn, ohne das geringste Erstaunen zu zeigen, mit unbewegter Miene aufforderte, in den verdunkelten Raum einzutreten.

»Entschuldigen Sie«, stammelte der Engländer verwirrt. »Ich ahnte nicht...«

»Darf ich Ihnen einen Drink bestellen?« unterbrach ihn Kon-kim. »Ich wollte mir ohnehin gerade etwas kommen lassen.«

»Dann nehme ich ein Bier.«

»Well«, erwiderte Kon-kim, rief die Bar an und bat Royal-Dymont mit einer einladenden Geste, Platz zu nehmen. Anschließend setzte er sich zu ihm und sah ihn erwartungsvoll an. »Was führt Sie zu mir, und woher wissen Sie, daß ich mich hier aufhalte?«

Der Leiter des *Secret Service* stützte seine Ellbogen auf die Oberschenkel. »Patrice Lawrence war bei mir.«

»Weshalb?«

»Sie machte den Versuch, Sie zu denunzieren.«

»Und?«

»Es ist ihr mißlungen.«

»Dann wollen wir von etwas anderem reden.«

Royal-Dymont schaute verwundert auf. »Ich bewundere Ihre Haltung.«

»Tun Sie es nach dem Bier«, entgegnete Kon-kim trocken. »Wenn man durstig ist, verliert man leicht den klaren Blick.«

Der Engländer lachte erlöst. »Nun freue ich mich doch, Sie aufgesucht zu haben. Die ganze Zeit hat mir etwas gefehlt. Ich wußte nur nicht, daß es ein kühles Helles war.«

Von diesem Augenblick an unterhielten sie sich ungezwungen über alltägliche Dinge, bis Kon-kim nach einer eingetretenen Pause sagte: »Mir ist da übrigens kürzlich ein Gedanke gekommen, über den ich gerne mit Ihnen sprechen möchte. Könnte der hier in Malaya entbrannte Streit, bei dem beide Seiten blödsinnige Fehler machten, nicht dadurch beendet werden, daß Großbritannien den Guerillas erklärt: Hört zu, wenn ihr eure Waffen sofort niederlegt und stillschweigend nach Hause geht, gewähren wir euch Straffreiheit.«

Royal-Dymont schüttelte den Kopf. »Das ist völlig unmöglich, weil wir damit zugeben würden, daß wir am Ende sind.«

»Sind Sie das etwa nicht?«

»In gewisser Hinsicht schon. Aber das können wir doch nicht hinausposaunen.«

»Auch nicht, wenn Sie wissen, daß die Gegenseite ebenfalls gerne Schluß machen möchte?«

»Das wage ich zu bezweifeln. Wir wissen heute, daß der Widerstandswille allen Erwartungen zum Trotz nicht gesunken, sondern gestiegen ist.«

»Das war vorauszusehen.«

»Nicht unbedingt. Ohne Mao Tse-tungs Sieg in China wäre es den hiesigen Kommunisten niemals gelungen, das Volk so weit aufzuwiegeln, wie es nun geschehen ist.«

»Da gebe ich Ihnen recht. Aber strafen Ihre Worte nicht die Behauptung Lügen, die Guerillas seien Kommunisten?«

»Ich gebe unumwunden zu, daß sich die Propaganda im Moment aller greifbaren Schlagworte bedient, um unsere Gegner in ein schiefes Licht zu setzen. Daß die Ursache des Kampfes auf einer anderen Ebene liegt, wissen wir. Ich möchte aber dennoch behaupten, daß die Guerillas zumindest potentielle Kommunisten sind.«

»Das ist richtig«, erwiderte Kon-kim. »Meine ehemaligen Kameraden sind es aber erst geworden, als ihnen verweigert wurde, was ihnen zustand. Und gerade darum bin ich der Meinung, Großbritannien sollte ihnen jetzt die Chance geben, gefahrlos in ihr bürgerliches Leben zurückzukehren.«

»Und all die Toten sollen wir vergessen? Nein, mein Lieber. Selbst wenn wir uns dazu entschließen könnten, beide Augen zuzudrücken, wäre es uns aus Gründen der Staatsraison immer noch nicht möglich, auf eine Bestrafung der Schuldigen zu verzichten. Bringen Sie uns die Anführer, und wir lassen mit uns reden.«

»Sie wissen, daß ich kein Verräter bin.«

»Ich sprach ganz allgemein und hoffe, daß wir im Prinzip der gleichen Meinung sind.«

»Im Prinzip gewiß. Es gibt aber Fälle, die von anderer Warte betrachtet werden müssen.«

»Solange die Staatsraison nicht darunter leidet, bin ich zu Kompromissen bereit. Darüber hinaus in keinem Fall.«

Kon-kim blickte eine Weile vor sich hin. »Ich kann Sie verstehen«, sagte er schließlich. »Dennoch muß ich Ihnen sagen, daß Großbritannien zur Zeit einen schrecklichen Fehler macht. Völker, die man mit Strafen zu lenken versucht, werden jedes Gefühl für rechtes Handeln verlieren.«

Der Leiter des *Secret Service* war sehr nachdenklich, als er das Hotel verließ. Die disziplinierte Haltung, die Kon-kim bei der Begrüßung und in dem Augenblick gezeigt hatte, da die Rede auf Patrice Lawrence gekommen war, imponierte ihm.

Er reagierte unglaublich schnell, dachte Royal-Dymont und versuchte, Parallelen zwischen dem in Japan tätig gewesenen Agenten Lee Kon-kim und dem ›Puma‹ zu ziehen, dessen Intelligenz und Organisationstalent er insgeheim bewunderte. Je länger er über beide nachgrübelte, um so ähnlicher erschienen sie ihm, bis er alle Überlegungen beiseite schob, weil er befürchtete, durch Patrice Lawrences unsinnige Behauptung auf ein falsches Geleise geraten zu sein.

Indessen jagte die temperamentvolle Tochter des Gründers der *Albion-Tin-Works* in ihrem neuen Sportwagen durch die Nacht nach Kuala Lumpur. Wie eine Wahnsinnige fegte sie durch Kurven, hinter denen sie jeden Moment auf eine Baumsperre prallen oder in ausgespannte Stahlseile hineinrasen konnte. Sie kümmerte sich nicht darum, sondern gab Vollgas, als müsse sie das Rennen ihres Lebens fahren. Stunde um Stunde hetzte sie durch Gebiete, die das Militär nur noch in geschützten Convoys zu durchqueren wagte, und als sie kurz nach Mitternacht das *Hotel Majestic* in Kuala Lumpur erreichte, war ihr nicht anzusehen, daß sie in gut sechs Stunden vierhundert Kilometer zurückgelegt hatte. Im Gegenteil, das Tempo schien ihre Lebensgeister geweckt zu haben, denn noch bevor sie ihr Apartment aufsuchte, nannte sie dem Portier eine Telefonnummer und bat darum, sogleich ein Gespräch nach Ipoh anzumelden und es auf ihr Zimmer zu legen, sobald die Verbindung hergestellt sei.

Patrice Lawrence hatte Glück. Die Leitung war nicht gestört, und schon zehn Minuten später redete sie auf den Hausdiener der kleinen Gaststätte ein, in der sie in Ipoh einmal gewohnt hatte. Sie erklärte dem seit jener Zeit von ihr bezahlten Spitzel, daß sie ihm ein ansehnliches Gehalt zahlen würde, wenn er bereit sei, seine Stellung aufzugeben, um Mister Lee Tag und Nacht zu ›beschatten‹ und sie jeweils unverzüglich zu verständigen, wenn dieser mit dem Wagen nach Kuala Lumpur fahre.

Angesichts des verlockenden Angebotes sagte der Diener augenblicklich zu, und Patrice Lawrence fuhr am nächsen Morgen zum Flughafen, wo sie sich mit einem Beamten der Luftaufsicht in ähnlicher Weise arrangierte, so daß sie die Gewißheit hatte, auch dann informiert zu werden, wenn Kon-kim mit dem Flugzeug nach Kuala Lumpur kommen sollte. Auf Schritt und Tritt wollte sie ihn beobachten. Ihre fixe Idee, er müsse der ›Puma‹ sein, ließ sie nicht mehr zur Ruhe kommen, und je intensiver sie über alles nachdachte, um so sicherer wurde sie, daß sie sich nicht täuschte. Sie war der festen Überzeugung, sich auf der richtigen Fährte zu befinden, und sie fühlte sich in ihrer Auffassung durch die Tatsache bestärkt, daß Kon-kim sich in den letzten Jahren sichtlich verändert hatte. Unabhängig davon wußte sie aus der Zeit, da ihr Vater noch gelebt hatte, daß es für den Inhaber einer Zinn-Mine nur äußerst selten etwas in Kuala Lumpur zu erledigen gab. Was also veranlaßte Kon-kim, dauernd in diese Stadt zu fahren? Sie wollte es jetzt genau wissen und die Chance nützen, die sich ihr bot, wenn sie nachweisen konnte, daß Kon-kim der gefürchtete ›Puma‹ war. In diesem Fall mußte der Staat zumindest seinen Anteil an den *Albion-Tin-Works* konfiszieren, und es war für sie selbstverständlich, daß man dann ihr, der Tochter des Gründers des Unternehmens, das Recht einräumen würde, ihre früheren fünfzig Prozent zu jenem Betrag zurückzukaufen, den sie beim Verkauf des Werkes erhalten hatte. Es lohnte sich also, einige Wochen im *Majestic* zu sitzen und wie eine Spinne darauf zu warten, daß sich der verhaßte Widersacher in dem von ihr gesponnenen Netz verfing.

Kon-kim hielt sich indessen weiterhin untätig im verdunkelten Zimmer des *Goodwood Hotels* auf. Er wollte sich mit dem scheußlichen Striemen im Gesicht möglichst wenig zeigen und wartete geduldig die Zeit ab, die bis zum verabredeten Rückflugtermin noch verstreichen mußte. Er hätte David Hamilton selbstverständlich anrufen und bitten können, das Wochenende zu verkürzen, aber das brachte er nicht fertig, weil er ihm die Stunden der Erholung nicht nehmen wollte und wußte, daß die Durchführung des von ihm inzwischen gefaßten Planes auch seinem Freund aufregende Wochen bringen würde.

Unbeschreiblich jedoch war das Entsetzen des Amerikaners, als er den quer durch Kon-kims Gesicht verlaufenden braunroten Streifen sah, der ihm mehr sagte, als Worte es vermocht hätten.

»Tu mir einen Gefallen«, bat Kon-kim, noch bevor David Hamilton etwas sagen konnte. »Nimm das Bordbuch und laß es bei der Flugleitung abfertigen.«

David Hamilton ahnte, warum Kon-kim nicht selber gehen wollte. Er nahm das Buch und machte sich auf den Weg, ohne ein weiteres Wort zu verlieren. Aber er haderte mit sich. Die Schuld liegt bei mir, klagte er sich an. Das mußte ja eines Tages geschehen. Ich hätte Kon-kim längst sagen müssen, daß Kinki Yasuda ihn nicht verriet, sondern ihr Leben für ihn hergab. In seinem Schmerz darüber würde er sich von Patrice Lawrence abgewandt haben, und ihm wäre die Demütigung erspart geblieben, die er nun einstecken mußte.

Auf dem Rückweg überlegte er, ob es Kon-kim im gegenwärtigen Zeitpunkt erleichtern oder belasten würde, wenn er ihm die Wahrheit über Kinki Yasuda sagte. Er befürchtete, daß letzteres der Fall sei, und entschloß sich, seinem Freund zu einem günstigeren Zeitpunkt reinen Wein einzuschenken.

Der Flug nach Ipoh verlief schweigsamer als gewöhnlich. Jeder hing eigenen Gedanken nach und blickte stumm auf das ewig grüne Dach des Dschungels hinab. Anders als sonst war auch der Kurs, den Kon-kim an diesem Tage steuerte. Er wechselte ihn laufend, wobei er jeweils nach einigen Kreisen eine Weile auf die Küste zuflog. David Hamilton fiel es mit der Zeit auf, daß die Richtungsänderungen immer dann erfolgten, wenn sie einen der zum Teil sehr breiten und tief in das Land greifenden Flüsse überquerten.

»Hat deine heutige ›Kurbelei‹ einen besonderen Grund gehabt?« erkundigte er sich, als sie in Ipoh gelandet waren und in die Stadt fuhren.

Kon-kim nickte. »Mir ist eine Idee gekommen, über die ich heute abend mit dir sprechen möchte. Bis dahin werde ich mich nochmals eingehend mit der Landkarte befassen. Eines kann ich dir aber jetzt schon sagen: Ich glaube einen Weg gefunden zu haben, der uns aus dem Schlamassel herausführen wird.«

»Mensch, das wär 'ne Sache«, begeisterte sich der Freund.

Kon-kim blickte mit unbewegter Miene vor sich hin. »Hoffentlich sagst du das auch heute abend noch.«

David Hamilton sah ihn bittend an. »Spann mich nicht auf die Folter.«

»Laß mir Zeit. Mir fehlte in den beiden letzten Tagen eine Landkarte. Sobald ich sie studiert habe, erfährst du alles.«

»Okay. Ich komme dann etwas früher nach Hause.«

»Was heißt: du kommst früher nach Hause?«

Der Amerikaner rieb sein Kinn. »Ich dachte, daß du heute vielleicht...«

»Wenn du schon denkst, dann denk richtig«, unterbrach ihn Kon-kim. »Der Streifen in meiner Visage ist auch in den nächsten Tagen und Wochen noch zu sehen. Wozu sich also verkriechen. Ich komme in dein Büro, wenn ich meinen Plan ausgearbeitet habe.«

Ohne jede Scheu betrat Kon-kim bald darauf das Verwaltungsgebäude der *Albion-Tin-Works*, wo er sich in seinem Büro zunächst die Tagesmeldungen über den Produktionsausstoß vorlegen ließ und anschließend die unter dem Dach befindliche Befehlszentrale aufsuchte, in der ein gutes Dutzend Männer Dienst taten.

»Besondere Vorkommnisse?« fragte er nach kurzer Begrüßung, bei der ihn alle Anwesenden betroffen ansahen.

»Keine«, antwortete ein junger Chinese, der als Nachrichtenoffizier fungierte.

»Dann geben Sie sofort folgenden Funkspruch an sämtliche Abteilungsleiter durch: ›Nach noch nicht bestätigten Meldungen bereitet der Gegner eine Aktion vor, die Verrat vermuten läßt und bis auf weiteres äußerste Zurückhaltung notwendig macht. Sobald ich klarer sehe, melde ich mich wieder. Bis dahin jeden Sprechverkehr einstellen, aber Tag und Nacht auf ›Empfang‹ bleiben. Ausfallwege nach Plan ›C‹ vorbereiten und den Kontakt mit der Bevölkerung abbrechen. Alle Läufer und Verbindungsleute einziehen. Zugangsschneisen mit Dauerposten versehen, damit ich jederzeit ohne vorherige Anmeldung zu den Abteilungsleitern gelangen kann. Puma. Ende.‹«

Die Männer der Befehlszentrale starrten ihn an.

»Noch ist nichts bestätigt«, beruhigte sie Kon-kim. »Meine Anweisung stellt lediglich eine Vorsichtsmaßnahme dar. Die Planung läuft weiter wie bisher.«

»Haben Sie eine Ahnung, aus welcher Richtung der Verrat erfolgt sein könnte?« fragte der Nachrichtenoffizier.

»Wenn ich das wüßte, würde ich einen anderen Funkspruch aufgeben. Ich tappe noch völlig im dunkeln.«

Wenig später kehrte Kon-kim in sein Büro zurück, wo er etliche Stunden vor einer großen Landkarte verbrachte. Dabei machte er sich laufend Notizen, und als er seinen Freund am Spätnachmittag aufsuchte, trug er einen Zeitplan bei sich, der dem Transportoffizier eines Generalstabes Ehre gemacht hätte.

»Ich bin soweit, daß wir fahren können«, sagte er.

»Na, Gott sei Dank«, erwiderte der Amerikaner. »Seit heute morgen denke ich nur noch darüber nach, was du wohl ausgeheckt haben könntest.«

Kon-kim zog den Zündschlüssel seines Wagens aus der Tasche. »Die Sache ist im Prinzip so einfach, daß man normalerweise nicht darauf kommt. Und weißt du, wer mich darauf gebracht hat? Akira!«

»Wieso Akira?« erkundigte sich David Hamilton.

Sie verließen das Büro, und Kon-kim erzählte vom Kauf des Akkordeons und dem erstaunlichen Spiel des Jungen, bei dem ihm, wie er sagte, visionär ein Bild erschienen sei, das er nunmehr in die Tat umsetzen wolle. Nach kurzem Zögern fügte er hinzu: »Übrigens kam es durch den Kauf des Akkordeons zu einem Disput mit Patrice, in dessen Verlauf ich über Akiras Adoption sprach. Ich will dich mit der Auseinandersetzung nicht behelligen und erwähne sie nur, weil ich dich von einer Unterredung in Kenntnis setzen muß, die ich später mit Royal-Dymont hatte.«

»Mit *Henry?*« fragte David Hamilton verwundert.

»Er suchte mich im *Goodwood* auf, wohin ich mich zurückgezogen hatte.«

»Woher wußte er das?«

»*Secret Service*! Er hielt sich für verpflichtet, mir mitzuteilen, daß Patrice den erfolglosen Versuch machte, mich bei ihm zu denunzieren. In welcher Hinsicht, weiß ich nicht. Unter den gegebenen Umständen lehnte ich es ab, mich für ihre Anschuldigungen zu interessieren. Ich vermute aber, daß vom ›Puma‹ die Rede gewesen sein wird. Du weißt, daß sie durch ihre an sich kindische Kombination einmal verteufelt nahe an die Wahrheit herangekommen war.«

Der Freund stieß einen Seufzer aus. »Das Leben an deiner Seite kann verdammt aufregend sein.«

»Ich denke, daß es bald ruhiger werden wird.«

»Hoffentlich.«

Kon-kim setzte sich an das Steuer seines Wagens und schilderte während der Fahrt den Inhalt der mit Royal-Dymont geführten Unterredung, die er daheim nochmals mit den Worten zusammenfaßte: »Die Situation ist also klar. Obwohl wir praktisch am Rande eines offenen Aufstandes stehen, ist keiner bereit nachzugeben. Der eine beruft sich auf die Staatsraison, der andere auf das erlittene

Unrecht. Beiden aber hängt die Zunge aus dem Halse, und beide sehen mit Sorge der Zukunft entgegen, weil sie genau wissen, daß nicht sie, sondern andere die Nutznießer sein werden, wenn sich die aufgewiegelte Bevölkerung erhebt und den Versuch macht, sich mit den ehemaligen Widerstandskämpfern zu vereinen.«

»Und das glaubst du verhindern zu können?«

»Ja. Bei Akiras Melodie erkannte ich plötzlich, daß das Herz des malaiischen Gefahrenherdes in meiner Hand liegt. Wenn es mir gelingt, es ohne Aufsehen zu erregen an einer verborgenen Stelle zu begraben – sprich: meine Männer aus dem Dschungel herauszuführen –, dann existiert es einfach nicht mehr, und der Bevölkerung fehlt jede Aufstands- und den Briten jede Bestrafungsmöglichkeit.«

»Moment«, entgegnete David Hamilton. »Das scheint mir eine Rechnung ohne den Wirt zu sein. Du kannst doch nicht unterstellen, daß sich deine Leute von heute auf morgen aus ihrem sicheren Versteck herausführen lassen.«

»Natürlich nicht. Sie sind ebenso stur wie die Engländer. Deshalb greife ich jetzt zu einem Trick, den ich übrigens vorhin schon eingeleitet habe. Über Funkspruch hab' ich alle Abteilungsleiter davon in Kenntnis gesetzt, daß der Gegner eine Aktion vorbereitet, die einen Verrat vermuten läßt. Ich ordnete die Durchführung bestimmter Notmaßnahmen an, unter anderen den sofortigen Abbruch des Kontaktes mit der Bevölkerung sowie die Einstellung des Funksprechverkehrs zwischen den Verbänden.«

Der Freund stieß einen Pfiff aus.

»Verstehst du, worauf ich hinauswill? Im Augenblick behaupte ich noch, der Verrat sei nicht erwiesen. Vorsorglich lasse ich aber bereits Fluchtwege zu den Flüssen schlagen; darum meine ›Kurbelei‹ heute morgen. In ein paar Tagen verstärke ich den Verdacht und suche sämtliche Abteilungsleiter auf, um mit ihnen eine eventuell notwendig werdende Absetzbewegung in Richtung Meer zu besprechen. Und wenn es soweit ist, daß alle Einheiten ihre Fluchtwege fertiggestellt haben, dirigiere ich etliche mit Zivilkleidung beladene Fischerboote in die Flußmündungen und erkläre im entscheidenden Moment: Der Verrat ist erwiesen, der Angriff kann jede Stunde erfolgen. Setzt euch zu den vorbestimmten Punkten ab. Ihr findet dort Kleidung und Boote, die euch nach Malacca, Muar, Port Dickson und so weiter bringen. Vergeßt aber nicht, eure Waffen an geeigneten Stellen einzugraben. Ihr braucht sie, wenn ich euch wieder rufe. Das kann vielleicht schon in ein paar Monaten der Fall sein. Was immer auch geschieht: ihr bleibt unter meinem Kommando und werdet keinem anderen folgen.«

David Hamilton erhob sich und holte eine Flasche Whisky. »Dein Plan ist so einleuchtend, daß eigentlich jeder darauf reinfallen müßte«, sagte er und schenkte ein. »Bleibt nur noch die Frage: Woher nimmst du die Kleidung?«

»Die muß der Spediteur in den verschiedensten Städten einkaufen. Wir benötigen über viertausend Anzüge. In der Gummizapferkleidung würden die Männer sofort auffallen.«

»Und wer zahlt den Spaß?«

»Ich. Du mußt mir eben eine größere Entnahme gestatten.«

»Das habe ich geahnt«, stöhnte der Freund. »Ich denke aber nicht daran, tatenlos zuzusehen. Wir haben damals besprochen, daß unsere Entnahmen sich immer annähernd decken müssen, und damit das der Fall ist, werde ich die Hälfte der anfallenden Kosten übernehmen.« Er hob sein Glas. »Cheerio in der Hoffnung, daß du mein Angebot ablehnst.«

Kon-kim stieß mit ihm an. »Sorry, Sir. Ich akzeptiere!«

Der Amerikaner leerte sein Glas und blickte nachdenklich vor sich hin. »Befürchtest du nicht, daß deine Männer sich rächen werden, wenn sich herausstellt, daß kein Angriff erfolgt?«

Kon-kim nickte. »Das ist die Achillesferse meines Vorhabens. Aber ich weiß sie zu schützen.«

»Auf welche Weise?«

»Das bleibt vorerst mein Geheimnis.«

»Du hast kein Vertrauen zu mir?«

»Doch, Dav. Es gibt aber Dinge, die zerbrechen, wenn man sie nicht behutsam behandelt. Bedränge mich also nicht, sondern begnüge dich im Augenblick mit der Feststellung, daß die *Albion-Tin-Works* nicht Gefahr laufen, zerschlagen zu werden. Aus der Richtung weht doch deine Sorge. Oder?«

»Na, ja. Ich finde jedenfalls, daß es verdammt schade wäre, wenn wir unseren Dukaten-Esel verlieren würden.«

»Du kannst beruhigt sein«, erwiderte Kon-kim. »Wer am Morgen das richtige Prinzip erkannt hat, vermag am Abend in Ruhe zu sterben.«

Für Kon-kim begann erneut eine Zeit des hektischen Organisierens. Noch am gleichen Abend beauftragte er den Singaporer Spediteur, unverzüglich viertausend möglichst unterschiedliche Anzüge, Hemden und Schuhe in gangbaren Größen zu beschaffen und bei sich einzulagern. Und in der Frühe des folgenden Morgens fuhr er über Kuala Lumpur nach Kajang, um sich mit Sulaiman zu besprechen. Er mußte wissen, wie dieser den Funkspruch aufgenommen hatte. Das Gelingen des geplanten Unternehmens hing entscheidend von der Reaktion des ehemaligen Polizeisergeanten ab. Hatte ihn die Warnung nervös gemacht, dann war alles in Ordnung. Vertrat er jedoch die Auffassung, lieber kämpfend unterzugehen, als zu flüchten, dann bestand die Gefahr, daß sich zumindest einige Einheiten mit der Bevölkerung vereinigten, was um jeden Preis verhindert werden mußte.

Es war begreiflich, daß Kon-kim nicht auf das Taxi achtete, das ihm nach Passieren des Ortseinganges von Kuala Lumpur mit wechselndem Abstand folgte. Doch selbst wenn er es bemerkt hätte, würde er sich wahrscheinlich ebensowenig für den gelangweilt aussehenden malaiischen Fahrer wie für die im Fond sitzende altmodisch gekleidete Europäerin interessiert haben, die einen großen Strohhut und eine dunkle Sonnenbrille trug und eifrig in einer Zeitung las. Was hätte ihn auch zu der Annahme veranlassen können, daß Patrice Lawrence sich nicht scheuen würde, die unmöglichste Kleidung anzulegen, nur um seine Wege im Raum von Kuala Lumpur zu kontrollieren? Er vermutete sie in Singapore oder Johore Bahru, und nicht im Traum wäre es ihm eingefallen, daß sie sich kriminalistisch betätigen könnte. Aber es war so, und die kurvenreiche Strecke nach Kajang machte es leicht, sich dem Tempo eines voranfahrenden Wagens so anzupassen, daß man nicht gesehen wurde.

Um so mehr erregte sich Patrice Lawrence, als Kon-kims Kabriolett unmittelbar nach der Einfahrt in die Kleinstadt plötzlich außer Sicht geraten war.

»Vorsicht!« rief sie dem Chauffeur zu. »Er muß in eine der Seitenstraßen eingebogen sein.«

Der Malaie verlangsamte sein Tempo und blickte aufmerksam nach rechts und links, bis er jäh wieder Gas gab.

»Haben Sie seinen Wagen gesehen?«

Der Fahrer nickte. »Mister Lee stieg gerade aus.«

»Halten Sie an einer günstigen Stelle und gehen Sie in die Straße«, rief sie hastig. »Für heute genügt es, wenn wir herausbekommen, in welches Haus er gegangen ist.«

Der Malaie parkte neben einer halbverfallenen Mauer.

»Kommen Sie auf Umwegen zurück«, ermahnte ihn Patrice Lawrence. »Und vergessen Sie nicht, daß Mister Lee an seiner Gesichtsverletzung leicht zu erkennen ist.«

Der Chauffeur verschwand und suchte die *Mendaling Street* auf, in der das Kabriolett verlassen vor einem der üblichen Reihenhäuser stand. Da er den Besitzer des Wagens in der fast menschenleeren Straße nicht entdecken konnte, lehnte er sich an eine Mauer und spielte den Nichtstuer. Doch kaum hatte er seinen Beobachtungsposten bezogen, da sah er aus der primitiven Holztür des gegenüberliegenden Hauses einen Gummizapfer heraustreten, über dessen Gesicht eine braunrote Narbe verlief.

Da wird sich Miß Lawrence aber wundern, dachte der Malaie überrascht und blickte unauffällig zu Kon-kim hinüber, der ein Fahrrad bei sich führte, das er an die Wand lehnte, um die Tür mit einem Vorhängeschloß zu verschließen. Der Chauffeur merkte sich die Hausnummer und wartete geduldig, bis der als Gummizapfer verkleidete Inhaber des Kabrioletts mit dem Rad davonfuhr. Dann eilte er hinter ihm her, und erst als er sah, daß Kon-kim die Richtung nach Telok Datok eingeschlagen hatte, lief er zu seinem Wagen zurück, wo er schnell erzählte, was er gesehen hatte.

Sein Bericht versetzte Patrice Lawrence in Erregung. Er *ist* der ›Puma‹, hämmerte es in ihr. Ich darf jetzt keinen Fehler machen. Wenn wir die gleiche Strecke fahren, könnte er stutzig werden.

»Soll ich hinter ihm herfahren?« unterbrach der Malaie ihre Gedanken.

»Lassen Sie mich in Ruhe überlegen«, antwortete sie ungehalten. »Wenn er einen Gummizapferanzug trägt, will er den Dschungel aufsuchen.«

»Da können Sie recht haben«, erwiderte der Chauffeur.

»Wir warten jetzt noch drei Minuten«, sagte sie plötzlich fest entschlossen. »Dann folgen wir ihm, bis wir ihn entdecken. Von diesem Augenblick an verlangsamen Sie das Tempo. Sollten wir ihn dennoch überholen, fahren Sie bis zur nächsten Kurve, hinter der Sie sofort anhalten und so weit zurücklaufen, daß Sie die Strecke überblicken können. Sie dürfen sich aber nicht sehen lassen.«

»Und was mache ich, wenn er herankommt?«

»Dann jagen wir weiter bis zur nächsten Kurve.«

Patrice Lawrences Vorschlag war gewiß nicht schlecht, entscheidend aber half ihr das Glück, das sich in der folgenden Viertelstunde entwickelte. Denn sie erreichten Kon-kim fast genau an der Stelle, an der er die Chaussee verlassen und in den Urwald eintreten wollte. Wegen des ihn überholenden Autos radelte er jedoch vorsorglich eine Weile weiter, und erst als er sah, daß der Wagen hinter der nächsten Kurve verschwunden war, kehrte er zum Kilometerstein siebzehn zurück, an dem der unsichtbar angelegte Zugangsweg zum Lager Sulaimans begann.

Seine Kehrtwendung entging nicht dem Malaien, der weisungsgemäß unmittelbar hinter der Kurve angehalten hatte und zurückgelaufen war. Er konnte seiner Auftraggeberin ziemlich genau die Stelle nennen, an welcher der Radfahrer abgestiegen und in den Dschungel eingetreten war.

Patrice Lawrence wies den Chauffeur an, vorerst langsam weiterzufahren. Ihr Herz klopfte, als stünde sie am Rand eines Abgrundes. Immer wieder fragte sie sich, ob es nicht das richtigste sei, Royal-Dymont anzurufen. Aber so wohltuend die Vorstellung auch war, dem Leiter des *Secret Service* triumphierend entgegentreten zu können, sie wollte ihn erst verständigen, wenn sie über unwiderlegbares Beweismaterial verfügte.

Ich muß ihn zunächst weiterhin beobachten, sagte sie sich und forderte den Malaien auf, zu der Kurve zurückzufahren, an der er zuvor gehalten hatte. Dort angekommen, befahl sie ihm, die Motorhaube zu öffnen und einen Defekt vorzutäuschen, und als er das getan hatte, schickte sie ihn auf seinen alten Beobachtungsposten und sicherte ihm eine Sonderprämie zu, wenn er ihr später auf zehn Meter genau die Stelle zeigen könne, an welcher der Radfahrer verschwunden sei und aller Voraussicht nach auch wieder auftauchen würde.

Ihre Geduld wurde auf eine harte Probe gestellt. Über drei Stunden mußte sie warten, bis der Chauffeur plötzlich wie ein Wiesel auf sie zurannte und strahlend erklärte: »Die Prämie habe ich mir verdient. Ich weiß jetzt genau, wo er aus dem Dschungel herausgekommen ist.«

»Fährt er in Richtung Kajang?« fragte sie schnell.

»Ja.«

Sie atmete erleichtert auf, und zehn Minuten später erkannte Patrice Lawrence mit Befriedigung, daß sie die Stelle, an der Kon-kim in den Urwald eingedrungen war, mühelos beschreiben konnte. Denn gleich nachdem der Malaie gesagt hatte: »Hier war es«, sah sie einen Kilometerstein, der die Zahl ›17‹ trug.

Das ist das ›Sesam-öffne-dich‹, frohlockte sie insgeheim. Und beim nächstenmal werde ich Kon-kim in Kajang fotografieren. Royal-Dymont soll Augen und Mund aufreißen.

Kon-kim machte einen zufriedenen Eindruck, als er am Spätnachmittag in das Verwaltungsgebäude der *Albion-Tin-Works* zurückkehrte, wo ihn David Hamilton bereits voller Spannung erwartete.

»Nimm das Ende vorweg«, bat der Amerikaner, kaum daß sein Freund die Tür hinter sich geschlossen hatte.

Kon-kim ließ sich in einen Sessel fallen. »Es ist alles okay! Mein Funkspruch hat Sulaiman völlig verstört. Er beschwört mich geradezu, nicht leichtsinnig zu werden und zu lange zu warten.«

»Was wieder einmal beweist, daß die lautesten Schreier die größten Angsthasen sind, wenn es brenzlig wird.«

Kon-kim schüttelte den Kopf. »Die Dinge dürften bei Sulaiman anders liegen. Ich glaube, daß ihn ein Schuldgefühl quält.«

Der Freund rieb sich die Hände. »Hauptsache, er führt deine Befehle aus.«

»Mehr als das! Seine Leute schlagen einen Fluchtweg zum Oberlauf des Sungai Langat. Und die kleineren Kampfgruppen läßt er bereits zusammenziehen.«

»Dann ist es ja vielleicht in acht Tagen geschafft.«

»So schnell geht es nicht«, entgegenete Kon-kim. »Zwei bis drei Wochen nehmen die Vorbereitungen bestimmt in Anspruch. Es sind immerhin sieben Einheiten aufzulösen, und bevor ich nicht alle Abteilungsleiter gesprochen habe, gebe ich keinen Marschbefehl. Mit der Flucht allein ist es ja nicht getan. Ich muß dafür sorgen, daß sich nach der Auflösung niemand von subversiven Kräften vor den politischen Karren spannen läßt.«

»Und wann läßt du die Befehlszentrale abbauen?«

Kon-kim zuckte die Achseln. »Schätzungsweise in einer Woche. Ich möchte es so machen, daß ich von hier aus die höchste Alarmstufe anordne. Anschließend lasse ich alles abmontieren, und zu gegebener Zeit suche ich Sulaiman auf, über dessen Gerät ich den letzten Befehl erteilen werde. Die Leute müssen denken, ich sei im gefährlichsten Augenblick zu ihnen gestoßen. Das ist wichtig, damit später niemand sagen kann, ich hätte die Truppe im Stich gelassen.«

David Hamilton grinste. »Im Interesse der *Albion-Tin-Works* bin ich hundertprozentig deiner Meinung.«

Kon-kim lachte zum erstenmal wieder. »Sei unbesorgt: die Zinn-Mine verlierst du nicht. Dafür habe ich gesorgt.«

Der Freund sah ihn fragend an. »Wie soll ich das verstehen?«

»Als ich Akira adoptierte, habe ich gleichzeitig mein ganzes Vermögen auf ihn übertragen. Ich habe mit dir nicht darüber gesprochen, weil ich dich nicht beunruhigen wollte. Auf jeden Fall ist Akira vor dem Gesetz schon seit geraumer Zeit dein Teilhaber, und ich bin nur noch der Verwalter dessen, was ich ihm vermachte.«

»Und warum hast du das getan?«

»Der kluge Mann baut vor. Wäre durch einen dummen Zufall herausgekommen, daß ich der ›Puma‹ bin, hätte sich der Staat sofort auf meinen Anteil gestürzt. Er würde in diesem Fall dein Teilhaber geworden sein, und du müßtest dich ein Leben lang mit ihm herumschlagen. Durch meine Transaktion ist das aber nicht mehr möglich.«

David Hamilton lehnte sich verblüfft zurück. »By Jove, du bist nicht nur eine treue Seele, sondern auch ein mit allen Wassern gewaschener Geschäftsmann.«

Kon-kim machte eine wegwerfende Bewegung. »Ich habe lediglich getan, was meine Pflicht ist. Du hast dein Geld in die Mine gesteckt, und ich hatte dafür zu sorgen, daß du es nicht verlierst. Und nun zu etwas anderem: ich möchte morgen nach Singapore fliegen, um vorsorglich nochmals mit dem Spediteur und den Schmugglern zu sprechen. In spätestens drei Tagen bin ich zurück.«

»Okay.«

Infolge einer plötzlichen Wetterverschlechterung mußte Kon-kim den geplanten Flug um achtundvierzig Stunden verschieben. Er besuchte deshalb zunächst zwei im Norden des Landes gelegene Abteilungen, die den Kontakt mit der Bevölkerung ebenfalls schon aufgegeben hatten und eifrig mit der Bahnung eines schmalen Fluchtweges zum Meer beschäftigt waren. Danach flog er in bester Stimmung nach Singapore, wo ihn der Spediteur so reserviert empfing, daß er ihn augenblicklich fragte, ob irgendein Grund zur Klage vorliege.

»Das nicht«, antwortete der Brite mürrisch. »Ich möchte in Zukunft nur keine undurchsichtigen Aufträge mehr durchführen.«

»Undurchsichtig?« empörte sich Kon-kim. »Waren es meine oder Ihre Leute, die das Militärdepot plünderten?«

»Jetzt zu streiten dürfte keinen Sinn haben«, antwortete der Transportunternehmer und reichte Kon-kim eine Zeitung. »Wenn Sie diesen Artikel gelesen haben, werden Sie mich verstehen.«

Schon die Schlagzeile sagte Kon-kim genug. Die Militärbehörde hatte als Belohnung für die Festnahme der Guerilla-Führer ein ›Kopfgeld‹ von hunderttausend Pfund Sterling ausgesetzt und bestimmt, daß siebzigtausend Pfund, also rund siebenhunderttausend Singapore-Dollar, *›demjenigen gezahlt werden, der den ›Puma‹ tot oder lebendig ausliefert oder es durch konkrete Angaben ermöglicht, ihn festzunehmen‹*. Ausdrücklich wurde darauf hingewiesen, daß der ›Puma‹ und seine Unterführer als ›vogelfrei‹ zu betrachten seien und jeder Bürger das Recht habe, sie warnungslos niederzuschießen.

»Armer ›Puma‹«, sagte Kon-kim beherrscht, als er die Zeitung zurücklegte. »Seit einem Jahr bemühe ich mich, ihn zu beeinflussen, den sinnlos gewordenen Kampf zu beenden. Er wollte aber nicht hören, bis er mir vor ein paar Tagen einen Hilferuf schickte. Nach dem da«, er wies auf die Zeitung, »scheint er geahnt zu haben, was ihm blüht.«

»Ja, sind Sie denn nicht der ›Puma‹?« fragte ihn der Spediteur erstaunt.

Kon-kim lachte. »Wie kommen Sie darauf? Ich gebe zu, ihm aus alter Kameradschaft geholfen zu haben. Aber ich habe ihn stets gewarnt und kann in diesem Augenblick nur hoffen, daß es mir noch gelingt, seine Leute zu retten, für die übrigens die von mir bestellte Kleidung bestimmt ist.«

»Er will Schluß machen?«

»Ja. Der Auftrag, um dessentwillen ich heute gekommen bin, ist der letzte, den Sie für ihn ausführen sollen.«

»God be praised!« seufzte der Brite.

Kon-kim nickte. »Ich möchte Ihnen dennoch in Ihrem ureigensten Interesse raten, nicht nochmals von undurchsichtigen Aufträgen zu reden. Für Sie war immer alles klar, und Sie haben so viel durch den ›Puma‹ verdient, daß sie Ihre Weste jetzt nicht auf seine Kosten reinwaschen können.«

»So war es nicht gemeint«, erwiderte der Transportunternehmer einlenkend.

»Dann wollen wir das Thema fallenlassen und uns mit der Durchführung des letzten Auftrages beschäftigen«, entgegnete Kon-kim gelassen, obwohl ihm das ausgesetzte ›Kopfgeld‹ mächtig zu schaffen machte. Gewiß, er konnte sich auf seine Männer verlassen, aber er war sich darüber im klaren, daß siebenhunderttausend Singapore-Dollar eine geradezu magnetische Anziehungskraft ausüben. Und es gab mindestens fünf- bis sechstausend Menschen, die genau wußten, wer der ›Puma‹ war.

Aus diesem Grunde kehrte er nach der Besprechung mit dem Spediteur auf schnellstem Wege zum Flughafen zurück, wo er sich nach Kuala Lumpur abfertigen ließ, um Sulaiman aufzusuchen und zu höchster Eile anzutreiben.

Aber noch bevor er in der Hauptstadt landete, wurde Patrice Lawrence von dem bestochenen Beamten der Luftaufsicht angerufen, und bereits eine Viertelstunde später jagte sie verkleidet mit dem von ihr engagierten malaiischen Kraftfahrer zum Flugplatz, wo er seinen Wagen so abstellte, daß sie nicht gesehen werden konnten.

Und dann trat ein, was zu erwarten gewesen war. Kon-kim landete, verlangte ein Taxi und ließ sich nach Kajang fahren. Dort entlohnte er den Chauffeur gleich am Ortseingang und legte den Weg zur *Mendaling Street* zu Fuß zurück. Patrice Lawrence wurde dadurch in die günstige Lage versetzt, ihn im Augenblick des Vorbeifahrens unbemerkt zu fotografieren. Der Erfolg ermutigte sie so sehr, daß sie den Malaien anwies, an der am Stadtrand gelegenen Wegkreuzung zu parken, um Kon-kim im Gummizapferanzug fotografieren zu können, wenn er auf dem Fahrrad in Richtung Telok Datok davonfuhr. Und sie hatte wiederum Glück. An der Straßenkreuzung standen hochrädrige Bauernkarren, zwischen denen der abgestellte Mietwagen kein Aufsehen erregte, und hier gelang es ihr, ein Bild von Kon-kim zu machen, dessen Klarheit sie später selbst in Erstaunen versetzte. Deutlich war der Striemen in seinem Gesicht zu sehen. Dieses Foto bringt ihn zur Strecke, jubelte sie insgeheim, als ihr der erste Abzug am Abend in das Hotel gebracht wurde. Einen stärkeren Beweis kann es nicht geben.

Voller Aufregung wollte sie beim Portier schon ein Gespräch

nach Singapore anmelden, als sie auf dem Tisch der Reception eine Zeitung liegen sah, deren Schlagzeile ihr den Atem raubte. *›70000 Pfund Sterling Kopfgeld für den ‚Puma'!‹* lautete die Überschrift, deren volle Tragweite sie jedoch nicht gleich erfaßte. Erst nachdem sie den Artikel gelesen hatte, begriff sie, daß derjenige, der den ›Puma‹ überführte oder auslieferte, eine Belohnung erhalten sollte, wie sie noch nie von einer Regierung ausgesetzt worden war.

Siebzigtausend Pfund Sterling, siebenhunderttausend Singapore-Dollar, dachte sie unentwegt. Ich muß mir die Belohnung verbindlich zusichern lassen, bevor ich mein Wissen preisgebe. Sonst habe ich am Schluß mit Henry Dymont zu teilen, der mir nicht glauben wollte und mich aus seinem Büro verwies.

Das Verlangen, Kon-kim in einen Abgrund zu stürzen, wurde jäh zur Angst, die ausgeschriebene Belohnung mit jemandem teilen zu müssen. Und diese Angst war es, die Patrice Lawrence entgegen ihrer ursprünglichen Absicht veranlaßte, Royal-Dymont vorerst nicht anzurufen. Mindestens einen Tag wollte sie noch warten, um in Ruhe zu überlegen, wie sie sich am geschicktesten absichern könne.

Während dieser Zeit schliefen Kon-kim und David Hamilton keine zwei Stunden. Das ausgesetzte ›Kopfgeld‹ saß ihnen wie ein Gespenst im Nacken und ließ sie selbst mit Hand anlegen, alles belastende Material aus der im Dachgeschoß des Verwaltungsgebäudes untergebrachten Befehlszentrale fortzuschaffen. Kein Zettel durfte übrigbleiben, und nachdem Kon-kim sämtliche Abteilungsleiter nochmals gewarnt und zu höchster Eile angetrieben hatte, wurde auch das Funksprechgerät abgebaut und an einer entlegenen Stelle vergraben. Doch so leidenschaftlich David Hamilton seinen Freund bestürmte, gleich in der Frühe des nächsten Morgens nach Thailand zu fliegen, Kon-kim war nicht zu bewegen, sich durch Flucht in Sicherheit zu bringen.

»Du kannst reden, soviel du willst«, rief er wütend. »Ich stehe zu meinem Wort und führe meine Männer aus dem Dschungel heraus. Der Sinn des angelaufenen Unternehmens ist die Verhinderung eines Aufstandes. Wenn ich jetzt fliehe, liegt das Herz des Gefahrenherdes auf der Straße, und jeder kann es an sich reißen. Das Volk würde sich erheben und die Briten zwingen, das Feuer zu eröffnen! Eine Katastrophe würde ausbrechen, die auch das Ende der *Albion-Tin-Works*...«

»Mich interessieren die *Tin-Works* nicht!« schrie der Amerikaner aufgebracht. »Ich verzichte auf mein Geld, wenn du dafür vor die Hunde gehen sollst. Es ist einfach undenkbar, daß sich unter sechs- bis siebentausend Menschen kein Judas befindet.«

»Das weiß ich selber. Ich erinnere aber daran, daß ich dir kürzlich, als wir von der Achillesferse meines Vorhabens sprachen, deutlich zu verstehen gab, daß ich an alles gedacht habe.«

»Auch an das ›Kopfgeld‹?«

»Das stand außerhalb meiner Überlegungen und ist dennoch im Bereich dessen eingeschlossen, was ich in unserer damaligen Unterhaltung mein Geheimnis nannte.«

»Du willst jetzt nur bluffen!«

»Die Dinge liegen anders, als du denkst. Ich möchte sogar behaupten, daß nach menschlichem Ermessen niemand das ausgesetzte ›Kopfgeld‹ erhalten wird, wenn es mir gelingt, meine Leute unbemerkt aus dem Dschungel herauszuführen. Frag mich jetzt nicht, warum. Ich nenne dir des Rätsels Lösung, bevor ich den letzten Befehl erteile.«

»Und was geschieht, wenn dich inzwischen jemand verrät?«

»Das halte ich für ausgeschlossen, solange die Guerillas noch im Urwald stecken. Die Frauen werden sich hüten zu reden, weil sie ihre Männer nicht in Gefahr bringen wollen, und die im Dschungel stecken, wissen nichts von der Belohnung, weil der Kontakt zur Bevölkerung abgebrochen ist.«

»Und wann glaubst du, den letzten Befehl geben zu können?«

»Spätestens in vier Tagen. Es wird nun alles so beschleunigt, daß sämtliche Abteilungen am Freitag abmarschbereit sind.«

David Hamilton fuhr sich durch das Haar. »Bei dir werde ich das Beten noch lernen.«

Patrice Lawrence konnte sich am nächsten Morgen nicht dazu entschließen, den Leiter des *Secret Service* anzurufen. Ein letzter Funke von Anstand hielt sie zurück und ließ sie alle paar Minuten nach dem Foto greifen, das sie von Kon-kim gemacht hatte. Dabei freute sie sich jedesmal über die Narbe, die ihr Peitschenhieb hinterlassen hatte. Gleichzeitig mußte sie immer wieder an das Wort ›vogelfrei‹ denken, das in dem Artikel über die ausgesetzte Belohnung gesperrt gedruckt gewesen war. Sie wünschte gewiß nichts sehnlicher, als Rache zu nehmen, aber die Tatsache, daß ihre Anzeige jedem Menschen das Recht geben würde, Kon-kim ohne vorherige Warnung niederzuschießen, hatte sie zu sehr erschreckt. Auf die ausgesetzte Belohnung wollte sie freilich nicht verzichten, und so versuchte sie, ihren inneren Widerstreit dadurch zu verbannen, daß sie die Hotelbar aufsuchte, in der sie mehrere Gläser Whisky trank, die nicht ohne Wirkung blieben. Sie fühlte sich plötzlich so leicht wie eine Feder, und von diesem Augenblick an dauerte es nicht mehr lange, bis sie ein Gespräch nach Singapore anmeldete. Ihr Herz aber klopfte dennoch vernehmlich, als Henry Dymont sich meldete.

»Wundern Sie sich nicht über meinen Anruf?« fragte sie, nachdem sie ihren Namen genannt hatte.

»Bevor ich dazu Stellung nehmen kann, müßte ich den Grund Ihres Anrufes kennen«, antwortete er ausweichend.

»Der ist schnell gesagt«, erwiderte sie. »Ich kann heute beweisen, daß Mister Lee der ›Puma‹ ist!«

Ihre selbstsichere Art ließ den Engländer aufhorchen. »Darf ich fragen, was Sie einen Beweis nennen?« erkundigte er sich vorsichtig, wobei er ein mit der Telefonanlage verbundenes Tonbandgerät einschaltete.

»Gerne«, antwortete sie maliziös. »Vorher möchte ich aber wissen, ob ich das auf den ›Puma‹ ausgesetzte ›Kopfgeld‹ mit denjenigen teilen muß, die seine Festnahme vornehmen?«

»Wenn der ›Puma‹ durch Ihre Angaben als überführt anzusehen ist, brauchen Sie mit niemandem zu teilen«, erklärte Royal-Dymont angewidert.

»Unter diesen Umständen bin ich bereit, meine Aussagen zu machen«, entgegnete sie befriedigt. »Also: zunächst einmal kann ich Ihnen drei gestern angefertigte Fotos von Mister Lee vorlegen, die ihn in unterschiedlicher Kleidung zeigen. Auf dem ersten Bild geht er durch eine Straße von Kajang; auf dem zweiten sehen Sie ihn im Gummizapferanzug auf einem Fahrrad beim Einbiegen in die von Kajang nach Telok Datok führende Chaussee; und auf dem dritten Foto verschließt er gerade die Tür zu seinem Schlupfwinkel in Kajang, *Mendaling Street* fünf.«

»Ist das alles?« fragte Henry Dymont im Bestreben, seine Verwirrung zu verbergen.

»Das Wichtigste habe ich mir bis zuletzt aufgespart«, antwortete sie genüßlich und schilderte ausführlich von den Feststellungen, die sie gemacht hatte.

»Und er verschwindet immer beim Kilometerstein siebzehn?« wiederholte der Leiter des *Secret Service*, dem plötzlich Schweißperlen auf der Stirn standen.

»Genau.«

»Entschuldigen Sie, aber wieso konnten Sie Aufnahmen machen und Mister Lee beobachten, ohne daß er es merkte?«

Sie lachte. »Auch ich kann mich verkleiden!«

Royal-Dymont räusperte sich. »Dann muß ich Sie ersuchen, die Fotos noch in dieser Stunde der dortigen Militärkommandantur zu übergeben. Ich bin verpflichtet, mir Ihre Angaben so schnell wie möglich von einer Amtsperson bestätigen zu lassen. Den Offizier vom Dienst werde ich inzwischen verständigen. Ende.«

Der Leiter des *Secret Service* glich einem gefällten Baum, als er den Telefonhörer auf die Gabel zurücklegte. Er spürte, daß Patrice Lawrence sich dieses Mal nicht getäuscht hatte, und er war gelähmt von der Vorstellung, gegen Kon-kim vorgehen zu müssen.

Mein Gott, dachte er verzweifelt. Ausgerechnet ich, der ich ihn vor den Fängen der *Kempetai* bewahren konnte, bin dazu ausersehen, ihn an den Galgen zu bringen. Und Kon-kim, der nun tatsächlich von einer Frau verraten wurde, weiß nicht einmal, daß Kinki Yasuda, die er für eine Verräterin hält, ihn so sehr liebte, daß sie seinetwegen ihre Pflicht dem Vaterland gegenüber verletzte und Rettung im Tod suchte.

Royal-Dymonts Hand legte sich schwer auf den Telefonhörer und blieb dort eine Weile liegen, bis er sie ruckartig hob und ein Blitzgespräch nach Kuala Lumpur verlangte, das sogleich zustande kam.

»Bitte, den Offizier vom Dienst«, sagte er mit spröder Stimme, und als der Verlangte sich meldete, war er nur noch der Leiter des britischen Geheimdienstes, der kurz und bündig erklärte, worum es ging, und darum bat, ihn unmittelbar nach Erhalt der Fotos anzurufen. Dann beauftragte er einen Mitarbeiter, ihm die Generalstabskarte von Kajang und Umgebung zu bringen. Nachdem er diese sorgfältig studiert hatte, schritt er ruhelos auf und ab, bis ihn der erbetene Anruf erreichte.

»Dymont«, rief er, noch während er den Hörer an sein Ohr führte.

»Offizier vom Dienst der Militärkommandantur Kuala Lumpur«, meldete sich der Teilnehmer am anderen Ende.

»Haben Sie die Fotos erhalten?«

»Yes, Sir.«

»Beschreiben Sie den Mann, der auf dem Fahrrad sitzt.«

»Er trägt die Kleidung eines Gummizapfers. Besondere Kennzeichen: dunkle, allem Anschein nach noch nicht verheilte Narbe, die quer über das Gesicht verläuft.«

»Und der Radfahrer ist mit der bürgerlich gekleideten Person identisch, die Sie auf den anderen Bildern sehen?«

»Jawohl, es ist zweifellos das gleiche Gesicht.«

»Danke, der Fall ist klar. Melden Sie Ihrem Regimentskommandeur, daß der auf den Fotos dargestellte Chinese der ›Puma‹ ist. Über die zu ergreifenden Maßnahmen werde ich mich mit dem Kommandierenden General abstimmen. Ihre Einheit muß spätestens bis zum Morgengrauen folgende Plätze mit Doppelposten besetzen: erstens, das Haus Numero fünf der *Mendaling Street* in Kajang; zweitens, die Straßenkreuzung von Kajang nach Telok Datok; drittens, den Kilometerstein siebzehn auf dieser Strecke, wobei den hier aufzustellenden Posten zu erklären ist, daß sich hinter dem Kilometerstein ein äußerlich nicht sichtbarer Zugangsweg zum Dschungelquartier des ›Puma‹ befindet. Allen Posten ist das Foto des ›Puma‹ mit der Weisung vorzulegen, ihn im Falle seines Auftauchens sofort festzunehmen. Bei Fluchtversuch ist warnungslos zu schießen. Ist das klar?«

»Yes, Sir«, antwortete der Offizier und wiederholte die Weisung.

Royal-Dymont legte den Hörer nicht zurück, sondern drückte die Telefongabel nur kurz einmal hinunter und verlangte ein Gespräch nach Ipoh, das jedoch nicht zustande kam, weil sich der Teilnehmer nicht meldete. Er nannte daraufhin eine andere Nummer und wurde mit David Hamilton verbunden, den er nach kaum erfolgter Begrüßung fragte, ob Kon-kim bei ihm sei.

»Ja«, antwortete der über die unpersönliche Art seines ehemaligen Kompagnons hellhörig gewordene Amerikaner.

»Bitte, gib ihn mir«, entgegnete Henry Dymont kurz angebunden.

»Moment«, sagte David Hamilton, der augenblicklich die Sprechmuschel zuhielt und seinem Freund einen warnenden Blick zuwarf. »Da ist was faul. Henry will dich sprechen!«

»Nimm den Mithörer«, erwiderte Kon-kim und trat an den Apparat heran. »Hier Lee...«

»Hören Sie mich in Ruhe an«, sagte der Leiter des *Secret Service*, noch bevor Kon-kim ihn begrüßen konnte. »Mein Anruf kann mich Kopf und Kragen kosten, wenn Sie sich in den nächsten Stunden unanständig verhalten. Ich weiß seit wenigen Minuten, daß Sie der ›Puma‹ sind, und ich sage es Ihnen, um das *fair play* zu wahren und Sie aufzufordern, spätestens im Morgengrauen in Ihr Flugzeug zu steigen und nach Singapore zu fliegen, wo ich Sie erwarte. Kann ich mich auf Sie verlassen?«

Kon-kim gelang es nur mühsam, eine Antwort zu finden. »Ja«, antwortete er schließlich. »Ich gebe zu, daß ich der ›Puma‹ bin, und werde mich Ihrer Weisung entsprechend verhalten. Aber im Morgengrauen kann ich unmöglich starten. Meine Maschine ist nicht betankt, und die Luftaufsicht ist erst ab sieben Uhr besetzt.«

»Habe ich Ihr Wort, daß Sie dann sofort starten und keinen Fluchtversuch unternehmen werden?«

»Ich gebe es Ihnen hiermit.«

David Hamilton rang die Hände. »Bist du wahnsinnig?«

»Um welche Zeit kann ich Sie in Singapore erwarten?«

»Sagen wir gegen zehn, da die Maschine zunächst startbereit gemacht werden muß.«

»Gut. Ich verlasse mich auf Sie und erwarte Sie auf dem Flugplatz Kallang. Ende.«

»Ende«, wiederholte Kon-kim und legte den Hörer bedächtig auf die Gabel zurück.

»Weiß Gott, das ist das Ende«, stöhnte sein Freund. »Wie konntest du so blöd sein...«

»Hör auf zu jammern!« unterbrach ihn Kon-kim und blickte auf seine Armbanduhr. »Es ist jetzt elf. Ich habe noch acht Stunden Zeit, in denen ich nach Kajang fahren werde, um den Befehl zum Aufbruch zu geben. Es verschiebt sich alles um zwei Tage, aber es wird gehen. Die Leute müssen notfalls an den Flußmündungen auf die Fischerboote warten.«

»Deine Leute interessieren mich nicht!« schrie der Amerikaner. »Ich will wissen, was aus dir wird! Hast du wirklich vor, dich zu stellen?«

»Selbstverständlich«, antwortete Kon-kim und zog sein Jackett an, das über einem Stuhl gehangen hatte. »Und ich will dir auch sagen, warum mich der Anruf nicht allzusehr erregt. Ich hätte mich ohnehin in zwei Tagen gestellt, weil meine Festnahme zu meinem

Plan gehört. Die Engländer müssen melden, daß sie mich geschnappt haben, damit die Guerillas die von mir aufgestellte Behauptung glauben.«

David Hamilton griff nach seinem Freund. »Sie werden dich hängen!«

»Das bezweifle ich«, erwiderte Kon-kim gelassen. »Aber komm mit zur Garage: ich darf jetzt keine Minute verschenken. Es sind immerhin fünfhundert Kilometer, die ich zurückzulegen habe. Du mußt um sieben Uhr zum Flugplatz fahren und alles vorbereiten. Die Maschine ist natürlich betankt. Sag dem Monteur, daß er den Motor schon warmlaufen lassen soll.«

»Du willst tatsächlich...?«

»Ich habe es nie anders gewollt, Dav!«

»Das also war dein Geheimnis?«

Kon-kim nickte. »Und die Geschichte wäre großartig ausgegangen, wenn kein Schwein dagewesen wäre, das sich die siebzigtausend Pfund verdienen wollte. Aber es wird sich ja herausstellen, was ich getan habe und warum ich es tat. Das bedeutet längstens zehn Jahre Kerker, die ich gerne auf mich nehme, wenn ich meine Männer vorher in Sicherheit bringen kann. Die Bevölkerung hat dann wenigstens keine Möglichkeit mehr, sich zu erheben. Und das heißt: Friede über Malaya!«

David Hamilton umklammerte den Freund. »Ich werde dich herauspauken und fliege mit nach Singapore, um alles zu sagen, was ich weiß.«

»Damit man auch dich einsperrt? Nein, Dav! Du bleibst hier und kümmerst dich um die *Albion-Tin-Works*!«

Es war erstaunlich, mit welcher Ruhe Kon-kim seiner Festnahme entgegensah. Sie bewegte ihn weitaus weniger als die Frage, ob es ihm in acht Stunden gelingen würde, nach Kajang und zurück zu jagen und in dieser Zeit auch noch mindestens zwei Stunden durch den Dschungel zu laufen. Im Bestreben, das gegebene Wort zu halten, holte er das Letzte aus seinem Wagen heraus. Wie ein Teufel raste er durch die Nacht. Die Reifen heulten und quietschten. Immer wieder errechnete er seine Durchschnittsgeschwindigkeit, bis Kajang endlich vor ihm lag und er wußte, daß er voraussichtlich schon um sechs Uhr wieder in Ipoh sein würde.

Trotzdem konnte er sich nicht dazu entschließen, seinen Schlupfwinkel aufzusuchen. Er fuhr direkt zum Kilometerstein siebzehn, wo er den Wagen stehenließ, um schnellstens zum Lager Sulaimans zu laufen und den letzten Befehl zu erteilen.

Der hinter der Dschungelmauer stehende Wachtposten entsicherte seine Maschinenpistole, als er nur wenige Meter von sich entfernt ein Auto anhalten sah, dessen Lichter gleich darauf gelöscht wurden. Als er aber die Stimme des ›Puma‹ hörte, der ihm das Kennwort zurief und ihn aufforderte, seine Stablampe einzuschalten, trat er schnell aus dem Dickicht heraus und richtete den Lichtkegel auf den Straßengraben.

»Du kommst mit«, sagte Kon-kim dem Posten, als er über den Graben hinweggesprungen war. »Wir dürfen keine Zeit verlieren und müssen die Strecke in längstens einer Stunde zurücklegen.«

»Und wer bewacht den Zugang?«

»Von nun an niemand mehr. Lauf vor und richte die Lampe schräg nach unten. Ich bleibe unmittelbar hinter dir.«

Knapp eine Stunde eilten sie durch ein Labyrinth von schmalen Schneisen, in denen kaum erkennbare und nur Eingeweihten verständliche Zeichen die Richtung angaben, die eingeschlagen werden mußte, wenn man nicht in mit Tellerminen verseuchte Sackgassen geraten wollte. Dazu das unaufhörliche Gezeter und Gekreische der Affen und Vögel, deren grelle Laute die Nerven zermürbten.

Kon-kim war in Schweiß gebadet, als sie das Lager erreichten, in dessen Mitte die Nachtwache gerade einen Affen briet.

Vom Anblick angewidert, lief Kon-kim auf die Bambushütte des ehemaligen Polizeisergeanten zu, den er hastig aus dem Schlaf rüttelte, um ihm mit wenigen Worten zu erklären, daß sämtliche Einheiten unverzüglich aufbrechen und sich zu den Flußmündungen durchschlagen müßten, wo sie sich bis zum Eintreffen der in zwei Tagen zu erwartenden Fischerboote verborgen halten sollten.

»Das Schicksal von annähernd dreitausend Männern ruht jetzt auf Ihren Schultern«, sagte er ihm. »Ich kann Ihnen von nun an keine Hilfestellung mehr geben und empfehle Ihnen und allen Abteilungsleitern, Malaya für eine gewisse Zeit zu verlassen.«

Sulaiman sah ihn bedrückt an.

Kon-kim reichte ihm die Hand. »Ich verlasse mich auf Sie.«

»Ich werde Sie nicht enttäuschen.«

»Dann wird uns der Himmel das Tor des Erbarmens öffnen.«

Noch bevor der Aufbruchsbefehl über das Funksprechgerät an

alle Einheiten durchgegeben wurde, eilte Kon-kim zum Kilometerstein siebzehn zurück. Angesichts des befreienden Gefühls, in letzter Minute noch die ihm vom Schicksal gestellte Aufgabe erfüllt zu haben, störte ihn das infernalische Geschrei der Tiere nicht mehr. Mochte kreischen und schreien, wer da wollte; ihm war es gleichgültig, wie alles, was nun auf ihn zukam. Er fürchtete weder den Prozeß noch den Kerker. Er war der felsenfesten Überzeugung, daß Royal-Dymont ihn verstehen würde, wenn er erst wußte, welche Gründe ihn ein zweites Mal die Führung der Guerillas hatten übernehmen lassen. Und daß Royal-Dymont ihn verstand, war ihm wichtiger als alles andere.

Darum hetzte er mit keuchenden Lungen durch die Dschungelschneise zurück. Er wollte sein Wort halten und den Mann nicht enttäuschen, der ihn einmal in selbstloser Weise gerettet hatte.

Aber das Laufen fiel ihm von Minute zu Minute schwerer, und als das spärlich in den Urwald einfallende Licht des beginnenden Tages das Blattgewirr endlich milchiggrün erhellte, gönnte er sich eine Verschnaufpause, in der er an einem gebrochen herabhängenden Zweig eine Orchidee entdeckte, die er behutsam abbrach. Er dachte sich nichts Besonderes dabei, erfreute sich lediglich an der zarten Farbe und bizarren Form der Blüte, die er träumerisch durch die Hand gleiten ließ, bis ihn ihre Weichheit erschreckte. Von diesem Augenblick an fror er, als streiche ein eisiger Wind über ihn hinweg. Ganz plötzlich wurde er sich der Tatsache bewußt, daß es kein Grab gab, das er hätte schmücken können, und keine Frau, der er eine Blume hätte schenken dürfen. Es erschien ihm unwahrscheinlich, daß nochmals eine Kinki Yasuda in sein Leben treten würde.

Die Vorstellung übermannte und zwang ihn weiterzugehen. Er zog seine Brieftasche aus dem Jackett und legte die Blüte sorgfältig hinein.

Eine Viertelstunde später wurde das Grün der vor ihm liegenden Bäume heller. Er hatte das Ende der Schneise erreicht und trat wie erlöst aus dem Dschungel heraus, um auf seinen Wagen zuzugehen.

Im selben Moment sprangen zwei britische Soldaten aus dem gegenüberliegenden Chausseegraben und rissen ihre Maschinenpistolen hoch.

Kon-kim war so erschrocken, daß er sich unwillkürlich umdrehte. Es war nur eine Reflexbewegung, aber seine Reaktion wurde von den auf die Gefährlichkeit des ›Puma‹ hingewiesenen jungen Soldaten mißdeutet und löste eine Salve aus, die ihn augenblicklich zusammenbrechen ließ.

Wie aus weiter Ferne hörte Kon-kim jedes Wort, ohne etwas zu empfinden. Er war schon über jene Schwelle getreten, die vom wandelbaren Leben in ein unwandelbares Dasein führt. Dumpf erschien ihm der sonst singende Klang des Buschmessers, mit dem einer der Soldaten ein Bambusrohr aus dem Dschungel herausschlug. Nicht spürbar waren für ihn die Stricke, die bald darauf seine Hände und Füße zusammenbanden. Es bereitete ihm weder körperliche noch seelische Schmerzen, als er wie ein Tier an eine Stange gehängt und baumelnd über die Chaussee getragen wurde. Er wußte nur, daß er nichts anderes mehr zu tun hatte, als auf das letzte Hinübergleiten in das Jenseits zu warten, in dem sich die ehrenwerten Ahnen gewiß schon zu seinem Empfang rüsteten.

Doch noch bevor es soweit war, vernahm er das Anhalten eines Kraftwagens und die plötzlich wichtigtuerisch klingende Stimme des jungen Schützen, der jemandem meldete, den ›Puma‹ erschossen zu haben.

»Ist ja fantastisch!« lobte ihn ein schnarrendes Organ. »War es schwer, ihn zu erledigen?«

»No, Sir«, antwortete der Soldat. »Es war ganz leicht.«

Es war ganz leicht, dachte Kon-kim mit letzter Kraft und sah im Geiste das Bild der sieben betrunkenen Mörder vor sich, denen er in der Bibliothek seines viehisch umgebrachten Vaters die Kehle durchschnitten hatte. Habe ich damals nicht auch gedacht: Es war ganz leicht! – Wie mag das Leben *dieses* Mannes weitergehen ...?

›Der Meister kam in diese Welt, als seine Zeit da war.
Der Meister ging aus dieser Welt,
als seine Zeit erfüllt war.
Wer auf seine Zeit wartet und der Erfüllung harrt,
über den haben Freude und Trauer keine Macht mehr.
Diesen Zustand nannten die Alten:
die Lösung der Bande durch Gott.
Was wir ein Ende nehmen sehen,
ist das Brennholz. Das Feuer brennt weiter.‹

Dschuang Dsi